L'HÉRITAGE DAVENALL

Robert Goddard est un écrivain britannique né en 1954 à Fareham. Il étudie l'histoire à l'université de Cambridge avant de se lancer dans une carrière de journaliste puis d'enseignant. Il dirige également un établissement scolaire durant quelques années avant de se consacrer pleinement à l'écriture. Plusieurs de ses titres seront nominés pour le prix Edgar Allan Poe et le prix Anthony de la meilleure parution poche. Ses romans à intrigues se démarquent par une construction précise et un style impeccable. Ils se passent majoritairement en Angleterre, mettant en scène des personnages ballottés par l'Histoire mouvementée du XXe siècle et la confusion de leurs sentiments. Robert Goddard vit actuellement à Truro dans les Cornouailles avec sa femme Vaunda.

Paru au Livre de Poche :

La Croisière Charnwood
Heather Mallender a disparu
Les Mystères d'Avebury
Par un matin d'automne
Le Retour
Sans même un adieu
Le Secret d'Edwin Strafford
Le Temps d'un autre

ROBERT GODDARD

L'Héritage Davenall

TRADUIT DE L'ANGLAIS PAR ÉLODIE LEPLAT

SONATINE

Titre original :

PAINTING THE DARKNESS

Publié par Bentam Press, une maison du groupe Transworld Publishers LTD.

© Robert Goddard, 1989.
© Sonatine Éditions, 2019, pour la traduction française.
ISBN : 978-2-253-26192-6 – 1re publication LGF

À ma mère

LA FAMILLE DAVENALL
(en date du 1er octobre 1882)

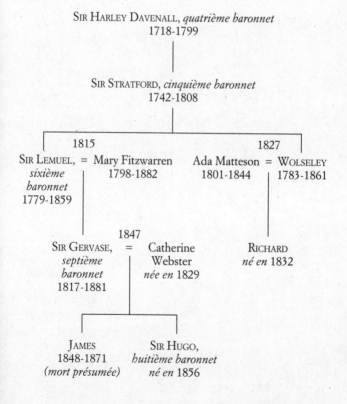

1

Voilà dix ans que William Trenchard avait rencontré pour la première fois Constance Sumner et l'avait aidée à s'efforcer d'oublier la tragédie du suicide de son fiancé. À l'époque, absorbée dans un chagrin qui confinait dangereusement au martyre, elle avait d'abord supposé qu'aucun homme ne pourrait jamais prendre autant de place dans son cœur que James Davenall, l'éternel absent. Mais en cela, comme en bien d'autres choses, elle se trompait.

Voilà sept ans que les jeunes époux Trenchard avaient emménagé à The Limes, une maison de ville dans le quartier de St John's Wood, que leur avait achetée le père de William, cofondateur de la chaîne de magasins Trenchard & Leavis. Ce faisant, on aurait dit que la retenue des arbres étêtés qui bordaient Avenue Road et la rectitude des briques et du lambris avaient déteint sur la vie de leur impassible foyer. Tous deux devaient alors avoir pensé que les incertitudes de la jeunesse avaient disparu pour de bon. Mais en cela, comme en bien d'autres choses, ils se trompaient.

Voilà quatre ans que la naissance de sa fille, Patience, avait semblé confirmer que la plus grande implication de William dans l'entreprise Trenchard & Leavis ne constituait pas un phénomène transitoire. Son père avait alors commencé à croire que, à défaut de rivaliser avec l'énergie et le flair de son frère Ernest, William était au moins assuré de ne pas tomber dans l'opprobre. Mais en cela, comme en bien d'autres choses, il se trompait.

Voilà à peine plus d'un an que Constance, en se dirigeant un après-midi vers Regent's Park, où elle voulait surprendre Patience et sa nourrice pendant leur promenade habituelle au bord du lac à bateaux, avait cru reconnaître, parmi une poignée de spectateurs qui s'éloignaient avec empressement du Lord's, le stade de cricket, un homme sombre d'une cinquantaine d'années, au costume trop épais eu égard à la chaleur de la journée. Plus tard, en entrant dans le parc du côté de Hanover Gate, elle s'était rappelé de qui il s'agissait : Richard Davenall, un aîné de la famille à laquelle elle avait failli appartenir par alliance. Elle avait alors songé, avec un sourire intérieur, à quel point il était étrange de se dire qu'elle n'en saurait jamais plus sur les affaires de la famille Davenall, dans lesquelles elle avait été jadis si intimement impliquée. Mais en cela, comme en bien d'autres choses, elle se trompait.

Voilà seulement deux jours que William Trenchard, alors qu'il traversait ce même parc en sens inverse par une fin de journée d'été indien poussiéreuse et teintée de brume, s'était retourné au bruit d'un rire en provenance d'une rive pentue et arborée du lac, et avait vu, étendue sur l'herbe mouchetée de soleil, une jeune femme d'une beauté époustouflante vêtue d'une robe rose, qui badinait avec son admirateur masculin, lequel, accroupi à ses pieds, agitait son chapeau melon pour démontrer quelque point insignifiant. Le ridicule de ce geste avait frappé Trenchard, il avait souri, puis s'était soudain assombri. Toute cette beauté audacieuse et ce jeu inattendu entraperçu sur le visage de cette fille, il s'en sentait exclu par l'âge, l'habit et la condition. Ça n'avait été, bien sûr, qu'un simple sentiment fugitif. Il n'était pas insatisfait de sa vie, il ne se languissait pas d'un changement ou d'une perturbation quelconques dans le schéma de son existence. À trente-quatre ans, il faisait certes preuve de suffisance, mais jamais d'indignité. Il était rentré chez lui en se disant, avec un brin de lassitude, que les plaisirs de son propre univers bénéficiaient au moins de la chaleur de la sécurité absolue. Mais en cela, comme en bien d'autres choses, il se trompait.

Voilà seulement une heure que William Trenchard, fatigué de pousser Patience sur la balançoire que le vieux Burrows avait attachée sous le plus robuste des pommiers, avait envoyé sa fille embêter sa femme dans le jardin d'hiver pendant qu'il fumait tranquillement sa pipe du dimanche après-midi, assis sur le banc du terrain de croquet, d'où il admirait, comme souvent, les grandes tiges noueuses de la glycine qui s'entortillaient autour du pignon sud de la maison. C'était le premier jour d'octobre 1882, mais il ne semblait y avoir aucun autre début à détecter dans la douceur de l'air automnal, là ou ailleurs, dans la solide inertie léthargique de la sécurité d'un empire immuable. Non pas que William Trenchard s'occupât beaucoup de philosophie, et même son patriotisme se bornait à un instinct convenable. D'ailleurs, on aurait pu juger, en l'observant d'une certaine distance – depuis le portail latéral ouvert, par exemple –, que, globalement, il personnifiait le meilleur et le pire des représentations limitées du gentleman victorien lambda de la haute bourgeoisie. Mais en cela, comme en bien d'autres choses, il aurait été mal jugé. Car une heure plus tard seulement, la vie de William Trenchard, ainsi que celle de tous les occupants de The Limes, à St John's Wood, avait changé du tout au tout – et pour toujours. Il avait suffi d'une heure pour que dix ans les rattrapent.

*

Burrows doit avoir laissé le portail latéral ouvert. Je me rappelle l'avoir remarqué de mon banc et m'être fait la réflexion que le vieil homme devenait vraiment négligent. Oh, je n'étais pas surpris, étant donné son âge, ni même agacé, grâce aux effets apaisants du bon tabac à pipe et de l'éclaboussure du soleil du soir, mais ce détail m'avait interpellé car je pouvais voir devant la maison l'allée qui s'incurvait en direction de la route. Le moindre mouvement dans la rue – généralement calme – aurait eu tendance à attirer mon regard, et c'est ainsi – simple vacillement à l'extrême limite de mon champ de vision – que je le vis pour la première fois.

C'est six semaines plus tard, dans des circonstances qu'il n'aurait jamais pu prévoir, que William Trenchard commença à écrire un compte rendu des événements qui allaient être mis en branle à St John's

Wood par ce dimanche après-midi à première vue innocent. La raison qui le poussa à écrire un tel rapport était aussi impérieuse que son effet révélateur, car elle éliminait d'un seul coup tout besoin de spéculer sur sa manière de réagir aux circonstances qui le dépassèrent. Le moindre de ses actes, le moindre de ses propos, se trouve justifié ou condamné... dans ses propres mots.

Un homme élancé, vêtu élégamment d'un haut-de-forme sombre, d'une redingote et d'un pantalon fauve, tenant une canne au pommeau d'argent, s'arrêta brusquement devant l'entrée de la maison, faisant tout juste entendre le frottement d'une semelle en cuir sur le pavé, comme soudain saisi par l'oubli d'un engagement de peu d'importance. Le soleil se refléta sur l'argent de sa canne qu'il faisait passer d'une main à l'autre, il écarta son manteau de sa main libre puis la plongea dans la poche de son gilet. Il sortit un morceau de papier, l'étudia, puis le rangea et se tourna lentement dans ma direction.

Je me suis efforcé de me remémorer ma première impression de lui, d'effacer tout ce qui s'est passé par la suite de façon à pouvoir le considérer clairement tel qu'il était alors : un homme d'environ mon âge, d'une beauté sombre, barbu sans extravagance, vêtu avec un goût sûr, épingle à cravate et chaîne de montre scintillantes, le pouce d'une main gantée de chevreau reposant dans la poche de son gilet tandis que l'autre, lentement, faisait tournoyer sans bruit à son côté la canne en malacca. J'étais certain de ne pas le connaître, même comme habitant du quartier : il avait davantage l'air de quelqu'un qui réside à St James qu'à St John's Wood. Il y avait une infime touche faubourienne dans l'inclinaison de son chapeau, quelque chose de vaguement dérangeant dans le sourire intérieur qui s'attardait sur ses lèvres.

Il se mit à remonter lentement l'allée, trop lentement d'ailleurs pour une simple question de convenances, comme s'il retardait délibérément le moment de son arrivée. Mon attention, d'abord tout à fait flottante, était désormais rivée sur lui. En passant devant le portail latéral, il me vit l'observer et, alors qu'il regardait dans ma direction, un froid me saisit.

Il franchit la voussure de brique de l'entrée, légèrement courbé pour ne pas heurter le dessus de son chapeau, et se tint là, à dix mètres de moi, sans avancer ni reculer, sans parler ni esquisser un geste ; me mettant au défi, en l'occurrence, de briser le silence.

Je me levai du banc et me dirigeai vers lui.

« Bonsoir, dis-je. Puis-je vous aider ?

— Je m'excuse de m'imposer ainsi, répondit-il à mon approche. Ai-je le plaisir de m'adresser à M. William Trenchard ? »

Sa voix était chaude et grave, cultivée et impeccable, un peu trop impeccable, aurait-on pu objecter, un peu trop maniérée pour être honnête.

« Je suis William Trenchard, oui. Comme vous le voyez, ajoutai-je en désignant ma tenue négligée, nous n'attendions pas de visites.

— Pardonnez-moi. Les circonstances de ma venue sont quelque peu… inhabituelles. Elles excuseront cette… arrivée impromptue. »

Il tendit la main.

« Mon nom d'usage est Norton. James Norton. »

Il avait la poigne ferme et sèche, la mienne était tout le contraire.

« Nous sommes-nous déjà rencontrés, monsieur Norton ?

— Absolument pas.

— S'agit-il, dans ce cas, d'une affaire professionnelle ? Si oui, Trenchard & Leavis sont…

— L'affaire est entièrement personnelle… et profondément délicate. Je ne sais trop par où commencer. »

Je regimbai. Cette soi-disant incertitude contrastait violemment avec ce que j'avais vu de lui jusqu'ici. Voilà qui sentait l'approche préparée.

« Je pense, monsieur Norton, qu'il vaudrait mieux que vous m'expliquiez clairement votre affaire. »

Il minuta une pause à la perfection pour me permettre de commencer à croire qu'il pouvait être facilement congédié, puis reprit de manière aussi courtoise qu'avant.

« Bien sûr. Vous avez parfaitement raison. J'ai dit que nous ne nous étions jamais rencontrés, et c'est la vérité. C'est votre épouse que je connais. »

Quel homme, même dont le mariage était aussi satisfaisant que le mien, aurait pu entendre un inconnu parler de sa femme de cette manière sans ressentir le frisson*[1] *de l'indigne soupçon ?*

« Que voulez-vous dire, monsieur ? Je connais tous les amis de ma femme, or vous n'en faites pas partie. »

Il sourit.

---

1. Tous les mots en italique suivis d'un astérisque sont en français dans le texte. (*N.d.l.T.*)

« Peut-être me suis-je mal exprimé. Votre épouse et moi-même nous connaissions il y a bien longtemps, avant que vous ne l'épousiez. De fait, à une époque, nous étions fiancés. »

J'eus alors le sentiment qu'il mentait ; j'étais soulagé, d'ailleurs, que ce mensonge fût aussi grossier que celui-là.

« Vous vous trompez, monsieur Norton. Peut-être avez-vous frappé à la mauvaise porte. »

Il poursuivit sans se laisser démonter :

« Le nom de jeune fille de votre épouse est Sumner. Nous nous étions fiancés il y a onze ans. Je suis venu aujourd'hui…

— Vous êtes venu aujourd'hui mû par un malentendu grotesque ou par de faux prétextes. »

Il avait beau voir désormais que j'étais en colère, il n'y eut aucun changement dans son expression. Peut-être percevait-il que mon ire était autant dirigée contre moi que contre lui. Quelque part, par-delà toute logique, j'avais commencé à remettre en question le récit que m'avait fait Constance de sa vie avant notre rencontre. C'est cela, autant que ce M. Norton à la voix posée, que j'essayais de faire taire.

« Il y a onze ans, mon épouse était fiancée à un autre homme, c'est vrai. Mais cet homme est mort.

— Non. »

Il secoua lentement la tête, comme s'il était sincèrement triste de me désabuser.

« J'ai bien peur que non, monsieur Trenchard. Je suis cet homme. Non pas James Norton, mais James Davenall. Et, comme vous pouvez le constater, loin d'être mort. »

Je m'apprêtais à répliquer – en lui demandant de partir dans les plus brefs délais – quand je vis Constance sortir de la maison pour nous rejoindre. Elle devait nous avoir aperçus du jardin d'hiver et s'être demandé qui était notre visiteur. Grâce à Dieu, Patience n'était pas avec elle. En l'occurrence, puisqu'il lui tournait le dos, Norton ne pouvait pas savoir qu'elle était là, mais il pouvait l'avoir deviné à mon expression. Quoi qu'il en soit, il poursuivit comme s'il jouait devant plus d'une personne :

« Je ne suis pas venu à dessein de vous contrarier, ni de choquer Constance, mais simplement pour chercher son soutien dans l'établissement de mon identité. Il y en a, voyez-vous, qui souhaitent nier que je suis James Davenall. »

Ces derniers mots, Constance dut les entendre. Elle s'arrêta net et m'interrogea d'un regard inquiet. Quelques secondes auparavant, elle était la femme à la beauté placide que j'avais épousée. Mais aussitôt ce nom mentionné, son visage fut traversé par ce voile de chagrin que je n'avais plus revu depuis les premiers jours de notre rencontre.

« Qu'est-ce que cela veut dire ? » demanda-t-elle.

J'aurais dû répondre, la préparer, la prévenir contre lui. Mais j'hésitai, et Norton en profita pour se retourner et la regarder droit dans les yeux. Je ne voyais pas son visage à lui, mais je voyais celui de Constance, où je lus, comme Norton sans doute, l'incertitude qui proclamait plus fort que n'importe quels mots : ce pourrait être vrai.

« Ce n'est pas un fantôme que vous voyez, Connie, dit-il. C'est moi, en chair et en os. Je suis vraiment navré de vous avoir dupée. »

Elle se rapprocha, le scrutant d'un œil implacable, effaçant de ses traits ce moment éloquent de doute initial.

« Inutile de vous excuser, répliqua-t-elle posément. Vous ne m'avez pas dupée. Il y a erreur. Vous n'êtes pas James Davenall. »

Il répondit doucement, avec une conviction impassible.

« Vous savez bien que si.

— James Davenall a mis fin à ses jours il y a onze ans.

— Jusqu'à encore une minute, vous pouviez le croire. À présent vous savez que c'est faux. »

Je décidai qu'il était temps d'intervenir. Je m'avançai et pris Constance par le bras. Nous restâmes là, ensemble contre lui, nous sur l'herbe, lui sur le gravier, entourés d'ombres grandissantes.

« Que voulez-vous de nous, monsieur Norton ?

— J'avais espéré que Connie — que votre femme — serait prête à admettre qu'elle me reconnaissait. J'ai été débouté par ma famille et...

— Vous êtes allé les voir ? s'enquit Constance.

— Oui. J'y suis allé — et ils m'ont tourné le dos. »

Il baissa les yeux, comme peiné à cette idée, puis les reporta sur nous ou, plutôt, sur Constance, car j'étais devenu un simple observateur de leurs échanges.

« Les rejoindrez-vous dans leur comédie — ou écouterez-vous mon explication ? J'ai beaucoup de choses à vous raconter.

— Monsieur Norton, répliqua-t-elle, j'ignore quel but vous pensez servir avec cette fiction macabre, mais tenez-vous pour dit que je ne souhaite plus en entendre parler.

— *Si seulement c'était aussi simple que ça. J'ai moi-même essayé de faire comme si James Davenall n'existait plus – je n'y suis pas arrivé. À présent d'autres sont en train de commettre la même erreur.*

— *Excusez-moi, monsieur Norton. Il n'y a rien de plus à ajouter.* »

Sur ce, elle tourna les talons et repartit vers la maison. Alors qu'il la regardait s'éloigner, je scrutai son visage en quête de la duplicité ou de la diablerie que je m'attendais à y déceler, mais je n'y trouvai qu'une tristesse interrogatrice. Bêtement, je me sentis alors presque dur en lançant :

« *Voulez-vous bien partir à présent ? Ou dois-je appeler un agent de police ?* »

Il sembla ignorer ma question.

« *Je réside à l'hôtel situé gare de Paddington. Quand Connie aura eu le loisir d'y penser…*

— *Nous ne penserons pas à vous, monsieur Norton. Nous nous efforcerons de faire comme si vous n'étiez jamais venu, et je vous conseille d'adopter la même attitude. Vous avez entendu notre dernier mot sur cette affaire.*

— *Je ne crois pas.* »

Avant que je pusse ajouter quoi que ce fût, il fit demi-tour et repartit d'un pas vif par le portail latéral puis redescendit l'allée. Dès qu'il eut disparu, je me dirigeai vers la maison.

Je trouvai Constance dans le salon. Elle se tenait devant le miroir encadré de bois qui surmontait le manteau de la cheminée, autour duquel était disposée une série de photos de famille : ses parents, les miens, son frère décédé, Patience jouant avec une babiole à l'âge de trois mois. Et notre mariage : 1er mai 1875. Divers

Trenchard et Sumner prenant la pose dans la salle de bal bordée de palmiers d'un hôtel du Wiltshire. L'alliance parfaite de l'Église et du négoce, et l'ombre au tableau qui devait attendre encore sept ans pour se manifester.

Je lui passai un bras autour des épaules.

« *Il est parti, maintenant. Je suis désolé s'il vous a contrariée.* »

Elle frémit.

« *Ce n'est pas ça.*

— *Il n'y a aucune possibilité, n'est-ce pas, qu'il puisse être celui qu'il prétend ? Je sais que Davenall est censé s'être noyé, mais…* »

Ses yeux croisèrent les miens dans le miroir.

« *Alors vous l'avez vu, vous aussi ?*

— *Je n'ai rien vu. C'est à vous de le dire. Vous seule le connaissiez.* »

Elle se retourna pour me dévisager.

« *James est mort. Nous le savons tous. Il y avait… une ressemblance. Mais pas assez. Et pourtant…*

— *Vous ne pouvez en être absolument sûre ?*

— *J'aurais peut-être dû l'écouter.*

— *Dans ce cas, vous auriez rapidement démasqué le mensonge. En l'état actuel des choses, il peut affirmer que nous ne lui avons pas laissé l'opportunité de défendre sa cause.* »

Elle retomba dans le silence, appuyée contre moi, elle réfléchissait en se balançant légèrement. À côté de nous, j'entendais le tic-tac exagérément solennel de l'horloge sur le manteau de la cheminée. D'en haut nous parvenaient le bruit des petits pas de Patience dans la chambre d'enfant et celui d'éclaboussures : c'était l'heure du bain pour notre fille.

« *Ce n'est qu'un imposteur, Connie. Il y a une dignité de baronnet en jeu – ainsi qu'un héritage. Les héritiers disparus sont du pain bénit pour ce genre de canailles. Vous vous rappelez cette absurde affaire Tichborne ?* »

Elle me regarda comme si elle n'avait pas entendu un mot de ce que j'avais dit.

« *J'ai besoin d'en avoir la certitude. C'est… juste possible. Nous devons parler à sa famille.*

— Très bien, me résignai-je. J'irai les voir – ce soir si je peux. Voilà qui devrait mettre un terme à cette histoire. »

*

Ce soir-là, un peu après 18 heures, à Wellington Road, William Trenchard monta dans un fiacre et demanda à être conduit à Bladeney House, Chester Square, la résidence londonienne de Sir Hugo Davenall. Assis tout au fond de la banquette, il fumait une pipe pour se calmer les nerfs, tandis que le cocher allait bon train dans les rues que le repos dominical avait vidées.

Pourquoi au juste était-il aussi nerveux, il ne savait trop. Socialement parlant, les Davenall et lui appartenaient à deux mondes clairement distincts. Constance eût-elle été leur fille, son mariage avec le fils d'un commerçant, ce que William était incontestablement, en dépit de la réussite du vieux Lionel Trenchard, son mariage, donc, eût été hors de question. De fait, il n'avait jamais rencontré aucun d'eux. La connaissance qu'il en avait se limitait exclusivement à ce que Constance lui en avait dit. C'était peut-être de là, après tout, que venait son sentiment d'insécurité présent. Une visite inopinée un dimanche soir serait sans nul doute excusée au vu des circonstances impérieuses, mais que ce qui lui avait toujours paru si fermement, bien que tragiquement fondé – le passé de sa femme – se transformât brusquement en sable mouvant, voilà qui était autre chose. Alors que le fiacre tournait dans Baker Street et ralentissait obséquieusement devant un défilé de l'Armée du Salut dans Marylbone Road, Trenchard se mit à récapituler ses maigres connaissances.

James Davenall et le frère décédé de Constance, Roland Sumner, avaient étudié ensemble à Oxford. James avait commencé à courtiser Constance peu après être descendu à Londres, et leurs fiançailles avaient été annoncées à l'automne 1870. Le chanoine Sumner, qui considérait cette alliance imminente avec une famille noble comme un triomphe social – c'en était un –, avait pris des dispositions pour que le mariage de sa fille eût lieu dans la cathédrale de Salisbury. Une semaine à peine avant la date de la cérémonie, en juin 1871, Davenall s'était volatilisé, le seul indice quant à ses intentions étant un mot retrouvé dans la maison de campagne familiale à côté de Bath, mot qui ne semblait laisser aucun doute sur sa volonté de mettre fin à ses jours. Sa piste avait été retracée jusqu'à Londres, où un cocher se rappelait l'avoir déposé en bordure du fleuve dans le quartier de Wapping. Là, supposait-on, il s'était noyé, la Tamise emportant son corps jusqu'à la mer. Aucune raison à un tel acte n'avait jamais été donnée, et son caractère totalement inexplicable n'avait fait qu'amplifier la tragédie.

Lorsque Trenchard avait rencontré Constance, elle était toujours accablée par la douleur muette de la disparition de Davenall, suivie en l'occurrence cinq mois plus tard par la mort de son frère Roland lors d'une chute de cheval. Trenchard ne voulait plus jamais la voir dans l'état où elle se trouvait alors : accoutumée à pleurer ces morts avec une beauté transparente et figée que seule la longue absence du bonheur pouvait avoir nourrie. Depuis, leur chemin, laborieux, avait fini par être récompensé, et il n'avait nullement l'intention de revenir en arrière. Cette idée lui donna de l'assurance tandis que le fiacre passait Park Lane. Si les choses se déroulaient comme il l'entendait, rien de cette époque – surtout pas James Davenall – ne devrait jamais resurgir.

Qu'avait pensé Sir Hugo Davenall de Norton ? Ayant hérité de la dignité de baronnet au printemps 1881 – Trenchard se rappelait l'avoir lu dans le journal –, il ne devait pas avoir vu d'un bon œil cette brusque menace à sa condition. Mais s'agissait-il d'une véritable menace ? Non, se disait Trenchard. Ce n'était qu'une tentative hardie d'imposture éhontée, condamnée dès le départ à l'échec. Auquel cas, sa visite précipitée à Chester Square risquait de fleurer la panique. Tant pis.

Le fiacre s'arrêta dans une secousse. Ils étaient arrivés devant la façade d'une haute maison de style Regency aux balcons protégés d'une rambarde. Trenchard descendit le marchepied, paya le cocher et regarda autour de lui. L'obscurité envahissait la place, les pigeons roucoulaient sur leurs perchoirs nocturnes au milieu des frontons et des piliers. Le fiacre s'éloigna dans un bruit de sabots et le laissa là, un peu bête, devant la porte d'un noble inconnu.

*

À Bladeney House, un serviteur austère m'introduisit dans une entrée dallée. Je me rappelle une cascade de lumière dans un escalier incurvé, sur laquelle se découpait une silhouette en habit qui descendait lentement à ma rencontre. Un jeune homme de haute taille, dégingandé, aux cheveux noirs ébouriffés et aux yeux injectés de sang, presque contusionnés. Il fumait un cigare, qu'il laissa dans sa grande bouche aux lèvres charnues lorsqu'il demanda à son serviteur :
« *De la visite, Greenwood ?*
— Un certain M. Trenchard, monsieur, je n'ai pas encore établi…
— Sir Hugo ? l'interrompis-je.
— En personne. »
Il s'arrêta sur la dernière marche, retira son cigare et esquissa une révérence satirique, les épaules raides.
« *Bonsoir, monsieur. Je suis marié à l'ancienne fiancée de feu votre frère, qui s'appelait alors Mlle Constance Sumner. Nous avons rencontré un certain M. Norton…*
— Norton ? »
À ce nom, il redressa brusquement la tête, répandant de la cendre sur le tapis de l'escalier.
« *Vous aussi, vous avez vu ce chameau ?*
— Oui. Il prétend…
— Je sais fort bien ce qu'il prétend. »
Sa lèvre tremblait visiblement.
« *Ce bonhomme est un charlatan.*

— J'en ai bien conscience.
— Hum ? »
Il me regarda.
« Oui, évidemment. Vous en avez conscience. »
Un instant de réflexion, une bouffée de cigare, puis :
« Entrez donc, Trenchard. Je n'ai pas beaucoup de temps, mais suffisamment, hein ? »
Il m'assena une tape sur l'épaule et me dirigea vers une porte, en congédiant au passage son serviteur d'un geste.
« Nous serons dans la salle de musique, Greenwood. »
Nous traversâmes une antichambre richement meublée qui donnait sur la place, puis obliquâmes vers une double porte ouverte derrière laquelle j'apercevais des portes-fenêtres avec vue sur un jardin. Quelqu'un jouait une ballade paillarde sur un piano accordé à la perfection.
« On aurait pu se passer de cette fumisterie, dit Sir Hugo en zézayant, cigare à la bouche. Pour moi, c'est une vraie plaie. »
Nous entrâmes dans la salle de musique. Un jeune homme aux cheveux blond vénitien se détourna du piano pour nous adresser un sourire éclatant. Lui aussi était en habit. Contrairement à l'autre occupant de la pièce, un homme d'une cinquantaine d'années assis dans un fauteuil à côté de la baie vitrée, qui reposa son journal et se leva pour nous accueillir, un sourire aimable aux lèvres.
« Cet effroyable pianiste est un ami à moi, Trenchard, commenta Sir Hugo. Freddy Cleveland. Si vous suivez un tant soit peu le turf, vous avez probablement dû perdre de l'argent sur un de ses canassons. »

Malgré sa bonne mine enfantine, Cleveland n'était pas aussi jeune que je l'avais d'abord cru: des rides se formaient autour de ses yeux quand il souriait. C'était selon moi le genre de garçon maniéré et idiot typique de l'entourage d'un jeune baronnet, et tout à coup je me sentis perdre pied au milieu de leurs mots d'esprit du West End.

« M. Trenchard n'a pas l'air du genre à aller aux courses, Hugo, *répliqua Cleveland en me serrant la main.*

— Je n'y vais pas, en effet.

— Mais il est là, *intervint Sir Hugo,* au sujet de ce satané outsider qui a foncé au galop dans notre paddock. »

Il se tourna vers le troisième homme.

« Mon cousin, Richard Davenall, qui est aussi mon conseiller juridique. »

Richard Davenall avait la barbe et les cheveux gris, le visage ridé par les soucis de sa profession, le costume sombre, les épaules tristes, et dans ses yeux humides couleur océan un regard d'une tolérance lasse. Il me serra la main sans l'enthousiasme dont avaient fait preuve les deux autres, mais avec nettement plus de conviction.

« Trenchard ? *s'étonna-t-il.* N'avez-vous pas épousé Constance Sumner ?

— J'ai eu cet honneur, monsieur, en effet.

— J'avais été heureux d'apprendre qu'elle s'était installée… après ce qui s'était passé. Dois-je comprendre que vous avez eu la visite de Norton ?

— Oui. C'est la raison de ma présence ici.

— Comment votre épouse a-t-elle réagi ?

— Elle a été horrifiée par ce qu'il affirmait. Quand

il a dit qu'il était déjà allé rencontrer sa famille, enfin, la famille du vrai James...

— Vous vous êtes dit que vous feriez mieux d'aller voir par vous-même, compléta Sir Hugo. Je vous comprends. Vous voulez un verre ?

— Non merci.

— Va me chercher un whisky-soda, Freddy, tu seras gentil. Vous êtes sûr que vous ne voulez rien, Trenchard ?

— Tout à fait, merci. »

Pendant que Cleveland se dirigeait à pas discrets vers le chariot des boissons, Sir Hugo se laissa tomber dans un fauteuil et me fit signe d'en faire autant. Richard Davenall reprit sa place à côté des portes-fenêtres. Cleveland revint avec un grand verre pour Sir Hugo et un pour lui, puis retourna au tabouret de piano, d'où il nous examina avec un grand sourire d'enfant.

« Freddy trouve la situation amusante, expliqua Sir Hugo. Je suppose qu'à sa place cela m'amuserait aussi.

— C'est qu'il y a bien un élément comique, répliqua Cleveland. Cet homme est un grand acteur. Il a le même style vestimentaire que Jimmy, et cette même voix douce, jusque dans les moindres intonations. »

Sir Hugo avala une lampée d'alcool.

« Un acteur qui a appris son texte. Voilà tout.

— On ne peut pas en être sûr, cela dit, pas vrai ? poursuivit Cleveland. C'est toute la beauté de la chose. Tu sais quoi, l'hiver dernier, je suis tombé sur ce vieux Cazabon dans le train pour Brighton – du moins c'est ce que je croyais. Il avait la même tête que Cazabon, il parlait comme Cazabon, et pourtant il niait être cette personne. Il affirmait être un dentiste originaire de

Haywards Heath. Il est même allé jusqu'à descendre à cette gare, d'ailleurs, pour prouver ses dires. Deux gouttes d'eau, qu'ils étaient. Comme quoi, tu vois. Bien sûr, Cazabon me devait de l'argent, alors peut-être que c'était lui après tout. »

Il partit d'un rire rauque – et solitaire.

Je décidai d'en venir au fait.

« Sir Hugo, je n'ai personnellement jamais rencontré votre frère, mais ma femme m'assure qu'il n'y a aucune possibilité que lui et Norton soient une seule et même personne. Vous et votre famille, partagez-vous cet avis ? »

Sir Hugo considérait encore Cleveland avec une colère rentrée.

« Évidemment. »

Richard Davenall vint alors à mon secours.

« Peut-être devrais-je vous éclaircir la situation, Trenchard. Ce fameux Norton s'est présenté il y a cinq jours à Cleave Court, dans le Somerset, où vit la mère de Hugo, en prétendant être James, son fils décédé. Lady Davenall a aussitôt décelé l'imposture et l'a congédié. Vendredi, il est venu me voir dans mes bureaux à Holborn. Hier…

— Il a rappliqué ici, compléta Sir Hugo avec un froncement de sourcils. J'ai fait expulser ce chameau.

— Et aucun de nous, poursuivit son cousin, n'est entré dans son jeu une seule seconde. Après la visite qu'il vous a rendue, j'imagine qu'il a passé en revue toutes les personnes qu'il espérait tromper.

— Je croyais que sa vieille nourrice l'avait serré dans ses bras, objecta Cleveland, et l'avait appelé Jamie ? »

Sir Hugo eut un ricanement.

« *La vieille est sénile.*

— *Il est vrai,* intervint Richard Davenall, *que Nanny Pursglove a vu en Norton son ancien enfant à charge. Elle habite dans une maisonnette au sein du domaine, voyez-vous, Trenchard, et Norton est allé la trouver. Mais il est également vrai qu'elle a plus de quatre-vingts ans, la vue basse, et le désir touchant de croire que James est toujours en vie. Face à la propre mère de James, à son frère, sans parler de son ancienne fiancée, un tel soutien n'aura aucune valeur.*

— *Dans ce cas, messieurs,* dis-je, *peut-on oublier sans risque ce M. Norton ? Ma seule préoccupation est qu'il cesse d'importuner mon épouse.*

— *Je pense que oui,* répondit Richard Davenall. *Tant que personne ne soutient sa cause au sein du cercle intime de James, il ne peut guère espérer plus que jouer les trublions. Cependant, grâce à la somme d'informations circonstancielles qu'il a diligemment amassées, ce trublion pourrait s'avérer particulièrement gênant.*

— *Je n'achèterai pas son silence,* s'emporta soudain Sir Hugo. *Il ne m'arrachera pas un centime.*

— *Dans ce cas, il pourrait se tourner vers la presse à scandale nationale,* répliqua son cousin, *et placarder ses prétentions en une des journaux. Ne serait-il pas préférable…*

— *Non !* »

Sir Hugo reposa violemment son verre sur une desserte pour souligner son mécontentement.

« *Si on ne le gratifie que d'un mépris silencieux, il retournera se terrer dans son trou.*

— *Comme tu voudras.*

— *Oui, Richard, c'est comme je veux. C'est moi le*

chef de famille à présent, tu ferais bien de ne pas l'oublier. »

Un silence retomba, pendant lequel Cleveland continua à sourire bêtement tandis que Sir Hugo parut se rendre compte qu'il était peut-être allé trop loin. Il reprit sur un ton plus conciliant :

« As-tu découvert qui était vraiment ce Norton ?

— Les recherches commencent tout juste, Hugo. S'il existe un véritable James Norton dont nous pourrions retrouver la trace, nous le retrouverons. Mais j'imagine qu'il a dû veiller à jeter le voile sur son passé.

— À propos de voiles, Hugo, dit Cleveland, il faudrait peut-être qu'on les mette, non ? Gussie sera déçu si nous ne sommes pas là à 21 heures. »

Je saisis l'occasion pour m'excuser et prendre congé. En surface, ils m'avaient rassuré, mais je n'osais rester de peur de voir croître visiblement la fragilité de leur conviction. Les Davenall, pour lesquels j'avais toujours eu un respect mêlé d'admiration, ne semblaient, à en croire cette scène, ni meilleurs ni pires que n'importe quelle famille, et ne pas être plus cuirassés que la mienne contre un intrus bien armé.

Comme je m'apprêtais à partir, Richard Davenall proposa de m'accompagner. Nous laissâmes Sir Hugo contempler d'un air contrit les facettes de son verre à whisky, tandis que Cleveland ajustait son nœud papillon dans un miroir au-dessus du piano. Greenwood attendait dans l'entrée pour nous tendre chapeaux et gants.

« Où habitez-vous, Trenchard ? me demanda Davenall alors que nous descendions les marches du perron.

— À St John's Wood.

— Je vais à Highgate. Pouvons-nous faire un bout de chemin ensemble ? On pourrait prendre un fiacre au coin de la rue. »

J'acceptai volontiers ; sentis, de fait, qu'il voulait avoir l'opportunité de partager ses pensées avec moi, loin de l'indignation belliqueuse de son cousin. Nous marchâmes lentement en direction de Grosvenor Place, le bruit de nos pas se répercutant sur les hautes façades silencieuses des maisons, où la nuit était tombée avec une indifférence calme et hautaine.

« Je vous prie de m'excuser pour Sir Hugo, dit Davenall. Parfois il fait encore plus jeune que son âge.

— Je crois savoir qu'il a hérité de sa dignité de baronnet il y a peu.

— En effet. Dix-huit mois à peine. Oui, ce garçon a dû surmonter beaucoup d'épreuves. La dernière maladie de Sir Gervase fut longue – et puis il a aussi fallu faire reconnaître légalement la mort de James.

— Cela n'a-t-il été effectué que récemment ?

— Ç'aurait pu être fait dès la fin des sept ans légaux, surtout au vu des indications manifestes de suicide, mais Sir Gervase n'a jamais voulu en entendre parler.

— Il ne croyait pas à la mort de son fils ?

— Il prétendait en douter, ce qui était étrange. Il n'était pas homme à s'encombrer de sentiments dans ses relations. En tout cas, les démarches légales nécessaires n'ont été entreprises que lorsque Sir Gervase n'a plus eu toute sa raison, si bien que le titre de Hugo est resté longtemps nébuleux. Entre ça et la gestion du domaine – Sir Gervase avait laissé la situation lui échapper, j'en ai peur –, Hugo a de bonnes excuses pour manifester des signes de tension. Néanmoins…

— Cela n'a pas d'importance, monsieur Davenall. Je suis content d'avoir pu être tranquillisé. »

Évidemment, je ne l'étais pas vraiment – Richard Davenall le sentait, je crois. Une fois dans un fiacre en route vers le nord, il me confia d'autres problèmes familiaux. Pour un notaire, il était étrangement loquace, comme s'il trouvait en moi le réceptacle de ses propres inquiétudes.

« En toute honnêteté, cette année a été difficile pour ma famille, Trenchard. En février, la grand-mère de Hugo a été tuée chez elle par des intrus. Elle était extrêmement âgée et avait vécu en Irlande, sans contact avec personne, pendant de nombreuses années, mais sa mort a jeté l'ombre inquiétante de la violence gratuite. Par son intermédiaire, Hugo hérite d'un domaine dans le comté de Mayo. C'était une riche héritière quand le grand-père de Hugo, mon oncle Lemuel, l'avait épousée, oh, il y a de ça près de soixante-dix ans, mais la vie en Angleterre ne lui avait jamais plu, alors elle était retournée en Irlande dès la majorité de son fils. Sir Gervase – enfin, nous tous – l'avait plutôt négligée, j'en ai peur. J'imagine qu'une vieille bicoque, sans beaucoup de domestiques et renfermant les quelques maigres signes de richesse décelables dans ce coin perdu de campagne, avait dû attirer le mauvais genre d'attention. »

Je crus comprendre où il voulait en venir.

« Pas de la part de ces détestables fenians ?

— Je ne pense pas : Mary n'a jamais maltraité ses locataires. À mon avis, le vol était le mobile et Mary s'est tout simplement trouvée en travers du passage : c'était une vieille dame fougueuse. Cela dit, Hugo ne partage pas mon point de vue. Depuis les meurtres de

Phœnix Park, il voit des fenians derrière chaque réverbère. Il refuse tout net de se rendre là-bas.

— Je le comprends.

— Moi aussi. Mais maintenant que Norton est sorti du bois, Londres est aussi devenue inconfortable pour lui. Nous sommes manifestement aussi malchanceux que... infortunés. »

La fortune. Il venait de prononcer le mot qui avait tourbillonné tel le brouillard de novembre durant mon aller-retour à Bladeney House. Il me fallait donc désormais le lui demander.

« Monsieur Davenall, je dois vous poser une question. Je sais ce que vous avez dit en présence de Sir Hugo, mais ce fameux Norton...

— Pourrait-il être James ?

— Oui. Je ne peux m'empêcher de m'interroger.

— C'est la raison de votre visite. Votre femme eût-elle été absolument certaine, vous n'auriez pas cherché un deuxième avis.

— C'est vrai. Je ne peux nier que cet homme m'a ébranlé. Constance et moi ne nous serions jamais mariés, ne nous serions même jamais rencontrés...

— Si James avait été vivant – ou n'avait pas disparu. Ma foi, sa propre mère l'a renié, tout comme son frère. Que voulez-vous de plus ?

— Votre jugement sans équivoque, j'imagine – en tant qu'homme de loi. »

Le fiacre s'arrêta dans une secousse. Nous étions à Gloucester Gate, où j'avais demandé à être déposé. Davenall se pencha par la vitre pour dire au cocher de faire un tour du parc. Manifestement, quelle que fût la nature de son jugement, il n'était pas sans équivoque.

Il se réinstalla sur la banquette avec un petit soupir néanmoins audible.

« Vous semblez hésiter, monsieur. Tout comme ma femme quand je lui ai posé la même question.

— Et pour la même raison, Trenchard. Hugo n'avait que quinze ans quand James a disparu, sans compter qu'il doit considérer Norton comme une menace et à son titre et à sa richesse, lesquels reviendraient à son frère s'il était vivant. On ne peut donc pas compter sur lui pour avoir un jugement rationnel. Sa mère, elle, semble clairement n'avoir aucun doute sur le fait que cet homme est un imposteur. Je n'ai pas parlé à Catherine moi-même, mais j'imagine qu'elle est assez catégorique sur la question. Moi, bien sûr, j'avais l'avantage – contrairement à elle – d'être prévenu. Quand Norton s'est présenté à mes bureaux, je savais à quoi m'attendre.

— À un fraudeur ?

— Oui. C'est bien ce à quoi je m'attendais. Et c'est toujours ce que je pense de lui. Car, après tout, que pourrait-il être d'autre ? Il est inconcevable que James ait pu mettre en scène sa disparition, puis qu'il revienne onze ans plus tard. Son suicide a beau être inexplicable, il ne peut être récusé par un simple coureur de dot, si doué fût-il.

— S'il prétend être James, il doit avoir une explication à sa conduite.

— Il dit en avoir une. Mais j'ai refusé de l'entendre. Quand – ou si – on en arrive là, je veux des témoins, Trenchard, je veux que nous écoutions son histoire ensemble, de façon qu'elle ne puisse être déformée ni arrangée pour s'adapter à nos susceptibilités

individuelles. Je veux qu'il n'y ait aucune place pour le doute.

— Y a-t-il donc... de la place pour le doute ?

— Je dois reconnaître que oui. Dire que Norton n'est pas le James que nous connaissions est assez facile. Nous connaissions un jeune homme insouciant. Il avait vingt-trois ans quand il a disparu, à l'aube de son mariage, avec apparemment un bel avenir devant lui. Et pourtant nous savons que ce n'était pas la réalité, qu'il se passait quelque chose – à ce jour encore inexpliqué – d'absolument tragique dans sa vie. Donc, onze ans plus tard, comment nous attendrions-nous à le voir ? La lecture de la lettre qu'avait écrite Catherine à Hugo m'avait préparé à un imposteur bravache qui pariait sur une vague ressemblance physique et une bonne mémoire des faits qu'il avait déterrés. Or il n'en était rien. Triste, esseulé, raffiné, il était déçu mais pas surpris qu'on le renie. Et, oui, je dois l'admettre : un peu comme James aurait pu l'être. »

Un silence s'ensuivit, brisé par le seul claquement des sabots et le grincement du cuir tiraillé, un silence dans la nuit douce et immobile, suffisant pour que chacun de nous envisage cette étrange possibilité sombre et béante : Norton pourrait bien être James Davenall, après tout. Quelque part, à l'autre bout de la ville, seul dans sa chambre d'hôtel, peut-être regardait-il fixement le mur blanc que sa famille avait réservé en guise d'accueil à un fils prodigue malvenu, et qui nous rassemblait, les Davenall et moi, autour d'un même vœu indigne : qu'il restât mort. Je ne voulais pas que le fantôme de l'amour perdu de ma femme vienne nous hanter, et encore moins qu'il affirme ne pas être un fantôme. Je savais, même si ces mots n'avaient jamais été prononcés, qu'elle m'avait accepté comme un pis-aller après la mort de son amant, et c'était suffisant, suffisant tant que cet homme était vraiment mort.

« Je crois que je vais descendre là, dis-je. Je préférerais faire le reste de la route à pied. »

Davenall se pencha pour communiquer l'ordre au cocher, puis me tint la portière ouverte.

« Je suis désolé de n'avoir pu vous donner ce que vous demandiez, Trenchard.

— *Un jugement sans équivoque, vous voulez dire ? m'enquis-je en tournant la tête vers lui alors que je descendais le marchepied. Peut-être en demandais-je trop.*

— Je suis avocat. Ma profession fait dans l'opinion. Ce que vous recherchez, seuls un juge et un jury peuvent le déterminer.

— *En arrivera-t-on là ?*

— Si Norton ne fait aucun progrès, ou si Hugo suit mon conseil d'acheter son silence – je ne pense pas. Mais si Norton estime qu'il peut gagner, ou, bien sûr, s'il dit vrai, alors il est possible qu'on en arrive là. C'est fort possible, oui. Voici ma carte. »

Je m'en saisis.

« Tenez-moi au courant. Nous pourrions avoir besoin de nous reparler. »

Sur ce, il gifla le côté du fiacre et fut emporté.

*

Avenue Road n'était qu'à vingt minutes de marche de l'endroit où Trenchard était descendu du fiacre, et pourtant il lui fallut près de deux fois plus de temps pour couvrir la distance, marchant lentement, tête basse, remuant avec ses pieds les feuilles qui jonchaient le trottoir, écoutant le vague bruissement de celles qui tombaient, délogées par la tendre brise nocturne. Une chouette hulula dans les bois du parc, au loin on entendait le cliquètement d'un fiacre qui emmenait son passager vers Marylebone. Et l'esprit de Trenchard voyageait dans le passé, dix ans en arrière, vers un autre automne tempéré, dans le salon du chanoine Sumner à Salisbury, où des rayons de soleil fendaient les ténèbres de la veillée funèbre de Constance Sumner. Si Davenall était revenu alors, il l'aurait trouvée en train d'attendre.

« On me dit, avait-elle expliqué, qu'il est mort. Pourtant, le croire m'apparaîtrait comme une sorte de trahison.

— Votre refus d'y croire vous fait honneur, avait commenté Trenchard. Cependant, il n'aurait certainement pas voulu que vous vous détourniez de la vie simplement parce que, pour quelque raison obscure, lui a choisi de le faire. »

Au début, elle avait résisté. Quand, plus tard, elle avait cédé au charme guérisseur de Trenchard, le chanoine Sumner avait déclaré qu'il s'agissait d'un acte véritablement chrétien, et Trenchard avait savouré cette gratitude. Or maintenant, voilà que Norton l'obligeait déjà à voir sous un autre angle la belle et patiente cour à laquelle il s'était livré. Celle-ci avait toujours été plus calculée qu'il ne voulait bien l'admettre, car il y avait eu de la vulnérabilité dans le deuil de Constance, et il en avait joué. Pire, il y avait eu le plaisir, la secrète satisfaction de la prendre à un autre, un soupçon d'adultère dans ce qui avait paru d'une bienséance à toute épreuve. S'il n'avait pas conquis insidieusement l'affection de Constance, elle serait peut-être restée fidèle à un souvenir, elle aurait peut-être continué à croire l'incroyable suffisamment longtemps pour le voir devenir réalité.

Il bifurqua dans Avenue Road, encore absorbé par le flot rancunier de ses souvenirs indésirables. Il avançait lentement vers The Limes, préparant mentalement les garanties qu'il donnerait à sa femme, répétant les moyens grâce auxquels il lui dissimulerait ses doutes. Ce n'était pas facile, comme l'est rarement ce qui n'est pas franc, et c'est dans cette difficulté que nous pourrions puiser l'explication d'une plus grande erreur.

Dans l'ombre projetée par le dernier arbre avant l'entrée de The Limes – tache d'encre au milieu du décor gris éclairé par la lune – se dressait James Norton, qui regardait Trenchard approcher. En le voyant arriver, il s'était réfugié sous l'arbre, mais il aurait très bien pu penser, malgré tout, qu'il ne pourrait pas éviter d'être repéré. En l'occurrence, Trenchard passa à côté de lui d'un pas déterminé, sans regarder ni à droite ni à gauche, et tourna dans l'allée qui conduisait à sa maison.

Norton demeura immobile plusieurs minutes, jusqu'à ce qu'il entende le cliquetis lointain d'une porte qu'on referme et le bruit métallique d'un verrou qu'on actionne. Puis il sembla sourire, à moins que ce ne fût qu'un fragment de lune qui zébra ses lèvres lorsqu'il bougea enfin. Plongeant la main dans sa poche de veste, il en sortit un étui à cigarettes en argent, sur lequel – qui sait ? –, s'il y avait eu suffisamment de lumière, on aurait pu discerner un monogramme révélateur. Un instant plus tard vinrent la brève lueur jaune d'une allumette, un discret soupir de plaisir à la première bouffée, puis le bruit de ses pas comme il s'éloignait, ombre mobile dans la nuit figée, ne laissant qu'une volute de fumée et une odeur âcre au milieu des feuilles blanchies par la lune.

2

Constance Trenchard ne dormit pas bien cette nuit-là. Après avoir attendu le retour de son mari de Bladeney House, elle l'avait d'abord trouvé rassurant puis, sous le feu des questions, irritable comme il l'était rarement. Pour finir, ils s'étaient retirés au lit dans un silence mutuel choqué, consternés de voir avec quelle vitesse et quelle facilité un intrus parvenait à déranger leur équilibre.

Oh, Constance se l'avouait non sans honte au cours d'un petit déjeuner solitaire le lendemain matin, ce n'était pas la détresse manifeste de William qui l'avait occupée durant ces longues heures d'insomnie. Ce n'était pas son visage qu'elle avait vu chaque fois qu'elle avait fermé les yeux, ce n'étaient pas ses mots qu'elle s'était efforcée, malgré elle, de faire resurgir de l'époque lointaine d'un dernier rendez-vous ancré dans sa mémoire. Elle regardait le soleil qui filtrait par la fenêtre s'enrouler dans le panache de vapeur qui montait de son café, sentait son esprit dériver vers une prairie luxuriante du Somerset et la splendeur désinvolte d'un après-midi estival. Les coquelicots éclaboussaient de mille gouttelettes le tapis jaune de fleurs, la moindre velléité suspendue dans le four étouffant d'une crise soudaine. Juin 1871. Si proche et pourtant ô combien lointain. Son visage, sculpté comme de l'ivoire frais tandis qu'il la regardait avec dans les yeux un chagrin voilé et interrogateur qui aurait pu être du mépris. Il avait retiré sa main de la sienne. «C'est ainsi que ça commence, avait-il déclaré avec hésitation. Et c'est ainsi que ça finit.»

«Deuxième distribution de courrier, m'dame.»

C'était Hillier, avec son sourire potelé et un plateau en argent chargé d'une pile de lettres nouvellement arrivées.

Constance les examina. Toutes destinées à William, sauf une. Adressée à elle d'une écriture penchée, soignée, évocatrice. La similitude suffit à la lui faire ouvrir d'un geste vif, sans prendre la peine de se servir du coupe-papier.

Great Western Royal Hotel,
Praed Street,
Londres O

1er octobre 1882

Chère Constance,

J'espère que mon écriture n'a pas changé au point d'être méconnaissable elle aussi. Bien sûr, je n'ai jamais été un grand épistolier, n'est-ce pas? À présent, cela semble être la seule façon de pouvoir communiquer avec vous à toute fin.

Je suis navré de vous avoir choquée en arrivant sans prévenir cet après-midi. Et pourtant, ce choc était-il évitable?

Je puis seulement dire que je suis parti il y a onze ans pour les meilleures raisons et que je suis revenu de même aujourd'hui. J'aimerais expliquer tout ce que cache cette phrase, mais j'ai le sentiment qu'il vaudrait mieux attendre l'occasion de pouvoir nous parler librement, face à face. M'accorderiez-vous cette seule et unique faveur – en souvenir du bon vieux temps ? Je vous attendrai là-bas, au cas où vous vous sentiriez capable de venir. Naturellement, je ne retournerai plus à The Limes sans votre accord.

Aucun de nous ne peut oublier, n'est-ce pas, ce qui s'est passé dans cette prairie ? Peut-être aurais-je dû vous expliquer alors. J'aimerais le faire à présent, plus que je ne saurais l'exprimer. Accordez-moi, je vous en supplie, la possibilité de m'octroyer votre pardon – et votre légitimation.

Tout à vous,

James

Constance glissa la lettre dans son enveloppe déchirée à la hâte et se leva de table d'un geste mal assuré. Se rappelant alors qu'elle n'était plus la gamine qui menaçait de s'évanouir à l'idée du retour de son fiancé, elle affirma sa maturité de femme de sang-froid par la calme précision avec laquelle elle poussa sa chaise sous la table, puis fit volte-face et se dirigea lentement vers la porte.

Dans l'entrée, Hillier faisait énergiquement la poussière en fredonnant au rythme de son travail. Elle leva la tête au passage de sa maîtresse et sourit.

« Charmante matinée, m'dame.
— Oui, Hillier. En effet. Vous pourrez débarrasser le petit déjeuner quand vous voulez. Où est Patience ?

— Dans la chambre d'enfant, m'dame, elle apprend l'alphabet. »

Constance hocha la tête.

« M. Trenchard a-t-il laissé entendre qu'il retournerait déjeuner à la maison ?

— Y pensait que non, m'dame.

— Je vois. Merci. Si vous avez besoin de moi, je serai dans le salon.

— Très bien, m'dame. »

La fille retourna à son travail avec entrain, mais, au cas où elle l'aurait regardée, Constance parcourut le couloir à petits pas mesurés. Elle entra dans le salon et ferma la porte derrière elle.

Contre le mur face à la fenêtre se dressait un modeste secrétaire en noyer. Constance se plaça devant et baissa le rabat, qui n'était jamais fermé à clé, puis glissa la main dans l'un des casiers afin de prendre la clé du petit tiroir qu'elle avait l'habitude de verrouiller. Il s'ouvrit du premier coup.

Ce tiroir abritait les quelques lettres personnelles que Constance avait préservées ; William, qui en respectait le caractère sacré, rangeait ses propres papiers et sa correspondance dans un bonheur-du-jour plus substantiel dans le bureau. Le paquet, qu'on avait préféré maintenir avec un lien austère plutôt qu'avec n'importe quel ruban trop évidemment féminin, n'était pas épais : Constance n'était pas du genre sentimental à tout garder. Cependant elle avait conservé, sans la lire depuis longtemps, une lettre de James Davenall, et c'était à celle-ci qu'elle souhaitait maintenant se référer.

Elle la sortit du paquet sans défaire la ficelle, la

posa à côté de celle de Norton sur le sous-main, et se mit en devoir de comparer attentivement les deux écritures. L'une était à l'encre bleue, l'autre en noir. Constance ne pouvait affirmer, la main sur le cœur, qu'elles avaient été tracées ni par le même homme ni par deux hommes distincts. Onze ans et Dieu sait quelles expériences les séparaient, et Constance avait bien conscience que la lettre de James avait été rédigée avec beaucoup moins de réflexion et dans une hâte bien plus grande que celle de Norton. Elle l'ouvrit afin de s'en remémorer le contenu. Elle était telle que dans ses souvenirs, un message griffonné à la va-vite sur le papier à en-tête de son club londonien.

16 juin 1871

Ma très chère Connie,
Je dois me hâter si je ne veux pas rater la levée et ainsi m'assurer que ce pli vous parviendra demain matin. À ce moment-là, je serai en route dans la même direction.
La raison de ma visite inopinée à Londres et la raison pour laquelle je ne souhaite pas revenir directement à Cleave Court sont les mêmes. Je vous en prie – si vous m'aimez –, soyez à l'aqueduc demain à midi. Je m'y rendrai à pied depuis Bathampton et vous y retrouverai là-bas.
Avec tout mon amour,

James

Installée à Cleave Court quelques jours avant le mariage, Constance avait commencé à s'agacer du peu de temps que James et elle arrivaient à passer ensemble sans la présence de divers membres du foyer Davenall.

Il s'en était suivi le départ soudain de James pour Londres et cette étrange convocation à un rendez-vous méridien juste une semaine avant le jour J. Elle n'avait pas oublié, pas plus, semblait-il, que Norton.

Elle remit la lettre dans son enveloppe, puis l'inséra avec la missive de Norton dans le paquet, qu'elle déposa dans le tiroir avant de tourner la clé. D'ordinaire, elle laissait la clé dans un des casiers, cette fois-ci elle la remisa dans la petite bourse en feutre qui pendait à sa ceinture. Puis elle sortit du papier à lettres et une plume, ouvrit l'encrier et se mit à écrire à son tour.

La composition de cette lettre ne fut ni facile ni rapide. D'ailleurs, l'horloge indiquait presque 11 heures quand elle scella l'enveloppe, apposa le timbre et tamponna l'adresse avec le buvard. Elle prit une grande inspiration, se leva et quitta la pièce.

Ce n'était pas dans les habitudes de Constance – ni de celles de n'importe quelle dame – de poster son propre courrier, mais elle se dit que le beau temps matinal fournirait une excuse valable pour le faire en cette occasion. De fait, Hillier ne remarquerait probablement même pas son départ. Ainsi donc, parée de son seul canotier pour se protéger les yeux du soleil, elle sortit par la porte principale et se dirigea d'un pas vif vers la boîte aux lettres située tout juste à une centaine de mètres. À sa grande surprise, elle avait très chaud, elle fut donc reconnaissante à la brise d'éventer ses joues écarlates.

En arrivant devant la boîte, elle jeta de nouveau un œil à sa lettre. Il était étrange, songeait-elle, d'avoir attendu si longtemps pour adresser une telle missive.

Elle la glissa dans la fente et l'entendit tomber sur le tas.

*

Le jeudi suivant ma visite à Bladeney House, j'étais dans mon bureau au-dessus de l'embranchement d'Orchard Street, quand j'entendis parler de la prochaine action de Norton. Debout à la fenêtre, écoutant d'une oreille distraite Parfitt, le directeur, m'expliquer par le menu les avantages esthétiques et commerciaux d'un nouveau motif en mosaïque marbrée pour le rayon viande froide, j'avais cessé de me demander pourquoi ce pauvre homme n'arrivait pas à comprendre que c'était mon père, pas moi, qu'il faudrait convaincre de la nécessité d'une telle dépense. En lieu et place, j'observais dans la rue l'agitation incessante de la circulation, j'entendais le roulis cliquetant des charrettes, le cri d'un vendeur de journaux qui s'élevaient derrière la voix monocorde de Parfitt, et je m'interrogeais, comme je m'étais surpris à le faire ces derniers temps au moindre moment d'oisiveté : où est-il à présent ? Que fait-il ?

Une réponse d'un certain genre arriva plus tôt que je ne m'y attendais. Une silhouette familière se détacha de la foule d'Oxford Street et traversa la rue afin de se diriger, manifestement, vers notre porte. Ce faisant, elle leva la tête et, croisant mon regard, me salua en portant un doigt à son chapeau. C'était Richard Davenall.

Le pauvre Parfitt fut coupé net et se vit confier la mission de vite faire monter mon invité imminent. Quelques minutes plus tard, Davenall était assis en face de moi, le souffle court, s'excusant de n'avoir pas averti de sa venue.

« J'aurais pu écrire, mais je me suis dit que vous apprécieriez peut-être qu'on discute de la question.

— Dois-je en déduire que vous avez eu des nouvelles de Norton ?

— M. Norton a engagé un avocat pour défendre sa cause devant la justice. Warburton, de Warburton, Makepeace & Thrower. Un homme respecté, même s'il l'est davantage pour ses résultats que pour ses méthodes. Le cabinet, réputé pour son manque occasionnel d'orthodoxie, peut donc sembler un choix tout naturel. Cependant, à mes yeux, ce choix lui est préjudiciable.

— Comment ça ?

— Il est difficile de croire que James, s'il était vivant, aurait recours à un tel homme. Sans compter que les services de Warburton ne sont pas donnés. Peut-être vous êtes-vous demandé d'où venait l'argent de Norton. Il daigne séjourner dans un hôtel de gare, c'est vrai, mais il semble envisager un procès coûteux. Comment finance-t-il tout cela ?

— Avez-vous une idée ?

— Aucune. M. Norton demeure une page vierge. Mais nous aurons bientôt l'occasion de déterminer l'étendue de cette virginité, ce qui est l'objet de ma visite. Warburton a proposé un examen officiel de l'affaire de Norton, une réunion entre lui et les parties intéressées, devant témoins. Je me suis dit que vous aimeriez peut-être y assister.

— Très volontiers. Cela signifie-t-il que Norton devra justifier ce qu'il avance en fournissant des réponses satisfaisantes à des questions précises, ou, s'il échoue, reconnaître que toute cette affaire était une mystification ?

— Précisément. Mercredi prochain, le 11, dans les bureaux de Warburton. J'ai suggéré à Sir Hugo que les personnes conviées se retrouvent à Bladeney House la veille au soir afin de s'accorder sur la manière de mener cette affaire. L'examen pourrait s'avérer tendu, mais, s'il permet d'écraser cette imposture dans l'œuf, le jeu en vaudra la chandelle.

— Cela paraît trop beau pour être vrai. »

Richard sourit.

« J'ai bien peur que vous ayez raison, Trenchard. Sir Hugo pense que cela permettra de tuer la vache à lait, mais il me semble à moi que Norton n'aurait pas accepté cette proposition d'examen s'il n'avait pas l'espoir d'en sortir indemne. »

Je me levai de mon bureau et retournai à la fenêtre. J'avais besoin de la distraction de la vue pour atténuer mon impression que Constance et moi-même sapions l'affaire des Davenall.

« Cet examen pourrait refléter la confiance de quelqu'un qui sait qu'il a raison. »

Davenall pivota sur son fauteuil et me regarda.

« Il y a aussi cet enjeu. Et pourtant il faudra bien y faire face, tôt ou tard.

— Dans ce cas, peut-être faut-il vous avouer que ce n'est pas du côté de ma femme qu'il faut chercher une réfutation catégorique de l'affirmation de Norton. »

Seul un frémissement de sourcils trahit la réaction de Richard.

« Je vois. »

Un silence, puis :

« J'imagine que cela vous met dans une position difficile, pour ne pas dire délicate. »

Je retraversai la pièce et m'appuyai sur un coude au manteau de la cheminée sous la peinture à l'huile d'Ephraim Leavis.

« Oui. En effet. Cependant j'espère que cette difficulté sera vite résolue. Constance a écrit à Lady Davenall afin de lui suggérer de s'entretenir ensemble des événements. Et Lady Davenall a eu la gentillesse de nous inviter à lui rendre visite à Cleave Court samedi afin de procéder à cet entretien. Je suis persuadé qu'elle saura convaincre Constance là où j'ai jusqu'ici échoué. De fait, je pensais que vous étiez au courant de cette invitation et que vous en aviez deviné le but. »

Pour la première fois, le calme juridique de Davenall sembla ébranlé.

« Catherine emploie son propre notaire à Bath, lequel la représentera sans nul doute lors de l'examen. Il n'est pas dans ses habitudes de communiquer avec moi. En général, je n'ai de ses nouvelles que par le biais de Sir Hugo.

— Pardonnez-moi. Je ne voulais pas être indiscret. »

Richard recouvra son sourire.

« Il n'y a rien à pardonner. Votre initiative est tout à fait judicieuse. Catherine et votre épouse étaient très proches, à une époque, me semble-t-il. Elles sauront se rassurer. Voilà qui est opportun, parfaitement opportun.

— Vous le pensez vraiment ?

— Mais oui, absolument. »

Richard se leva de son fauteuil, non sans effort : un brin de lassitude imprégnait ses mots et ses gestes.

« Il faut que j'y aille. Vous connaissez le proverbe, on

ne peut pas arrêter le temps. Rendez-vous à Bladeney House mardi prochain – disons 20 heures ?
— J'y serai.
— Parfait, parfait. Pour l'instant. »
Nous nous serrâmes la main et, ce faisant, il dut percevoir mon abattement.
« Quelque chose vous inquiète-t-il dans cette visite à Cleave Court, Trenchard ? »
Je le regardai droit dans les yeux.
« Qu'est-ce qui pourrait bien m'inquiéter ?
— Je ne sais pas.
— Moi non plus. C'est peut-être là le problème. Peut-être que ce qui m'inquiète est la possibilité de ne pas connaître ma femme aussi bien que je le devrais. »
Il me saisit l'avant-bras dans un geste compatissant.
« Du calme, mon brave. Il y a de fortes chances que, d'ici une dizaine de jours, tout cela soit derrière nous. Alors vous pourrez sourire de ces pensées. Croyez-moi : M. Norton ne fera pas long feu. »

*

James Norton avait, de fait, déjà excédé de trois jours l'estimation qu'avait faite Richard Davenall de sa longévité lorsque, le samedi 7 octobre 1882, William et Constance Trenchard montèrent dans le train en gare de Paddington pour leur visite à Cleave Court. Ils étaient arrivés à la dernière minute, évitant soigneusement de mentionner la possibilité que Norton pût, au même moment, être en train de petit-déjeuner tranquillement dans l'hôtel voisin, et s'étaient installés à la hâte dans un compartiment de première classe.

Après s'être livrés à quelque conversation anodine au sujet des dispositions prises pour occuper Patience durant leur absence et avoir commenté brièvement la clémence du temps tandis que le soleil apparaissait au-dessus de la vallée pointillée d'arbres de la rivière Brent, chacun se plongea dans la sécurité de la lecture, pour William le *Times* du jour, pour Constance un recueil de sonnets de Charles Tennyson Turner.

Aucun n'était, en vérité, absorbé dans son étude, mais chacun préférait simuler plutôt que de rouvrir ce qui s'était déjà révélé un sujet douloureux. Constance n'aurait-elle pas dû consulter William avant d'écrire à Lady Davenall? William, c'était compréhensible, avait le sentiment que si: il ne se serait pas opposé à cette proposition de visite, elle aurait dû le savoir. Constance avait le sentiment, c'était tout aussi compréhensible, qu'elle n'aurait pas pu expliquer l'envoi impulsif de cette lettre sans montrer à William une autre lettre, présentement rangée dans un tiroir fermé à clé de son secrétaire; or, comme celle-ci mentionnait quelque chose connu, pensait Constance, d'elle seule, elle ne pouvait envisager d'en parler à son mari. Ainsi donc les remarques prophétiques dont William Trenchard avait fait part à Richard Davenall semblaient, dans une certaine mesure, déjà se vérifier.

Ce n'est que lorsque nos deux voyageurs eurent pris à Bath une correspondance pour Freshford que l'un d'eux tenta de briser le silence. Malheureusement, cette tentative se révéla inopportune. Le train avait lentement sinué dans la vallée de l'Avon, et ralentissait encore davantage en prévision de son arrêt en gare de Limpley Stoke, quand William Trenchard prit la parole. La rêverie dans laquelle sa femme était tombée en contemplant par la vitre les champs et les collines boisées ne pouvait lui avoir échappé, mais il l'avait interprétée comme une vague nostalgie plutôt que comme un souvenir précis lié à l'aqueduc de Dundas sous lequel ils étaient passés quelques petites minutes auparavant.

«Cette partie du monde doit être pleine de souvenirs, pour vous», commenta-t-il en s'efforçant d'insuffler un peu de gaieté dans sa voix.

Elle le regarda d'un air distant – perdue, en l'occurrence, dans les souvenirs qu'il avait mentionnés –, l'expression brouillée par la soudaine lumière du soleil ou les frontières de son monde intime, il n'aurait su dire. La robe violette qu'elle ne portait plus depuis des années, le châle en dentelle jeté négligemment sur ses épaules, les boucles d'oreilles de perles, le voile de gaze tendu sur les rubans mauves de son chapeau de paille: autant d'indices, autant de gages qui, quelque part, il le savait, ne lui étaient pas destinés.

À peine eut-il prononcé sa remarque qu'il la regretta, regretta la panique qui l'avait inspirée, tout en sachant qu'il ne pouvait en être autrement: il était trop faible pour ne pas essayer de combler par des mots le fossé qui s'agrandissait.

Soudain, Constance sourit.

«Je suis contente que nous soyons venus ensemble, William. Vraiment.»

Mais, si ces mots étaient censés le rassurer, ils échouèrent. Ils ne firent que le convaincre qu'elle aurait souhaité être seule.

Il continua à s'embourber.

« Quand y êtes-vous allée pour la dernière fois ?
— Pas *depuis* ce fameux jour. »

Quel jour ? Trenchard n'eut pas le courage de poser la question, et Constance, dans sa distraction, ne se rendit pas compte de l'erreur qu'elle avait commise.

À la gare de Freshford, la voiture de Lady Davenall les attendait. Un valet de pied lugubre les conduisit en silence à travers le village aux pavés patinés puis le long de routes sinueuses bordées de haies imposantes, jusqu'à leur destination.

Ils franchirent les limites de Cleave Court bien avant de voir la bâtisse, empruntèrent à vive allure l'allée incurvée qui traversait le parc à daims protégé par une sombre allée d'ormes, aveuglés, tétanisés, par le fait de savoir que l'un avait déjà emprunté ce chemin, l'autre non. Enfin, au sortir de la canopée des ormes, ils ne purent plus ignorer la demeure. Baignée de soleil, flanquée de forêts escarpées de bouleaux, chantée par un escadron de corbeaux freux, Cleave Court imposait son quadrilatère de pierre : une façade classique faite de hautes fenêtres et de colonnes doriques, de frontons et de balustrades, de richesse tout en pilastres, de tradition tout en corniches.

« Le premier baronnet était trésorier-payeur de l'Échiquier sous la reine Anne », murmura Trenchard, presque pour lui-même. Puis, croisant le regard surpris de Constance :

« Je me suis dit qu'il serait bon de me renseigner sur les Davenall, fit-il avec un sourire guère chaleureux. La maison a été achevée en 1713, juste à temps pour que Sir Christopher s'y retire. Depuis, la famille n'a effectué que très peu de travaux, hormis quelques bricoles ici et là. »

Constance garda le silence.

« Ils ont aussi la grande chance de posséder une partie substantielle du gisement de houille du Somerset. »

La voiture s'arrêta devant la maison, et le valet de pied sauta à terre pour ouvrir la portière et déplier le marchepied.

« Bien sûr, poursuivit Trenchard, j'imagine que d'ici on ne voit pas les terrils. »

Il leva les yeux sur la ligne lointaine du toit, brisée par les formes bulbeuses d'urnes au drapé de pierre.

« D'un autre côté, ça m'étonnerait que quelqu'un essaie. Leur devise familiale est *"In captia vitalitas"*. Ce qui se traduit grossièrement par : "Vivre, c'est chasser"... »

Constance détacha son regard de la porte d'entrée ouverte de la maison et termina la phrase pour lui :

« Ou être chassé. »

*

Lorsque Constance et moi-même arrivâmes à Cleave Court le jour convenu, Lady Davenall nous reçut dans l'orangerie, annexe de plain-pied reliée au bâtiment principal de la maison. Étrange choix de lieu, avec son sol dallé, son assortiment de tapis orientaux, ses luxuriantes plantes en pots rentrées en prévision d'un gel précoce et disséminées parmi des fauteuils en osier aux coussins épais. Nous avions traversé plusieurs pièces richement meublées pour la rejoindre, et il me vint à l'esprit, quand nous arrivâmes et trouvâmes Lady Davenall allongée sur une méridienne, l'index courbé vers un paon qui se pavanait et picorait une poignée de graines jetées par la porte-fenêtre ouverte, qu'elle fuyait peut-être, en un sens, toute l'opulence lambrissée que son mariage avec un baronnet lui avait apportée.

En face de Lady Davenall, engoncé, avec un inconfort apparent, sur une chaise en bambou au dossier bas qui grinçait dangereusement au moindre de ses mouvements, un homme corpulent en costume de tweed serrait précieusement une tasse à thé et une soucoupe comme s'il craignait de les faire tomber. Dans un crescendo de grincements, il se leva pour nous accueillir lorsque le domestique nous annonça.

«Baverstock, monsieur, notaire», souffla-t-il.

Sa poignée de main déposa un voile de sueur sur ma paume.

«Et officier ayant qualité pour recevoir les déclarations sous serment», ajouta-t-il de façon superflue.

Lady Davenall, à présent, s'était aussi levée et accueillit Constance avec un tranquille baiser souverain. Elle me serra brièvement la main, et je fus aussitôt stupéfié par son contact glacial. Voilà qui expliquait la pâleur d'albâtre de son teint, mais pas sa peau lisse, ni ce déni contre nature de l'âge que je la savais avoir. Ses cheveux étaient gris, bien sûr, tout comme sa robe, qui reflétait sans doute encore son deuil évanescent de Sir Gervase, toutefois on décelait quelques touches de rose sur le tissu, et une indifférence implicite, même vis-à-vis de l'objet de notre visite, dans la réticence de son sourire protocolaire. Dans d'autres circonstances, j'aurais pu la croire lasse de nous avant même qu'on ait commencé.

«C'est un plaisir de vous revoir, Constance, dit-elle.

Et de rencontrer l'homme qui vous a enfin apporté le bonheur. Je suis désolée que ma famille soit de nouveau la cause involontaire de votre désarroi. »

Du thé de Chine fraîchement préparé fut apporté et servi. Constance et moi nous assîmes ensemble sur un canapé en osier et abondâmes en platitudes habituelles sur le confort de notre voyage. Je me surpris à me demander, comme souvent déjà, ce que Constance avait écrit au juste dans sa lettre. Ne pouvant pas, bien sûr, laisser deviner à Lady Davenall que Constance me l'avait cachée, j'essayai de donner un tour confiant à la conversation.

« Nous espérons tous que ce désagréable épisode touchera vite à sa fin. Nous ne sommes venus aujourd'hui que pour nous assurer que vous ne nourrissiez aucun doute quant à la fausseté des prétentions de Norton. »

Constance ne dit rien, mais je la sentis se raidir à mes côtés. Quant à Lady Davenall, elle me jeta un regard chargé d'autant d'expression que si elle avait contemplé un panneau de verre.

« Je ne nourris aucun doute, répondit-elle après un silence. Il s'est présenté ici la semaine dernière, comme vous le savez. Il a réussi à suborner les domestiques – aucun d'eux n'est ici depuis assez longtemps pour se souvenir de James –, qui l'ont laissé entrer. J'ai bien compris ce qui les avait dupés. Cet homme a ce qu'on appelle, me semble-t-il, du charisme. Mais il n'est pas mon fils. Mon fils est mort. »

Ces mots furent prononcés d'un ton autoritaire dénué d'émotion.

« Peut-être devrais-je ajouter, intervint Baverstock, que lors de son passage ici, Norton a eu l'effronterie

d'aller voir l'ancien médecin de M. James – Fiveash. Le Dr Fiveash est prêt à jurer que cet homme n'est pas son ancien patient.

— Donc, vous voyez, poursuivit Lady Davenall, il ne s'agit pas seulement du jugement brumeux d'une vieille dame confuse. »

Voilà qui semblait une description tout à fait absurde la concernant, mais ce fut Constance qui comprit ce qu'elle suggérait.

« Contrairement, vous voulez dire, à celui de Nanny Pursglove ?

— Esme Pursglove, répliqua Lady Davenall avec une compression songeuse des lèvres, était une nourrice aussi loyale et appliquée qu'on aurait pu le souhaiter. Cependant si c'est un jugement éclairé qu'on cherche, autant consulter ce laurier. »

Elle désigna d'un geste vague une plante feuillue derrière elle.

« Ainsi, vous n'avez vu chez Norton, insistai-je, aucune ressemblance, si infime fût-elle, avec votre fils ?

— Absolument aucune.

— Il n'a pas fait étalage de connaissances qui auraient pu vous ébranler ?

— Là encore, absolument pas.

— Cela, bien sûr, intervint Baverstock, est l'objet de l'examen du 11 : mettre au jour l'ignorance de Norton quant à tous les détails de la vie de James.

— Ignorant ou bien informé, protesta Lady Davenall, cela ne fera pour moi aucune différence. Cet homme est un imposteur, c'est tellement flagrant qu'il mérite à peine ce qualificatif. »

Soudain, avec pour seul préambule un repositionnement

maladroit de sa tasse dans la soucoupe, Constance déclara ce que je redoutais :

« Je ne suis pas d'accord avec vous, Lady Davenall. »

Si ces mots provoquèrent un choc, seuls Baverstock et moi le montrâmes. La maîtresse de Cleave Court, elle, ne daigna pas même jeter un œil en direction de Constance. Lorsqu'elle finit par réagir, ce ne fut même pas à ce qui venait d'être dit.

« Vous et votre mari aimeriez-vous visiter une partie du domaine avant le déjeuner ? Les quelques changements qui ont été effectués depuis votre dernière visite vous intéresseront peut-être. De plus, nous devons laisser M. Baverstock se concentrer un moment sur le carnet de quittances de loyer. »

*

Plus tard, Trenchard se rappellerait l'allure à laquelle Lady Davenall avait mené la visite quand elle les avait guidés, Constance et lui, dans les jardins en terrasses, tout en discourant, sans montrer le moindre signe d'essoufflement, sur les beautés saisonnières de la clairière d'érables japonais, les difficultés à empêcher les daims de pénétrer dans cette partie du domaine, et les feuilles mortes qui tendaient à boucher la conduite d'alimentation de la fontaine. Elle portait sous le bras un panier en osier et s'arrêtait de temps à autre pour enlever feuilles et brindilles mortes de ses plantes préférées ; ses échanges avec un jardinier croisé en chemin avaient été froids mais pertinents.

Relativement plus tôt, Trenchard se remémorerait le peu d'attention que Constance accordait aux commentaires de Lady Davenall : plusieurs fois il avait dû répondre à sa place quand ils étaient invités à complimenter quelque modification paysagère. Si Constance voyait ce qu'on lui montrait, c'était, il en était sûr, à une autre époque, avec un compagnon différent. Elle et Trenchard avaient beau marcher ensemble, ils s'éloignaient.

Quand en quittant la colline boisée derrière la maison ils pénétrèrent par un portillon dans le parc à daims, Lady Davenall redirigea leurs pas vers l'orangerie, où, présumait-elle, Baverstock devait avoir eu suffisamment de temps pour établir le registre des loyers d'automne. C'est alors que Constance s'arrêta et parla pour la première fois depuis le départ de leur promenade.

« Lady Davenall, lança-t-elle, nous ne pouvons tout de même pas rentrer sans montrer à William la fierté de Cleave Court ? »

Lady Davenall se retourna et la dévisagea froidement.

« De quoi diable parlez-vous, ma chère ?

— Mais enfin, le labyrinthe évidemment. Le labyrinthe de Sir Harley. »

Constance sourit à son mari avec un plaisir non feint.

« Il y a ici un labyrinthe d'ifs que vous devriez vraiment voir, William. Il est de l'autre côté du parc à daims, derrière le clos. »

Elle pointa un doigt dans cette direction.

« J'y allais souvent… »

Elle s'interrompit brusquement.

« Le labyrinthe a été abandonné, répliqua platement

Lady Davenall. Il m'était impossible de justifier le labeur que nécessitait son entretien. Nous laissons pousser les haies depuis plusieurs années, maintenant, et nous gardons les portails fermés. »

Constance semblait perplexe.

« Abandonné ? Je n'arrive pas à y croire. Et qu'est devenu le buste de Sir Harley au milieu ? Et puis, il y avait un banc pour se reposer et…

— Laissé aux mains de la nature, rétorqua Lady Davenall. Le buste et tout ce qui s'ensuit. Le labyrinthe a été envahi par la végétation. Il est impénétrable. »

Elle sourit.

« Je vous suggère de rentrer, à présent. »

Elle repartit, se dirigeant d'un pas mesuré vers la maison. Constance s'attarda un moment, le front plissé par la stupéfaction, puis secoua lentement la tête.

« Qu'y a-t-il ? demanda Trenchard.

— Ce labyrinthe a été taillé, balayé et admiré de tous pendant plus de cent ans, répondit-elle à mi-voix. Sir Gervase adorait s'asseoir au milieu, à côté du buste de son arrière-grand-père : il savait que personne ne pouvait le trouver là à part… Je suis sidérée que Lady Davenall ne l'ait pas entretenu.

— Ni Sir Hugo ?

— Les énigmes n'ont jamais été son fort. Non, il devait s'en ficher. Mais venez, nous ferions mieux de rentrer. »

Ils reprirent leur chemin. Ils ne firent plus allusion au labyrinthe, ni alors ni pendant le déjeuner. Pour Trenchard, c'était un détail sans importance – et sans rapport aucun avec le but de leur visite. Pour Constance, en revanche, cela ne faisait qu'ajouter à sa perplexité croissante. James chérissait ce labyrinthe, tout comme son père. L'abandonner semblait être une curieuse façon de se souvenir d'eux, c'était tout bonnement irrespectueux, d'ailleurs, de la part de Lady Davenall. Mais la véritable signification de cette affaire ne lui vint qu'à la toute fin du repas, quand Baverstock, nonobstant sa bouchée de stilton, essaya de rassurer Lady Davenall sur le fait que Norton ne représentait aucune véritable menace pour sa famille.

« Son allégation est parfaitement indéfendable, expliqua-t-il en opinant avec componction. Vous n'avez absolument rien à craindre de lui.

— Craindre ? répliqua Lady Davenall. Vous devriez savoir, monsieur Baverstock, que je n'ai jamais rien craint de ma vie. »

C'est l'emploi du verbe « craindre » qui l'interpella. C'est à ce moment-là que Constance se souvint.

Septembre 1870. Elle s'était déjà rendue à Cleave Court, mais jamais comme invitée du week-end. La vie majestueuse du domaine lui faisait un choc après le confort sobre de Cathedral Close, à Salisbury. Cependant ce choc était un choc splendide, vertigineux, magnifiquement enivrant pour la jeune fille de vingt et un ans qu'elle était. Sa nature impulsive s'irritait depuis longtemps de la piété disciplinée du foyer Sumner. Elle commençait à comprendre pourquoi son frère s'était lié d'amitié avec James Davenall. Et elle commençait aussi à comprendre que la courtoisie et la considération que James lui témoignait n'étaient pas simplement la marque du respect qu'il pensait devoir à la sœur d'un ami. De fait, ce week-end allait aboutir à sa demande en mariage. Et la réticence initiale consternée de Constance, à son acceptation.

Avant que cette étape fût franchie, cependant, James s'était montré négligent vis-à-vis de Roland, au point d'insister pour que Constance le laissât lui montrer le célèbre labyrinthe de son ancêtre, Sir Harley Davenall. Elle était, en vérité, contente de quitter la maison, où elle s'était sentie de plus en plus mal à l'aise en compagnie de Sir Gervase et d'un autre invité, un mastodonte français appartenant à la noblesse, qui lui avait été présenté comme le comte de Moncalieri et avec lequel, lui avait-on fait comprendre, Sir Gervase avait servi en Crimée. L'hypothèse que sa présence en Angleterre eût été en partie liée à la conclusion récente de la guerre franco-prussienne s'était vérifiée lorsqu'il avait lancé une gerbe de jurons en voyant qu'on lui servait du vin du Rhin au déjeuner, mais sa mauvaise humeur patriotique ne l'avait pas empêché de jeter plusieurs regards désagréablement suggestifs en direction de Constance. Tout compte fait, elle était soulagée de sortir de son champ de vision.

Le labyrinthe consistait en une succession de haies d'ifs plantées en cercles concentriques, entourées d'une palissade. Sa conception, d'une complexité inhabituelle, produisait dans l'esprit de ceux qui y pénétraient une curieuse sensation de mouvement, comme si les haies – et les arches en ifs par lesquelles on passait d'un chemin circulaire à l'autre – tournaient toujours dans le sens inverse du marcheur. Cette illusion était renforcée par le fait que chaque cercle de haies était légèrement plus bas que le suivant quand on progressait vers l'intérieur, et que le sol semblait également pencher vers le centre. L'effet d'ensemble suggérait une obsession maniaque de l'art topiaire et de la géométrie de la part de Sir Harley, ce que James avait été heureux de confirmer.

«Ce brave vieux était complètement fou, évidemment, avait-il dit alors qu'ils parvenaient enfin au centre, où les attendait au sommet d'une colonne en pierre le buste rayonnant de Sir Harley. Mais peut-être fallait-il être fou pour concevoir ça. Ce labyrinthe a trompé beaucoup de gens qui croyaient connaître son secret.»

Constance s'était tournée vers lui avec une inquiétude non feinte.

«On arrivera à retrouver la sortie, n'est-ce pas?»

James avait souri.

«Avec moi pour vous guider, oui. Mais comment vous sentiriez-vous si je n'étais pas là?

— Un peu effrayée.

— Rien qu'un peu?»

Un instant, elle avait eu l'air farouche.

«Je ne douterais pas de finir par arriver à retrouver mon chemin.

— Tu entends ça, vieille branche? s'était exclamé James en adressant un grand sourire à Sir Harley. Toute la gent féminine ne tremble pas de crainte dans ton satané labyrinthe.

— J'espère bien que non, avait dit Constance.

— Vous auriez dû demander à ma mère de vous y emmener, avait rétorqué James. Alors, vous auriez compris ce que je veux dire. Elle n'y met jamais les pieds.

— Jamais?

— Aussi loin que remontent mes souvenirs, en

tout cas. J'ai souvent essayé de la persuader d'y entrer quand j'étais petit, mais je n'y suis jamais arrivé. Je crois que ça l'effraie vraiment.

— Mais non. Elle semble...

— Ne rien craindre ? Moi aussi, je l'aurais cru. Mais le labyrinthe fait exception. Elle redoute cet endroit, même si je ne sais absolument pas pourquoi. »

Douze ans plus tard, Constance n'avait plus aucun doute. Quelle que fût la peur de Lady Davenall vis-à-vis du labyrinthe, elle l'avait domptée. Elle avait fermé le portail à clé et laissé la végétation envahir les allées. Le labyrinthe abandonné, elle pouvait affirmer sans danger qu'elle ne craignait rien ni personne – et n'avait jamais rien craint.

*

Quand nous quittâmes Cleave Court cet après-midi-là, ce fut, dans mon cas, avec un sentiment aigu d'échec. L'objet de notre visite – que Constance et Lady Davenall s'assurent mutuellement que Norton était un imposteur – avait été esquivé par les deux femmes. Autant Constance semblait désormais refuser de soumettre ses soupçons en faveur de Norton à toute analyse rationnelle, autant Lady Davenall s'opposait à débattre objectivement de son rejet de l'homme en question. Il en résultait un duel mutique glaçant entre deux femmes qui entretenaient davantage de différences inoubliées que leur simple opinion au sujet de Norton. Le passé – le leur et celui des autres – criaillait plus fort que les paons sur les pelouses désertes. Mais ce que renfermait ce passé, je n'en savais toujours presque rien. Et lorsque ce jour-là

Lady Davenall me lança un adieu glacial, je compris qu'elle voulait qu'il en soit ainsi et pas autrement.

Baverstock, qui retournait à Bath au même moment, proposa de nous conduire à la gare de Spa dans sa voiture à quatre roues ; j'acceptai volontiers. Comme nous remontions l'allée et que Constance contemplait pensivement la maison qui rapetissait, je lui demandai depuis combien de temps il œuvrait pour les Davenall.

« Pas les Davenall, monsieur Trenchard, rectifia-t-il. Lady Davenall. Sir Gervase employait un cousin à lui. Je n'ai été embauché que lorsque Sir Gervase a perdu ses capacités.

— Je vois. Vous n'avez aucune relation avec Sir Hugo, dans ce cas ?

— Absolument aucune. Sir Hugo vient rarement ici. »

À cet instant, Constance montra qu'elle avait été moins préoccupée que je l'avais supposé.

« Vous ne vous rappelez pas le labyrinthe, dans ce cas, monsieur Baverstock ? »

Baverstock se retourna pour lui adresser un sourire.

« Le labyrinthe de Sir Harley ? Il était rare de se rendre à Cleave Court sans en entendre parler, mais pas de la bouche de Lady Davenall, cependant.

— De la bouche de qui, alors ?

— Du personnel. Tous ont trouvé extrêmement dommage qu'elle décide de l'abandonner juste après la maladie de Sir Gervase. Moi, je n'ai pas d'avis. Toutefois, ç'a été la raison du départ de Crowcroft, le jardinier en chef, ce qui en dit long. Il y a eu beaucoup de changements à cette époque. Quinn, le majordome, est parti lui aussi, mais pas...

— Lady Davenall a-t-elle expliqué sa décision ? »

Baverstock gloussa.

« Je dois dire que non.

— Quel dommage, poursuivit Constance avec mélancolie, qu'il ne reste pas plus de domestiques qui se souviennent de James.

— Il y a toujours Nanny Pursglove, intervins-je, sarcastique.

— Oui, c'est vrai, approuva Constance. Elle habite toujours au sein du domaine, monsieur Baverstock, si j'ai bien compris ?

— Sur la partie douairière derrière Limpley Stoke, madame Trenchard. Une charmante maisonnette à côté du canal. J'ose espérer que sa dernière excentricité ne remettra pas en cause son bail.

— Si vous voulez, proposai-je, peut-être pourrions-nous lui rendre visite. Elle et vous avez quelque chose en commun, après tout. »

Constance me jaugea d'un air sévère.

« Cela serait-il possible, monsieur Baverstock ?

— Simple comme bonjour, si je puis dire. Cette brave vieille adore les visites. »

Ainsi notre requête fut-elle acceptée et, comme l'avait laissé entendre Baverstock, facilement exécutée. Nous traversâmes Limpley Stoke pour descendre dans le fond de la vallée où, lovée dans une cuvette ensoleillée dominée par la voie de chemin de fer, nous trouvâmes la maisonnette attribuée à Miss Pursglove pour le restant de sa vie : des volutes de fumée s'échappaient de la cheminée, le chaume était bien entretenu, il restait encore des fleurs dans les paniers suspendus, les remous du barrage sur la rivière derrière nous adoucissaient le silence. Miss Pursglove nous vit arriver par la fenêtre de sa cuisine, qu'elle ouvrit d'une poussée pour roucouler un bonjour. Elle reconnut aussitôt Constance.

«*Ma parole, mais c'est Miss Sumner. Cela fait trop longtemps, ma chère, beaucoup trop longtemps.*»

Son visage flétri aux yeux vifs était transporté de joie. Une seconde plus tard, elle était à la porte.

«*Bienvenue à vous et bienvenue à tous. Monsieur Baverstock et…*

— *Mon époux, Nanny, expliqua Constance. Je suis Mme Trenchard, à présent.*»

Miss Pursglove eut l'air momentanément dépitée; je me surpris à deviner ce qu'elle devait avoir espéré.

«*Entrez donc, faites comme chez vous. Voulez-vous du thé? Lupin et moi avons préparé une fournée de scones.*»

Lupin, qui se révéla être un chat, était un animal que Miss Pursglove accablait de câlins entre deux remplissages de pots, de cruches et de tasses, deux distributions d'assiettes, de cuillers et de napperons. Baverstock tentait vainement de lui apporter son aide, d'une façon qui laissait penser que ce rituel lui était familier. Lui et moi fûmes rarement interpellés. Quand Miss Pursglove se taisait – chose rare –, c'était Constance qui parlait. Manifestement, leurs souvenirs appartenaient à une époque plus gaie, plus faste que ce qu'avait jamais connu Lady Davenall. Et puis, à l'évocation de ces souvenirs, un invité invisible s'était joint à notre thé au bord de la rivière: James Davenall, l'homme que ces deux femmes avaient envie de croire encore vivant.

«*Comme j'ai pleuré quand j'ai revu mon Jamie, ne cessait de répéter Miss Pursglove. Comme je l'ai grondé de nous avoir tous menés en bateau.*

— *Allons, Nanny, intervint Baverstock, vous savez que Lady Davenall ne veut pas qu'on parle de ce Norton comme s'il…*

— *Balivernes ! Si elle n'arrive pas à reconnaître son propre fils, qu'elle laisse la femme qui l'a élevé le faire à sa place. Je n'ai jamais cru à sa mort, de toute façon. C'est ce que vous, les juristes, auriez aimé nous faire avaler, mais moi je ne suis pas née de la dernière pluie. »*

Elle ne voulait pas en démordre ; Baverstock me jeta un regard défaitiste. Constance, en revanche, semblait avoir très envie d'en entendre davantage.

« Comment en avez-vous eu la certitude, Nanny ?

— *Il est arrivé ici l'œil timide et les épaules rentrées comme quand, petit, il venait de faire une bêtise. Je l'aurais reconnu n'importe où. C'est mon Jamie, un point c'est tout. Je sais que Sir Hugo ne partage pas cet avis, mais c'est typique, non ? Ç'a toujours été un garçon difficile, ce Hugo. Il n'avait pas un caractère doux comme Jamie.*

— *Quand bien même, déclarai-je.*

— *Je vous demande pardon, monsieur Trenchard, mais quand bien même rien du tout : M. James est de retour parmi nous. Sir James, devrais-je m'habituer à l'appeler. Il est de retour, comme il l'avait promis.*

— *Promis ? s'étonna Constance.*

— *La dernière fois que je l'ai vu. Il y a onze ans. Avant son fameux départ à Londres, il était monté me voir dans ma chambre au-dessus de la sienne. Il m'avait dit qu'il s'en allait et qu'il ne reviendrait peut-être pas avant longtemps. Je n'aurais jamais pensé que ce serait aussi long. Mais je lui avais fait promettre de revenir. Et il avait promis. "Ne t'inquiète pas, Nanny, avait-il dit, tu me reverras."*

— *Peut-être, intervint Baverstock, voulait-il parler de son retour de Londres.*

— *Foutaises ! Il voulait parler de ce dont il a parlé. Et aujourd'hui il tient sa promesse. "Ma foi, Nanny, m'a-t-il dit lors de sa visite, me voilà de retour, comme je te l'avais juré." Cela ne prouve-t-il pas qu'il est le même homme qui m'a dit au revoir il y a toutes ces années ?*

— *Je ne… », commença Baverstock.*

Il fut stoppé net par Constance qui se levait de sa chaise.

« Voulez-vous bien m'excuser un petit moment ? demanda-t-elle. Je crois que j'ai besoin de prendre l'air. »

Je voulus la suivre, mais d'un geste elle me fit signe de rester.

« Finissez votre thé, William. Je sais que vous devez avoir d'autres questions à poser à Nanny. Je serai de retour bien avant que vous les ayez toutes posées. »

Je la dévisageai, déconcerté.

« Ma foi, je…

— *S'il vous plaît », insista-t-elle.*

Soudain, du regard, elle m'implorait de la laisser partir. Elle avait aussi soif de ce moment de solitude que d'eau dans le désert, alors, même si je n'arrivais pas à en comprendre la cause, je n'eus pas le cœur de m'y opposer.

« Fort bien, consentis-je. Vous ne vous aventurerez pas trop loin ?

— *Non, William. Pas trop.*

— *Ma parole, il ne peut rien arriver à Constance, par ici, assura Miss Pursglove. Prenez un autre scone, monsieur Trenchard, et tranquillisez-vous. »*

Je me rassis dans mon fauteuil et me consolai, tandis que Constance sortait, à l'idée qu'elle s'était peut-être lassée d'entendre Nanny assener que James était revenu. Moi, je m'en lassais en tout cas, mais pas parce que la vieille femme s'était montrée aussi faible d'esprit que les Davenall l'avaient décrit. De fait, elle était très loin de ce portrait : silhouette menue en robe chasuble, yeux perçants, elle astiquait ses souvenirs avec la même énergie qu'elle employait à astiquer la bouilloire en cuivre posée sur ses fourneaux, nous défiant avec la confidence que l'enfant à sa charge lui avait faite onze ans auparavant : il reviendrait.

« Soixante-cinq ans, que j'ai travaillé pour les Davenall, nous rappela-t-elle en hochant fièrement la tête. Suffisamment longtemps, me semble-t-il, pour être sûre de certaines choses. L'année de grâce 1817 fut, alors que j'avais tout juste quinze ans, l'année de naissance de Sir Gervase. Sir Lemuel a été mon premier maître, voyez-vous, mais je n'étais qu'une domestique de chambre d'enfant à l'époque. Ce n'est que lorsque la première Lady Davenall s'est languie de l'Irlande et y est retournée pour de bon que je me suis occupée du jeune maître toute seule. Quand je pense que je me souviens de lui dans son berceau et qu'il m'a été donné de le voir dans son cercueil. Enfin, enfin... dit-elle en dodelinant de la tête. C'était une sacrée terreur, ce Sir Gervase, autant petit qu'adulte. Une fois, Sir Lemuel l'a exilé chez sa mère en Irlande, mais je ne suis pas sûre que ça lui ait fait grand bien. Il est revenu aussi coquin que quand il était parti. Le petit Jamie, lui, il était différent. Dès sa venue au monde, on voyait qu'il allait devenir un vrai gentleman... »

*

Trenchard se berçait d'illusions. Constance ne s'était pas lassée des souvenirs de Nanny Pursglove, pas plus que de son récit des différentes facettes de James Davenall. Simplement, elle était retournée en esprit à ce dernier au revoir de juin 1871 et souhaitait à présent, tant qu'elle pouvait profiter d'un peu de solitude, y retourner en personne.

La maison de Nanny Pursglove était tout près du canal. Constance savait qu'il lui suffisait de remonter la petite route abrupte pour rejoindre la cabane du gardien de l'écluse et de là accéder au chemin de halage. Elle suivait ce parcours sans se presser, savourant la solitude de cet après-midi tempéré. Car ce trajet, elle le savait bien, était celui qu'elle avait déjà effectué, depuis Cleave Court, en réponse à la convocation de son fiancé. Elle ne connaissait pas plus aujourd'hui qu'à l'époque la raison de son trouble, mais elle avait obéi, pressentant sur le sentier qu'il ne s'agirait pas d'un rendez-vous ordinaire.

L'eau du canal clapotait mollement contre la berge. Sur l'autre rive se déployait le vert luxuriant du bois de Conkwell, derrière les pentes duquel, jadis comme aujourd'hui, s'étiraient des prairies secrètes où, quand on connaissait le chemin comme ils l'avaient connu…

Une péniche apparut, elle se remettait dans l'axe après le passage de l'aqueduc, devant Constance. En contrebas, à sa gauche, se trouvaient la rivière et la ligne de chemin de fer. Plus loin, installé dans son ignorance douillette chez Nanny Pursglove, son mari cherchait des moyens de nier ce que, même à présent, Constance n'osait pas tout à fait s'avouer.

En cette journée de 1871, parvenue au virage, elle

s'était demandé si, comme promis, il serait là à l'attendre. Elle avait hésité à l'abri des branches tombantes, senti croître momentanément la chaleur et le doute, puis avait continué son chemin et l'avait trouvé, appuyé contre le parapet, contemplant la rivière, cigarette à la bouche, les cheveux un tantinet ébouriffés, les joues creuses, le regard fuyant et incertain. En l'entendant arriver, il avait souri sans effacer cette première impression de désespoir dans son attitude, s'était avancé pour l'embrasser et avait été le premier à parler.

En ce jour de 1882, elle atteignit le virage, perturbée par ses propres pressentiments. Elle hésita à l'abri des branches tombantes, se remémorant les mots et l'expression du visiteur qu'ils avaient congédié, retraçant mentalement les phrases de sa lettre inattendue. «Aucun de nous ne peut oublier, n'est-ce pas?» En cela il ne s'était pas trompé. Comment pouvait-il savoir? À moins…

Elle reprit sa marche. Elle avançait lentement, suivant la courbe du chemin de halage qui épousait l'angle droit que décrivait le canal. Quelques mètres plus loin, la voie navigable se rétrécissait au croisement de l'aqueduc. Soudain, la vallée s'ouvrit à ses pieds. Un homme se trouvait sur son passage, appuyé contre le parapet, cigarette à la bouche. Il était là, et elle savait maintenant qu'elle l'avait prévu. Il était là, il l'attendait.

*

«… Alors je ne les ai pas crus quand ils m'ont annoncé qu'il était mort. Ah, ça, vous pouvez en être

sûr. Vous savez ce que je lui ai répliqué, à M. Quinn :
"Si M. James me dit que je le reverrai, je sais qu'il tiendra parole." Quinn s'est bien moqué de moi, tiens, il se moquait de tout, lui. Je regrette qu'il ne soit pas là aujourd'hui pour reconnaître que j'avais raison. Cela dit, il ne reconnaîtrait rien du tout. Çà non, pas lui. Maintenant que j'y pense, c'est bizarre que M. James n'ait pas demandé pourquoi Quinn était parti. Oh, je ne connaissais pas les tenants et les aboutissants de son départ, bien sûr, mais il était le valet de chambre de M. James, après tout. Et pourtant, quand j'ai parlé de lui, M. James n'a pas dit un mot, presque comme s'il savait déjà ce que… »

Sur le manteau de la cheminée encombré de Miss Pursglove, l'horloge sonna 17 heures. Baverstock sursauta dans son fauteuil.

« Saperlipopette, bredouilla-t-il. Il est 17 heures ? J'aurais déjà dû être à Bath depuis une demi-heure. Où est votre femme, monsieur Trenchard ? Nous devons y aller. »

C'était absurde. J'avais presque oublié que Constance nous avait quittés. Soudain l'angoisse m'étreignit : elle aurait dû être revenue depuis longtemps. Laissant Baverstock avec Miss Pursglove, je sortis précipitamment dans l'allée : aucun signe d'elle. Mon angoisse s'amplifia. J'essayai la route en côte, dans l'idée que si elle était au sommet, on ne la voyait peut-être pas, mais je ne débouchai que sur le canal, où un garde-pêche chaussé de hautes bottes taillait les roseaux sur la berge. Je lui demandai s'il avait vu une dame passer par là. Il marqua une pause dans son travail pour réfléchir à ma description, puis hocha lentement la tête.

« *Oui-da, y a plus d'une demi-heure. L'a suivi le chemin de halage en direction de l'aqueduc.*

— *L'aqueduc ?*

— *Par ici, fit-il avec un geste du pouce. À un peu plus d'un kilomètre.* »

D'instinct, je me mis à courir dans la direction qu'il m'avait indiquée. Ses mots avaient éveillé en moi un écho. Quand nous avions commencé à nous fréquenter à Salisbury, il était arrivé quelquefois à Constance de mentionner son dernier rendez-vous avec James Davenall « près de l'aqueduc ». Ce ne pouvait qu'être celui-là. Il ne s'était pas agi d'une simple balade pour prendre l'air. Il s'était agi de retracer un chemin qui conduisait infailliblement à une allégeance perdue. J'accélérai le pas, fuyant autant que je les poursuivais les soupçons qui s'amoncelaient déjà dans ma tête.

*

Il fut le premier à parler.

« Quand vous m'avez dit dans votre lettre que vous alliez vous rendre à Cleave Court, je savais que ce n'était pas pour chercher des garanties auprès de ma mère, comme vous le prétendiez, mais pour chercher des garanties d'une autre sorte. Alors me voilà. Vous saviez que je vous attendrais, n'est-ce pas ? Aujourd'hui comme avant. »

Si par hasard vous vous étiez trouvé sur la berge de la rivière sous l'aqueduc de Dundas cet après-midi d'octobre, si par hasard vous aviez levé la tête et vu deux personnes à côté du parapet, la première un homme élégant à la barbe modeste, vêtu d'une veste grise et d'une cravate épinglée, tête nue, qui regardait d'un air implorant la deuxième, une femme vêtue d'une robe violette, d'un châle en dentelle et d'un chapeau de paille à rubans, une main agrippée au chaperon de pierre avec une intensité que reflétait son visage, qu'auriez-vous pensé ? Auriez-vous lu dans son expression la lutte entre l'étonnement et le doute tandis qu'elle le regardait ? Auriez-vous deviné la question qui se formait déjà sur ses lèvres ?

« Comment saviez-vous ? Qui vous a raconté ces choses-là ? Il n'est pas possible que…

— Personne ne me l'a raconté, Connie. Je l'ai vécu, comme vous, avec vous. Il n'y a aucune illusion, aucune supercherie. Je vous ai retrouvée ici il y a onze ans, à une saison où les feuilles étaient vertes au lieu d'être jaunes. »

Il jeta un œil au bassin derrière l'aqueduc.

« Nous avions traversé au niveau de l'écluse puis nous étions montés à travers bois. N'est-ce pas ? »

Il la regardait droit dans les yeux, comme pour la pousser à se souvenir, avec lui, des événements de ce jour-là. La réponse de Constance, quand elle arriva, vint du fond de ces onze ans.

« Oui. »

Le regard au loin, il poursuivit alors d'une voix plus forte :

« Nous étions allés jusqu'à la prairie de campanules, n'est-ce pas ?

— Oui.

— Et là… »

Soudain, Constance fit volte-face. Son mari se tenait à une dizaine de mètres, légèrement essoufflé, les traits déformés non par l'effort mais par la trahison de sa confiance. Elle porta une main à sa bouche.

« William…

— Silence ! »

La voix de Trenchard s'était parée de sévérité. Il dépassa Constance à grandes enjambées pour se placer à côté de Norton.

« Vous nous avez suivis ici, n'est-ce pas ? Vous avez mis en scène cette rencontre pour convaincre ma femme…

— Je n'ai rien mis en scène ! »

Norton retira son coude du parapet et redressa les épaules, faisant face à Trenchard sans ciller le moins du monde.

« Je suis venu ici pour la même raison que Connie. Sans votre intervention, je lui aurais expliqué la vérité sur mon départ…

— Facile à dire !

— … et mon retour. »

Il esquissa un sourire.

« À présent, cela devra attendre une autre opportunité. »

Il se tourna vers Constance, qu'il salua d'une révérence guindée.

« À bientôt. »

Sur ce, il tourna les talons et traversa l'aqueduc d'un pas vif.

Ce n'est que lorsque Norton eut disparu derrière le bassin du canal que Trenchard s'adressa à Constance, et encore sans la regarder. Si ses mots lui étaient destinés, son regard demeurait fixé dans la direction de Norton.

«Vous n'auriez pas dû venir ici, Constance. Vous n'auriez pas dû lui parler. Ne voyez-vous pas le mal que vous êtes en train de faire?»

Constance aussi regardait ailleurs.

«Je ne sais plus trop ce que je vois.»

Trenchard lui saisit le bras.

«Revenez avec moi, maintenant. N'en parlons plus. Dorénavant, vous me laisserez m'occuper de cette affaire. Vous ne le reverrez plus. Je vous l'interdis. S'il vous arrivait de le croiser par hasard, vous ne lui adresseriez pas la parole.»

Ils commencèrent à rebrousser lentement chemin le long du canal, afin de retourner à l'endroit où Baverstock devait les attendre avec sa voiture à quatre roues afin de vite les conduire à la gare.

«C'est compris, Connie?»

Sa réponse fut suffisamment docile pour indiquer l'acquiescement.

«C'est compris.»

Et c'était vrai. Ce jour-là, pour la première fois, elle comprit où se trouvait son devoir.

3

Tout au long de la journée d'un calme trompeur qui suivit notre visite dans le Somerset, je surveillai Constance tel un geôlier son prisonnier. Il n'y avait pas de barreaux, évidemment, pas de clés, pas de portes verrouillées, rien que toutes les autres barrières que Norton était parvenu à ériger entre nous. Cela faisait seulement une semaine qu'il était entré dans nos vies et, déjà, la possibilité qu'il puisse être James Davenall était pire que n'importe quelle certitude.

Ce dimanche après-midi-là, après le goûter, Patience jouait sur le tapis et Constance lisait près de la fenêtre. Je m'éclipsai dans mon bureau, où au moins le silence était naturel, à défaut d'être plus supportable, et tâchai en vain d'apaiser mes angoisses. Si seulement j'avais pu parler à Constance, si seulement j'avais pu lui soumettre cette question vitale : si elle croyait Norton, qu'en était-il de son amour pour moi ? Mais j'avais posé un embargo sur toute conversation de cet ordre, et elle s'y était conformée. J'avais affirmé mon autorité de chef du foyer, elle l'avait respectée. J'avais insisté pour qu'on me laisse m'occuper de cette affaire seul, or à présent, alors que j'arpentais la pièce ou que je scrutais, mal à l'aise, par la fenêtre, afin de m'assurer que la rue était vide, je me rendais compte à quel point j'étais démuni face à cette tâche.

Mon état d'esprit embrouillé explique certainement la décision ridicule que je pris le lendemain. Quittant la maison après un petit déjeuner matinal, avant le lever de Constance, je m'écartai de mon trajet habituel pour Orchard Street et poursuivis en direction de Paddington, avec en tête l'idée absurde que je pourrais arriver à prendre Norton au dépourvu dans son hôtel afin de l'obliger à se rétracter.

Le réceptionniste m'annonça qu'il prenait son petit déjeuner dans la salle de restaurant; je m'y dirigeai aussitôt. Et en effet, là, installé à une table individuelle, Norton lisait le journal, cigarette aux lèvres, en terminant son café. La pièce était remplie mais silencieuse, comme a coutume de l'être ce genre d'établissements à ce genre d'heure. On entendait seulement de temps à autre le tintement des couverts et les serveurs s'enquérir discrètement des commandes.

Norton me vit approcher sans manifester aucune réaction. Il ne baissa même pas son journal. Après être resté planté bêtement à côté de sa table quelques instants, je finis par déclarer:

«J'aimerais vous parler.»

Il consentit alors à replier son quotidien.

«Eh bien, dans ce cas, asseyez-vous.»

Je m'exécutai, tout en le dévisageant par-dessus la table, à travers la volute de fumée qui s'élevait de sa cigarette posée dans un cendrier.

«De préférence en privé.

— Je n'ai pas fini mon café, répliqua-t-il en remplissant

ostensiblement sa tasse. Si vous souhaitez me parler, il vous faudra le faire ici. Sinon, je ne vous retiens pas. »

Je baissai la voix.

« Parce que vous pensez que votre ruse ne peut opérer que sur ma femme. »

Il conserva un ton égal, empli de nonchalance, et haussa les sourcils comme pour signifier son étonnement méprisant devant mes remarques.

« C'est parce que nous n'avons rien à nous dire. Nous connaissons tous deux l'objet de votre crainte. »

Je me penchai sur la table.

« Tout ce que je vous demande, c'est de promettre de cesser de tourmenter ma femme.

— Je ne la tourmente pas. C'est vous qui la tourmentez, avec vos tentatives maladroites pour essayer de nous empêcher de nous voir. Moi qui la connais (il sourit), laissez-moi vous dire que vous n'allez que vous l'aliéner en adoptant un tel comportement. Si j'étais l'imposteur que vous me croyez être, votre penchant pour l'autodestruction me réjouirait encore davantage que présentement. »

J'étais piégé, impuissant, dans ce lieu que j'avais moi-même choisi pour lui.

« Après mercredi, vous serez contraint d'obtempérer.

— Bien au contraire. Après mercredi, je soupçonne plutôt que vous allez perdre le peu d'autorité que vous croyez exercer sur Connie. Vous a-t-elle dit qu'elle m'avait écrit ?

— Mensonge !

— Demandez-lui vous-même – si vous l'osez. Je pourrais vous montrer la lettre, mais vous comprendrez bien que ma qualité de gentleman m'enjoint de respecter sa confidentialité. »

Là encore, il avait parfaitement exploité ma faiblesse. Demander à Constance, c'était sous-entendre que je le croyais. Et, si je le croyais, pourrais-je croire la réponse de Constance ?

« Cette lettre n'existe pas. Ce n'est pas avec de tels stratagèmes que vous parviendrez à semer la discorde dans mon mariage.

— Je suis content de l'entendre. Malheureusement, il n'est nul besoin d'ensemencer quand la culture commence déjà à pousser. Connie vous a-t-elle déjà livré un récit complet de ce qui s'était passé lors de notre dernier rendez-vous avant mon… absence ? »

En guise de réponse, je ne pus que me dresser sur une dignité croulante.

« Il n'y a pas de secrets entre nous. »

Il vida sa tasse, puis m'adressa un sourire.

« Bien sûr que si. Je pense même qu'il pourrait bien n'y avoir que ça. »

Je me levai brusquement, les pieds de ma chaise raclèrent bruyamment le sol. Je voulais m'éloigner de ce cruel regard ironique, mais ne trouvai aucune retraite qui ne ressemblerait pas à une débandade.

« Vous en avez dit assez.

— C'est vous qui avez entamé cette conversation. Libre à vous d'y mettre un terme. »

Ce que je fis. Mais, alors que je traversais la salle de restaurant en sens inverse, peinant à respecter les convenances, je sentis son sourire s'élargir. Je sentis qu'il savait désormais qu'il m'avait mené là où il voulait.

*

Le mardi 10 octobre 1882 fut une journée de préparation pour les principaux intéressés dans ce qui serait bientôt connu comme l'affaire Norton contre Davenall. Norton lui-même passa la majeure partie de son temps enfermé dans les bureaux de Staple Inn de Warburton, Makepeace & Thrower, afin de répéter avec Hector Warburton tout ce que l'examen du lendemain était susceptible de lui réserver.

C'était une journée grise et lourde de brouillard naissant, paradoxalement moite au point d'obliger à ouvrir les fenêtres du bureau de Warburton sur le bruit et la fumée de la ville. Warburton lui-même avait une seule et même façon d'aborder tous les contentieux juridiques : l'affaire allait-elle lui rapporter et allait-il gagner ? On attribuait fréquemment son entrée parmi la fine fleur du barreau à sa capacité de n'y apporter que la fine fleur des ingrédients. Et dans l'affaire que lui exposait James Norton, il subodorait des ingrédients calculés pour appâter même le plus exigeant des avocats.

Alors qu'il considérait avec une indifférence étudiée son client par-dessus son bureau, Warburton était bien incapable de nier une admiration sans bornes pour James Norton – qu'importe sa véritable identité. Si Norton s'était défendu contre des accusations criminelles au lieu de proposer une cause civile contre la fortune des Davenall, Warburton lui aurait peut-être même recommandé d'assurer sa propre défense. Cet homme était si aisément plausible, si manifestement honorable, que personne ignorant les faits n'aurait pu douter un seul instant de sa parole. Quant aux moins ignorants, seul le temps leur dirait si la confiance de

Norton dans la victoire se révélait justifiée. Pour le moment, Warburton écoutait avec admiration cet homme se raconter lui-même et expliquer la difficulté de sa situation. Il se mit à répertorier mentalement les avocats du barreau à qui il pourrait proposer cette affaire car, contrairement à son client, il était persuadé qu'elle passerait en justice avant que les Davenall ne cédassent: elle requérait rien de moins qu'un avocat de la couronne, pressentait-il, mais, s'il était bon, il n'y aurait pas un seul œil sec dans le box des jurés. Déjà, avec son propre regard courageusement aride, il imaginait comment cela pourrait se passer – et la perspective était alléchante.

Moins d'un kilomètre plus loin, bien que ce matin-là cela eût pu sembler plus long à travers l'air fétide de Holborn, Richard Davenall étudiait de près la jurisprudence et regrettait de s'être montré brusque avec les clercs un peu plus tôt. Sir Hugo avait décliné sa proposition de discuter de leurs tactiques en vue de l'examen, préférant passer la journée aux courses avec Freddy Cleveland, et il n'avait eu aucune opportunité de comparer ses notes avec celles de Baverstock. Ainsi donc il n'avait personne à qui confier ses inquiétudes à propos de l'événement. Sir Hugo semblait le prendre comme une occasion de fusiller Norton une bonne fois pour toutes, seulement Norton n'avait aucune obligation d'accepter un tel rendez-vous, alors pourquoi l'avoir fait ? Et puis, ne pouvait s'empêcher de se demander Richard, que croyait vraiment Catherine Davenall ?

Oui, quoi ? Il eût été impossible de le deviner en l'observant passer calmement cette journée à Cleave

Court. Un peu de gestion domaniale le matin, une réunion de l'un de ses comités de bienfaisance à Bath l'après-midi. Pas de pèlerinage inquiet au caveau familial dans l'église du village afin de communier avec l'âme de son défunt mari. Pas d'audience prolongée avec Baverstock afin de lui remettre les idées en place. Aucun temps d'arrêt, aucun empressement, aucune place laissée au doute pour ébranler son intime conviction.

On aurait pu trouver la même tranquillité dans la maisonnette d'Esme Pursglove, où le seul drame de la journée fut Lupin qui se perfora la patte avec une épine de cactus. De fait, Miss Pursglove n'avait été mise au courant d'aucune procédure en cours, mais l'eût-elle été, elle n'en aurait été nullement perturbée. Sa foi en l'enfant dont elle avait eu la charge était d'une virginité inébranlable. Il était digne de confiance dans n'importe quelle crise, quand bien même urgente. En attendant, il y avait des pattes à bander.

À The Limes, St John's Wood, Mavis Hillier s'inquiétait de plus en plus face aux signes indiscutables de désaccord domestique : un maître irritable et enclin aux allées et venues intempestives, une maîtresse renfermée, secrète et manifestement pas dans son assiette : même Burrows s'était plaint de ne guère pouvoir œuvrer dans le jardin si Mme Trenchard persistait à broyer du noir autour des parterres de fleurs. Cette contagion avait infecté jusqu'à Patience, dont les récentes colères étaient aussi inhabituelles que déroutantes, et Hillier partageait l'avis de Cook : une atmosphère aussi tendue ne pouvait être tolérée très longtemps. Que feraient-elles au juste si la situation persistait, cela ne fut pas spécifié. Mais elles se consolèrent en se partageant le délicieux pâté de gibier en croûte envers lequel leurs employeurs avaient manifesté si peu d'intérêt le lundi à dîner.

À la course hippique de Newbury, les lubies de Freddy Cleveland s'avéraient, comme le constatait souvent Sir Hugo, d'une inconstance coûteuse. D'ordinaire, il aurait ri face à un énième pari perdu, jeté par terre les confettis de son ticket et proposé un petit remontant au bar. Ce jour-là, cependant, il lui fallait bien reconnaître qu'un peu de chance insolente n'aurait pas été de refus. Or elle manquait à l'appel, et il ne pouvait pas même se servir de Cleveland comme exutoire à ses sarcasmes à cause de la présence de leur hôte distingué : une montagne de Français, dont la vanité, entièrement proportionnelle, devait être flattée par le menu si on voulait pouvoir compter sur son hostilité vis-à-vis de Norton. Par exemple, il tenait au maintien de ce pseudonyme ridicule : « *Monsieur le comte de Moncalieri** ». Non pas que Sir Hugo se formalisât de la manière dont cet homme choisissait de s'enregistrer à l'hôtel Claridge. Les maigres connaissances qu'il avait acquises durant sa courte et douillette existence lui avaient enseigné que tous les hommes avaient quelque chose à cacher, certains plus que d'autres. C'était là-dessus, d'ailleurs, qu'il comptait.

À Holborn, l'exégèse de Norton touchait à sa fin. Comme elle se concluait sur une note douce et persuasive, Hector Warburton se laissa aller l'espace d'une seconde à cette question entièrement rhétorique : pouvait-il vraiment s'agir de James Davenall ? Oh, cela ne représentait pour lui aucun intérêt, fût-il théorique.

Cette pensée ne lui avait été inspirée que par la maîtrise achevée qu'avait Norton de son rôle. Qu'importe s'il devait cette maîtrise à la vérité ou à une excellence théâtrale. D'ailleurs, pour Warburton, il était impératif qu'aucune authentique conviction n'entrave sa préparation de l'affaire. Autrement dit, il était important qu'il ne connût pas la réponse. Pour d'autres, en revanche – beaucoup plus nombreux qu'on aurait pu croire –, c'était tout ce qui comptait, tout ce qui comptait au monde.

*

Ce soir-là, j'arrivai à Chester Square en avance, alors même que je m'étais attardé à Orchard Street plus longtemps que nécessaire, profitant du passage de mon frère Ernest pour discuter des comptes semestriels. J'étais allé jusqu'à l'encourager à prolonger sa visite par un verre de sherry, ce qui avait dû lui sembler parfaitement inhabituel. Peut-être caressais-je l'espoir de lui soutirer quelque conseil pour affronter ma situation fâcheuse. Si tel était le cas, mon espoir avait été terrassé. Ernest avait grimacé un reproche devant la carafe tendue et s'en était allé dans la pénombre.

Ainsi donc, malgré tous mes stratagèmes, j'arrivai à Bladeney House plus tôt que je ne l'aurais souhaité. Greenwood m'informa qu'aucun autre des visiteurs attendus n'était encore arrivé, mais que je trouverais peut-être M. Cleveland dans la salle de musique, comme d'habitude. Ce dernier, semblait-il, n'appartenait pas à la catégorie des visiteurs.

Cleveland, affalé dans un canapé, les jambes

excessivement écartées, gloussait en lisant un numéro de Punch. *Il leva la tête à mon entrée.*

« Vous ici, Trenchard ? Pour le conseil de guerre, j'imagine.

— Oui. Et vous ?

— C'est Hugo qui y tient. Il semblerait que comme vous autres, je doive bombarder ce chameau de questions – et suivre la formation adéquate.

— Vraiment ?

— Absolument. Qu'a-t-il mangé au petit déjeuner précédant la chasse du lendemain de Noël organisée à Cleave Court en 1869 ? Ce genre de choses. »

Je m'assis en face de lui.

« Et quelle est la réponse ?

— Que je sois pendu si je le sais. Qu'importe ce qu'il dira, de toute façon, je devrai le contredire. »

Il s'esclaffa, je l'imitai.

« Un peu désespéré, n'est-il pas ?

— C'est peut-être nécessaire. »

Cleveland se redressa quelque peu.

« Vous croyez vraiment ? Quand même pas. Le médecin de James est appelé en renfort, vous savez. Sans parler du Grand Manitou lui-même.

— Je vous demande pardon ? »

Penché vers moi, il baissa la voix et me confia en aparté :

« Le témoin vedette de Hugo. Le soi-disant comte de Moncalieri. Vous le reconnaîtrez peut-être. Si tel est le cas, ne dites rien : il est devenu effroyablement timide avec l'âge. En plus je crois que son identité est censée mettre à l'épreuve celle de Norton, pour ainsi dire.

— Je ne suis pas sûr de... »

Je m'interrompis brusquement : les portes s'ouvraient. C'était Sir Hugo en compagnie d'un homme massif au visage gaulois qui ne pouvait qu'être ce comte anonyme. Sir Hugo avait l'air surpris de me voir, le comte atteint de dyspepsie émotionnelle. Je me levai pour les saluer.

« Trenchard, déclara Sir Hugo. Content que vous ayez pu venir. »

Nous échangeâmes une courte poignée de main.

« Comte, voici le gentleman qui a épousé Miss Sumner : William Trenchard. Trenchard : M. le comte de Moncalieri*. »

Je tendis de nouveau la main, le comte s'abstint. Il préféra m'adresser une révérence sévère.

« Bonsoir, monsieur*. »

Il avait une voix chaude et sirupeuse. Quant à son visage, il ne me rappelait rien : une cascade de bourrelets patriciens surmontant une posture d'une noblesse incontestable, des yeux vifs et perçants sous un front mou quelque peu maussade. Je le jugeai comme un fragment charnu de la noblesse du Second Empire pour qui la IIIe République ne constituait pas un havre agréable.

« Je suis honoré de faire votre connaissance, comte.

— Il ne faut pas, monsieur* Trenchard. »

Son anglais était soudain parfait, comme si son accent français était aussi artificiel que son titre.

« C'est moi qui suis honoré : rencontrer une telle personnification des vertus anglaises.

— Pardon ?

— Hugo m'a expliqué que les Trenchard étaient de très grands épiciers*. Le commerce est, dans ce pays, un noble métier. Ainsi donc vous me voyez honoré. »

Il était impossible de déterminer à son expression

s'il tâchait de faire de l'humour ou de m'insulter. Je me contentai d'un pâle sourire.

« Dois-je en conclure que vous avez rencontré ma femme, comte ?

— Il y a bien des années. Cela m'étonnerait qu'elle s'en souvienne. Pourtant, qui sait ? Les souvenirs sont en vogue tout à coup, n'est-ce pas, Hugo ? »

Sir Hugo semblait tout aussi hésitant quant à ce que le comte voulait dire.

« Le comte était un vieil ami de mon père, Trenchard, il connaissait donc bien mon défunt frère. Pendant son séjour à Londres, il a généreusement accepté…

— D'inspecter votre importun prétendant. »

Le comte fit une révérence. « Cela aussi sera un honneur. »

Cleveland s'était extirpé de son fauteuil pour nous rejoindre.

« Voilà qui vous va comme un gant, comte. Après tout, les prétendants sont plutôt votre spécialité nationale, n'est-il pas ? »

Là non plus, l'expression maussade du Français ne changea pas d'un iota.

« Le sens de l'humour de Frédéric a toujours été très instructif pour moi, monsieur* *Trenchard, comme il l'est sans nul doute pour vous.*

— Je dois reconnaître que je ne voyais pas de quoi rire dans cette situation.

— Ah non ? s'étonna Cleveland avec un air peiné. Dans ce cas, je ferais mieux d'aller me mettre au coin. »

Il s'éloigna d'un pas léger, mais se contenta de rejoindre le piano, où il se laissa tomber sur le tabouret et commença à jouer un concerto de Mozart avec une facilité déconcertante. Sir Hugo se fendit d'un sourire ostentatoire pour montrer sa tolérance, fit asseoir le comte, offrit à boire et s'affaira dans la pièce, me laissant en prise au regard inquisiteur et malsain de Moncalieri installé face à moi dans le canapé.

« Comment avez-vous fait la connaissance de Sir Gervase, comte ? » demandai-je.

L'espace d'un instant, il ne sembla guère enclin à donner la réplique : jouant avec la montre à gousset tendue sur son ventre engoncé dans un gilet de soie, il remuait les lèvres sans qu'en résulte aucun son. Puis il décida brusquement que cette question méritait une réponse.

« J'avais été invité à Cleave Court en l'an 1846, quand le monde était jeune, et moi avec, quand on pouvait encore prendre du plaisir sans craindre… les conséquences.

— Avant la naissance de James Davenall ? »

Il ignora ma question.

« Sir Gervase et moi-même avons plus tard servi ensemble – en Crimée. »

Sir Hugo intervint de l'autre bout de la pièce, où il faisait les cent pas sous un tableau de chasse d'Edwin Henry Landseer.

« Le comte est un ami de longue date de la famille, Trenchard. En tant que tel, il est bien placé pour mettre au jour l'imposture de Norton.

— Vous n'avez pas encore rencontré M. Norton, comte ?

— Non, monsieur*. Je me réserve ce petit plaisir pour demain.

— Tu parles d'un plaisir ! » s'exclama Sir Hugo.

Comme il se tenait sur le pas de la porte, quelque

chose attira son attention dans la pièce adjacente, dont les fenêtres donnaient sur la rue.

« Ah ! Voilà Richard. Excusez-moi. »

Il sortit à la hâte, me laissant une opportunité de tester l'étendue de l'amitié de Moncalieri avec Sir Gervase.

« Je crois savoir que Sir Gervase refusait d'admettre la mort de son fils, comte. En tant qu'ami, en compreniez-vous la raison ?

— La faiblesse d'un père est aisée à comprendre, ce me semble. Gervase ne pouvait pas abandonner son fils tant qu'il restait un espoir, si ténu fût-il. Quant à moi, je ne serais pas influencé par une telle… faiblesse du cœur*.

— Lady Davenall non plus, bizarrement. Je comprends fort bien la faiblesse d'un père. Mais qu'en est-il de celle d'une mère ? »

Pour la première fois, le visage de Moncalieri trahit un léger frémissement de réaction.

« Trop subtil, monsieur*. Trop subtil pour votre propre bien, je pense. »

Il me fixa des yeux tandis que le piano continuait à jouer derrière nous et qu'ailleurs dans la maison le bruit de portes qu'on ouvre et qu'on ferme annonçait une arrivée.

« Posez-vous une seule question. Souhaitez-vous que James Davenall soit vivant – ou mort ? Je vous suggère de bien réfléchir avant de répondre, car beaucoup de choses pourraient en dépendre. »

Cleveland s'interrompit en plein milieu d'une mesure et fit volte-face.

« Si ça ne tient qu'à ça, comte, je ne souhaite pas que ce pauvre vieux Jimmy soit mort. C'était mon ami, bon sang.

— N'est-ce pas Hugo, votre ami ? Souhaitez-vous qu'il perde son titre et sa fortune ?

— Ma foi... non.

— En ce cas, vous souhaitez que James soit mort, Frédéric, tout comme monsieur* Trenchard.

— Ah oui ?

— Je crois bien, monsieur*. Je crois que chacun d'entre nous ici ce soir souhaite la même chose. C'est la raison de notre venue. »

Le comte avait raison, évidemment. Au cours du dîner, Richard Davenall énuméra les questions qu'il allait poser à Norton, les façons dont il espérait le prendre en défaut, les pièges dans lesquels il pensait pouvoir le faire tomber, et nous acquiesçâmes tous et consentîmes à jouer nos rôles. Comme souvent déjà, je ne pouvais chasser de mon esprit cette atroce pensée : quel effet cela ferait-il de revenir comme le prétendait Norton et d'être renié par ceux qui jadis l'appelaient fils, frère et ami ? Je ne peux m'arroger aucun mérite pour ce sentiment, car il fut rapidement balayé par la conviction grandissante que je ne devais accorder aucun quartier à Norton : dans la lutte qui allait bientôt s'engager, c'était chacun pour soi. Pourtant, le pire, c'est que je ne me sentais pas son égal. Si seulement Richard Davenall avait pu annoncer que son enquête avait dévoilé un véritable escroc bien vivant du nom de James Norton. Hélas, il n'avait rien appris : Norton demeurait une énigme totale. C'est pour cette raison, je crois, que mon mauvais pressentiment né lors de notre visite dans le Somerset restait aussi fort que jamais : cela contredisait notre conviction de parvenir à étouffer ses prétentions une bonne fois pour toutes. Tant que je ne connaissais pas notre ennemi, je *ne pouvais avoir la certitude que nous allions le battre à plate couture.*

*

Il avait plu toute la matinée à Holborn. La circulation avait réduit la rue à des sillons boueux et visqueux, tandis que des flaques stagnantes dans les caniveaux débordaient sur les trottoirs encombrés. Les stores gouttaient, la robe des chevaux fumait ; les marchands des quatre-saisons pestaient, les voitures faisaient des embardées ; les nuages menaçants portaient atteinte aux affaires courantes. La moindre surface était moite, le moindre silence envahi par la percussion irrégulière de la pluie. Où le fleuve se terminait-il, où commençait la ville ? Par un jour pareil, nul homme, yeux plissés, col relevé, ne pouvait avoir une quelconque certitude.

Il ne manquait qu'une heure à midi et pourtant, confirmation des conditions météorologiques, les lampes à gaz brûlaient dans la salle des associés chez Warburton, Makepeace & Thrower, où les hautes fenêtres panoramiques qui donnaient sur Gray's Inn Road ne remédiaient guère à l'obscurité. La pluie inondait les carreaux à meneaux et projetait son ombre mobile sur la frise en plâtre ; de temps à autre, le hauban mal fixé d'une haute imposte cognait contre la vitre ; du charbon projetait des flammes dans un foyer plein de courants d'air ; et Hector Warburton annonçait le début de la réunion.

« Messieurs, maintenant que les présentations sont faites, pouvons-nous commencer ? »

Warburton était assis en bout de table, sur la chaise à haut dossier généralement réservée à son père ; le feu étant derrière lui, rien n'éclairait son teint pâle et ses traits carnassiers. On ne pouvait en dire autant de James Norton : assis à sa gauche, légèrement penché en avant, les mains posées calmement sur la table, le front serein, il semblait attendre paisiblement, la lumière du feu soulignant dans son regard une expression qui confinait à la confiance arrogante. En face de lui, le clerc de Warburton, Lechlade, se penchait avec zèle sur ses documents, occupé à rédiger une note préliminaire aux débats. À côté de Lechlade, Sir Hugo Davenall n'était que mouvements et gestes frénétiques, il ne cessait de tripoter ses poches et poignets de chemise, lançait des regards tout autour de la table sans presque jamais s'attarder nulle part et sans jamais s'arrêter sur Norton. De l'autre côté de la table, son cousin, Richard, le considérait d'un air impassible, s'exhortant à ne manifester qu'une préoccupation juridique pondérée pour son client mais regrettant, plutôt à la manière d'un oncle inquiet, de le voir s'agiter et fumer autant : trois mégots rougeoyants étaient déjà plantés dans un cendrier près de son coude.

À côté de Richard Davenall se trouvait son collègue juriste, Arthur Baverstock, mal à l'aise dans cet environnement, et face à lui, tout aussi mal à l'aise, était assis le Dr Duncan Fiveash, qui peinait à dissimuler son envie d'être ailleurs. Il était parti de Bath contraint et forcé, afin de ne pas s'attirer les foudres d'une patiente aussi riche que Lady Davenall en refusant de se rendre à la réunion, mais sans s'échiner à cacher son mécontentement à son avocat. Présentement il mâchouillait sa barbe, jouait avec sa pipe vide glissée dans sa poche de poitrine et se consolait à l'idée qu'il serait parti d'ici midi pour aller rendre visite au vieil Emery à l'hôpital St Thomas. Fiveash n'était plus ni jeune ni ambitieux. Ces deux facteurs, s'ils ne le dispensaient pas de la nécessité d'assister à la réunion, le soulageaient au moins de l'obligation de faire mine d'en être honoré.

C'était cette assemblée bizarrement hétéroclite que désapprouvait particulièrement Fiveash : une ribambelle de Davenall, avec tous les aperçus de leurs manies, bien trop nombreuses, qu'un homme de médecine avait obligatoirement après avoir soigné leurs maux sur trois générations ; un essaim de juristes parcimonieux désireux de prolonger les débats afin de faire gonfler proportionnellement leurs honoraires, alors que lui n'avait rien à gagner hormis une quantité douteuse de patientèle ; et un trio d'amis de la famille : un noble français corpulent et colérique dont il se souvenait vaguement et qui, à en juger par ses fréquents changements de position dans son fauteuil, souffrait manifestement d'indigestion, à sa droite un quidam préoccupé du nom de Trenchard, et au haut bout de la table, se prélassant dans son siège et s'évertuant à souffler des ronds de fumée, effort que le courant d'air en provenance des fenêtres les plus hautes rendait inutile, un oisif désinvolte qu'on lui avait présenté comme Freddy Cleveland. Tous désespéraient Fiveash, qui se concentra sur le président des débats.

« Mon client, expliquait Warburton, a insisté pour qu'on organise cette réunion malgré mon conseil de n'en rien faire. J'ai précisé qu'il n'avait nulle obligation de donner à ceux qui remettent en question son identité une deuxième chance de le faire si près de l'audience à laquelle j'étais d'avis qu'il ait très vite recours.

— Donc vous…, commença Sir Hugo, mais il fut aussitôt interrompu par son cousin.

— Je suggérerais que nous laissions M. Warburton terminer », lança Richard Davenall avec emphase.

Sir Hugo ricana et replongea dans le silence.

« Merci, dit Warburton avec un signe de tête en direction de Davenall. Comme je le disais, j'ai avisé mon client du fait que, s'il acceptait une telle réunion, vous de votre côté, en toute logique, vous assureriez que seuls ceux dont l'hostilité était garantie seraient présents. »

Du regard, il fit lentement le tour de la table.

« Ce qui, de fait, semble être le cas, comme je l'avais prévu. » Petit sourire. « Néanmoins, mon client ne s'est pas démonté. Il pensait – sentiment, vous en conviendrez, tout à son honneur – que l'on devait donner à sa famille toutes les chances de le reconnaître avant que leur refus ne devienne public. Il pensait qu'au moment de la réunion, le choc initial de sa réapparition s'étant quelque peu atténué, vous vous sentiriez peut-être en mesure de ne plus renier son identité, sans rancune de part et d'autre. Il a souligné… »

Sir Hugo gifla la table avec la force de la colère ravivée, réduisant Warburton au silence. Il fusilla Norton du regard.

« Vous allez voir ce que vous allez voir, vous, votre procès, et votre avocat…

— Je t'en prie, Hugo ! »

Richard Davenall était une fois de plus intervenu. Et, une fois de plus, Sir Hugo céda, bien qu'en rechignant davantage.

« Dites ce que vous avez à dire, monsieur Warburton, conclut-il, sarcastique.

— Merci. C'est tout simple : saisissez cette opportunité d'oublier le cours malheureux des récents événements en acceptant la vérité évidente de la réapparition de James Davenall, ou procédez à un long et coûteux procès qui aboutira à votre défaite et, en toute probabilité, à la division durable de votre famille. Mon client souhaite éviter ces conséquences. Il espère qu'il en sera de même pour vous. »

Cette fois-ci, Sir Hugo ne réagit pas. Ce fut Richard Davenall qui répondit, en termes mesurés.

« Je me dois de vous dire, au nom de Sir Hugo, que la proposition de M. Norton est à la fois profondément insultante et complètement inacceptable. Aucun membre de la famille de feu James Davenall n'a envisagé un seul instant d'authentifier M. Norton. Cet homme est un inconnu pour eux. Sa tentative de se faire passer pour leur parent défunt a provoqué chez eux angoisse et indignation. S'il jure par écrit, ici et maintenant, de retirer sa réclamation, Sir Hugo s'en tiendra là. Dans le cas contraire, Sir Hugo demandera une ordonnance contre M. Norton et engagera des poursuites contre lui à titre privé. Voilà quels sont nos termes, que j'estime, à tout le moins, plus que généreux. Si M. Norton espérait un paiement à titre gracieux – ce qu'on appelle, ce me semble, un "pot-de-vin" –, qu'il sache que cela ne sera pas admis. »

Il se tourna vers Baverstock.

« Je crois savoir que c'est aussi la position de Lady Davenall ? »

Baverstock se racla la gorge.

« En effet. »

Le silence s'imposa, pause à valeur de validation dans les positions irréconciliables qui venaient d'être si clairement exposées. La chaise de Cleveland grinça comme il s'y balançait en arrière. Sir Hugo pianotait sur la table. Le feu crachait. Et Norton haussa un sourcil, signal discret mais non moins caractéristique, à l'adresse de Warburton, pour signifier qu'il était prêt à parler.

Il adopta un ton grave et doux, à l'inflexion idéale pour l'occasion : détermination nervurée de chagrin.

« C'est pour moi une peine des plus profondes que ma famille refuse de me reconnaître. Je sais que vous vous sentez abusés par ma tromperie précédente, mais je vous en supplie, ne laissez pas cette affaire s'interposer aujourd'hui entre nous. Si mon père était encore vivant, la situation aurait été différente, je crois…

— Si mon père était encore vivant, intervint Sir Hugo, vous ne seriez pas venu chercher fortune. »

Norton poursuivit, comme s'il n'avait pas été interrompu :

« Je crois savoir qu'il s'était opposé à la déclaration officielle de ma mort. J'en conclus qu'il avait deviné la vérité. Si seulement j'avais pu le retrouver encore en vie. Hélas, on ne peut rien y faire. »

Il devint songeur.

« Je ne peux pas appeler les morts à témoigner, hormis dans un cas, auquel je reviendrai plus tard. Je ne peux pas non plus, en cette occasion, faire appel aux deux personnes qui m'ont reconnu et qui brillent par leur absence aujourd'hui : Miss Pursglove, dont vous allez dire qu'elle est trop âgée pour être fiable ; et Mme Trenchard, dont le mari est ici pour contredire tout ce qui s'est passé entre nous. »

Trenchard continua à regarder droit devant lui sans mot dire.

« Très bien. Je comprends pourquoi tu souhaites que je sois vraiment mort, Hugo. Crois-moi, je comprends. Je comprends même pourquoi vous, Richard, vous vous sentez obligé de vous ranger à l'avis majoritaire. Quant à toi, Freddy, j'imagine que tu as déjà pris les paris quant à l'issue de cette affaire.

— Mais bon sang... »

Norton leva la main.

« Écoutez-moi jusqu'au bout, s'il vous plaît, fit-il doucement. Je comprends pourquoi vous, Trenchard, n'avez pas envie que l'ancien fiancé de votre épouse revienne d'entre les morts ; pourquoi vous, docteur Fiveash, devez avoir réussi à vous persuader que je ne suis pas votre ancien patient.

— Jeune homme... »

De nouveau le même geste apaisant.

« Comment donc puis-je commencer à vous persuader que vous êtes tous dans l'erreur ? Il n'existe qu'un seul moyen : la vérité.

— La vérité, intervint Moncalieri d'une voix tonitruante, c'est que vous, *monsieur**, n'êtes pas James Davenall. La vérité...

— C'est que vous êtes le prince Napoléon Joseph Charles Paul Bonaparte, prétendant bonapartiste officiel au trône impérial de France, répliqua Norton avec une conviction tranquille. La vérité, c'est que je vous ai souvent rendu visite à Paris avec mon père, à une époque glorieuse pour votre bonne personne. Je suis surpris de vous voir ici, prince, et curieux d'en connaître la raison. Ce ne peut être dans le seul but de soutenir le pauvre Hugo. Voilà qui me paraîtrait beaucoup trop altruiste.»

Trenchard les dévisageait alternativement avec stupéfaction. Norton disait vrai, cela ne faisait aucun doute: le choc de cette révélation était imprimé sur le visage écarlate de Moncalieri, pris de convulsions. Loin d'être un simple comte, c'était un prince de la lignée Bonaparte. Fiveash le reconnaissait à présent, il en était sûr: il y avait même quelque chose de napoléonien dans ses traits. Il avait rencontré cet homme une fois à Cleave Court avec Sir Gervase, bien des années auparavant, à une époque où il ne faisait pas secret de son identité.

Le prince finit par cracher une réponse:

«Je n'ai aucun compte à vous rendre quant au nom que je choisis d'utiliser.

— Et pourtant il m'aurait été reproché plus tard de n'avoir pas su identifier une vieille connaissance par son véritable patronyme. Je suis désolé de vous avoir causé de l'embarras, mais il me semblait préférable de montrer que je ne me laisserais pas abuser par de telles ruses.

— Pas mal, commenta Cleveland avec une bonne humeur discordante. Comment expliquez-vous ça, vieille branche?

— Ma réputation me précède, répondit le prince, qui semblait avoir recouvré ses esprits. Le fait que *monsieur** Norton me reconnaisse ne prouve rien.

— Notre dernière rencontre remonte à novembre 1870, poursuivit posément Norton. Vous dîniez à Bladeney House avec votre maîtresse. Comment va Cora, d'ailleurs?

— *Mon Dieu**, c'en est trop! Je ne...

— Prétendrai plus que je ne suis pas James Davenall?»

Le prince Napoléon était furieux. Certes il était vaguement flatté d'avoir été identifié, mais qu'on lui rappelle une maîtresse éconduite n'était absolument pas ce qu'il escomptait de cette entrevue. Prenant tout juste la peine de réfléchir à comment Norton pouvait bien connaître la liste des invités d'un dîner organisé douze ans auparavant, il se leva, cramoisi.

«Que le diable vous emporte, *monsieur** Norton – ou qui que vous soyez. Je ne suis pas venu ici pour être insulté. Tout cela n'est que... *de la tromperie**. Le malheur d'une vie publique est qu'elle attire souvent les mensonges... et les ragots.»

Il avança vers Norton, les traits déformés par la haine, sa silhouette imposante légèrement voûtée aux épaules, comme s'il était déjà blessé par les mots de l'autre.

«Vous n'avez rien prouvé si ce n'est que vous ne pouvez pas être James Davenall.»

Norton se tourna vers la silhouette qui s'approchait.

«Susceptible parce que vous avez laissé cette pauvre Cora mourir de faim? Je suis sûr qu'il n'est nul besoin de l'être. D'autres sujets qu'une maîtresse délaissée pourraient froisser vos susceptibilités. Beaucoup d'autres, je dirais.»

Le prince s'arrêta net. Il se tenait derrière Richard

Davenall, à présent, une main sur le dossier de sa chaise, comme s'il avait besoin d'un appui.

« Que voulez-vous dire ? demanda-t-il lentement.

— Vous étiez déjà un ami de la famille avant ma naissance. C'est votre cousin, le prince Louis Napoléon, qui vous a présenté à Cleave Court, pendant son exil à Bath : il s'était lié d'amitié avec mon grand-père, Sir Lemuel. C'est ainsi que vous avez rencontré mon père pour la première fois, à l'automne 1846, lors d'une visite à votre cousin à Bath. Il me semble que vous voyagiez alors sous le pseudonyme de comte de Montfort.

— Comment avez-vous… ?

— C'est mon père qui me l'a raconté. Comment pourrait-il en être autrement ? Des recherches scrupuleuses, peut-être ? Alors même que je n'avais pas la moindre idée que vous seriez présent aujourd'hui ? Ce serait envisageable, j'imagine. Peut-être préféreriez-vous quelque chose qui fasse davantage autorité. »

Le prince Napoléon se pencha vers Norton, si bien que quelques centimètres à peine séparaient leurs visages.

« Je ne préfère rien de votre part, *monsieur – rien** !

— Si vous aviez su tout ce que mon père m'a raconté au sujet de Votre Altesse Impériale, je doute que vous auriez osé vous confronter à moi. Alors replongez-vous dans le passé. Trente-six ans en arrière. C'est long, je vous l'accorde, mais qu'est-ce que le temps pour un prince ? Le labyrinthe de Sir Harley à Cleave Court, le 20 septembre 1846. »

Le prince Napoléon laissa échapper un rugissement. Il se redressa d'un coup sec, passa une main sur sa gorge tremblotante et dévisagea Norton de toute sa hauteur.

« *Qui* êtes-vous ? »

Norton ignora sa question.

« Ma mère a abandonné le labyrinthe. On ne vous l'a pas dit ? J'imagine que vous en devinez la raison. Elle voulait détruire tout ce qui pouvait lui rappeler cette date. Dois-je en clarifier la signification pour le reste de l'assemblée ? »

Le prince Napoléon fusilla Sir Hugo du regard de l'autre côté de la table.

« C'est votre faute, tout ça ! »

Il s'étranglait de fureur.

« Votre mère aurait dû me prévenir !

— Calmez-vous, prince, dit Norton. Ma mère ne pouvait pas savoir dans quelle mesure mon père s'était confié à moi. »

Mais le prince refusait de se calmer. Il poussa un juron, tourna les talons et se dirigea à grands pas vers la porte. Là, il marqua une pause pour lancer un dernier regard noir à son persécuteur.

« Je ne tolérerai pas cette inquisition. Je vous souhaite à tous bien du plaisir dans cette affaire. Ne m'y impliquez plus. »

Sur ce, il ouvrit le battant à la volée et disparut.

*

Pendant la pause qui suivit, Sir Hugo, estomaqué, dévisagea Norton pour la première fois, comme s'il essayait de déchiffrer dans ces traits raffinés et réservés le secret de ses connaissances. Le choc avait aussi réduit le reste de l'assemblée au silence ; dans la pièce, seuls le frottement de la plume de Lechlade et le battement de la porte – le prince Napoléon n'étant pas parvenu à la claquer, elle était restée entrouverte – se faisaient entendre par-dessus le clapotis insidieux de la pluie. Pas un mouvement, hormis celui d'une demi-douzaine de cerveaux qui s'évertuaient vainement à faire des déductions qui les avaient déjà devancés.

Richard Davenall était peut-être le mieux placé pour assimiler ce qui venait de se passer. Il connaissait depuis longtemps l'amitié de Sir Gervase avec le prince Napoléon, qu'il avait toujours jugée pour le moins fâcheuse. Le prince avait pour habitude d'associer infortune et inconduite de façon à s'aliéner ceux que ça n'amusait pas ; Richard avait catalogué son cousin dans la catégorie de ceux que ça amusait. Cependant, cette amitié avait survécu au-delà du simple divertissement : Sir Gervase avait même écrit au *Times* en 1854 afin de défendre le prince contre des accusations de lâcheté à la suite de son départ de Crimée très tôt dans la campagne (sous prétexte d'une maladie douteuse), geste qui reflétait à l'époque une générosité inhabituelle de sa part et qui aujourd'hui commençait à être révélateur. Leur première rencontre datait de 1846, c'était parfaitement vrai, mais en quelles circonstances leur affinité d'une vie s'était-elle forgée ? Comment Norton pouvait-il être au courant de choses pareilles quand Richard, lui, n'en savait rien ? À moins... son esprit dériva vers la fin de l'automne de cette année 1854, quand, à l'âge de vingt-deux ans, encore en apprentissage, il s'était vu confier l'intendance du domaine de Cleave Court en l'absence de Sir Gervase, alors au service de Sa Majesté. À la mi-décembre, Catherine, après avoir loyalement accompagné son époux en Crimée, était revenue sans prévenir, en proie à une détresse inexpliquée. Ce n'est que plus tard qu'elle avait esquissé une raison : une rencontre avec le prince Napoléon à Constantinople, le prince hors de lui à cause de la presse qui sous-entendait qu'il filait à l'anglaise, hors de lui au point de laisser échapper quelque chose dont, jusqu'alors, Catherine n'avait eu aucun soupçon. C'est vers cet épisode, et tout ce qui s'en était suivi, qu'il plongeait à présent en pensée...

La porte claqua avec la force et le bruit d'un coup de fusil tiré dans une lointaine bataille, et Richard Davenall ne fut pas le seul à sursauter. Cleveland, qui était allé pousser le battant de la pointe du pied, s'excusa avec un sourire contrit :

« Désolé. Je ne voulais pas la claquer. »

Il retourna s'asseoir.

Ce bruit sembla avoir réveillé Sir Hugo d'une transe.

« *Qui* êtes-vous ? demanda-t-il brusquement, sans quitter Norton des yeux. C'est la question qu'il vous a posée. C'est ce que je veux savoir.

— Tu sais qui je suis, fut la réponse paisible.

— Vous n'êtes pas mon frère.

— Alors réponds toi-même à ta question. J'imagine que tu as missionné une armée de détectives privés pour essayer de me coller une autre identité sur le dos. Qu'ont-ils trouvé ?

— Pour le moment, intervint Richard Davenall, nous ne sommes arrivés à aucune conclusion concernant vos activités précédant votre visite à Cleave Court le 26 septembre.

— Permettez-moi d'éclairer votre lanterne. Depuis l'été 1871 jusqu'à un peu plus tôt cette année, j'ai vécu en Amérique du Nord. Je n'en suis parti qu'afin de confirmer un soupçon qui s'était récemment immiscé dans mon esprit. Chose que je ne pouvais faire qu'en France. Cette démarche effectuée, le motif même de ma disparition il y a onze ans s'est retrouvé nul et non avenu. Il m'a fallu plusieurs mois pour m'adapter à ce brusque changement de circonstances. Cela étant fait, je me présente devant vous comme l'homme que je suis, que cela vous plaise ou non : James Davenall.

— Messieurs, s'interposa Warburton, puis-je en venir à l'essentiel ? Quelqu'un parmi vous conteste-t-il les faits invoqués par mon client pour démasquer le prince Napoléon ? Je ne ferai aucun commentaire déontologique sur le fait de l'avoir présenté ici sous un pseudonyme, Davenall, poursuivit-il avec un hochement de tête à l'adresse de son collègue, au vu de la médiocrité de sa prestation. Manifestement, il avait beau enrager, il était convaincu.

— Je me dois de réserver notre position là-dessus.

— Mais contestez-vous ces faits ?

— Pas... en l'état.

— Alors, voyons, comment mon client, s'il s'agissait d'un imposteur, pourrait-il connaître ces détails ?

— C'est... difficile à dire.

— C'est, en l'occurrence, impossible, n'est-ce pas ? N'allez-vous pas désormais céder ?

— Certainement pas.

— Alors je dois vous prévenir que les preuves supplémentaires que mon client pourrait être amené à présenter devant vous – voire devant la justice – ne seront pas à l'honneur de votre famille. »

Davenall se raccrochait désespérément aux branches.

« Nous souhaiterions étudier des photographies, rencontrer le tailleur de James, son bottier, n'importe qui capable...

— Nous avons consulté son satané médecin ! s'écria soudain Sir Hugo avec une énergie malsaine. C'est un tantinet plus intime que des photos floues ou la forme d'un cordonnier, si vous voulez mon avis. Écoutons votre verdict, docteur. »

Fiveash fit la moue, agacé par les manières du jeune homme, mais s'exécuta sur un ton contenu.

« M. Norton s'est présenté à mon cabinet le 26 septembre au soir. J'ai effectué un examen rigoureux...

— À la demande de qui ? interrompit Warburton.

— Étant donné que je ne pouvais exprimer qu'une incrédulité totale face à son affirmation d'être mon ancien patient, cela semblait être le meilleur moyen de résoudre...

— Mais à la demande de qui ?

— Cela a été fait d'un commun accord.

— Donc mon client ne s'y est pas opposé ?

— Non.

— Voilà qui n'est guère le comportement d'un coupable. Il aurait pu facilement refuser.

— Quoi qu'il en soit, je l'ai examiné – par consentement mutuel.

— Quelles ont été vos conclusions ?

— Un homme d'une trentaine d'années qui bénéficie d'une bonne santé. En bref, pas James Davenall.

— Qu'est-ce qui vous fait dire ça ? Est-il trop grand, trop maigre, trop musclé ? Un grain de beauté ou une tache de naissance notables manquent-ils à l'appel ?

— Je ne garde aucune trace précise des dimensions

physiques de mes patients. Il mesure à peu près la même taille, même s'il est d'une carrure un peu plus imposante.

— Un changement de mode de vie pourrait-il expliquer cela ?

— C'est possible. Quant aux marques distinctives, je n'ai aucun document ou souvenir qui pourrait en faire état de manière significative pour l'affaire qui nous concerne.

— En ce cas sur quoi basez-vous vos conclusions ?

— Je les base sur les méthodes que j'applique quand je me regarde le matin dans la glace. Je ne reconnais pas cet homme.

— Voilà des méthodes qui ne semblent guère médicales.

— Des considérations médicales ont également confirmé mon opinion.

— Quelles étaient-elles ?

— Elles sont placées sous le sceau du secret médical.

— Vous prétendez que votre patient est mort, docteur. La confidentialité ne s'arrête-t-elle pas là ? Le serment d'Hippocrate ne se prolonge tout de même pas au-delà de la tombe.

— Si, c'est possible, dans certaines circonstances. »

Warburton se tourna vers Richard Davenall.

« Ma parole, vous exploitez à l'excès les particularités du cas pour fonder votre plaidoyer. Pensez-vous vraiment que cela va suffire ?

— Je pense que cela nous servira.

— Je crains que non, intervint Norton après avoir de nouveau fait signe à son avocat qu'il comptait parler. Je suis reconnaissant au Dr Fiveash pour sa loyauté mal placée, toutefois on ne peut entretenir plus longtemps sa méprise. Je dois vous exposer honnêtement ce qui pourrait être aussi douloureux pour lui que pour moi. Quand il m'a examiné le mois dernier, il a cherché les signes d'une maladie qu'il avait diagnostiquée en 1871. C'est sur l'absence de tels signes qu'il a basé ses conclusions. »

Fiveash était littéralement estomaqué : Trenchard lisait sur son visage moins de colère mais plus de stupeur que sur celui du prince Napoléon.

« Comment avez-vous… ? commença le docteur.

— C'est à cause de ce diagnostic que j'ai fui il y a onze ans. Je suis revenu parce que j'ai appris qu'il était erroné. Vous vous êtes trompé, docteur, tout simplement trompé. »

Désormais la fierté professionnelle de Fiveash était blessée ; la colère enfla en lui.

« Comment osez-vous ? C'est… c'est de l'insulte doublée de conjecture.

— Non, docteur. C'est la simple vérité. Je suis venu vous voir en avril 1871 parce que je souffrais de ce que je croyais être une maladie oculaire. Vous avez fini par diagnostiquer… la syphilis. »

Il avait monopolisé l'attention de tous. Lechlade avait arrêté d'écrire. Même Cleveland était penché en avant sur sa chaise, la cigarette délaissée, les yeux rivés sur Norton. Trenchard, immobile, cherchait à repousser de ses oreilles l'effrayant tintement de la vérité. Si on avait dit à James Davenall qu'il était atteint de la syphilis, si James Davenall était un homme honorable, que pouvait-il faire à quelques semaines de son mariage avec une femme innocente ? Que pouvait-il faire sinon… ?

« Je ne vous blâme ni ne vous condamne : je crois que les symptômes de la syphilis sont connus pour être changeants, dans mon cas c'était criant. Je suis même allé chercher un deuxième avis chez un spécialiste de Harley Street. Son verdict s'est révélé identique, erroné mais identique. Je ne pouvais clairement pas procéder à mon mariage avec Miss Sumner, mais comment expliquer pourquoi ? Je confesse avoir fui plutôt que de lui avoir avoué la vérité, plutôt que de vivre encore un autre mensonge absurde. Quand j'ai laissé mon mot à Cleave Court, j'avais en tête de me suicider, et lorsque j'ai rejoint Londres cette nuit-là, aussi. Mais le courage m'a manqué. Comme vous pouvez le constater, le 17 juin 1871 ne fut pas le jour de ma mort, même si parfois j'en viens presque à le regretter. J'ai quitté le pays dans un paquebot à destination de Halifax, le *Nova Scotia*, en voyageant sous un nom d'emprunt. Pas Norton, pas à l'époque, car j'ai porté plusieurs noms. Je souhaitais seulement m'effacer du monde que j'avais connu. C'était la seule façon de tolérer ma honte. Et j'y suis parvenu – comme vous le voyez. »

Elle papillonna alors dans plus d'une tête, cette idée qui tenait soit de l'honneur, soit de la folie : cet homme ne plaisante pas, il est bel et bien James Davenall. En s'efforçant de faire face à la réalisation de ses pires craintes, Trenchard comprit qu'il y avait pire encore : dorénavant, s'il devait combattre cet homme, comme il le fallait s'il voulait garder Constance, il serait seul et, selon toute probabilité, dans l'erreur. Ce n'était ni son souhait ni son devoir, et pourtant il le ferait. Pour prouver que son amour était plus fort que ce qu'il ressentait parfois, il combattrait cet homme jusqu'au bout. Les yeux rivés sur Norton, il s'arma de courage : cet homme qui aurait pu être un ami est désormais mon ennemi. Il frémit.

La réaction de Fiveash avait évidemment pris un chemin différent. Vieux, déterminé et complaisamment avunculaire, voilà qu'il se retrouvait condamné et pris en faute. Il n'était pas prêt, ce n'était pas le moment, ce n'était pas le lieu. L'application et l'honnêteté dont il avait fait preuve avec ses malades durant toute sa carrière se retrouvaient bafouées par cette faillibilité. Il pestait en silence. Il y avait tant d'éléments pour l'induire en erreur. Tout ce qui s'était passé avant l'avait inconsciemment préparé à la maladie de James Davenall. Maladie qui avait semblé presque juste, presque opportune. Aurait-il pu s'être trompé de façon aussi catastrophique ? Il enrageait à cette idée.

« Non ! C'est impossible. Le doute n'était pas permis. James Davenall était atteint d'une maladie incurable. Je vous avais envoyé voir Emery, qui vous l'a confirmé.

— Vous m'avez envoyé. Oui, parfaitement. Vous l'avez fait et maintenant vous l'avez dit. Vous savez que c'était moi.

— Un lapsus. Un simple lapsus. Je ne voulais pas dire… je ne voulais pas dire… vous.

— Vous m'avez expliqué que j'étais incurable, je vous ai cru. Je suis allé me cacher pour mourir. Mais je ne suis pas mort. Les symptômes ont progressivement disparu. Je pensais qu'ils reviendraient. Mais non. J'ai consulté un médecin américain. Il m'a dit que j'étais en parfaite santé. Il n'y avait aucun signe de syphilis.

J'ai consulté l'éminent vénérologue français Fabius, à Paris. Il m'a dit la même chose. Vous vous êtes trompé, docteur. Vous vous êtes tous les deux trompés.»

Un silence pesant retomba. Puis Trenchard finit par prendre la parole.

«Un moment. Dois-je comprendre que vous êtes prêt à reconnaître devant un tribunal que vous croyiez souffrir de la syphilis?»

Norton ne cilla pas.

«Si nécessaire, oui.

— Dans ce cas, ce serait aussi reconnaître, que le diagnostic fût correct ou non, que vous aviez à l'époque de bonnes raisons de croire qu'il le fût.»

Norton répondit par un sourire.

Sir Hugo s'en prit à Trenchard.

«Qu'est-ce que vous faites, bon sang, mon vieux? Vous entrez dans son jeu en admettant que tout cela ne soit pas qu'un tissu de mensonges.

— Trenchard prêche pour sa paroisse, répliqua Norton. On ne peut pas lui en vouloir. Un homme ne peut croire être atteint de syphilis que s'il sait avoir été exposé à l'infection. L'argument de Trenchard, c'est que si tel est le cas, j'ai dû être infidèle à Constance durant nos fiançailles.

— Qu'est-ce que ça peut bien me faire? aboya Sir Hugo.

— Rien, cher frère. Pour toi, c'est égal, mais pour Trenchard, ça change tout. Hélas pour lui, cette déduction est également basée sur une méprise. J'avais de bonnes raisons de craindre d'avoir été infecté par la syphilis, mais cela n'impliquait aucune infidélité à Constance.

— Comment l'expliquez-vous, alors ? demanda Trenchard.

— Le Dr Fiveash m'a éclairé sur ce point il y a onze ans, je vais le laisser vous éclairer de la même façon aujourd'hui.

— Grand Dieu, soupira Fiveash.

— Oui, docteur ?

— C'est impossible. Dites ce que vous voulez, jouez les tours que vous voulez, vous ne pouvez pas connaître la teneur de nos échanges à moins d'être James Davenall. Or jamais je ne croirai – jamais je n'admettrai – que vous l'êtes.

— Parce que cela compromettrait votre réputation professionnelle ?

— Par tous les diables, non. Je ne l'admettrai pas, parce que ce n'est pas vrai.

— Vous refusez de l'admettre parce que vous ne voulez pas que ce soit vrai.

— Non.

— Allez-vous leur expliquer ce que vous m'aviez confié alors – ou dois-je le faire ?

— Je ne dirai rien. »

Nouveau silence, nouveau gouffre muet. Puis, soudain, sans un bruit, Norton se leva de table.

« Dans ce cas je ne dirai rien non plus. »

Un cri de triomphe échappa à Sir Hugo.

« Parce que vous n'en savez rien ! Fiveash vous a mis au pied du mur. »

Si l'homme que Norton regardait avec dédain était son frère, il était clair à son expression que fort peu de compassion fraternelle venait atténuer son mépris.

« Non, Hugo, je m'abstiens pour le moment, voilà

tout. Je parlerai s'il le faut, mais, dans ce cas, tu le regretteras. Je n'en dirai pas plus pour l'instant. »

Il salua l'assemblée d'une révérence polie.

« M. Warburton vous expliquera ma position. J'espère avoir bientôt de vos nouvelles – pour notre bien à tous. Et maintenant je vous salue. »

Il rejoignit alors lentement la porte et sortit discrètement. Il y avait de la dignité et de la réserve dans sa retraite, il en avait dit et tu juste assez pour suggérer la décence d'un homme qui ferait respecter ses droits sans jamais empiéter sur ceux d'un autre. La porte se referma sur lui avec un cliquetis et, au même moment, l'horloge de Staple Inn se mit à sonner. Il était midi, une heure seulement s'était écoulée depuis qu'ils s'étaient réunis, et pourtant on aurait dit bien plus à en juger par les rides que cette heure avait creusées dans leur vie. Warburton les regarda les uns après les autres et attendit que l'horloge ait fini de sonner.

« Messieurs, déclara-t-il enfin, je suis sûr que la solidité de notre dossier est pour vous maintenant évidente. Mon client m'a chargé de vous accorder une dernière opportunité de revoir votre position. Si nous n'avons pas de vos nouvelles d'ici deux jours à cette même heure – midi le vendredi 13 –, nous demanderons une audience à la Haute Cour de justice le plus tôt possible afin que soit étudiée notre requête en faveur du retrait de tous les obstacles placés devant Sir James Davenall dans sa démarche d'appropriation de ses biens et de son titre. Je doute qu'il y ait quoi que ce soit à ajouter à ce stade.

— Il y a tout à ajouter, s'emporta Sir Hugo. J'ai des questions auxquelles il ne pourra…

— Hugo! l'interrompit Richard Davenall, plus sèchement qu'auparavant. M. Warburton a raison. »

Il jeta un œil au juriste.

« Je veillerai à ce que vous ayez de nos nouvelles dans le délai imparti.

— Je vous en sais gré.

— Et maintenant je crois que nous allons nous retirer. Baverstock? »

Le notaire rural sursauta sur sa chaise. Frappé de stupeur de bout en bout, il recouvra sa voix avec difficulté.

« Oui. Oui, bien sûr. Absolument.

— Un dernier point, ajouta Warburton. Au cas où, comme Sir Hugo, vous placeriez vos espoirs dans la certitude que mon client ignore ce qu'il refuse pour l'instant de révéler, je dois vous dire que nous avons obtenu une copie du certificat de décès de Gervase Davenall. En l'absence d'alternative, les implications de son contenu seront utilisées au tribunal. »

Richard Davenall porta son attention sur Fiveash.

« Le sens de ces propos est-il clair pour vous, docteur? »

La réponse fut un murmure rauque :

« Oui. »

*

Sir Hugo Davenall était assis, comme terrassé, dans un coin du bureau de son cousin avenue High Holborn. Son angoisse première s'était évaporée pour laisser place à une léthargie maussade : il n'avait même pas retiré le pardessus détrempé avec lequel il avait marché depuis Staple Inn. Il regardait droit devant lui, le souffle court, la lèvre inférieure en avant, le menton enfoui dans la main gauche tandis que, de la droite, il traçait et retraçait le relief du motif brodé sur le bras de son fauteuil.

Debout à la fenêtre, Cleveland serrait un verre de whisky contre sa poitrine et fumait avec langueur, en regardant la rue sans la voir. À côté de lui, Trenchard, appuyé contre le rebord, tournait le dos aux trams qui circulaient, manifestement perdu dans ses pensées. Près de la fenêtre, derrière un vaste bureau désordonné, Richard Davenall était plongé dans un aparté avec Baverstock : tous deux avaient la mine préoccupée. Non loin de la porte, le Dr Fiveash faisait les cent pas, tantôt s'arrêtant devant la bibliothèque qui s'élevait jusqu'au plafond afin de scruter la tranche d'un ouvrage juridique – sans pour autant jamais s'en saisir pour le lire ; tantôt tirant sa montre à gousset pour regarder l'heure – sans jamais pour autant commenter le passage du temps au-delà d'un profond soupir qui accompagnait la réintroduction de la montre dans son gilet.

Seul Trenchard leva les yeux à l'irruption d'un clerc dans la pièce. L'homme se dirigea droit vers le bureau de Richard Davenall et se pencha au-dessus.

« Oui, Benson ?

— Un coursier en provenance de l'hôtel Claridge a déposé ce message pour vous il y a quelques minutes, monsieur. Le nom de l'expéditeur est Moncalieri. »

Davenall avait ouvert et lu le mot avant même que la porte se fût refermée sur le messager, mais un claquement de langue fut sa seule réaction immédiate.

«Qu'est-ce que le beau prince Napoléon a à dire pour sa défense?» s'enquit Cleveland.

Davenall eut un sourire amer.

«Son mécontentement n'est pas des moindres. Il semblerait qu'il veuille retourner en France... immédiatement.

— Les rats quittent le navire?

— C'est peut-être comme ça qu'il voit les choses. Il ne doit guère avoir envie de recroiser M. Norton. Il a trouvé leur discussion... désagréable. C'est peut-être aussi bien. Sinon je craindrais que Warburton ne tire grand profit de remarques comme celle-ci: "Balivernes que cette date précise de 1846 évoquée par *monsieur** Norton. Elle n'a aucun sens. Sans compter qu'il est inconcevable que Sir Gervase lui ait raconté des choses pareilles."

— Quelles choses?

— Précisément. Si cette date n'a aucun sens, il n'y a rien à dire. Et pourtant il sous-entend que si. Pas étonnant que la cause bonapartiste n'ait pas prospéré sous sa houlette.»

Davenall déchira lentement le mot en quatre puis laissa tomber les morceaux de papier dans une corbeille.

«Tant pis pour notre noble allié.

— J'ai bien réfléchi à tout ce qu'a dit Norton, intervint Trenchard.

— Comme nous tous, répliqua vertement Davenall avant de se reprendre. Je vous prie de m'excuser, Trenchard. J'ai les nerfs un peu à vif. Quelle conclusion tirez-vous de ses remarques?

— Qu'il dit la vérité. Il s'est passé quelque chose

impliquant le prince Napoléon et Sir Gervase, à Cleave Court, en septembre 1846. Quelque chose de déshonorant, voire honteux. Et Norton sait de quoi il s'agit. Qui d'autre pourrait être au courant ?

— Seulement Catherine. Je me suis mis d'accord avec Baverstock (hochement de tête en direction de son collègue) pour qu'il aborde le sujet avec elle. Mais elle sera peut-être incapable de nous aider.

— Il serait étonnant qu'elle ne le puisse pas si Norton a vu juste quant à ses raisons d'abandonner le labyrinthe.

— Je suis d'accord. Et pourtant elle pourrait malgré tout nier savoir quoi que ce soit. Vous l'avez rencontrée, Trenchard, je suis sûr que vous pouvez aisément le concevoir. »

Il lui jeta un regard lourd de sens.

« Oui. En effet.

— Et puis, de quoi pourrait-il s'agir ? Et cela importe-t-il vraiment maintenant que le prince Napoléon s'est retiré de l'affaire ? Cela ne peut ni prouver ni réfuter l'allégation de Norton. James n'était même pas né en 1846.

— Quand est-il né ?

— En février 1848. Pourquoi cette question ?

— Je ne sais pas trop. C'est juste…

— Vous dites avoir l'impression que tout ce qu'a déclaré Norton était vrai. Cela concerne-t-il aussi sa prétention d'être James ? Autant connaître précisément la position de tout le monde.

— C'est possible, vous savez, déclara Cleveland. Je sais que c'est rude pour vous, mes amis, mais moi je trouve ce type sacrément convaincant.

— Mais vous, Trenchard, reprit Davenall. Qu'en pensez-vous ?

— Je ne connais pas assez bien votre famille pour me prononcer. Je n'ai jamais rencontré James. Était-il... proche de son père ?

— Non. C'est le plus étrange dans tout ça. Sir Gervase était l'homme le plus froid, le moins loquace, le moins paternel du monde. J'ai toujours eu l'impression qu'il se souciait de James comme d'une guigne. Cela dit, à quel point le connaissais-je ? J'étais d'abord et avant tout son notaire ; son cousin... presque jamais. Docteur Fiveash (il se tourna vers la silhouette qui faisait les cent pas à côté de la porte), êtes-vous parvenu à résoudre votre crise de conscience médicale ? »

Fiveash les fusilla tous du regard.

« Ce n'est pas un sujet à prendre à la légère.

— Je suis désolé. Ce n'est pas ce que je voulais dire. Vous pouvez au moins clarifier cette histoire de certificat de décès. Je croyais que Sir Gervase était mort des suites d'une attaque. »

Il reporta son attention sur Trenchard.

« Sir Gervase a eu une attaque... oh, il y a de ça trois ans. Il a passé les dix-huit derniers mois de sa vie dans une maison de santé, complètement impotent. L'ironie de la chose, c'est que cette attaque semble avoir été provoquée par une série de désaccords – et de franches disputes – concernant son refus de déclarer officiellement la mort de James. »

Il reporta les yeux sur Fiveash.

« Avez-vous un commentaire à faire, docteur ? »

Fiveash se redressa avec un profond soupir.

« Le certificat désignera comme cause du décès la paralysie générale de l'aliéné.

— Aliéné ?

— Simple question de vocabulaire. Les symptômes ne sont pas contradictoires avec une attaque et, de fait, il a bel et bien subi une légère attaque.

— Légère ? On m'avait dit à l'époque qu'elle était grave.

— La maladie était grave, la détérioration rapide, mais les symptômes étaient là depuis longtemps. Ce que voulait dire Norton, en revanche, est bien simple. La paralysie générale de l'aliéné est une manifestation classique de syphilis tertiaire. Pour le dire clairement, Sir Gervase est mort de la syphilis. »

Il se laissa tomber dans un fauteuil.

Richard Davenall jeta un œil à son cousin.

« Tu étais au courant, Hugo ?

— Hum ? »

Sir Hugo s'ébroua de sa léthargie.

« Oui. Le vieux avait la vérole. Tu t'attendais à ce que je l'annonce dans le *Times* ?

— Tu aurais pu me le dire.

— Il ne m'a pas semblé que ça te regardait.

— Maintenant oui. Ta mère est-elle au courant ?

— Pas par moi en tout cas. Et je ne pense pas qu'elle ait deviné. Elle ne lui a jamais rendu visite, jamais. Moi, Dieu sait que je suis allé parader plus d'une fois, et lui il me regardait, la déception écrite en grosses lettres sur le visage. Ce n'est pas moi qu'il voulait voir. Parfois, il me semblait que ce n'était même pas mère.

— Mais James ?

— Oui. Mon précieux frère disparu James. »

Il empoigna brusquement la frange à pompons sur le bras de son fauteuil et la tordit de toutes ses forces entre ses doigts.

« Cet homme n'est pas James. C'est impossible. Il est trop… trop foutrement impressionnant.

— Et il n'est pas syphilitique », ajouta mélancoliquement Fiveash.

Penché sur son bureau, Richard Davenall regarda le médecin droit dans les yeux.

« Voulez-vous bien maintenant expliquer clairement ce que vous avez refusé de révéler un peu plus tôt ?

— Très bien. James est venu me voir en avril 1871 – exactement comme l'a dit Norton. Il se plaignait d'une détérioration de sa vue, couplée à une humectation des yeux, des spasmes des paupières et une photosensibilité. Ces symptômes n'étaient pas très prononcés à l'époque, mais ils indiquaient clairement une kératite interstitielle, dont la cause la plus répandue est la syphilis congénitale.

— Congénitale ?

— Il veut dire, mon cousin, précisa Sir Hugo, que James a hérité de cette maladie.

— Grand Dieu. Tu le savais ? »

C'est Fiveash qui répondit.

« Quand j'ai révélé la véritable nature de la maladie de son père à Sir Hugo, je me suis senti obligé de l'informer du léger risque auquel il avait été exposé. C'était quelque chose qui m'avait toujours inquiété. Sir Gervase avait contracté la syphilis il y a plus de trente ans. J'espérais à l'époque qu'il n'avait pas contaminé Lady Davenall et donc James, mais il n'existait aucune garantie. Lady Davenall n'a jamais présenté aucun signe de la maladie. Malheureusement, il est possible pour certains porteurs de syphilis de transmettre la maladie à leur progéniture sans pour autant manifester aucun symptôme. Quand James m'a demandé de l'examiner, mes pires craintes ont été confirmées. Dans le cas de Sir Hugo, le risque était substantiellement réduit. Au moment de sa naissance, la progression de la maladie devait, selon toute probabilité, avoir dépassé le stade infectieux. »

Plusieurs minutes de silence suivirent le discours de Fiveash. Lui-même était tassé dans son fauteuil, la mine boudeuse, visiblement affligé d'avoir dû révéler autant de secrets de son cabinet de consultation. À sa grande surprise, Trenchard dut réprimer de la compassion envers l'homme qui avait peut-être porté le joug des péchés de son père, et comprit alors ce que Norton avait voulu dire : pour un membre au moins de la famille Davenall, il n'y avait, dans cette maladie, aucun déshonneur.

« Qu'avez-vous révélé à James, au juste ? » demanda au bout d'un moment Richard Davenall.

Fiveash soupira.

« Tout ce que je pouvais. Le jeune homme était dans une grande détresse : il avait le droit de savoir pourquoi. Dieu sait que je ne pouvais guère faire grand-chose d'autre pour lui. Quelques gouttes palliatives pour les yeux... et quelques explications macabres.

— Quelles explications ?

— Que la maladie était incurable, que les symptômes allaient s'aggraver et se multiplier, que cela aboutirait à une longue et douloureuse agonie combinée à une dégénérescence mentale. Annoncer de telles choses à un patient est le devoir le plus désagréable d'un médecin, messieurs, d'autant plus quand il s'agit d'un jeune homme au naturel doux, jusqu'alors en parfaite santé, et à la veille de se marier. Mon dernier conseil a été la partie la plus difficile. J'ai dû lui dire qu'il était impératif qu'il ne se marie pas ; qu'il devait, pour faire court, éviter tout risque de contaminer sa fiancée.

— Aviez-vous besoin d'être… aussi explicite ?

— Vous comprenez bien que je n'avais pas le choix.

— Ne vous est-il pas apparu par la suite que cela avait pu le pousser au suicide ?

— Bien sûr que si. Mais vous – ou n'importe quel autre membre de votre famille –, m'auriez-vous remercié de fournir cette information ? Lady Davenall ne savait et ne sait toujours rien de l'infidélité de son mari. Auriez-vous souhaité qu'elle soit désabusée ? Je ne pense pas, monsieur.

— Est-il possible que vous vous soyez trompé, docteur ? demanda Trenchard. Est-il possible que Norton dise la vérité ?

— J'ai effectué une batterie complète de tests. J'ai envoyé James voir un spécialiste qui a confirmé mon diagnostic. Il n'y avait pas de possibilité d'erreur. Cette idée est grotesque.

— Dans ce cas, une guérison spontanée est-elle envisageable ?

— La certitude absolue n'existe pas en médecine, mais le caractère irréversible de la syphilis en est quasiment une. Sir Gervase avait beau jouir d'une constitution extrêmement robuste, à la fin ça ne lui a servi à rien. Si James Davenall était vivant aujourd'hui, il ne respirerait pas la santé comme James Norton. Je m'attendrais, par exemple, à ce qu'il soit aveugle.

— Donc on le tient, murmura Sir Hugo presque pour lui-même. C'est l'arroseur arrosé. »

Fiveash le considéra d'un air éberlué.

« Vous ne songez tout de même pas à rendre ces révélations publiques ?

— Et pourquoi pas ? »

Richard Davenall dévisagea son cousin.

« Le docteur a parfaitement raison, Hugo. Rien de tout ça ne doit sortir de ces murs. Ton père présenté comme syphilitique, ta mère déshonorée, notre famille couverte d'opprobre : voilà quelles seraient les conséquences de l'emploi de cette information pour se défendre dans un éventuel procès contre Norton. Il le sait aussi bien que nous.

— Alors mettons-le au pied du mur.

— Tu n'y penses pas. Tu n'as pas bien réfléchi à la situation. »

L'homme mûr scruta vainement le visage du jeune homme en quête de compréhension.

« Notre famille serait ruinée.

— Tu préférerais que la ruine me soit réservée ? C'est toi le notaire, Richard. Que se passera-t-il si Norton l'emporte ?

— Ça m'étonnerait que…

— Que se passera-t-il ?

— Dans cette éventualité improbable, la dignité de baronnet lui reviendrait ainsi que…

— Oui ?

— Ainsi que l'intégralité de la succession, répondit

Richard non sans hésitation. Ton père a légué tous ses biens à James dans le testament mis de côté suite aux mesures liées à sa mort présumée. Cleave Court, Bladeney House, tous les revenus locatifs : l'ensemble de ton héritage lui reviendrait.

— C'est tout ?

— On pourrait même te demander de lui verser une compensation pour l'ensemble des biens ou le montant des recettes de la succession dont tu as bénéficié depuis l'obtention du titre, mais tout cela est…

— Tout cela est ce que j'ai glané grâce à d'autres sources moins réticentes que toi. Je souhaiterais que tu te souviennes un peu plus souvent, mon cousin, que ce sont *mes* intérêts que tu devrais protéger, pas ceux de notre famille. S'il faut choisir entre ma paupérisation et voir le nom des Davenall entaché, alors tu devrais savoir que dans mon esprit le choix ne se pose même pas.

— Mais ta mère…

— Ouvrirait enfin les yeux sur l'homme qu'elle a épousé. Je ne peux pas l'empêcher. Si tu souhaites l'éviter, trouve-moi un moyen d'arrêter Norton. Tu as deux jours pleins, je crois. Je te suggère de les employer à bon escient. En attendant, j'ai assez soupé de ce sujet. »

Il se leva de son fauteuil.

« Tu viens, Freddy ? Je crois qu'un verre s'impose. »

Les deux hommes quittèrent la pièce avec une nonchalance démonstrative, laissant les autres réfléchir au chemin difficile que Sir Hugo avait clairement affirmé être prêt à suivre. Chez lui, la simplicité avait concentré l'esprit. Il plaçait la richesse et la débauche qui allait avec bien au-dessus de l'estime de la société respectable. À présent que cette richesse était menacée, toutes les considérations secondaires – y compris la tranquillité d'esprit de sa mère – devaient être mises de côté pour la défendre.

4

Quand je quittai les bureaux de Richard Davenall cet après-midi-là, il continuait à pleuvoir. Seulement il tombait maintenant des trombes d'eau, qui se déplaçaient en rideaux sur l'horizon prématurément sombre de briques détrempées et de pierre dégoulinante. Abandonnant tout espoir de trouver un fiacre dans ces conditions, je bifurquai vers l'ouest et marchai à pas lourds en direction d'Orchard Street, me sentant, dans une certaine mesure, rasséréné par la pluie qui fouettait mon visage : j'en avais besoin pour laver le souvenir de ce que cette journée m'avait réservé. Contrairement à ceux qui avaient connu James Davenall, je n'avais même pas une image contradictoire à laquelle m'accrocher, rien pour m'assurer dans mes moments de crainte solitaire que Norton n'était pas celui qu'il prétendait. Comment pouvait-il en savoir autant à moins de dire la vérité ? Il n'y avait pour seule réponse qu'une autre question caustique : que raconterai-je à Constance – que pouvais-je lui raconter ?

Alors que j'attendais pour traverser Southampton Road, un fiacre s'arrêta à côté de moi sans que je l'y invite et le gros visage barbu du Dr Fiveash sortit par la vitre.

« *Vous avez l'air trempé, mon brave. Montez !* »

J'hésitai un instant, n'étant pas sûr de désirer une quelconque compagnie, surtout celle de l'un des participants au conseil amer qui venait d'avoir lieu. Puis je me laissai fléchir et montai à bord.

« C'est gentil de votre part de vous être arrêté, remerciai-je.

— C'est la moindre des choses. Je retourne à mon hôtel dans Bayswater. Cela vous convient-il ?

— Je m'arrêterai à mi-chemin si vous voulez bien. Vous rentrez à Bath ce soir ?

— Demain. Ce ne sera pas dommage.

— J'imagine que non. »

Il se gifla la cuisse dans un geste de colère contenue.

« Quelle diablerie, cette affaire ! Quelle diablerie ! »

J'eus presque autant de peine pour Fiveash que pour moi-même. Norton avait remis en question certains aspects de nos vies jusque-là parfaitement fiables : dans le cas de Fiveash, sa compétence professionnelle, dans le mien, un mariage heureux.

« Peut-être vous sentez-vous comme moi, impuissant.

— C'est pire que ça. J'exerce la médecine depuis plus de quarante ans. J'ai pansé les petites et les grandes douleurs des Davenall pendant tout ce temps sans me plaindre une seule fois de la lenteur avec laquelle ils s'acquittaient de mes honoraires. Trente années durant, j'ai soigné Sir Gervase des maux qu'il s'infligeait lui-même, sans jamais lui dire une seule fois ce que je pensais de lui. Et maintenant voilà ce qui arrive – et ce jeune propre à rien de Sir Hugo qui se dit tout prêt à risquer de me voir marqué du sceau de l'incompétence à la seule fin de pouvoir continuer à baigner dans le whisky-soda. Je me sens impuissant, c'est vrai, mais je me sens aussi trahi.

— Par les Davenall – ou par le destin ? »
Il fronça les sourcils.
« Vous ne pensez pas qu'il s'agisse d'un imposteur, n'est-ce pas ?
— Je ne suis pas en position de l'affirmer. Vous, si.
— Alors, croyez-moi sur parole. Il n'est pas James Davenall.
— Je le croirais bien volontiers, mais, dans ce cas, comment peut-il connaître la teneur des échanges que vous et le vrai James Davenall avez eus dans la plus grande confidence il y a onze ans ? »
Son froncement de sourcils s'accentua.
« Je me suis posé la même question. Je n'en avais parlé à personne jusqu'à aujourd'hui. Quand j'avais expliqué à Sir Hugo la véritable nature de la maladie de son père, il avait peut-être deviné, mais…
— Si oui, il y aurait peu de chances qu'il l'ait confié à qui que ce fût.
— Tout à fait. »
Contemplant le paysage qui tressautait par la fenêtre, il devint encore plus pensif.
« J'avais envoyé James consulter un de mes collègues, le Dr Emery, mais sa discrétion ne fait aucun doute. Il me semble en plus que le pauvre garçon était allé le voir sous pseudonyme. »
Il reporta son regard sur moi.
« Est-il possible que Norton l'ait appris de la bouche même de James Davenall, à votre avis ?
— S'ils s'étaient connus, Norton aurait été reconnu par la famille. Et pourquoi aurait-il attendu onze ans pour se présenter ? »
Il hocha la tête d'un air mélancolique.

« *Comme vous dites.*

— Conservez-vous des sortes d'archives auxquelles Norton aurait pu avoir accès ?

— Évidemment que je conserve des archives, mais je ne les laisse pas traîner à la vue du premier passant venu. »

Sa fierté professionnelle, déjà mise à mal, avait été de nouveau blessée.

« Pardonnez-moi. Ce que je veux dire, c'est que les archives que je conserve sur mes patients sont sous clé. Et puis, pourquoi quelqu'un voudrait-il les consulter ? Comment saurait-il quoi chercher ? »

Je n'avais pas besoin de répondre. Le caractère désespéré de nos théories parlait de lui-même. Nous retombâmes dans le silence et considerâmes chacun par une fenêtre du fiacre, lequel se frayait laborieusement un passage dans la circulation détrempée d'Oxford Street, la même perspective funeste. Nous étions toujours aussi loin, voire plus, de trouver une réponse.

*

À trois kilomètres de là, derrière l'une des façades palladiennes chics de Pall Mall, se trouvait le refuge aveugle choisi par Sir Hugo Davenall pour se remonter le moral. Là, dans la salle de billard fuligineuse d'un club dont on pouvait être sûr que le comité enverrait blackbouler tout fils de commerçant qui aurait la témérité de faire une demande d'adhésion, Sir Hugo et Freddy Cleveland cherchaient à effacer le goût désagréable des débats de la journée à coups d'imbitions régulières de whisky-soda et d'une demi-douzaine de pyramides sur tapis vert.

Sir Hugo était fâché. Cela, Cleveland s'en rendait bien compte à la précision féroce avec laquelle il jouait ses coups, et de cela il ne lui en voulait pas. Les silences maussades entrecoupés de sarcasmes mordants, en revanche, c'était une tout autre affaire. Cleveland attendait de ses amis qu'ils fassent preuve de la même constante frivolité que lui. Sir Hugo en étant bien loin depuis plusieurs jours, il courait le danger d'être classé parmi les raseurs. Or Cleveland ne s'entourait pas de raseurs.

« Pourquoi ne passerais-tu pas une sorte de marché avec ce type ? demanda-t-il innocemment tandis que Sir Hugo rentrait encore une bille d'un puissant coup de queue. Il doit bien y avoir de la place pour vous deux. Il a plutôt l'air du genre accommodant. »

Il reçut pour toute réponse un regard sévère comme Sir Hugo buvait une gorgée avant de retourner à la table.

« Autrement, ça ne sent pas très bon pour toi. Même moi je ne peux plus jurer que ce n'est pas Jimmy. Il y a quelque chose chez lui, tu sais. »

Une autre bille valsa dans une blouse.

« Quelque chose… je ne sais pas… de troublant. »

La réserve de Sir Hugo n'avait rien de surprenant. Ce n'était pas seulement qu'il haïssait Norton, bien qu'il le haïsse – comme, d'ailleurs, il avait haï son frère James. Ce n'était même pas qu'il ignorait comment le vaincre, bien que, en laissant avec arrogance son cousin résoudre le problème, il eût, en vérité, simplement révélé sa propre incompétence. Il y avait davantage que ces deux réalités inconfortables : la capacité de Norton à évoquer le passé et à s'en servir comme d'une arme dans le présent. Quelle puissance pouvait potentiellement avoir cette arme, Sir Hugo commençait seulement maintenant à le comprendre, alors que, dominant le jeu, il se concentrait sur le léger sifflement du gaselier au-dessus de sa tête pour ne plus entendre le bavardage de Cleveland.

C'était, se souvenait-il, à l'automne 1879 que ce cher cousin Richard avait suggéré qu'un week-end à Cleave Court suffirait peut-être à dissoudre la réticence inexplicable de son père et à le persuader qu'il était grand temps de déclarer la mort de James à la fois juridiquement et dans les faits.

Hugo ne voulait pas y aller. Il détestait Cleave Court. Que la demeure fût remplie des voisins chasseurs de son père ou vide et résonnant des seuls pas inaudibles de son frère disparu, qu'elle subît l'assaut gris des pluies habituelles ou l'animation sotte du chant des oiseaux et des fleurs perlées de rosée, il en abhorrait la moindre cheminée traversée de courants d'air et la moindre latte grinçante. Un enfant maladif, avait-on pensé de lui, un ingrat agressif indigne et incapable d'apprécier les privilèges et les obligations d'un titre de noblesse terrienne, qui était grâce à Dieu le cadet des deux fils de Sir Gervase, et qu'on pourrait le moment venu confier à l'armée pour qu'il rentre dans le droit chemin. Il en était allé autrement, pour eux comme pour lui, et il avait trouvé son élément dans l'insouciance du tourbillon grisant de la société de Londres, chouchou de toutes les entraîneuses, ami de tous les n'importe qui, ses pires imprudences tolérées parce que, James en fût loué, il était le futur baronnet.

Alors il s'était rendu à Cleave Court, où il avait été aussitôt soulagé de découvrir que la compagnie assommante de la petite noblesse du nord du Somerset lui serait épargnée. Quinn, le majordome, envers lequel Hugo éprouvait une certaine sympathie car l'homme ne s'était jamais donné la peine de camoufler son antipathie pour Lady Davenall, antipathie que Hugo avait souvent la sensation de partager, lui avait expliqué qu'ils n'avaient pas « reçu » depuis le Noël précédent et n'étaient pas près de le faire.

Lady Davenall elle-même déployait ses sentiments maternels lors de crises d'une imprévisibilité saisissante. À cette occasion, elle avait été en proie à l'une d'elles. « Je ne trouve aucune excuse à ton père, Hugo. Une telle imprévoyance est impardonnable. Il faut que tu t'expliques avec lui – d'homme à homme. »

Hugo ne comprenait pas pourquoi l'affaire était si urgente. Son père n'avait que soixante-deux ans – il était encore bon pour une dizaine d'années au moins, supposait-il. Mais plus de six mois s'étaient écoulés depuis sa dernière visite et, en le voyant, il s'était rendu compte que Sir Gervase était soudain devenu un vieil homme frêle : hagard, amnésique, le visage secoué de tremblements, toutes ses facultés amoindries à l'exception de son mauvais caractère, toujours aussi effroyablement changeant. Pendant le dîner, il avait manifesté son plaisir d'être en sa compagnie de façon complètement mielleuse. Par la suite, quand Hugo avait expliqué l'objet de sa visite, son humeur avait violemment contrasté.

« J'imagine que ce n'est qu'une formalité juridique, papa. Cela ôte simplement tout doute quant à la succession. »

Sir Gervase n'avait pas semblé entendre. Ratatiné dans une bergère à oreilles, il regardait fixement un portrait à l'huile de son arrrière-grand-père, Sir Harley Davenall, en massant ses joues tremblotantes d'une main osseuse.

« Il faut vraiment que tu acceptes la mort de James. »

Sir Gervase lui avait décoché un regard noir.

« Va au diable !

— Papa ! »

Soudain, le vieil homme s'était extirpé de son fauteuil et avait balancé son verre de cognac à travers la pièce. Celui-ci avait explosé contre le chaperon de la grille du foyer, et une pluie d'éclats était tombée dans l'âtre, où le résidu d'alcool grésillait dans le feu. Hugo ressentait la tension dans tous ses muscles. Son père s'était tourné vers lui, des éclairs dans les yeux, la bouche convulsée.

« Espèce de jeune imbécile ! Tu ne sais donc pas pourquoi ? »

Il avait fait un grand geste en direction des pièces où sa femme s'était retranchée.

« Tu ne sais donc pas pourquoi elle y tient ?

— C'est simplement… »

Sir Gervase s'était déplacé avec la célérité d'un chat qui bondit. Il avait empoigné Hugo par le col et l'avait tiré de son fauteuil à la force des bras. Hugo avait entendu son bouton de col craquer puis rebondir sur un plateau posé sur la table à côté d'eux. Il avait dévisagé son père, masque frémissant d'émotion illisible, et avait remarqué, c'était le plus alarmant, que le vieil homme bavait : il avait le menton baigné de salive.

« Je vais te dire pourquoi elle y tient, cette sale machinatrice.
— Papa ! Pour l'amour de Dieu... »

Soudain, Hugo avait rebondi dans son fauteuil, libéré de l'emprise de Sir Gervase, lâché comme une souris du bec d'un aigle. Son père le dominait de toute sa hauteur, sa gigantesque silhouette de prédateur gravée sous les traits que Hugo avait craints toute sa vie, sa main droite tendue toujours figée dans la position d'une patte griffue. Puis, à son tour, il était tombé, basculant sur le côté et plongeant vers le sol sans esquisser le moindre geste pour se retenir. Il s'était effondré sur le tapis en renversant la table et toutes les carafes posées sur le plateau, puis s'était affaissé sur le dos et était resté immobile au milieu des bris de bois et de verre.

Il avait fallu plusieurs jours pour diagnostiquer qu'il ne se rétablirait pas. Hugo était déjà las de rendre visite à la cosse muette et ratatinée de son père qu'ils calaient à l'aide de coussins dans son lit chaque matin, quand Lady Davenall avait annoncé que, sur les conseils du Dr Fiveash, Sir Gervase serait placé dans une maison de santé à Bristol, d'où vraisemblablement il ne ressortirait plus jamais.

« Voilà qui est pour le mieux, avait-elle commenté gaiement pendant le petit déjeuner. Et le Dr Fiveash est prêt à attester que ton père n'est plus en possession de ses facultés mentales, autrement dit nous pouvons entamer les démarches pour te déclarer son héritier. »

Difficile de déterminer ce qui l'avait empêchée de commenter le fait que la visite de Hugo s'était révélée d'une extrême utilité.

« Je ferais aussi bien de retourner à Londres, dans ce cas.

— Oui, mon cher, tu ferais aussi bien. Mais avant, j'ai deux missions à te faire faire à Bath. Je t'ai organisé un rendez-vous avec Baverstock ce matin. Tu sais, le notaire de Cheap Street.

— Pourquoi diable ?

— Voyons, pour mettre en branle les opérations de succession, bien sûr.

— Mais tu feras appel à Richard, assurément. »

Elle avait eu un sourire guilleret.

« Non, je préfère un homme de la région. »

Hugo était consterné, mais il n'avait pas eu l'énergie de protester.

« Fort bien.

— Et le Dr Fiveash voudrait te voir. Il te propose de venir à son cabinet à 14 heures.

— Que veut-il ?

— Je n'en sais strictement rien. Vas-y, tu verras bien. »

Il s'était donc rendu, non sans réticence, dans la vaste maison inconfortable de Fiveash en périphérie de la ville, perchée en équilibre précaire dans la pente raide de Claverton Down, et avait trouvé le médecin qui l'attendait dans son cabinet. Homme d'ordinaire affairé et grave, Fiveash avait semblé, en cette occasion, plus préoccupé et angoissé que jamais. Il faisait les cent pas près de la fenêtre en frappant dans ses mains et en suçotant sa barbe, tant et si bien que Hugo s'était vu contraint d'aborder le sujet à sa place.

« S'agit-il de mon père, docteur ?

— Oui, oui. C'est ça. C'est bien ça.

— Ma mère m'a dit qu'il n'y avait aucune chance de guérison.

— Aucune. Non, absolument aucune.

— Nous nous sommes faits à cette idée. Une attaque était…

— Ce n'était pas une attaque, avait rétorqué Fiveash en regardant Hugo d'un air solennel.

— Pas une attaque ? Quoi, alors ? »

Le docteur avait pris une grande inspiration.

« Votre père a la syphilis. Et ce depuis des années. Ce qu'il vit là est la phase la plus pénible – et terminale – de cette maladie.

— Grand Dieu.

— J'ai cru bon de vous en informer. Et j'ai supposé que vous préféreriez peut-être que votre mère n'en sache rien.

— Oui. Cela serait mieux.

— Cela ne devrait pas se révéler trop difficile. On peut faire confiance à la discrétion de la maison de santé que je vous ai recommandée dans ce genre de cas. Une attaque peut dissimuler toutes sortes de péchés – pour ainsi dire. Cependant, il y a autre chose que vous devriez savoir, ce me semble.

— Eh bien ?

— Quand j'ai découvert la maladie de votre père, j'ai dû lui recommander, dans l'intérêt de sa femme – et d'une éventuelle progéniture à venir –, qu'il devrait dorénavant s'abstenir de toute… relation conjugale.

— Quand cela était-ce ?

— Avant votre naissance.

— Vous voulez dire…

— Je veux dire que j'ai des raisons de croire que

votre mère a pu être contaminée par votre père, bien qu'elle n'ait jamais présenté les moindres symptômes. C'est pourquoi il existe un léger risque que vous ayez hérité de la maladie, même si à mon avis ce risque est vraiment minime. En tout cas, au vu de ce que je lui avais dit, votre père n'aurait jamais dû laisser votre mère concevoir de nouveau. C'était... terriblement irresponsable. Mais revenons à nos moutons, je me sentais obligé de vous informer des signes d'alerte au cas... »

Fiveash avait continué, mais Hugo ne l'écoutait plus. Déjà, il réfléchissait à quelque chose dont le médecin ne pouvait pas se douter. Un mari contraint de vivre dans l'abstinence avec sa femme. Une femme à qui on avait laissé attribuer cette abstinence aux pires raisons imaginables. Un fils perdu dont le père refusait d'accepter la mort. Un autre fils dont il ne voulait pas comme héritier et à qui il avait été sur le point de dire...

Il avait frappé trop fort. Sa bille vola par-dessus la rouge, valsa en dehors de la table et rebondit bruyamment à travers le parquet.

« Cent ans de malheur ! » s'exclama Cleveland.

Sir Hugo se redressa pour le regarder, en s'imaginant avec quelle facilité son ami accepterait Norton comme un Davenall et en se demandant s'il s'adapterait aussi aisément à l'idée que Sir Hugo n'en fût peut-être pas un après tout.

« Il fallait bien que ça me rattrape un jour ou l'autre, commenta-t-il pensivement.

— Qu'est-ce que tu dis, mon vieux ?

— Le malheur, Freddy. Je suis étonné qu'il ait mis autant de temps à me rattraper. »

*

Un moment après que le train eut quitté Reading pour entamer la traversée du val du Cheval blanc en direction de Swindon, la pluie cessa de fouetter la fenêtre du compartiment d'Arthur Baverstock, et le notaire provincial sentit son ressentiment vis-à-vis des mœurs londoniennes en général et de Richard Davenall en particulier s'atténuer, petit à petit, à mesure que le paysage devenait plus familier et le souvenir des désagréments de la journée moins aigu. Il avait été convenu qu'il devait retourner aussitôt à Bath afin de demander à Lady Davenall ce qui avait bien pu se passer à Cleave Court en septembre 1846, et il était content d'avoir cette excuse pour laisser les autres Davenall se débrouiller. D'ailleurs, il se serait volontiers dissocié de toute cette affaire, mais autant Lady Davenall répondrait ou pas (probablement pas) aux questions à sa guise, autant son souhait d'être représentée séparément était une chose que Baverstock avait l'intelligence de ne pas remettre en cause.

Il était étrange, songeait-il, tandis qu'il contemplait par la fenêtre les champs inondés en bordure des rails, qu'il en sût déjà probablement davantage sur le sens de la date que Norton avait citée qu'il en apprendrait sans doute jamais de la bouche de Lady Davenall. Il était surpris, et secrètement satisfait, que Richard Davenall ne semblât rien savoir de l'affaire ; mais, cela étant, on lui avait refusé, si on pouvait appeler ça un refus, l'avantage qu'avait eu Baverstock de s'entretenir longuement avec Esme Pursglove, laquelle en soixante-cinq ans de service à Cleave Court en avait vu plus et oublié moins que n'importe qui, vivant ou mort. Récemment, à d'innombrables occasions dont il préférait ne pas faire le compte, il avait été l'invité captif de Miss Pursglove à l'heure du thé, dans sa maisonnette, écoutant d'une oreille ses interminables réminiscences d'une vie passée au service des Davenall. Si seulement il s'était montré plus attentif, regrettait-il maintenant, il aurait pu tenir quelque chose de plus cohérent qu'un magma de remarques éparses dispensées, à plusieurs mois d'intervalle, au cours de monologues à théières rompues. Mais cela, il n'en doutait pas, pourrait vite être rectifié. En attendant, il pouvait seulement se rappeler ce qui avait déclenché au départ le souvenir de cet événement chez Miss Pursglove. C'était le labyrinthe, évidemment, ce fichu labyrinthe qui l'intéressait si peu. C'était lui, l'élément déclencheur.

« M. Crowcroft est venu me rendre visite hier. D'abord Quinn, maintenant Crowcroft. Où cela va-t-il finir, hein ? Il était si atrocement contrarié au sujet du labyrinthe. Plus autorisé à l'entretenir. C'est ce qu'il a dit... *Plus autorisé.* Pas étonnant que le vieil homme s'en aille...

« Bien sûr, certains vous diront que le labyrinthe est hanté par le vieux Sir Harley, mais ce sont des calembredaines. Ce n'est qu'une excuse : ils ont peur de ne pas arriver à trouver la sortie. Quant à Lady Davenall, la faute à sa fameuse gravité, j'imagine. Je ne l'ai jamais vue y aller, alors elle doit se dire que c'est du gaspillage de le maintenir en état. Je n'arrive pas à croire qu'elle ait peur de s'y perdre. Elle est trop raisonnable pour ça…

« Maintenant que j'y réfléchis, en fait, elle y allait à une époque, mais c'était il y a très, très longtemps. Je la revois à présent, qui faisait tournoyer son ombrelle en demandant à Sir Gervase de lui indiquer le chemin secret. Ce devait être avant leur mariage, quand elle n'était qu'un petit brin de fille, elle ne devait pas avoir plus de dix-sept ans, parce qu'ils étaient toujours accompagnés par sa gouvernante, comme le voulaient les convenances…

« Miss Strang. C'était son nom. Lady Davenall était une simple Miss Webster à l'époque, enfin, simple, elle était très jolie. Mais à côté de Miss Strang, elle faisait pâle figure, ça oui. Je ne l'ai rencontrée que deux ou trois fois. Une Écossaise renfermée et grave, toute sa personne reflétait la bruyère et la lande. Il y en avait pour dire que c'était en réalité à Miss Strang que Sir Gervase faisait la cour depuis le début. Voilà qui ne m'étonnerait pas. Il était toujours à vouloir ce qu'il ne pouvait pas avoir. Peut-être que le colonel Webster a été mis au courant de la situation. Toujours est-il qu'elle est partie du jour au lendemain. Renvoyée, à ce qu'il paraît.

« Quand cela avait-il bien pu se passer ? Sir Gervase et Lady Davenall se sont mariés au printemps 1847, donc ça devait être… »

« Votre billet, monsieur, s'il vous plaît. »
Baverstock s'efforça de revenir au présent et

farfouilla dans sa poche. Non pas que cette interruption le perturbât trop. Il en était sûr désormais. Le temps de trouver son billet et que le contrôleur repartît, il était sûr et certain que c'était ce qu'elle avait dit :

« … ça devait être en septembre l'année d'avant. Septembre 1846. »

*

En l'occurrence, je ne racontai rien à Constance. Je m'accrochai à l'idée fort pratique que, si l'histoire de Norton était vraie, elle était trop éprouvante pour être racontée et, sinon, qu'elle ne méritait pas de l'être. Ainsi donc le silence contraint qui avait prévalu entre nous depuis notre retour du Somerset se poursuivit jusqu'au bout d'une soirée déchirante. Tandis que le temps étirait son lent tic-tac, nous lisions tous deux, les pensées nullement occupées, chez l'un comme chez l'autre, par la page que nous avions sous les yeux.

Au bout d'un long moment, mais malgré tout encore volontairement tôt, Constance se leva et annonça qu'elle se retirait pour la nuit. Ce n'est qu'alors, quand arrivée à la porte elle s'immobilisa sur le seuil, qu'elle mentionna ce qui, nous le savions pertinemment, s'était passé dans la journée.

« Vous n'avez rien dit au sujet de votre visite chez l'avocat de M. Norton, William. »

Je fermai mon livre et la regardai. J'aurais pu lui répondre en confessant toutes les peurs indignes et les idées épouvantables qui m'avaient poussé à cette vaine tentative de museler son espoir ainsi que mes soupçons. En lieu et place, je m'entêtai.

« Nous étions convenus de ne plus en reparler,

rétorquai-je, moi-même frappé par l'agressivité ridicule de ma repartie.

— Nous n'avons parlé de rien d'autre.

— C'est votre choix.

— Non, William. Je partagerais volontiers toutes mes pensées avec vous. Vous devez comprendre…

— Ce que je comprends, c'est que Norton est un imposteur. Il est inutile que vous…

— Si vous aviez prouvé cela aujourd'hui, vous me l'auriez dit.

— Les échanges d'aujourd'hui n'ont rien changé à la situation.

— Et je vois que rien ne changera maintenant. Fort bien. Bonne nuit, William. »

Elle fit volte-face et quitta la pièce.

Je bourrai ma pipe, puis la remisai sans l'avoir allumée. Je bus un peu de whisky, puis me rendis compte que je n'en avais pas envie. Il semblait n'y avoir en effet rien d'autre à faire que d'arpenter la pièce et de lutter intérieurement, comme cela m'était déjà arrivé à maintes reprises, avec l'existence intimidante de James Norton et la vérité abjecte que je le craignais bien plus que je ne doutais de lui. Il n'y avait rien d'étonnant à cela, car jusque-là j'avais de bonnes raisons de le craindre, et absolument aucune de douter de lui.

Je me retrouvai devant le secrétaire dont Constance se servait pour sa gestion des dépenses domestiques. Elle y conservait ses rares documents personnels, comme je conservais les miens dans le bureau, ni l'un ni l'autre ne les mettant sous clé, car nous n'avions jamais ressenti le besoin du secret – jusqu'à maintenant. J'essayai d'ouvrir le rabat, qui était, sans surprise, non verrouillé, et le *baissai lentement, en veillant à ce qu'il ne grince pas. À l'intérieur se trouvait une rangée de trois petits tiroirs, seuls endroits où l'on aurait pu dissimuler un quelconque objet de valeur. Je tirai sur les poignées l'une après l'autre et découvris que le dernier tiroir était fermé. Détail en soi assez anodin, car la clé était conservée dans l'un des casiers au-dessus. Je passai soigneusement en revue leur contenu. Je m'y pris même à deux fois. Elle n'était pas là. J'essayai de nouveau le tiroir verrouillé : il ne cédait pas. Je maudissais silencieusement ma propre folie d'avoir fait cette tentative. Elle n'avait que confirmé ce que je savais déjà : je poussais Constance à s'éloigner de moi. Pour la première fois, il y avait des secrets entre nous.*

Quand je montai à l'étage, Constance, en chemise de nuit, assise à sa coiffeuse, se brossait les cheveux : ses longs cheveux châtains soyeux. J'en regardais les mèches refléter la lumière lorsqu'elles retombaient de la brosse, et m'imaginais traverser la pièce, comme j'aurais pu le faire en n'importe quelle autre occasion, lui prendre la brosse des mains, la passer dans ses cheveux, puis me pencher pour lui embrasser la nuque juste au-dessus du col. Cette idée alimentant mon propre apitoiement, je m'arrêtai derrière Constance et, à cet instant, ses yeux croisèrent les miens dans le miroir. Peut-être aspirait-elle à ce que je la touche, que j'interrompe notre glissade avant que nous basculions dans le précipice. Hélas, elle ne dut voir que la ligne sévère de ma bouche, la distance têtue de mon expression. Au souvenir du tiroir verrouillé et de la clé manquante, je m'esquivai vite dans la salle de bains.

*

Richard Davenall avait hérité sa haute maison sombre et démesurée dans North Road, Highgate, de son père, Wolseley Davenall, dont elle épousait parfaitement le caractère austère et inflexible. Elle manquait d'à peu près tout ce que Richard aurait souhaité en termes de confort et de praticité, mais cela faisait maintenant plus de vingt ans qu'il y vivait seul, et il ne pensait pas être près d'en partir. Ce soir-là, assis dans son bureau, il écoutait le vent mugir dans la cheminée, regardait la flamme de la lampe à huile posée devant lui sur la table vaciller de temps à autre sous les courants d'air perpétuels de North Road, et se rappelait s'être tenu, le soir de son retour inopiné de Cleave Court l'été 1855, juste derrière le même cercle lumineux palpitant tandis que son père était assis là où il se tenait à présent.

Il se rappelait danser d'un pied sur l'autre, mal à l'aise, essayant de regarder partout sauf dans les yeux gris-vert implacables de son père, et se rappelait, aussi, avec une brusque bouffée de honte, la culpabilité que toutes ses dérobades devaient avoir trahie de façon si flagrante. Il n'y avait eu aucun signe d'absolution dans le regard de son père, pas un soupçon de douceur dans sa voix, et il n'y en avait pas davantage dans ses souvenirs.

« Ton oncle (il entendait par là son frère, Sir Lemuel) m'a parlé. La discussion n'a pas été agréable.

— J'en suis désolé, monsieur », avait répondu Richard d'une voix brisée.

Son père avait hoché sa tête oblongue et grave, et Richard avait alors songé, l'espace d'une seconde folle, qu'il ressemblait étonnamment à une tortue avec son cou maigre et ridé qui sortait d'un col raide trop large.

« J'espère bien – et ça va continuer. Quant aux (il avait plissé la lèvre supérieure) détails, je ne mènerai pas d'enquête. Je me contenterai de te dire que je ne t'ai pas envoyé à Cleave Court pour que tu me causes ces… tracas. »

Le terme « tracas », dans le vocabulaire de Wolseley Davenall, dénotait le déchaînement de son extrême mécontentement.

« Je ne puis rien dire, monsieur.

— D'après ce que j'ai compris, tu en as déjà dit – et fait – trop. C'est à ton avantage, mais pas pour ton bien, que j'ai persuadé ton oncle de s'assurer que son fils ne sache rien – absolument rien – de ce qui s'est passé. »

Wolseley n'avait donc pas plaidé la cause de son fils.

« Puis-je vous demander… ?

— Tu ne peux rien demander ! »

Wolseley avait écarquillé les yeux un instant, suffisamment pour révéler la colère qui rôdait derrière sa sempiternelle réserve. Était-ce seulement de la colère ? Il arrivait à Richard de penser que les sentiments de son père envers lui n'allaient même pas jusque-là. Marié sur le tard, puis vite devenu veuf, Wolseley Davenall avait bâti sa vie – si on pouvait l'appeler ainsi – sur des rancœurs sous-jacentes et des regrets insinués. Pour un père pareil, un fils ne pouvait être que la caisse de résonance de sa misanthropie. Enfin, Richard avait fini par comprendre. Son père prenait plaisir à sa disgrâce : il n'aurait pas pu espérer mieux.

« J'ai décidé de te placer sous la surveillance de M. Chubb jusqu'à ce que ta conduite trahisse une plus grande application et moins de – que dis-je, *aucun* – laisser-aller au plaisir. »

Richard avait fermé les yeux. Gregory Chubb n'avait jamais caché sa haine du fils de son associé principal. Désormais il le tiendrait sous sa coupe. C'était un lourd prix à payer pour une erreur de jeunesse inévitable, un prix qu'il allait devoir payer, en l'occurrence, pendant six longues années.

« Peut-être pas si lourd, après tout. »
Il s'était adressé cette remarque à lui-même, l'avait entendue tomber au milieu des frémissements inanimés de la pièce, avait regardé son moi de vingt-sept ans plus jeune se détourner de la lueur de la lampe pour se confondre avec les ombres tapies et menaçantes de la maison paternelle. Car c'était vrai. La situation n'avait pas été si atroce, loin d'être aussi atroce que celle d'un autre en tout cas – si Norton était cet autre et qu'il ne mentait pas.
Parmi les papiers posés sur son bureau, Richard souleva une feuille et se pencha dans son fauteuil pour la lire, comme il l'avait déjà fait à maintes reprises ce soir-là. Cette lettre, c'était indéniable, correspondait davantage aux affirmations de Norton qu'à n'importe quelles élucubrations que lui et les autres en avaient tirées, à l'époque et depuis. La relire semblait ne rendre qu'encore plus précaire toute forme de déni.

17 juin 1871

Chère Mère, cher Père,
C'est la dernière fois que vous entendrez parler de moi. J'ai la ferme intention de mettre un terme à ma vie aujourd'hui. Je ne souhaite nullement adoucir votre douleur, car vous saurez à quel point elle est méritée. C'est

pour le bien de Constance que je me dois d'agir ainsi. Que Dieu me pardonne – et vous pardonne. Je vous quitte avec amour mais sans respect.

James

Trouvé par Sir Gervase dans son dressing tôt ce même soir, son adieu amer et poignant jamais, jusqu'à ce jour, expliqué, cette lettre de suicide, avait également semblé assassiner une famille. Les Davenall, désormais retranchés dans le camp armé de leur propre hostilité, menaient chacun de son côté une vie sans amour. Seuls les parents de James et Richard, leur notaire, avaient vu ce mot, mais son message restait accroché à la famille, les harcelait à travers les distances qu'ils mettaient entre eux, les défiait, aujourd'hui plus que jamais, d'affirmer qu'il pouvait être oublié.

La lettre tomba des mains de Richard. Il resta immobile un moment, les yeux rivés droit devant lui comme si le mystère de la disparition de James était imprimé dans l'obscurité, puis porta la main sur une autre feuille de papier, plus fine, qu'il leva devant lui.

Confidentiel
Rapport destiné à R. Davenall
Objet : James Norton

J'ai surveillé jour et nuit pendant une semaine les mouvements du ci-nommé. Cela ne m'a donné aucun indice quant à ses origines, ses moyens et ses associés, hormis ce que vous savez déjà, à la seule exception de l'adresse de son banquier, Hazlitt's, rue Strand. Il a quitté Londres une fois : samedi 7 octobre. Il s'est rendu en train à Bathampton dans le Somerset, d'où il s'est dirigé vers le sud le long du chemin de halage du canal de Kennet et Avon jusqu'à un endroit où il a retrouvé Mme Trenchard. Leur entretien a été de courte durée et s'est vu interrompu brusquement, conséquemment à l'arrivée de M. Trenchard sur les lieux. Le sujet est ensuite retourné à Bathampton à pied, puis à Londres par le train.

À trois reprises, il a quitté son hôtel tard le soir, y revenant au petit matin. À chacune de ces occasions, il s'est révélé impossible à suivre. Il semble aguerri dans l'art de la dérobade et de l'échappatoire, à tel point que je le soupçonne d'être conscient d'être suivi et probablement content que ses mouvements soient connus, hormis lors de ces expéditions nocturnes, qui conduisent généralement vers les quartiers les plus pauvres et les plus sordides de la ville, cependant ce trajet est-il choisi pour compliquer la filature ou pour d'autres raisons, je ne saurais le dire.

Le sujet, bien qu'élégamment vêtu, a attiré peu d'attention à son hôtel, où on le dit sobre et correct, laissant toujours un pourboire modeste : le client modèle sous tous rapports. Il règle sa note tous les trois jours et n'est clairement pas à court d'argent.

T. ROFFEY
10 octobre 1882

Roffey était le meilleur de son espèce peu recommandable, et pourtant même lui n'avait fait aucun progrès. Richard parla tout haut pour la deuxième fois.

« *Qui* es-tu ? murmura-t-il. *Qui* es-tu ? »

Il ne pouvait ni tout à fait croire, ni encore contester, la réponse qui lui faisait signe à travers les années.

*

Quand j'arrivai à Orchard Street le lendemain matin, je n'étais pas d'humeur à prêter grande attention à mon environnement, j'accordai donc à peine un regard aux rares passants dans les environs de Trenchard & Leavis. Par conséquent je fus fort surpris lorsque l'un d'eux se mit en travers de mon chemin et souleva son parapluie pour dévoiler son visage : c'était le Dr Fiveash.

« Grand Dieu, m'exclamai-je en m'arrêtant net. Vous m'avez fait sursauter, docteur.

— Pardonnez-moi, Trenchard. Il était pour moi vital de vous parler avant mon retour à Bath. »

Il paraissait on ne peut plus sérieux. D'ailleurs, ses yeux aux bords rougis et son apparence brouillonne laissaient penser qu'il avait passé une nuit encore plus agitée que la mienne. Il avait la vitalité d'un homme à bout.

Je l'invitai à monter dans mon bureau, mais il exprima sa préférence pour le plein air, je le conduisis donc vers Marble Arch. Oxford Street était calme et guère fréquentée, sous un ciel essoré après la pluie de la veille, mais toujours gris et d'aspect maussade. Tandis que nous marchions, Fiveash regardait autour de lui avec une expression lasse et troublée, comme s'il retournait dans une ancienne maison qu'il trouvait changée au point de ne plus la reconnaître.

« À une époque, disait-il alors que nous approchions de l'arche, Londres constituait la mecque de mes ambitions. Je rêvais d'être un chirurgien célèbre dans l'un des hôpitaux universitaires. Aujourd'hui je ne me rends dans cette ville que lorsque j'y suis obligé.

— Et vous en repartez avec soulagement ?

— Exactement. »

Nous entrâmes dans le parc par la porte Cumberland

et commençâmes à parcourir lentement l'un des sentiers humides jonchés de feuilles mortes. Au bout d'une trentaine de mètres, Fiveash reprit la parole :

« Je suis venu vous voir parce que ni vous ni moi n'avons envie d'être impliqués dans cette satanée affaire, et parce que je me méfie des Davenall. En tant que victimes de leurs manœuvres, nous devons nous serrer les coudes. J'ai beaucoup réfléchi à ce que vous m'avez dit hier.

— J'ai seulement...

— Vous m'avez seulement demandé comment quelqu'un aurait pu savoir ce que j'avais révélé à James Davenall il y a onze ans. Ma foi, je n'ai cessé de m'interroger depuis et je suis venu vous voir ce matin parce que je puis maintenant affirmer qu'il y a un moyen.

— Lequel ?

— Vous avez parlé de mes archives. Il est vrai que si quelqu'un lisait mes notes sur la consultation de James Davenall, cette personne apprendrait la nature de sa maladie et de là pourrait en déduire le motif de son suicide.

— Mais vous m'aviez dit qu'elles étaient gardées sous clé ?

— Elles le sont. Personne hormis ma secrétaire et moi-même n'y a accès, or Miss Arrow travaille à mes côtés depuis dix-huit ans : sa loyauté ne fait aucun doute. Ce n'est qu'hier soir, quand je retournais dans ma tête la possibilité absurde qu'elle ait pu me trahir, que j'y ai pensé.

« En janvier de cette année, Miss Arrow s'est cassé la jambe dans un accident de vélo. Ses freins ont lâché alors qu'elle descendait Bathwick Hill, et elle a perdu

le contrôle. De fait, elle a eu de la chance de ne pas être plus gravement blessée. Comme d'habitude, c'est la délicatesse de ma propre situation – à savoir être privé de ses services pendant plusieurs mois – qui la préoccupait le plus, et elle m'a recommandé de prendre à sa place un témoin de son accident venu par la suite lui rendre visite à l'hôpital : une jeune femme très bien de sa personne du nom de Miss Whitaker, qui, se trouvait-il, attendait d'occuper un poste d'enseignante après Pâques et était, par conséquent, contente de la remplacer. Miss Whitaker s'est révélée à la fois charmante et efficace, maîtrisant rapidement les méthodes de Miss Arrow et apprenant mon fonctionnement sans difficulté. Elle s'est même proposé de réorganiser mon système archaïque d'archivage et a soigneusement reclassé les dossiers quelque peu désordonnés que nous conservons sur chaque patient.

— Vous voulez dire...

— Je veux dire que, si Miss Whitaker avait cherché des informations sur le passé médical de James Davenall, elle n'aurait pas pu être mieux placée pour les trouver. Je n'avais aucune raison de soupçonner une chose pareille, évidemment. Je considérais l'acquisition de ses services comme une chance tout à fait incroyable. Mais, au milieu du mois de février, Miss Whitaker a disparu. Un matin, elle n'est tout simplement pas venue, et lorsque j'ai téléphoné à son logement, on m'a répondu qu'elle était partie de façon inopinée, sans laisser d'adresse. C'était inexplicable.

— Qu'avez-vous fait ?

— J'ai écarté cette affaire de mon esprit. Après tout, je n'y avais rien perdu. Du moins c'est ce que je croyais.

— Jusqu'à aujourd'hui ?

— *Précisément. Et si l'accident de Miss Arrow n'avait rien d'un accident ? Il est très facile de trafiquer des freins, et Miss Whitaker a été témoin de l'accident, souvenez-vous. N'a-t-elle été qu'un témoin ? Je me le demande. Cela lui a donné l'opportunité d'user de cajoleries pour entrer à mon service, où son zèle et son enthousiasme ont fait paraître son plongeon dans mes archives comme un simple énième exemple de sa diligence. Ensuite, quand elle a obtenu ce qu'elle voulait, elle a tout simplement disparu.* »

Nous étions arrivés au kiosque à musique, désert et trempé dans l'air maussade du matin, et après en avoir fait le tour, nous revînmes sur nos pas.

« Comment décririez-vous Miss Whitaker, docteur ?

— *Comment ? Elle était jeune, jolie, pleine d'entrain. Elle a apporté un souffle printanier à mon vieux cabinet hivernal. Si j'avais eu trente ans de moins, j'aurais pu jeter mon dévolu sur elle. Elle avait… une grâce irrésistible. Si j'ai raison, elle a fait de moi un parfait imbécile, cependant je ne pense pas avoir été sa première victime, ni sa dernière. Pour quelqu'un qui conversait si aisément, elle parlait très peu d'elle. Elle avait déclaré avoir vingt-deux ans, cela dit elle aurait facilement pu être plus âgée – ou plus jeune. Elle avait à l'évidence une bonne éducation. Elle m'avait raconté que sa famille vivait à l'étranger, mais je ne me rappelle pas l'avoir entendue préciser où. Elle avait un léger accent – quelque chose de vaguement français, m'étais-je souvent dit. Et voilà tout, en réalité. Ce n'est pas grand-chose, n'est-ce pas ?* »

Fiveash se trompait. Pour moi, c'était tout : une branche à laquelle se raccrocher.

« *C'est certainement suffisant pour ce qui nous*

concerne. Vous ne pensez tout de même pas qu'il s'agisse d'une coïncidence que Norton fasse son entrée si vite après. Comment expliquez-vous le comportement de Miss Whitaker, à moins qu'elle jouât pour lui le rôle d'espion ?

— Je ne l'explique pas. Mais de là à en tirer de telles conclusions... Miss Arrow aurait pu être tuée. Cela semble incroyable...

— Si cela permettait à Norton de se faire passer pour James Davenall, ils ont peut-être estimé que ça en valait la peine. Et pensez à la ruse diabolique de ce plan. En découvrant que James avait la syphilis, ils font de nécessité vertu en affirmant que votre diagnostic était erroné. Sans doute Norton s'est-il bel et bien fait examiner par un spécialiste. Ils obtiennent une copie du certificat de décès de Sir Gervase, qui confirme ce qu'ils savent et leur permet d'espérer que la famille courbera l'échine plutôt que de voir son immoralité étalée devant les tribunaux.

— Mais le reste alors ? Comment Norton a-t-il pu embobiner le prince Napoléon ?

— Je ne prétends pas avoir toutes les réponses à ce stade, docteur. Cependant, pour la première fois, j'ai l'impression qu'on tient une piste. Pour la première fois, j'en suis absolument certain : il n'est pas James Davenall.

— Alors qui ? J'en reviens à mes premiers soupçons : il devait déjà connaître les affaires des Davenall avant de mettre au point une conspiration pareille. Je ne peux croire que Miss Whitaker était son espion sans croire aussi qu'ils savaient qu'il y avait matière à espionner. Il ne pouvait pas s'agir d'une simple supposition. »

Je refusai de me laisser fléchir par les réserves de Fiveash. Il m'avait apporté un cadeau plus précieux que *n'importe quelle preuve : la confiance. Je voyais mon ennemi à présent. Son nom était Norton, son crime, l'imposture, sa faiblesse, une femme dénommée Whitaker.*

« Nous finirons par le démasquer, docteur. Vous avez ma parole.

— Je l'espère, Trenchard. Je l'espère sincèrement.

— Qu'allez-vous faire à présent ?

— Retourner à Bath. J'informerai Baverstock de mes soupçons, comme cela m'incombe. Nul doute qu'il en informera à son tour Richard Davenall. Ils devront en faire ce qu'ils peuvent. Étant donné que mes compétences professionnelles ont été mises à mal, je suis d'avis d'aller chercher des conseils juridiques pour mon propre compte. Je crains, cependant, que tout cela n'aboutisse à rien à moins que l'on puisse établir un lien entre Norton et Miss Whitaker. Il faut la retrouver – le plus vite possible.

— Je pense que l'on peut compter sur les Davenall pour consacrer toutes leurs ressources à cette fin.

— Oui. Mais quand bien même, cela pourrait être insuffisant. Peut-être que je me berce encore d'illusions. »

Je lui lançai un regard interrogateur.

« Je ne comprends pas. »

Et c'était vrai. Le réconfort que m'avaient apporté ses paroles ne semblait pas avoir soulagé son propre esprit.

« J'ai dîné avec Emery hier soir, répondit-il au bout d'un moment. Le spécialiste chez lequel j'avais envoyé James il y a onze ans. Il l'avait vu deux fois, la deuxième occasion remontant à seulement deux jours avant sa disparition. Emery est allé rechercher ses notes pour moi, et c'était là, noir sur blanc, écrit de sa propre main : la confirmation de mon diagnostic.

— N'est-ce pas ce que vous vouliez ?
— Si, mais j'attendais plus. Je voulais qu'Emery me rassure, j'imagine, qu'il m'assure qu'on n'avait pas pu se tromper, que, pour cette seule raison, Norton ne pouvait être James Davenall. »

Nous fîmes quelques pas en silence, puis il reprit :

« En lieu et place il m'a rappelé que la syphilis est la plus perfide des maladies. Elle peut se cacher derrière d'autres affections. Elle peut faussement se déclarer. Toute certitude est impossible. La maladie de Sir Gervase nous prédisposait à expliquer la maladie de son fils de la même façon. Mais nous avons pu nous tromper. Miss Whitaker a pu disparaître pour toutes sortes de raisons. Norton pourrait dire la vérité. Si c'est le cas, pensez à la détresse à laquelle je l'ai inutilement condamné. Car j'y pense, Trenchard. J'y pense souvent. »

*

« Nous sommes ravis de vous voir, monsieur Baverstock, n'est-ce pas, Lupin ? Ravis, vous pouvez me croire. Une fois n'est pas coutume, nous avons eu beaucoup de visites ces dernières semaines, alors qu'en général nous sommes vraiment très seuls. L'abondance ou la famine : telle est mon expérience. Et celle de Lupin aussi.

« Le thé doit être infusé, à présent, voilà votre tasse. C'est sur qui, déjà, que vous vouliez des informations ? Miss Strang ? C'est drôle que vous ayez cueilli ce nom-là parmi tous ceux que j'ai dû mentionner. Vivien Strang. Sapristi. Jolie, c'est pas le mot pour la décrire, monsieur Baverstock. Non, elle n'était pas précisément jolie. *Magnifique*, ça oui. Un visage froid et fier et un port à l'avenant. Voulez-vous un petit sablé ? Je sais que vous avez le bec sucré.

« Je vous ai déjà parlé de Miss Strang. Septembre 1846. Oui, ça doit être ça. Une date précise ? Vous, les juristes, vous en demandez beaucoup, je dois dire. C'était une belle journée de fin d'été, ça je m'en souviens. Un été heureux, avec ça. Sir Gervase et Lady Davenall étaient fiancés, alors à Cleave Court on voyait beaucoup Miss Webster, comme elle s'appelait à l'époque, et Miss Strang. Sir Lemuel était aux anges. Tous les ennuis passés de Gervase étaient oubliés et pardonnés, semblait-il. Peut-être que ce séjour en Irlande lui avait fait du bien, après tout.

« Ensuite, cet effroyable Français est arrivé. Plon-Plon, qu'ils l'appelaient. Prince Napoléon, c'est ça. Vous l'avez rencontré ? Ma foi, les années n'ont pas dû l'adoucir, j'imagine. Un homme des plus désagréables, dominateur, mal embouché... Je ne peux pas souffrir le blasphème, monsieur Baverstock, vous le savez, et, quand j'y pense, je ne peux pas souffrir les Français – ceux que j'ai rencontrés en tout cas.

« Le prince s'est lié d'amitié avec Gervase. À moins que ce soit l'inverse. Ils étaient du même âge et, ma main à couper, ils avaient aussi le même caractère. Ils s'entraînaient mutuellement à de mauvaises habitudes. Cela a provoqué des désaccords avec Miss Webster, je ne le nie pas. Elle avait beau n'avoir que dix-sept ans à l'époque, elle était aussi têtue et déterminée que vous la connaissez aujourd'hui. Comme elle n'appréciait pas le prince, ce qui était tout à fait sensé, elle a dû être soulagée quand il a pris brusquement la poudre d'escampette.

« C'était vers la fin du mois de septembre, je crois. Il faisait encore doux, je me rappelle, beaucoup plus doux que pendant ces étés pâlichons que le bon Seigneur nous envoie aujourd'hui. Et ce Plon-Plon était venu passer le week-end. Sir Lemuel avait donné un bal le samedi soir. Miss Webster était venue, Miss Strang aussi, évidemment. Et puis le cousin du prince, me semble-t-il, qui est devenu plus tard l'empereur français. Il vivait à Bath à l'époque. C'était un événement magistral, vous pouvez me croire. Cleave Court était un lieu bien différent à l'époque, c'est moi qui vous le dis. Sir Lemuel avait fait suspendre des lanternes dans les arbres du parc, à l'intérieur d'oranges et de citrons accrochés aux branches. Oh là là, qu'est-ce que c'était joli.

« C'est la dernière fois que j'ai vu Vivien Strang : debout dans un coin, elle regardait de haut toutes ces festivités, la mine ô combien désapprobatrice, comme seul peut l'avoir un Écossais abstinent. Trois jours plus tard, nous avons appris que le colonel Webster l'avait congédiée. Renvoyée, sans préavis. Pensez-en ce que vous voulez. On a parlé de chapardage.

« Cela dit, Crowcroft avait une autre version. Il prétendait l'avoir trouvée dans le labyrinthe – le labyrinthe, vous entendez – le lundi matin suivant le bal. Il n'était pas du genre à colporter des ragots, le Crowcroft. Il n'aurait pas inventé une histoire pareille. Apparemment il était allé dans le labyrinthe à l'aube, et il l'avait trouvée qui en sortait, qui sortait d'un endroit où elle n'aurait pas dû entrer, à l'aube. Crowcroft racontait qu'elle avait les cheveux en bataille et que sa robe était déchirée. Ma foi, voilà qui est étrange, n'est-ce pas?

« Ce qui l'est encore plus, c'est que le prince a quitté Cleave Court ce même lundi. Il est retourné à Bath chez son cousin. Ce n'était pas ce qui était prévu, ça je le sais. Mais enfin, les Français sont des êtres imprévisibles, c'est ce que je dis toujours.

« Vous n'arrêtez pas de me demander la date, et je n'arrête pas de vous répondre : je ne sais pas. Je vous ai raconté ce qui s'était passé – dans la limite de mes connaissances. Cela ne vous suffit-il pas? Bon, voulez-vous une autre tasse de thé ou Lupin et moi allons-nous devoir finir cette théière à deux? »

*

Cet après-midi-là, le Dr Fiveash retourna chez lui. Il laissa tomber sa sacoche dans le vestibule et se dirigea directement dans son cabinet, où Miss Arrow était en pleine discussion avec son associé, le Dr Perry, aussi échevelé que désorganisé.

« Ah, docteur Fiveash, s'exclama Perry. Content de vous revoir. »

Fiveash hocha la tête et sortit sa montre.

« Comment se passent les visites?

— Oh, je file. Sur-le-champ. »

Perry empoigna sa sacoche rebondie et se dirigea vers la porte.

« Londres ne vous réussit pas, docteur? s'enquit Miss Arrow après le départ de Perry.

— Encore moins que d'habitude, répondit Fiveash

en se laissant lourdement tomber dans un fauteuil. Ne vous inquiétez pas pour le jeune Perry. Il a la peau dure.

— On se débrouille très bien en votre absence, vous savez. »

Miss Arrow, impassible, flegmatique, matrone de nature et par son ancien emploi, était adepte des remarques narquoises aux dépens de ses employeurs – et, par-dessus tout, complètement indispensable.

« Il y a quelque chose qui me tracasse, Miss Arrow. Cela concerne Miss Whitaker. Vous vous en souvenez, n'est-ce pas ? »

Miss Arrow fronça les sourcils.

« Comment pourrais-je oublier cette petite fripouille ? On aurait cru que c'était Miss Nightingale en personne à sa façon de venir à mon secours après l'accident.

— Panne de frein, c'est bien ça ?

— Oui. Un câble a lâché. Je ne l'ai jamais pardonné à M. Westaway : il venait juste de réviser ma bicyclette. Quant à Miss Whitaker, je ne lui pardonnerai jamais – ni à moi non plus – la façon dont elle vous a laissé tomber. Enfin, il est inutile…

— Que saviez-vous de sa vie ? »

Elle fronça de nouveau les sourcils.

« Seulement ce que je vous dis, à savoir presque rien. Pourquoi ?

— Elle ne vous a rien confié lors de ses visites à l'hôpital ? Au sujet de ses amis, de ses proches, d'où…

— Docteur Fiveash, où voulez-vous en venir ?

— A-t-elle laissé quoi que ce soit derrière elle ? À votre retour…

— Elle n'a rien laissé du tout, pour ainsi dire. Elle était très consciencieuse, il faut bien le lui reconnaître. Tout était parfaitement en ordre, ici. Elle avait vraiment très bien réorganisé les fichiers, je dois l'admettre. On lui avait laissé plus de temps qu'à moi pour cette partie du travail, si je puis me permettre. Quel dommage qu'elle n'ait pas terminé.

— Et elle n'a laissé aucun effet personnel ? »

Miss Arrow réfléchit, le front plissé.

« Une ou deux bricoles dans son – mon – tiroir de bureau. C'est tout.

— Qu'en avez-vous fait ?

— Docteur Fiveash, cela remonte à plusieurs mois. »

Il sourit.

« Je vous connais. »

Elle sourit à son tour.

« Je ne les ai pas jetées, au cas où... Elle m'aurait entendue si elle était venue les chercher ! Mais, honnêtement, elles ne valaient pas le déplacement. Je les ai rangées dans une vieille boîte à chaussures. »

Elle se leva pour se diriger vers un grand placard d'angle ; elle boitillait encore en marchant. Les portes du placard s'ouvrirent sur des piles cornées de papiers divers, de dossiers et de textes médicaux. D'une étagère du bas, Miss Arrow tira une boîte en carton cabossée qu'elle posa sur le bureau. Fiveash se leva et en examina le contenu : un stylo plume et quelques crayons, une bouteille d'encre, une aiguille et du fil, un bout de ruban délavé, une boîte d'allumettes remplie d'épingles, les horaires des omnibus de Bath, un agenda à spirale de l'année scolaire 1881-1882. Il le feuilleta : les pages étaient vierges. Tout en dessous, couché dans le fond de la boîte, se trouvait un vieux journal jauni. Il le sortit et le posa à plat sur le bureau. C'était le *Times* du 12 juillet 1841.

« Un journal vieux de quarante ans, Miss Arrow. Qu'est-ce que vous dites de ça ?

— Il vient de vos propres archives, docteur.

— Vraiment ? »

Au fil des ans, il avait conservé tous les numéros du *Times* qui contenaient des rapports médicaux, celui-ci devait en faire partie.

« Qu'est-ce qui pouvait bien l'intéresser, là-dedans ?

— Je n'en ai aucune idée. »

Il tourna la première page, puis la suivante. Et là, dans le coin supérieur de la page de droite, le rebord édenté d'un morceau déchiré, un rectangle grossièrement arraché à la page. Miss Whitaker avait, se souvenait-il, classé tous les rapports médicaux par ordre chronologique. Quelque chose avait attiré son attention dans celui-là, quelque chose qu'elle avait décidé de retirer. Il replia le journal et le rangea dans la boîte.

« Je sors juste faire un tour, Miss Arrow.

— Vous venez d'arriver.

— Ça ne devrait pas être long. Je serai revenu largement à temps pour les consultations du soir. »

*

Au moment même où le Dr Fiveash descendait d'un pas leste Bathwick Hill pour entrer dans le centre-ville, Arthur Baverstock ruminait à son bureau dans son cabinet situé un étage au-dessus du brouhaha de

Cheap Street. Devant lui, sur le sous-main, était déplié un almanach tout abîmé. Son entretien matinal avec Lady Davenall ne lui avait rien appris. Elle avait feint l'indifférence par rapport à la plupart des débats qu'il lui avait décrits et avait affirmé sa totale ignorance concernant la signification d'une date quelconque en 1846. Comment aurait-elle réagi à la suggestion qu'elle pourrait être porteuse de la syphilis, il n'avait pas eu la malchance de le découvrir : c'était une révélation dont il laissait volontiers la primeur à Richard Davenall.

Le thé avec Esme Pursglove, en revanche, avait été une tout autre affaire. Elle s'était montrée d'une joyeuseté aussi instructive que Lady Davenall d'une arrogance infertile. D'ailleurs, le calendrier perpétuel de l'almanach avait fourni à Baverstock le petit élément d'information que Miss Pursglove ne possédait pas. Sir Lemuel avait organisé un bal en l'honneur du prince Bonaparte un samedi de septembre 1846. Le lundi matin suivant, à l'aube, dans le labyrinthe, Crowcroft avait croisé une Miss Strang bouleversée. Or le 20 septembre 1846 avait été un dimanche.

*

Le bibliothécaire de service étant un patient occasionnel du Dr Fiveash, il fit montre d'une célérité inhabituelle pour aller lui chercher de vieux numéros reliés du *Times* datant du troisième trimestre de 1841. Ignorant la question enjouée quant à l'objet de ses recherches, Fiveash se retira avec le volume à une table installée dans une alcôve, chaussa son pince-nez et ouvrit le numéro du lundi 12 juillet.

La portion arrachée par Miss Whitaker était, il le voyait à présent, une des colonnes de l'éditorial. Ici et là dans tout l'article, en lettres capitales bien visibles, on lisait le nom DAVENALL. De ses coudes, Fiveash aplatit le volume ventripotent, se pencha tout près de la page, tira la langue en un signe de concentration que Miss Arrow aurait aussitôt reconnu, et se mit à lire.

> Comme si les indignités infligées à la réputation de la justice britannique conséquemment au procès, si toutefois il mérite ce qualificatif, du COMTE de CARDIGAN un peu plus tôt cette année ne constituaient pas une insulte suffisante à l'opinion publique, nous apprenons à présent que le penchant pour le duel, voire le meurtre, d'un autre officier hussard a bénéficié de l'aveuglement complaisant de notre magistrature.
>
> Il est difficile de caractériser autrement l'absence totale de poursuites judiciaires contre le lieutenant Gervase DAVENALL du 27e régiment de hussards qui, comme il a été clairement établi, s'est battu avec, et a gravement blessé d'un coup de pistolet, le lieutenant Harvey THOMPSON du même régiment de hussards, dans le quartier de Wimbledon Common, le 22 mai de cette année. Le motif du duel ? *Cherchez la femme** ? Son issue ? Il semblerait que le lieutenant THOMPSON séjourne toujours à l'hôpital du régiment à Colchester. Ses conséquences ? On les pistera en vain. Les esprits généreux diront peut-être que le lieutenant THOMPSON a suffisamment payé les excès de sa conduite, puisqu'il sera manifestement incapable de reprendre son service en raison de ses blessures. Sans être d'accord, nous n'ergoterons pas pour autant. Mais qu'en est-il du lieutenant

DAVENALL ? A-t-il été cassé et placé en détention provisoire en attendant d'être jugé pour tentative de meurtre ? Non. A-t-il été traduit en justice devant la cour martiale pour avoir agressé un camarade officier ? Non. Et pourquoi cela ? Nous formulons l'hypothèse que la clémence des autorités n'est pas sans rapport avec l'amitié bien connue entre le père du lieutenant DAVENALL, Sir Lemuel DAVENALL, et le commandant en chef, Lord HILL.

Sir Lemuel n'est pas un homme indélicat. Il a incité son fils à abandonner son service et à se retirer, pendant un temps, en Irlande, afin d'y gérer une propriété familiale. Sir Lemuel n'est pas un homme indigne. Sa propre carrière militaire ne constitue rien moins qu'une belle parure à son patronyme : sa conduite dans la guerre d'indépendance espagnole et à Waterloo mérite qu'on s'en souvienne à jamais. Mais notre thèse est que Sir Lemuel n'est pas non plus un homme très prudent. Il a démontré ce qu'au fond nous savions tous sans l'avouer publiquement : que les sévérités de la loi ne frappent pas équitablement le fils d'un baronnet et celui d'un boucher. Le premier, après avoir pris les armes illégalement, voit ses gages réduits de moitié et est envoyé en Irlande souffrir un peu d'ennui. Le second, s'il se comportait de même, serait en train de pousser la trépigneuse dans l'une de nos maisons de correction. Qui en profite ? Pas, l'expérience nous oblige à le conclure, l'impénitent lieutenant DAVENALL, ni non plus son indulgent de père. Une telle latitude, une fois accordée, ne peut plus être refusée, car qui en bénéficie une fois s'attend à en bénéficier toujours. Dieu sait à quels excès le lieutenant DAVENALL va désormais se sentir libre de s'adonner ! Que ceux qui se répandent en injures contre de telles complicités entre gens de bonnes relations se consolent : nous refermons cet article sur l'espoir que la famille DAVENALL ne pourra jamais faire autrement que de regretter amèrement cette clémence malsaine.

*

Tard cet après-midi-là, en remontant Avenue Road, j'avais hâte de raconter à Constance ce que Fiveash m'avait appris. Dans mon esprit, cette information annihilait les prétentions de Norton, mais il y avait quelque chose de brutal et d'illusoire dans mon empressement à la lui communiquer. C'était comme si je voulais qu'elle me laissât voir qu'il s'agissait davantage d'une déception que d'un soulagement, comme si j'aspirais davantage à la confirmation de mes soupçons qu'au retour d'une harmonie perdue.

Seul cet état d'esprit saurait expliquer pourquoi, lorsque Hillier m'accueillit dans le vestibule en me disant que Constance prenait le thé dans le jardin d'hiver avec un visiteur, et que ce visiteur se nommait Davenall, je pensai aussitôt à Norton. Après avoir fourré chapeau et manteau dans les bras de Hillier, je me précipitai, une part de moi, je crois, voulant que ce fût Norton.

Mais c'était Richard Davenall. Lui et Constance levèrent la tête, d'abord alarmés, puis accueillirent d'un sourire étonné mon entrée fracassante.

« Trenchard ! s'exclama Davenall. Je pensais que vous seriez déjà chez vous. Autrement je serais passé à Orchard Street. Mais votre femme m'a très bien reçu.

— Parfait », dis-je, légèrement essoufflé.

Constance se leva et m'embrassa délicatement sur la joue.

« *Maintenant que vous êtes là, William, je vais vous laisser tous les deux. Dois-je demander à Hillier de rapporter du thé ?*

— *Non. Non merci.* »

Elle hocha la tête et sortit. Je l'écartai aussitôt de mon esprit : Davenall constituerait un public tout aussi valable.

« *Avez-vous eu des nouvelles de Fiveash ? demandai-je à peine les portes refermées.*

— *Non.* »

Je m'assis en face de lui, conscient, sans les atténuer, des signes d'extrême impatience que trahissaient mon visage et ma voix.

« *Il soupçonne quelqu'un d'avoir fouillé dans ses archives médicales – afin de fournir à Norton les détails dont il s'est servi hier.*

— *Dites-m'en plus.* »

Je m'exécutai, déversant toutes les interprétations que j'avais tirées des propos de Fiveash, sans trop tenir compte de l'expression soucieuse de Davenall. Était-ce la faiblesse de la preuve qui le dérangeait ou l'excès de confiance que j'en retirais, impossible de le déceler : il n'était pas juriste pour rien. Quand j'eus terminé, il s'écoula plusieurs minutes avant sa réponse.

« *Je recevrai sans doute un rapport circonstancié de Baverstock à ce sujet.*

— *Oui. Mais en attendant…*

— *En attendant, cette histoire est révélatrice mais guère probante. Je comprends fort bien que Fiveash en fasse grand cas à la lumière des événements récents, mais, franchement, elle est fort peu convaincante.*

— *Vous n'insinuez tout de même pas qu'il s'agit d'une coïncidence ?*

— *Cela me semble hautement probable, si. Et quand bien même ça n'en serait pas une, où est la preuve que cette femme a un rapport avec Norton ? Pour l'instant, je crains que cela ne nous mène nulle part.*

— *C'est du pur défaitisme. J'avais…*

— *C'est du pur réalisme, Trenchard. Je dois donner un semblant de réponse à Warburton demain avant midi. Des accusations sans fondement selon lesquelles Norton aurait missionné quelqu'un pour espionner Fiveash n'aideront pas.* »

Je me levai et me dirigeai vers la fenêtre. À travers un écran de feuilles de vigne, je vis Constance à l'autre bout de la pelouse, qui se baladait lentement parmi les parterres d'herbes aromatiques. Elle s'était mise dernièrement à errer dans le jardin chaque fois que j'étais à la maison, cueillant d'un air songeur de petits bouquets de thym et de romarin ; Burrows était même allé jusqu'à s'en plaindre. Mais Constance n'aurait pas expliqué ses agissements, même si je le lui avais demandé. Des liens passés résonnaient par-delà ces symboles de désenchantement, désenchantement vis-à-vis de notre existence, enchantement vis-à-vis d'une autre. Je me retournai vers Davenall avec un soupir.

« *Qu'est-ce qui vous amène, aujourd'hui ?*

— *L'urgence de la situation. Et je suis content d'être venu. Je vois à présent à quel point elle l'est.*

— *Que voulez-vous dire ?*

— *Constance a éludé mes questions fort poliment, Trenchard, mais pour moi il est clair qu'elle croit en Norton, comme cela doit l'être aussi à vos yeux.*

— Nous n'en avons pas discuté.
— Pas discuté ? »
Il me dévisagea, l'air franchement incrédule.
« Lui avez-vous expliqué la situation ?
— Non.
— Je comprends maintenant pourquoi elle faisait montre d'aussi peu de curiosité. J'imagine que la syphilis n'est pas un sujet...
— Je ne lui ai rien dit de ce qui s'est passé hier et je ne lui dirai rien tant que je ne pourrai pas prouver que Norton est un menteur. »

Davenall se leva pour me rejoindre près de la fenêtre. Il jeta un œil en direction du jardin et dut voir Constance comme une silhouette pâle papillonnant au loin parmi les feuilles tourbillonnantes, tel un pétale délicat flottant sur un étang froid agité par la houle. Je le regardai : les plis de son visage trahissaient une véritable douleur.

« Qu'y a-t-il ?
— Vous jouez avec le feu, mon brave. Constance l'a aimé, jadis. Si vous essayez de la tenir écartée...
— Aimé qui, jadis ? »

Nos regards se croisèrent et luttèrent un moment contre les ambiguïtés qui ricochaient dans l'air moite. Derrière la vitre, Constance devait sentir la brise mouillée jouer dans ses cheveux, qu'elle portait plus longs aujourd'hui en l'honneur de quelque souvenir intime, elle devait laisser le voile humide de l'obscurité l'envelopper d'un esprit de deuil voluptueux ; elle se retourna une fois dans notre direction.

« Même vous, vous n'êtes pas sûr. Hier vous n'avez rien laissé paraître, mais vous n'êtes pas sûr, n'est-ce pas ? »

Il me répondit droit dans les yeux.

« Non, Trenchard. Je ne suis pas sûr. Personne ne l'est.

— Moi, si.

— Alors, peut-être ai-je fait le bon choix.

— Choix ?

— J'ai déjeuné avec Hugo. Je crois avoir réussi à le persuader que se confronter à Norton devant un tribunal se révélerait désastreux. En tout cas, il a consenti à un dernier effort pour l'éviter.

— À savoir ?

— Offrir à Norton une somme d'argent suffisante pour persuader n'importe quel imposteur qu'il a davantage à gagner en l'acceptant qu'en persistant dans ses allégations. C'est la solution que je prônais depuis le début, sauf que ladite somme a dû être augmentée.

— Combien ?

— Dix mille livres. »

Il dut me voir écarquiller les yeux.

« Douloureusement coûteux, même avec les moyens financiers de Hugo. Son acceptation est un geste de désespoir. Ce n'est pas la rançon d'un roi, mais c'est celle d'un baronnet. J'ai suggéré – et il a abondé dans mon sens – que vous soyez celui qui présente cette offre à Norton.

— Pourquoi moi ?

— Parce que vous n'êtes pas un Davenall, parce que ce n'est pas votre argent, parce que vous tenez autant que nous à vous débarrasser de lui.

— Bref, je dois faire le sale boulot de Sir Hugo à sa place ?

— Si je passais par Warburton pour faire cette

proposition, cela pourrait être utilisé contre nous. Si c'était Hugo qui la présentait à Norton, j'aurais peur qu'il ne parvienne à garder la tête froide. Sans compter que vous êtes sûr qu'il s'agit d'un imposteur. C'est votre chance de le prouver.

— Comment ?

— Si c'est un imposteur, il acceptera. C'est de l'argent facile. L'affaire peut être réglée rapidement. Une traite bancaire d'un montant de dix mille livres en échange d'une promesse écrite de retirer son allégation. Ajoutez-y vos propres termes si vous le souhaitez. Une lettre d'excuses à Constance, peut-être ?

— Quand ?

— Demain avant midi. J'ai la traite sur moi. Acceptez-vous d'agir en notre nom ?

— Hier vous aviez qualifié cette pratique de "pot-de-vin". Vous en parliez avec mépris.

— Et j'en parlerai ainsi aujourd'hui. C'est bel et bien méprisable. Cependant vous avez entendu ce qui s'est dit dans ce bureau. Voilà à quoi cela nous a conduits.

— Et s'il refuse ?

— Offrez-lui davantage. Hugo est d'accord pour deux fois plus. Seules les conditions sont inflexibles.

— Et s'il refuse d'être corrompu ?

— Tout homme a son prix.

— Le sien ne se mesure peut-être pas en livres.

— C'est ce que vous et moi craignons, Trenchard. Je n'arrive pas à percer cet homme. J'espère qu'il n'y a que l'argent qui l'intéresse. Je vous suggère de faire de même.

— Fort bien. J'irai le voir. »

Paradoxalement, cette perspective me réjouissait d'avance. Je voulais bien jouer le messager des Norton *si cela m'offrait aussi l'opportunité de faire comprendre à Norton que moi, au moins, je savais qu'il accepterait leur offre – et pourquoi. Je réveillerais Constance de son rêve de James et bannirais Norton de mes cauchemars. En moins de vingt-quatre heures, voilà qui serait fait.*

5

Norton me reçut dans le salon de sa suite au deuxième étage du Great Western. Il était 10 heures du matin, pourtant il était encore vêtu de sa robe de chambre, fumant une cigarette à la fenêtre, laquelle donnait sur la sortie latérale bondée de la gare. Il ne se tourna vers moi que lorsque le groom eut refermé la porte derrière lui.

« Je suis désolé de n'avoir pas été là quand vous êtes venu hier soir.

— Peu importe. Vous êtes là maintenant.

— Oui, et il ne reste que deux petites heures avant que Richard ne livre sa réponse à mon avocat. Je dois dire que je m'attendais à ce que ce soit lui le visiteur essoufflé de dernière minute. Mais je suis content que ce soit vous plutôt que lui. Comment va Connie ?

— Je ne suis pas venu pour parler de ma femme.

— Vraiment ? Si vous le dites, bien sûr. »

Il se remit à la fenêtre.

« Le directeur m'a proposé des chambres qui donnaient sur Praed Street, vous savez, mais je préfère celle-ci. D'ici, je peux observer toutes les allées et venues empressées des voyageurs. »

Il tendit le cou.

« *Tous affairés à leurs missions.* »

Une fois à côté de lui, je me surpris à l'imiter et à baisser les yeux sur la rue grouillante de monde.

« *Et quelle est la vôtre, Trenchard ? Je me le demande.* »

Dans un sursaut, je me rendis compte qu'il me dévisageait.

« *Hum ?*

— *Je suis venu ici vous exposer simplement deux choses.*

— *Qui sont ?* »

Son regard ironique et posé croisa le mien. Intérieurement, je pestais contre cet homme et son impassibilité infernale, son air las de tout savoir à l'avance, le sous-entendu derrière sa moindre remarque que j'aurais beau dire ou faire n'importe quoi, rien ne le surprendrait.

Je cédai à l'indifférence provocatrice de sa question.

« *D'abord, sachez-le, je suis sur votre piste. Une femme se faisant appeler Whitaker a obtenu ces fameuses informations sur la maladie de James Davenall en consultant les archives confidentielles du Dr Fiveash.* »

Son visage, où je guettais une réaction, ne trahit pas le moindre frémissement ; il ne cilla même pas.

« *J'ai bien peur de ne pas connaître cette dame.*

— *Je ne m'attendais pas à vos aveux.*

— *Dans ce cas, vous ne serez pas déçu.*

— *Je vous l'ai dit afin que vous compreniez : vous ne me bernez pas une seule seconde. Vous n'êtes pas James Davenall.*

— *Je trouve étrange que mon ennemi le plus véhément soit quelqu'un que je n'ai jamais connu. Je sais pourquoi, évidemment. Vous avez peur que je vous enlève Connie. Elle ne vous a épousé que parce qu'elle me croyait mort. Ma foi, je me mets à votre place. Vous êtes dans une position très délicate, n'est-ce pas ?*

— *Ce n'est pas...*

— *Mais pas aussi délicate que la mienne il y a onze ans. Cela vous a-t-il traversé l'esprit ?*

— *Je vous le répète : vous n'êtes pas cet homme.* »

Il sourit.

« *Vous le scandez, Trenchard, pour vous forcer à y croire. Cela ne marchera pas, vous savez. Vraiment pas.* »

Je sentis ma colère menacer de m'échapper. Avant que je puisse trouver une réplique, il reprit la parole.

« *Quelle était la seconde raison de votre visite ?*

— *Les Davenall sont prêts à acheter votre silence.*

— *Un bâillon monétaire. On en est donc arrivés là. Combien ?*

— *J'ai sur moi une traite bancaire d'un montant de dix mille livres.*

— *Tant que ça ?*

— *Je dois vous dire...*

— *Ne vous embêtez pas à m'exposer les conditions, Trenchard. L'argent n'est pour moi d'aucun intérêt. C'est le mien de toute façon. Bientôt, très bientôt, Hugo devra l'accepter. Et vous aussi. Non pas que l'argent soit ce qui vous préoccupe. Vous, c'est un bien d'une autre sorte, n'est-ce pas ?* »

Je m'accrochai désespérément à l'offre que j'étais venu faire.

« *Ils sont prêts à vous verser vingt mille livres.*

— *Êtes-vous prêt à céder votre femme ?*

— *Allez au diable, Norton...*

— *Pas Norton !* »

Il avait collé son visage au mien : pour la première fois, le masque d'indifférence languide était tombé.

« Je m'appelle Davenall. James Davenall. Il y a onze ans, j'ai dû tout abandonner pour que ma famille puisse rester dans l'ignorance heureuse de sa propre corruption. Vous savez ce que j'ai découvert depuis ? Que rien de tout ça ne comptait pour moi, pas même un bout de papier avec une série de zéros dessus. Rien à part Constance. Renoncer à elle a été la chose la plus difficile et la plus noble que j'aie jamais faite. Maintenant que je sais que c'était inutile, il ne reste plus aucune noblesse d'esprit à invoquer – et encore moins une quelconque cupidité. Je suis venu revendiquer ce qui m'appartient de droit : Constance avant tout.

— Jamais elle...

— Jamais elle n'oubliera notre amour. Quand je lui ai annoncé que je partais, je n'ai pas pu lui expliquer pourquoi. Vous ne pouvez pas vous imaginer à quel point c'était dur. J'ai autant pleuré pour elle que pour moi. Elle a essayé de m'arrêter. Elle s'est offerte à moi ce jour-là, en gage d'amour, comme une façon de me retenir.

— C'est faux.

— J'ai dû lui tourner le dos et partir. Cela ne se répétera pas. »

J'aurais dû le frapper alors, j'aurais dû le forcer à retirer ses propos. Mais aucun coup n'aurait pu atteindre la profondeur où s'étaient enfoncés ses mots. Je le dévisageai, saisi d'horreur.

« Vous comprenez, maintenant, Trenchard ? Oubliez ma famille. Cette affaire est entre nous. Pour Connie, je suis prêt à vous détruire. »

Je quittai l'hôtel en vaincu. Dans mon trouble, je ne savais plus où j'allais et pilai brusquement en me rendant compte que je me trouvais dans les environs de Lancaster Gate. Revenant sur mes pas en direction de Praed Street, je m'arrêtai au croisement avec Eastbourne Terrace pour attendre qu'une interruption du trafic me permît de traverser.

Devant moi, je voyais des silhouettes entrer et sortir du Great Western Hotel. Soudain, je retins mon souffle. L'une d'elles était Norton : impeccablement vêtu en haut-de-forme et pardessus gris, il faisait tournoyer sa canne et marquait une pause au pied des marches de l'hôtel pour écraser sa cigarette. Sans esquisser un geste pour héler un fiacre, il partit d'un pas alerte en direction de Marylebone. À l'évidence, il ne m'avait pas vu. Et c'est ce qui fit germer cette idée dans mon esprit.

Soudain, je pris conscience qu'un balayeur de carrefour me tirait par la manche : il avait pris mon hésitation pour une demande de service. Je lui lançai un penny, puis m'empressai de traverser, avant même qu'il pût mériter sa rémunération. Il n'y avait pas de temps à perdre : Norton marchait d'un bon pas, et sa haute silhouette avait beau être facilement repérable au milieu de l'ondulation des têtes, il s'éloignait vite. L'effort que je devais fournir pour ne pas le perdre de vue suffit à réprimer toute analyse de mes motivations.

Sans ralentir, Norton bifurqua dans Edgware Road et se dirigea vers le sud, mais ne se retourna pas une seule fois ; le filer devint donc plus aisé. Il continua dans Park Lane, toujours vers le sud, et je décélérais à mesure que la foule se clairsemait. Je n'avais cependant nul besoin de m'inquiéter : qu'importe la teneur de ses pensées, la possibilité d'être suivi n'en faisait pas partie. Parvenu presque au bout de Park Lane, il pénétra dans Hyde Park, je l'imitai.

Il était là, devant moi, seuls les arbres et le gazon nous séparaient, aucune presse, pas d'agitation, pas un bruit pour étouffer le bruit de mes pas. Je ralentis encore, craignant qu'il ne se retourne à tout instant. Mais il ne se retourna pas. Puis une autre sensation, plus accablante que n'importe quelle peur, plongea en moi ses racines. Cette silhouette qui marchait d'un pas régulier, mon trajet en accordéon, la corde invisible avec laquelle il me remorquait : soudain, leur sens était clair. Je faillis pousser un cri devant ma certitude : il savait que j'étais là, il voulait que je le suive.

La statue d'Achille se dressait devant moi, une poignée d'inconnus se délassaient à son pied ; Norton se dirigea droit sur eux. Puis une silhouette de dos au milieu de la foule, les mains posées sur la chaîne qui entourait le socle de la statue, émergea de l'anonymat des gens et du lieu. J'approchai d'un pas, sentis mon souffle se bloquer comme si j'avais le cœur serré dans un étau, et aussitôt je compris : c'était Constance.

Pétrifié à l'ombre de l'un des arbres qui bordaient le sentier, je regardai Norton avancer la main vers le coude de Constance. À ce contact, elle se retourna. C'était son visage, aperçu dans l'encadrement d'un capuchon familier ; son regard, que le mien avait croisé si souvent auparavant ; son sourire, que j'avais dernièrement banni de ses lèvres. Il n'y avait aucun doute, aucune question, aucun espoir d'erreur.

Ils commencèrent à faire lentement le tour de la

statue, en suivant la chaîne de clôture. Dans un instant, ils disparaîtraient derrière le socle sur lequel se dressait Achille. Je ne pouvais supporter l'idée d'être encore là quand ils réapparaîtraient. Je fis volte-face et repartis d'un pas vif sur le sentier.

*

« Manifestement, mes instructions n'étaient pas suffisamment explicites, monsieur Baverstock. Permettez-moi d'y remédier sur-le-champ. Cessez ces enquêtes inutiles dans le lointain passé obscur de mes affaires familiales. Je me contrefiche de savoir si ce Norton a ou non une emprise sur le prince Napoléon. Cela ne me surprendrait pas. Le prince charrie une telle montagne de vices qu'il a, j'imagine, une quantité équivalente de maîtres chanteurs. Mais leur rapport avec le cas qui nous occupe ne peut qu'être comparé à celui des babillages de Nanny Pursglove concernant Miss Strang. Ces deux sujets sont hors de propos, et je vois d'un très mauvais œil que vous employiez l'argent de vos honoraires à de telles bagatelles.

« Deux fois en deux jours vous avez lanterné ici quand vous auriez mieux employé votre temps à Londres, à établir la véritable identité de Norton. La raison pour laquelle mon père s'est passé des services de Miss Strang ne m'a pas été révélée à l'époque, mais je peux vous assurer que l'imagination graveleuse de Nanny Pursglove – et les soi-disant visions de Crowcroft – est aussi loin de la réalité qu'il est possible de l'être. Je n'ai ni connaissance ni curiosité vis-à-vis de la suite de la carrière de Miss Strang. Je présume qu'elle est retournée en Écosse. Et là, je me dois d'insister, s'arrête votre enquête sur la question.

« Transmettez ce message à mon fils. Il est hors de question que Norton se voie proposer de l'argent, dispenser une faveur ou accorder un avantage. Eût-il la témérité ou les moyens – l'un comme l'autre, j'en doute – de mener sa requête grotesque devant le tribunal, nous lui tiendrions tête avec mépris – et dignité. Quant aux moyens de le vaincre, c'est à vous – et à mon cousin – de les trouver. Ai-je été suffisamment explicite ? »

*

Richard Davenall n'était pas à son bureau, mais il devait revenir sous peu. Je n'attendis pas. De fait, j'étais content, en un sens, de le rater. Cela me permettait de confier à Benson un mot écrit à la va-vite pour annoncer le refus de Norton et de retourner aussitôt à St John's Wood : je voulais y arriver avant le retour de Constance.

À The Limes, je trouvai Hillier en train de cancaner avec le livreur de pain dans l'allée ; elle parut surprise de me voir.

« Où est votre maîtresse ? » aboyai-je.

Le ton de ma voix alerta aussitôt le garçon, qui partit sur sa bicyclette avec les ailes de la honte.

« Pas là, monsieur.

— Alors où ? »

Hillier ne se laissait pas intimider facilement. Sa réponse fut platement factuelle :

« Elle n'a pas dit où elle allait, monsieur.

— À quelle heure est prévu son retour ?

— La cuisinière l'attend pour le déjeuner, monsieur. Vous aussi, vous déjeunerez à la maison ? »

Elle ne reçut pas de réponse. J'entrais déjà dans la maison, me hâtant afin qu'aucune pause quelconque ne fît flancher ma résolution. Je me dirigeai droit dans le salon, ouvris le secrétaire et réessayai d'ouvrir le fameux tiroir : il était toujours verrouillé. Il était inutile de chercher à nouveau la clé : je savais qu'elle n'était pas là. Je m'emparai du coupe-papier, glissai la fine lame dans l'interstice entre le haut du tiroir et le cadre, et fis progressivement levier, jusqu'à ce que, dans une brusque torsion et un éclat d'échardes, la serrure cédât.

Il y avait une liasse de lettres à l'intérieur, maintenues ensemble par de la ficelle. Je la dénouai et passai les lettres en revue. Plusieurs étaient de ma propre main, adressées à Constance à Salisbury et oblitérées à Blackheath : écrites chez mon père, donc, à l'époque où je faisais ma cour. J'eus soudain la nausée devant le contraste saisissant entre les déclarations d'amour maladroites qu'elles contenaient et la violence que j'avais déjà infligée à leur souvenir. Il y en avait aussi d'autres, certaines écrites, j'en étais sûr, de la main de James Davenall avant sa disparition ; une du frère de Constance, Roland, datée de quelques mois avant sa mort ; plusieurs d'une tante de Broadstairs particulièrement aimante et qui était depuis décédée ; et, innocemment mêlées au reste, deux communications beaucoup plus récentes. Leur écriture était semblable à celle de Davenall : elles ne pouvaient provenir que de Norton. Je m'assis pour les lire.

Il avait rédigé la première le jour de sa visite à The Limes. Je la lus sans être surpris ni du contenu ni du *fait que Constance me l'eût cachée. Je ne m'attendais à rien d'autre, après tout, c'était ce que j'avais à demi espéré trouver. Puis, vers la fin, une phrase attira mon attention. « Aucun de nous ne peut oublier, n'est-ce pas, ce qui s'est passé dans cette prairie ? » Il devait s'agir de celle-là même dont il parlait quand je les avais interrompus sur l'aqueduc. « Nous étions allés jusqu'à la prairie de campanules, n'est-ce pas ? » Que cela pouvait-il signifier ? Je saisis la seconde lettre en quête d'une réponse.*

Great Western Royal Hotel,
Praed Street,
LONDRES O

11 octobre 1882

Chère Constance,
Je n'ai guère de doutes, tout comme vous, j'imagine, sur le manque de fiabilité de ce que William vous racontera de la réunion d'aujourd'hui dans le bureau de mon avocat – s'il vous raconte quoi que ce soit. Je ne puis complètement lui en vouloir, mais je ne puis davantage accepter qu'il vous maintienne dans l'ignorance. Si vous pouvez affronter la vérité, à savoir que mon amour pour vous est aussi fort qu'au jour de mon départ il y a onze ans, retrouvez-moi au pied de la statue d'Achille dans Hyde Park à 11 heures vendredi matin. Alors c'en sera fini des faux-semblants – pour de bon.
Tout à vous,

James

Laissant les lettres éparpillées et ouvertes sur le sous-main, je quittai la pièce. Si seulement j'avais répondu à ses questions, comme elle m'avait imploré de le faire, cette lettre aurait détonné. Or en l'état, mon comportement secret avait pavé la route à Norton. J'étais déterminé à condamner Constance pour avoir accepté de le rencontrer mais, dans mon cœur, je ne lui en voulais plus.

Mes pas inquiets me conduisirent malgré moi dans l'allée devant la maison. Certainement pour voir si un fiacre allait venir déposer son passager à notre porte : Constance, peut-être, de retour d'un rendez-vous au sujet duquel j'en savais désormais trop. Cependant je ne trouvai que Burrows et sa sciatique, occupé à désherber le massif d'arbustes. Me voyant approcher, il s'interrompit et, en claudiquant, se mit en travers de mon chemin.

« Un mot, monsieur, avec votre permission. »

Je m'arrêtai à contrecœur.

« Oui ?

— La maîtresse aime voir des taches de couleur dans ces bordures, et je fais de mon mieux pour la satisfaire…

— Je suis sûr…

— Alors vous ne m'en voudrez pas, j'espère, de vous dire que ça ne m'aide point que vous passiez vot' temps à piétiner et à vider votre pipe sur mes lobélies. »

Il s'appuya d'un coude sur le manche de sa houe et me considéra avec une assurance pleine de défi.

« Je n'ai pas l'habitude de…

— Les preuves sont là. »

Il désigna du pouce un massif de fleurs sous un bouleau argenté en retrait de l'allée.

« Ça se voit comme le nez au milieu de la figure.

J'aurais pu accuser la petite Patience s'il n'y avait pas eu cette cendre. »

Agacé, je traversai la pelouse et examinai les lobélies écrasées. Il semblait effectivement que quelqu'un avait marché dessus. Et il y avait les cendres éparpillées dont Burrows s'était plaint. Je me penchai pour les voir de plus près, mon agacement se muant en curiosité.

« Ce n'est pas un culot de pipe, commentai-je à mi-voix. C'est de la cendre de cigarette. Or je ne fume pas de cigarettes.

— Si vous le dites, monsieur. »

Il était clair que Burrows ne me croyait pas, mais ce n'était pas son opinion qui m'inquiétait. Nous étions à un endroit assez proche du portail d'entrée et, dans ma tête, j'imaginais un homme se poster sous le bouleau argenté, comme moi à présent, mais la nuit, si bien qu'il n'avait pas remarqué les lobélies sous ses pieds. Il aurait pu se faufiler par le portail, qui n'était jamais fermé, et là, dans l'obscurité, surveiller la maison en fumant une cigarette, guettant calmement par les fenêtres illuminées le mouvement de silhouettes derrière les rideaux, les signaux convenus de la part du seul occupant à savoir qu'il était là. Je frémis.

*

Hector Warburton s'autorisa un regard suffisant en direction de l'horloge, qui indiquait 12 h 10, lorsque Lechlade fit entrer Richard Davenall dans son bureau à Staple Inn. Davenall semblait, il n'y avait là rien de surprenant, triste, ridé et las. Warburton, en revanche, qui ne lui enviait pas la tâche de bâtir une défense contre son client, ne ressentait aucune once de compassion pour son collègue. Il n'aurait pas atteint son renom actuel en laissant des pensées aussi peu professionnelles envahir son âme. Car il s'agissait là, après tout, d'une affaire professionnelle. Si Davenall avait fait preuve d'amateurisme au point de mêler sentiments familiaux et affaires juridiques, tant pis pour lui. Warburton, pour sa part, se montrerait impitoyable.

« Vous êtes quelque peu en retard, commenta-t-il d'un ton relativement neutre. Asseyez-vous.

— Merci, mais je préfère rester debout. »

Richard, très conscient de la délicatesse de sa situation, sentait qu'il n'y avait guère qu'à travers sa posture qu'il pouvait – et devait – conserver sa dignité.

« Sir Hugo a-t-il changé d'avis ?

— Absolument pas.

— Je vois. Alors je n'ai d'autre choix que de poursuivre.

— Si telles sont vos instructions.

— Elles le sont. D'ailleurs, le secrétariat de la Haute Cour m'a proposé une place sur leur liste pour le 6 novembre. Je vais maintenant pouvoir confirmer cette date. »

Richard Davenall se caressa la barbe, puis regarda Warburton droit dans les yeux.

« Voilà qui est sensiblement plus tôt que je ne l'avais anticipé. Dans l'intérêt de toutes les parties concernées...

— Aucun délai supplémentaire ne sera accordé. Sir James souhaite établir son titre le plus vite possible. »

Warburton avait délibérément appelé son client

« Sir James » : aiguillonner Davenall ne nuirait pas, étant donné son penchant pour la procrastination. Mais Richard n'était pas homme à se laisser piquer. En vérité, il était mû par des motivations plus professionnelles que ne le supposait Warburton. Déterminé à faire tout son possible pour aider Hugo, il était prêt à cette fin à endurer n'importe quelle humiliation – si c'était pour le mieux.

« M. Norton, répliqua-t-il d'un ton délibéré, ne semblait pas goûter la perspective d'un procès en bonne et due forme. Je dis simplement…

— Cela lui est imposé – par votre client. »

Richard s'installa tranquillement dans le fauteuil à côté de lui, dans un geste aussi éloquent que sa détermination précédente à rester debout.

« Warburton, fit-il en se penchant d'un air entendu par-dessus le bureau, j'ai besoin de temps… pour préparer Hugo à cette idée… »

Warburton garda ses distances : il ne voulait aucune once de complicité.

« Ce n'est qu'une audience. Je doute que le procès lui-même soit planifié de sitôt. »

Richard se lécha nerveusement les lèvres. D'ordinaire, jamais il ne se serait abaissé à demander des faveurs à Warburton ; depuis mercredi, il avait souvent reproché au défunt Gervase de ne pas lui laisser le choix. Avec Warburton père, cela aurait pu être différent : un hochement de tête, un clin d'œil et une main tendue. Mais qu'y avait-il dans ce visage maigre aux joues creuses et aux yeux humides susceptible d'inspirer l'espoir ? Rien. Et pourtant il espérait.

« Comme vous dites, ce n'est qu'une audience.

Dois-je donc en conclure qu'à ce stade il ne sera pas fait mention des… preuves médicales ?

— Vous ne le devez pas, non.

— Vous n'allez tout de même pas…

— Je ferai ce qu'il faut pour représenter mon client. C'est pourquoi il n'y aura aucun… compromis. Est-ce clair ? Si oui, je crois qu'il n'y a plus rien à ajouter. Nous vous fournirons les documents nécessaires le plus vite possible. »

Richard se leva avec un soupir. Warburton avait raison : il n'y avait rien à ajouter. Après un salut imperceptible de la tête, il tourna les talons et quitta la pièce. Alors qu'il descendait l'escalier, il plongea la main dans la poche de son manteau et froissa en boule le message qu'il avait apporté de son bureau, celui que Trenchard lui avait laissé, et dont les trois mots étaient gravés dans son esprit : « Norton dit non. »

*

Constance vint me voir dans le bureau, où, les rideaux à moitié tirés, je sentais l'affliction de ma colère se diluer en une contemplation morbide de ma propre folie. J'avais vu ma femme remonter l'allée et, quelques minutes plus tard, elle se tenait sur le seuil de la pièce.

« Hillier m'a dit que vous souhaitiez me voir dès mon retour. »

Elle était essoufflée, comme si elle avait monté l'escalier en courant.

Je restai dans mon fauteuil, me caparaçonnai pour jouer le maître intransigeant, et laissai passer quelques secondes afin d'assurer ma voix.

« *Je sais où vous étiez.* »

Sans bruit, elle referma la porte, puis approcha de quelques pas. Maintenant que je voyais mieux son visage, je me l'imaginais empourpré par davantage qu'une course dans l'escalier. Elle portait une robe bleu marine aux motifs floraux, dont le haut col était orné d'un liseré en dentelle, à l'instar des manches et de l'ourlet – le tissu doux et flatteur épousait ses hanches quand elle se déplaçait et dévoilait les mouvements rapides de sa poitrine. Je pris alors conscience, à l'instant où nous étions sur le point de perdre notre intimité, de la beauté mature de cette femme que j'appelais mon épouse, conscience – et ce de façon particulièrement aiguë – des éléments qui nourrissaient mon amour pour elle et son détachement de moi. Elle ne parlait pas, mais, dans son regard, le message était très clair : elle n'avait pas honte.

« *Vous avez retrouvé Norton à Hyde Park – comme vous en étiez convenus.* »

Elle ne parlait toujours pas.

« *Vous avez reçu des lettres de lui – sans me les montrer.* »

Ses yeux disaient tout ce qu'elle avait à dire : la trahison de la confiance avait de mon côté précédé et excédé la sienne.

« *Vous l'avez laissé – ou encouragé à – vous persuader qu'il est James Davenall.* »

Et s'il l'était vraiment ? répliqua-t-elle en silence.

« *Vous m'avez désobéi sur tous les points.* »

Elle finit par s'exprimer.

« *Vous auriez dû me dire la vérité.*

— *La vérité ?* »

Je m'essayai à une raillerie lasse :

«*Et quelle est-elle selon lui ?*

— Je sais pourquoi il est parti et pourquoi il est revenu.»

Soudain, son expression s'adoucit.

«*Tout de même, vous voyez bien que je ne puis qu'être émue par l'épreuve qu'il a vécue.*»

Était-ce ma main qui s'abattit sur la table devant moi ? On aurait plutôt dit qu'un autre homme, que j'observais, avait effectué ce geste et façonné ma réponse sévère.

«*Je vois que vous êtes prête à mettre notre mariage en péril pour un badinage avec un vil imposteur.*

— Dans ce cas, William, vous êtes aveugle. Il me fallait le retrouver pour apprendre la vérité. Je ne suis pas près de l'oublier.

— Vous ferez ce que je vous dirai.»

Elle me dépassa pour se mettre à la fenêtre, souleva légèrement le rideau puis se tourna vers moi.

«*Vous ne pouvez pas me donner d'ordres dans cette affaire. Vous savez que j'aurais épousé James s'il avait vécu. Maintenant je ne peux plus douter qu'il est bel et bien vivant. Une telle chose ne peut s'oublier.*»

La question que Norton avait plantée en moi germa à la surface.

«*Est-ce à cause de ce qui s'était passé la dernière fois que vous l'aviez vu ?*

— Que voulez-vous dire ?

— Vous en parliez quand je vous ai surpris sur l'aqueduc. Tout ce que vous m'avez jamais raconté, c'est qu'il vous avait quittée là, il y a onze ans. Mais c'est faux, n'est-ce pas ? Vous êtes allés ailleurs ensuite, n'est-ce pas ? Une prairie voisine. Que s'est-il passé là-bas ?

— Peu importe, cela ne peut altérer...

— *Vous m'avez reproché d'être aveugle. Alors éclairez-moi. Que s'est-il passé ?* »

Son regard vacilla, mais pas par faiblesse. Mes mots semblaient l'attirer vers la scène que je lui avais demandé de décrire.

« *De l'autre côté de ce pré,* murmura-t-elle. *Si loin, si vite. Courir... et ne jamais s'arrêter.*

— *Quoi ?* »

Elle se redressa, me regarda de nouveau, se reconcentra sur le présent.

« *Ce matin, James m'a tout raconté. Maintenant je comprends. Il a agi par amour pour moi.*

— *Constance...*

— *Ce matin, il a proposé de retirer sa revendication.*

— *Il a fait quoi ?*

— *Il a dit que, pour mon bien, il interromprait toutes poursuites judiciaires et laisserait entendre qu'il était un imposteur. Qu'il reprendrait son identité de James Norton. Qu'il disparaîtrait de nos vies à jamais. Qu'il cesserait de s'interposer entre nous. Il m'a dit qu'il ferait tout ça – si je le lui demandais.* »

Ainsi donc était-ce l'ultime épreuve qu'il avait échafaudée. Trop absorbé à m'apitoyer sur mon sort, je ne pris pas même le temps de réfléchir au tourment qu'une telle proposition devait avoir causé à Constance ; je me contentai d'en demander le résultat.

« *Le lui avez-vous demandé ?*

— *Non.*

— *Pourquoi cela ?*

— *Parce qu'il a suffisamment souffert. Parce que je n'avais pas le droit de lui demander de retourner s'exiler.*

— *Ou parce que vous l'aimez ?*

— *Il m'a expliqué que vous lui aviez proposé de l'argent – au nom de Hugo. Est-ce vrai ?*
— *Oui.*
— *Mais il l'a refusé ?*
— *Oui. Parce que vous lui aviez permis d'espérer qu'il pourrait obtenir encore davantage… grâce…* »

Ma voix s'éteignit et se réfugia dans un silence intérieur. Dans les yeux de Constance, je vis une expression que je n'avais encore jamais vue auparavant. À nous deux, Norton et moi avions fini par réussir. Nous avions broyé son amour pour moi.

Elle se dirigea d'un pas décidé vers la porte. Là, elle se retourna.

« *Pour être honnête envers nous deux, William, je dois m'en aller. J'emmènerai Patience et séjournerai chez mon père. James m'a dit qu'il devait y avoir une audience le mois prochain. Après ça, je prendrai une décision.*
— *Vous prendrez une décision ?*
— *Oui, je prendrai une décision. En attendant, je ne vous verrai ni l'un ni l'autre. Je vous en fais la promesse.*
— *Constance…*
— *Non. Ne dites rien. C'est mieux ainsi. Je partirai demain matin. S'il vous plaît, pour notre bien à tous les deux, n'essayez pas de me retenir.* »

*

Richard Davenall trouva Sir Hugo à son club dans Pall Mall. Son passage infructueux à Bladeney House n'avait fait qu'exacerber les symptômes de l'émotion refoulée avec laquelle il avait quitté Staple Inn. Et voilà que cet individu des moins sociables se voyait maintenant contraint, en plein après-midi, d'aller dénicher son cousin dans l'atmosphère enfumée d'un bar vulgairement décoré où il y avait beaucoup trop de miroirs et de fauteuils en velours à son goût et où, par-dessus tout, un gentleman n'avait pas à passer oisivement toutes les heures du jour. Ainsi donc il ne restait plus guère chez lui trace de l'homme de loi quand il dédaigna un serveur, et congédia d'un regard noir éloquent le compagnon de beuverie de Hugo à une table d'angle.

« Cleveland n'est pas avec toi ? commença-t-il, acerbe.

— Non. »

Hugo lança un regard mélancolique en direction de son camarade en partance.

« Mais Leighton est un bon gars. Je t'offre un verre ? »

Richard s'assit, ignorant délibérément la question. Hugo était manifestement ivre – plus que d'habitude. Ma foi, Richard ne pouvait pas complètement lui en vouloir. S'il n'avait pas lui-même bénéficié d'années d'entraînement en sobriété respectable, il l'aurait peut-être accompagné.

« Norton a refusé notre proposition.

— Diantre ! »

Hugo se mit à tapoter une cigarette sur la table basse devant lui. Un serveur apparut sans bruit à ses côtés et lui frotta une allumette.

« Un autre double, Emmett, si vous voulez bien, commanda-t-il d'une voix traînante en acceptant la flamme.

— Tu ne crois pas que tu en as eu assez ? s'agaça Richard.

— La seule chose dont j'ai assez, cher cousin, c'est de l'ami Norton. Penses-tu qu'on ait placé le curseur trop bas ?

— Non. Je pense qu'il croit nous mettre en difficulté. »

Hugo ricana.

« Il n'a peut-être pas tort.

— Warburton a pris les devants en organisant une audience le 6 novembre.

— Pouvons-nous l'empêcher ?

— Non. Pas plus que nous ne pouvons empêcher cette affaire de passer au tribunal, à mon avis. Tu ferais mieux de te préparer au pire. »

Emmett revint avec un verre plein. Hugo en but une grande lampée.

« Me préparer ? Quand ma famille m'a-t-elle préparé à quoi que ce soit ?

— Ton père s'est mal comporté, cela ne fait aucun doute, mais… »

Hugo fracassa son verre sur la table.

« Mon père ! Que ne donnerais-je pour qu'il soit ici maintenant – pour lui arracher la vérité. Dis-moi, Richard, à ton avis, pourquoi mon père n'a-t-il jamais accepté la mort de James ?

— Faiblesse paternelle, j'imagine.

— Faiblesse paternelle, mes fesses ! Il ne m'a jamais témoigné la moindre… faiblesse paternelle. Et tu sais pourquoi, pas vrai ?

— Non, je ne le sais pas.

— Tu as entendu ce qu'a dit Fiveash. »

Tout ivre qu'il était, Hugo baissa la voix.

« Il a recommandé à mon père de ne pas laisser ma

mère concevoir une seconde fois. Et pourtant elle l'a fait, n'est-ce pas ?

— Qu'est-ce que tu insinues ? »

Soudain, Hugo se rejeta en arrière sur son siège, se frotta les yeux et soupira.

« Je ne sais pas. Ma mère a-t-elle expliqué quoi que ce soit au sujet de cette... de cette date que Norton a citée ?

— Je n'ai pas encore eu de nouvelles de Baverstock.

— Que sais-tu à ce propos ? 1846, n'est-ce pas ?

— Rien. Cela paraît trop éloigné dans le passé pour avoir la moindre pertinence...

— Le passé ? »

Hugo but et se passa une main dans les cheveux.

« Il semblerait que ce soit à lui que je doive toute cette mascarade. »

De ses yeux rougis, il lança un regard accusateur à son cousin.

« Ma foi, tu en sais plus que moi à ce sujet, Richard. Alors sers-t'en – pour me sortir de là. »

Richard Davenall ne quitta pas le club tout de suite, même s'il laissa Hugo bien décidé, semblait-il, à passer l'après-midi à boire. Richard concédait un point sur les attaques mordantes qu'avait portées son cousin : le passé avait bien des comptes à rendre. Et, étant donné que ce bâtiment labyrinthique, dont les pièces variaient du lugubre au criard, avait des liens certains, notamment deux présidents du club, avec le passé des Davenall, il ne pouvait pas le quitter comme si de rien n'était. Dans ce qui ressemblait assez à un pèlerinage – car il avait depuis longtemps laissé expirer sa propre adhésion –, il monta le vaste escalier éclairé par les teintes douces d'un vitrail, afin d'accéder à l'immense bibliothèque poussiéreuse où la génération de Hugo s'aventurait rarement, mais où des membres plus âgés et plus éminents étaient célébrés par des portraits aux cadres dorés logés dans d'obscurs renfoncements parmi les rayonnages délaissés.

Simple confirmation de la durée de son absence, Richard mit un certain temps à localiser le portrait auquel il pensait, et qui n'avait pourtant pas été déplacé. Le cadre était plus lourd que dans son souvenir, les huiles plus sombres : il dut allumer la lampe sur la table adjacente pour le distinguer vraiment. Il était bien là, comme l'attestait le cartel fixé à la base du cadre, peint lors de la première année de sa présidence, cinquante ans auparavant : « SIR LEMUEL DAVENALL, BARONNET (1779-1859) ».

Sir Lemuel ressemblait à son frère, Wolseley, le père de Richard, comme un tigre du Bengale ressemble à un chat anglais domestique : les traits étaient similaires, mais à une échelle beaucoup plus majestueuse. Le visage était maigre, plus maigre que celui de Wolseley, en tout cas, mais encadré par des favoris militaristes pleins de défi ; ses yeux d'une même teinte verte lui donnaient un air chaleureux, là où ceux de Wolseley lui donnaient un air aigre ; il avait un port fier, poitrine bombée sous les médailles qu'il avait remportées à Waterloo, alors que la seule fierté de son frère résidait dans sa poursuite obsessionnelle d'une réputation indépendante. Quand Lemuel combattait pour son pays, Wolseley étudiait le Code civil. Quand Lemuel chassait à courre, Wolseley courait les baux. Quand

Lemuel possédait tout ce qu'il embrassait du regard et se répandait en générosités, Wolseley lui reprochait cette prodigalité et cultivait ses rancunes. De qui Richard aurait-il préféré être le fils ? Il n'avait là-dessus aucun doute, tandis qu'il examinait la mine hâlée d'un vieux baronnet majestueux niché dans le bastion de son amour-propre guilleret.

Les souvenirs les plus anciens qu'avait Richard de son oncle étaient ceux d'un intrus bienvenu dans l'ennui d'une enfance passée à Highgate, d'un vieil homme chenu qui lui lançait une balle en caoutchouc dans le jardin, et faisait des grimaces, caché derrière sa main, pendant que son père parlait revenus fonciers au cours d'un chiche dîner de mouton. Plus tard, Richard se souvenait d'un été idyllique passé à Cleave Court après sa première année d'études à Shrewsbury : Gervase avait été envoyé en Irlande, on parlait à mots couverts d'une mesure de disgrâce, bien que le scandale d'un duel eût aux oreilles du jeune Richard des sonorités merveilleusement enchanteresses. C'était là, si tant est qu'il parvînt à fixer ce moment dans le temps, qu'il avait songé pour la première fois à quel point son bonheur pourrait être plus grand à être fils de Lemuel plutôt que celui de son père. Il allait même jusqu'à penser que cela pourrait aussi rendre Sir Lemuel plus heureux car, bien que le vieil homme parlât beaucoup et rît souvent, la douleur que lui avaient causée une épouse absente et un fils désobéissant était évidente.

Ce qui n'était pas évident pour l'esprit superficiel du jeune Richard, c'était l'immense plaisir dont son père jouissait à voir le contraste entre son mariage et son fils respectables et le mode de vie chaotique de

Sir Lemuel : une épouse qui préférait son pays natal à son mari, un héritier qui avait déshonoré la réputation de son régiment. Tout cela ne lui était apparu qu'au chevet de son père sur son lit de mort, par une journée d'hiver en 1861.

C'était la première fois que Richard avait vu son père surpris. Fâché, oui, outré souvent, sévère toujours ; mais la vie n'avait réservé, semblait-il, aucune surprise à cet homme aussi clairvoyant qu'étroit d'esprit. Seule la mort avait réussi à le prendre au dépourvu. Mourir à soixante-dix-sept ans, quand son frère avait vécu, lui, avec infiniment moins de prudence, jusqu'à quatre-vingts, constitua son ultime rancune contre le monde, et la plus inattendue.

« Comment allez-vous, monsieur ? avait banalement demandé Richard.

— Je meurs, avait répliqué son père d'une voix râpeuse. C'est typique, chez toi, de ne pas remarquer l'évidence.

— J'espère...

— Ne te donne pas cette peine. Tous mes espoirs pour toi ont été anéantis. Pourquoi en irait-il autrement des tiens ?

— Je suis désolé, père. »

(Ne pas s'adresser à lui en disant « monsieur » représentait une sorte de concession.)

« Ah çà, la désolation, c'est tout ce que tu m'as jamais apporté. »

Richard se pencha plus près.

« N'ai-je pas réussi à vous la faire oublier un peu avec le temps ? Rien qu'un peu ?

— Non. Je t'avais envoyé à Cleave Court pour montrer à ton oncle comment devait se comporter le fils d'un gentleman, ce qu'il devait être. Je te faisais confiance. Tu m'as trahi.

— Mais depuis…

— Depuis, tu as été un clerc comme n'importe quel autre. Tout ce qui compte, c'est que tu as servi à ton oncle une victoire contre moi… alors que cela faisait cinquante ans que je préparais sa défaite. Depuis, tu n'es plus un fils pour moi.

— J'avais pensé qu'avec le temps, je pourrais gagner votre pardon.

— Impossible. »

Le vieil homme avait remué, comme pour essayer de se redresser sur l'oreiller. Mais ce n'était pas ça. Il souhaitait seulement s'assurer que Richard pût le voir clairement.

« Tu t'es échiné en vain, mon garçon – comme je le voulais. »

Il s'était alors fendu d'un large sourire, dévoilant ses dents entre ses fines lèvres étirées, un sourire plus horrible que n'importe quelle grimace, un sourire méprisant en guise d'ultime offrande à un fils mal-aimé.

« En vain. »

Richard leva les yeux sur le sourire croûteux de Sir Lemuel et se surprit à être d'accord avec cette affirmation. Jusqu'à aujourd'hui, sa vie avait été globalement vaine : cinquante ans à chercher à faire ce qu'on attendait de lui, à s'efforcer de maintenir un standing dont on le considérait déchu. À quoi se résumait-elle si ce n'était à un soupçon longtemps refoulé, à une lâcheté morale déguisée sous le manteau de la justesse et de la bienséance ?

Juillet 1855 avait été un mois de sécheresse et de chaleur à Cleave Court. Sir Lemuel quittait rarement la maison, installé dans son bureau au rez-de-chaussée, il piquait du nez sur son livre, les portes-fenêtres ouvertes et les rideaux tirés. C'était là qu'il avait convoqué Richard par un milieu de matinée éclatante et sans un souffle d'air, afin de lui dire les derniers mots qui avaient été échangés entre eux. Sur ses genoux, une lettre ouverte et sa loupe posée dessus ; de la main droite, il grattait le museau de son fidèle labrador assis à côté de son fauteuil. Quand Richard était entré dans la pièce, il avait cru Sir Lemuel endormi, mais non : son immobilité était la quiétude de la tristesse.

« Je crois que vous vouliez me voir, monsieur. »
Sir Lemuel l'avait considéré d'un air grave.
« Gervase va se faire rapatrier du front pour raison de santé. Il n'est pas blessé, seulement malade. Pas gravement, mais suffisamment. J'ai reçu cette lettre de son commandant. Vu la date du cachet, à mon avis il devrait arriver d'un jour à l'autre. Je m'étonne qu'il n'ait pas écrit lui-même. Peut-être souhaitait-il arriver à l'improviste.
— Mais pourquoi ?
— Oui, pourquoi ? Moi non plus, je ne comprenais pas – avant que le petit Jamie laisse échapper ce qu'il avait vu. Il ne faut pas en vouloir à ce brave garçon. J'aurais pu le voir moi-même – si j'avais voulu.
— Que voulez-vous dire, monsieur ?
— Je veux dire que j'ai cédé trop longtemps à la

sensibilité de ma belle-fille – et à mon amour pour toi. Tu dois nous quitter, Richard, immédiatement. Je veux que tu sois parti avant le retour de Gervase.

— Pourquoi ?

— Parce que s'il a des raisons de soupçonner quoi que ce soit, je craindrai pour ta vie. Or si tu restes il aura des raisons. Tu dois partir.

— Si tel est votre souhait, je n'ai pas le choix.

— Pas le choix ? »

Sir Lemuel avait jeté un œil sur le jardin en terrasses qu'il distinguait à travers les brumes de chaleur.

« Bien sûr que si, tu as le choix. Tu pourrais me désobéir – comme ma femme et mon fils se sont rarement gênés pour le faire. Mais cela ne ferait qu'aggraver ma tristesse. Non, Richard. Tu es un meilleur homme que mon fils. C'est pour ça que tu dois partir. »

Richard Davenall descendit lentement l'escalier incurvé. Ce jour-là, il avait quitté Cleave Court en s'accrochant au dérisoire hommage que lui avait rendu Sir Lemuel pour atténuer la froideur de la honte qui s'insinuait en lui. Il était parti parce que son oncle l'avait persuadé qu'il n'était pas trop tard pour s'écarter du précipice d'un acte irrévocable. À présent, tandis qu'il émergeait dans la lumière grisâtre de Pall Mall pour se diriger lentement vers l'est, il commençait à remettre en question davantage que la simple valeur d'une vie menée dans la conciliation constante avec les principes que son mesquin de père lui avait fixés ; il commençait à se demander pourquoi, vingt-sept ans plus tôt, il avait fui la tentation de cette passion d'été. Le sourire agonisant de son père n'avait pas fait que parodier une vie entière à refuser la joie. Il avait ouvert une fenêtre sur un monde de mensonges.

Là, à sa gauche, se dressait de toute sa hauteur le mémorial de la guerre de Crimée. Il se tourna vers lui et sourit, saluant le point final que, il le pressentait, cet homme qui se faisait appeler James Davenall mettrait à tous leurs mensonges. Il pensa à Hugo – Hugo, éberlué, soûl, boudeur – et éclata de rire, avant de se plaquer les mains sur le visage en sentant les larmes lui piquer les yeux. S'écarter du précipice ? Et dire qu'il y avait cru. Avec un effort de volonté, il se ressaisit, rassembla sa dignité chancelante et continua à avancer.

*

Le prince Napoléon Joseph Charles Paul Bonaparte, alias comte de Moncalieri, alias citoyen Jérôme-Napoléon, fils de l'ancien roi de Westphalie (un des frères cadets du grand Napoléon), était né dans les errances de l'exil et n'avait jamais semblé s'épanouir autrement que comme ça. Jeune homme séduisant plein de charme et d'intelligence, jouissant d'une carrure patricienne et d'un faciès qui ressemblait étonnamment à celui de son oncle célèbre, il trouvait le moyen de gaspiller sa vie dans des bouffonneries maussades, de gâcher ses atouts – qu'ils fussent dynastiques ou intellectuels à s'empiler sur sa fière caboche – comme à dessein, devenant la risée de tous ceux qui le connaissaient.

Telle était la haute silhouette nu-tête qui arpentait pensivement l'avenue des Champs-Élysées dans la lumière déclinante d'un après-midi parisien, vestige hautain d'une cause impériale perdue, toléré dans son pays natal uniquement parce qu'il était très méconnu. Trente-sept ans plus tôt, il avait été banni parce que les paysans l'avaient acclamé comme le « nouveau Napoléon ». Et le voilà aujourd'hui qui entrait nonchalamment dans une *boulangerie** pour s'acheter une pâtisserie qu'il mangea dans la rue, laissant les miettes tomber sur le devant de son manteau, tandis qu'il observait de l'autre côté de la rue une fille occupée à faire des allers-retours d'une démarche sensuelle devant la façade récurée d'un restaurant encore fermé.

Le bec sucré et l'œil baladeur. Bien souvent, songea-t-il, cela l'avait conduit à sa perte. Désormais il avait soixante ans, de l'embonpoint, un début de calvitie et une aversion pour les volées de marches. Il sourit. Le visage de cette fille lui rappelait cette petite futée à Stuttgart. Elle avait bien valu la volée de bois vert que le père de celle-ci lui avait infligée. Ma foi, il avait eu ses chances et les avait toutes gâchées; cela, il ne pouvait le nier. Malgré ses goûts banals, il manquait de simplicité : une combinaison fatale. En 1848, on l'avait occulté au profit de son manipulateur de cousin, qui avait – contre toute attente – laissé un fils derrière lui pour soutenir la cause bonapartiste en exil. Depuis lors, son occultation était devenue monnaie courante : les opportunités ne l'avaient flatté que pour mieux le tromper.

Il termina sa pâtisserie, balaya d'une main les miettes restantes et poursuivit son chemin. C'était le Vendredi noir : mauvais présage parfaitement adapté au pas qu'il s'apprêtait à faire dans une part sordide de son passé. Il savait qu'il aurait mieux valu l'éviter, mais sa vie avait eu son lot d'actes imprudents, et il était trop vieux pour changer maintenant. Ce Norton – ou Davenall, ou autre – avait réveillé sa mauvaise conscience, ou touché un nerf. Qu'importe, il ne pouvait pas rester les bras ballants.

Il y avait le numéro 23, de l'autre côté de la rue, où un portail latéral fermé portait la mention «G. PILON (*CARROSSIER**)». Il traversa et tira sur la sonnette correspondant à l'appartement du premier étage. Une domestique au visage fin répondit. Le regard noir qu'elle lui lança en disait long.

«*Quelle surprise**, dit-elle froidement.

— *Pour moi aussi, Eugénie**.»

La domestique fit la moue.

«*Comme si de rien n'était**.»

Il ignora cette pique.

«*Votre maîtresse est-elle à la maison**?

— *Pour vous, sans doute. Suivez-moi, s'il vous plaît**.»

Elle le conduisit dans un salon à l'étage et le planta là. Il regarda autour de lui, admirant le luxe fané des décorations: papier peint velouté, tissus d'ameublement violets, horloge en similor, un miroir au cadre doré qui lui avait possiblement appartenu jadis. Il y avait des preuves de déclin dans la fortune de son ancienne maîtresse, mais ce n'était pas encore écrasant. Même si on se fiait à la propre estimation de cette femme, or il ne fallait pas, elle devait déjà avoir quarante ans. Dernièrement, il avait entendu son nom associé à celui d'un riche Américain. Peut-être y avait-il de nos jours plus d'argent chez les *parvenus** que chez les princes. Peut-être en avait-il toujours été ainsi.

La porte s'ouvrit et elle entra, souriante. Malgré ses éternels cheveux sombres et impeccablement ondulés, son visage trahissait avec une sévérité indubitable les huit années qui s'étaient écoulées depuis leur dernière rencontre. Il laissa son regard parcourir son corps, enveloppé dans les plis moulants d'un *peignoir** en soie, et reconnut que les privations occasionnelles n'avaient absolument pas nui à sa silhouette.

«*Bonjour**, Cora. Comment va ma perle anglaise?»

Cora, maîtresse de son flegme natal, maintint ses distances.

«Je suis toujours Cora, mais les perles en moins.

— Tu as toujours Eugénie.

— Uniquement à cause de la somme astronomique de ses arriérés.

— Allons, allons. Un appartement sur les Champs-Élysées? La situation ne doit pas être si catastrophique.

— Comment pourrais-tu le savoir? Tu n'es pas venu depuis si longtemps.

— Nous avons chacun eu nos problèmes, Cora. Nous n'avons jamais été... amis dans le besoin.»

Cora sourit.

«C'est vrai. Aucun reproche, Plon-Plon. Nous sommes trop vieux pour ça, n'est-ce pas?»

Le regard qu'ils s'échangèrent contenait la complicité silencieuse de deux personnes qui comprenaient que l'amertume face aux changements d'époque était vaine. Le Second Empire les avait tous deux élevés très haut: le prince Napoléon comme le cousin couvert d'honneur de l'empereur, Cora comme une courtisane anglaise qui tirait profit de la moralité relâchée d'une aristocratie immature. Maintenant que tout cela s'était envolé, ils pouvaient s'estimer heureux de survivre, quand bien même de façon précaire.

«Comment va ton épouse? s'enquit Cora d'un ton neutre.

— D'une sainteté à toute épreuve.

— Et tes fils?

— Tu dois bien être au courant, Cora? Le prince impérial a eu l'obligeance de mourir jeune, mais la fourberie de désigner mon fils Victor comme son héritier. J'ai encore une fois été occulté.

— Est-ce la raison de ta venue? Tu es en mal de consolation?

— Ah!»

Le prince partit de son rire tonitruant de tempête, traversa la pièce et fit claquer un baiser sur le front de Cora.

«Non, Cora. J'ai passé le stade de la consolation.»

Il fit glisser une main le long de son épaule en direction de la courbe attrayante d'un sein gansé de soie, puis s'écarta et se dirigea vers un guéridon, où il se mit à jouer avec un bibelot en porcelaine.

«Dans ce cas, pourquoi?

— Tu te rappelles la famille Davenall?

— Comment pourrais-je oublier? Ton ami Sir Gervase était tellement... insistant.

— Il est mort maintenant.

— Tant de mes clients le sont. Et alors?

— Il avait un fils – James.

— Je me souviens. Il l'avait emmené à Meudon à plusieurs reprises. Et nous l'avions vu dans le Somerset – cette fameuse dernière fois. Le jeune homme qui a mis fin à ses jours.

— Censément. Quelqu'un vient de faire son apparition en prétendant être James Davenall, héritier de la dignité de baronnet. Un imposteur, assurément, en quête d'argent.

— Que cela peut-il bien me faire – ou te faire ?

— J'ai accepté d'aider Sir Hugo à s'opposer à cette revendication.

— Pourquoi ?

— Au nom de l'amitié.

— Tu es incapable d'amitié, Plon-Plon. Je ne le dis pas pour te blesser. Tu l'as toi-même bien des fois reconnu. »

Il reposa le bibelot.

« *C'est vrai**. Ma foi, Cora, puisque tu poses la question, Sir Hugo a accepté d'apporter une contribution substantielle au financement de ma campagne.

— Campagne ? Tu as toujours… ?

— J'ai toujours de l'espoir. Mais pas vis-à-vis de Sir Hugo. Le requérant en savait trop sur mon compte pour que je sois d'aucune utilité. C'était très… désarmant.

— Peut-être n'est-il pas un imposteur.

— En tout cas ce n'est certainement pas un idiot. Il en savait long sur la manière dont j'avais rencontré Gervase Davenall. Dis-moi, t'ai-je déjà raconté… des potins sur ma première visite chez les Davenall… en 1846 ?

— Pas que je me souvienne. Tes conversations d'oreiller tournaient en général autour de ta supériorité vis-à-vis de l'empereur. Supérieur, tu l'étais, sur tous les points importants.

— J'ai pu dire quelque chose – à un moment donné.

— Si c'est le cas, j'ai oublié.
— Je ne t'en voudrais pas d'avoir vendu l'information.
— Voilà donc de quoi il s'agit. Non, Plon-Plon. Je n'ai pas rencontré cet homme. Je ne lui ai rien dit.
— Il se fait appeler Norton.
— Norton ? Pourquoi ne l'as-tu pas dit plus tôt ? »
Il se tourna vivement vers elle.
« Tu le connais ?
— Norton ? Oui. Mais il n'est pas... »
Soudain, il était face à elle, lui agrippant les épaules sans la moindre velléité de caresse.
« Pas qui ?
— J'ai rencontré un homme dénommé Norton un peu plus tôt cette année. Plon-Plon, tu me fais mal ! »
Il la relâcha.
« *Pardon**. Dis-moi vite, Cora. Comment l'as-tu rencontré ?
— J'ai des bons et des mauvais jours. Aujourd'hui est un bon jour. Cette fois-là en était un mauvais. On était en février, il y avait de la neige dans le bois de Boulogne. J'y étais allée me promener en voiture avec... un admirateur. Nous étions ivres tous les deux. À une époque j'aurais été... plus sélective. Il a jeté son dévolu sur une fille dans le Pré-Catelan et m'a jetée de son équipage. Tu te rends compte ? La célèbre Cora Pearl, fripée et soûle, seule dans la neige, sans une étole de fourrure pour la réchauffer. Je me suis assise sur un banc et j'ai pleuré. Peut-être trouves-tu la scène difficile à imaginer.
— Non. Malheureusement.
— Un jeune Anglais a eu pitié de moi. Il m'a donné

son pardessus et m'a ramenée à la maison. Il m'a acheté de quoi dîner en chemin. Il était séduisant... et généreux. Il m'a dit s'appeler Norton.

— Que faisait-il à Paris ?

— Il allait voir un médecin, m'a-t-il expliqué, même s'il n'avait vraiment pas l'air d'en avoir besoin.

— T'a-t-il posé des questions sur les Davenall ?

— Non.

— Ou sur moi ?

— Non. Il m'a dit que nous nous étions déjà rencontrés auparavant mais doutait que je m'en souvienne. Je ne l'ai pas cru.

— Rien d'autre ?

— Non. C'était un modèle de courtoisie.

— Au diable sa courtoisie ! »

Le prince traversa la pièce à grandes enjambées et se laissa lourdement choir dans un fauteuil.

« Tu as quelque chose à boire, Cora ? J'ai besoin d'un remontant.

— Pour toi, Plon-Plon, je vais sabrer le meilleur des cognacs. Attends-moi là. »

Elle s'éclipsa et le prince Napoléon, tout en faisant craquer ses jointures et en se mordillant la lèvre, s'éclipsa, lui aussi, intérieurement, à travers le rideau des années, jusqu'à une époque qu'un inconnu persévérant semblait se rappeler mieux que lui-même.

On l'appelait alors le prince de Montfort. Il était venu d'Italie pour rendre visite à son cousin en exil, le prince Louis Napoléon, à Bath. Confiné à l'hôtel Pulteney, Plon-Plon, alors âgé de vingt-quatre ans, s'agaçait des limitations en matière de divertissement qu'offrait son escorte, *monsieur** et *madame** Cornu, jusqu'au jour où Louis Napoléon lui avait innocemment présenté la famille de Sir Lemuel Davenall, résidant non loin de là à Cleave Court.

Le fils de Sir Lemuel, Gervase, avait cinq ans de plus que Plon-Plon. Ils ne partageaient rien au-delà d'une prédilection pour l'excès, mais ils la partageaient ô combien. Derrière la grâce guindée des terrasses de Bath, Gervase connaissait des chemins enchanteurs qui conduisaient à un labyrinthe de sensations avilissantes. Il y menait un Plon-Plon enthousiaste : c'était son initiation à un monde qu'il n'avait depuis jamais quitté, et qui avait causé à la fois sa perte et son salut. Cela expliquait pourquoi, trente-six ans plus tard, il était assis, perdu dans ses pensées, dans l'appartement d'une prostituée vieillissante au-dessus des charmes évanescents des Champs-Élysées, rejeté et vilipendé par la société.

Gervase avait une fiancée, une jolie fille agréable, certes, mais rien de plus qu'une potiche de salon à ses yeux. Cette fiancée avait une gouvernante, Miss Strang, hautaine, gracieuse, ravissante Miss Strang, qui attirait éperdument Gervase à chacun de ses regards qui claquaient comme un fouet. Elle représentait le seul plaisir qui lui était absolument interdit, et cela lui donnait du pouvoir sur lui. Il l'observait tout en faisant une cour mollassonne à sa pupille, il l'observait, attendait, et ne trouvait jamais d'opportunité.

Du moins jusqu'à ce fameux jour où Plon-Plon était venu à Cleave Court, car alors Gervase, qui guettait chez Miss Strang le moindre signe de faiblesse, en avait enfin remarqué un, et avait résolu de l'exploiter. Il avait expliqué ses intentions à son ami au cours d'un jeu de cartes qui avait suivi le grand bal organisé par Sir Lemuel en l'honneur de Louis Napoléon et de son jeune invité. Tous les autres convives étaient partis. Seuls les deux jeunes hommes, pour qui cette fête avait été le plus insipide des divertissements, continuaient à boire, à parier, à se quereller, tandis que le cœur de la nuit glissait vers l'aube du dimanche 20 septembre 1846.

« As-tu vu la façon dont elle te regardait, Plon-Plon ?

— *Moi ? Mais non, mon ami*. Mademoiselle** Webster, elle n'a d'yeux que pour toi.

— Je parle de cette chienne d'Écossaise. La gouvernante de Catherine : Vivien Strang.

— *Mademoiselle Strang, encore* ?* Gervase, tu es obsédé.

— J'ai juré de la posséder. Et à présent j'ai trouvé un moyen. Elle ne te quittait pas des yeux.

— *Donc**, une femme de goût. Pour ma part, *les Écossaises** sont… trop froides.

— L'important, c'est ce qu'elle pense de toi.

— Nous avons dansé, nous avons conversé : rien de plus. *Mais c'est vrai** : j'aurais pu en obtenir davantage si je l'avais voulu. Je crois qu'elle m'a trouvé… éblouissant.

— Alors qu'en dis-tu ? Écris-lui un mot pour lui proposer un rendez-vous secret… à minuit. Je pourrai le lui remettre quand je me rendrai à cette sainte horreur de thé.

— Ce que j'en dis, Gervase, c'est qu'elle ne viendrait pas – d'ailleurs je n'en aurais pas envie. Elle est trop… *sévère**.

— Je me rendrais au rendez-vous à ta place, Plon-Plon. Et je te parie qu'elle viendrait.

— Un pari ? Voilà qui devient intéressant. *Combien** ?

— Ha, ha ! Le poisson est ferré. Ma foi, tu as eu une chance de cocu ce soir, *mon ami**. Alors, que dirais-tu de parier tout ce que je te dois : quitte ou double ?

— *Alors**, j'accepte le pari. Il est noble. Je gagnerai, *sans aucun doute**. Ce sera un plaisir.

— Tu perdras, Plon-Plon. Et tout le plaisir… sera pour moi. »

« Ton cognac, Plon-Plon. »

Le retour de Cora dans la pièce l'avait pris au dépourvu. Il releva brusquement la tête – et retint son souffle. Elle se tenait sur le seuil, portant un plateau chargé d'une bouteille frappée et de deux verres. Elle souriait, comme auparavant, mais elle avait délaissé son *peignoir**. Nue devant lui, elle se dirigea lentement vers la table basse à côté de son fauteuil et se pencha pour déposer le plateau.

« Tu as toujours dit que tu m'aimais avec n'importe quoi – mais surtout avec rien, dit-elle. Excuse ma vanité, mais tout est toujours, comme tu le vois, en bon ordre. »

Le prince Napoléon expira lentement. Elle était là, meilleure que dans ses souvenirs, parce qu'il s'en était très longtemps privé : la peau toujours lisse, les courbes toujours souples, sa Cora, intacte, toujours aussi appétissante.

« *Superbe**, murmura-t-il. *Toujours superbe**.

— Tu te rappelles quand j'ai été servie dans cette

tenue, sur un gigantesque plateau d'argent, au Café anglais ?

— Comme un mets trop bon pour être mangé.

— Tu te rappelles.

— Tu te rappelles la carte que je t'avais envoyée après notre première rencontre ?

— *"Où ? Quand ? Combien* ?"*

— Tu te rappelles aussi. »

Soudain, il ferma les yeux, les mots de Cora entraînant son esprit vers un autre lointain marché. Il avait accepté le pari. Il avait écrit le message. Mais il n'avait pas pensé... Elle était près de lui. Il sentait son parfum. C'était sa marque préférée. Elle lui prit la main.

« *"Chez moi. Ce soir. Pour rien*."* »

Elle lui embrassa les doigts puis les porta contre sa poitrine.

« À moins que tu aies vraiment passé le stade de la consolation ? »

Il ouvrit les yeux et lui adressa un large sourire.

« Non, Cora, répondit-il. Pas tout à fait. »

6

Ce samedi matin là, le 14 octobre, Edgar Parfitt arriva à Orchard Street encore plus tôt que d'ordinaire. Il ne voulait laisser aucune marge à son personnel pour se plaindre de lui, de façon à en avoir une très grande pour se plaindre d'eux. Arriver avant eux constituait donc un article de foi. Ce jour-là, cependant, il s'était surpassé. Lorsqu'il approcha de la porte de service, le jour était à peine levé. Il se frotta les mains, anticipant avec impatience la demi-heure tranquille qu'il mettrait à profit pour apporter la touche finale à son projet de marbrure. Celui-ci serait bientôt prêt à être présenté à M. Ernest, dont il espérait beaucoup remporter l'adhésion. Après tout, M. Ernest…

Qu'était-ce ? La porte n'était pas fermée à clé, et le premier courrier avait été récupéré dans la boîte. Il avait été devancé ! Qui cela pouvait-il bien être ? Les bureaux adjacents étaient vides, leurs volets baissés. Pas trace du courrier. Puis il entendit du mouvement au-dessus de lui. M. William déjà dans son bureau ? C'était sans précédent. Agacé, il suspendit chapeau et manteau, puis gravit l'escalier.

Sans précédent ou pas, M. William était bel et bien

là, le moins redoutable des Trenchard et le moins respecté, assis à son bureau, porte ouverte, en train de lire une lettre nouvellement arrivée.

«Bonjour, monsieur», lança Parfitt. Trenchard leva la tête.

«Oh, c'est vous.»

Il était hagard, mal rasé, les cheveux en bataille. Il n'avait même pas pris la peine d'attacher un col à sa chemise. Quand Parfitt pénétra dans la pièce, il fut assailli par une odeur de tabac froid et… oui, d'alcool, assurément.

«Quelle heure est-il?
— 7 heures et quelques.»

Trenchard cligna des yeux, comme s'ils le piquaient, puis tendit le bras pour éteindre la lampe qui brûlait encore sur son bureau.

«Vous êtes toujours aussi matinal?
— Généralement, monsieur, oui.»

Parfitt jeta un rapide coup d'œil à la pièce. Un grand verre taché trônait sur le manteau de la cheminée. La veste et le pardessus de Trenchard étaient posés sur le dossier d'une chaise. Était-ce possible qu'il eût passé la nuit ici?

Trenchard toussa puis se leva de son fauteuil.

«Ma foi, je vais devoir vous laisser œuvrer, j'en ai peur.»

Il s'empara de sa veste, l'enfila d'une secousse d'épaules et se dirigea d'un pas chancelant vers un miroir suspendu au mur opposé.

«Vous ressortez, monsieur?»

De la poche de sa veste, Trenchard avait sorti un col et une cravate. Les yeux plissés, il se regarda fixement dans le miroir et se mit en devoir de se les attacher autour du cou.

«Oui, Parfitt. Immédiatement.»

Parfitt reporta les yeux sur le plateau du bureau. Il y avait des traces de verre sur le sous-main, des brins de tabac au milieu des papiers éparpillés. Et il y avait la lettre que Trenchard avait lue, remisée dans son enveloppe. Parfitt parvenait tout juste à distinguer le cachet de la poste : Bath, le 13 octobre.

«Je vous prie donc de m'excuser.»

Trenchard se pencha pour ramasser la lettre sur le bureau puis se dirigea vers la porte.

«Nécessité...

— Fait loi», compléta Parfitt dans sa barbe tandis qu'il écoutait Trenchard descendre l'escalier.

Ma foi, Mme Parfitt avait toujours dit que ce bonhomme-là allait mal tourner. Or elle se trompait rarement.

*

> Brotherton & Baverstock,
> Notaires ès déclarations sous serment,
> Albany Chambers, Cheap Street,
> Bath,
> Somerset
>
> 13 octobre 1882
>
> Cher Davenall,
> Veuillez m'excuser d'adresser cette lettre chez vous. Je ne voulais pas courir le risque qu'elle passe le week-end dans votre bureau sans être ouverte.

Lady Davenall maintient fermement que ce 20 septembre 1846 est une date sans importance. Je sais cependant de la bouche de Miss Pursglove que la gouvernante de Lady Davenall à l'époque, une célibataire écossaise dénommée Strang, a été congédiée en septembre 1846 suite à un incident non spécifié dans le labyrinthe de Cleave Court. Je sais également, de la même source, que le prince Napoléon a participé à un bal organisé à Cleave Court en septembre 1846, probablement le 19. Toutefois Lady Davenall m'ayant donné l'instruction de n'aborder cette histoire de Strang en aucun cas, je me vois contraint de me soumettre à cet impératif. Lady Davenall m'a également chargé de dire à Sir Hugo – à qui je vous laisse le soin de transmettre ce message – qu'il faut résolument combattre l'allégation de M. Norton. Elle s'opposera à ce qu'on lui fasse toute proposition financière pour qu'il retire sa plainte. J'ajoute que je n'en ai personnellement évoqué aucune. Dès lors vous vous rendez bien compte que je jouis d'une amplitude d'action très limitée dans cette affaire. Je vous saurai gré de me tenir informé de la manière dont Warburton a l'intention de procéder et quand.
Bien à vous,

Arthur E. Baverstock

Le fiacre s'arrêta, Richard Davenall glissa la lettre de Baverstock dans sa poche : ils étaient arrivés à The Limes. Il descendit, paya le cocher, puis inspira une bouffée de l'air de St John's Wood – bizarrement plus agréable que celui constamment renfermé de Highgate – et remonta l'allée à pied. Il y avait du ressort dans sa foulée, une légère inclinaison à son chapeau, comme si, de toutes les circonstances guère prometteuses qui s'accumulaient autour de sa tête, il avait tiré quelque inspiration déraisonnable.

La porte d'entrée était ouverte. Une malle attendait dans le vestibule. Au pied de l'escalier, assise sur la première marche, une fillette, vêtue d'une cape de voyage, les cheveux nattés, les yeux fixés droit devant elle, serrait un béguin sur ses genoux. Richard l'avait déjà vue lors de sa visite précédente.

« Bonjour, dit-il en entrant. Tu es Patience, c'est ça ? »

Elle ne répondit pas.

« Tu vas quelque part ? »

Les yeux de la fillette s'accrochèrent à lui, comme seule sait le faire une petite fille, mais elle ne dit toujours rien.

« Ton père est là ? »

Avec la méfiance d'un célibataire endurci, il se pencha à sa hauteur.

« Ton papa : sais-tu où il est ? »

Enfin, elle se mit à parler, lentement, comme si elle avait répété sa réplique :

« Papa… ne… vient… pas. »

Richard fronça les sourcils. Que pouvait-elle bien vouloir dire ? Soudain, l'escalier devant lui vibra sous les pas d'une femme en pleine effervescence.

« Pas le temps de rêvasser, Patience ! s'écria-t-elle. On a à faire ! »

Richard leva la tête. C'était la nourrice de l'enfant : elle qui la dernière fois était le calme et la sérénité mêmes était devenue l'incarnation de la frénésie trépidante.

«Viens, fit-elle en tirant Patience par le bras. Nous serons bientôt prêtes à partir.»

Et les voilà disparues dans une pièce voisine, Patience se retournant au passage pour le dévisager d'un air solennel.

Richard se leva lentement et regarda autour de lui. Au bout du vestibule, Constance l'observait du seuil d'une pièce avec quelque chose de la solennité de sa fille. Depuis combien de temps était-elle là, il n'aurait su dire.

«Bonjour, dit-il platement.

— Bonjour, Richard. Vous cherchez William ?

— Oui.

— Il n'est pas là. Ne voulez-vous pas entrer ?»

Elle recula dans la pièce, il la suivit.

«Fermez la porte, je vous prie.»

Il s'exécuta.

«J'étais justement en train de vous écrire.

— Vraiment ?

— J'ai pensé qu'il fallait vous mettre au courant de mon initiative – et des raisons qui la motivent.»

Elle prit une lettre, encore ouverte, sur le secrétaire, et la lui tendit. Son regard s'attarda, malgré lui, sur le bois fendu qu'on apercevait au-dessus d'un tiroir qui pendouillait, cassé, à l'intérieur du meuble.

«Tenez.»

Il porta la lettre devant la fenêtre et se mit à lire. Cela ne fut pas long.

«Alors ?» s'enquit-elle quand il fut clair qu'il avait terminé.

Il la regarda, la lumière de la fenêtre éclairait pleinement son visage, et il remarqua, pour la première fois, à quel point son calme était superficiel. Il y avait en elle comme un tumulte, quelque émotion violente dont la lettre ne donnait qu'un faible aperçu.

« Si vous choisissez de vivre avec votre père plutôt qu'avec votre mari, Constance, cela ne me concerne en rien.

— Et pourtant la raison, elle, vous concerne.

— Où est William ?

— À Orchard Street. Il a décidé de nous épargner à tous les deux cette séparation.

— Je m'y suis rendu ce matin. On m'a dit qu'il était parti. C'est pour cela que je suis venu ici.

— Oh ? »

Son manque de réaction le choqua. On aurait dit qu'elle ne s'intéressait plus aux allées et venues de Trenchard ; comme si, déjà, les liens d'une union précédente qui n'avait pu être consacrée étaient plus forts que n'importe quel mariage légal.

« Avez-vous l'intention de soutenir ouvertement les allégations de Norton ?

— J'attendrai l'issue de l'audience.

— Et ensuite ? »

Son regard, qu'elle avait laissé jusque-là errer, arachnéen, dans la pièce, s'arrêta sur lui. Sa réponse, il la voyait clairement dans la sincérité de son expression.

« Votre refus d'accepter James me déconcerte, répondit-elle enfin. William est jaloux. Hugo avare. Et Lady Davenall a toujours été un mystère à mes yeux. Mais vous, Richard – comment pouvez-*vous* maintenir ce faux-semblant ?

— Les preuves sont… »

Elle le fit taire d'un geste de la main.

« Je pose la question au cousin et à l'ami – pas au juriste. »

Quelque chose en elle l'obligeait à la franchise.

« Parce que je n'arrive pas à avoir de certitude quant à son identité. Il en sait assez pour convaincre n'importe qui – c'est indéniable. Et pourtant, parfois, il semble en savoir trop. Certains aspects font plus penser à James, d'autres moins. Comme si…

— Oui ?

— Comme s'il était l'homme que James aurait pu être – mais sans l'être.

— C'est bien James. Je n'en doute plus désormais. »

Ils se tenaient, côte à côte, devant la fenêtre et la vue qu'elle offrait sur le jardin. Tout cet ordre jusque dans la taille des haies, tout ce calme domestique intérieur, s'apprêtait à prendre fin – à cause de… quoi ? Une feuille morte virevolta près du carreau, agitée par les brises invisibles de la saison, elles-mêmes agitées par des forces cachées et pourtant irrésistibles.

« Son histoire, que vous avez tous essayé de me dissimuler, je l'ai entendue de sa propre bouche. »

Sa voix se mua en un murmure.

« Ça m'a transpercé le cœur. »

À son tour, Richard parla à voix basse.

« Comme s'il portait en lui tous les faux pas et les virages dangereux que nous avons effectués. Comme s'il constituait tous nos passés qui demandent réparation, nos consciences, que nous ne pouvons plus étouffer. »

Il s'ensuivit un moment de silence. Puis elle sembla entendre ce qu'il venait de dire.

« Quoi ? »

Il se tourna et lui sourit.

« Rien. Je vois que vous ne vous laisserez pas fléchir. Ce que Catherine est pour vous, vous l'êtes pour moi.

— Un mystère ? Mais j'ai…

— Vous avez sa volonté, sa force. Aujourd'hui, pour la première fois, je vois la ressemblance. »

Son regard retourna musarder par la fenêtre et se porta sur un autre jour, à travers la surface réfringente de sa mémoire.

Pendant ces huit mois qui firent office de maigre saison de la passion dans la vie de Richard Davenall, Catherine, l'épouse de son cousin, avait été une femme qu'il n'avait jamais connue avant et ne connaîtrait plus jamais. Qu'importe ce qui en Crimée avait ébranlé sa sérénité pleine de suffisance, qu'importe ce qu'à Constantinople le prince Napoléon lui avait révélé dans un accès de rage, toujours est-il que cela avait précipité la brève floraison de sa véritable personnalité. Car Catherine, comme seuls elle et lui le savaient, n'était ni la potiche malléable de sa jeunesse, ni la recluse sévère d'aujourd'hui. Il existait une autre Catherine, secrète, qui était retournée à Cleave Court en décembre 1854 et avait honoré Richard de sa compagnie pendant les mois qui avaient suivi.

Alors âgée de vingt-cinq ans, au summum de sa beauté physique, elle était soudain pleine d'énergie et de rancœur face à tout ce qui lui avait été refusé, entre un père dominateur et un mari qui l'était tout autant. Qu'est-ce qui avait déclenché cette vague d'émotion ? Elle ne l'avait jamais révélé, et Richard n'avait jamais posé la question. Jeune homme mal assuré de vingt-deux ans, qui s'attachait ostensiblement à apprendre le métier d'intendant et à gagner l'approbation d'un père exigeant, il aurait dû résister à l'infime suggestion de quelque chose de plus que le respect qu'il lui devait. Mais il n'avait pas résisté. Pire, il avait attisé la flamme d'une dangereuse sensation.

Le printemps 1855 s'était vite installé, comme si Cleave Court était en Italie et non dans le Somerset. Le mois d'avril avait vu se succéder des journées à la perfection ennuyeuse, durant lesquelles Richard s'était retrouvé à accompagner Catherine au cours d'interminables balades à pied et en calèche et d'excursions languissantes. Comme ensorcelé, à l'instar de Richard, par le paradis inquiétant que la météo avait fait de son domaine, Sir Lemuel ne présentait aux deux jeunes gens que des encouragements, semblant tirer un peu de sève verte de leurs manières insouciantes. Il n'y avait pas de travail, pas d'obligations, pas de menace de fin à leur idylle. Gervase était loin, et oublié de ceux qui prétendaient l'aimer. Le monde était composé du sourire de Catherine, de ses cheveux soyeux, de ses pas légers sur l'herbe chaude. Alors, la fin du monde n'était pas décrétée.

La première fois qu'il l'avait embrassée, il s'était d'abord retenu, hésitant devant la perspective de ce qu'il s'apprêtait peut-être à faire. Ils se trouvaient dans les bois derrière Cleave Court, dans un royaume rayé de soleil et de vert réservé à leur bon plaisir. Les longs cheveux de Catherine étaient lâchés sur ses épaules, ses yeux scintillaient. Il mourait d'envie de toucher la chair pâle sous sa robe – et elle semblait en avoir envie aussi.

« Vous êtes mariée, avait-il bredouillé.

— Mon mari a perdu les droits qu'il avait sur moi.
— Mais les ai-je gagnés ? »
Sans répondre, elle l'avait attiré contre elle.

Une demi-heure après avoir quitté The Limes, Richard Davenall était assis, les épaules voûtées, sur un rude banc sans dossier non loin du sommet de Primrose Hill. En bas de la pente, un enfant jouait avec un cerceau pendant que sa mère lisait un livre. Partout, les feuilles tombaient. Bien concentré, il arrivait à les entendre voltiger autour de lui.

Constance devait être en chemin à présent, osant agir là où lui aurait failli. Quand bien même l'aurait-il voulu, il n'aurait pu lui expliquer l'angoisse secrète qui l'étreignait. Ses scrupules, son instinct, l'entraînement d'une vie lui interdisaient déjà, ou presque, de lui-même se la rappeler. Il devait fermer les yeux pour empêcher ce souvenir de provoquer chez lui des tremblements devant la honte qu'il lui inspirait.

Après avoir passé la journée dans les collines, ils étaient retournés à Cleave Court en fin d'après-midi. C'était la dernière semaine de juin 1855, ses jours dorés interminables enveloppaient leur monde d'une chaleur tentatrice. Sir Lemuel était parti chez son bottier à Bath et avait emmené le petit James avec lui – du moins l'avaient-ils supposé. En réalité, après leur départ, le petit bonhomme s'était plaint de nausées : insolation, avait conjecturé Nanny Pursglove. Il avait été mis au lit, et Sir Lemuel était parti seul.

La maison paraissait étrangement vide, les domestiques étaient tous au sous-sol ou partis faire des courses, les étages supérieurs silencieux, mises à part quelques brises étouffantes qui soupiraient à travers les fenêtres ouvertes et agitaient les lourds pare-soleil. Elle leur semblait réservée – et eux réservés l'un pour l'autre.

Dans la chambre de Catherine, les rideaux à demi tirés gonflaient dans les courants d'air doux. Des taches grandissantes de soleil se déployaient sur le tapis et venaient lécher les deux silhouettes sur le lit, réchauffant leur peau, surprenant le sourire de Catherine tandis qu'elle lui prenait la main pour le guider, intensifiant le délire de son abandon : il était à elle, corps et esprit, et elle avait semblé être à lui.

Quand soudain, elle s'était figée. Les yeux écarquillés. Sur son visage se dessinait une telle expression d'horreur que, encore aujourd'hui, il ne parvenait pas à l'effacer.

« James ! » s'était-elle écriée.

Tout ce qu'il avait aperçu, quand il avait pivoté la tête dans la même direction que son regard, c'était une petite silhouette qui filait à toute vitesse par la porte ouverte. Celle-ci avait claqué derrière elle comme un coup de fusil. James les avait vus – mais pas assez tôt. Elle avait été à lui encore un instant – puis il l'avait perdue à tout jamais.

Richard sortit la lettre de Baverstock de sa poche et la relut. Manifestement, il y avait davantage de secrets qu'il ne l'avait supposé. Quelque chose reliait septembre 1846, juin 1855 et le présent. Et il n'y avait qu'une seule façon de découvrir ce que c'était. Il allait devoir la revoir, affronter ce regard, ce regard accusateur impitoyable, et lui arracher la vérité. Il allait devoir parler à Catherine de tout ce qui était resté tu si longtemps entre eux. Il se leva du banc et descendit la colline d'un pas vif.

*

Le cabinet du Dr Fiveash donnait sur une pelouse en pente bordée de châtaigniers. Derrière, un faible soleil éclairait la pierre pâle de la ville couchée sur les collines. C'était dans cette même pièce, expliquait le Dr Fiveash en tournant le dos à la vue, qu'il avait annoncé à James Davenall la véritable nature de sa maladie.

« J'étais loin de me douter, poursuivit-il, que notre conversation me causerait encore des insomnies onze ans plus tard. »

Il resta là un moment, perdu dans ses pensées, puis il reprit avec un sourire.

« Enfin, quel bon vent vous amène, Trenchard ?

— Votre lettre », répondis-je.

Il soupira.

« Je me suis dit que vous aviez le droit de savoir. Je regrette seulement que cela ne soit pas plus… simple.

— Nul doute que votre découverte renforce notre théorie. À l'évidence, Miss Whitaker s'intéressait à tout ce qui avait trait aux Davenall.

— Oh oui, c'est clair. Mais un duel vieux de quarante ans ? En quoi cela aide-t-il Norton ?

— Je ne sais pas. Je me suis dit qu'en venant j'arriverais peut-être à le découvrir. »

Le docteur secoua la tête.

« Je crains qu'il ne soit trop tard. Voilà huit mois que Miss Whitaker a disparu.

— *Elle a peut-être laissé des indices quant au lieu où elle se trouve – peut-être dans son logement ?*

— *Si vous voulez essayer, faites donc. Elle habitait dans Norfolk Buildings, derrière la gare de Green Park. Miss Arrow doit avoir l'adresse. Je vais lui demander de la chercher.* »

Il se dirigea d'un pas pesant vers le bureau adjacent.

Pendant son absence, je me plaçai à mon tour à la fenêtre, puis aperçus soudain mon reflet dans un miroir suspendu au mur au-dessus de la table d'examen. Ces dernières vingt-quatre heures avaient laissé des traces, à n'en pas douter. Je sortis ma montre et l'ouvris d'un coup sec. Constance devait être en chemin à présent, occupant Patience avec la lecture d'un album tandis que le train traversait le Surrey. Que dirait-elle à son père ? Je me posais la question. Que dirais-je au mien ?

Fiveash revint dans la pièce.

« *Au 13, Norfolk Buildings. Elle logeait là-bas chez la veuve Oram.*

— *Au 13. Merci.* »

Je me dirigeai vers la porte.

« *Trenchard.* »

Il m'arrêta d'une main sur le coude.

« *Appelez ça de l'impertinence médicale si vous voulez, mais vous ne m'avez pas l'air en forme. Y a-t-il quoi que ce soit que je… ?*

— *Je suis parfaitement en forme, merci, docteur.*

— *Tout va bien à la maison ?*

— *Pour reprendre votre expression : aussi bien que ce à quoi on pourrait s'attendre.*

— *Ne laissez pas cette vilaine affaire vous ronger.*

— *Ah non ?*

— *Voudriez-vous qu'on déjeune ensemble ?* »

Il était manifeste que ce n'était pas ma compagnie qu'il recherchait : il était sincèrement inquiet. Les signes de mon surmenage lui apparaissaient encore plus évidents qu'à moi. À moins que mon esprit se fût simplement caparaçonné pour les dédaigner. J'écartai d'un revers de main sa proposition et partis.

Norfolk Buildings, rue bordée d'une rangée de maisons sur un seul côté, courait jusqu'à la rivière et était située dans un quartier au délabrement distingué. Non loin de là, du bruit et de la fumée s'élevaient du dépôt de marchandises de la gare de Green Park, mais des jardinières gaies et du stuc neuf rachetaient au moins certaines façades. Une gamine vêtue de guenilles jouait à la toupie chinoise devant le numéro 13, où une plaque en bronze annonçait la présence d'un humble dentiste qui essayait de se faire une patientèle ; d'une fenêtre ouverte au deuxième étage parvenaient les efforts retentissants d'un violon.

« *Je cherche Mme Oram, dis-je à la fillette.*

— *On dirait bien qu'elle vous cherche aussi* », *répliqua-t-elle en me quittant des yeux.*

Je fis volte-face : une femme au nez pointu et à la peau couleur petit-lait dotée d'yeux pareils à deux perles pétillantes me dévisageait d'une fenêtre du rez-de-chaussée. D'un geste, je lui signifiai que je souhaitais lui parler, mais impossible de juger sa réaction au mouvement sec avec lequel elle tira le rideau pour me cacher la vue.

Puis, rapide comme l'éclair, elle se tenait devant moi sur le seuil, mélange essoufflé de rose et de sépia.

« *On a dû vous dire que la chambre du haut était libre,*

roucoula-t-elle, en s'inclinant devant moi dans quelque parodie de révérence. Y a une belle vue de là-haut. Vous ne voulez pas entrer?»

J'attendis pour la détromper d'être dans son salon orné d'une multitude de bibelots. Dans un coin de la pièce, un énorme perroquet miteux, enchaîné à son perchoir, me scrutait d'un œil soupçonneux en agitant ses ailes aux couleurs vives.

«Beau perroquet que vous avez là, madame Oram.
— Obadiah est un ara, mon chou.»

En entendant son nom, le volatile laissa échapper des bruits stridents semblables à des mots, auxquels Mme Oram, tête inclinée sur l'épaule, accorda une attention captive.

«Vous avez compris ce qu'il a dit, monsieur...?
— Trenchard. Non, je ne crois pas, non.»

Ç'avait été quelque chose comme «Misterkin, Bédancrim», mais je n'y avais pas vraiment prêté l'oreille.

«Peu importe. Vous aurez largement le temps d'apprendre ses petites phrases. Tous mes locataires le font.
— Peut-être devrais-je m'expliquer, madame Oram: je ne suis pas venu pour la chambre.»

Elle avait toujours la tête inclinée dans la position qui semblait régir l'attention d'Obadiah; ses pupilles pivotèrent pour se fixer sur moi.

«Pas... pour la chambre?»

Obadiah lâcha un nouveau «Misterkin, Bédancrim», cette fois-ci avec un soupçon de ricanement triomphant.

«Non. Mais c'est au sujet de l'une de vos anciennes locataires. Miss Whitaker. Elle vous a quittée en février, je crois. J'essaie de la retrouver.

— Miss Whitaker ? »

Elle me dévisagea avec intérêt. De près, on voyait ses joues pâles et poudrées vibrer au moindre mot.

« Vous arrivez un peu tard, mon chou, un peu trop tard, devrais-je dire, n'est-ce pas, Obadiah ? »

Elle lança un regard en direction de l'oiseau : un soubresaut du bec vers le bas sembla lui donner la confirmation qu'elle attendait.

« On a eu le Dr Fiveash qui la cherchait aussi, il y a six mois. Acharné, qu'il était. »

Elle sourit.

« Cela dit, m'est avis qu'elle préférerait être retrouvée par vous que par lui. Mais enfin je ne vais pas vous être d'une grande aide, parce que je n'ai aucune idée d'où qu'elle est partie.

— Il est très important que je la retrouve. Il pourrait y avoir une récompense pour la personne qui sera capable de m'aider.

— T'entends ça, Obadiah ? »

Elle se retourna pour lui adresser un large sourire.

« Misterkin, Bédancrim !

— Je vois que vous êtes plus persuasif que ce morne Dr Fiveash, mon chou, et j'aimerais vous aider, j'aimerais vraiment, mais Miss Whitaker n'était pas quelqu'un de très causant, j'en ai peur. Elle payait son loyer en avance et avait des habitudes impeccables. Je n'ai rien contre elle, mais elle n'était pas… sociable. Et puis elle est partie sans prévenir. Collet monté et très correcte, ça oui, mais pas… attentionnée. Si vous voyez ce que je veux dire.

— Elle a peut-être mentionné le lieu où elle habitait avant de venir à Bath.

— *Grand Dieu, je m'estimais heureuse quand j'arrivais à lui soutirer deux mots de suite.* »

Elle se pencha vers moi.

« *D'aucuns l'auraient qualifiée de secrète. Moi, je dis juste qu'elle était… réservée.* »

Elle s'écarta de nouveau en oscillant.

« *Comment tu la qualifierais, Obadiah ?*

— *Misterkin, Bédancrim !*

— *Ça y est, vous arrivez à vous familiariser avec son intonation, mon chou ?*

— Je dois dire que non.

— *C'est une phrase que feu mon mari lui avait apprise. C'était un rigolo, mon Oram, j'en ai peur. Le pasteur parlait de blasphème, mais c'est un affreux bonnet de nuit. Le prêche rapide, le rire lent. Ç'a toujours été…*

— *Misterkin, Bédancrim !*

— *Là ! Z'avez compris cette fois ?*

— Non. »

Je souris et me dirigeai vers la porte.

« *"Mister Quinn, baigne dans le crime." Je pensais que c'était assez clair pour de jeunes oreilles comme les vôtres.* »

Je me retournai vers elle, l'incompréhension frisant la révélation.

« Quinn ?

— *M. Quinn était un ami de mon Oram. Ils aimaient boire un coup ensemble, beaucoup trop, même, en ce qui concerne mon Oram. Il avait inventé ce vers idiot et l'avait appris à Obadiah. Je ne sais pas vraiment pourquoi. Mais je suis contente d'avoir quelque chose qui me rappelle…*

— *Quinn travaillait au service des Davenall à Cleave Court ?*

— C'est ça, mon chou. Comment le savez-vous ?

— *Lui et votre mari buvaient ensemble ?*

— De vrais coucous suisses, trois fois par semaine au Red Lion. Jamais raté une seule fois jusqu'au jour de sa mort. C'est la boisson qui l'a tué. Enfin, mon Oram disait toujours que l'eau risquait plus de le tuer que l'alcool, ce en quoi il avait pas tort dans un sens, vu qu'il s'est noyé après être tombé dans la rivière soûl comme un cochon. Un rigolo jusqu'au bout, mon Oram.

— *Et Quinn ?*

— Je ne l'ai pas revu depuis que mon Oram a passé l'arme à gauche. Ça faisait huit ans à Pâques dernier. Le vendredi saint, que ça s'est passé. Le pasteur parlait de blasphème…

— *Comment pourrais-je trouver Quinn ?*

— Je doute que vous y arriviez. Il avait la bouche aussi bien cousue que cette Miss Whitaker. Il a quitté Cleave Court, ça je le sais – mais ce sont les dernières nouvelles que j'ai eues. Vous pouvez toujours essayer le Red Lion, j'imagine. C'est juste au coin de la rue, sur la place Monmouth. Si quelqu'un sait quelque chose, ce sera Wally Fishlock. Il était le troisième larron de leur équipe de poivrots. Et on m'a dit qu'on pouvait toujours le trouver à leur table dans la salle du pub. Pas vrai, Obadiah ?

— Mister Quinn, baigne dans le crime ! »

Cette fois-ci, je compris son cri.

Fishlock ne fit pas mentir Mme Oram. Une maigre silhouette, hâlée, lugubre, dans un costume en tweed *feutré, voûtée au-dessus d'un broc et d'un verre dans un coin confiné à l'éclairage ocre de l'arrière-salle du Red Lion s'avéra, après enquête, être l'homme que je cherchais. L'alcool ne lui avait pas délié la langue. L'argent y parvint.*

« Sûr que je connaissons Alfie Quinn. On a souvent soupé ensemble. Mézigue et Charlie Oram. Z'avions… des intérêts communs. Je le dirions comme ça. Plus que ce qu'a jamais su la vieille Oram, cela dit. Moins on en dit, vous pigez ?

« Alf était un ancien soldat. Dur comme un caillou – plus malin qu'un singe. Pas franchement taillé pour la valetaille. Mais moi et son châtelain – Sir Gervase Davenall, qu'il aille au diable –, on a fait la Crimée ensemble. Alf, c'était son ordonnance. Alors y sont restés collés, faut croire, comme cul et chemise. L'a quitté Cleave Court y a trois ans de ça. Je l'ai su quand il a arrêté de venir ici. L'a mis les voiles, j'imagine. Retourné à Londres si ça se trouve.

— C'est là d'où il est originaire – Londres ?

— C'est de ça qu'y parlait.

— Et vous ne l'avez pas revu depuis ?

— Pas une seule fois. Mais Joe, si. »

Il désigna d'un signe de tête la silhouette impassible qui polissait des verres derrière le bar.

« Pas vrai, Joe ? »

Le propriétaire était un homme trapu, prudent, au parler lent, qui me gratifia d'un regard pénétrant.

« Peut-être bien que oui », finit-il par répondre.

Je m'efforçai à la nonchalance.

« Récemment ?

— En février, non ? » intervint Fishlock.

Joe hocha la tête en signe de confirmation. Je m'approchai du bar.

« Vous l'avez vu ici ? À Bath ? »

Joe renifla.

« Peut-être. J'ai un lévrier, vous voyez. Je lui fais faire de l'exercice chaque matin le long du canal. Un matin, en février dernier, je le faisais courir sur le chemin de halage sur la portion qui traverse les jardins de Sydney. J'ai remarqué un homme et une femme sur l'une des passerelles qui enjambent le canal. L'homme ressemblait à Alfie Quinn. Je l'ai hélé, mais il s'est éloigné. Le temps que je monte sur la passerelle, il s'était évaporé.

— Et la femme ?

— Elle était toujours là. Elle m'a expliqué qu'il lui avait juste demandé son chemin et qu'elle n'avait aucune idée de qui c'était. Peut-être bien. Mais moi je la connaissais. C'était cette fille qui logeait chez la veuve Oram.

— Miss Whitaker ?

— J'ai jamais su son nom. Mais je l'avais vue dans les parages. C'était elle, pas de doute. Quant à Quinn… ma foi, il était tôt, je l'ai pas si bien vu que ça – j'aurais pu me tromper. Mais je crois pas. Cela dit, c'était clair qu'il ne voulait pas me voir, malgré toute la bière qu'il s'est jetée derrière la lavallière dans cette même salle. Il s'est carapaté comme un lièvre à la vue de ma chienne. »

L'endroit, quand je le trouvai plus tard, était tel que j'aurais pu me l'imaginer à partir de la description de Joe : un parc tranquille et ombragé traversé par la voie de chemin de fer et le canal. Celui-ci passait *sous plusieurs ponts au milieu du jardin et c'était sur l'un d'eux qu'il les avait vus par cette matinée froide de février. Pour grimper du chemin de halage au pont il avait dû franchir un portillon et contourner la base de la passerelle par un sentier sinueux, laissant largement le temps à Quinn de filer vers la route, et à Miss Whitaker de préparer ses excuses.*

Je m'assis sur un banc à côté des rails – où ma rêverie jonchée de feuilles était entrecoupée par le passage des trains – et m'efforçai de relier les événements qui avaient été portés à ma connaissance. Car je ne doutais plus désormais qu'il y avait un lien. Il fallait simplement que je me rappelle ce que Fishlock avait dit de son ancien compagnon de beuverie quand je lui en avais demandé une description.

« Y avait quelque chose qui unissait Alfie et ce Sir Gervase. Ça fait pas un pli. J'imagine que les autres Davenall l'ont flanqué à la porte quand Sir Gervase n'a plus été là pour le protéger. Si c'est ce qui s'est passé, z'ont fait une grave erreur. Fallait pas l'énerver, l'Alfie. S'ils s'en sont fait un ennemi, z'en ont plus besoin d'autre. S'ils l'ont débarqué, y a des chances qu'il leur fasse regretter. »

Enfin j'étais certain d'avoir trouvé la faille dans l'armure de Norton. Quinn, l'ancien serviteur revanchard, Miss Whitaker qui fouillait dans les archives de Fiveash, et le trésor de connaissances autrement inexplicable de Norton : je le tenais. Cette fois-ci, j'en avais la certitude, je l'avais débusqué.

*

Arthur Baverstock avait promis d'emmener son fils à Bathampton Downs cet après-midi-là, si le temps se maintenait, pour faire voler son cerf-volant. Il venait juste de consulter son baromètre afin de s'assurer que le temps fût au beau fixe et s'était mis à ranger son bureau quand Dobson, son employé, arriva avec la nouvelle malvenue de l'irruption d'un visiteur.

« Un certain M. Trenchard, monsieur. Quelque peu survolté. »

Baverstock poussa un profond soupir.

« Je pourrais lui raconter que vous êtes déjà parti.

— Non, non. Mieux vaut le recevoir. Faites-le entrer. »

Que pouvait donc bien faire Trenchard à Bath ? se demandait Baverstock tandis que Dobson se retirait. Mais surtout, combien de temps cette visite allait-elle prendre ? Il jeta un œil par la fenêtre et aperçut les formes attrayantes de hauts nuages mobiles : les conditions idéales pour le cerf-volant d'Eric, si toutefois on lui laissait l'opportunité de voler.

« Content de ne pas vous avoir raté, monsieur Baverstock », lança une voix.

Il était donc là, plus négligé et plus exorbité encore que dans ses souvenirs. Il rongea son frein, sourit et lui serra la main.

« J'ignorais que vous étiez à Bath, monsieur Trenchard.

— Une visite express. J'ai déniché de nouvelles preuves qui pourraient vous intéresser. »

Baverstock eut un accès de découragement. Déjà, il pressentait la désapprobation de Lady Davenall. Il regrettait d'avoir pris en charge ses affaires et songea un instant avec amertume à la consécration que ce patronage, avait-il cru au début, représentait pour lui.

« Que pouvez-vous me dire au sujet d'Alfred Quinn ?

— Tout dépend de la raison qui motive votre question. »

À mesure qu'il écoutait l'explication de Trenchard, le découragement de Baverstock s'accentuait. La bicyclette de Miss Arrow, une coupure de journal vieille de quarante ans, l'ara de Mme Oram, quelqu'un aperçu dans les jardins de Sydney : Warburton leur rirait au nez.

« Quinn, m'a-t-on dit, était un valet de Sir Gervase Davenall, conclut Trenchard.

— Oui, confirma Baverstock. En effet. Et, plus tard, il fut majordome.

— A-t-il été congédié ?

— Oui.

— Pouvez-vous m'expliquer pourquoi ? »

Il ne semblait y avoir aucun intérêt à refuser : cela n'aurait fait que l'encourager.

« Lady Davenall a mis de l'ordre dans ses affaires après le placement de Sir Gervase dans une maison de santé. Elle et Quinn ne… partageaient pas le même point de vue. Je suis sûr de vous avoir dit…

— N'y avait-il que ça ?

— En l'occurrence, non. Certains biens appartenant à Sir Gervase : une montre en or, une boîte à priser en argent, des boutons de manchettes manquaient à l'appel. On a suggéré que Quinn les avait dérobés. La montre a resurgi entre les mains d'un bijoutier de Bradford-on-Avon, qui a confirmé qu'il avait acheté ces objets à Quinn. Quinn a prétendu que Sir Gervase les lui avait donnés avant son attaque en gage de son estime. Mais le fait de les avoir vendus le décrédibilisait. L'un dans l'autre, je dois dire qu'il a eu de la chance de s'en tirer sans qu'aucune charge soit retenue contre lui.

— Mais il a bel et bien été renvoyé sans un penny – après plus de vingt ans de service.

— D'aucuns diraient que ça n'était pas trop tôt.

— Parce que c'était un personnage louche ?

— D'après moi, il n'aurait pas été toléré au sein d'un autre foyer. Sir Gervase l'avait certainement pris à son service par pur sentimentalisme. »

Trenchard se pencha au-dessus du bureau, une lueur de certitude dans le regard.

« J'ai la conviction que Quinn alimente Norton avec toutes les connaissances qu'il a dû accumuler au sujet des Davenall au fil des ans. J'ai la conviction qu'il a engagé Miss Whitaker pour fouiller dans les archives du Dr Fiveash. Ils sont de mèche pour se partager le butin, et Quinn obtiendrait ainsi sa revanche sur ceux qui l'ont mis à la porte. Tout cela n'est-il pas logique ? »

Bien qu'il eût parfaitement conscience du peu de valeur qu'auraient ces preuves devant un tribunal, Baverstock ne pouvait nier que cela paraissait en effet logique. Il se rappelait ce moment, trois ans plus tôt, où il avait dû affronter Quinn dans sa chambre à Cleave Court pour lui annoncer qu'il devait partir. C'était au début du mois de décembre 1879, alors que Sir Gervase venait juste d'être placé dans cette maison de santé et que Baverstock était encore rouge de gratitude devant la décision prise par Lady Davenall de faire appel à ses services. C'était un moment qui, jusqu'à aujourd'hui, lui était apparu comme la simple exécution froide d'une affaire désagréable, un moment qui, songeait-il à présent, n'avait peut-être pas été si dépourvu de conséquences qu'il l'avait supposé.

« Lady Davenall veut que vous soyez parti d'ici demain matin », avait annoncé Baverstock d'un ton péremptoire.

Quinn s'était détourné de la fenêtre, d'où il observait le jardin, et l'avait regardé droit dans les yeux. C'était la première fois que Baverstock le voyait sans uniforme : il avait été surpris par la musculature de l'homme, dont seules quelques taches grises dans ses cheveux coupés court trahissaient l'approche de la cinquantaine. Le visage maigre de Quinn était figé en une expression sévère, le front quelque peu tombant, les yeux vifs et pénétrants. Il avait le nez aplati et les mains noueuses d'un boxeur professionnel, ou de l'ancien soldat qu'il avait la réputation d'avoir été. Sous ses manières respectueuses et son intonation monocorde, il avait toujours semblé y avoir quelque chose de vigilant et de menaçant, quelque chose qui n'était pas tout à fait contenu. Baverstock avait frémi : la pièce était glaciale.

« Évidemment, nous attendons que vous ne fassiez aucun tapage. »

Quinn ne disait toujours rien.

« Franchement, je trouve que vous vous en tirez à bon compte. Lady Davenall vous a accordé le bénéfice d'un doute quasiment inexistant. »

Les mains sur les hanches, Quinn dévisageait

Baverstock. Puis il avait haussé un sourcil et avait fini par demander :

« Où vous a-t-elle déniché ?

— Je ne vois vraiment…

— Voilà vingt-quatre ans que je sers son mari. Ses secrets, j'en connais plus qu'elle n'en connaîtra jamais. Pense-t-elle vraiment pouvoir se permettre de faire de moi son ennemi ?

— Là n'est pas le problème, Quinn.

— Ah non ? Prenez garde, monsieur le notaire. Elle a poussé son fils au suicide. Elle a expédié son mari dans une maison de santé. Elle vous a engagé pour remplacer son cousin. Maintenant elle m'évacue des lieux. C'est une femme dure. Ne l'oubliez jamais. »

Il s'était alors détourné pour saisir un sac de voyage derrière un fauteuil : il était déjà plein.

« Dites-lui que je serai parti d'ici ce soir. Avec armes et bagages.

— Bien. Ne reste plus que la question des gages qui vous sont dus. Je les ai apportés. »

Baverstock avait tiré de sa poche l'enveloppe qu'il avait préparée, et la lui avait tendue.

« Le mois complet vous est payé. »

Quinn s'était emparé du pli et l'avait fourré dans son sac.

« Grand merci.

— Au vu des circonstances, c'est extrêmement généreux.

— Au vu des circonstances, c'est une fieffée insulte. Mais ne vous inquiétez pas. Ce que me doit cette famille, je le prendrai – en temps et en heure. »

Le claquement de la porte du bureau tira brusquement Baverstock de ses souvenirs. Il leva la tête, et se découvrit seul. Trenchard était parti.

*

Nanny Pursglove, dans sa maisonnette pimpante au bord du lit enflé de la rivière Avon, fut de loin la plus accueillante de mes hôtes ce jour-là. Elle ne manifesta un brin de déception que lorsque je lui annonçai que j'étais seul.

« Mme Trenchard n'est pas avec vous ? s'enquit-elle en me lançant un regard attristé alors qu'elle me conduisait dans son minuscule salon.

— Non, répondis-je avant d'ajouter, afin de prévenir toute question supplémentaire : J'espérais que vous puissiez me parler d'Alfred Quinn.

— Saperlipopette, qu'est-ce donc que vous voudriez savoir à son sujet ?

— M. Baverstock m'a appris qu'il avait été renvoyé.

— Il doit savoir ce qu'il dit.

— Pour vol.

— C'est ce qu'on raconte. Voulez-vous du thé ?

— Y avait-il une autre raison suggérée ?

— Asseyez-vous donc, monsieur Trenchard. Lupin et moi oublions nos devoirs. »

La théière toujours au garde-à-vous, elle remplit une tasse et me la tendit.

« J'ai travaillé avec M. Quinn pendant plus de vingt ans. C'est suffisamment long pour juger si c'était une fripouille, ne croyez-vous pas ?

— Si, en effet. C'est la raison pour laquelle je suis venu vous trouver.

— Il ne s'est jamais intégré au reste du personnel. Il n'a jamais semblé taillé pour une vie de domestique. Une fripouille ? Ma foi, nous l'avons toujours pensé. Mais cet homme était un vrai renard, rusé comme pas deux. Qu'il eût volé son maître, j'aurais pu le croire. Il avait ça dans le sang. Mais être pris la main dans le sac ? Pas M. Quinn. »

Elle secoua ostensiblement la tête.

« Il menait Sir Gervase par le bout du nez. Il n'avait pas besoin de le voler. Lady Davenall le savait.

— Donc elle voulait se débarrasser de lui et n'importe quel prétexte aurait fait l'affaire ? »

Miss Pursglove me dévisagea avec intérêt.

« Pourquoi cherchez-vous des renseignements sur M. Quinn ? Vous n'aviez jamais parlé de lui lors de votre précédente visite.

— Quelque chose dans vos propos m'a donné du grain à moudre. Vous aviez dit que ce Norton…

— M. James, vous voulez dire, corrigea-t-elle.

— Vous m'aviez raconté qu'il n'avait pas paru surpris quand vous aviez mentionné le départ de Quinn. Vous m'aviez raconté qu'il semblait déjà au courant.

— J'ai dit ça ?

— Comment aurait-il pu être au courant ? »

Soudain, elle était sur la défensive.

« Peut-être le lui avais-je déjà raconté. Vous savez comme les vieilles femmes peuvent s'embrouiller les idées, monsieur Trenchard. On me le répète assez souvent.

— "Pas fait pour la vie domestique", avez-vous dit, me semble-t-il. À votre avis, qu'est-ce qui l'y a conduit ?

— Il était l'ordonnance de Sir Gervase en Crimée. Un lien de confiance s'est noué, et Sir Gervase n'a pas voulu s'en séparer quand la guerre s'est terminée. C'était *très généreux de sa part de proposer à M. Quinn une position pareille. Valet d'un baronnet représentait un énorme progrès par rapport aux gages et aux conditions d'un simple soldat, à mon avis.*

— *Comme vous dites : très généreux.*

— *Un jour, j'en ai dit autant à M. Quinn, vous savez.* »

Elle commençait à s'échauffer sur le sujet.

« *"Vous êtes retombé sur vos pieds avec Sir Gervase", que je lui ai dit. Et vous savez ce qu'il m'a répondu ? "Rien de plus que ce qui m'était dû." Mot pour mot, et il n'en a pas prononcé un de plus. Qu'est-ce que vous en pensez ?*

— *Je ne sais pas.*

— *Moi non plus. Il n'y avait pas moyen de l'amener à parler de ce qui s'était passé là-bas. Sir Gervase est tombé malade ; ça oui, on le savait. Peut-être que c'est Quinn qui s'est chargé de le soigner. En tout cas, il y avait quelque chose entre eux.*

— *Mais vous n'avez aucune idée de quoi ?*

— *Ce que M. Quinn n'avait pas envie de vous dire, vous ne l'appreniez pas. Un homme a le droit à sa vie privée, bien sûr, mais il allait plus loin que ça. Non. Il n'a jamais été l'un des nôtres. Ça se voyait sur sa figure.*

— *J'aurais aimé la voir. Vous avez une idée d'où il se trouve à présent ?*

— *Pas la moindre, monsieur Trenchard. Pas la moindre en ce qui concerne cet homme. Mais quant à sa figure, je peux vous la montrer tout de suite.*

— *Vous m'intriguez.* »

Elle n'avait pas besoin d'encouragement. Elle se précipitait déjà vers un meuble vitré dans un coin de la pièce. Elle ouvrit la porte, faisant trembler le contenu de la vitrine, et attrapa une photographie dans un cadre d'argent derrière une bergère en porcelaine.

« *Certains domestiques au statut élevé se faisaient prendre en photo... Oh, ça doit remonter à douze ans. Vous me reconnaîtrez sans doute.* »

Il lui prit la photo des mains et la porta à la lumière. De toute évidence elle avait été prise dans le jardin de Cleave Court, avec en fond les fenêtres de l'arrière de la maison. Sur un banc étaient assises deux femmes impassibles, en tablier, avec un air de cuisinières. Sur un côté, Miss Pursglove, en tout point identique à aujourd'hui, posait sur une chaise, vive et droite comme un I. Derrière le banc, trois domestiques masculins en uniforme, la pose raide. Dans l'espace entre le banc et la chaise, un homme grisonnant en gilet, appuyé sur un râteau, que je supposais être Crowcroft, le jardinier en chef. Derrière la chaise, une main sur le dossier, un homme trapu, chapeau melon et veste en tweed boutonnée jusqu'au cou. C'est vers cette dernière silhouette que se dirigea l'index frétillant de Miss Pursglove.

« *Le voilà, votre M. Quinn. Mais ça ne vous apprendra pas grand-chose.* »

Je scrutai la photo de plus près. Était-ce, me demandais-je, pris d'un brusque frisson dans le salon chauffé par le soleil de Miss Pursglove, le visage de mon véritable ennemi ? Était-ce le conspirateur pour lequel Norton se contentait de jouer un rôle ? Voilà qui ne semblait guère plausible. Alfred Quinn, ordonnance, valet, puis majordome de Sir Gervase Davenall, ne posait, il est vrai, ni dans un respect figé ni dans une vénération béate de l'objectif de l'appareil photo.

Toutefois il ne révélait rien, par sa pose ou son expression, qui aurait pu donner un indice quant à sa personnalité. Un homme mince et musclé, dont le regard était peut-être trop fier et pénétrant pour une servilité naturelle : voilà tout.

« *Quand cette photo a-t-elle été prise, m'avez-vous dit ? finis-je par demander.*

— Si mes souvenirs sont bons, et en général ils le sont, c'était l'été précédant la disparition de M. James. Donc ça devait être 1870.

— Quel âge aurait eu Quinn alors ?

— Quand il est arrivé chez nous, c'était un jeune homme d'une vingtaine d'années. Il devait avoir la quarantaine quand cette photo a été prise.

— Une idée de son lieu de naissance ? De ce qu'il a fait avant de rejoindre l'armée ?

— Pas la moindre. Il semblait connaître Londres, mais pas à un point qui aurait pu me faire dire qu'il venait de là. Il n'était pas du genre à évoquer ses souvenirs – ni même à répondre à une question polie sur lui s'il y avait moyen de l'éviter. Ce que je sais de lui se limite grosso modo *à ce que vous voyez là.* »

Une idée me traversa l'esprit.

« *Puis-je vous emprunter cette photo, Nanny ?* »

Elle fronça les sourcils.

« *Eh bien...*

— Je vous promets de vous la restituer. »

Une vie entière d'obéissance balaya ses réserves.

« *Ma foi, veillez-y.* »

Cet après-midi-là, pendant tout le trajet du retour en train vers Londres, je pensais à Alfred Quinn, le serviteur prudent et réservé qui avait toujours été plus que ça. Où était-il à présent ? Cette question était devenue mon talisman, mon gage d'espoir que rien de plus sinistre qu'une rancune de serviteur n'était enfoui au cœur de ce mystère.

*

Richard Davenall était un homme aux habitudes régulières et modérées. Ses quelques serviteurs, s'ils n'étaient pas déjà allés se coucher, auraient trouvé inconcevable que leur maître fût encore dans son bureau, les lampes allumées à plein gaz, le feu attisé, la carafe de whisky débouchée à portée de main, tandis que l'horloge sonnait les douze coups de minuit et que le dimanche 15 octobre 1882 annonçait son arrivée avec une giboulée qui s'abattit sur les fenêtres sans rideau.

Il avait plu ce jour-là aussi, se rappelait Richard. Ce jour de janvier 1861, jour de l'enterrement de son père au cimetière de Highgate, où une demi-douzaine d'employés dévoués, et un froid cinglant, humide et gris, s'étaient réunis pour pleurer un homme qu'on n'aimait pas. La plupart des membres de la famille avaient présenté des excuses peu convaincantes, c'est pourquoi l'arrivée inopinée du cousin Gervase, avec le petit James de treize ans à côté de lui dans la voiture, avait été une agréable surprise.

Parcimonieux dans la vie, Wolseley Davenall avait consterné son fils par sa prodigalité dans la mort. L'achat d'un caveau familial sous la canopée sombre et les riches ferronneries de l'avenue égyptienne, où feu Mme Davenall avait été envoyée rejoindre son mari, transférée de sa tombe plus humble creusée dix-sept ans auparavant, constituait, aux yeux de Richard, un geste ostentatoire injustifié et inconvenant de la part d'un homme aussi connu pour son puritanisme, et que la taille dérisoire du cortège funèbre rendait d'autant plus grotesque.

Alors que la massive porte en fer du caveau était cérémonieusement scellée et que le convoi commençait à se disperser, Gervase, qui avait fait se tourner plusieurs têtes désapprobatrices par sa démarche chaloupée et l'absence d'une tenue entièrement noire, avait tiré une flasque de sous son manteau de voyage puis l'avait tendue à Richard.

« Non merci, Gervase.

— Comme tu voudras. »

Et Gervase avait avalé une lampée.

Richard avait grimacé lorsque Gregory Chubb, son chef de bureau, avait jeté un œil par-dessus son épaule au milieu du petit groupe d'avocats et de clercs qui descendaient l'avenue devant eux.

« Content que tu aies pu venir, avait-il articulé à l'adresse de son cousin.

— Je t'en prie, mon vieux. Je me suis dit que tu ne m'en voudrais pas que j'amène mon garçon. »

Il avait tapoté l'épaule de James, qui marchait en silence, impassible, à ses côtés.

« Je pensais qu'il devait rendre un dernier hommage à son grand-oncle. »

Richard était déconcerté. Il n'avait pas revu James depuis son départ précipité de Cleave Court six ans auparavant. D'ailleurs, étant donné la nature de ce départ, il ne s'était pas attendu à le revoir. De fait, il n'avait échangé que quelques mots avec le père du garçon pendant tout ce temps, banni qu'il était, sur l'injonction muette de Wolseley, d'une grande partie de la vie familiale.

« Catherine va bien ? avait-il fini par demander, content de laisser son cousin attribuer le trémolo de sa voix à l'occasion de leurs retrouvailles.

— Oh, en pleine forme. Mais on a du mal à la sortir de Cleave Court, malheureusement.

— Ah oui. Bien sûr. Présente-lui mes... hommages.

— Avec plaisir. Avec plaisir. »

Ils avaient quitté l'avenue pour commencer à descendre lentement la petite allée sinueuse qui menait à l'entrée principale du cimetière. La pluie s'était muée en une légère bruine, voile humide au-dessus des tombes bien rangées, mais le froid s'était intensifié : leur souffle formait des nuages au-dessus de leur tête.

« Peut-être pourrais-je venir te voir dans ton bureau d'ici quelques jours, avait déclaré Sir Gervase au bout d'un moment. Afin de m'assurer que tout est en ordre.

— Je ne suis pas sûr de te suivre. »

Gervase avait souri.

« Tu seras en mesure de t'occuper de mes affaires juridiques, maintenant, non ? »

Richard était déconcerté. Son père ne l'avait pas encouragé à penser qu'il prendrait sa suite.

« Oh... c'est-à-dire, bien sûr. Ce serait un honneur. Mais je croyais...

— Ce crétin de Chubb ? Il n'est pas dans le coup, mon vieux. Simplement pas dans le coup. Ton père m'avait dit que je devais le considérer comme son assistant principal – pour une bête question de priorité d'âge. Mais moi je préfère garder ces choses-là au sein de la famille. Dis-moi…»

Il avait baissé la voix.

«… As-tu eu un sujet de dispute avec ton père ? Il s'est montré sacrément mesquin avec toi ces dernières années, je dois dire.

— Je ne peux vraiment pas…

— Ce n'est pas moi qui te jetterai la pierre. Irritable, je l'ai toujours trouvé… foutrement irritable. Enfin, il ne faut pas dire du mal… Viens donc dîner avec nous un soir la semaine prochaine, qu'en dis-tu ? Je pourrais te transmettre les informations à ce moment-là. Tous les tenants et les aboutissants de mes affaires, hein ? »

Richard s'était surpris à sourire. Si seulement Gervase savait. Si seulement son père savait. Cela signifiait l'affranchissement de sa sujétion à Chubb et de sa vie de garçon de courses juridique. Cela signifiait un nouveau départ, une chance tant attendue d'oublier les erreurs du passé.

Depuis combien de temps la sonnette retentissait-elle, Richard n'avait aucun moyen de le savoir. Le moment de son intrusion dans ses lointaines pensées avait pu correspondre à l'instant où elle s'était déclenchée, ou n'importe quand à partir de là. Il tendit l'oreille : les domestiques, mollassons même quand ils étaient de service, ne s'étaient pas réveillés. La sonnette retentit de nouveau. Avec un soupir, il se leva de son bureau, s'empara de la lampe et quitta la pièce.

Wolseley Davenall, homme prudent devant l'Éternel, avait fait installer un œil-de-bœuf sur la large porte d'entrée de sa maison de Highgate. Quand Richard fit glisser le rabat pour scruter par l'œilleton, il découvrit que son visiteur nocturne était William Trenchard, silhouette trempée et hagarde dans la lueur intermittente de la lampe du porche. Il fit aussitôt coulisser les verrous et ouvrit.

« Trenchard ! Qu'est-ce qui… ?

— J'ai eu votre message.

— Mon message ? Oh… oui. Entrez. »

Il avait, il est vrai, laissé un mot à The Limes pour dire que, si Trenchard revenait, il apprécierait qu'il vienne le voir. Cela lui paraissait remonter à des siècles à présent.

« Je ne voulais pas vous faire sortir au beau milieu de la nuit.

— Il est si tard que ça ? s'étonna Trenchard en le suivant vers le bureau. J'ai complètement perdu la notion du temps.

— Je suis venu vous voir ce matin. Constance m'a expliqué qu'elle allait vivre chez sa famille pendant un temps. »

Trenchard ne répondit pas. Quand ils atteignirent le bureau, Richard l'aida à se délester de son manteau détrempé et le jaugea des pieds à la tête.

« Vous jetez toutes vos forces dans la bataille, on dirait, commenta-t-il, bien qu'il pensât en réalité que l'épuisement et le désespoir avaient empli Trenchard d'une énergie dangereusement impétueuse.

— Que vouliez-vous me dire ?

— Cela peut attendre. Voulez-vous boire un verre ? »

Trenchard hocha la tête et se réchauffa près du feu pendant que Richard le servait.

« J'étais désolé d'apprendre que Constance ait ressenti le besoin de… partir. »

Trenchard but une gorgée du verre qu'on lui tendait et eut un sourire amer.

« Elle m'a quitté.

— Ce n'est certainement pas…

— Elle croit en Norton. La seule façon de la reconquérir est de prouver que c'est un imposteur.

— Je ne peux croire…

— Je n'ai plus de temps à perdre en faux-semblants et en déni. Je veux épingler les mensonges de Norton, et vous pouvez m'aider.

— Comment ?

— Il a expliqué à Constance que je lui avais proposé de l'argent au nom de Sir Hugo. C'est ça qui l'a montée contre moi. Ensuite il s'est dit prêt à retirer sa plainte – si elle le lui demandait. Il est intelligent, voyez-vous. Sacrément intelligent. »

Trenchard jeta un regard furieux au feu, où la brûlure de sa haine lui revint démultipliée.

« Je suis désolé que mes problèmes familiaux se soient interposés entre vous et Constance, dit Richard. Vraiment désolé. »

Trenchard le dévisagea, puis vida son verre d'un trait.

« Ça n'a plus d'importance à présent. Je suis allé à Bath aujourd'hui – et là, j'ai découvert son point faible. J'ai découvert le moyen de le détruire. »

Richard s'empara du verre que Trenchard couvait dans sa main et se dirigea vers la carafe afin de le remplir. Son hôte n'était plus le mari égocentré et bien intentionné qui souhaitait seulement protéger son mariage d'un imposteur en quête de fortune. En déjouant chacun de ses plans, Norton avait poussé Trenchard dans l'étau d'une obsession. Et cette obsession, c'était Norton.

« Que savez-vous sur Alfred Quinn ?

— Quinn ? Pourquoi cette question ? »

Au fil des explications de Trenchard, Richard se sentait de plus en plus perturbé. Le chemin follement sinueux qui reliait Quinn à Norton ne pouvait être suivi que par ceux qui se voyaient contraints de croire à sa conclusion. Toutes les théories fiévreuses de Trenchard ne vaudraient rien si Constance identifiait Norton comme James Davenall. Et dans ce cas, Trenchard deviendrait pour eux un handicap : un mari jaloux, irrationnel, vitupérant. Sa poursuite de Quinn, quand bien même apparemment justifiée, apparaîtrait comme une pure folie.

Quand Trenchard eut terminé ses explications, un silence s'imposa, un silence trop profond pour être ignoré. Richard attisa le feu, remplit de nouveau leurs verres et ne disait mot.

« Alors ? » s'enquit enfin Trenchard.

Richard esquissa un sourire défensif.

« C'est une théorie séduisante.

— C'est tout ?

— Pour le moment, oui.

— Mais ne voyez-vous donc pas ?

— Je ne vois aucun lien avec Norton – or c'est ça qui compte. Un domestique congédié et revanchard, c'est une chose, élaborer un complot pareil est bien différent. Ce que vous avez découvert pourrait n'être rien de plus qu'un mélange trompeur de coïncidences et de circonstances.

— C'est ce que m'a dit Baverstock.

— C'est un homme intelligent. La nuit porte conseil. Restez ici, si vous voulez. Vous verrez peut-être les choses différemment si...

— N'essayez pas de vous débarrasser de moi. Que savez-vous sur Quinn ?

— Rien que vous n'ayez déjà découvert. Il a été l'ordonnance de Gervase en Crimée, puis son valet, et plus tard le valet de James. Baverstock en sait davantage que moi sur les circonstances de son renvoi.

— Une idée d'où il se trouve à présent ?

— Aucune. Cela dit, ce ne sont pas mes...

— Une idée d'où il venait au départ ?

— De l'armée. C'est tout ce que je sais.

— Parlait-il avec un quelconque accent ?

— Pas que je me souvienne. Tout ceci...

— Le nom de famille est irlandais. Était-il irlandais, à votre avis ?

— Non. Cela est...

— Votre famille possède des terres en Irlande, n'est-ce pas ?

— Oui. Mais qu'est-ce que... ?

— Attendez ! »

Trenchard s'assena une claque sur le front.

« Vous m'avez dit que la mère de Sir Gervase était morte très récemment. Assassinée au cours d'un cambriolage – chez elle en Irlande.

— C'est vrai. Mais...

— Quelle somme les cambrioleurs ont-ils emportée ?

— Je ne vois vraiment pas...

— Ah non ? Eh bien, vous devriez. Quinn devait

connaître la valeur de la propriété de Lady Davenall, si oui ou non elle conservait des liquidités et des bijoux sur place, quand et comment pénétrer dans la maison.

— Que suggérez-vous ?

— Qu'il aurait pu être le cambrioleur : en quête de fonds pour alimenter sa conspiration.

— C'est abracadabrant.

— Peut-être – mais les pièces du puzzle s'assemblent petit à petit. »

Richard se leva de son fauteuil et saisit Trenchard par les épaules.

« Écoutez-moi ! lança-t-il sèchement. Écoutez-moi avant d'aller trop loin. Vous êtes fatigué et complètement à bout. Vous êtes bouleversé au sujet de Constance. Tout cela est compréhensible. Mais accumuler d'impossibles allégations contre Quinn n'aidera en rien. »

Trenchard lui adressa un regard vide.

« C'est tout, alors ? Vous ne m'aiderez pas ?

— Bien sûr que je vous aiderai. À l'évidence, nous devons essayer de trouver Quinn. Après tout, en tant qu'ancien valet de James, il représente un témoin vital. S'il est derrière ce complot, nous le découvrirons. Franchement, je doute qu'il ait l'intelligence nécessaire – ou les capacités organisationnelles – pour avoir commis ce dont vous le soupçonnez. »

Trenchard se dégagea de l'emprise de Richard et se dirigea vers la fenêtre, où la pluie continuait à pilonner le carreau obscurci.

« J'imagine qu'il faudra m'en contenter, murmura-t-il.

— Pour le moment, j'ai bien peur que oui.

— Que vouliez-vous me dire ?

— Rien qui n'étaye votre théorie, j'en ai peur. Cela concerne l'information dont Norton s'est servi pour alarmer le prince Napoléon. »

Tandis qu'il relatait ce que Baverstock avait découvert concernant Vivien Strang et la présence du prince Napoléon à Cleave Court en septembre 1846, Richard sentait s'amenuiser sa conviction de son importance. Après tout, n'était-ce pas un amalgame encore plus branlant de réseaux de coïncidences que les propres suspicions de Trenchard ? Une autre domestique congédiée – un autre perfide enchaînement de dates et d'événements qui ne menait nulle part. Où se trouvait, dans tout ça, leur salut ?

« Je vous propose que j'aille rendre visite à Catherine demain, conclut-il, et que je la presse de nous expliquer ce qu'elle sait au sujet de Miss Strang. Ce ne sera pas facile.

— Pourquoi cela ?

— À cause de… différends de longue date entre nous.

— Encore une querelle familiale ?

— Pas exactement.

— Mais un autre secret qu'il ne faut pas me révéler ?

— Je ne puis réparer les dégâts que ma famille a possiblement infligés à votre mariage, Trenchard, mais je peux m'évertuer à les limiter. C'est pour cette raison que je rendrai visite à Catherine demain – malgré tout ce qui s'est passé. Vous avez ma parole que le motif de ma réticence n'a absolument aucun rapport avec nos difficultés actuelles.

— L'interrogerez-vous au sujet de Quinn ?

— Je ne manquerai pas de l'évoquer. Mais je ne peux vous garantir qu'elle sera plus loquace à son sujet qu'elle ne l'a été jusqu'ici concernant Miss Strang.
— Pourquoi garderait-elle des informations pour elle ?
— Je l'ignore. C'est ce que j'espère découvrir. Soyez assuré que je vous tiendrai informé de ce qu'il en est.
— Qu'allez-vous faire à propos de Quinn ?
— Je vais entreprendre des recherches. C'est tout ce que je peux faire. »
Brusquement, d'un air décidé, Trenchard empoigna son manteau posé sur le dossier d'un fauteuil et l'enfila d'un mouvement d'épaules.
« Fort bien. J'attendrai de vos nouvelles. Serez-vous de retour dans la journée ?
— Lundi au plus tard.
— Je n'entreprendrai rien d'ici là. Ensuite…
— Trenchard ! le tança Richard en le regardant droit dans les yeux. Proposer de l'argent à Norton a de toute évidence été une erreur. Vous charger de faire cette proposition a aggravé cette erreur. Je suis sincèrement navré de toutes les répercussions qu'a eues notre vice de raisonnement. Mais n'empirez pas les choses.
— Comment pourrais-je les empirer ?
— Tant que cette affaire n'est pas passée au tribunal, nous avons une chance de rétablir la situation. D'ici là, je vous supplie de me faire confiance. N'entreprenez rien sans me consulter. »
Mais le regard de Trenchard était désormais teinté de soupçon : la confiance n'était plus possible.
« Je n'entreprendrai rien avant d'avoir eu de vos nouvelles. Ensuite… Je ne sais pas. »

Richard non plus ne savait pas. Lui-même n'avait guère pensé à ce qui viendrait après son entretien tant redouté avec Catherine et toutes les ébauches de doutes qui planeraient tels des fantômes pendant leur discussion. Après avoir raccompagné Trenchard dans la gueule de la nuit humide et verrouillé la porte derrière lui, son esprit dériva irrésistiblement vers le récit moqueur que le temps avait fait de sa vie. Tandis qu'il parcourait le couloir en sens inverse, la flamme de sa lampe tressautant au milieu des formes et du mobilier familiers de la maison de son père, il sentit le filin invisible se tendre et le ferrer une fois de plus.

« C'est décidé, alors, avait conclu Gervase. Rendez-vous au club mardi, à 18 heures.
— J'en serai ravi », avait répondu Richard alors qu'ils sortaient dans Swain's Lane.

Les fiacres et les équipages des autres membres du cortège partaient déjà, à une allure légèrement moins solennelle que lorsqu'ils étaient arrivés. L'entrepreneur de pompes funèbres attendait Richard de l'autre côté de la route afin de le ramener chez lui, tandis que le phaéton de Gervase se garait à côté de la chapelle du cimetière.

« Voulez-vous passer à la maison ?
— Navré, je ne peux pas m'attarder. Je dois ramener Jamie à la maison pour qu'il fasse ses bagages. L'école reprend demain à Eton. Il a hâte – pas vrai, fiston ? »

James lui avait décoché un regard sombre.
« Oui, papa.
— Allez, dis au revoir à ton cousin Richard. »

James avait levé sa petite main gantée. Quand Richard avait tendu la sienne pour la serrer, le garçon l'avait regardé droit dans les yeux. Richard n'avait pu retenir un cri étouffé. Ces yeux – jeunes, attentifs, fixes – qui avaient vu jadis… Il avait brusquement retiré sa main et l'avait pressée sur son front, comme pour se protéger du brusque afflux de la culpabilité.

« Ça ne va pas, mon vieux ? » s'était inquiété Gervase.

Richard s'était ressaisi.

« Ce… ce n'est rien. Je suis désolé. J'ai eu… un vertige passager.

— Ce sont les circonstances éprouvantes, j'imagine. Tiens, bois donc une gorgée. »

Il tendait sa flasque. Cette fois-ci, Richard avait accepté et avalé une rasade, content que la sensation de brûlure dans sa gorge anéantît cette question : se souvenait-il ? Quand il avait restitué la flasque, James le dévisageait toujours, mais Richard avait détourné le regard.

Gervase lui avait touché le coude.

« Ma foi, nous allons devoir y aller. N'oublie pas notre rendez-vous.

— C'est promis.

— Viens, Jamie. »

Richard les avait regardés parcourir les quelques mètres qui les séparaient du phaéton, où le conducteur les attendait pour les aider à monter. James s'était retourné une fois, à peine un coup d'œil, et Richard s'était efforcé de sourire, mais en évitant toujours de croiser son regard.

« À la maison, Quinn », avait lancé Gervase.

À l'époque ignoré, factotum au visage gris vêtu d'un macfarlane et d'un haut-de-forme sombre, Quinn avait engagé les chevaux dans la rue, adressé un signe de tête à Richard, puis fait partir le phaéton. Vingt et un ans plus tard, à la lumière d'un feu à l'agonie, seul dans son bureau de Highgate, Richard ne pouvait nier qu'il était étrange que Gervase eût préféré Quinn à l'un de ses palefreniers pour le conduire ce jour-là. Cet homme avait toujours, concéda-t-il, semblé être davantage un proche qu'un domestique. Que savaient-ils de lui, en définitive ? Quelle confiance Quinn avait-il instaurée avec son maître, et que Catherine avait plus tard brisée ? Trenchard pouvait-il avoir vu juste pour les mauvaises raisons ?

7

C'était un triste dimanche balayé par le vent à Salisbury. Même si on apercevait la lueur des bougies à travers les vitres de la cathédrale et qu'on entendait par intermittence, entre deux bourrasques, la voix des choristes, l'enceinte derrière ses hauts murs était vide et silencieuse, à l'exception des tourbillons de feuilles et des miaulements du vent dans les antiques avant-toits.

Ce n'était pas le cas dix minutes plus tôt cependant, quand, balayés par la tempête, une poignée d'ecclésiastiques aux soutanes gonflées avaient convergé vers l'entrée septentrionale, et que l'un d'eux, corpulent, âgé et chenu, avait traversé la pelouse d'un pas vif après être sorti d'une modeste maison en briques rouges dans l'angle le plus éloigné de l'enceinte.

Le chanoine Sumner était un prêtre aimable et inefficace, qui arborait d'ordinaire le plus béat des sourires. Et pourtant ce jour-là son expression, son apparence même étaient chiffonnées et tristes. C'était, à l'évidence, un homme préoccupé.

La cause du désarroi du chanoine Sumner, sa fille Constance, était assise à présent au coin d'un bon feu dans le salon douillettement encombré qu'il venait juste de quitter, occupée, mais guère absorbée, par un jeu de solitaire. De fait, la bille qu'elle tenait dans la main était là depuis plusieurs minutes, tandis que son attention avait dérivé vers une peinture à l'huile sur le manteau de la cheminée, un portrait de sa mère, élégante en robe de bal, à l'époque de ses fiançailles avec un humble chapelain dénommé Sumner.

Constance sursauta dans son fauteuil au bruit de la porte qui s'ouvrait, et se retourna. C'était sa sœur Emily, de cinq ans son aînée, célibataire endurcie, infatigable bienfaitrice dans les milieux diocésains et, depuis la mort de leur mère, maîtresse de la maison. Constance lui avait toujours envié sa clairvoyance et son tempérament placide. Emily avait toujours envié à Constance son apparence radieuse et sa charmante fille. Les deux sœurs échangèrent un sourire chaleureux dépourvu de rancœur.

« Je t'ai fait sursauter ? demanda Emily.

— Je suis désolée. Ces derniers temps, un rien me fait bondir. Je te croyais avec Patience.

— Je l'ai laissée avec sa nourrice, dont la conception de l'éducation d'un enfant n'est pas compatible avec une tante gâteuse. »

Emily pressa la main de sa sœur avant de s'asseoir dans le fauteuil en face d'elle.

« Et puis, en voyant père partir j'ai songé que c'était le bon moment pour te parler seule.

— Je ne sais pas ce que je peux ajouter à tout ce que j'ai dit hier soir.

— Père aimerait que tu ajoutes un changement d'humeur. N'as-tu pas vu sa mine pendant les matines ?

— Comment aurais-je pu ne pas le voir ? Tu

n'imagines tout de même pas que le peiner me procure de la satisfaction ?

— Bien sûr que non. Je suis ton alliée la plus fidèle en toutes choses. Tu le sais bien.

— Que Dieu te garde, Emily. Que voudrais-tu que je fasse ?

— Je voudrais que tu sois sûre de toi. Est-ce possible ?

— Je suis sûre que James m'est revenu. Si tel n'était pas le cas, je ne serais pas aussi tiraillée.

— Tu as épousé William devant Dieu.

— J'ai épousé William en croyant que James était mort. Seule cette croyance a permis notre union.

— Père dirait qu'un mariage saint prime sur n'importe quelle émotion, si profonde fût-elle. Je dirais la même chose – si quelqu'un d'autre que toi me posait la question.

— Et quand c'est *moi* qui te pose la question, Emily ? Que réponds-tu quand c'est *moi* qui pose la question ?

— Je réponds que William a été un bon époux pour toi. Tu l'affirmes toi-même.

— J'affirme simplement que, dans mon cœur, j'étais veuve quand j'ai épousé William, une veuve qui découvre aujourd'hui que son véritable mari est vivant.

— Tu sais très bien que ni l'Église ni la loi ne reconnaîtront une telle allégation.

— S'il me faut choisir entre eux, force m'est de choisir la solitude.

— Voilà un choix difficile.

— Tout ce que je demande, c'est du temps pour réfléchir, du temps pour me confronter à moi-même, du temps pour bien peser le pour et le contre.

— Cela, tu pourras toujours le trouver ici. C'est chez toi, quoi qu'il arrive. Mais dis-moi : peux-tu franchement soutenir que James avait raison, d'abord en te délaissant, puis en réapparaissant alors qu'il savait pertinemment dans quel désarroi il te plongerait ?

— Oh oui. Et cela plus que tout. Il m'a raconté toute la vérité, vois-tu. J'aimerais pouvoir la partager avec toi, mais je ne peux pas encore me permettre de parler à sa place. Tout ce que je peux dire, c'est qu'il a agi par amour pour moi. À présent c'est moi qui dois agir par amour pour lui. Quand tous le renient, je me dois de rester à ses côtés.

— Tu as conscience que, si les circonstances de ta présence ici s'ébruitaient dans l'enceinte, père serait gravement embarrassé ? Le doyen pourrait même envisager une sanction disciplinaire.

— Je partirai avant que ça n'arrive.

— Alors faisons en sorte que ça n'arrive pas. As-tu écrit à William ? Mieux vaudrait qu'il ne te suive pas ici.

— La lettre est là. »

Constance fit glisser l'enveloppe de sa cachette sous le plateau du solitaire.

« Veux-tu que je la poste pour toi ? Les domestiques pourraient trouver étrange que tu écrives si vite après ton arrivée. Ils font tout avec diligence, mais rien avec discrétion.

— Merci, Emily. Ce serait peut-être plus prudent. »

Elle lui tendit la lettre.

« J'y vais de ce pas. Reste ici, c'est mieux. J'en ai pour un instant – et père n'en saura rien. »

Tout en jetant un rapide coup d'œil par la fenêtre

sur la silhouette familière de la cathédrale, comme pour s'assurer que les dévotions du chanoine Sumner étaient toujours en cours, Emily sortit à la hâte, plus heureuse, comme d'habitude, d'agir que de débattre.

Restée seule une fois de plus au coin du feu où elle avait joué enfant, Constance contempla de nouveau le portrait de sa mère en se demandant ce qu'elle aurait pensé des actes de sa fille. Peut-être était-ce aussi bien qu'elle ne fût pas là pour en témoigner.

Constance soupira. La solitude, comme l'avait dit Emily, était un choix difficile. Avait-elle la force de l'assumer ? William avait trahi sa confiance : ça, au moins, c'était une certitude. Mais James ? Que méritait-il d'elle ? Pouvait-elle s'opposer à ses revendications ? S'il venait la voir, que dirait-elle ?

Elle repensa, comme souvent, à leur dernier rendez-vous à l'aqueduc en juin 1871, à ce qu'il avait signifié bien au-delà de ce qu'elle avait compris à l'époque. Elle se rappelait être assise dans la salle de musique à Cleave Court ce matin-là, elle se rappelait Quinn qui lui avait apporté la lettre de James sur un plateau d'argent, elle se rappelait l'avoir lue et être sortie précipitamment de la pièce, impatiente au-delà de toute urgence, de revoir James et de se persuader que tout allait bien. Elle ressentait encore la puissance de ce désir, discernait encore la profondeur de cet amour juré et prouvé ce jour-là.

*

Richard Davenall n'était pas retourné à Cleave Court depuis les funérailles de Gervase. Cette visite, comme toutes les autres à l'exception d'une seule, avait été brève et solennelle. Il était étrange, songeait-il, alors que la voiture remontait sereinement l'avenue bordée d'ormes, qu'il se fût toujours présenté là comme un conseiller plein de déférence, vaguement contrit, un homme d'affaires, une nécessité professionnelle dans la vie familiale, jamais comme le membre de la famille qu'il était en vérité.

Il sourit intérieurement. La raison de son humilité à toute épreuve n'était pas difficile à trouver. Là, autour de lui dans le parc, où les nappes rouges et or des feuilles d'automne formaient un patchwork dans l'herbe, où tout n'était qu'annonce d'une décomposition de saison sous un ciel gris constant, se trouvaient les moindres nuances et vestiges de son destin, le destin de celui qui avait pris trop peu de risques et perdu beaucoup trop.

La voiture s'arrêta. Richard descendit et jeta un regard circulaire. Cet endroit constituait, s'il en était, le foyer des Davenall, le lieu qu'ils avaient créé, le domaine qu'ils avaient estampillé de leur nom. Alors pourquoi avait-il toujours la sensation d'y être un intrus – un indésirable, quelqu'un qui n'était pas et ne serait jamais tout à fait accepté ? Il secoua la tête et entra dans la maison.

Son télégramme n'avait obtenu aucune réponse hormis la voiture qui l'attendait à la gare, et il n'y avait pas plus à présent de comité d'accueil dans le hall d'entrée : simplement Gibbs, le majordome, qui s'efforçait d'effacer de son expression toute trace de gêne.

« Je suis attendu, non, Gibbs ? s'enquit Richard.

— Tout à fait, monsieur.

— Où est Lady Davenall ?

— Elle se promène dans le domaine, je crois, monsieur. »

Richard aurait dû le savoir. Il avait précisé une heure, et voilà à quoi elle avait employé cette information.

« Alors je vais attendre son retour.

— En attendant, Sir Hugo vous serait reconnaissant de le rejoindre, monsieur. »

Richard se redressa brusquement.

« Hugo ? Il est là ?

— Oui, monsieur. Depuis hier. Présentement dans le fumoir. »

Richard s'y rendit directement. Déjà, un mauvais pressentiment l'envahissait. Il était venu parler de Hugo avec Catherine, mais Hugo l'avait devancé.

Le fumoir n'était pas fidèle à ses souvenirs. À l'origine retraite pour Gervase et ses compagnons de boisson les plus tenaces, c'était désormais une pièce meublée avec parcimonie et sans aucun confort. Au centre, une grande malle en bois avait été descendue, le couvercle ouvert. Devant, sur un tabouret bas, était assis Sir Hugo Davenall.

« Bonjour, Richard, lança Hugo sans lever la tête.

— Je ne savais pas que tu rendais visite à ta mère.

— Il n'en est rien. Disons que je suis là pour affaires.

— Puis-je savoir lesquelles ?

— Je fais ce à quoi tu aurais déjà dû t'employer, cher cousin. »

Cette fois il leva la tête, un grand sourire sarcastique sur les lèvres.

« Cette malle contient ce qui reste de feu mon

regretté frère. Quelques éléments d'habits, manuels scolaires, épingles à cravate, boutons de manchettes : ce genre de choses, quoi.

— Je n'avais pas idée qu'on avait gardé autant d'effets.

— Il n'y en a pas pléthore au final. Une casquette de cricket. »

Il la brandit.

« Sa toge d'étudiant. »

Il alla pêcher une masse de tissu noir chiffonnée.

« Alors, pourquoi… ?

— Parce que nous pouvons nous en servir pour défier Norton. Lui demander d'identifier ces vieux objets. Voir si, littéralement, l'habit fait le moine.

— Cela pourrait s'avérer utile, Hugo. Je suis content que tu…

— J'ai aussi parlé aux métayers. »

Il se leva, s'épousseta les mains et sourit de nouveau.

« Afin de m'assurer qu'ils comprennent l'importance de se montrer catégoriques dans leur affirmation que Norton est un imposteur.

— Manifestement tu n'as pas chômé.

— Bien obligé, étant donné ton indifférence quant à savoir si cet homme parviendra ou non à me voler mon titre.

— Hugo… »

Soudain, le jeune homme, à deux doigts de Richard, le regardait droit dans les yeux.

« S'il le faut, je tiendrai tête à Norton seul. Je lui ferai regretter d'avoir lancé ce petit jeu. »

Richard était en colère et blessé d'apprendre le peu

de cas que Hugo faisait de ses efforts, mais il savait qu'il était inutile de protester. Il préféra tâcher de le raisonner.

« Malheureusement, Hugo, s'il y a suffisamment de gens pour soutenir Norton, le témoignage des métayers et des tailleurs n'aura que peu de poids.

— Bah ! »

Hugo tourna les talons et se dirigea à grands pas vers l'âtre.

« Qu'est-ce que tu en sais, *toi* ?

— Je sais ce qui ébranle un tribunal – un jury si on en arrive là. Des informations qu'on ne s'attendrait pas à ce que Norton possède s'il n'était pas James, la reconnaissance de son ancienne fiancée…

— Quoi ?

— Constance Trenchard m'a avoué hier qu'elle croyait complètement à son histoire. Elle n'a pas dit qu'elle témoignerait en sa faveur, mais je soupçonne que, si on le lui demandait, elle le ferait.

— Maudites soient ces bonnes femmes ! Nanny Pursglove. La femme de Trenchard. Elles se sont entichées de lui.

— Elle a quitté Trenchard. Il est clair qu'elle ne prend pas cette affaire à la légère. »

Hugo lança soudain un coup de pied au morceau de bois qui servait à maintenir ouvert le couvercle de la malle. Le bâton cassa net et les deux morceaux ripèrent sur le sol à travers la pièce ; le couvercle se referma violemment, ébranlant les vases vides posés sur le manteau de la cheminée.

« Crois-le ou non, Hugo, j'essaie de t'aider.

— Donne-moi un seul exemple de tes efforts.

— C'est la raison de ma présence ici. Il faut persuader ta mère de parler.

— À quel sujet ?

— Au sujet de ce qui s'est passé ici en septembre 1846. Au sujet de son ancienne gouvernante, Miss Strang. C'est ce dont s'est servi Norton pour intimider le prince Napoléon. C'est la clé de toute cette affaire.

— Dans ce cas, je te souhaite bien du courage. Ma mère ne me confie rien.

— Fort bien. Je vais voir si j'arrive à la trouver.

— Fais donc. »

Hugo s'appuyait contre la cheminée à présent, son accès de violence s'était éteint, sa frustration endiguée. Il considérait son cousin avec une expression vidée de toute colère, mais pleine de mépris.

« Fais donc, Richard. »

Sans un mot de plus, Richard partit. Alors que la porte se refermait avec un cliquetis derrière lui, Hugo s'enfonça le poing gauche dans la bouche et planta ses dents dans la chair jusqu'à ce que la douleur refoulât le flot soudain de larmes. Richard, il y était déterminé, ne saurait jamais. Personne ne découvrirait jamais, s'il pouvait l'en empêcher, la vérité hideuse dont il avait eu, ce jour-là, confirmation.

*

Emily Sumner traversa à la hâte la pelouse de Choristers' Green, avec une détermination encore plus lisible que d'ordinaire, animée d'un objectif : la boîte aux lettres au coin de North Walk. Elle était contente de pouvoir agir sans témoin car, bien qu'elle eût manifesté à Constance son soutien le plus complet, et ce en toute sincérité, elle ne pouvait nier, maintenant qu'elle était seule, que sa sœur semblait engagée sur une trajectoire infortunée. Braver une position aussi morale et respectable était folie, à n'en pas douter. Rien de ce qui lui avait été raconté n'excusait qu'une femme abandonnât son mari.

Et pourtant Emily, malgré toutes ses manières de vieille fille, était au fond une romantique invétérée, une vraie madeleine qui lisait des romans d'amour, alors les affres de Constance l'auraient émue même si elles n'avaient pas été parentes. En l'occurrence, James Davenall avait été un ami conscrit de son défunt frère Roland, et un compagnon parfait pour sa sœur. Qu'importe ce que dictait le bon sens, toujours était-il que le soutenir, s'il était véritablement encore vivant, était magnifique.

Elle atteignit la boîte aux lettres. La rue était vide jusqu'à St Anne's Gate. Le parc de la cathédrale désert. Ainsi rassurée, elle ouvrit son réticule, en sortit la lettre et la glissa dans la boîte. Mission accomplie. Elle tournait les talons pour repartir quand soudain elle s'arrêta brusquement.

À une petite dizaine de mètres, au coin de la place, James Norton l'observait calmement. Elle l'identifia immédiatement, pas simplement grâce à la description de sa sœur, mais grâce à la preuve que lui apportait sa propre mémoire. Auparavant, elle n'avait perçu que la magnifique illusion de Constance, une passion désespérée bien qu'admirable pour ce qui ne pourrait jamais être. Maintenant elle comprenait. Elle avait beau n'avoir rencontré James Davenall qu'en de rares occasions, toutes remontant à de nombreuses années, il y avait dans le visage de cet homme cette certitude de ce qui vous est immédiatement familier et qui ne souffre aucune contestation. D'instinct, elle sut qu'il était la personne qu'il prétendait être. Or Emily Sumner n'était pas du genre à désobéir à ses intuitions.

« Je vois que vous me reconnaissez, Emily, commenta Norton, un doigt sur son chapeau. J'en suis content.

— Vous n'auriez pas dû venir ici, protesta-t-elle, surprise par son propre essoufflement.

— Il le fallait. Je dois la voir.

— C'est impossible.

— J'ai respecté ses souhaits en ne venant pas chez vous. Mais je dois lui parler. Quelques minutes, c'est tout. Où elle veut, quand elle veut.

— Cela ne se peut. »

Elle se dirigea vers lui d'un pas leste, dans l'intention de passer à côté sans ralentir et de traverser la place à toute vitesse. Mais il lui posa une main sur le bras et, bien que la légèreté de sa pression ne l'y contraignît pas, elle s'arrêta.

« Voilà onze ans que nous ne nous sommes vus, Emily. Est-ce là tout ce que vous avez à me dire ?

— Monsieur Norton...

— Appelez-moi James.

— Ne pensez-vous pas avoir déjà infligé suffisamment de peine à Constance ? »

Norton baissa la tête, puis regarda Emily droit dans les yeux, la laissant voir sa sincérité dans son regard qui ne cillait pas.

« Nous nous aimons. Vous le savez. Vous m'aviez dit un jour que nous étions faits l'un pour l'autre. Vous n'allez pas le nier maintenant, n'est-ce pas ? »

Emily avait le cœur qui battait la chamade. Son éducation stricte et les attentes du milieu de la cathédrale luttaient contre le flot soudain de joie qui l'envahissait. Que faire, se demandait-elle, quand aucune voie n'était la bonne ?

« Quoi que fasse Constance, je la soutiendrai. Mais elle est une épouse et une mère. Ces liens ne peuvent être écartés.

— Un mot seulement. Seulement le plus bref des mots. C'est tout ce que je demande. »

Quelque chose, dans la position de la mâchoire d'Emily, trahissait qu'elle ne refuserait pas.

« Je lui dirai que je vous ai vu. »

Norton sourit.

« La noue, demain à 10 heures. Nous nous y promenions souvent, comme vous le savez. Sur le banc où nous nous asseyions pour regarder le soleil se coucher sur la cathédrale. Ce sera sûr et tranquille là-bas. Dites-lui : je l'attendrai. »

Il porta de nouveau le doigt à son chapeau.

« Serviteur, Emily. »

Puis il fit volte-face et se dirigea rapidement vers North Gate.

*

Un aide jardinier expliqua à Richard qu'il avait aperçu Lady Davenall dans le belvédère au sommet du jardin en terrasses et, de fait, c'est là-haut qu'il la trouva : appuyée contre la balustrade en bois sur le devant de la petite structure surmontée de chaume, elle contemplait avec un contentement fixe et résolu le parc vallonné de son domaine.

Essoufflé par son ascension, Richard marqua une pause au pied des marches qui montaient au belvédère et porta un moment les yeux dans la direction du regard de Catherine. De minces volutes de fumée s'élevaient des cheminées de la maison en contrebas. De tous côtés, il entendait le doux crépitement d'averse des feuilles couleur bronze. Là-haut, ils y étaient déjà allés, à une autre saison de leur vie, et, se le remémorant à cet instant, il pesta contre elle d'avoir choisi ce terrain pour leur rendez-vous.

« Bonjour, Richard », fit-elle d'un ton solennel sans baisser les yeux vers lui.

Il commença à monter les marches et se risqua pour la première fois à regarder son visage. Ils ne s'étaient pas revus depuis les obsèques de Sir Gervase, et il remarqua, avec une brève sensation de choc, que son apparence – qu'il avait alors attribuée au deuil – n'avait pas changé entre-temps. Pâle, distante, magnifique : telle était la femme qu'il avait jadis cru aimer.

Sa robe en tweed était agrémentée d'un col haut et doublé de fourrure afin de se protéger contre le froid de la journée. Ses cheveux, nattés et remontés à l'aide d'épingles sous le chapeau à voilette orné de rubans, étaient aussi gris qu'il se les était imaginés. Rien de tout ça ne l'arrêta. Ce qui l'arrêta, ce fut le mouvement des mains de Catherine, posées sur la balustrade. Elle tenait entre ses doigts finement gantés la longue tige d'une rose blanche qu'elle tournait et tordait tout en contemplant le jardin. C'était le seul indice à trahir le fait qu'elle n'était pas aussi calme que le laissait penser l'expression de son visage. Richard regardait fixement cette rose avec une fascination grandissante. La tige gorgée de sève s'était fendue sans se casser. Ses épines labouraient le cuir fin des gants. Ses pétales délogés, encore perlés de rosée, tombaient aux pieds de Catherine. Et pourtant elle n'y prenait garde. Son regard – et manifestement son attention – restait fixé sur un lointain horizon.

« Pourquoi êtes-vous venu ? demanda-t-elle brusquement, toujours sans regarder dans sa direction.

— Quand vous auriez préféré que je m'abstienne ? répliqua-t-il d'un ton lamentable.

— Précisément.

— Parce que je m'y suis senti obligé.

— Ces obligations que vous aviez envers moi sont caduques depuis bien des années. Je ne souhaite pas les voir se renouveler. »

Elle le gratifia alors d'un regard : un coup d'œil cinglant qui le fit davantage rougir que n'importe quels mots.

« Vous êtes là à cause de ce chasseur de fortune. »

Il s'était arrêté au sommet des marches, à deux mètres d'elle : ce gouffre semblait impossible à franchir.

« À cause de Norton, oui, en partie. Parce qu'il prétend être votre fils.

— Vous savez ce que je pense de ses allégations.

— Oui. Vous croyez qu'on peut les ignorer.

— Elles m'indiffèrent. J'emploie d'autres gens pour les réfuter. »

Il n'y avait pas d'ironie dans son ton. Elle n'était plus, si elle l'avait toutefois jamais été, la Catherine que Richard avait aimée. Les barrières d'autocratie et d'arrogance derrière lesquelles elle s'était retranchée étaient infranchissables; pour lui encore plus que pour n'importe qui.

« Norton en sait trop pour qu'on reste indifférents – ou qu'on le prenne en défaut. Avez-vous seulement envisagé qu'il puisse... ?

— Il n'est pas mon fils.

— L'affirmerez-vous au tribunal ?

— Oui.

— Dans ce cas, il vous faut connaître le témoignage que Norton compte délivrer. Je ne peux pas prédire quelle sera l'étendue de ses confessions, mais s'il raconte tout ce qu'il nous a dit lors de l'audition, certaines révélations douloureuses seront...

— Épargnez votre salive. »

Elle se tourna à demi vers lui, la rose déchiquetée lui échappa.

« Hugo m'a déjà raconté... tout ce récit sordide. »

Une fois de plus, Richard ressentit le coup de poignard de la trahison : s'ils étaient incapables de faire front ensemble, quel espoir y avait-il ?

« Il n'avait pas à...

— Me tenir à l'écart ? Je suis ravie de vous l'entendre dire. Mieux vaut que tout le monde soit au courant. Rassurez-vous, Richard, je ne m'évanouirai pas si cet homme déclare au tribunal – ou ailleurs – que Gervase est mort de la syphilis. Est-ce là tout ce que vous vouliez me dire ? »

Il s'efforça de se ressaisir.

«Non. Enfin…

— Peut-être devrais-je vous informer du reste des révélations que m'a faites Hugo. Pour commencer, il en a conclu que Gervase n'était pas son père.»

Quelque chose de l'ordre d'un gémissement dut s'échapper des lèvres de Richard. Il se surprit à s'appuyer lourdement contre la balustrade, les mains agrippées à la rampe pour ne pas tomber.

«Il semblerait que l'on pourrait maintenant déduire de certaines déclarations de Gervase avant son attaque qu'il ne considérait pas Hugo comme son fils.

— D'où sa réticence à le déclarer officiellement comme son héritier, murmura Richard.

— Probablement.

— Qu'avez-vous dit à Hugo ?

— Qu'il avait raison.»

Il la dévisagea – d'une maîtrise si glaciale, d'un phrasé si posé – et se rendit alors compte qu'il n'avait aucune idée, pas le moindre soupçon, de ce qu'elle ressentait vraiment.

«Avez-vous (sa voix lui fit défaut) désigné le père ?

— Cela n'a pas été nécessaire. Hugo pense déjà le savoir.

— Il ne m'a rien dit.

— Pourquoi le ferait-il ?

— Parce que… c'est mon fils, n'est-ce pas ?

— Oui, Richard. Hugo est votre enfant, l'enfant de vos obligations piétinées.

— Pourquoi ne me l'avez-vous jamais dit ?

— Pourquoi ne l'avez-vous jamais deviné ?

— Je crois que je l'ai aussi souvent deviné, redouté, qu'espéré. Mais je n'avais aucun moyen de savoir…

— Jusqu'à aujourd'hui. Jusqu'à aujourd'hui j'ai été la seule à le savoir. J'ai choisi de garder le secret car je ne vous estimais pas digne de le savoir. »

Il secoua la tête, ploya légèrement sous l'assaut de ces mots.

« Vous êtes une femme dure, Catherine.

— Par votre faute.

— Ma faute ?

— Oui, Richard, votre faute. Parce que vous étiez si faible et parce que je vous faisais confiance. Vous avez laissé Sir Lemuel vous dicter votre conduite. Il y a vingt-sept ans, vous avez filé d'ici en douce en me laissant affronter Gervase seule, en me laissant l'affronter avec votre enfant dans mon sein.

— Je ne savais pas...

— Vous vous en fichiez. Je serais partie avec vous, je me serais cachée avec vous n'importe où. Mais vous avez fui seul.

— Catherine, je...

— Silence ! »

Le visage de Catherine était un masque de sévérité implacable ; l'obéissance de Richard, sa honte étaient totales.

« Je vais vous expliquer aujourd'hui, Richard, pour la première et la dernière fois, ce que vous m'avez laissée endurer. Quand Gervase est rentré à la maison cet été-là, je soupçonnais déjà que j'étais enceinte de vous et je savais aussi que vous ne feriez rien pour m'aider. L'amour que vous professiez ne valait vraiment rien. En conséquence, j'ai décidé de m'accrocher au peu que j'avais : j'ai décidé de préserver mon mariage. Il était essentiel que rien ne puisse laisser soupçonner à Gervase mon infidélité. C'est pourquoi, lors de sa première nuit à la maison, j'ai tenté de le séduire. »

Richard chercha son regard, contempla un instant l'accusation qu'il portait, puis ses yeux fuirent à la hâte, furtivement, comme ceux d'un homme incapable de faire face à lui-même.

« J'ai échoué. Je me suis humiliée et avilie pour rien. Je l'ai supplié, imploré, je me suis jetée sur lui. J'aurais fait n'importe quoi. Mais il m'a repoussée. L'adultère était une habitude chez mon mari. Plus d'une blanchisseuse a témoigné de sa lubricité. Et pourtant cette nuit-là et toutes les autres à partir de ce jour, il m'a repoussée. Pourquoi ? J'ai cru qu'il devait avoir deviné mes motivations. J'ai craint que James ait pu lui raconter quelque chose. Nous n'en avons jamais parlé quand mon état est devenu manifeste ni, plus tard, à la naissance de Hugo : je prenais son silence pour du mépris. Voilà, évidemment, la raison pour laquelle il était si réticent à déclarer officiellement la mort de James : parce que nous savions tous les deux que James était son seul fils.

« Mais il n'avait pas deviné, n'est-ce pas ? Je le sais à présent. Le Dr Fiveash l'avait mis en garde. Moi, je croyais qu'il préférait les prostituées et les épouses des autres. Maintenant je sais que, quelque part dans son âme odieuse, se cachait une once de fichu scrupule, un fragment de décence, voire un vestige de culpabilité, qui l'avait poussé à tenir la promesse qu'il avait faite à Fiveash, à défaut de tenir toutes les autres. Maudit soit-il et maudit soyez-vous, Richard, pour ce que vous avez fait de moi. Partez maintenant. Et n'en reparlez jamais plus. Car je resterai muette. »

Au prix d'un grand effort, Richard leva la tête. Il n'avait qu'une envie, obtempérer : partir furtivement et se cacher de la vérité qu'il s'était évertué à découvrir. Mais il ne pouvait pas. Sur un point, au moins, Catherine se trompait. Ses obligations n'étaient pas caduques. Elles ne faisaient que commencer.

« Avez-vous raconté tout ça à Hugo ? finit-il par demander d'une voix qu'il reconnut à peine.

— Je ne lui ai rien raconté du tout. Tout ce qu'il sait est ce qu'il a deviné. Quant à l'identité de son père biologique, il s'est trompé. Il soupçonne... le prince Napoléon. »

L'espace d'un instant fou, Richard crut qu'elle plaisantait. Mais son expression inchangée le détrompa.

« Vous ne l'avez pas désabusé ?

— Je n'ai ni confirmé ni nié. Mais toute hypothèse, quand bien même tirée par les cheveux, vaut mieux que la vérité. Il ne doit jamais savoir. Vous comprenez ? Jamais.

— Si tel est votre souhait...

— C'est mon ordre. Et vous obéirez.

— Fort bien. Mais j'ai autre chose à dire. Dieu sait que j'aimerais qu'il en soit autrement, mais il y a certaines questions qu'il me faut vous poser.

— Au sujet de Miss Strang ?

— Oui.

— J'ai déjà répondu à Baverstock : Miss Strang n'a rien à voir avec cette histoire. Je n'ai rien à dire sur elle.

— Je ne puis l'accepter.

— Vous le devez.

— Le prince Napoléon la connaissait, n'est-ce pas ?

— Il l'avait rencontrée. C'est différent.

— À votre retour de Crimée, vous aviez sous-entendu être partie à cause d'une chose que le prince Napoléon avait dite ou faite. Avait-ce un rapport avec Miss Strang ?

— Non.

— Alors qu'était-ce ?

— Vos questions m'offensent, Richard. Je vous prie de partir, à présent.

— Il faut y répondre.

— Absolument pas.

— Si vous voulez réussir à repousser l'allégation de Norton...

— Je me passerai de vos conseils. Je ne peux, évidemment, empêcher Hugo de faire appel à vos services de juriste, mais je considérerais comme une faveur que vous cessiez de gérer ses affaires.

— C'est impossible.

— Mais non. Toutefois, si vous refusez, je ne puis vous contraindre. Ce que je *peux* faire en revanche, c'est refuser de vous recevoir si jamais vous reveniez me rendre visite. Ne préféreriez-vous pas vous épargner et épargner aux domestiques un tel embarras ?

— Par Dieu, Catherine...

— Vous invoquez le nom du Seigneur ? Fort bien, alors. Au nom de Dieu, Richard, sortez de ma vie. Vous m'avez causé suffisamment de tort pour me devoir au moins ça, je crois. Quand nous nous croiserons, ce qui arrivera sans doute, soyez gentil de vous rappeler ce que nous sommes l'un pour l'autre : des inconnus, rien de plus. Maintenant allez-vous-en. »

Il se détourna et, en descendant lentement les marches, sans trop savoir s'il devait rire ou pleurer, il entendit les mots de Catherine, tous ses mots d'aujourd'hui et de vingt-sept ans auparavant, sonner comme une longue mélopée de sirène chantée dans une langue qu'il ne comprenait pas. Le recours du lâche qui se travestissait en bonne action. L'amour qui était plus facile à perdre que la haine qui s'ensuivait. La vie du propre-à-rien qui était, en vérité, celle de son fils. De telles pensées le poursuivaient, à l'instar du chœur courroucé des corbeaux, jusque dans les platebandes jonchées de feuilles.

*

Ce dimanche-là, la nuit tomba rapidement dans le jardin des Tuileries. Le soleil choisit le tout dernier moment pour apparaître dans le ciel parisien, irradiant le voile nuageux jusqu'à ce que la perspective occidentale ne fût plus qu'un vaste tambour de cuivre, aperçu à travers la dentelle ondoyante des branchages d'arbrisseaux.

Le prince Napoléon changea de position, assis inconfortablement sur un banc placé sous une urne monumentale, et serra le revers de son manteau sur sa poitrine, éparpillant ainsi sur son torse la cendre d'un cigare délaissé. Il jura et écrasa le mégot dans la poussière à ses pieds, où des pigeons picoraient les graines qu'il avait répandues un peu plus tôt, à l'occasion de l'une des rares *largesses** qu'il s'autorisait encore. Pourquoi au juste se trouvait-il là, sans cognac à portée de main et avec les colombes pour seules courtisanes, il ne savait trop, hormis que cette situation était mille fois préférable à aller risquer une inflammation des articulations dans la compagnie génuflectrice parfumée à l'encens de sa pieuse épouse, qui devait en ce moment même communier avec son Dieu et les jacassements d'un prêtre à l'autre bout de la ville.

Ah, les femmes ! Elles faisaient sa joie et son désespoir. Qu'y avait-il, au bout du compte, à choisir, entre l'incorruptible Marie Clotilde et la bien trop corruptible Cora Pearl ? Rien, lui soufflait la richesse de son expérience, au-delà des chemins divergents qu'elles proposaient pour aboutir à la même désolation. L'une servait sur les genoux, l'autre sur le dos. Il sourit. Pour tout dire, Cora était prête à servir dans l'une ou l'autre position. Soudain il grimaça : un muscle intercostal froissé lui rappela que l'âge ne lui pardonnait plus ses petits plaisirs.

Là, concéda-t-il, était le problème. Peut-être ces deux femmes avaient-elles été de trop bons professeurs. Peut-être avait-il simplement vécu trop longtemps. Ce qu'on ne pouvait nier, c'était que, depuis son bref *rapprochement** avec Cora, sa mémoire l'avait asticoté. Un prêtre – et en particulier l'aumônier de son épouse – aurait parlé de conscience, mais Plon-Plon n'était pas né de la dernière pluie. Il se sentait tout bonnement harcelé par le passé, poursuivi par les fantômes d'amis défunts et d'ennemis trépassés. Plus que tout, depuis que Cora lui avait raconté sa rencontre avec Norton, il avait été accablé par les souvenirs d'une gouvernante écossaise et d'un pari idiot pour lui arracher sa vertu. Ce sombre et lointain marché – quelle importance avait-il à présent ? Il l'ignorait. Et pourtant il ne cessait d'y penser.

Peut-être était-ce à cet impétueux excès de jeunesse

– pas le plus grand ni le plus grave, assurément, mais quelque part le plus mémorable – que Gervase avait fait allusion, à l'occasion de ce qui s'était révélé être leur dernière entrevue. Plon-Plon s'était rendu en Angleterre pour les funérailles du prince impérial, ce jeune écervelé s'étant débrouillé pour être occis par des Zoulous en servant dans l'armée britannique, et s'était réfugié loin de l'hospitalité larmoyante de l'impératrice Dowager à Chislehurst en se retirant à Bladeney House, en quête d'une légèreté revigorante. Mais Gervase n'était pas chez lui, Quinn l'avait envoyé le trouver à son club.

12 juillet 1879. Un crépuscule tardif mais cinglant enveloppait Londres. Même si les boutiques respectables étaient toutes fermées à cette heure-là, Plon-Plon avait choisi un trajet tortueux au départ de Chester Square, car ce n'était pas le respectable qu'il affectionnait le plus dans cette ville. Un samedi soir d'été, les pickpockets en maraude et les prostituées au visage rougi seraient de sortie. Plon-Plon, tel un noyé en quête d'air, était attiré par cette population et par tout ce qui était le plus licencieusement éloigné du rigorisme de ses propres congénères dédaigneux.

Dans Jeremy Street, il était passé devant un chapelier chez qui il se rendait souvent, avait envisagé de bifurquer en direction de Pall Mall, puis s'était ravisé et, d'une foulée involontairement plus légère, avait continué dans Haymarket, qui se peuplait rapidement de tout ce qu'il trouvait le plus cru et le plus délectable dans la vie citadine.

Les théâtres se remplissaient vite, des grappes de

prostituées se rassemblaient à l'entrée, la porte battante des pubs laissait échapper des bourrasques de bruit, les fiacres déchargeaient leurs clients sur les trottoirs bondés. Plon-Plon, qui appréciait autant ici son anonymat que son environnement, déambulait dans cette mêlée, écartant d'un geste les garçons en guenilles qui tiraient sur sa manche, zieutant sans s'arrêter les prostituées débraillées qui bombaient le torse et lui adressaient des clins d'œil au seuil de toutes les portes. Il regardait au bout des ruelles et dans les pièces en sous-sol chaque fois que s'en échappaient une musique et une lumière engageantes, s'esclaffait devant les durs qui s'affalaient et les ivrognes en haut-de-forme, lorgnait les filles au visage pimpant dont les charmes n'avaient pas encore été vendus trop souvent : il était dans son élément.

Soudain, une silhouette chancelante en tenue de soirée l'avait percuté au sortir d'une ruelle. Plon-Plon avait vacillé sous l'impact, marmonné un juron et s'était retourné : l'autre homme s'agrippait à un réverbère pour ne pas tomber. Sa semonce bien sentie était morte sur ses lèvres. C'était Gervase.

« Je venais te voir à ton club, *mon ami**. »

Gervase s'était redressé.

« Le voilà, mon club, avait-il ironisé en désignant le poteau.

— Tu n'as pas l'air en forme. »

L'autre s'était esclaffé.

« L'ai-je jamais été ? »

Il avait alors oscillé dangereusement et s'était appuyé au mur derrière lui.

Plon-Plon lui avait asséné une bourrade.

« Que se passe-t-il, Gervase ? Trop de vin ? »

Non. Il voyait bien qu'il ne s'agissait pas de ça. Son ami avait beau tituber et bafouiller, il n'était clairement pas ivre. Malgré la fraîcheur de la nuit, il transpirait. Sur sa joue, un muscle tressautait avec une rapidité étonnante. Il avait les yeux injectés de sang. Il avait l'air vieux et pitoyablement frêle.

« Qu'est-ce que tu fais là ? avait demandé Gervase avec une clarté étonnante.

— Le prince impérial a été enterré aujourd'hui.

— Mais oui, bon sang, bien sûr. Je l'ai lu quelque part. Ne devrais-tu pas être en train de consoler l'impératrice ?

— Je l'ai laissée prendre le thé avec ma femme.

— Le thé ? Bon Dieu, du thé ! »

Le visage de Gervase s'était plissé de douleur.

« Pourquoi ces femmes ne veulent-elles rien d'autre que du thé ? »

Il avait jeté un regard éperdu à Plon-Plon.

« Tu te rappelles cette *tea-party* quand on était jeunes, vieille branche ? Celle où j'avais délivré un message en ton nom. Celle où j'avais joué les entremetteurs.

— Je ne suis pas sûr...

— Je l'ai gagné, ce pari, hein ? Je l'ai gagné.

— Oui, *mon ami**. Tu l'as gagné.

— Tu veux que je te raconte une blague, Plon-Plon ? Je crois que j'ai été maudit ce jour-là. Je n'ai jamais cessé de payer... pour avoir gagné ce pari.

— Laisse-moi te soutenir... On va marcher. »

À ces mots, Plon-Plon avait passé le bras de Gervase autour de ses épaules afin de le guider : clairement, Haymarket n'était pas un endroit pour lui dans un état pareil.

« Ils veulent dire que James est mort.

— Ne l'est-il pas ?

— Ils veulent mettre Hugo à sa place. »

Ils avaient atteint le trottoir d'en face. Plon-Plon s'était dirigé vers une intersection qu'il savait les mener à Pall Mall.

« Les enfants vous causent du souci, parfois, *mon ami**. Du souci – et du chagrin. »

Gervase tremblait à présent, il s'appuyait plus lourdement sur son compagnon.

« Je vais leur montrer, à tous, avait-il murmuré. Elle n'escroquera pas mon fils.

— Escroquer Hugo ?

— Non. »

Il avait grincé des dents.

« Pas Hugo. Mon fils.

— Je ne comprends pas.

— Personne ne comprend, Plon-Plon. Personne.

— Veux-tu aller à ton club ? »

La voix de Gervase n'était plus guère qu'un murmure.

« Rentrer.

— Dans ce cas, je dois héler un fiacre. Peux-tu tenir debout tout seul ?

— Tout seul ? Oh, oui. Toujours tout seul. »

Laissant Gervase un moment, Plon-Plon s'était placé au bord du trottoir. Il était facile de se procurer un fiacre qui revenait vide du quartier des théâtres : l'un d'eux approchait. Il s'était arrêté à côté de lui. Après avoir demandé au cocher d'attendre, il était retourné auprès de son ami.

Gervase était calme désormais et bien campé sur

ses deux pieds. Il contemplait le ciel nocturne piqueté d'étoiles.

« Où est-il maintenant, à ton avis ? avait-il marmonné.

— Grimpe dans le fiacre, *mon ami**. Veux-tu que je vienne avec toi ?

— Non. Quinn a l'habitude de mes... crises. Toi, non. Affreusement désolé, vieille branche. »

Gervase était monté à bord, et Plon-Plon avait refermé la portière derrière lui.

« Tu te sentiras mieux demain, l'avait-il rassuré avec un sourire. Plus d'histoire d'escroquerie.

— Ah ! Leurs plans, je m'assois dessus ! »

Gervase avait claqué des doigts et Plon-Plon avait alors remarqué, à la lueur de la lampe du cocher, que le visage de son ami était de nouveau baigné de sueur.

« C'est moi qui vais les escroquer, avait-il déclaré avec un sourire jusqu'aux oreilles. À la fin – avant la fin –, je leur dirai.

— Leur dire quoi ?

— Où il est, bien sûr. »

Gervase avait tendu la main par la fenêtre du fiacre et saisi la peau flasque de la joue de Plon-Plon entre le pouce et l'index.

« Un pari sans honneur est un pari avec le diable. Pas vrai, mon vieux ?

— Peut-être, *mon ami**. Peut-être. »

Gervase avait ri, le rire d'un homme pris de fièvre, ou de celui qui a vu ce que lui réservait l'avenir. Relâchant Plon-Plon, il avait giflé la portière du fiacre.

« Chester Square, cocher. Filez comme le diable ! »

Le véhicule était parti au trot. Gervase avait adressé

un geste d'adieu à son ami, puis s'était affaissé sur la banquette et s'était évanoui, sous le regard de Plon-Plon, dans l'obscurité.

« *Votre Majesté ! Votre Majesté* !* »

Plon-Plon redressa brusquement la tête. Quel plaisantin osait lui lancer un titre aussi désuet au visage ? Un homme se penchait au-dessus de lui, vieille silhouette tordue vêtue d'un manteau élimé aux couleurs passées. Le visage de l'homme, collé au sien, était flétri et crispé, la peau grise était tendue jusqu'à en être translucide sur l'os blanc acéré. Ses cheveux et sa barbe, rasés comme ceux d'un détenu, se hérissaient sur son crâne et sa mâchoire. Ses yeux verts, brillants, le dévisageaient fixement.

« *Votre Majesté impériale* !*

— *Citoyen, mon brave, c'est tout*.*

— *Non, non*.* »

L'homme se tapotait la tempe.

« *Je me souviens de vous. Alma. À côté du commandant en chef*.*

— *Mais oui*.* »

Plon-Plon sourit. Un vieux soldat loqueteux se souvenait de lui, chevauchant à Alma près de trente ans plus tôt. Il reconnaissait ce manteau, maintenant. C'était celui d'un simple soldat de l'armée française impériale. Il tendit la main et serra le bras de l'homme dans un geste fraternel, relâchant sa poigne en sentant la maigreur du membre sous la manche. Il sortit une pièce d'or de sa poche et la pressa dans la paume de la main du vétéran.

« *Pour vous, mon brave*.*

— *Merci, mon général**.
— *Merci, mon ancien soldat**. »

L'homme s'éloigna en clopinant. Qui l'avait dévasté, se demanda Plon-Plon : l'empire ou la république ? Peu importait. Au moins, il s'était souvenu.

Il commençait à faire sombre et froid. Il était temps de rentrer à la maison et de mortifier sa femme avec quelques blasphèmes désinvoltes. Plon-Plon se leva. Soudain, il repensa à Gervase qui, de l'officier anglais fringant de leur jeunesse en Crimée, s'était mué en un chancelant vieillard sénile, abandonné dans une rue de Londres. Qu'avait-il voulu dire, avec tous ses propos sans queue ni tête ? Rien, vraisemblablement, à moins, bien sûr, que James Norton ne fût la dette impayée de son pari avec le diable. Non, se sermonna Plon-Plon. Mieux valait croire que ça n'avait rien voulu dire. Beaucoup mieux. Il secoua la tête et se mit en chemin pour rentrer chez lui.

*

Ce soir-là, quand le Dr Fiveash apprit qu'il avait un visiteur, il regretta une fois de plus d'avoir laissé le Dr Perry s'éclipser pour le week-end, et descendit dans son cabinet, bien décidé à expédier sans ménagement n'importe lequel de ses jeunes patients qui avait eu l'impertinence de venir le consulter. C'est pourquoi il ne sut s'il devait être soulagé ou navré quand il découvrit Richard Davenall dans la salle d'attente.

« Davenall ! Je vous aurais reçu au salon si j'avais su.
— Aucune importance, docteur. Cela fera très bien l'affaire. Disons que je suis là pour raisons médicales. »

Fiveash le pressa de s'asseoir et le délesta de son manteau.

« Je ne suis pas sûr de comprendre.

— Trenchard m'a tout raconté au sujet de Miss Whitaker.

— Oh, ça ? J'avais l'intention d'aller voir Baverstock demain pour le…

— Trenchard vous a-t-il fait part de sa théorie selon laquelle Miss Whitaker aurait été placée chez vous par un ancien domestique de Sir Gervase afin de vous espionner ? »

Fiveash fronça les sourcils.

« Non. Je lui ai donné l'ancienne adresse de Miss Whitaker et c'est la dernière fois que j'ai entendu parler de lui.

— Alors je vais vous expliquer à sa place. »

Pendant que Davenall s'exécutait, Fiveash alla chercher une bouteille de whisky à l'arrière de son placard à pharmacie et servit deux verres. Son air soucieux se renforça pendant le récit et, celui-ci terminé, Fiveash avait l'air profondément perplexe.

« Vous ne semblez pas convaincu par cette théorie, docteur.

— Ce n'est pas ça.

— Quoi, alors ?

— Ce Quinn…

— Comme je le disais, Lady Davenall a eu motif à se défaire de ses services quelque trois ans auparavant. Il n'y a aucune raison de penser qu'il est resté dans la région. Bien au contraire. Il est beaucoup plus probable…

— C'est précisément ça, le problème. Je croyais que Lady Davenall était au courant.

— Au courant de quoi ?

— Il rendait régulièrement visite à son mari dans la maison de santé. Je crois d'ailleurs que Quinn a été le dernier visiteur de Gervase avant sa mort. »

Davenall le regardait fixement, médusé.

« Quinn ? Un visiteur régulier ?

— C'est ce que m'a certifié le personnel soignant.

— Mais c'est impossible. Il avait été congédié à ce moment-là.

— Cela n'empêche en rien un homme de rendre visite à son ancien employeur. J'en ai entendu parler pour la première fois, je dois l'avouer, à la toute fin. Ce devait être en mars de l'an dernier. J'avais augmenté la fréquence de mes visites car Sir Gervase était manifestement en phase terminale de sa maladie. Il était devenu agité et cohérent par intermittence : l'ultime flamboiement de la bougie avant qu'elle s'éteigne, pourrait-on dire. À l'époque, je n'y avais pas accordé beaucoup d'importance, pour des raisons évidentes, mais, à bien y réfléchir, j'imagine que ces circonstances étaient somme toute étranges. »

Ce matin-là, à son arrivée à la maison de santé de Cedar Lodge, le Dr Fiveash regrettait plus que jamais sa location balayée par le vent en surplomb de la gorge de l'Avon. C'était une journée détestable, dominée par la grisaille et un froid mordant, le genre de journée, avait-il songé, morbide, où les patients qui ont enduré l'hiver finissent par abandonner l'espoir du printemps.

La surveillante générale l'avait accueilli dans l'entrée.

« Je crois que Sir Gervase est décidé à partir, avait-elle annoncé. Il s'est montré très bavard. »

Ils avaient entamé l'ascension de l'escalier tournant où tout résonnait.

« Hum. Des propos sensés ?

— Pas du tout. Il demandait à voir sa famille, me semble-t-il.

— Alors sa requête restera vaine, car je doute qu'il la reverra dans ce monde.

— Il y a quelqu'un avec lui en ce moment. Mais ce n'est pas un parent.

— Ah bon ? Qui ça ?

— Il ne s'est jamais présenté. Il lui rend visite régulièrement. Je crois qu'il a expliqué avoir servi avec Sir Gervase dans l'armée. »

Leurs chemins s'étaient séparés sur le deuxième palier, et Fiveash s'était dirigé seul vers la chambre où Sir Gervase Davenall avait dernièrement attendu la mort dans un état d'oubli miséricordieux. Quand il avait ouvert la porte, il avait vu le visiteur se lever précipitamment de la chaise au chevet du lit et se tourner vers lui. Il avait aussitôt reconnu Quinn et s'était efforcé un instant de se souvenir de ce qu'on lui avait expliqué au sujet de son départ de Cleave Court.

« Quinn, c'est cela ? avait-il demandé en traversant la pièce.

— Oui, monsieur. Je voulais juste voir mon vieux maître. »

Fiveash avait alors regardé son patient : hâve, gris, on lisait la mort sur son visage. Il était redressé plus haut que d'habitude sur les oreillers, un bras rejeté par-dessus les couvertures, la main cramponnée comme une serre sur le couvre-lit, les doigts agités de soubresauts. Sans quitter une seconde Quinn des yeux, il l'observait qui se dirigeait lentement vers le bout du lit.

« Bon, je vais y aller.

— Fort bien, fort bien. »

Fiveash avait déposé sa sacoche sur la chaise que Quinn venait de libérer et ouvert les sangles. Un cliquetis à l'autre bout de la chambre lui avait signalé qu'il était désormais seul avec son patient : Quinn était parti.

Alors qu'il levait les yeux de sa sacoche, un objet sur le meuble de chevet avait attiré son attention. Pour les patients qui n'avaient plus la capacité de s'exprimer de façon cohérente, Cedar Lodge fournissait un petit bloc de papier et un crayon afin de pourvoir à tout désir de communiquer. Dans les souvenirs de Fiveash, Sir Gervase n'en avait jamais manifesté aucun. Et pourtant il voyait clairement à présent qu'une feuille avait été arrachée du calepin et que la vague trace d'un message avait marqué la feuille du dessous. Il s'était alors négligemment emparé du calepin pour l'examiner : l'empreinte était indéchiffrable. Puis il avait considéré Sir Gervase – les yeux fixes, la main recroquevillée et agitée de spasmes – et avait secoué la tête. Non, il n'avait rien pu écrire. Il avait reposé le calepin, chassé cette pensée de son esprit et farfouillé dans sa sacoche en quête de son stéthoscope. Quand il avait relevé la tête, Sir Gervase souriait.

« Au fait, lança Fiveash en raccompagnant Richard Davenall à la porte, quel était le problème médical dont vous vouliez me parler ?

— Hum ?

— Vous m'aviez dit que c'était la raison de votre visite.

— Ah oui. C'est au sujet de Trenchard. Je suis quelque peu inquiet pour sa... santé mentale. Sa femme l'a quitté, vous savez.

— Grand Dieu. Il ne me l'avait pas dit.

— Je me demandais si, comme moi, vous craindriez, au vu des circonstances, qu'il tire des conclusions saugrenues. Qu'il se raccroche désespérément aux branches, en fait. Qu'il décèle des conspirations là où il n'y en a pas. En bref, que le surmenage lui fasse perdre les pédales.

— Quand il est venu ici hier, j'ai été frappé il est vrai par le changement qui s'était produit chez lui depuis la dernière fois que je l'avais vu à Londres. Maintenant que vous m'avez expliqué au sujet de sa femme, je dois bien tomber d'accord avec vous.

— Justement, dit Davenall en s'arrêtant sur le seuil. Au vu de tout ce que vous m'avez raconté, je ne suis pas sûr que vous deviez tomber d'accord avec moi, en définitive. *Si ?* Bonsoir, docteur. »

*

Deux jours après mon retour de Bath, je reçus une lettre de Constance. Le facteur était arrivé au moment même où je quittais la maison. Devançant Hillier, j'avais passé en revue les lettres et étais tombé sur celle que j'avais craint autant qu'espéré trouver. Elle portait le cachet de Salisbury et l'adresse était de la main de Constance. N'osant pas l'ouvrir sur-le-champ, j'étais parti en la glissant dans ma poche.

Pendant toute la traversée de Regent's Park, je me demandais ce qu'elle m'avait écrit. En me faufilant au milieu de la foule de Baker Street, j'essayais de me persuader qu'elle rentrait à la maison, qu'elle retirait son soutien fou à la cause de Norton, qu'elle décidait, finalement, de rester à mes côtés.

Puis, seul dans mon bureau d'Orchard Street, le coupe-papier tremblant dans ma main, je sus que cela était impossible. Un télégramme aurait suffi à dire tout ce que je voulais entendre. Cette enveloppe, porteuse de son écriture soignée et scrupuleuse, contenait une autre sorte d'annonce.

Maison du chanoine Sumner,
Cathedral Close,
Salisbury,
Wiltshire

15 octobre 1882

Mon cher William,

Vous serez content d'apprendre que nous sommes arrivées sans encombre et sommes confortablement installées. Patience apprécie ce nouvel environnement et vous envoie ses tendres pensées.

Je n'ai rien à ajouter à ce que je vous avais dit avant de venir ici et je ne puis imaginer que ce soit différent pour vous. Même si je sais que vous ne partagez pas cet avis, je suis plus certaine que jamais que nous séparer à ce stade est à la fois nécessaire et prudent. Je vous supplie de respecter ma décision et de ne pas tenter de venir me rendre visite avant que je sois au clair avec moi-même. Soyez assuré que j'imposerai les mêmes conditions à James.

Ces quelques mots suffiront pour le moment. Je me sens trop perdue pour en écrire davantage.

Constance

Et voilà, c'était on ne peut plus terne et bref. Elle avait envoyé les tendres pensées de notre fille mais pas les siennes. Je laissai la lettre me glisser des mains et tomber en virevoltant sur le bureau, puis saisis mon fauteuil à tâtons et m'y écroulai.

Combien de temps restai-je là à considérer cette simple feuille de papier, je ne saurais le dire. Ma rêverie ne fut interrompue que par la sonnerie du téléphone.

« Oui ?

— J'ai un appel pour vous, monsieur Trenchard.

— Qui est-ce ? »

Je m'attendais à ce qu'on m'annonce qu'il s'agissait de mon frère, lequel avait insisté pour installer cette machine et en était l'utilisateur le plus régulier.

« Un certain M. Richard Davenall, monsieur. »

Pourquoi Davenall préférait-il me téléphoner plutôt que venir me voir pour me faire part de ses découvertes ? Je fus aussitôt en alerte.

« Passez-le-moi.

— Trenchard ?

— Oui.

— Je suis désolé de vous contacter au moyen de cette chose. Je suis assez pressé. »

L'était-il vraiment ? me demandais-je. Ou ne pouvait-il me dire en face ce qu'il avait à m'annoncer ?

« Avez-vous appris quoi que ce soit ?

— Malheureusement non. Catherine refuse toujours d'évoquer Miss Strang.

— Et Quinn ?

— Je… je n'ai pas plus d'informations à son sujet. »

S'il s'était trouvé dans la même pièce, j'aurais pu juger si son hésitation impliquait qu'il savait bel et bien quelque chose mais qu'il estimait ne pas pouvoir me le confier.

« Je vais lancer des recherches pour le retrouver, bien sûr, mais, pour le moment, il n'y a rien d'autre à faire.

— Rien ?

— Rien du tout.

— Je vois. Ma foi, merci de m'avoir tenu au courant.

— Trenchard…

— Oui ?

— Je suis navré. Croyez-moi. »

Je reposai le combiné sur son support et contemplai de nouveau la lettre de Constance. Elle ne m'avait rien demandé, si ce n'est de la laisser tranquille et de me fier à son jugement. Et voilà que Richard Davenall, malgré tous ses profonds regrets, venait de me demander la même chose. Le message était clair. J'encombrais l'une et gênais l'autre. Aucun des deux ne m'aiderait dans ma quête de la vérité.

Je plongeai la main dans la poche intérieure de ma veste et en sortis la photo que m'avait confiée Nanny Pursglove. Quinn était là, son image tachée et décolorée me faisait face chaque fois que je choisissais de l'examiner, fixée sur le papier couleur sépia comme elle n'était fixée nulle part ailleurs dans les revirements et les dérobades du passé des Davenall. Je la rangeai avec un sourire amer. Personne ne m'aiderait à le retrouver. Fort bien. Je le retrouverais seul.

*

Les noues de Salisbury formaient un ovale oblong de pâturage fertile, quadrillé par des canaux de drainage et traversé par le seul sentier de Town Path. Ce matin-là, à la moitié du chemin, assis sur un banc, un homme grand, solitaire et élégamment vêtu, fumait une cigarette et savourait, à travers les volutes de fumée, la perspective jaillissante de la flèche de la cathédrale, pinacle gris qui dominait les arbres et les grappes de maisons à son pied. La plupart des passants se seraient dit qu'il s'agissait d'un simple admirateur de l'architecture religieuse médiévale qui rendait hommage à l'une de ses plus belles créations, et pourtant James Norton avait, malgré les apparences, une raison plus pressante de se trouver là où il était, comme on aurait pu le déduire de sa consultation compulsive de sa montre à gousset et des regards méfiants qu'il jetait à gauche et à droite du chemin.

Il finit par se fatiguer de sa cigarette et en écrasa le long mégot sous sa semelle. Puis, sans être observé par aucune créature vivante hormis le cheval de trait à la retraite qui occupait le champ derrière le banc, il sortit d'une poche intérieure de son manteau un mince calepin en demi-reliure, qu'il feuilleta jusqu'à tomber sur une page précise, dont il se mit à étudier de près le contenu.

Malgré l'intensité manifeste de sa concentration, Norton remarqua la silhouette qui approchait par le côté sud du sentier presque dès sa matérialisation à côté de la haie de plantes vivaces en bordure de chemin. Aussitôt, sans avoir l'air le moins du monde de se dépêcher, il rangea le calepin dans sa poche. Il observa la silhouette plusieurs minutes jusqu'à être certain qu'il s'agissait bien d'une femme : seule, dans une tenue respectable, elle marchait assez vite et jetait des coups d'œil inquiets autour d'elle, comme si elle était plus nerveuse que ne le justifiaient l'heure ou l'endroit. Avec une assurance soudaine, Norton se leva du banc. Tandis que la femme approchait, il retira son chapeau et se mit à sourire. Ce n'est que lorsqu'elle fut à une trentaine de mètres qu'il se rendit compte qu'une ressemblance sororale l'avait trompé. Son sourire disparut.

« Emily ! Que signifie donc cela ?

— Elle ne viendra pas.

— Puis-je demander pourquoi ? »

Emily atteignit le banc, où elle se laissa tomber lourdement, comme soulagée de son soutien.

« Elle ne peut pas vous voir. Vous devez le comprendre. Je suis venue vous expliquer pourquoi cela est pour le mieux. »

Norton s'installa à côté d'elle et la dévisagea avec intérêt.

« Je pense que vous allez échouer.

— Vous lui en demandez trop. Elle est mariée à un autre. Rien ne peut le changer.

— Qui parle vraiment ici, Emily ? Vous – ou Constance ?

— Je joue le rôle de sa messagère. J'ai aussi la conviction que son message est le fruit de la sagesse. Hier seulement, elle s'est engagée par écrit auprès de son mari à ne pas vous voir, en échange de la tolérance dont il fait preuve en lui accordant ce temps de réflexion. Vous ne pouvez pas vous attendre à ce qu'elle rompe cet engagement. »

Norton devint songeur.

« Non. Naturellement, non. Est-ce là tout ce qui la retient ?

— Que voulez-vous dire ? »

Il détourna le regard, comme s'il regrettait sa question.

« Je suis désolé. Je ne devrais pas vous demander de disséquer les motivations de Constance. Elles sont, comme vous le dites, irréprochables.

— Elle a prié pour être guidée. Nous avons tous prié.

— Cette situation a dû être très éprouvante pour votre père.

— Je ne le nie pas. Je sais que Constance se sent terriblement coupable de lui infliger cela.

— Moi également, Emily. Moi également.

— Tout ce qu'elle demande, c'est du temps pour réfléchir.

— J'en ai eu moi-même beaucoup, au fil des ans. Constance vous a-t-elle expliqué… la raison de mon départ ?

— Non. Elle m'a dit qu'elle n'avait aucun droit de parler à votre place.

— Ah, je vois. Toujours aussi juste. Ma foi, tant mieux. Ce n'est pas une histoire faite pour les oreilles d'une femme.

— Pourtant vous la lui avez racontée.

— Parce que je l'aime. Il ne peut y avoir de secret entre nous. »

La mâchoire d'Emily se contracta, comme si le moment auquel elle s'était préparée était arrivé.

« Si vous aimez vraiment ma sœur, ne lui

épargnerez-vous pas l'épreuve de désobéir à son mari en témoignant en votre faveur ? »

Norton baissa brusquement la tête.

« Nous y voilà. C'est pour me demander ça que vous êtes venue, en réalité, n'est-ce pas ? »

Emily parla à toute vitesse, ses mots se succédant à un rythme qui ne laissait aucune place pour le doute ou l'irrésolution.

« Elle m'a parlé de sa promesse de témoigner en votre faveur à l'audience du procès. Elle ne se dédira pas. Mais il me semble que vous devriez savoir ce que cela engendrera pour elle. Une rupture totale avec son mari. La désapprobation de la société respectable. La notoriété publique. Par-dessus tout, la place de mon père au sein de la cathédrale pourrait fort bien devenir impossible. Je pense que vous lui en demandez trop et je pense que vous le savez. »

Norton la regarda.

« Vous avez conscience que, sans le témoignage de Constance, mes arguments seront démesurément affaiblis ?

— Pas à mes yeux. »

Il eut un sourire contrit.

« Très bien. Rapportez votre message, Emily. Il n'y aura pas d'assignation à comparaître. Pas même une requête polie. Je ne demanderai pas à Constance de témoigner.

— C'est généreux de votre part.

— C'est probablement très idiot de ma part. Je respecterai également sa promesse envers Trenchard. Cela aussi est probablement idiot, mais au moins c'est honorable.

— Oui, James. Ça l'est.

— Et c'est pour moi une marque d'approbation que vous m'appeliez par mon prénom. »

Il se leva brusquement.

« Adieu, donc, Emily. »

Il se pencha afin de baiser sa main gantée, prenant le temps de la regarder dans les yeux avant de la relâcher.

« Pour le moment. »

Elle ne le regarda pas s'éloigner vers le nord le long du sentier, et ne quitta pas davantage le banc pour rebrousser chemin à son tour. Non, elle resta immobile, contemplant la majesté impartiale et élancée de la flèche de la cathédrale. Au bout d'un long moment, elle risqua un œil pour s'assurer qu'il avait disparu de son champ de vision. Cela fait, elle se sentit enfin libre de tirer son mouchoir de sa manche et de sécher ses larmes.

*

« Merci, Benson. »

Le clerc se retira, laissant Richard avec le dossier qu'il lui avait demandé : une liasse de documents fermement sanglés qui constituaient le registre des propriétés, les contrats de métayage et les rapports des intendants se rattachant aux biens irlandais de Sir Hugo Davenall. Richard les parcourut pensivement.

À l'instar de son propriétaire actuel, il ne connaissait le domaine de Carntrassna que de nom. Il restait quatre mille hectares de la portion jadis vaste du comté de Mayo que la famille Fitzwarren possédait depuis le XVIIe siècle. Ces quatre mille hectares, Sir Lemuel

Davenall les avait acquis par le biais de son mariage avec Mary Fitzwarren, l'unique héritière, en 1815, et bizarrement, malgré leur longue séparation, il les lui avait légués à elle plutôt qu'à leur fils. Richard se rappelait les vitupérations de son père contre cette disposition. Gervase, au contraire, avait semblé heureux d'oublier non seulement Carntrassna, mais aussi sa mère dans sa retraite volontaire là-bas.

« Carntrassna ? s'était-il exclamé un jour. C'est un boulet au pied de mon père. Content de m'en débarrasser. Un fardeau, rien de plus. »

Fardeau ou pas, les hectares en nombre réduit étaient revenus à Hugo lorsque d'innombrables intrus avaient occis Lady Davenall en février 1882. Richard, sans l'avoir jamais rencontrée, reconnaissait que vivre aussi longtemps, pour des raisons qui lui étaient propres, dans un isolement et des conditions aussi sordides, était en soi un exploit. Il avait, à l'instar de la plupart des Anglais de son âge et de son éducation, une opinion bien arrêtée de l'Irlande et des Irlandais, opinion qui n'était fondée sur aucune connaissance personnelle quelle qu'elle fût, mais amplement renforcée par l'idée qu'une dame sans défense de quatre-vingt-quatre ans avait été assassinée pour la simple raison qu'elle possédait un nombre de terres assez conséquent.

Cela dit, Kennedy, l'intendant, ne semblait pas partager cette explication de l'incident. Il avait écrit une longue lettre, se souvenait Richard, qui innocentait la paysannerie et rassurait Sir Hugo quant à leur loyauté. Elle était là, au milieu des listes interminables de métayers impécunieux. Elle faisait plusieurs pages, noircies d'une écriture ferme et scrupuleuse. Richard la sortit de la liasse et la parcourut de son regard avisé.

Kennedy résidait dans le domaine de Carntrassna depuis le mois de février. Nul doute qu'un propriétaire absent lui convenait fort bien, d'où son insistance sur la justice et le fait qu'il soit préférable de laisser les choses en l'état. Ce n'est qu'à la troisième page que Richard trouva le passage qu'il cherchait.

> Le matin du dimanche 12 février, Lady Davenall a été retrouvée morte dans son lit. On s'est servi d'un oreiller pour l'étouffer. De nombreux indices montrent qu'elle a résisté, chose remarquable étant donné son âge. La fenêtre de sa chambre était grande ouverte et une échelle prise dans un cabanon voisin avait été placée contre le mur. Je sais qu'on dira qu'elle a été tuée par des nationalistes ou des métayers rancuniers. (J'imagine que vous avez entendu parler du meurtre récent de deux des intendants de Lord Ardilaun dans le voisinage.) Je tiens donc à vous rassurer sur le fait que les métayers de Carntrassna ont toujours nourri des sentiments chaleureux à l'égard de Lady Davenall et de sa famille. Je ne puis les croire responsables d'une telle atrocité. Non, étant donné que certains bijoux de Lady Davenall manquent à l'appel, il semblerait que nous ayons simplement affaire à un cambrioleur pris la main dans le sac. Je suis convaincu que l'ensemble des métayers fera son possible pour aider la police à identifier le coupable et que, lorsqu'il sera appréhendé, nous découvrirons que le vol a été son mobile.

Seulement aucun coupable n'avait été appréhendé. Les bijoux n'avaient jamais été retrouvés. Le meurtre de Lady Davenall demeurait irrésolu. Richard n'avait aucune peine à imaginer ce qu'affirmerait Trenchard : Quinn était impliqué dans le meurtre, et les bijoux avaient été vendus en Angleterre afin de lever des fonds pour le procès de Norton. Et pourtant rien ne le laissait penser. Le montant du butin n'aurait certainement jamais justifié pareil risque. Comme tant d'autres théories, elle ne cadrait pas avec les faits. Poussant un soupir, Richard rangea la lettre au milieu de la liasse et rattacha les sangles.

*

L'office du soir touchait à sa fin. Et pourtant le chanoine Canon Hubert Sumner, qui avait trouvé dans ses prières et ses hymnes peu de réconfort, s'attardait à sa place : malaxant le bois sculpté du dossier d'une stalle, il contemplait d'un air mélancolique les dalles sous ses pieds. Ce n'était pas un soulagement spirituel qu'il recherchait. Pour le moment, il avait abandonné tout espoir en la matière. Non, il retardait son départ afin de s'épargner les sollicitations de certains pairs fidèles qui ne pouvaient pas ne pas avoir remarqué son air abattu.

Car le chanoine Sumner était un membre populaire du chapitre de la cathédrale. Son âge et sa cordialité, mêlés à une absence singulière de duplicité et d'ambition, lui valaient l'affection de tous. Les gens auraient été attristés de voir l'expression affligée qui s'était peinte sur son visage maintenant qu'il était seul. Alors qu'il contemplait la lueur des bougies qui n'éclaircissait en rien la noirceur dans laquelle les soucis de Constance avaient plongé ses pensées, il avait l'air et se sentait plus vieux que son esprit robuste avait jamais voulu le reconnaître. Lui qui avait accepté la mort de son fils comme un simple quoique cruel accident, et celle de sa femme comme une fonction inévitable de la nature, trouvait plus difficile de s'accommoder de la situation critique de sa fille. Il ne parvenait à trouver aucun précepte guérisseur à son affliction, aucun texte réconfortant – par-dessus tout aucune réponse juste et pieuse.

Enfin, longtemps après que l'écho du claquement de la dernière lourde porte se fut tu, Sumner se leva de la stalle en prenant appui sur le prie-Dieu, et tourna les talons pour partir.

Un homme se tenait à l'extrémité de la rangée. Sa position d'attente patiente laissa penser à Sumner qu'il était là depuis un petit moment. Il était grand, en habit sombre, barbu. Il tenait un haut-de-forme dans la main gauche, tandis que la droite reposait, doigts ouverts, sur sa poitrine. Ce n'était pas un prêtre. Étant donné sa vue basse et l'obscurité qui progressait dans la cathédrale à mesure que le crépuscule avançait, ce fut tout ce que Sumner parvint à distinguer avec certitude. Il sourit et parcourut la rangée en scrutant l'inconnu.

« Bonsoir, mon fils. Puis-je vous être utile ?
— Ne me reconnaissez-vous pas ?
— Je… ne crois pas, non.
— C'est moi. James. »
Sumner s'arrêta net.
« James… Norton ?
— Davenall. »
Le chanoine sembla perdre l'équilibre. Il chancela sur le côté et tendit les bras pour se rattraper. Ses doigts ratèrent le rebord du prie-Dieu et il bascula

en avant. Norton l'empoigna alors par les deux bras et l'assit délicatement dans une stalle.

« Je suis désolé. Je ne voulais pas vous causer un choc.

— Non, non, murmura Sumner. C'est à moi de m'excuser. J'ai dû… j'ai dû trébucher. Ces dalles sont assez… irrégulières. »

Il repositionna ses lunettes rondes cerclées d'or qui avaient glissé sur le bout de son nez et, yeux plissés, observa son interlocuteur, qui était désormais assis à côté de lui.

« Je sentais qu'il me fallait vous parler. Constance ne souhaite pas que je vienne chez vous. C'est pourquoi je suis venu vous voir ici.

— Êtes-vous… James ? »

Il avait posé cette question de manière si hésitante qu'elle semblait presque rhétorique.

« Ne le voyez-vous pas ?

— Je vois que vous pourriez l'être et je sais que Constance le croit. Emily aussi.

— N'est-ce pas suffisant ?

— Peut-être.

— Comment puis-je vous convaincre ? »

Sumner esquissa un sourire.

« La conviction d'un prêtre, mon fils, naît de la foi. Et la foi est un don de Dieu. Elle ne peut être instillée par l'homme.

— Dans ce cas, il me reste à espérer que Dieu vous donnera foi en moi.

— Je partage cet espoir. Toutefois, présentement, je suis troublé.

— Par quoi ?

— L'idée qu'aucun homme qui aime véritablement

ma fille ne l'obligerait à choisir entre les promesses qu'elle lui a faites, et dont elle pensait que sa mort la libérait, et les vœux qu'elle a faits à son mari, dans cette même cathédrale, et dont Dieu ne la libérera pas. »

Norton contempla d'un air chagrin les yeux du chanoine et récita :

« Que l'homme donc ne sépare pas ce que Dieu a uni.
— C'est ce que décrète l'Église.
— Et c'est ce que je crois.
— Vraiment ?
— Oh, oui. C'est ce que je suis venu vous dire. Je vais laisser Constance trouver son propre secours. Je l'aime et je l'aimerai toujours. Mais l'amour ne suffit pas. Vous avez raison. Je ne l'obligerai pas à choisir. Je ne chercherai pas à la revoir. Je partirai d'ici ce soir et ne reviendrai pas. »

Pour la première fois depuis l'arrivée de Constance à Salisbury, le visage du chanoine Sumner recouvra une partie de son ancien contentement. Ses traits marqués par l'angoisse, qui se crispaient un peu plus d'heure en heure, se détendirent aussitôt. Il tendit le bras et posa la main sur l'épaule de Norton.

« Que Dieu vous bénisse, mon fils. Vous agissez pour le mieux.
— J'aimerais pouvoir le croire.
— Vous y arriverez, avec le temps.
— J'en doute, mais, si cela apaise votre conscience de le penser, je suis content de faire de même.
— Où irez-vous ?
— Je vais retourner à Londres. J'ai l'intention de continuer à me battre pour ce qui m'appartient de droit. Mais je le ferai sans mon alliée la plus ardente.

— Sans Constance ?

— Vous avez ma parole. En échange, prierez-vous pour moi ? »

Sumner se reprocha soudain le soulagement qu'il avait laissé paraître. Le sacrifice de Norton lui faisait honte. En tant que prêtre, la prière était la moindre des choses qu'il lui devait.

« Prions maintenant, mon fils. Vous aurez besoin de la force que mes prières pourront vous conférer au cours des épreuves qui vous attendent. »

Sumner pivota pour s'agenouiller. Il entendit Norton se baisser à côté de lui. Se creusant les méninges en quête d'une prière adaptée, il tomba sur celle destinée aux personnes à l'esprit ou à la conscience perturbés. Voilà qui semblait, en l'occurrence, on ne peut plus pertinent. Il s'y plongea, lui-même libéré de son récent fardeau, et introduisit dans ses mots un hommage particulier à la sincérité de son compagnon.

« Bénis sois-Tu Seigneur, Père des miséricordes, Dieu de toute consolation ; aie pitié et compassion de Ton serviteur affligé, James Davenall. Tu écris contre lui d'amers verdicts...

— Qui êtes-vous ? » rugit soudain Norton à pleine gorge.

Ce cri emplit le chœur et se répercuta, quelques instants plus tard, dans la voussure du plafond.

Sumner se tourna, estomaqué. Norton était retombé sur les talons. Il empoignait le bord du prie-Dieu, bras tendus, en regardant d'un air éperdu les stalles vides de l'autre côté de l'allée centrale.

« Qu'est-ce ? demanda le chanoine. Qu'y a-t-il ?

— Ne l'avez-vous pas vu ?

— Qui ça?

— L'homme… assis là-bas.

— Il n'y a personne là-bas. Nous sommes parfaitement seuls.

— J'ai levé la tête, pendant votre prière – je ne sais pas pourquoi. Mais quand je l'ai fait, il y avait quelqu'un, là dans les stalles, juste en face de moi.

— Une facétie de votre imagination. La lumière des bougies et les ombres sous ces baldaquins peuvent jouer d'étranges tours.»

Norton parut se ressaisir. Il s'adossa au banc et se passa une main sur le visage.

«Oui, bien sûr. Comme vous dites. Une facétie de mon imagination.

— Pouvons-nous terminer la prière?

— Non! s'écria Norton en se levant. Je dois partir maintenant. Merci… pour vos paroles bienveillantes.»

Il sortit précipitamment de la stalle et, avant que Sumner pût intervenir, se dirigea d'un pas vif vers la nef, le bruit de ses pas se répercutant sur les dalles.

Le temps que le chanoine sortît du chœur, Norton n'était plus qu'une vague silhouette qui disparaissait dans l'obscurité mouvante du bas-côté ouest de la cathédrale. Il scruta vainement les ténèbres, jusqu'à ce que le claquement de la porte nord lui indiquât que Norton était parti. Puis, la mine interloquée, avec un triste mouvement de tête, il retourna à sa stalle. Pour lui au moins, il y avait une prière à finir.

«Tu écris contre lui d'amers verdicts, Tu lui fais payer les fautes de sa jeunesse; Ta colère s'abat sur lui, et son âme est pleine de détresse…»

8

Le *Times* du samedi 4 novembre 1882 publiait dans ses pages justice un article bref mais chargé que l'on pourrait considérer comme le marqueur du moment où l'affaire Norton contre Davenall devint propriété publique.

> Les déclarations écrites sous serment doivent être examinées lundi devant M. le juge Wimberley de la Haute Cour de justice afin de déterminer si les poursuites engagées par M. James Norton contre Sir Hugo Davenall, baronnet, demeurant à Bladeney House, Chester Square, à Londres, constituent un cas sérieux d'action en revendication devant être soumis au tribunal de la reine. M. Norton affirme n'être autre que James, le frère aîné de Sir Hugo, disparu depuis onze ans et déclaré officiellement mort en 1880. Il adresse une pétition en justice pour le retrait des empêchements légaux à son appropriation des biens et du titre de Sir James Davenall. Il y a litige. Maître Charles Russell, avocat de la couronne, aura la charge du plaignant, tandis que la défense sera assurée par l'ancien adjoint du procureur général, Sir Hardinge Giffard, avocat de la couronne. Le énième affrontement entre ces

célèbres rivaux de salle d'audience, ainsi que les aspects sensationnels de cette affaire, ne manqueront certainement pas de faire l'objet d'un grand intérêt et de nombreuses spéculations.

*

Richard ne manifesta pas la moindre réaction à la lecture de l'article. Il n'avait aucune envie d'attirer dessus l'attention de Sir Hugo, assis à ses côtés dans le fiacre tressautant, au vu de l'humeur noire dans laquelle le jeune homme était déjà plongé. Bien sûr, il y avait des circonstances atténuantes, notamment, et non la moindre, l'heure très matinale à laquelle ils étaient convoqués au cabinet de Giffard. Cependant, il lui avait assuré les services de l'un des meilleurs avocats qu'on pût s'offrir et l'avait préparé de la manière la plus exhaustive possible. Un peu de gratitude de la part de Hugo eût été la bienvenue.

« Giffard a remporté des succès magnifiques, fit-il remarquer sur le ton de la conversation.

— Espérons que cela ne l'ait pas rendu présomptueux, rétorqua Hugo en faisant tomber d'une chiquenaude la cendre de sa cigarette par la fenêtre. C'est *toi* qui l'as choisi. »

Richard grinça des dents sans mot dire. Il avait dans l'idée que n'importe quel autre avocat confronté aux exigences irascibles de Hugo au cours des trois dernières semaines se serait retiré de l'affaire. C'était pour cette raison-là qu'il avait repoussé le plus tard possible leur rencontre avec Giffard.

« Toujours rien sur Norton ? »

À force d'itérations, cette question relevait davantage de l'accusation.

« Toujours rien. Ni sur Quinn. »

Hugo partit d'un rire moqueur.

« Ce n'est pas une grande perte.

— En tant que valet de James...

— En tant que voleur renvoyé par ma mère, il ne raterait pas une occasion de nous enfoncer.

— Peut-être. Mais Trenchard pense...

— Qu'il aille se faire voir, ce Trenchard ! Et sa femme, alors ?

— Autant que je sache, elle ne témoignera pas.

— Dans ce cas, pourquoi ne l'as-tu pas assignée à comparaître pour nous ?

— Je te l'ai déjà expliqué, Hugo. Si on l'oblige à venir à la barre, Dieu seul sait ce qu'elle pourrait déclarer. »

Un silence renfrogné s'imposa. À l'extérieur du fiacre, Londres se préparait bruyamment pour la journée. Richard ferma les yeux un moment et laissa ces bruits réconfortants le submerger. Il s'était senti tellement fatigué ces dernières semaines, harcelant ses clercs et Roffey pour qu'ils dénichent des preuves à l'existence desquelles il ne croyait pas, détournant les interventions rancunières de Hugo tout en priant, comme le supposait Catherine, qu'il n'ait pas deviné la vérité, espérant contre tout espoir éviter la confrontation qui les attendait. Mais il n'y avait aucun espoir. Il le savait désormais. L'homme à ses côtés devait bénéficier de son soutien dans n'importe quelle folie, de son allégeance plus que de n'importe quelle autre.

Car Roffey n'avait rien trouvé. Il avait beau être la crème de sa profession douteuse, un mois d'enquêtes infatigables n'avait révélé sur James Norton aucune possibilité sauf une : qu'il était celui qu'il prétendait. Cette idée martelait le cerveau de Richard chaque fois qu'il la laissait s'exprimer. Dans ces moments-là, comme maintenant, c'était à Gervase qu'il pensait, Gervase qui maintenait en dépit de la voix écrasante de la raison que James n'était pas mort.

Convié à Bladeney House pour dîner un soir d'été en 1878, Richard s'était rendu compte avec étonnement qu'il était le seul convive. Gervase, d'ordinaire un hôte prolixe, avait manifestement un sujet de la plus haute importance à discuter avec lui. Contrairement à son habitude, il avait la mine sombre, et semblait mal en point. Sa mémoire l'avait trahi au sujet d'un bail contesté, il s'était plaint de la lourdeur du soir, il n'avait pas d'appétit pour son dîner : bref, il n'était pas au mieux. À la fin du repas, il avait révélé ce que Richard avait interprété comme la cause de ce malaise.

« Catherine veut que l'on déclare officiellement la mort de James. Je lui ai répondu que je t'en parlerais. »

Richard, qui s'attendait depuis longtemps à cette proposition, n'en avait pas été moins surpris que ce sujet fût abordé alors que Quinn se trouvait encore dans la pièce. Il avait rassemblé ses idées.

« Sept ans se sont écoulés, une telle démarche est donc à la fois possible et sage.

— Pourquoi sage ?

— Ma foi, votre testament désigne toujours James comme votre héritier. J'ai mentionné…

— Je ne le changerai pas ! »

Richard avait persévéré.

« Il n'est pas strictement nécessaire de le faire, étant donné que Hugo a toujours été l'héritier à défaut de James. Cela étant, quand le moment viendra, le testament ne sera pas homologué tant que la mort de James ne sera pas déclarée officiellement. Entreprendre maintenant les procédures de présomption de décès permettrait d'éviter plus tard complications et délais.

— Je me doutais que tu prendrais le parti de Catherine, avait-il grogné.

— Il ne s'agit pas de prendre parti.

— Oh, que si. »

Gervase l'avait dévisagé par-dessus la table. Il avait le teint rouge et la joue gauche agitée de secousses.

« Il s'agit de prendre parti contre mon fils.

— Je ne comprends pas. James est mort. Ce n'est qu'une simple question de… »

Le verre que Gervase tenait dans la main droite s'était brisé, comme percuté par une balle. Des éclats avaient volé à travers la table, et le contenu s'était répandu sur la nappe damassée, le porto formant une auréole écarlate. Abasourdi, Richard dévisageait son cousin, qui le fixait d'un regard calme en tamponnant tranquillement son pouce ouvert à l'aide d'une serviette. Le verre n'était pas tombé, il n'avait subi aucun choc. Gervase l'avait pulvérisé d'une seule main.

Avant que le moindre mot eût pu être prononcé, et pourtant sans manifester une once de précipitation,

Quinn avait balayé les éclats et recouvert la tache d'un napperon. L'espace d'un instant, Richard s'était même demandé si l'incident s'était réellement produit. Puis il avait reporté son regard sur Gervase et avait compris, à voir son sourire tordu, qu'il avait bien eu lieu.

« Mon fils est en vie, avait affirmé Gervase. Et je le défendrai. »

« Paper Buildings, messieurs ! »

Le cri du cocher arracha Richard à ses souvenirs. Ils étaient arrivés à destination.

*

Lorsque j'arrivai à Orchard Street ce matin-là, Parfitt m'informa, avec ce qui me sembla être un sourire entendu parfaitement irrespectueux, que mon frère Ernest m'attendait dans mon bureau.

Je le trouvai occupé à feuilleter les catalogues des grossistes qui s'étaient accumulés sur ma table.

« Qu'est-ce qui t'amène? m'enquis-je, en espérant l'avoir surpris par mon arrivée discrète.

— Toi, William, répliqua-t-il sans se démonter le moins du monde.

— Eh bien?

— Cela ne peut pas continuer ainsi, tu sais.

— Qu'est-ce qui ne peut pas continuer ainsi?

— Tes horaires de travail, la façon dont tu as parlé à certains de nos fournisseurs récemment, le désordre dans lequel je trouve ton bureau », énuméra-t-il en désignant d'un geste de la main le chaos qui y régnait.

En d'autres circonstances, j'aurais regimbé devant

ses insinuations. Mais j'étais épuisé par mes efforts des semaines précédentes. Qu'est-ce que ça pouvait bien me faire, Trenchard & Leavis ? J'avais consacré toute mon énergie à la recherche de Quinn. J'avais fouillé l'étage des domestiques de la moitié des maisons individuelles de Londres, j'avais interrogé les propriétaires de toutes les agences de recrutement de personnel domestique, j'avais hanté les clubs à boire des vétérans, j'avais fourré sa photo gondolée sous le nez d'innombrables patrons de bar incapables de m'aider. Tout cela en vain – et sans pouvoir en faire davantage.

« Sans compter, poursuivit Ernest, que Parfitt m'a raconté que tu avais souvent un coup dans le nez. »

Il tendit le bras au-dessus du bureau et écarta quelques documents qui dissimulaient un grand verre dans lequel on discernait encore un trait de whisky.

« Qu'est-ce que tu veux ? demandai-je, trop exténué pour protester.

— J'ai discuté de la situation avec père. Il est d'accord avec moi, ça ne peut pas continuer. C'est pourquoi j'ai demandé à Parfitt d'assumer tes fonctions – et il a accepté.

— Voilà qui ne m'étonne pas.

— Nous te suggérons de prendre un congé à durée indéterminée.

— Indéterminée ?

— Ne crois pas que ta fâcheuse situation me laisse indifférent, William. »

Si j'avais toujours émis des doutes quant à la capacité compassionnelle de mon frère, en revanche je n'avais jamais remis en question son don pour l'hypocrisie.

« Le comportement de Constance est inexcusable.

Néanmoins la bonne santé de mes affaires est le premier de mes soucis. Il est clair pour moi que, tant que tu n'auras pas mis d'ordre dans tes affaires personnelles, tu seras incapable de jouer un rôle utile ici.

— *Je suis sûr que tu as raison.* »

Son visage allongé prit l'expression pincée avec laquelle il accueillait toujours l'ironie.

« *Franchement, William, je n'arrive pas à comprendre pourquoi tu n'as pas pris des mesures plus fermes pour...*

— *C'est tout ? l'interrompis-je.*

— *Hum. Je vois qu'on ne peut pas te raisonner. Fort bien. Je te laisse... ranger ton bureau.*

— *Merci.* »

Alors qu'il se dirigeait vers la porte, je remarquai le numéro du Times *qui gisait ouvert au milieu de tous les vieux papiers désordonnés. Manifestement, Ernest l'avait parcouru en m'attendant. Il était replié à la page justice et là, dans un coin, se trouvait l'article que j'avais lu avant de quitter la maison, intitulé sans fioritures : « NORTON CONTRE DAVENALL ».*

« *J'y pense, lança Ernest en s'arrêtant sur le seuil, Winifred se demande si tu voudrais nous accompagner à l'église demain – et dîner ensuite avec nous.*

— *Je ne crois pas, répliquai-je. Je vais être assez occupé.*

— *S'il y a quoi que ce soit que l'on puisse faire...*

— *Il n'y a rien, non.* »

Et c'était vrai. L'annonce dans le Times *m'avait confirmé ce que je savais déjà : il ne me restait plus beaucoup de temps.*

*

Transparaissaient chez Sir Hardinge Stanley Giffard, avocat de la couronne, député de Launceston et adjoint du procureur général au sein du précédent gouvernement conservateur, nombre des caractéristiques du bull-terrier, au sens propre comme au sens figuré. Petit, trapu, avec un air pugnace que l'âge et une succession de triomphes judiciaires avaient affiné en une assurance menaçante, il offrait au tribunal, avec sa perruque, sa robe et sa maîtrise minutieuse d'un dossier complexe, un spectacle incroyable. Un samedi matin tôt dans son cabinet, après avoir consenti à donner le montant de ses honoraires pour accepter de défendre Sir Hugo Davenall, il affichait une image différente, mais non moins intimidante.

« Vous n'avez rien déniché quant à la véritable identité de Norton, Davenall ? demanda-t-il à Richard avec un haussement de sourcil méprisant.

— Rien.

— Voilà (il marqua une pause angoissante) qui est dommage. Bien sûr (nouvelle pause), nous n'avons pas besoin de prouver qui il est, seulement qui il n'est *pas*.

— Il me semblait que ça crevait les yeux, intervint Hugo, un tantinet trop virulent. La famille n'a aucun doute. »

Sir Hardinge lui décocha un regard sévère.

« Il serait imprudent, commenta-t-il lentement, de faire preuve de suffisance. Afin de venir à bout de cette procédure, Norton n'a qu'à démontrer que son allégation est fondée. Son avocat cherchera à gagner du temps, et de ce fait sa tâche est en un sens plus facile que la mienne. Je suis convaincu que son allégation gagnera du poids si elle survit à l'audience. J'ai donc l'intention de faire en sorte qu'elle n'y survive pas. J'ai l'intention de le harceler, messieurs, de le presser, de le poursuivre et, pour finir, de le briser.

— Voilà qui est parler ! jubila Hugo, qui reprenait du poil de la bête.

— Ce dossier sur la vie de votre frère, Sir Hugo... »

Il désigna d'un signe de tête la chemise à côté de lui.

« Je m'inquiète du manque de corroborations concernant de nombreux détails.

— Il ne vous a pas échappé, se défendit Richard, que la plupart des informations concernent des événements qui se sont déroulés il y a très longtemps. »

L'expression de Sir Hardinge ne suggéra en rien qu'il considérait cet argument comme une excuse valide. Nonobstant, il ne releva pas.

« Il faudra améliorer ce point si l'affaire passe au tribunal. Espérons que cette éventualité ne se concrétise pas. Votre propre témoignage, Sir Hugo...

— Je suis prêt à dire à qui veut l'entendre que cet homme est un imposteur.

— Précisément. Un tantinet d'humilité en plus ne ferait pas de mal. Il faut se méfier de Russell, l'avocat de Norton. Il a vite fait de vous prendre en défaut. Il a ce qu'on appelle du *flair**. C'est pourquoi, ne soyez pas trop pressé de dénoncer son client. Tenez-vous-en aux faits. Gardez votre sang-froid.

— Il ne m'ébranlera pas.

— Voilà qui reste à voir. Bien sûr, si Norton est vaincu quand il ira à la barre, les autres témoins n'auront aucun poids. J'imagine que vous avez conscience, messieurs, de l'importance des tactiques. Franchement, je doute qu'il ait les épaules pour résister à un virulent assaut frontal contre sa crédibilité. Si toutefois tel était le cas, nous nous appuierions sur le témoignage de parents proches. Votre mère, Sir Hugo…

— Prête à dire ce qu'elle a à dire.

— Lady Davenall, précisa Richard, est de taille à affronter n'importe quel avocat du barreau.

— Content de l'entendre. Si elle doit faire face au diagnostic du médecin d'après lequel son mari souffrait de syphilis ?

— Elle y est préparée.

— Pas *trop* préparée, j'espère. Si Russell se sert de cette preuve, il court le risque de s'aliéner le juge. Quelques larmes de la part de Lady Davenall faciliteraient la chose. L'un dans l'autre, cela pourrait tourner à notre avantage. »

Il les regarda à tour de rôle.

« Ma foi, messieurs, je crois que nous avons pris la mesure de notre homme. Je vous dis à lundi matin. »

Il se leva, leur serra la main et les raccompagna à la porte. Des adieux furent échangés. Le sourire de Sir Hardinge transpirait l'assurance. Hugo aussi souriait. Tout semblait pour le mieux.

« Un mot avant que vous ne partiez, Davenall, chuchota Sir Hardinge à Richard, qui marquait une pause sur le seuil.

— Je prends de l'avance », lança Hugo en disparaissant en bas de l'escalier.

Richard réintégra la pièce. Sir Hardinge referma délicatement la porte derrière lui.

« Une affaire intéressante, commenta-t-il avec une certaine sincérité.

— Content que vous la jugiez ainsi.

— C'est vrai – pour ce que j'en sais.

— Je ne suis pas sûr de vous suivre.

— J'ai l'impression que la situation est plus complexe qu'il n'y paraît.

— Je vous assure…

— N'assurez rien. Je me contente de vous avertir, Davenall. On ne me la fait pas, à moi, je ne suis pas du genre à avaler des histoires racontées à moitié. Peut-être avez-vous mis l'intégralité des faits à ma disposition. Ou peut-être pas. Dans ce dernier cas, c'est ce jeune homme, conclut-il en désignant la porte, qui en sortira perdant, pas moi.

— J'en ai bien conscience, Sir Hardinge.

— Alors, très bien. Au revoir, Davenall. »

Après le départ de Richard, Sir Hardinge retourna à son bureau et se remit à feuilleter le dossier. Maigre, ne pouvait-il s'empêcher de penser, décidément maigre. Pour la énième fois, il regretta d'avoir accepté cette affaire. Russell aurait soif de vengeance après avoir été battu par lui dans l'affaire Belt contre Lawes. Peut-être était-ce la monnaie de sa pièce.

Et pourtant, comment aurait-il pu refuser ? Dix ans plus tôt, il avait été l'assistant de l'avocat Serjeant Ballantine, se battant, de l'autre côté cette fois, pour le soi-disant Tichborne dans une affaire en tout point comparable, et avait perdu. Il s'était dégagé de l'affaire avant que le dossier du plaignant ne lui explose au visage, c'est vrai, mais cette expérience l'avait blessé au-delà de ce qu'il avait jamais voulu reconnaître. Maintenant que Davenall lui apportait l'occasion de rééquilibrer les comptes, il ne pouvait pas la laisser lui échapper. Que lui avait dit Ballantine un jour, à propos du fiasco de l'affaire Tichborne ? Qu'elle aurait dû être écrasée dès l'audience à la Haute Cour, percée avant de former le furoncle monstrueux d'un procès de cent jours. Comme toujours, ce vieux charlatan avait été de bon conseil. Le temps était venu de lui donner raison.

*

Les trois dernières semaines avaient été éprouvantes pour Emily Sumner. Célibataire et, selon elle, fille impossible à marier d'un prébendier de cathédrale, elle avait appris à vivre sa vie émotionnelle par procuration. C'est pourquoi elle ne se contentait pas de compatir avec Constance dans son dilemme. Elle en vivait le moindre tiraillement.

Dernièrement, elle en était même venue à soupçonner ses souffrances d'être pires que celles de sa sœur. Après tout, Constance avait Patience pour la consoler. Et Constance n'avait pas eu à rester impassible sur ce banc dans la noue, à contempler l'homme le plus beau qu'elle eût jamais eu le privilège de connaître s'éloigner courageusement pour affronter son destin. Et Constance... Mais de telles pensées étaient injustes, elles puisaient leur source dans la fierté, la jalousie, voire la convoitise : hors de question de se les autoriser. Si Constance se contenait au point d'en paraître indifférente, ce n'était pas parce qu'elle était insensible, mais parce que la souffrance prolongée du doute avait paralysé ses sentiments.

Toutefois, elles le savaient toutes deux, une crise était sur le point d'éclater. Leur père, après avoir parcouru le *Times* en prenant son petit déjeuner, était parti, d'humeur pensive, à la cathédrale. Étant donné qu'il ne devait s'y acquitter d'aucune tâche, et qu'il était dans ses habitudes d'esquiver les affaires ecclésiastiques la veille du sabbat, Emily ne put qu'en conclure qu'il s'y était rendu pour prier. Or le chanoine Sumner, malgré sa grande vulnérabilité, n'était pas homme à prier.

Il avait laissé le *Times* ouvert à sa place sur la table du petit déjeuner. Emily, qui était une fille à l'esprit aussi ordonné que pouvait le souhaiter n'importe quel père étourdi, essuya délicatement la tache de marmelade qu'il avait laissée avant de remettre dans l'ordre les pages froissées du journal. C'est à ce moment-là qu'elle vit l'article qu'il avait lu et, avec un petit cri, alla le montrer à sa sœur.

Elle trouva Constance dans sa chambre pourvue d'un bow-window à l'avant de la maison, qui contemplait avec mélancolie le parc de la cathédrale.

« Il y a un article dans le *Times* au sujet de l'audience, annonça-t-elle en agitant le journal.

— Il fallait s'y attendre.

— Et si les gens se rappellent que tu étais fiancée à James ?

— Dans ce cas, ils chercheront peut-être à avoir mon avis.

— Que leur diras-tu ? »

Constance secoua la tête d'un air malheureux.

« Je ne sais pas. Je ne sais tout simplement pas. »

Dans un élan de sentiment sororal, Emily alla s'asseoir à côté d'elle sur la banquette près de la fenêtre et la serra très fort dans ses bras.

« Il va falloir vite te décider, glissa-t-elle.

— Je sais. Ce n'est juste ni pour toi, ni pour père, ni pour William, ni pour James de laisser traîner les choses ainsi. Mais que dois-je faire ?

— Assister à l'audience ?

— Je ne peux pas. Si j'y allais, je ne pourrais pas garantir d'arriver à garder le silence. Et pourtant, si je parle en faveur de James, William aura l'impression que je l'ai trahi.

— Il n'aurait pas dû t'obliger à faire ce choix. Je ne le lui pardonnerai pas.

— Ne sois pas trop dure envers lui. Il est difficile de ne pas être jaloux de la personne qu'on aime. Je crois qu'il sait qu'il n'aurait pas dû essayer de me berner. Peut-être qu'en me laissant seule ici il essaie de faire amende honorable.

— Il est plus probable qu'il pense que cette audience va tout résoudre.

— Si seulement. »

Constance se fit pensive.

« Emily...

— Oui ?

— Voudrais-tu assister à l'audience pour moi ?

— Que *moi* j'y assiste ?

— Oui. Je ne peux pas y aller, toi, si. Tu serais mes yeux et mes oreilles. Tu pourrais me rapporter tout ce que James dit ou fait. Puis, ensemble, nous pourrions déterminer où se situe notre devoir.

— Mais... ce pourrait être trop tard.

— Trop tard pour qui ?

— Mais enfin, pour James, bien sûr. »

Constance secoua la tête.

« Non, Emily. »

Elle regarda de nouveau par la fenêtre le paysage familier qui devait avoir présidé à la moindre de ses réflexions sur la voie de cette décision.

« Vois-tu, si James remporte cette journée, je pense que je pourrai renoncer à lui. Mais s'il perd... »

Elle n'avait nul besoin d'achever sa phrase. Emily comprit enfin, avec une clarté immaculée, à quelle résolution ces dernières semaines avaient conduit sa sœur. Oui, bien sûr. C'était le seul moyen. Elle l'embrassa – et réciproquement – avec un soulagement jubilatoire.

« J'irai, annonça-t-elle en s'efforçant de réprimer un sanglot. Et j'en serai fière. »

*

Richard fut secrètement soulagé de voir Hugo choisir de ne pas l'accompagner à son bureau après l'entretien avec Sir Hardinge Giffard. Il avait besoin de solitude pour réfléchir aux dernières remarques que lui avait faites l'éminent avocat, et c'est lesté par les réflexions que lui inspiraient ces remarques qu'il grimpa les escaliers de Davenall & Co ce matin-là.

Il trouva Benson seul dans le premier bureau, occupé à ouvrir le courrier du matin.

« Bonjour, monsieur, lança le clerc. Satisfaisante, cette consultation ? »

Richard se contenta d'un grognement neutre, et changea de sujet.

« Du courrier intéressant ?
— Une réponse de ce Kennedy, là.
— Ah ? »

Richard avait presque oublié qu'il avait écrit à l'intendant de Carntrassna, afin de demander de plus amples détails au sujet de la mort de sa tante, mais il était content du peu de distraction que cette lettre lui procurerait.

« Je la prends. »

Il referma la porte de son bureau derrière lui et s'installa à sa table avec la lettre de Kennedy. Elle couvrait plusieurs pages. Vraiment, cet homme était insupportablement verbeux. Enfin, mieux valait savoir ce qu'il avait à dire.

Carntrassna House,
Carntrassna,
Comté de Mayo

30 octobre 1882

Cher monsieur Davenall,

Je vous suis infiniment obligé de votre lettre du 17 courant. Nous qui œuvrons ici pour le compte de Sir Hugo Davenall sommes rassurés d'apprendre que nous ne sommes pas complètement oubliés. Pour ma part, ma seule pensée en déménageant de mon logement de fonction situé à Murrismoyle était d'assurer une gestion efficace des affaires du domaine en l'absence d'un propriétaire à demeure. Ainsi donc, il va sans dire que rien n'aurait pu me donner plus grand plaisir que...

Malheureusement, cela n'allait pas sans dire. Richard lut en diagonale encore plusieurs paragraphes de prose défensive avant d'arriver à ce qui l'intéressait :

> Quant aux circonstances du meurtre de Lady Davenall, j'ai le profond regret de vous annoncer qu'il n'y a rien que je puisse ajouter à mon compte rendu précédent. Faute de preuves, la police a lamentablement peu progressé dans son enquête. En réponse à vos questions plus précises, je puis vous certifier avec la plus grande assurance que Lady Davenall, en dépit du nombre de ses années, était une dame qui avait manifesté jusqu'au bout une énergie impressionnante et un esprit vif. J'ai eu le privilège de lui servir d'intendant pendant plus de vingt ans et puis donc affirmer à juste titre jouir d'une plus grande connaissance de cette question que sa propre famille, car je ne me rappelle pas avoir jamais vu aucun de ses proches lui rendre visite durant cette période. Je crois que la dernière visite remontait au mandat de mon prédécesseur, M. Lennox, bien qu'il s'agisse là d'une simple supposition, étant donné que lui et sa famille avaient déjà émigré au moment de ma prise de poste.

Richard écarta la lettre, s'abstenant d'en lire plusieurs pages. La logorrhée de ce bonhomme était insupportable. Sans parler de son effronterie. Il n'était pas sûr que Hugo verrait d'un bon œil un sermon relatif à l'ostracisme de longue date envers sa grand-mère, encore moins s'il émanait d'un insipide régisseur irlando-écossais. Après tout, cette femme avait fait elle-même le choix de ce quasi-exil. Richard tenait cette information de source sûre : Sir Lemuel lui-même. Il se rappelait fort bien le vieil homme lui expliquer à plus d'une occasion que sa femme était retournée en Irlande peu après la majorité de Gervase et n'était jamais revenue. Sir Lemuel aurait préféré mourir plutôt que d'implorer une réconciliation : elle pouvait bien aller mariner dans n'importe quel marécage du Connaught. Et ainsi avait-elle fait, pendant plus de quarante ans, jusqu'à ce que…

Soudain il s'empara précipitamment de la lettre. Il avait eu un déclic. Quel était son nom, déjà ? Ah oui : Lennox, c'était ça. Il l'avait déjà entendu avant, pas à l'occasion d'une obscure mention parmi les documents de Carntrassna, mais à propos d'autre chose, quelque chose d'infiniment plus étrange, dont sa mémoire lui intimait de se rappeler. Mais de quoi s'agissait-il ? Un instant, il crut parvenir à faire remonter le souvenir, mais il lui avait déjà échappé. Il s'adossa à son fauteuil et se passa une main sur son front préoccupé. C'était inutile. La signification de ce nom, quelle qu'elle fût, restait tapie au fond de sa mémoire.

*

Dimanche matin à Paris. Un soleil aqueux éclairait le fleuve, des pinsons chantaient dans les arbres sur le quai Saint-Michel, et le prince Napoléon, qui essayait vaillamment d'évacuer par la marche sa dépression chronique assortie aux rappels physiologiques de la quantité de vin qu'il avait ingurgitée à l'ambassade russe la veille au soir, s'arrêta pour s'appuyer un moment sur le parapet jonché de feuilles mortes et jeta un regard noir en direction de la masse impressionnante de Notre-Dame en amont du fleuve.

En cette journée d'automne d'une douceur méprisable, l'humeur de Plon-Plon était à l'ironie irascible.

Comment lui, démocrate déclaré et athée à peine dissimulé, s'était-il retrouvé prétendant bonapartiste au trône impérial d'une France catholique, voilà qui, parfois, lui échappait. Cela ne lui avait encore jamais procuré un gramme de satisfaction, ni un seul moment de plaisir qui n'eût été payé par de longues heures de brûlures d'estomac et de regret. Il se délesta d'un peu de mucus en direction du fleuve, puis tourna les talons.

Quelques mètres plus loin dans la rue se dressait un kiosque à journaux. Plon-Plon s'y dirigea péniblement, se disant qu'un paquet de *bonbons** pourrait masquer, un temps, le goût amer de l'échec. Mais ce n'était pas son jour de chance.

«*Les journaux seulement*.*»

Plon-Plon se renfrogna. Jetant un œil sur la pile de quotidiens, il remarqua que le numéro de la veille du *Times* de Londres y figurait. Sur une impulsion, il en acheta un, avant de s'éloigner d'un pas raide. L'ironie, il le savait, régnait en maître. Vingt-huit ans plus tôt, son cousin l'empereur avait interdit le *Times* à cause de lui : en novembre 1854, il avait décampé du front de Crimée pour se rendre à Constantinople. Ce n'est que plus tard qu'il avait appris ce que cet impudent «Jupiter tonnant» avait dit de lui. Et pourtant aujourd'hui, alors qu'il parcourait d'un œil noir ces pages inoffensives, il se rappelait encore les comptes rendus qui lui étaient parvenus :

> De notre correspondant, Paris, dimanche 19 novembre, 18 heures : « Pas moins de trois dépêches en provenance du front annoncent le départ de Crimée du prince

Napoléon pour Constantinople suite à une maladie. Si tel est le cas, c'est l'une des choses les plus malencontreuses qu'il lui ait jamais été donné de faire. L'effet produit par la simple rumeur de son intention de quitter le camp [...] lui a causé plus de tort que n'importe quel incident précédent dans sa vie. Ses chances d'accéder au trône impérial, en l'état... »

« J'imagine que le prince Napoléon n'est pas le seul à adorer parader dans de riches uniformes pour peu qu'on ne lui demande pas d'endurer les épreuves du champ de bataille et les périls de la guerre – il n'est pas le seul à rallier l'armée sans la moindre intention d'en subir l'adversité, et à profiter du premier prétexte venu pour esquiver son devoir, peu importe le prix qu'il en coûtera à sa réputation. Malheureusement, dans le cas présent, le public n'acceptera guère d'excuses [...] et je doute que la dysenterie dont on le dit souffrir... »

Dont on le dit souffrir ? Çà, pour souffrir, il avait souffert. Dieu seul, s'il existait, le savait. La dysenterie était une exagération, bien sûr, mais l'accuser de lâcheté, l'affubler du sobriquet « *Craint-Plomb** » après tout ce qu'il avait fait lors de la bataille de l'Alma et essayé de faire à Inkerman : c'était trop.

Plon-Plon se laissa tomber sur un banc juste avant le Petit Pont et ouvrit le journal d'un coup sec. La presse anglaise, bien qu'indigeste, lui épargnerait au moins le spectacle du défilé des fidèles en chemin pour Notre-Dame.

Là ! Qu'était-ce ?

NORTON CONTRE DAVENALL. Les déclarations écrites sous serment doivent être examinées lundi [...] les poursuites engagées par M. James Norton contre Sir Hugo Davenall [...] adresse une pétition en justice pour le retrait des empêchements légaux à son appropriation des biens et du titre de Sir James Davenall. »

Plon-Plon siffla. Bon. C'en était arrivé là. Il aurait peut-être dû ressentir de la compassion pour ce pair prétendant. Mais comment ? Ces dernières semaines, il avait oublié jusqu'au nom de James Norton. Désormais il jaillissait de nouveau au premier rang de ses pensées. Qui était-il vraiment ? James Davenall ? Un simple fraudeur ? Ou... quelqu'un qui avait lui aussi droit au même titre ? Car même James avait eu vent de cela.

La grande Exposition universelle de 1867 avait attiré à Paris toutes les merveilles industrielles et culturelles de la moitié de l'Europe. Pour Plon-Plon, cela signifiait qu'il allait passer six mois à s'empiffrer le corps et l'esprit. Il lui arrivait, à l'époque et plus fréquemment maintenant, de penser qu'il n'avait jamais été aussi heureux. Une matinée passée à prendre des notes sur les expositions mécaniques fascinantes, à glaner leurs mystères complexes auprès des experts présents, avec qui il discourait de son thème favori : le vol motorisé ; le déjeuner préparé chaque jour par un chef d'une nationalité différente ; puis ces heures des plaisirs les plus vifs et les plus savoureux : l'après-midi.

Il avait réservé une chambre close spécialement pour lui au cœur de l'exposition, somptueusement meublée de tapis et de divans turcs dans une profusion luxueusement rembourrée en bordeaux et or. Elle était éclairée à l'électricité, ce dont il ne se lassait pas d'impressionner ses hôtes triés sur le volet. Quand leurs allées et venues avaient cessé, que son enthousiasme pour la science avait reflué, que la foule des visiteurs s'était dispersée en réponse à l'appel du *can-can**, que l'après-midi avait commencé à se fondre dans le soir, alors Cora venait perfectionner sa luxure grâce à une énième variante sur l'art d'être catin tirée de l'expertise d'une dizaine de nations. La vie, il en était sûr, n'avait rien de plus à offrir.

En juillet, alors que l'exposition était à son apogée, Sir Gervase Davenall et son fils James étaient venus visiter Paris à l'invitation de Plon-Plon. Ils avaient séjourné dans sa villa romaine factice des Champs-Élysées et avaient pleinement profité de la vie de la métropole. Le troisième jour de leur visite, Plon-Plon avait accordé à James le privilège ultime : une invitation à prendre le thé dans sa garçonnière au cœur de l'exposition. Cela avait été, il s'en était vite rendu compte, une erreur.

« Tu vas aller à Oxford cet automne, m'a dit ton père, avait-il commenté pour briser le silence qui s'était installé après sa démonstration des interrupteurs.

— Oui. »

James ne s'exprimait que par monosyllabes : il semblait d'une nervosité inexplicable.

« Paris te plaît-il ? Vous êtes allés voir l'opérette d'Offenbach hier soir, je crois.

— Oui.

— Et alors ? Qu'en as-tu pensé ? As-tu assailli l'entrée des artistes afin de voir de plus près *mademoiselle** Schneider ?

— Non. Enfin…

— *Mon pauvre garçon**. Tu me déçois. Enfin quoi, même le tsar…

— Nous sommes partis avant la fin.

— Avant la fin ? *Mon Dieu**. Pourquoi ?

— Père a reconnu quelqu'un dans le public. »

James baissa la tête. Il n'était pas nerveux du tout, Plon-Plon le comprenait à présent. Il était inquiet – pour son père.

« Il s'est mis à s'angoisser. Il m'a dit qu'il fallait qu'on parte sur-le-champ. Nous n'avons même pas attendu l'entracte.

— Qui a-t-il reconnu ?

— Une femme. Assise quelques rangs derrière nous.

— Qui était-ce ?

— Je ne sais pas trop. En fait, je me disais que vous sauriez peut-être.

— *Moi** ? Et comment donc ? Je n'étais pas là.

— Non, mais père a prononcé son nom, dans sa barbe, la première fois qu'il l'a aperçue. Il ne voulait pas que je l'entende, bien sûr, donc je ne pouvais pas franchement l'interroger. En plus…

— Quel était ce nom ?

— Vivien Strang. En tant que plus vieil ami de mon père, je me disais…

— Strang ?

— Oui. C'était ça, j'en suis sûr.

— *L'Écossaise ! L'Écossaise encore**.

— Vous la connaissez, alors ? »

Plon-Plon avait levé la tête. Si seulement il pouvait ravaler ses mots. Il n'y avait rien d'autre à faire que de nier.

« Non, James. Je n'ai jamais entendu parler d'elle.

— Mais vous avez dit à l'instant…

— Je pensais à quelqu'un d'autre. Je suis désolé. Je ne connais personne du nom de Strang. »

James avait eu l'air dubitatif.

« Si vous le dites. Seulement…

— Personne ! »

Plon-Plon s'était levé afin de signifier que le sujet était clos. Il s'était dirigé vers son bureau. Là, son attention avait soudain été attirée par la petite ampoule en forme de tulipe fixée à côté de l'encrier en onyx : encore un de ses petits plaisirs technologiques gratifiants. Le rougeoiement de l'ampoule signalait qu'un visiteur était arrivé par l'entrée privée et attendait d'être reçu.

James l'avait remarqué, lui aussi.

« Qu'est-ce que c'est ? »

Plon-Plon avait feint l'indifférence.

« Ça ? Oh, ce n'est rien. Excuse-moi un instant. »

Il s'était empressé d'aller vers la porte et était sorti dans le vestibule. Devant lui se trouvait l'entrée principale, mais il avait bifurqué à droite, écarté un lourd rideau et pénétré dans une antichambre plongée dans la pénombre.

Cora attendait là patiemment : couchée sur un divan, elle fumait une cigarette turque. Sa longue robe droite aurait paru d'une décence impeccable sans cette boutonnière qui allait de l'épaule jusqu'au pied, et qui était ouverte à partir de la hanche.

« Qu'est-ce que tu fais là ? » avait-il sifflé.

Cora avait cligné ses paupières colorées au henné et croisé les jambes, découvrant le galbe de sa cuisse pour produire un maximum d'effet.

« C'est l'heure que tu m'avais donnée, mon chou. Tu ne te souviens pas ? »

Si, il s'était alors souvenu. Gervase s'était plaint de la timidité de James avec les femmes et lui avait confié sa détermination à ce que le garçon reçoive une éducation sexuelle exhaustive pendant son séjour à Paris. Plon-Plon avait proposé les services de Cora et accepté de jouer les entremetteurs. C'était, avait-il songé, le moins qu'il pût faire. Mais à présent c'était différent. À présent il y avait trop d'échos, trop de rappels d'autres paris, d'autres tromperies, survenus il y avait fort longtemps.

« Les plans ont changé, Cora. Rentre chez toi. »

Cora avait émis un miaulement de protestation.

« Plon-Plon ! Je me faisais une joie ! D'habitude, je suis trop chère pour les jeunes gens. »

Plon-Plon sourit et replia le journal. Cora n'était pas rentrée chez elle, évidemment. Quelques boutons supplémentaires avaient été défaits, Plon-Plon avait expédié James à une visite guidée de l'exposition, et Cora avait passé le restant de l'après-midi à apaiser sa conscience troublée. Quant à ce que James avait continué à se demander au sujet de la mystérieuse Miss Strang, ou ce qu'il avait peut-être fini par découvrir, il l'ignorait. C'était mieux comme ça, il l'admettait. Car n'avait-il pas lui-même ses raisons de souhaiter n'avoir jamais entendu le nom de Vivien Strang ?

> « Le prince n'a pas gagné son haut grade militaire grâce à ses vaillants services sur le champ de bataille ni à sa longue carrière. Pas plus que grâce à un brillant talent militaire ou à un droit d'ancienneté, et quand il a reçu l'autorisation d'arborer l'écharpe et les épaulettes de général, il ne s'agissait pas d'une simple question décorative [...]. On dit que si un homme dans sa position doit quitter le champ de bataille, c'est uniquement traîné par les pieds. »

Et ils auraient bel et bien dû le traîner s'il avait su ce qui l'attendait à Constantinople. Quand le premier torrent de sa rage s'était apaisé, et dès que cela avait été cohérent avec la progression de sa maladie, il avait estimé qu'une visite diplomatiquement consciencieuse aux hôpitaux militaires de Scutari contribuerait à redorer son blason. Ainsi donc, accompagné de son aide de camp et de divers correspondants anglais et français (parmi lesquels ne figurait pas de journaliste du *Times*), il avait débarqué sans prévenir chez les Sisters of Mercy, inspecté l'une des salles et distribué des cigares à une poignée d'amputés vociférant.

Il avait eu l'intention de s'éclipser rapidement, mais les journalistes l'avaient pressé de visiter également l'hôpital britannique, où la célèbre Miss Nightingale s'était récemment installée, et il ne voulait pas leur refuser l'opportunité de décrire leur rencontre.

L'hôpital militaire britannique était un vaste labyrinthe puant aux couloirs crasseux et aux salles gigantesques. Miss Nightingale considérant les visites impromptues des dignitaires comme un non-événement, ils furent contraints de partir à sa recherche. À peine avait-il pénétré dans le complexe que Plon-Plon avait regretté d'y avoir mis les pieds. Des rangées d'hommes à l'immobilité morbide ou qui s'agitaient en criant, beaucoup encore vêtus de leur uniforme croûté de boue, rapiécé et maculé de sang séché, se succédaient interminablement. Dans les recoins obscurs des salles, à même les bandages des blessés, des insectes grouillaient, l'infection gagnait du terrain, la mort rôdait. Un mouchoir parfumé à la cannelle plaqué sur le nez, Plon-Plon pataugeait dans le sang.

Au milieu de l'un des couloirs sombres, une infirmière était sortie à la hâte d'une salle, tenant dans les mains une cuvette d'eau vermeille, et avait manqué de justesse lui rentrer dedans. Tous deux avaient bondi en arrière. Plon-Plon s'était lancé dans des excuses grandiloquentes au profit des journalistes. Et soudain il avait eu la bouche sèche. Impossible de parler. Il regardait l'infirmière droit dans les yeux, elle regardait droit dans les siens. C'était Vivien Strang, et ç'avait été elle la première à se ressaisir.

« Votre Majesté impériale. Cela, je dois l'avouer, je ne m'y attendais pas. »

Elle était plus âgée, évidemment, plus émaciée, plus sévère. Sa froideur s'était muée en une sorte d'amertume, sa réserve en une force éprouvée. Mais ses yeux ? Ils étaient les mêmes. Ils resteraient toujours les mêmes, il le savait. Dans leur regard, pour lui, il y aurait toujours une accusation perceptible et incontestable.

« Mademoiselle Strang, avait-il enfin répliqué. Vous... vous êtes infirmière ici ?

— Oui. Et vous, Votre Majesté impériale ? »

Plon-Plon entendait les murmures interloqués des journalistes derrière lui.

« Êtes-vous là, peut-être, pour soulager votre conscience ? »

L'aide de camp s'était avancé, mais Plon-Plon l'avait retenu.

« *Un moment*. *Mademoiselle*, vous n'avez rien à me reprocher, me semble-t-il.

— Posez la question aux mères des fils qui sont en train de mourir ici. »

Il n'avait pas de réponse à lui offrir. Ce qu'il avait répliqué, il l'avait aussitôt regretté.

« Les soldats ont leur devoir à accomplir. Malheureusement, la mort fait souvent partie de ce devoir. Les mères ont peut-être du mal à le comprendre, mais…

— Je parle en tant que mère ! »

Elle le dévisageait avec une intensité qu'il aurait, s'il avait été seul, fuie à toutes jambes.

« Vous devriez savoir que je parle en tant que mère. Vous, plus que n'importe qui, devriez le savoir. »

Il n'avait d'autre choix que de feindre l'ignorance.

« *Mademoiselle*, j'ignore de quoi vous parlez. Si vous voulez bien m'excuser… »

L'eau sanguinolente lui avait giclé au visage avant même qu'il vît Vivien Strang lever la cuvette. D'abord tiède, le liquide était devenu atrocement glacial à mesure qu'il lui dégoulinait sur les joues et détrempait son écharpe et ses épaulettes de général. Quand il avait ouvert les yeux, elle était partie. La cuvette abandonnée s'immobilisait au sol dans un bruit de ferraille. Les journalistes riaient. L'aide de camp lui tamponnait sa tunique à l'aide d'un linge. Mais Vivien Strang était partie.

Plon-Plon abandonna son journal sur le banc et se dirigea vers l'est, traînant les pieds d'un air sombre dans les feuilles qui jonchaient le quai de Montebello. Depuis ce jour, il ne l'avait jamais revue. Il n'avait même pas ne serait-ce qu'entendu prononcer son nom entre sa discussion avec James Davenall en juillet 1867 et sa rencontre avec James Norton quinze ans plus tard. Il avait cru qu'elle avait fait le pire, ce jour-là à Scutari. Mais à présent, si Norton était bien l'homme qu'il redoutait, il savait qu'il n'en était rien.

*

J'avais vaguement conscience, depuis quelques jours, que Hillier désirait me parler. De peur qu'elle ne me demande quand Constance allait revenir, je m'étais efforcé de l'éviter. Ce dimanche après-midi, cependant, alors que je m'apprêtais à sortir, elle m'intercepta dans le couloir avec un air si déterminé que je sus que cet entretien ne pourrait plus être différé.

« Je dois vous parler, monsieur, annonça-t-elle avec emphase.

— Je suis vraiment très pressé.

— Cela ne peut attendre.

— Très bien. »

Nous entrâmes dans le salon, elle referma la porte.

« De quoi s'agit-il ?

— Je vous donne mon congé, monsieur.

— Congé ?

— *Je... j'ai trouvé une autre place.*
— *Puis-je vous demander où ?*
— *À Mortlake, monsieur. Une très jolie maison. Je crois que cela me conviendra... fort gentiment.*
— *Je ne me rappelle pas que vous m'ayez demandé une lettre de références.* »

Elle rougit.

« *Je ne voulais pas vous importuner, monsieur, alors... j'ai demandé à votre mère, vu que j'ai été avec elle à Blackheath plus longtemps qu'avec vous ici.* »

Dieu sait qu'il ne s'agissait que d'un problème mineur, mais quelque part, après la longue absence de Constance, cela, en plus d'Ernest qui me fermait au nez les portes de Trenchard & Leavis, me sembla être un abandon de trop.

« *Quand voulez-vous partir ? sifflai-je entre mes dents.*
— *Dès que cela vous sera... commode.*
— *Commode ? Ma foi, Hillier, je crois que demain sera commode.*
— *Oh ! Je ne voulais pas dire aussi...*
— *Ou aujourd'hui si vous préférez.* »

Sa mine accablée ne me toucha pas.

« *Allez donc où bon vous semble, sacredieu.* »

Elle fondit en larmes, mais je ne m'arrêtai pas pour soigner la blessure mesquine que j'avais infligée. Je sortis de la maison en claquant la porte, maudissant dans ma barbe tous les petits et les grands aspects de cette conspiration que James Norton et le monde en général avaient ourdie contre moi.

Je ne m'étais pas rendu compte à quel point le brouillard avait épaissi. Lorsque je tournai dans Avenue Road, sa présence blanche et glaciale s'éleva à ma rencontre en tourbillonnant. Ce n'était pas encore le milieu d'après-midi, pourtant le brouillard avait imposé sa nuit, où tous les sons étaient étouffés, le paysage flouté. J'avançais à tâtons dans les rues, heureux de l'obscurité humide qui m'enveloppait, content d'être une silhouette anonyme qui traversait, camouflée, un monde bâillonné et aveugle.

J'avais conçu l'idée folle d'aller trouver Norton à son hôtel, de régler une bonne fois pour toutes mon contentieux avec lui avant que les tribunaux ne le rendent public et inaliénable. Le brouillard, je crois, donnait à mes projets fiévreux une certaine forme sinistre de douce réalisation. Même s'il s'épaississait à mesure que j'approchais de Regent's Park, mes pas s'accéléraient. Brusquement, je remarquai que je haletais sous l'effort exigé par la cadence que je m'étais imposée. Mon cœur battait la chamade, mes poumons me brûlaient. Je portai la main à mon front : il était trempé de sueur. Je continuai à m'enfoncer dans le rideau mouvant du brouillard jaunissant, maudissant toutes les occasions perdues que j'avais eues d'en découdre avec l'homme qui m'avait obligé à comprendre que l'un de nous devait être victorieux et l'autre vaincu.

« Une petite pièce pour Guy Fawkes, m'sieur ? »

Je l'entendis avant de le voir, au coin de la rue : emmitouflé, malnutri, les yeux ronds comme des soucoupes, brandissant une tabatière, un jeune garçon se tenait là, flanqué d'une poupée de chiffon plus grosse que lui, appuyée contre le mur : de la paille sortait de sa tête couverte d'un sac sur lequel deux boutons et un lacet de chaussure formaient une paire d'yeux qui vous dévisageaient et un sourire figé complètement fou.

« *Une petite pièce pour Guy Fawkes, m'sieur ?* »

Il voulut faire tinter sa boîte, mais aucun son ne sortit. Elle était vide. Je sortis une demi-couronne de ma poche et la jetai dedans. Ses yeux s'écarquillèrent encore davantage, et il resta bouche bée, interloqué. Puis je traversai la rue et nous nous séparâmes, lui, son compagnon de paille et moi.

Je me dirigeai vers les marches qui descendaient à Regent's Canal, me disant que le chemin de halage me conduirait à Paddington de façon beaucoup plus fiable qu'un labyrinthe de rues étouffées par le brouillard. Qu'est-ce qui me fit m'arrêter et me retourner ? Je ne saurais dire, mais le voile givré se leva alors un instant et me permit de voir le garçon que je venais de quitter au coin de la rue. Ses clients levaient la tête : un homme et une femme. La femme se pencha pour déposer une pièce dans la boîte. Peut-être lui demanda-t-elle son chemin. En tout cas, comme je les observais, le garçon se retourna et me pointa du doigt. Puis, au moment même où la femme commençait à tourner la tête dans ma direction, le brouillard s'imposa de nouveau et masqua la scène d'un rideau blanc impénétrable.

Effaçant cette vision fugitive et fragmentaire de mon esprit, je descendis les marches à vive allure et me mis à longer le canal. Je dus parcourir une vingtaine de mètres avant de me rendre compte que j'étais parti dans la mauvaise direction. Je marmonnai un juron devant l'absurdité de mon erreur, fis volte-face et rebroussai chemin.

Le brouillard était ici on ne peut plus épais. Sa portion la plus sombre s'étendait jusque sur la tranchée du canal, dont elle avait fait un monde fantôme de bruits ouatés et d'eaux invisibles qui clapotaient à peine. La forme *sombre qui se dressait devant moi était l'arche du pont dont je venais de descendre. Rassuré d'avoir retrouvé mes repères, je poursuivis ma route.*

C'est alors qu'une fois de plus, le brouillard se leva. Je levai les yeux sur le parapet du pont, soudain dévoilé par les plumes ondoyantes de brume, et y vis un homme et une femme, qui me regardaient.

Sa robe, d'un velours noir d'encre, était plissée au col par un ruban de dentelle. Sur le corsage, en guise de petit bouquet décoratif, elle portait une seule et unique rose rouge sang. Elle allait tête nue, et ses cheveux, à peine moins noirs que sa robe, sans tresses, retombaient en boucles épaisses sur ses épaules. Dans les lignes de sa mâchoire, l'intensité de ses yeux noirs, l'esquisse d'une expression sur ses lèvres, la façon dont elle restait là sans honte aucune à me dévisager, il y avait tout à la fois le dédain d'une impératrice et la provocation d'une prostituée.

Quand je portai mon regard sur l'homme à ses côtés, le doute prit fin et la peur commença. Je le reconnus aussitôt grâce à l'ombre dure de ses yeux, à son visage maigre, fourbe et grisonnant, à ses épaules carrées. Je n'avais nul besoin de la photographie pour savoir qui il était, et pourtant, à cet instant, j'aspirais à la certitude qu'elle semblait conférer, je désirais la preuve qu'elle représentait. Je la sortis de ma poche, jetai un œil à son image captive et sus qu'il n'y avait aucune erreur possible. Je l'avais trouvé – ou j'avais été trouvé.

Je ne les avais pas quittés des yeux plus de quelques secondes. Et pourtant, quand je relevai la tête, ils avaient disparu. Le brouillard avait repris son cadeau.

L'écho de mes pas se répercuta sur la voûte en brique

du pont alors que je m'élançais en dessous et grimpais quatre à quatre les marches usées. Elles semblaient s'être démultipliées. Mais je courais en vain. Lorsque je déboulai sur le pont, il n'y avait pas un bruit hormis mon propre halètement, pas un mouvement hormis les tourbillons têtus du brouillard glacial. Ils avaient disparu. Et je ne pus que hurler le nom de ma proie dans l'air opaque qui se riait de moi.

J'entrai dans le parc et cherchai désespérément un signe d'eux. Rien. J'empruntai quelques sentiers de ma connaissance, et finis par m'égarer complètement malgré ma familiarité avec les lieux; au bout d'un moment je débouchai sur le lac de navigation et finis par trouver la sortie de Hanover Gate. J'étais fatigué à présent, et le frimas, à l'approche du crépuscule, s'était insinué jusque dans mes os. Je pris le chemin du retour, réfutant intérieurement toutes les raisons pour lesquelles j'aurais simplement pu imaginer ce que j'avais vu. Le doute, un manque de confiance en mes propres sens et mes propres instincts rongeaient mon assurance.

Soudain je me rappelai qu'ils avaient parlé au garçon qui demandait des pièces pour son épouvantail. Je retournai à l'endroit où je l'avais croisé, le jugeant digne d'une autre demi-couronne s'il parvenait à me rassurer.

Mais il n'était pas là. Lui aussi avait disparu, ne laissant que son épouvantail pour m'accueillir, lequel pendouillait de travers au pied du mur, de la paille hérissant son torse informe, ses boutons d'yeux fixant obstinément le vide, sa bouche en lacet de chaussure fendue d'un grand sourire. J'entendis un feu d'artifice entamer son essor invisible quelque part au-dessus de Primrose Hill et me souvins que c'était la fête de Bonfire Night. Le pantin rembourré de paille avait été abandonné. Comme moi.

*

Cet après-midi-là, Richard s'était senti le devoir de se rendre à The Limes. Inquiété par les rapports de Roffey selon lesquels Trenchard menait ses propres recherches pour trouver Quinn, il avait téléphoné à la boutique d'Orchard Street le samedi et s'était entendu répliquer que «M. William s'absentait pour une durée indéterminée». Cette nouvelle l'avait profondément alarmé quant à l'état d'esprit du jeune homme.

Mais son trajet jusqu'à St John's Wood avait été un coup d'épée dans l'eau. La femme de chambre, les joues rouges, les larmes aux yeux, dans un état qui interdisait tout interrogatoire détaillé, lui avait seulement expliqué que son maître était sorti pour une destination inconnue. Le brouillard ambiant, minces volutes insignifiantes à Highgate, mais d'une densité aveuglante dans ces quartiers, rendait toute prospection plus poussée sans espoir. Il intima au cocher de le ramener chez lui.

Lorsque enfin il mit pied à terre à North Road, frigorifié et exaspéré par la lenteur du trajet, il n'avait qu'une envie: un whisky devant un bon feu. Et pourtant, comme il entrait chez lui et sentait cet accueil familier chargé de reproches se resserrer autour de lui, une autre sensation, assez dissemblable à ces rappels de sa fragilité physique, le prit à la gorge et lui donna des frissons dans le dos.

Il resta immobile un moment, tétanisé, laissant la porte claquer derrière lui. C'était l'après-midi de congé de Braddock, les quartiers supérieurs de la maison étaient donc déserts. Cependant ce détail ne pouvait expliquer à lui seul l'atmosphère qu'il détectait. Dans le silence glacial régnait une sorte de vigilance, quelque chose d'attentif à sa présence, quelque chose, en l'occurrence, qui l'attendait.

Il se dirigea vers le bureau. Les hauts plafonds et les couloirs étroits de la maison de son père l'encerclaient, l'enfermaient. Il fonça tout droit, n'ayant besoin d'aucune lumière pour le guider. Au bout du couloir, la porte du bureau était ouverte. Il en voyait les contours se dessiner dans la lueur falote du feu à l'agonie. Alors il comprit.

À la fin de l'automne 1859, ç'avait été un soir pareil à celui-là, enveloppé de brouillard, et d'un froid mortel. Il était revenu de Holborn d'une humeur massacrante, grimaçant au souvenir de la succession d'outrages mesquins que lui avait infligés Gregory Chubb. Il s'était résolu à se plaindre auprès de son père, tout en sachant que ce serait vain. Il s'était dirigé d'un pas énergique vers le bureau du vieil homme. À l'époque comme aujourd'hui, la porte était entrouverte, le feu rougeoyant à l'intérieur. À l'époque, comme aujourd'hui dans son imagination, une conversation animée était en cours dans la pièce. C'était Gervase, avec son père. Prenant conscience qu'ils ignoraient sa présence, Richard s'était arrêté pour écouter, comme il s'arrêtait aujourd'hui pour se souvenir.

« Dix mille livres ? s'était écrié Wolseley, estomaqué. Si c'est une blague, jeune homme, elle n'est vraiment pas…
— Ce n'est pas une blague ! »

Sous la surface, la rage bouillonnait dans la voix de Gervase.

« Je vous demande de rassembler cette somme.

— En tant qu'exécuteur testamentaire de ton père, je dois…

— En tant que notaire à *mon* service, vous devez exécuter mes ordres – sinon je trouverai quelqu'un d'autre pour le faire.

— Tu n'as pas le droit de me parler en ces termes.

— Ai-je le droit de disposer de cet argent ? C'est tout ce qui m'importe. »

Wolseley avait répondu, les dents serrées :

« En termes purement juridiques, cet argent est compris dans ta donation.

— Alors versez-le-moi, qu'on en finisse.

— Je ne peux pas faire ça. Qu'a-t-il fait pour mériter une somme pareille ? Si on additionnait vingt ans de son salaire, on n'arriverait toujours pas à cette somme.

— Je ne vous demande pas de sermon. Vous avez mes instructions. Ma signature y est apposée. Je veux qu'on lui verse cet argent sur-le-champ – puis je ne veux plus en entendre parler. C'est bien clair ?

— J'avais prévenu ton père que tu dilapiderais ton héritage. S'il était vivant aujourd'hui… »

Il y avait eu un grand bruit, comme si Gervase avait tapé du poing sur la table.

« C'est clair, que diable ? »

Un silence avait suivi, puis Wolseley avait rétorqué d'un monosyllabe glacial :

« Oui.

— Parfait. Je veux que cet homme parte immédiatement. Puis-je vous laisser organiser son départ ?

— Tu peux.
— Sans délai, attention.
— Il n'y aura pas de… délai. Lennox aura son argent. »

Richard pénétra dans le bureau et alluma les lumières. Maintenant qu'il s'en souvenait, il était encore plus frustré qu'avant. Lennox était le prédécesseur de Kennedy, un homme qui, en toute logique, n'aurait rien dû représenter aux yeux de Gervase. Et pourtant Gervase lui avait versé dix mille livres. Richard se laissa tomber lourdement dans son fauteuil et contempla le bureau sur lequel son cousin avait tapé du poing pour bien se faire comprendre. Il n'y avait aucune réponse à trouver sur la surface vernie, aucun indice à glaner sur le bois poncé. Les fantômes étaient partis. Seuls restaient leurs secrets.

9

La cour du vice-chancelier, à Lincoln's Inn, éclairée par des fenêtres à meneaux et du gaz grésillant, meublée de chêne teint et de cuir rouge boutonné, où s'empilaient sur toutes les tables des liasses de dossiers reliés par de la ficelle rose et des recueils fatigués de jurisprudence, où tous les sièges étaient occupés par des avocats emperruqués et leurs conseillers chuchotant, où se serraient sur tous les bancs une brochette remuante d'oisifs et de curieux, où tous les chevrons renvoyaient l'écho de l'impatiente confusion d'une multitude de chuchotements : telle était l'arène de l'affaire Norton contre Davenall, et tels en étaient les occupants, alignés devant l'estrade vide, tandis que l'heure fixée approchait, en ce matin froid et humide de novembre.

Les habitués de la scène juridique et de ses vedettes observaient les deux avocats expérimentés, Russell et Giffard, se préparer chacun d'un côté du tribunal, afin de déceler des indices quant à ce qui allait suivre. Des deux, Russell s'était montré le moins diligent, affectant son attitude coutumière de dilettante désinvolte. Giffard, au contraire, n'avait cessé d'échanger des messes basses avec une poignée d'assistants, mais était-ce à son initiative ou à celle de son client, ce n'était pas clair. On l'avait vu parler sèchement une fois au notaire barbu aux cheveux gris qui, d'après la rumeur, était un cousin de l'accusé. On disait que Sir Hugo Davenall lui-même était le jeune homme aux longs membres et aux cheveux ébouriffés qui était aussi souvent debout, à ajuster son col et à se tripoter les lèvres, qu'assis à pianoter et à jeter des regards partout dans la salle. Ces regards tombaient souvent, sans raison apparente, sur la femme voilée élégamment vêtue dont beaucoup supposaient qu'elle était sa mère, mais qui jusque-là n'avait tenté ni de l'approcher ni de lui parler.

Une direction que Sir Hugo semblait soigneusement éviter du regard était celle du plaignant, l'énigmatique M. Norton. Cet homme, qui en prétendant être le frère de Sir Hugo était devenu le centre de l'attention de tous les amateurs de sensationnel, avait adopté une pose d'immobilité languide entre Russell et l'avocat gominé que les *cognoscenti* identifiaient comme Hector Warburton. Il n'avait adressé que quelques mots à l'un ou l'autre de ces gentlemen et n'avait pas même jeté un regard à la tribune réservée au public. Bref, il n'avait rien laissé paraître, au-delà d'un calme assez déraisonnable et, si certains étaient déçus, d'autres croyaient au contraire reconnaître les marques d'une assurance potentiellement divertissante. L'impatience était à son comble.

« Mesdames et messieurs, levez-vous. »

M. le juge Wimberley était entré dans le tribunal par la porte située derrière son fauteuil avant même que l'huissier eût terminé son annonce et à présent il scrutait d'un air grincheux les rangs où les silhouettes se levaient maladroitement. C'était un petit homme méthodique et tatillon dont la tête molle en forme d'œuf et au nez aquilin lui donnait, paré de tous les atours judiciaires, quelque chose de l'apparence d'une poule d'eau effarouchée et mal lunée. Il jaugea avec méfiance la salle comble, comme pour faire comprendre qu'il s'était attendu à – et avait espéré – un public plus restreint, puis s'assit en tirant avec agacement sur sa robe.

Au moment où les autres occupants du tribunal s'apprêtaient à réintégrer leur place avec soulagement, le grincement de la porte qui desservait la tribune du public avertit les personnes à l'ouïe fine de l'arrivée d'un retardataire à l'air contrit, une dame vêtue modestement qui se glissa d'un pas exagérément furtif jusqu'à un siège libre, pour finalement être interpellée au sujet d'un billet de train aller-retour Salisbury-Waterloo qu'elle avait laissé tomber au passage. Le juge Wimberley la regarda le récupérer d'un œil cinglant, mais, s'il avait été tenté de l'expulser, il en fut à l'évidence dissuadé par la rougeur sincère de son expression. D'un geste mou de la main à l'intention du commis greffier, il signala que les débats pouvaient commencer.

Le litige fut énoncé, les détails laborieusement récités, puis maître Charles Russell, avocat de la couronne, se leva pour s'adresser à la cour. Il parla lentement, d'une voix douce, sous-entendant par la retenue de son ton que l'allégation de son client possédait toute la force d'une raison aimable, naturelle et pure.

L'acier qui faisait sa réputation ne luisait pas, le feu qui lui valait sa renommée ne flambait pas. Il semblait consciemment en retrait, comme s'il savait pertinemment qu'un seul homme pouvait gagner ce procès pour le plaignant : le plaignant lui-même. Et, en effet, plus vite que ce à quoi on aurait pu s'attendre, l'homme connu sous le nom de James Norton fut appelé à prêter serment pour témoigner.

Avant que son interrogatoire puisse commencer, le juge Wimberley fit une intervention boudeuse.

« Vous dites vous appeler Norton ?

— Oui, monsieur le juge.

— Dans ce cas, vous admettez que ce n'est pas Davenall ?

— Davenall est le nom sous lequel je suis né. Voilà onze ans que je ne l'ai pas employé et je ne le ferai pas avant que cette cour ne m'en reconnaisse le droit. »

Le plaignant avait pris un bon départ. M. le juge Wimberley parut apaisé, voire impressionné.

« Vous pouvez commencer, maître Russell, annonça-t-il avec un léger hochement de tête en direction de l'avocat.

— Où et quand êtes-vous né ?

— Je suis né à Cleave Court, dans le comté du Somerset, le 25 février 1848.

— Qui étaient vos parents ?

— Sir Gervase et Lady Davenall.

— Vous étiez leur premier enfant ?

— En effet.

— Et donc l'héritier de la dignité de baronnet des Davenall ?

— Exactement.

— Où avez-vous fait vos études ?
— À Eton et à Oxford.
— Quel collège ?
— Christ Church.
— En quelle année avez-vous obtenu votre diplôme ?
— 1870.
— Comment vous décririez-vous à cette époque ? »

Bon. Les préliminaires étaient terminés. L'intérêt et la tension s'intensifièrent sensiblement. Dans le public, nombreux furent ceux à se pencher en avant, impatients de savoir comment Norton répondrait au défi. Les faits biographiques, c'était une chose, un autoportrait convaincant, c'était une autre paire de manches.

Un instant, Norton hésita. Était-il perdu ? Non. Car ce n'était pas de l'hésitation. C'était de la réflexion. Quand il répondit, ce fut avec l'aisance calme de celui qui ne reconnaissait pas sa personne telle qu'elle était douze ans plus tôt, ou qui ne la reconnaissait que trop bien.

« J'avais vingt-deux ans. J'avais bénéficié d'une éducation choyée et privilégiée. J'avais en ma possession une richesse considérable et la perspective d'un héritage qui l'était encore plus. Le monde était à mes pieds, et j'étais persuadé que c'était là sa place. À l'époque, je me serais décrit comme le parangon du gentleman anglais, qui méritait le moindre des avantages dont il jouissait. Avec le recul, je vois maintenant que j'étais un petit donneur de leçons vaniteux et stupide. »

Le silence était total. Il tenait le tribunal en son pouvoir. Pendant ce court laps de temps, c'était à lui de le convaincre. Tant qu'il durerait, les opportunités seraient infinies.

« Vous faites preuve d'une franchise remarquable, commenta Russell.

— Objection, monsieur le juge, protesta Giffard en se levant. Ce que mon éminent confrère qualifie de franchise remarquable, je le qualifie, moi, d'insulte intolérable à la mémoire d'un charmant jeune homme. »

M. le juge Wimberley plissa le visage en une moue acide.

« Il est clair, Sir Hardinge, que c'est l'un ou l'autre. Mais il est encore trop tôt pour trancher. Vous pouvez continuer, maître Russell.

— Merci, monsieur le juge. Avançons d'une année. Comment vous décririez-vous, dans ce cas, en juin 1871 ? »

De nouveau, un silence bien pesé. Cette fois, le tribunal y était préparé et attendit patiemment. Puis Norton répondit.

« J'avais un an de plus mais guère de plomb dans la cervelle. J'avais eu la bonne fortune d'être fiancé à une jeune femme d'excellent caractère. Eussions-nous été mariés, je ne doute pas qu'elle aurait exercé sur moi une influence positive. Cela dit, je n'avais absolument pas conscience d'avoir besoin de m'améliorer. La liberté de m'autoriser mes moindres caprices – et même, mes moindres vices – semblait constituer une récompense en soi. Mon arrogance et ma folie n'avaient fait qu'augmenter.

— Pourriez-vous nommer votre fiancée de l'époque ?

— Je préférerais m'en abstenir. Me croyant mort,

elle en a épousé un autre. Je ne veux être la cause d'aucun embarras.

— Objection, monsieur le juge. »

Giffard avait de nouveau bondi.

« La délicatesse du plaignant est une dérobade pure et simple. »

M. le juge Wimberley semblait trouver fatigante cette tactique du harcèlement.

« Si tel est le cas, vous pourrez insister sur ce point plus tard lors du contre-interrogatoire, Sir Hardinge. Je vous en prie, continuez, maître Russell.

— Quand deviez-vous épouser… cette jeune femme d'excellent caractère ?

— Notre mariage était prévu le 23 juin.

— Qu'est-ce qui l'a empêché ?

— Le 18 juin, j'ai quitté le pays.

— Dans quelles circonstances ?

— Dans des circonstances d'anonymat le plus total.

— Soyez plus précis, je vous prie.

— J'avais passé plusieurs jours à Londres tandis que ma fiancée était restée auprès de ma famille dans le Somerset. J'y étais retourné brièvement le 17. Là, j'avais vu ma fiancée pour lui annoncer que je ne pourrais pas l'épouser. J'avais indiqué dans un message à l'intention de mes parents que je comptais mettre fin à mes jours. J'étais ensuite retourné à Londres, où j'avais pris un fiacre pour Wapping.

— Dans quel but ?

— Le but insinué dans mon message : le suicide. Par noyade.

— Qu'est-ce qui vous a poussé à envisager une entreprise aussi désespérée ? »

On était arrivé au point critique. Tous les regards étaient tournés vers lui, toutes les oreilles à l'affût pour entendre sa réponse. Le moment était venu où il déciderait d'ouvrir son cœur sur un secret endormi, ou choisirait de doubler un lâche mensonge d'une invention. La pénitence ou le parjure.

« Je ne me sentais pas très bien depuis plusieurs mois, à tout le moins depuis plusieurs semaines. J'étais parvenu à dissimuler les symptômes à mes proches, mais ils n'en restaient pas moins aigus. J'avais donc consulté mon médecin.

— Le médecin de famille ?

— Oui. Fiveash. Un homme bon. »

Russell regarda le juge.

« Le Dr Fiveash témoignera plus tard, monsieur le juge. »

Puis il reporta son attention sur le plaignant.

« Quel a été son diagnostic ?

— Syphilis. »

Quelque part dans le public s'éleva un gloussement mal dissimulé. M. le juge Wimberley leva la tête, agacé.

« Je ferai évacuer la salle à la moindre grivoiserie. Continuez, maître Russell.

— Quel traitement le Dr Fiveash a-t-il suggéré ?

— Aucun, si ce n'est des palliatifs pour les symptômes immédiats. Il m'a expliqué que la maladie était arrivée à un stade où il ne pouvait plus l'arrêter et qu'un lent déclin, quoique émaillé de nombreuses rémissions, était inévitable. C'est-à-dire un déclin jusqu'à la mort.

— Ne vous a-t-il donné aucun conseil ?

— Il m'a seulement dit que le mariage était impensable.

— Tout à fait. Vous l'avez accepté ?
— Bien sûr.
— Dites-moi, ce diagnostic vous a-t-il surpris ? »

Le plaignant séduisant, jouissant d'une élocution et d'une santé manifestement parfaites, porta son regard au loin.

« Pas complètement. »

Le seul mouvement fut à noter du côté de la défense. Sir Hugo Davenall et son notaire eurent un discret échange inquiet. Sir Hardinge Giffard se tourna d'abord vers eux, puis vers Norton. D'un regard noir, M. le juge Wimberley réduisit au silence les deux hommes, puis la tribune, où la grivoiserie semblait de nouveau menacer.

« Pourquoi n'avez-vous pas été surpris ?
— Parce qu'il était dans mes habitudes de frayer avec les prostituées. »

Venait-on d'entendre un petit sifflement parmi les sièges réservés à la presse ? Si oui, il se perdit rapidement, enfoui sous une énième intervention de Giffard :

« Monsieur le juge, c'est la calomnie la plus effroyable dont a jamais été couverte une éminente famille respectable. »

M. le juge Wimberley fit mine de ne pas entendre.

« Vous reconnaissez ouvertement avoir eu un comportement grossièrement immoral, jeune homme ?
— Je le reconnais, monsieur le juge. »

Le juge secoua la tête d'un air chagrin.

« Épouvantable, épouvantable, marmonna-t-il. Continuez, maître Russell.
— Ainsi donc ce diagnostic ne vous a-t-il pas surpris. Comment vous a-t-il affecté ?

— Il m'a obligé à ouvrir les yeux sur la profondeur de ma dégénérescence morale. Il m'a poussé à prendre conscience que j'étais non seulement incapable de me marier, mais aussi indigne. Cela m'a conduit à affronter la vérité en face : j'avais vécu un tel mensonge que je n'avais pas le droit de vivre tout court.

— Qu'avez-vous fait ?

— J'étais désespéré, rongé autant par l'affliction que par le dégoût de moi-même. Dire la vérité semblait pire que de simplement mettre fin à mes jours sans explication. J'ai résolu de me tuer. »

Dans la tribune, on réprima un sanglot. La retardataire pleurait doucement dans un mouchoir brodé. M. le juge Wimberley leva la tête, mais ne prononça aucun mot de reproche. Les larmes semblaient presque appropriées.

« Et c'est ce qui vous a conduit à Wapping le soir du 17 juin 1871 ?

— Parfaitement.

— Qu'avez-vous fait là-bas ?

— Je suis descendu du fiacre non loin d'un pub. Là, j'ai bu jusqu'à la fermeture de l'établissement. Puis j'ai attendu dans un cimetière voisin que les rues se vident. Aux alentours de minuit, dans une ruelle longeant l'auberge, j'ai descendu quelques marches qui conduisaient au fleuve. Les eaux étaient hautes, c'était une nuit sans lune. Je n'aurais pu souhaiter conditions plus favorables pour me jeter à l'eau en toute discrétion. J'avais charrié depuis le cimetière un chaperon descellé dans l'intention de me l'attacher au corps afin de me lester. Alors que je procédais à cette opération, je fus surpris par une chaloupe de policiers qui descendait lentement le courant. Ils ne me virent pas, car je m'étais retranché d'un bond dans les ténèbres, mais ils sont passés tellement près que j'ai pu entendre l'échange des deux hommes sur le pont.

— Que se disaient-ils ?

— Le premier a dit quelque chose du genre : "Bonne nuit pour les sauteurs, George." Je ne comprenais pas ce qu'il entendait par là. Puis l'autre a répliqué : "Tu l'as dit. J'en ai repêché deux hier soir. Ventre-saint-gris, je les ai vus allongés sur le pont comme des poissons sur l'étal du poissonnier, avec la moitié de la Tamise qui leur sortait de la bouche." »

Il y eut de petits cris dans le public, des expressions involontaires de dégoût chez ceux pour qui le récit de Norton était devenu par trop réaliste. M. le juge Wimberley fusilla le plaignant du regard.

« Voilà qui est du plus mauvais goût, jeune homme. Je vais devoir vous demander de surveiller votre langage.

— Je suis navré, monsieur le juge, mais tels étaient les mots employés. Ils ont eu sur moi un effet saisissant. Après le passage de l'embarcation, tétanisé, je m'imaginais la réaction de ma famille et de ma fiancée si je venais à être "repêché". Quelqu'un aurait eu la tâche épouvantable de m'identifier. Pire encore, j'aurais pu être secouru. Jusqu'alors, je n'avais pas réfléchi à ce que le suicide impliquait physiquement parlant. Y penser porta un coup fatal à ma résolution.

— Le courage vous a manqué ? demanda Russell.

— Oui. »

Onze ans après, sa voix portait encore les stigmates de la honte.

« Seul le chaperon a fini dans le fleuve. J'ai remonté les marches et me suis éloigné discrètement.

— Où êtes-vous allé ?

— J'ai erré toute la nuit dans les rues. Je savais à peine où j'allais. Le matin venu, je sus que je ne pourrais pas faire ce que j'avais prévu. Mais je ne pouvais pas non plus retourner auprès de ceux qui me croiraient mort et leur expliquer ce qui était encore pire que de mettre fin à mes jours. J'ai donc pris une couchette dans un bateau à vapeur à destination du Canada. Je nourrissais l'espoir de rassembler la volonté de sauter par-dessus bord au milieu de l'océan. J'ai échoué. Quand le bateau a accosté à Halifax, en Nouvelle-Écosse, j'étais toujours à bord.

— Qu'avez-vous fait, là-bas ?

— J'étais désœuvré, malade et sans but. Je me suis rendu aux États-Unis, où j'ai loué une modeste chambre à New York. J'ai alors trouvé un emploi de cocher, en grande partie pour m'acheter l'alcool et la quinine qui me soulageaient un peu de mon mal. Plusieurs mois se sont écoulés. Puis il s'est produit quelque chose d'étrange.

— Quoi donc ?

— J'ai commencé à me sentir mieux. Au début, j'ai pensé qu'il s'agissait de l'une des rémissions contre lesquelles le Dr Fiveash m'avait mis en garde. Mais non. Le temps a fini par prouver qu'en définitive, je ne souffrais pas de la syphilis. Au début de cette année, j'ai obtenu dans ce sens un verdict sans appel de la part du plus éminent des spécialistes. Mon exil, voyez-vous, avait été inutile. J'avais gâché onze ans de ma vie à fuir les conséquences d'une maladie que je n'avais pas.

J'avais renoncé à mon droit d'aînesse... sans raison aucune.

— Et maintenant vous souhaitez le reprendre ? »

Norton baissa la tête.

« Dans la mesure où j'en suis digne, oui, je le souhaite. »

Un silence s'installa, un silence durant lequel tous ceux qui avaient entendu son récit, ses confessions d'échec ainsi que la réclamation de son titre réfléchissaient aux conséquences émotionnelles de ce qu'il venait de raconter. Norton regardait le sol d'un air solennel, sa magnanimité et sa faiblesse poussaient son public à le croire.

« C'est un mensonge. Un satané tissu de mensonges ! »

Dans la tribune du public, une silhouette chancelante aux cheveux ébouriffés s'était levée et vociférait en direction de la barre. Il agitait rageusement les bras à l'intention de Norton, comme pour lui ordonner de partir.

« Ne croyez pas un mot de ce qu'il raconte ! Vous ne voyez donc pas ? »

Sa voix s'érailla. Il se tourna vers l'allée, manifestement décidé à descendre de son perchoir. Pour ce faire, il dut passer devant la retardataire au mouchoir brodé, qu'il réussit à percuter. Elle leva les yeux vers son visage ivre et désorienté avec une expression d'une douceur inattendue.

« William ! » s'écria-t-elle, éberluée.

*

L'huissier me dit que j'avais de la chance d'échapper à une nuit de détention pour outrage à magistrat. Me tenant par le col, il me faisait passer sans ménagement le poste de garde pour m'expédier dans Chancery Lane. Heureusement, il m'avait pris pour un inoffensif ivrogne. S'il avait su la profondeur de la colère qui bouillonnait en moi pendant les mensonges en cascade de Norton, il aurait peut-être été plus enclin à me remettre aux mains de la police.

Un peu plus loin dans la rue, appuyé contre une grille, je m'efforçai de retrouver mon souffle et de me débarrasser de l'angoisse épouvantable que m'avaient infligée les propos de Norton. Il avait changé son histoire – et j'en devinais la cause. Les Davenall n'auraient pas souhaité qu'il revienne à sa première version selon laquelle il avait hérité de la syphilis de son père, mais ce n'était pas pour les ménager qu'il avait endossé la responsabilité. C'est en voyant Emily sangloter que j'ai compris l'ingéniosité de sa ruse. Elle était son messager auprès de Constance. Elle la persuaderait qu'il sacrifiait sa réputation pour protéger ceux qui lui étaient chers. Et elle la presserait de prendre son parti. Son allocution n'avait pas été destinée à la cour, mais à Constance, dont le soutien actif, s'il l'obtenait, emporterait tout sur son passage.

Un homme passa la tête sous l'arche du poste de garde et porta les yeux dans ma direction. Prenant sa casquette pour celle d'un gardien qui estimait que je n'évacuais pas les lieux assez vite, je tournai les talons et remontai la rue. Bizarrement, cela dit, j'entendis des bruits de pas derrière moi, comme s'il me suivait. Au bout de la rue, je me retournai : il était là, à une petite dizaine de mètres.

Ce n'était pas un gardien. La casquette était vieille et

crasseuse, le reste de ses vêtements, rapiécés, était usé jusqu'à la trame. Mais ce n'était pas un clochard non plus. Sa moustache en guidon de vélo était gominée, et dans la main gauche il tenait un cigare fumant. Sa main droite ne tenait rien, car il n'en avait pas. Le bras n'était qu'un moignon, sous lequel la manche était nouée en un nœud ostentatoire.

«Je vous connais ? demandai-je.

— *Voilà qui m'étonnerait fort* », répliqua-t-il.

Tandis qu'il s'approchait, je vis que c'était un vrai fourre-tout de contradictions : il avait beau parler de façon maniérée, son sourire découvrait une rangée de dents pourries, quant à ses cheveux gris clairsemés et à sa peau grêlée, ils évoquaient une tout autre personne que le fumeur de cigares coquet à la cravate écarlate qui arrivait vers moi en bombant le torse.

«J'ai vu votre... éclat... là-bas, annonça-t-il en jetant un œil vers Lincoln's Inn.

— Eh bien ?

— Je me suis dit que j'allais vous féliciter...

— Il n'y a vraiment pas de...

— Pour l'une des manifestations de fougue les plus détestables que la malchance m'ait donné de voir. »

Il emboucha son cigare et sourit du coin des lèvres.

Norton avait épuisé toute ma colère ; il n'en restait plus pour personne.

« Est-ce là tout ce que vous avez à dire ?

— Il se trouve que non. J'ai dans l'idée que nous pourrions avoir quelque chose en commun.

— Je ne pense pas, non. »

Je hélai un fiacre, lui donnai des instructions pour me conduire à St John's Wood et montai.

« Vous pensez mal, mon ami. »

Je le regardai de nouveau.

« Ce que nous avons en commun, c'est une dent contre les Davenall. »

Il m'adressa un clin d'œil et tira sur le moignon de son bras droit. Ce geste ainsi que son allusion à une quelconque complicité étaient repoussants, mais irrésistibles. Je tins la porte du fiacre ouverte et l'aidai à monter. Nous partîmes ensemble.

Je m'étais attendu à ce qu'il se présente, mais en lieu et place il demanda :

« Quel est votre rôle dans cette histoire ?

— Si vous voulez tout savoir, la fiancée dont il parlait est ma femme.

— Ah, ah, une affaire de cœur. J'aurais dû m'en douter.

— Ah oui ?

— À mon époque, on savait comment régler ce genre de contentieux.

— Et comment, je vous prie ?

— L'un de nous aurait provoqué l'autre en duel. »

Je le regardai, il souriait. Mes propos commençaient à rattraper mes soupçons.

« Qui êtes-vous ?

— On m'appelle Thompson.

— Comment avez-vous perdu votre bras ?

— Gervase Davenall me l'a arraché d'une balle au cours d'un duel, il y a plus de quarante ans.

— Vous étiez alors le lieutenant Thompson, du 27ᵉ régiment de hussards. Vous vous êtes battu en duel contre Gervase Davenall en mai 1841. »

Il fronça les sourcils.

« *Vous êtes bien renseigné. Oui, c'est moi-même. Je me suis cassé une paire de dents en mordant dans une badine quand on m'a scié ce machin.* »

Il lorgna son moignon.

« *J'ai dû quitter l'armée à cause de Gerry Davenall. Maintenant il ne me reste plus que ça et le galon sur ma casquette pour montrer que j'ai servi la reine et le pays.*

— *Vous deviez avoir conscience des risques que vous encouriez.*

— *Au diable les risques ! Je ne regrette rien. C'était un combat loyal.*

— *Dans ce cas, pourquoi avoir parlé de dent contre les Davenall ?*

— *Parce que m'estropier était pire que d'épargner un cheval à la patte cassée. Je ne connaissais que ça, l'armée, moi, sacredieu. Et pis, fut un temps, c'était mon ami. Il aurait au moins pu faire un boulot propre.*

— *Vous étiez amis ?* »

Il sourit à ce souvenir, et éjecta le mégot de son cigare par la fenêtre du fiacre.

« *Oh oui. On était comme ça.* »

Il croisa l'index et le majeur de sa main gauche en signe de camaraderie.

« *Fut un temps.* »

Il décroisa vivement les doigts.

« *On était amis à Eton. C'est pour ça qu'on s'est enrôlés dans le même régiment.*

— *Vous étiez ensemble à Eton ?*

— *N'ayez pas l'air si surpris. Je n'ai pas toujours été un vieux mendiant manchot. À une époque j'étais un beau jeune homme dissolu, qui avait toutes les dames à ses pieds. Exactement comme Gerry.*

— *Est-ce pour cette raison que vous vous êtes battus : une femme ?* »

Il ricana.

« *On pourrait dire ça comme ça, mon ami. On pourrait dire une femme.*

— *Je n'ai pas le temps de jouer aux devinettes. Racontez-moi ou non, à votre guise.*

— *Ne prenez pas la mouche ! Je pensais que vous seriez curieux.*

— *Je le suis. Mais je suis également impatient.*

— *Cartes sur table ? J'ai besoin d'argent. Vous pouvez vous-même le constater. C'est pas marrant quand vos bottes prennent l'eau, ni quand vos camarades ne veulent plus vous prendre vos reconnaissances de dette.*

— *C'est votre problème, pas le mien. Pourquoi devrais-je vous payer pour que vous m'expliquiez quel était le sujet de votre querelle avec Gervase Davenall il y a toutes ces années ?*

— *Parce que vous voulez savoir qui est vraiment ce James Norton. Non ?* »

Le fiacre valdingua violemment en bifurquant dans Tottenham Court Road. Je basculai sur la banquette, percutai Thompson et me retrouvai la main sur le moignon de son bras droit. Il gloussa en voyant mon vif mouvement de recul.

« *Je l'ai démasqué ce matin, voyez-vous. Il s'est bien débrouillé, mais pas assez bien. Il n'est pas James Davenall.*

— *Je le sais.*

— *Vous l'espérez, plutôt. La différence entre nous, c'est que moi je m'en fiche comme d'une guigne, mais que je sais qui il est.* »

Pouvait-ce être vrai ? Le savait-il vraiment ? J'observai son visage ridé, ravagé, ses yeux luisants de désespoir malgré son sourire railleur, et ne trouvai aucune réponse hormis mon besoin de le croire.

« *Combien voulez-vous ?* »

Son sourire s'élargit sur ses dents brunes crénelées.

« *Vingt livres, ça me tirerait une belle épine du pied. En gentlemen, peut-on partir sur vingt guinées ?*

— *Je n'ai pas une somme pareille sur moi.*

— *Alors donnez-moi quelque chose… en acompte.* »

Je sortis un billet de cinq livres de mon portefeuille.

« *Et vous, qu'allez-vous me donner… en acompte ?* »

Il saisit le billet entre le pouce et l'index, mais je ne le lâchai pas. Il m'adressa alors une moue de reproche.

« *C'est dur, mon ami. Sacrément dur.*

— *Gagner de l'argent de cette façon l'est forcément.* »

Il écarta sa main et se renfonça sur la banquette.

« *Très bien. Je vais vous en raconter une partie. Il m'a provoqué en duel parce que je refusais de retirer une chose que j'avais dite. Que j'avais dite dans l'emportement d'une querelle stupide. Je lui avais avoué que je l'avais pris la main dans le sac, trois ans auparavant, lors d'un bal auquel nous avions participé tous les deux à Norfolk. La résidence de campagne d'un camarade officier. Peu importe qui. Une fête déguisée, pour célébrer le couronnement. Mon Dieu, ça fait une éternité. L'été 1838. J'étais tellement jeune que je ne suis même pas sûr que j'étais la même personne.*

— *Venez-en au fait.* »

Il grimaça.

« *Patience, mon ami. On y vient. Champagne, cigares de luxe, les dames qui valsent dans leurs déguisements provocants. Je peux vous dire que... Bref, voilà l'affaire. Je lorgnais une créature ravissante qui semblait désirer plus qu'une simple valse. Elle m'a expliqué dans quelle chambre elle dormait, mais c'était pas vraiment dormir qu'elle voulait. Quand j'y suis allé, au petit matin, j'ai découvert que j'avais été... devancé. Gerry était arrivé avant moi. Ils étaient là, en flagrant délit. Tellement à leur affaire qu'ils ne se sont même pas rendu compte de ma présence. Gerry ne l'a jamais su, jusqu'à ce que je le lui avoue, trois ans plus tard. C'est pour ça qu'il s'est battu contre moi. C'est pour ça qu'il s'est mis en tête de me tuer – et a bien failli y arriver.*

— Je ne comprends pas. À vous entendre, des liaisons* pareilles étaient monnaie courante. »

Il sourit comme devant un souvenir agréable.

« De fait elles l'étaient, mon ami. On n'était pas si collet monté à l'époque.

— Dans ce cas, pourquoi se battre en duel ? »

Il se pencha et m'arracha le billet des mains.

« Vous entendrez la suite quand vous aurez réglé le solde. »

Il dut percevoir l'impatience dans la tension de ma voix.

« Où et quand ?

— Au Lamb and Flag, un pub dans Rose Street, à 9 heures ce soir. »

Il passa la tête par la fenêtre et intima au cocher de s'arrêter. Nous étions au milieu d'Albany Street.

« Ne soyez pas en retard », conclut-il avec un clin d'œil.

Puis il descendit d'un bond et traversa la rue avant que je puisse prononcer un mot.

Je me demandais encore s'il me menait simplement par le bout du nez pour essuyer quelques mauvaises dettes, quand le fiacre me déposa devant The Limes et que je commençai à remonter l'allée. Soudain, Thompson n'étant plus là pour me changer les idées, je me mis à regretter mon éclat au tribunal. Après tout, qu'y avais-je gagné hormis une brève décharge de ma colère ?

Je m'arrêtai net. Une femme se tenait devant ma porte d'entrée. Elle se tourna vers moi à mon approche, je la reconnus aussitôt. Elle avait remonté ses cheveux sous un chapeau au rebord étroit, sa robe était partiellement dissimulée par un manteau court, mais le port royal de sa mâchoire ne laissait pas place au doute. Pas plus que la sereine sévérité du regard brun avec lequel elle m'accueillit. Cette fois-ci, il n'y avait pas de brouillard pour la faire disparaître. Cette fois-ci, elle m'adressa la parole.

« Bonjour, monsieur Trenchard. Voilà longtemps que je vous attends. »

*

La pause méridienne dans l'audience de l'affaire Norton contre Davenall fut l'occasion de voir Sir Hugo Davenall, son cousin Richard et Sir Hardinge Giffard arpenter le parc de Lincoln's Inn en quête d'air frais et d'inspiration. Ni l'un ni l'autre, cependant, n'étaient disponibles en abondance.

« Il a pris un risque considérable en changeant son histoire à ce stade, commenta Sir Hardinge.

— Peut-être devrions-nous lui en être reconnaissants, répliqua Richard d'une voix incertaine. Au moins le nom de ton père n'a pas été sali dans cette affaire, Hugo. »

Mais Hugo était loin d'avoir l'air reconnaissant.

« Pourquoi a-t-il fait ça ? s'agaça-t-il en aspirant une grande bouffée de sa cigarette. Qu'est-ce qu'il mijote, bon Dieu ?

— Avez-vous envisagé, s'enquit Sir Hardinge, qu'il puisse souhaiter épargner votre famille ?

— Que diable entendez-vous par là ? »

Giffard eut un sourire amer.

« Peu importe. Considérez les choses sous un autre angle. Il endosse toute la responsabilité. Il se décharge la conscience de péchés passés. Il se met le juge dans la poche. Vous me suivez ?

— Que trop bien. Déchiquetez-le, Sir Hardinge.

— Je ferai de mon mieux. Il y a de nombreuses faiblesses sur lesquelles travailler. Rien de capital, bien sûr, mais cela pourrait suffire.

— Je l'espère de tout cœur. »

Hugo s'arrêta net, jeta son mégot et le broya sous son talon.

« Je vous prie de m'excuser. J'ai promis d'aller parler à mère avant la reprise des débats. »

Et il retourna vers le bâtiment de Lincoln's Inn. Dès qu'il fut hors de portée, Sir Hardinge réprimanda vertement Richard, sa réserve professionnelle l'ayant en grande partie déserté.

« Le déroulement de cette matinée n'aurait pu être pire, Davenall.

— Je m'en rends bien compte, se désola Richard.

— Il ne faut plus que ce Trenchard intervienne.

— Je n'ai absolument aucune influence sur lui.

— Des incidents pareils ne font que renforcer l'avantage de Norton. Ils font de lui une victime.

— Je sais, mais…

— Le juge penche déjà en sa faveur. Je n'ai jamais vu Wimberley aussi partial. Et puis ce changement d'histoire – c'est sacrément rusé. Si nous le mettions face à ses contradictions, cela ne ferait que rejaillir positivement sur lui. J'avais l'intention de le mettre au défi de me réciter le contenu de son message, mais cela soulèvera la responsabilité de son père dans sa maladie.

— Vous ne pouvez pas vous servir de ce message maintenant. »

Richard s'exprimait d'une voix monocorde, comme s'il discourait sur une cause perdue.

« Mais je ne dispose d'aucune marge de manœuvre. Vous ne comprenez donc pas ? Pour empêcher cette affaire d'aller au procès, c'est maintenant qu'il nous faut le briser.

— Là-dessus, nous comptons sur vous, Sir Hardinge. »

Giffard lui lança un regard interrogateur.

« Parfois, Richard, je me demande si vous mettez du cœur dans cette affaire, je me le demande vraiment. Vous ne soupçonneriez pas, par hasard, que Norton soit vraiment votre cousin disparu, si ? »

Richard lui retourna un regard vide.

« Voulez-vous vraiment que je réponde à cette question ?

— Non. À la réflexion, je ne crois pas. »

*

Je la fis entrer dans la maison et la débarrassai de son manteau. Alors que je faisais glisser la fourrure sur ses épaules graciles, je vis qu'elle portait la même robe d'un noir intense, plissée au col par un ruban de dentelle blanche, rehaussée sur la poitrine par un petit bouquet de roses rouges fraîchement cueillies.

«*Je suis désolé que personne n'ait pu vous faire entrer, rétorquai-je platement. Il semblerait que Hillier m'ait pris au mot et soit partie. La composition du ménage est quelque peu diminuée en ce moment.*

— *Peu importe. C'est vous que je suis venue voir.*»

Elle parlait d'une voix étrangement grave, presque masculine.

«*Vous savez qui je suis ?*

— *Oui. Le Dr Fiveash vous a employée comme secrétaire un peu plus tôt cette année.*

— *J'ai été navrée de duper le docteur. Il s'est toujours montré très gentil avec moi.*

— *J'imagine que Whitaker n'est pas votre vrai nom ?*

— *Non. Je m'appelle Rossiter, Melanie Rossiter.*

— *Miss Rossiter ?*

— *Oui.*

— *Et comment puis-je être sûr qu'il ne s'agit pas encore d'un pseudonyme ?*

— *Vous avez ma parole.*

— *Mais que vaut-elle, Miss Rossiter ?*»

Soudain elle me considéra avec une expression tellement chargée d'angoisse que j'aurais voulu pouvoir ravaler mes mots. Ses grands yeux d'un brun profond étaient remplis de larmes.

«*Si je suis venue vous voir, bredouilla-t-elle, c'est que je n'ai personne d'autre vers qui me tourner.*»

Qu'importent mes sentiments, je n'étais pas encore prêt à les reconnaître.

« Vous croyez que je vais avaler ça ?

— Je m'accroche à cet espoir.

— Vous reconnaissez avoir fouillé les archives du Dr Fiveash relatives à James Davenall ?

— Oui.

— À l'instigation d'Alfred Quinn ?

— Oui.

— Et de James Norton ? »

Elle me dévisagea avec une incrédulité impossible à mettre en doute.

« Non. C'est Quinn qui m'a confié cette mission. Avant de lire un article sur l'audience, je n'avais aucune idée de la raison pour laquelle il voulait cette information. Je n'ai jamais rencontré M. Norton.

— Pourquoi êtes-vous venue me voir ?

— Parce que je refuse de participer à une conspiration criminelle. Parce que j'ai besoin de votre aide – pour me protéger de Quinn. »

Elle baissa la tête et réprima un sanglot.

« Il me tuerait s'il savait le peu de choses que je viens de vous confier.

— Allons, allons, Miss Rossiter. Je vous ai vue avec Quinn hier après-midi dans Regent's Park. Vous êtes sa complice consentante. »

Elle leva la tête et affronta ce cumul d'accusations avec une singulière sincérité courageuse.

« C'est là l'opinion que vous avez de moi ? Il n'en est rien, monsieur Trenchard. Vous devez me croire.

— Pourquoi m'avez-vous suivi, alors ?

— Parce que Quinn voulait que je sois capable de

vous décrire. Il voulait que j'aille rendre visite à votre femme à Salisbury pour protester...»

Elle détourna le regard et rougit.

«Il voulait que je lui raconte que vous aviez profité de mes faveurs sans vouloir me les rémunérer. Il voulait que je lui demande de les payer pour vous.»

Je l'empoignai violemment par le bras pour la faire pivoter. La bassesse d'un tel plan avait soulevé chez moi honte et colère.

«Qu'est-ce qui vous a retenue ?

— Il y a des limites à ce que je suis prête à faire pour empêcher Quinn de causer ma perte. Ce qu'il exigeait de moi excédait ces limites.»

Elle avait parlé lentement, d'un ton délibéré, comme pour souligner que, cette fois-ci, il n'y avait pas de faux-semblants.

«Pourquoi devrais-je croire un mot de tout cela ? finis-je par demander.

— Parce que nous avons besoin l'un de l'autre, monsieur Trenchard. Quinn est notre ennemi commun. Ensemble, nous parviendrons peut-être à lui échapper.»

C'est à ce moment-là, je crois, que je commençai à lui faire confiance. Il n'y avait aucune raison, hormis sa jeunesse, sa beauté et sa franchise manifeste, toutefois mon besoin de trouver une preuve que Norton et Quinn conspiraient contre moi outrepassait mes doutes. Je l'accompagnai dans le salon et m'assis en face d'elle, en me demandant comment Constance réagirait quand elle entendrait d'une source pareille qu'elle avait été dupée, et moi, méjugé. Miss Rossiter contemplait le mobilier du salon, comme tétanisée par ce décor, pourtant en toute honnêteté relativement modeste.

« Quelle emprise Quinn a-t-il sur vous ? » demandai-je au bout d'un moment.

Elle me jeta un regard d'une intensité saisissante, puis baissa le menton et rougit de plus belle.

« Je ne sais comment expliquer, répondit-elle nerveusement en tripotant les fleurs épinglées à son corsage. C'est trop... atroce pour être formulé. »

Elle ferma un instant les yeux, les rouvrit.

« Vous devez me le dire, si vous voulez que je vous croie.

— Je m'en rends bien compte. »

Elle soupira.

« Soit. Je suis fiancée. Cela depuis plus d'un an. Mon fiancé est issu d'une excellente famille. Son père est marchand de vin à Bristol. Un homme à la fortune et à la réputation considérables. Il a autorisé nos fiançailles, malgré mon rang modeste dans le monde, parce qu'il a conscience que son fils et moi sommes très amoureux. Si nos fiançailles devaient être rompues, j'en aurais le cœur brisé.

— Pourquoi le seraient-elles ?

— Parce que Quinn a en sa possession des photographies de moi qu'il menace de montrer à mon fiancé. Ces clichés sont... »

Sa voix se brisa, elle hoqueta, puis fondit en larmes. Avant même de réfléchir à la sagesse de ma réaction, je me retrouvai à côté d'elle sur le canapé, un bras autour de ses épaules, lui offrant le peu de réconfort dont j'étais capable.

« Ces photographies me montrent, poursuivit-elle, comme seul un mari devrait avoir le droit de me voir.

— Comment Quinn les a-t-il obtenues ?

— *Il y a deux ans, lui et moi faisions partie de la même domesticité à Bristol. J'étais femme de chambre, Quinn valet de pied, même s'il prétendait avoir été majordome dans sa maison précédente. C'était avant que je rencontre Clive, vous comprenez. Quinn m'a convaincue que je pourrais gagner beaucoup d'argent en servant de modèle à un artiste qu'il connaissait. Et en effet. Quand il s'agissait de modèle vivant, comme on disait, c'était encore mieux. Et encore mieux si vous vous laissiez photographier. J'étais tellement sotte. Je croyais vraiment que ces photos étaient prises uniquement pour qu'il puisse avoir un portrait d'après lequel peindre quand je n'étais pas là. Plus tard, Quinn m'a expliqué ce à quoi elles servaient vraiment. »*

Elle frémit.

« *Il semblerait qu'il en ait gardé quelques copies pour lui. Nous ne travaillions plus ensemble quand il est venu me voir, en décembre dernier, en me menaçant de montrer ces clichés à Clive… si je ne faisais pas ce qu'il me demandait.*

— *Et ce qu'il vous demandait, c'était de trouver le dossier médical de James Davenall parmi les archives du Dr Fiveash ?*

— *Oui. Ça n'a pas été difficile. Le docteur était un employeur confiant.*

— *C'est Quinn qui a manigancé l'accident de Miss Arrow ?*

— *Oui.*

— *Et vous avez logé chez la veuve Oram dans les Norfolk Buildings le temps d'accomplir votre tâche ?* »

Elle me lança un regard étonné.

« *Vous savez ça ?*

— Qu'avez-vous obtenu en échange ? Les photographies ?

— Oui. Mais elles étaient inutiles. Comme j'aurais pu m'en douter, il possède également les négatifs. C'est ceux-là qu'il m'a promis si j'acceptais de lui rendre cet autre service... »

Elle détourna le regard.

« En vous déshonorant. »

Je lui tapotai la main.

« Vous avez ma reconnaissance, Miss Rossiter.

— Merci, murmura-t-elle, avant de reprendre d'une voix plus forte : Votre épouse aurait-elle cru à une histoire pareille ?

— C'est possible. Nous vivons séparément... depuis quelques semaines. Elle aurait pu croire... En tout cas, le but de l'exercice était clairement de la faire basculer du côté de Norton. Nul doute qu'il aurait été tout disposé à la consoler une fois que vous auriez persuadé Constance que je n'étais pas digne de confiance.

— Que voulez-vous que je fasse... maintenant que je vous ai tout raconté ? »

Elle s'était placée en mon pouvoir, et lorsque je la regardai m'implorer de ses yeux francs, je m'émerveillai devant la vitesse avec laquelle, d'une horrible ennemie, elle s'était changée en une alliée charmante.

« Je veux que vous écriviez ce que vous venez de me raconter. Nous demanderons au notaire des Davenall de l'authentifier comme une déclaration légale. Ensuite je veux que vous expliquiez la vérité à ma femme. »

Elle prit un air déterminé.

« Très bien. Je ferai ce que vous me demandez.

— Malheureusement, je ne vois aucun moyen de déposséder Quinn de ces négatifs.

— Peu importe, répliqua-t-elle en secouant la tête. Il ne me les aurait jamais cédés, de toute façon. Je vais devoir mettre Clive devant la vérité et avoir confiance en son amour pour moi.

— Où se trouve votre fiancé à présent ? À Bristol ?

— Non. Il est parti au Portugal avec son père pour affaires. Il ne sait rien de ma présence à Londres.

— Y a-t-il quoi que ce soit que je puisse faire pour vous aider ?

— J'ai besoin de votre protection par-dessus tout, monsieur Trenchard. Je devais aller voir votre femme aujourd'hui à Salisbury. Quinn devait aller me chercher à Waterloo à l'arrivée du train de 16 heures. Que vais-je faire quand il se rendra compte que je lui ai désobéi ? Il sait où je loge. Je craindrais pour ma vie s'il savait que je l'ai trahi.

— Vous devez rester ici. J'irai retrouver Quinn à Waterloo à votre place.

— Non ! s'écria-t-elle d'une voix où pointait le désespoir. S'il vous voyait, il devinerait ma trahison. Mieux vaut qu'il reste dans le doute. C'est un homme dangereux, monsieur Trenchard. Très dangereux. »

Je cédai à contrecœur sur ce point.

« Très bien. Je vais envoyer un télégramme à ma femme pour lui enjoindre de revenir immédiatement. Pendant ce temps, j'aimerais que vous écriviez votre déclaration, afin qu'elle soit prête à son arrivée. »

J'ouvris le secrétaire, lui trouvai plume et papier et la laissai écrire pendant que je me précipitais au bureau de poste de St John's Wood High Street. Là, j'envoyai à

Constance un télégramme rédigé en des termes on ne peut plus emphatiques : « VITAL QUE VOUS REVENIEZ IMMÉDIATEMENT. AI PREUVE QUE NORTON N'EST PAS JAMES. » Le récit de Miss Rossiter ne revenait pas exactement à la preuve que j'annonçais, mais je savais qu'il suffirait à ébranler la confiance de Constance en l'honnêteté de Norton. En retournant à The Limes, je sentis enfin se relâcher un peu le désespoir lugubre qui m'avait étreint pendant des semaines. Les anneaux de la conspiration de Norton avec Quinn ne me garrottaient pas aussi solidement que je le craignais. Grâce à l'aide de Miss Rossiter, j'allais bientôt pouvoir me libérer.

*

À Lincoln's Inn, l'audience avait repris. Les questions conclusives de maître Russell au plaignant n'avaient rien suscité en comparaison avec les sensations fortes de la matinée, mais, comme il se rasseyait, l'intérêt se renforça. Les journalistes léchaient leur crayon. Même les moins attentifs des membres du public cessèrent de s'examiner les ongles. Car Sir Hardinge Giffard, tout en se raclant la gorge et en remontant sa robe sur ses épaules, s'était levé pour affronter sa proie.

« Monsieur Norton… »

Il avait prononcé ce nom avec une emphase voulue et marquait maintenant une pause afin d'évaluer son effet.

« C'est avec, ce me semble, le plus grand sérieux que vous affirmez être feu James Davenall ? »

La réponse de Norton fut un modèle de sang-froid.

« Je suis plus sérieux quand j'affirme ma véritable

identité que dans tout ce que j'ai pu faire ma vie durant.

— Tant mieux. Avez-vous conscience de la sévérité de la justice envers le parjure ?

— Objection, monsieur le juge ! »

Maître Russell était debout.

« Mon client est sous serment.

— Il l'est en effet, rétorqua le juge Wimberley. Toutefois Sir Hardinge cherche peut-être à rappeler au plaignant que, s'il devait perdre cette action en justice, il y aurait de fortes chances qu'une plainte pour parjure soit déposée contre lui. »

Il eut un vague sourire.

« Cela dit, le plaignant n'a peut-être pas besoin de rappel.

— Je n'en ai pas besoin, non, monsieur le juge, confirma calmement Norton.

— Très bien. Reprenez, Sir Hardinge.

— Je mets en cause votre sérieux car, sans le désarroi dans lequel votre allégation a déjà plongé la famille Davenall, elle pourrait sembler simplement risible. L'un des membres de cette famille vous a-t-il ne serait-ce que fugitivement reconnu ? »

Norton répondit sans hésiter.

« Non.

— Quelle explication donnez-vous à ce rejet unanime ?

— Je ne puis parler à leur place. Leur déni m'a profondément blessé.

— Seriez-vous donc d'accord pour dire que l'explication la plus plausible est qu'ils ne croient tout simplement pas que vous êtes leur parent défunt ?

— Objection, monsieur le juge ! »

Maître Russell était une fois de plus intervenu.

« Il est absurde que mon éminent confrère se réfère à mon client comme s'il était mort. »

Le juge Wimberley pinça les lèvres.

« J'ai cru comprendre que M. James Davenall avait été déclaré officiellement mort il y a deux ans. Aussi, l'emploi que fait Sir Hardinge du qualificatif "défunt" relativement à son nom est parfaitement correct. »

Giffard sourit.

« Merci, monsieur le juge. Eh bien, monsieur Norton ?

— J'ai été obligé d'en conclure qu'ils préféraient me renier plutôt que d'affronter les conséquences de mon retour.

— Vous portez cette accusation contre Sir Hugo Davenall ?

— En effet.

— Et contre sa mère, Lady Davenall ?

— Avec regret, oui.

— Vous attendez-vous sérieusement à ce que cette cour envisage la possibilité qu'une mère puisse refuser de reconnaître son fils, un fils qu'elle croyait mort, un fils que vous prétendez être, qui lui serait miraculeusement rendu, pour une question de... quoi ? désagrément ?

— Pas de désagrément, non. Ma mère est une personne aux opinions puritaines bien ancrées. Pour m'accepter, il faudrait aussi qu'elle accepte les raisons de ma disparition. Ce sont elles qu'elle juge si effroyables. Quant à mon frère, ce qu'il a à perdre en me reconnaissant est somme toute évident.

— Ah oui. Les "raisons de votre disparition". Vous prétendez avoir laissé, je crois, dans la demeure familiale du Somerset un mot faisant allusion au suicide. Rappelez-moi la date.

— Le 17 juin 1871.

— Où l'avez-vous laissé?

— Dans le dressing de mon père.

— Vous savez tout sur le bout des doigts, monsieur Norton. Félicitations. Bien sûr, ces détails auraient pu être facilement glanés par l'étude des articles de presse concernant la disparition du défunt M. Davenall. Que disait ce mot?»

Norton hésita. Une ombre traversa son visage.

«Je ne me rappelle plus les termes précis.»

Giffard sourit.

«Parce qu'ils n'étaient pas mentionnés dans la presse. Sans son texte, on patauge, monsieur Norton.

— C'était il y a onze ans. Vous ne vous attendriez pas...

— Une bribe de phrase quelconque suffirait!»

Le sourire de Giffard s'élargit. Norton le dévisageait avec une intensité palpable.

«"Chère mère, cher père, C'est la dernière fois que vous entendrez parler de moi. J'ai la ferme intention de mettre un terme à ma vie aujourd'hui." Souhaitez-vous que je poursuive?»

Le sourire de Giffard s'effaça.

«Ça ne sera pas nécessaire, répondit-il après une courte pause. Il est possible que le contenu de ce mot ait été divulgué avant aujourd'hui, nous laisserons donc cette question en suspens.

— Monsieur le juge! s'exclama maître Russell. Nous

contestons cette affirmation. Pour l'étayer, la défense devra apporter la preuve de la publication de ce mot.

— Pour ce faire, rétorqua Giffard, il faudrait étudier une transcription de la procédure liée à la présomption de mort, où il a certainement été fait référence à ce mot.

— Une telle transcription est-elle disponible ? » s'enquit Russell.

Giffard sourit.

« Je crains que non.

— Alors, comme vous l'avez dit, ce point doit être laissé en suspens, intervint d'un ton acide le juge Wimberley. Reprenez vos questions, Sir Hardinge. »

Giffard bomba la poitrine, comme pour confirmer qu'il avait repris le dessus. Néanmoins, la prudence s'était insinuée dans sa voix.

« Le récit touchant de votre tentative de suicide manquait de détails, monsieur Norton. Peut-être pourriez-vous maintenant nous en fournir quelques-uns. Où exactement à Wapping prétendez-vous avoir été déposé le soir du 17 juin 1871 ?

— Au pont tournant, de l'autre côté de l'entrée du bassin de Wapping.

— Cela au moins a dû être mentionné quelque part. Quel est le nom du pub où vous prétendez avoir passé quelques heures ?

— Pas plus de deux heures, je dirais. Je ne me souviens plus du nom. Je n'étais pas en état d'étudier les enseignes des auberges.

— Où, par rapport à ce pub sans nom, se situait le cimetière où vous prétendez avoir subtilisé un chaperon ?

— Juste en face, de l'autre côté de la rue.

— Vous avez sans nul doute effectué un repérage des lieux. Est-ce ainsi que vous avez découvert la ruelle le long du pub et l'escalier auquel elle mène ? Est-ce ainsi que vous avez jeté votre dévolu sur le lieu de votre prétendue tentative de suicide ?

— Non. Je n'y suis plus jamais retourné depuis, pourtant je saurais vous y conduire très facilement. Si, comme vous le suggérez, j'avais "effectué un repérage des lieux", n'aurais-je pas mémorisé le nom du pub ?

— Non, monsieur Norton, parce que vous avez l'intelligence d'ajouter une petite touche d'incertitude ici et là pour plus de vraisemblance. Venons-en maintenant à votre incursion suivante dans les événements de juin 1871. Où avez-vous déniché ce putatif bateau à vapeur appareillant pour le Canada ?

— Sur les docks de West India.

— Le nom du vaisseau ?

— *Ptarmigan*.

— Un bateau employé au transport des passagers ?

— Non. C'était essentiellement un cargo.

— Quel genre de cargaison ?

— Je n'en ai absolument aucune idée. Je n'ai jamais inspecté la cale.

— Le nom du capitaine avec qui vous avez négocié cette couchette particulière ?

— Je ne m'en souviens pas.

— Sous quel nom voyagiez-vous ?

— Smith.

— Pas très original.

— Je ne ressentais pas le besoin de l'être.

— Quand ce... *Ptarmigan*... a-t-il accosté en Nouvelle-Écosse ?

— La traversée a duré près d'un mois.

— Vous êtes arrivé mi-juillet, donc ?

— J'imagine. J'ai bien peur de ne pas avoir noté la date. Nul doute que vous arriverez à en déterrer une trace quelque part.

— Nul doute que vous l'avez déjà fait. Combien de temps êtes-vous resté à Halifax ?

— Moins d'une semaine.

— Ensuite vous avez franchi la frontière pour vous rendre à New York. Pourquoi ?

— Il semblait naturel de me diriger vers une grande ville. Sans compter que je voulais à tout prix quitter le territoire britannique. Aux États-Unis, je pouvais espérer me noyer dans la masse.

— Dès lors, êtes-vous resté à New York ?

— Non. J'ai beaucoup voyagé à travers le pays.

— Toujours sous le nom de Norton ?

— Oui.

— Pas Smith ?

— Comme vous l'aviez remarqué, ce n'était pas très original.

— Pourquoi choisir un pseudonyme ?

— Parce que je voulais que ma famille continue à me croire mort.

— N'étiez-vous pas suffisamment loin pour échapper à toute localisation, de toute façon ?

— Possiblement, mais je n'étais pas prêt à prendre le risque.

— Dans ce cas, pourquoi vous faire connaître à présent ?

— Découvrir que je n'allais pas mourir de la syphilis a changé ma vision des choses.

— Dites-nous où vous étiez, monsieur Norton, et ce que vous faisiez, quand cette découverte vous est apparue.

— Ça a été un soupçon qui a grandi au fil des années.

— Vous avez évoqué un peu plus tôt les symptômes de votre maladie. Quand avez-vous souffert de ces symptômes pour la dernière fois ?

— Il y a quelques années.

— Combien ?

— Six ou sept.

— Depuis lors, vous avez été en parfaite santé ?

— Oui.

— Dans ce cas, prétendez-vous avoir guéri spontanément de la syphilis, ou n'avoir jamais, en réalité, souffert de cette maladie ?

— Je pencherais pour la seconde hypothèse, mais je n'ai pas les compétences nécessaires pour l'affirmer.

— Et ceux qui les ont, alors ? Ce "plus éminent des spécialistes". Qui est-il ?

— Le Dr Fabius, le plus grand vénérologue d'Europe.

— Où et quand l'avez-vous consulté ?

— À Paris, en février de cette année.

— Sur la recommandation de qui ?

— Celle de mon médecin américain.

— Et pourtant vous avez dit vous être senti en parfaite santé depuis six ou sept ans. Pourquoi en avoir attendu si longtemps la confirmation ?

— Il y avait la perspective d'une rechute. Sans compter... »

L'hésitation momentanée de Norton sembla

galvaniser Sir Hardinge. Il se tourna vers lui avec un grand geste du bras et sa voix s'éleva, accusatrice.

« J'avance, monsieur Norton, que c'est la mort de Sir Gervase Davenall l'an dernier qui vous a poussé à monter de toutes pièces cette allégation ridicule selon laquelle vous seriez son héritier. Jusqu'alors, vous n'aviez rien à gagner à le faire. Évidemment que Fabius a dressé un bilan de santé impeccable, parce que vous n'êtes pas syphilitique. Et pour cause, vous n'êtes pas James Davenall. N'est-ce pas ? »

Norton restait impassible.

« Je le suis.

— Alors pourquoi ne pas vous être fait connaître du vivant de votre père ?

— Je suis navré de vous décevoir, Sir Hardinge, mais la raison est très prosaïque. Pour une part, j'attendais d'être certain. Mais la raison majeure cependant, c'est que j'attendais parce que j'étais à court d'argent. Mon éducation ne m'avait pas préparé à avoir un emploi lucratif. J'ai dû subvenir à mes besoins avec des moyens modestes pendant plusieurs années. L'avis médical du Dr Fabius n'est pas donné. Se rendre en France pour obtenir cet avis n'est pas donné. Employer des avocats pour engager des poursuites judiciaires…

— Vous aviez anticipé le fait que les Davenall vous résisteraient, alors ?

— Malheureusement, oui.

— Donc vous avez économisé vos pourboires de cocher pendant toutes ces années afin de financer cette entreprise ?

— En quelque sorte. En réalité, je n'ai pas toujours été cocher. J'ai exercé mille métiers.

— Quel était le plus récent?
— Rédacteur pour une agence de publicité à Philadelphie.»

Giffard fit la moue.

«Triste destin pour un baronnet anglais.
— Comme vous dites.
— Peut-être avez-vous rêvé cette histoire dans un moment d'oisiveté entre deux slogans pour du savon au crésol.
— Non point.
— Vos anciens collègues savent-ils ce que vous tramez?
— Non.
— Peut-être est-ce aussi bien pour leur tranquillité d'esprit.»

Giffard marqua une pause rhétorique avant de repartir à l'attaque.

«Une dernière question, monsieur Norton. La fiancée du défunt James Davenall, désormais mariée, que vous avez eu la délicatesse de ne pas nommer: l'avez-vous rencontrée depuis l'annonce de votre revendication?
— Oui.
— Vous a-t-elle reconnu comme son ancien fiancé?
— Pas publiquement.
— En privé, alors?
— Je préférerais ne pas dévoiler le contenu d'une conversation privée avec une dame.
— Quelle touchante galanterie. Mais cela ne suffira pas, monsieur Norton. J'avance que cette affectation de réticence courtoise n'est qu'un simple stratagème par lequel vous espérez sous-entendre son soutien

pour votre cause, sans que ce soutien soit mis à l'épreuve.

— Cela, je le nie absolument.

— Dans ce cas, reconnaissez-vous qu'elle a rejeté votre allégation ?

— Non.

— Vous a-t-elle identifié : oui ou non ?

— Je ne puis le dire.

— Vous le devez. »

Norton leva la tête vers le juge.

« Monsieur le juge, je vous le demande instamment. Il m'est certainement permis de refuser de répondre si je le souhaite ? »

Russell était debout, soudain inquiet, semblait-il, pour son client.

« Monsieur le juge, je crois que ce que veut dire le plaignant...

— Merci, maître Russell, ce qu'il veut dire est très clair. »

Le juge Wimberley scruta Norton avec une expression de sollicitude apparemment sincère.

« Bien sûr qu'il vous est permis de refuser de répondre, jeune homme. Ceci n'est pas un procès pour homicide. Cependant, il me faut vous prévenir que, en ne répondant pas, vous ne laisserez guère d'autre alternative à la cour que d'adhérer à l'interprétation que fait Sir Hardinge de vos motivations. En comprenez-vous les conséquences ?

— Je les comprends.

— Très bien. Allez-vous répondre ? »

Norton réfléchit. Là, dans l'intervalle de son silence, planaient tous les doutes et les possibilités soulevés par son témoignage. Nombre dans le tribunal ne comprenaient pas comment cette seule question était devenue le test ultime de sa véracité, mais en tout cas, ils le pressentaient. Ils savaient, intuitivement, que sa réponse constituerait, pour le meilleur ou pour le pire, le nœud de cette affaire. Lorsqu'il répondit, ce fut dans un murmure, mais ses mots n'échappèrent à personne.

« Non, fit-il. Je ne répondrai pas. »

Vers le fond de la tribune du public, Emily Sumner sanglotait doucement. C'était le seul bruit qu'on entendait dans le tribunal.

*

Quand je rentrai à The Limes, je tombai sur Cook dans l'entrée.

« Doux Jésus ! s'exclama-t-elle. Vous êtes là, monsieur. »

Je n'avais pas de temps pour ses parlottes.

« Où est Hillier ?

— Elle a pris son congé, monsieur, tôt ce matin. Elle a dit que vous étiez déjà au courant.

— Oui, c'est vrai. Eh bien, et si vous faisiez un peu de thé ? J'ai une invitée à recevoir.

— Une invitée, monsieur ?

— Oui. Elle est dans le salon. Comme vous le sauriez, si vous aviez été là pour la faire entrer à son arrivée.

— Personne n'a sonné, monsieur. J'aurais entendu la cloche depuis la cuisine. Je n'ai pas bougé de là depuis le petit déjeuner. »

À l'évidence, elle commençait à être dure d'oreille.

« Peu importe. Du thé pour deux, sans traîner. Et quelques sandwichs. J'ai une faim de loup.

— Très bien, monsieur.

— Et préparez la chambre d'amis. Cette dame va passer la nuit ici. »

Remarquant son expression, j'ajoutai :

« Je sais que d'ordinaire cette tâche ne vous incombe pas, Cook, mais, sans Hillier... ma foi... vous comprenez, n'est-ce pas ?

— Oui, monsieur, ronchonna-t-elle. Je crois que oui. » Sur ce, elle battit en retraite.

Dans le salon, Miss Rossiter avait manifestement achevé sa déclaration. Elle était toujours assise au secrétaire, mais elle avait délaissé sa plume et regardait dans le vide. Elle devait être plongée dans ses pensées, car elle ne parut pas m'entendre arriver.

« Miss Rossiter ! »

Elle leva la tête avec un sursaut.

« Monsieur Trenchard ! Je suis désolée.

— Nul besoin. Avez-vous terminé ?

— Oui. »

Elle se leva du secrétaire et me tendit trois pages couvertes d'une écriture nette.

Je m'assis dans un fauteuil et en entamai la lecture. Ce faisant, j'avais conscience de deux sensations intérieures qui s'affrontaient. L'une était la confiance qui grandissait en moi à mesure que j'étudiais le document : elle disait tout ce dont j'avais besoin pour prouver avec certitude que Quinn conspirait contre les Davenall et contre moi. L'autre sensation, moins intense mais non moins insidieuse, était celle de Melanie Rossiter qui m'observait tout en faisant les cent pas sur le tapis devant la fenêtre. Je me sentais de plus en plus responsable d'elle, de plus en plus ému par tout ce qu'elle risquait pour m'aider. Espérait-elle que je la protégerais de Quinn ? Priait-elle pour que j'intercède auprès de son fiancé ? Je ne devais la décevoir ni sur un plan ni sur l'autre.

« Je vous suis profondément reconnaissant pour ce document, dis-je après avoir terminé. C'est tout ce que vous m'avez expliqué. Et davantage encore que ce que j'avais le droit de demander. »

Lorsque je vis la ligne pincée de sa bouche et ses deux poings qu'elle serrait comme des étaux, je me rendis compte de la grande justesse de mes mots.

« Vous n'êtes pas obligée de signer, vous savez.

— Si. C'est la seule façon de me débarrasser de lui.

— Sur ce point, vous pourriez bien avoir raison. »

Je rapportai la déclaration au secrétaire et tendis la plume. Sans hésiter, elle me la prit des mains et signa la dernière page, puis parapha chacune des autres.

« Voilà, annonça-t-elle. C'est fait. »

La main avec laquelle elle me tendait la plume tremblait. D'instinct, je m'en saisis et la serrai dans la mienne. J'avais eu l'intention de n'exercer qu'une légère pression rassurante, mais mes doigts se retrouvèrent mêlés aux siens.

« Vous pouvez vous fier à moi, dis-je d'une voix pâteuse.

— Merci », murmura-t-elle.

Puis elle porta ses grands yeux bruns sur moi, comme si elle y cherchait, en l'occurrence, la preuve qu'elle pouvait me faire confiance.

« J'ai tellement peur de ce qui pourrait se passer.

— Il ne faut pas. Je veillerai à ce qu'il ne vous arrive

aucun mal. J'ai l'intention d'envoyer Quinn derrière les barreaux pour ses crimes.

— Et mon fiancé ?

— S'il est digne de vous, il comprendra. Je m'y m'emploierai. »

Elle me regarda alors droit dans les yeux, nos mains étaient toujours jointes.

« Dieu vous bénisse, dit-elle, d'être mon ami. »

Soudain elle me lâcha brusquement et fit un bond en arrière, écarlate, car elle avait vu, contrairement à moi, Cook arriver avec le thé.

10

Cet après-midi-là, Richard Davenall quitta Lincoln's Inn seul et d'humeur sombre. Russell s'était montré incapable de réparer les dégâts occasionnés par le refus de Norton de répondre à la question de Giffard, et Hugo avait réagi comme si l'affaire était déjà gagnée, assenant une bourrade à Sir Hardinge, insistant pour lui faire rencontrer sa mère, allant jusqu'à lui proposer de venir dîner à Bladeney House. Cependant, Richard n'avait aucun goût pour ces réjouissances. Il ne croyait pas la confiance de Hugo mal placée, non, il craignait plutôt qu'elle ne fût que trop fondée. C'était là que le bât blessait. Non seulement Norton l'avait plus que jamais impressionné, mais il l'avait ému d'une façon des plus dérangeantes. Il avait éveillé chez Richard ce soupçon en dormance que cette noble créature torturée qu'il avait observée toute la journée au tribunal n'était autre que James Davenall lui-même.

Au moment où Richard sortait de Lincoln's Inn, un crépuscule froid accompagné de brouillard recouvrait Londres. Remontant son col et boutonnant ses gants, il se dirigea vers le sud, impatient de trouver la solitude dans la ville qui bruissait de gens en route pour rentrer chez eux. Il jeta un œil aux cours de justice royales flambant neuves presque achevées qui se dressaient sur sa droite derrière des bâches et des palissades temporaires, et réfléchit un moment au triste gâchis que sa profession semait dans les vies de cette multitude fourvoyée qu'ils appelaient leurs clients.

Il soupira et accéléra le pas, content en tout cas d'avoir une tâche à accomplir qui pourrait détourner ses pensées de chemins aussi morbides. Pendant l'après-midi, Benson lui avait transmis un message disant que Roffey souhaitait le voir urgemment, il avait donc décidé, une fois n'était pas coutume, d'aller voir cet homme directement sur son lieu de travail. C'était un bureau minable d'une pièce au-dessus d'un débit de tabac non loin de Ludgate Hill, et quand Richard y arriva, après avoir traversé un labyrinthe de ruelles bondées, force lui fut de se rappeler les nécessités impérissables qui reliaient des locaux si délabrés avec leurs pendants en vue place Chester Square. Seul Richard, qui fréquentait ces deux mondes, ne manquait pas de remarquer l'ironie de ce lien.

Il trouva Roffey qui l'attendait avec toute la patience effacée qui constituait sa marque de fabrique, patience qu'il doubla typiquement d'une excuse.

« Désolé de vous avoir fait courir jusqu'ici, monsieur Davenall.

— Benson m'a dit que c'était urgent.

— Étant donné que l'audience a commencé, je me suis dit qu'il fallait que vous sachiez tout de suite. Comment ça se passe ?

— Couci-couça. Qu'avez-vous trouvé ?

— Quelque chose sur Quinn. Ça ne va pas très loin. Rien de bien défini. Mais quelque chose.

— Eh bien ?

— Prenez la même description, changez son nom en Flynn et interrogez un brigadier de ma connaissance à Scotland Yard : vous obtiendrez un homme que la police aimerait grandement trouver.

— Pourquoi ?

— Ils pensent qu'il est derrière toute une série de cambriolages. Dans des maisons, s'entend. Des maisons de gens riches et influents, en ville comme à la campagne. Coffres-forts crochetés, argent liquide, bijoux et objets d'art dérobés. Tous effectués avec beaucoup d'efficacité, je crois, et manifestement impossibles sans avoir des informations de l'intérieur. Un homme qui connaît des serviteurs ou d'anciens serviteurs, ou qui connaît lui-même certaines maisons et propriétaires, voilà le candidat évident. La police ne connaît pas Quinn, bien sûr. Ça, c'est ma théorie, fondée sur les rumeurs qui circulent sur le marché des objets volés, mais elle colle avec les faits. En le congédiant, Lady Davenall l'a peut-être mis sur la voie d'une occupation... plus lucrative. »

Richard eut un sourire contrit.

« Voilà qui expliquerait pourquoi il n'est pas pressé qu'on le retrouve.

— Oui, tout à fait, monsieur. Je dois ajouter qu'un valet de pied a été tué lors de l'un de ces cambriolages, donc, pour tout dire, il y a un meurtre à prendre en compte en plus du vol. Si Flynn est bien Quinn, il ne doit surtout pas vouloir être mêlé à nos enquêtes. À moins...

— À moins que quoi ?

— À moins qu'il soit déjà impliqué. Il m'a traversé l'esprit que Trenchard avait peut-être raison sur un point. Norton a besoin d'argent autant que d'informations pour monter son procès. Quinn pourrait fournir les deux. Nous n'avons pas le moindre début de preuve, bien sûr, mais Norton disparaît quand bon lui semble, peut-être afin d'aller voir son chef. Nous n'avons aucune idée d'où, mais…

— Cela pourrait être là où Quinn, ou Flynn, se sent en sécurité ?

— C'est ce que je pense, monsieur. Cela vous aide-t-il ?

— Je n'en suis pas sûr, Roffey. Pas sûr du tout. »

*

Cook devait décidément être dure de la feuille, car quand la cloche retentit à l'entrée tard cet après-midi-là, il n'y eut aucun signe qu'elle s'activait pour aller répondre. Je finis par me résoudre à y aller moi-même, et trouvai un garçon postier sur le seuil, qui dansait d'un pied sur l'autre pour se réchauffer dans le crépuscule glacé enrubanné de brouillard. Il avait pour moi un télégramme de la part de Constance. C'était une réponse à celui que je lui avais envoyé un peu plus tôt dans la journée et qui m'informait simplement qu'elle quittait immédiatement Salisbury. Avant la tombée de la nuit, elle serait de retour à mes côtés, de retour pour constater que j'avais eu raison. Je laissai un pourboire au garçon puis allai rejoindre Miss Rossiter au salon.

« Ma femme revient ce soir, annonçai-je.

— J'en suis contente. Quand arrivera-t-elle ?

— Je ne sais pas trop. Tard, j'imagine. J'espère être de retour à temps.

— De retour ?

— Oui. J'ai un rendez-vous ce soir. Avec un certain Thompson, qui prétend connaître la véritable identité de Norton. Je suis désolé de devoir vous laisser, mais... »

Mes mots moururent tandis qu'une idée s'insinuait dans mon esprit. Miss Rossiter avait emporté du cabinet de Fiveash un article de presse vieux de quarante ans mentionnant Harvey Thompson et son vieux duel avec Gervase Davenall. Pourquoi ne m'en étais-je pas souvenu avant ? Je pouvais lui demander maintenant des explications.

Mais ma question n'atteignit jamais mes lèvres. Miss Rossiter regardait par-dessus mon épaule : sa placidité s'était métamorphosée en terreur. D'une main tremblante, elle pointa la fenêtre derrière moi, dont les rideaux n'étaient toujours pas tirés en prévision de la tombée de la nuit.

« Quinn ! s'écria-t-elle. Il est là ! »

L'espace d'une seconde, je ne pus quitter des yeux son visage frappé par la peur. Puis je fis volte-face, et ne trouvai que le carreau vide de la fenêtre.

« Il était là, insista Miss Rossiter derrière moi. Je l'ai vu qui nous regardait, avec sa vilaine tête épouvantable. »

Me faisant la réflexion que, s'il avait été là, il pouvait encore se trouver dans le jardin, je me précipitai dans l'entrée et me dirigeai vers le petit salon, où les portes-fenêtres offraient l'issue la plus rapide. Je me débattis un moment avec les verrous, puis les ouvris d'un coup sec et me précipitai dans la véranda.

Rien. La lumière du salon inondait la balustrade et le morceau de pelouse derrière. À mesure que mes yeux s'habituaient à l'obscurité, tout ce que je discernais à travers le brouillard était le jardin que je connaissais si bien. Les seuls bruits qui me parvenaient étaient ma propre respiration entrecoupée et le hululement moqueur d'une chouette lève-tôt. J'allai jusqu'au bout de la véranda, toujours à l'affût de signes d'intrusion. Il n'y en avait aucun.

C'est alors que je le vis. Le portillon latéral était ouvert, tout juste entrouvert, mais suffisamment pour laisser passer un filet de lumière de la lampe du porche. Burrows le fermait soigneusement à clé chaque soir avant de rentrer chez lui, et pourtant le voilà qui était ouvert. Je m'y dirigeai, poussai le battant en grand et regardai dans l'allée déserte. Si Quinn était passé par là, il devait être parti depuis longtemps à l'heure qu'il était. Je refermai le portillon et poussai le verrou. Il était possible que Burrows eût oublié de le faire. Ça lui était déjà arrivé une fois, moins de deux mois auparavant, quand Norton s'était introduit pour la première fois dans mon univers. Ou alors il était possible que Miss Rossiter eût véritablement vu son persécuteur.

Je retournai dans la maison et la trouvai toujours assise sur le canapé, les yeux rivés sur la fenêtre. Je tirai les rideaux, puis m'assis à côté d'elle et me retrouvai une fois de plus avec les bras autour de ses épaules.

« *Tout va bien, la rassurai-je. S'il était là, à présent il est parti.* »

Elle avait pleuré. Je voyais le sillon de ses larmes sur ses joues pâles. Elle me considéra avec une angoisse non dissimulée.

« Mais jusqu'où est-il allé ? Pour combien de temps ? Peut-être attend-il simplement le moment où vous me laisserez seule.

— Dans ce cas, je ne vous laisserai pas seule. »

À cet instant, mon rendez-vous avec Thompson ne me paraissait pas important : que pouvais-je lui acheter qui serait susceptible de rivaliser avec le cadeau de la vérité que m'avait offert Melanie Rossiter ?

« Vous aviez dit…, commença-t-elle.

— Je ne vous quitterai pas, rétorquai-je fermement. Croyez-moi.

— Merci. Vous êtes tellement gentil. Après tout, ce n'était peut-être que mon imagination.

— Je ne pense pas. En tout cas, vous ne resterez pas seule. »

*

Ce soir-là, le brouillard poisseux qui ajoutait ses couches impénétrables à l'obscurité qui gagnait du terrain ralentissait le trafic dans Fleet Street et Strand, mais Richard Davenall s'en fichait. Contrairement aux passagers des trams qui tanguaient ou aux piétons qui le doublaient d'un pas pressé sur le trottoir encombré, il n'avait aucune destination certaine, aucun objet à l'esprit, aucun but à son trajet.

En traversant Trafalgar Square, il se retrouva – plutôt contre son gré – à longer le côté nord de Pall Mall, une route qui le conduirait à passer à côté du club auquel il avait jadis appartenu et auquel Hugo appartenait toujours. Il s'était résolu à faire comme si de rien n'était, mais quand il parvint à sa hauteur, il ne put s'empêcher de jeter un œil de l'autre côté de la rue pour voir le seuil familier éclairé d'une lumière sourde. Ce qu'il vit l'arrêta net.

À gauche de l'entrée du club, le bow-window donnait sur ce qu'on appelait à son époque le Shelburne Bar. Moins privé que les autres bars, il avait toujours attiré les membres les plus jeunes et les plus exubérants. Et de fait, ils étaient toujours là, à se prélasser sous les chandeliers, à exhiber leurs accents et leurs postures pour se faire admirer de leurs pairs. Richard observait ces individus dont il avait si longtemps géré les affaires juridiques, et prit conscience, une fois de plus, que le travail qu'il avait à une époque apprécié lui était désormais littéralement détestable.

Puis il regarda de plus près. Là, au centre de cette mêlée riboteuse, se trouvait Hugo. Il aurait dû s'en douter. Sir Hugo Davenall, jamais du genre à croire que toute célébration pouvait être prématurée, goûtait pleinement aux joies de la victoire qu'il avait perçue comme sienne à Lincoln's Inn. À l'heure qu'il était, il devait avoir payé une tournée générale, s'être rengorgé de son triomphe en mettant au défi quiconque de ne pas partager son plaisir. Il y avait Freddy Cleveland, qui souriait à ses côtés, et ce fameux Leighton, en plus de plusieurs autres que Richard reconnaissait vaguement. Hugo lui-même, les cheveux en bataille, la cigarette pendouillant à ses lèvres étirées en un grand sourire, flûte de champagne à la main, était déjà clairement ivre, ses soucis momentanément oubliés, la moindre possibilité d'échec exclue de son esprit.

« Ce n'est pas beau à voir, n'est-ce pas ? »

La voix était venue comme de nulle part. Richard fit volte-face : James Norton se tenait derrière lui à l'entrée d'une ruelle étroite, à peine visible dans la profondeur des ombres.

« Bonjour, Richard. Qu'est-ce qui vous amène ici ?
— Je... je pourrais vous retourner la question.
— Mettez ça sur le compte de la nostalgie. Je voulais jeter un œil à ce bon vieux club. Et qui vois-je ? Hugo. Qui fait son show.
— Que voulez-vous dire ?
— Désolé. Ce doit être un américanisme. Cigarette ?
— Non, merci.
— Comme vous voudrez. *Moi* je vais en prendre une, je crois. »

Tandis que Norton sortait son étui à cigarettes d'une poche intérieure de son manteau, la lueur du réverbère en fit miroiter la surface argentée. Richard retint son souffle.

« Qu'y a-t-il ?
— Rien.
— Est-ce ceci qui a attiré votre attention ? »

Il sortit une cigarette, puis referma l'étui d'un coup sec et le lança à Richard, qui le rattrapa de justesse.

« Papa me l'a offert pour mon vingt et unième anniversaire. »

Richard retourna l'objet. Les initiales « J. D. » étaient visibles, élégamment gravées au centre du motif.

« Vous vous en souvenez ?
— Je... je ne suis pas sûr.
— Quand bien même, cela ne ferait aucune différence. Pas vrai ? »

Norton frotta une allumette, considéra calmement Richard, puis porta la pointe enflammée à l'extrémité de sa cigarette avant de l'éteindre d'un souffle.

« Même si j'arrivais à vous persuader de me croire, vous n'agiriez pas en conséquence. Si ? »

Il tendit la main pour récupérer son étui.

« Je ne puis croire ce qui n'est pas vrai.

— Vous m'avez reconnu dès le premier jour où je suis venu dans votre bureau. Inutile de faire semblant, à présent.

— Je ne fais pas semblant.

— À votre avis, pourquoi ai-je refusé de répondre à la question de Giffard ?

— Je ne sais pas.

— Bien sûr que si. C'est parce que je l'aime, Richard. Sinon je l'aurais traînée dans ce tribunal pour que Russell l'oblige à me reconnaître. Mais elle mérite mieux que ça. Je ne peux pas en dire autant de ma famille.

— Vous n'avez aucun droit de...

— J'ai tous les droits ! s'écria-t-il soudain d'une voix amère. À votre avis, pourquoi ai-je menti sur la manière dont j'ai contracté la syphilis ? Quel bien cela m'a-t-il apporté ?

— Peut-être avez-vous pensé que cela vous vaudrait la compassion de la cour.

— Balivernes, et vous le savez. J'essaie de préserver la réputation de ma famille, si cela a encore un sens pour vous. Je vous donne toutes les chances d'entendre raison. Mais que m'avez-vous offert en retour ?

— Monsieur Norton...

— Je m'appelle Davenall ! Et vous le savez.

— Je n'en sais rien du tout. Maintenant, si vous voulez bien m'excuser, je crois vraiment que...
— Attendez ! »

Norton lui posa une main sur l'épaule en un geste d'apaisement.

« Ne me tournez pas le dos, Richard. Demain je perdrai peut-être, pour le bien de notre famille. »

Richard réfléchit, un instant de plus que ce qu'il aurait dû. La douce pression de cette main sur son épaule l'émouvait maintenant qu'il s'était détourné. Plus que n'importe quels mots, cette main le suppliait, pour une fois dans sa vie, de faire confiance aux incitations de son âme.

« Regardez Hugo », murmura Norton.

Dans le bar au bow-window brillamment éclairé, Sir Hugo Davenall, imbibé d'alcool, s'esclaffait à sa propre blague ou à celle d'un autre. Freddy Cleveland lui assenait une bourrade. Tous ses amis l'entouraient, l'accueillant dans le giron d'une camaraderie superfétatoire.

« Je ne vous reproche rien, Richard. À vous moins qu'à n'importe qui. Je ne reprocherai jamais à un homme de soutenir son fils.
— Qu'avez-vous dit ?
— Papa a toujours su que Hugo était votre enfant. Il me l'a confié lui-même. Ne vous inquiétez pas. Il ne l'a dit à personne d'autre. La seule personne à qui il avait le sentiment de devoir le révéler, c'était à son fils unique. »

*

Alors que la soirée tendait vers la nuit, nous devînmes nerveux, Miss Rossiter et moi. Il n'y avait plus rien à accomplir avant l'arrivée de Constance, et c'est cela, j'imagine, qui nous pesait le plus. Tout était fait à présent, tout était préparé. Nous n'avions plus qu'à attendre.

Après ce qu'on pouvait à peine qualifier de dîner, Miss Rossiter me demanda la permission de se retirer dans sa chambre à l'étage pour se reposer: les angoisses de la journée l'avaient épuisée. Je restai alors seul, seul pour relire sa déclaration, avaler quelques whiskys-soda et savourer la perspective de la victoire que j'avais la certitude d'avoir à portée de main. Mon esprit se détendit avec l'assurance que je pourrais décrocher la timbale.

Quand l'horloge du salon sonna 20 heures, je me réveillai d'un petit somme. Je fus aussitôt alerté, surpris, presque trahi par mon propre engourdissement. Une peur irrationnelle me saisit alors, mais elle fut vite étouffée: la déclaration était bien là où je l'avais laissée sur le secrétaire. Néanmoins, cette expérience m'inquiéta. Il pourrait s'écouler encore plusieurs heures avant que Constance ne fût parmi nous. Je repliai la déclaration, la glissai dans une enveloppe que je scellai, puis montai celle-ci dans mon bureau et l'enfermai à clé dans le bonheur-du-jour.

Cela fait, la clé du verrou reposant dans la poche de mon gilet, mon angoisse reflua. Je me dirigeai vers la fenêtre, repoussai les rideaux et regardai Avenue Road au bout de l'allée. C'était une nuit lourde, noire, emmaillotée de brouillard. J'étudiai attentivement les silhouettes des arbres, comparant chacune avec mon souvenir de la réalité jusqu'à être certain que personne, Quinn ou autre, ne rôdait à proximité de la maison.

Je bus un autre whisky et imaginai mes retrouvailles avec Constance : comment je lui annoncerais la nouvelle, comment je me montrerais à la fois plus clément et plus naturellement autoritaire que je ne l'avais jamais été. Ça ne serait plus long maintenant, plus long avant qu'elle me voie sous mon jour véritable.

Sentant mon engourdissement me reprendre, je sortis sur le palier et jetai un œil au bout du couloir, en direction de la chambre d'amis. La porte était entrouverte, mais la seule lumière à l'intérieur était la lueur tremblotante du feu. J'approchai, me disant que mon souci du confort de Miss Rossiter était mon unique motivation.

Elle dormait sur le lit. Il me suffit de pousser la porte de quelques centimètres pour voir sa tête sur les oreillers. Elle avait desserré le haut col de sa robe et défait le chignon qui nouait ses longs cheveux. Leurs boucles soyeuses, d'un noir intense sur la courtepointe blanche, descendaient presque jusqu'à sa taille.

Je me postai dans l'embrasure de la porte pour la contempler, contempler ses yeux impérieux, fermés à présent, mais qui semblaient pourtant me commander derrière leurs paupières pâles, contempler le demi-sourire de cette bouche aux lèvres charnues, le menton légèrement proéminent, la pulsation d'une artère dans son cou à découvert, le soulèvement régulier de sa poitrine sous sa robe, le mouvement à peine perceptible des pétales de son bouquet de corsage qui frémissait au rythme de sa respiration. À cet instant, oubliant que je ne serais bientôt plus seul avec elle, je sentis le premier afflux d'un terrible désir. Désir de faire courir mes doigts dans ses cheveux, d'embrasser ses lèvres douces, de toucher…

413

J'étais de nouveau dans le couloir, la porte de la chambre d'amis refermée derrière moi. Haletant, couvert de sueur, je m'efforçai de comprendre ce que j'avais failli faire. La folie monstrueuse de l'avoir ne serait-ce qu'envisagé se combinait avec la facilité avec laquelle j'aurais pu succomber. D'ici quelques heures, j'allais retrouver ma femme. De quoi rêvais-je donc ? Miss Rossiter était venue me demander de l'aide, et voilà comment je la remerciais.

Je retournai à mon bureau en chancelant et me servis un autre whisky que j'avalai en deux lampées. Le calme sembla instantanément restauré. Miss Rossiter hors de ma vue, je pouvais chasser ce que j'avais ressenti comme une aberration passagère. Je me postai à la fenêtre et regardai de nouveau dehors. Tout était tranquille. Je vérifiai le bonheur-du-jour. Il était bien fermé à clé.

Je retournai vers le centre de la pièce, j'avais la tête qui tournait. J'avais trop bu, j'étais exténué. Qu'importe la cause, une lourdeur dans les membres et dans la tête me terrassait. Je sortis ma montre à gousset. Il était près de 21 heures, l'heure à laquelle Thompson devait être en train de m'attendre au Lamb and Flag. Était-il si tard ? Les aiguilles et les chiffres sur le cadran de ma montre étaient tellement brouillés que je n'étais sûr de rien, à part que Thompson attendrait en vain.

Je vacillai jusqu'à la méridienne et m'y effondrai. Un peu de repos, me dis-je, était tout ce dont j'avais besoin. Je serais réveillé, frais et dispo, longtemps avant l'arrivée de Constance. Cependant, je ne peux prétendre que ma dernière pensée éveillée fût pour ma femme. Elle fut, en vérité, pour Melanie Rossiter. Il me sembla un instant que son visage était devant moi, comme lorsque je l'avais regardée dormir dans la chambre d'amis. Et pourtant, à présent, elle ne dormait plus, car ses yeux étaient soudain grands ouverts : sombres et impénétrables, ils étaient rivés sur les miens.

*

Emily Sumner avait passé la nuit près de Charing Cross, dans un hôtel où l'alcool était interdit, et qui était régulièrement fréquenté par l'épouse du doyen lorsqu'elle assistait à des réunions de comité de son association pour les femmes perdues du quartier d'East End. L'épouse du doyen aurait-elle approuvé la mission d'Emily à la capitale, rien n'était moins sûr, mais il ne lui aurait certainement pas échappé que ce soir-là Emily était rentrée à l'hôtel dans un état d'agitation peu approprié à une dame, et qu'on l'avait entendue parler toute seule dans le salon des clients avant de se retirer dans sa chambre en faisant une requête tout à fait déraisonnable : que le dîner lui fût servi là-haut, plutôt que dans la salle du restaurant. Au vu des circonstances, mieux valait pour la réputation d'Emily que l'épouse du doyen fût confortablement installée dans le doyenné à Salisbury, dans l'ignorance béate que non seulement une mais les deux sœurs Sumner avaient déserté l'enceinte de la cathédrale.

Ce soir-là, lorsqu'on frappa à sa porte peu après 21 heures, Emily supposa qu'il s'agissait de la femme de chambre venue récupérer le plateau-repas. Mais quand elle ouvrit la porte, les bras chargés du plateau, ce fut pour se retrouver nez à nez avec sa sœur Constance, hors d'haleine sur le seuil.

«Constance! s'exclama-t-elle. Je n'aurais jamais cru...

— Moi non plus. Je peux entrer?

— Bien sûr, bien sûr.»

Emily posa le plateau et s'empressa de faire entrer sa sœur.

«Ferme la porte. J'ai l'impression que presque tous les clients sont des amis de l'épouse du doyen, ou en tout cas des informateurs.»

D'ordinaire, une telle remarque les aurait fait sourire, mais cette fois-ci elle avait été prononcée et accueillie sans humour.

«J'ai reçu ce télégramme de William, expliqua Constance d'un air grave en tendant le message froissé à Emily. Il ne me laissait d'autre choix que de venir immédiatement.

— Je vois ça. Mais cela... Ça n'a aucun...

— Qu'y a-t-il?

— William a interrompu le témoignage de James au tribunal aujourd'hui. Il l'accusait de mentir. Au final, le juge a dû le faire évacuer.»

Constance détourna les yeux.

«C'est ce que je craignais. Ils sont à couteaux tirés.

— Non!»

Emily posa une main sur l'épaule de sa sœur.

«James n'a pas eu la moindre réaction. Il s'est montré irréprochable du début à la fin.

— Raconte-moi ce qui s'est passé, insista Constance. Je dois tout savoir.»

Emily était émue aux larmes avant même d'avoir achevé son compte rendu des débats de la journée. Pour elle et sa sœur, le fait que Norton refuse de dire du mal de son défunt père prouvait clairement qu'il était bel et bien le fils à la loyauté têtue qu'il prétendait être. Pour elles, son refus de répondre à la question cruciale de Giffard était la preuve, si toutefois elles en avaient besoin, de sa noblesse et de sa sincérité – par-dessus tout, de son amour à toute épreuve pour Constance. Sans le savoir, il avait choisi la seule voie par laquelle il pourrait encore la conquérir, la seule voie qui lui coûterait aussi sa victoire.

Quand Emily eut terminé, et séché ses dernières larmes, Constance, qui avait gardé le silence et un air impassible de bout en bout, posa la main sur la cafetière du plateau et, la trouvant toujours chaude, leur en servit une tasse. Ce n'est que lorsqu'elles eurent bu le liquide noir revigorant qu'elle prit la parole.

« Tu sais ce que j'aime le plus chez James ? Tu sais pourquoi je l'aime encore ?

— C'est un homme d'une grande bonté, Constance.

— Oui. Et William aussi, à sa manière. Mais James, vois-tu, possède une force intérieure qui le distingue. Quand il m'a annoncé qu'il partait et que notre mariage ne pourrait avoir lieu, j'ai essayé par tous les moyens possibles de l'en dissuader, même… Ma foi, nul doute que tu devines l'extrémité où j'en étais réduite. Mais il était inébranlable. Impossible de le faire céder à la tentation. Je sais maintenant pourquoi il avait le sentiment de devoir partir, pourquoi il ne pouvait, en aucun cas, m'épouser, mais être allé jusqu'au bout de sa volonté, avoir résisté au besoin qu'il devait avoir de se confier à quelqu'un, avoir tourné le dos au monde qu'il connaissait, s'être exilé pour que la honte de son père puisse demeurer cachée : voilà qui est du vrai courage, voilà qui est de la vraie bonté.

— Il... cache encore la honte de son père.

— Et il est prêt à perdre son procès si c'est le prix à payer. Je ne comprends pas ce que les membres de sa famille ont dans la tête.

— Leurs petites personnes, répliqua Emily avec amertume.

— Oui. Je le crains.

— Que faire, alors ? »

Constance se leva, comme si la décision avait déjà été prise.

« William ne se serait pas donné en spectacle comme il l'a fait au tribunal s'il avait la preuve dont il parlait dans son télégramme. Celui-ci a été envoyé à 14 heures. À quelle heure m'as-tu dit qu'il avait été expulsé de Lincoln's Inn ?

— Ce devait être peu après midi.

— Donc, soit il est tombé sur cette preuve en l'espace de deux petites heures, soit...

— Soit quoi ? »

Emily voyait à la ligne déterminée de la bouche de sa sœur qu'elle préférait l'alternative.

« Soit sa prétention de détenir une telle preuve est aussi irrationnelle que son éclat au tribunal. Je m'en veux de l'avoir laissé seul ces dernières semaines, seul à ruminer ses ressentiments. Il n'a pas la force de caractère de James, Emily. Dieu seul sait à quoi il a pu être réduit. Viens ; nous devons aller le voir immédiatement.

— Tu souhaites que je t'accompagne ?

— Si tu veux bien.

— Mais il va s'attendre à ce que tu sois seule.

— Puisque William affirme détenir une preuve, il ne peut pas se plaindre si je choisis d'emmener un témoin. »

Emily était tellement flattée par cette requête qu'elle réfléchit à peine à ce qui pourrait les attendre à The Limes. Constance, cependant, se demandait déjà en son for intérieur si la preuve de William n'était qu'un simple procédé excusable pour l'attirer à la maison, ou une tentative méprisable d'ajouter sa voix à celles qui dénonçaient déjà l'homme qu'elle avait aimé en secret toute sa vie de femme. Tandis qu'Emily s'affairait avec bonnet et cache-nez, Constance se résolut à affronter enfin le choix impensable entre son mari légitime et le seul homme qu'elle avait jamais véritablement voulu épouser.

*

J'étais allongé sur la méridienne, le mobilier de la pièce et jusqu'aux murs mêmes se brouillaient et dansaient autour de moi. Je haletais comme un damné, peinais à respirer, mon cœur battait la chamade. Mes mains, avec lesquelles je tripotais mollement mon col, étaient trempées de sueur. Au-dessus de moi, dans les corniches du plafond, des serpents en plâtre déroulaient leurs anneaux en sifflant, toute langue grise dehors.

Je me redressai en position assise et baissai la tête, écoutant ma gorge chercher de l'air dans un bruit râpeux. Il y avait des dragons tissés dans les motifs du tapis. Certes ils avaient toujours été là, mais désormais ils grouillaient, griffaient, grondaient, le regard mauvais. Je relevai péniblement la tête. De l'autre côté de la pièce, la lampe à huile sur mon bureau palpitait d'une énergie dorée irréelle. Sa lumière était éblouissante, sa chaleur palpable.

On frappa discrètement à la porte, c'était à peine audible, mais persistant. Quand je me levai pour répondre, ma faiblesse disparut, tous les symptômes d'une fièvre débilitante s'étaient mués en la certitude d'une force mentale et physique. Je me dirigeai à grands pas vers la porte et tournai la poignée. Elle était verrouillée. Je la tournai encore, et encore, en vain.

On continuait à taper, toujours avec le même volume sonore.

« Qui est là ? » m'écriai-je.

La puissance de ma voix me choqua. Elle parut se répercuter dans toute la pièce ; les murs, le plafond et le plancher me la renvoyaient. Ce n'est que lorsque le silence se fut complètement imposé que j'entendis la réponse, dans des tons aussi doux et insistants que les coups frappés à la porte auparavant.

« Melanie. Je suis venue comme vous me l'aviez demandé. »

Je me penchai tout près de l'encadrement et murmurai :

« Je ne vous ai rien demandé. Pourquoi êtes-vous venue ?

— Parce que vous le vouliez.

— Non. Retournez dans votre chambre. Laissez-moi tranquille.

— Mais vous vouliez que je vienne.

— Non, je vous dis que non. »

Quelque chose de semblable à un sanglot réprimé me parvint alors, suivi par un bruissement de tissu.

« Melanie ? »

Il n'y eut pas de réponse. Soudain je regrettai mes propos, je les regrettai avec la férocité d'un remords cuisant. Je me laissai tomber à genoux et espionnai par le trou de la serrure. Elle était là, rebroussant chemin dans le couloir, ses longs cheveux noirs ondulant sur une chemise de nuit blanche. Je m'entendis crier son nom :

« Melanie ! Melanie ! »

Elle s'arrêta et se retourna lentement.

« Revenez ! Je vous en prie, revenez ! »

Elle sourit et courut vers moi.

Debout à la porte, je me débattais avec la poignée. Elle refusait de céder. J'entendis Melanie la secouer de l'autre côté, puis sa voix, alarmée, qui montait dans les aigus.

« Vous aviez dit que vous me laisseriez entrer.

— Je ne peux pas. C'est fermé à clé.

— Vous l'avez, la clé. Vous pourriez ouvrir... si vous me désiriez vraiment. »

Évidemment. La clé. Je l'avais depuis le début. Je plongeai la main dans la poche de mon gilet pour l'en sortir, puis en examinai les angles et les encoches démesurément grossis, je les examinai et tâchai d'en comprendre la traîtrise.

« Qu'est-ce que vous attendez ?

— Il y a un problème. Ce n'est pas la bonne clé.

— Bien sûr que si.

— Non. C'est... celle d'autre chose. Je ne me rappelle plus quoi, mais...

— Essayez-la.

— Non. Il ne faut pas. Je sais qu'il ne faut pas.

— Me désirez-vous, William ? Me désirez-vous vraiment ?

— *Oui, mais…*
— *Alors ouvrez cette porte.* »

Je glissai la clé dans la serrure. Ça fonctionnait parfaitement. Comme je tournais, j'entendis le pêne se rétracter. Puis j'ouvris la porte, qui grinça sur ses gonds.

Melanie était partie. Le couloir était vide. C'était impossible vu le peu de temps qu'il m'avait fallu pour ouvrir, et pourtant, néanmoins, elle avait disparu. Je me sentais nauséeux, nerveux, inexplicablement honteux. Pris d'inanition, je m'adossai au mur, la tête me tournait.

Soudain, au bout du couloir, une lumière m'appela sur le seuil d'une pièce. Lorsque je m'y dirigeai, ma faiblesse glissa telle une cape. J'avançai à grandes enjambées, riant à gorge déployée et savourant le bruit de mon rire qui se répercutait à travers la structure de la bâtisse. J'atteignis le seuil.

Près du feu, Melanie se brossait les cheveux en séparant chaque longue mèche soyeuse, avant de laisser chacune retomber sur ses épaules. La lumière falote du feu brillait à travers le mince tissu blanc de sa chemise, dévoilant, par les alléchantes courbes ondoyantes qu'elle dessinait, que Melanie était nue en dessous.

« *Où est-il, William ? murmura-t-elle.*
— *Qui ça ? De qui parlez-vous ?*
— *Vous le savez bien.* »

Je pénétrai dans la pièce et me dirigeai vers la fenêtre, dont les rideaux étaient ouverts sur la nuit. La pluie crépitait contre le carreau noir, un bruit semblable à celui que Mélanie avait fait en frappant à la porte, contre le carreau d'un noir de jais, comme ses cheveux.

« *Où est-il, William ?* » *me demanda-t-elle derrière moi.*

Je regardai par la fenêtre, dans l'allée devant la maison. Là, tout au bout, à l'endroit où l'allée rencontrait la rue, se trouvait Thompson. Je le reconnus au moignon de son bras droit amputé, bien qu'il fût copieusement vêtu pour se protéger de la pluie battante.

« *Où est-il, William ?* »

Je me retournai vers elle. Elle avait retiré sa chemise. Elle me laissa regarder les mouvements pâles et fermes de son corps tandis qu'elle s'emparait d'un verre sur le manteau de la cheminée et le vidait d'un trait. Puis elle me dévisagea, esquissa un sourire, secoua la tête si bien que ses cheveux chatoyants caressèrent ses épaules nues, et demanda une fois de plus :

« *Où est-il ?* »

Je m'efforçai de reporter mon attention sur la fenêtre. Thompson avait avancé d'un pas et se tenait à côté du pilier droit du portail. Il inclinait la tête vers moi d'un air incrédule.

« *Vous devez me dire où il est, William.* »

Elle se tenait à côté du lit, à présent, face à moi, éclairée de plein fouet par la lumière d'une lampe à huile, dont la chaleur dorée portait sa chair pâle à une maturité d'une perfection captivante. Une rose rouge trônait dans un vase sur la table de chevet. Elle la sortit de l'eau et la porta à ses lèvres : des gouttes tombèrent de la tige et des pétales et roulèrent sur ses seins.

« *Où est-il, William ? haleta-t-elle. Vous savez que vous devez me le dire.* »

Cette question était devenue le seul obstacle entre nous. Si je lui disais ce qu'elle voulait savoir, son corps serait ma récompense. Je me tournai une fois de plus vers la fenêtre et vis dans l'allée la silhouette de Thompson fouettée par la pluie, qui me scrutait. Il leva le bras gauche en signe de reconnaissance, et je m'entendis répondre :

« *Il est là. Il est là, il m'attend.* »

Soudain une forme noire, plus noire que la nuit, sortit de sa cachette derrière le pilier du portail, se dressa au-dessus de Thompson, puis, plongeant d'un coup, l'engouffra.

« *Il fallait me le dire, William. Vous savez qu'il le fallait.* »

À cet instant, je la détestais. Elle s'était allongée sur le lit et avait tiré le drap sur elle, son visage pâle et moqueur tourné vers l'oreiller, son halo de cheveux noirs déployé sur le tissu blanc.

Je la rejoignis en chancelant. Elle me regarda.

« *Vous pouvez me punir maintenant que vous me l'avez dit, murmura-t-elle. Si vous le souhaitez.* »

Je tendis le bras, repoussai violemment le drap et levai la main pour la frapper, puis me figeai en plein geste. Elle était allongée sur le ventre, bras et jambes écartés, ses poignets et ses chevilles étaient attachés au moyen de cordes épaisses à chaque colonne de lit. Elle gisait nue, ligotée, à ma merci.

« *Vous pouvez faire ce que bon vous semble* », *murmura-t-elle.*

Je me déplaçai au pied du lit et l'observai, observai ses fines chevilles cisaillées par la corde, les muscles tendus de ses mollets et de ses cuisses, les deux renflements écartés de ses fesses, les boucles noires interminables de ses cheveux qui lui descendaient jusqu'en bas des reins, son visage, à moitié tourné vers moi, et le sourire dont j'apercevais la danse sur ses lèvres.

« Ce que bon vous semble. »

Soudain, moi aussi j'étais nu, accroupi sur le lit au-dessus d'elle, excité au-delà de toute imagination. Au moment où je plongeai en elle, elle cria. Et alors qu'elle criait me parvint une autre voix, un hurlement mû par une douleur atroce. C'était Thompson, qui appelait à l'aide dans l'obscurité tandis que je pénétrais violemment la créature brune de sa trahison, c'était le hurlement cinglant de mépris qu'avaient poussé ensemble Thompson et la nuit devant ce que j'avais fait. Le vase se renversa et se brisa sur la table de chevet. Je levai la tête : la rose avait disparu et la nappe d'eau qui progressait vers moi était couleur de sang. À mon tour je criai – et me réveillai.

La sonnerie n'était pas dans ma tête. C'était la sonnette. Elle retentissait depuis longtemps. Cook arrivait enfin. Je l'entendais remonter du sous-sol d'un pas lourd en maugréant.

Je m'assis dans le lit. Que faisais-je là ? Le choc d'une migraine fulgurante me frappa. Je regardai alors autour de moi et vis Melanie Rossiter, nue, endormie à mes côtés.

Des voix me parvenaient de l'entrée en dessous.

« Je suis attendue, Cook. Vous ne le saviez donc pas ? Où est Hillier ? »

C'était Constance.

« Où est mon mari ? »

J'étais dans la chambre d'amis. Le feu s'était presque éteint, mais la lumière de la lampe à gaz du couloir qui filtrait sous la porte suffisait à me révéler où je me trouvais – et avec qui. Le rêve tout entier tourbillonnait devant moi avec une acuité surnaturelle. Je baissai les yeux vers Miss Rossiter et la secouai par l'épaule. Elle gémit sans se réveiller. Elle avait passé son bras droit en travers du drap, mais son poignet, que j'avais vu écorché vif par les cordes qui le ligotaient, était dépourvu de marques.

« *Il doit être dans son bureau. Nous avons vu que la lampe était allumée. Je vais aller le chercher.* »

Je bondis hors du lit et cherchai partout mes vêtements. Ils n'étaient pas là. Je devais les avoir laissés dans le bureau. Je ne trouvai que ma robe de chambre, abandonnée au pied du lit. Je l'enfilai maladroitement et me précipitai vers la porte.

Trop tard. J'entendais déjà les pas de Constance dans l'escalier. Une latte de parquet craqua sous mon poids tandis que j'avançais dans le couloir, et Constance était là, presque en haut des marches, levant la tête vers moi, sourcils froncés devant le spectacle que j'offrais.

« *William ? Pourquoi ne m'avez-vous pas attendue ? N'avez-vous pas reçu mon télégramme ? Que faites-vous dans la chambre d'amis ?* »

Elle atteignit le palier et avança dans le couloir, plissant les yeux à mesure qu'elle approchait. Impossible de bouger, impossible de parler. J'ouvris la bouche, aucun mot ne sortit.

« *William ! s'écria-t-elle. Que se passe-t-il ?* »

Alors qu'elle approchait du seuil, la voix de Melanie Rossiter s'éleva dans la pièce derrière moi. Enfin, si c'était en partie sa voix telle que je la connaissais, c'était aussi une parodie de vile éducation digne d'une experte.

« *Z'êtes parti où, monsieur ? Vous revenez pas au lit ?* »

Constance s'arrêta net et me dévisagea.

« Qui est-ce ? demanda-t-elle. Qui est là ?

— Fait froid, là, toute seule, lança Miss Rossiter. Vous voulez pas venir réchauffer une brave fille ? »

Constance me repoussa et ouvrit grand la porte. Elle vit alors Melanie Rossiter, les couvertures rejetées à la taille, qui s'étirait en bâillant sur le lit, avant de cligner des yeux face à la soudaine irruption de la lumière.

Enfin, je retrouvai ma voix.

« Je… je peux vous expliquer. Ce n'est pas… »

Constance me foudroya du regard.

« Sortez-la de cette maison.

— Ce n'est pas ce que vous croyez. Pour l'amour de Dieu, faites-moi confiance. »

Elle me toisa des pieds à la tête, puis jeta un œil dans la pièce, où Miss Rossiter s'était négligemment retournée pour se protéger de la lumière.

« Comment le puis-je ? Vous saviez que je venais. C'est vous qui me l'aviez demandé. Vous m'aviez promis une preuve. C'est la preuve de quoi, ça ? »

Elle tremblait des pieds à la tête en s'efforçant de se contenir.

« Attendez, m'écriai-je. Il y a bien une preuve. Oui. Cela vous montrera la vérité de l'affaire. »

Je fis volte-face et courus dans le couloir, en sachant que, si je pouvais lui faire lire la déclaration de Miss Rossiter, il me restait encore un petit espoir de la convaincre qu'il ne fallait pas se fier entièrement aux apparences.

J'ouvris brutalement la porte du bureau et entrai en trébuchant. Mes habits étaient là, étendus sur la méridienne. Extirpant mon gilet du tas, je trouvai la clé dans la poche, fonçai droit sur le bonheur-du-jour, me débattis *avec la serrure, l'ouvris à la troisième tentative, plongeai la main à l'intérieur et sortis l'enveloppe de l'endroit où je l'avais rangée.*

« Là ! m'écriai-je. Elle est là ! »

Constance se tenait sur le seuil. Je courus lui fourrer l'enveloppe dans les mains. Elle me dévisagea sans comprendre.

« Qu'est-ce que c'est ?

— Sa déclaration. La sienne. »

Je désignai la chambre d'amis.

« Ce n'est qu'une folle comédie. Elle n'est pas ce qu'elle semble. Cette déclaration le prouve. »

Constance hésita un instant. Puis elle glissa un doigt sous le sceau et ouvrit le rabat. J'observai attentivement son visage tandis qu'elle sortait le contenu, espérant en dépit de tout apercevoir le frémissement d'une réaction favorable. Mais je ne vis qu'un haut-le-cœur dégoûté. Elle n'avait pas eu le temps de lire quoi que ce fût, et pourtant il y avait dans son expression une révulsion et un mépris tels que je n'en avais encore jamais vu. Je portai les yeux sur ce qu'elle tenait à la main : non pas les pages remplies de l'écriture nette de Miss Rossiter, mais un paquet de photographies. Je les lui arrachai des mains.

Elles étaient toutes de Melanie, posant nue dans quelque studio décoré en chambre. Dans la première, debout à une coiffeuse, elle se brossait les cheveux, la tête détournée de l'objectif. Dans la deuxième, allongée sur une courtepointe garnie d'oreillers, elle sirotait une flûte de champagne, l'objectif faisant la mise au point sur les courbes et les plis pâles de sa chair offerte. Dans la troisième, debout, cadrée à partir de la taille, elle souriait avec coquetterie et tenait une rose dans le sillon entre ses deux seins ronds aux tétons sombres. Dans toutes, elle était parvenue à combiner sang-froid et culot d'une manière qui ne semblait que renforcer son dévergondage.

« *C'est la prostituée ?* » demanda lentement Constance.

Je regardai la quatrième photographie. Allongée sur le ventre, Melanie avait les bras et les jambes écartés et attachés par une corde aux colonnes du lit. La position de l'appareil photo, en plongée, derrière, sur le côté, me fut aussitôt familière, tout comme l'aperçu de son visage, encadré par les mèches noires de ses cheveux, détourné de l'oreiller pour regarder l'objectif et projeter son sourire moqueur de complicité charnelle.

« *C'est la prostituée ?* » répéta Constance.

Je ne pouvais pas lui répondre. Parler était au-dessus de mes forces. Je ne pouvais que considérer sans le croire ce que je tenais dans les mains. Je ne pouvais que regarder, bouche bée, horrifié, cette preuve ultime de ma destruction.

La porte de la chambre d'amis claqua au bout du couloir. Melanie Rossiter, vêtue de pied en cap mais les cheveux toujours détachés qui lui retombaient à la taille, se dirigeait vers nous à grands pas. Constance lui tournait le dos, elle ne pouvait donc pas voir, contrairement à moi, le soupçon d'ironie sur son visage.

« *Désolée de vous avoir mis dedans, monsieur, lança-t-elle. Vous auriez dû me dire que vot' dame allait rentrer. Vous inquiétez pas : je m'en vais sans faire de drame. Ne reparlons plus de mes gages. Gardez les photos en souvenir.* »

Elle s'arrêta au sommet des marches et me laissa voir

dans son regard la délectation de la chasseresse qui a occis sa proie.

« J'espère que vous avez pris du bon temps », ajouta-t-elle *avec un sourire.*

Puis elle se détourna et commença à descendre sans un regard en arrière.

Mes yeux se reportèrent sur Constance, mais je ne trouvai sur son visage qu'une détestation insondable que jamais je ne pourrais espérer effacer.

« Comment avez-vous pu ? finit-elle par dire. Comment avez-vous pu me faire ça ? »

Ma ruine était complète. Je ne pouvais rien dire ni faire pour qu'elle croie en mon innocence, rien pour l'apaiser ni m'exonérer. Je n'avais plus qu'à reculer, fermer la porte sur ses accusations irréfutables et tourner la clé dans la serrure.

Le front appuyé contre la fraîcheur accueillante du bois, je sentis les larmes couler le long de mes joues. Cette fois-ci, je le savais, c'était la fin.

*

Harvey Thompson, assis au bout du bar bondé du Lamb and Flag depuis une heure, à échanger des plaisanteries lubriques avec la serveuse, avait fini par désespérer de récupérer les dernières seize livres de son marché passé avec Trenchard. De fait, il s'apprêtait à partir lorsqu'un homme au visage dur vêtu d'un pardessus élimé s'installa sur le tabouret à côté de lui et lui proposa d'un ton bourru de lui payer un verre.

« Non merci, mon brave. Faut que j'y...
— On vous doit seize livres à ce qu'il paraît. »

Thompson se retourna pour regarder le nouvel arrivant : trapu, un chapeau sombre bien enfoncé sur un visage gris taillé à la serpe, des doigts courts et puissants qui tenaient l'argent pour le verre.

« Ma foi, puisque vous en parlez…

— C'est Trenchard qui m'envoie. Il ne pouvait pas venir lui-même, alors il m'a missionné. Vous voulez quoi ?

— Comme d'habitude, merci. Maisie est au courant. »

Celle-ci vint les servir, en haussant un sourcil interrogateur à l'adresse de Thompson à la vue de son compagnon patibulaire.

Quand ils furent de nouveau seuls, Thompson commenta :

« Je ne m'attendais pas à un… remplaçant.

— Qu'est-ce que ça peut vous faire, tant que vous êtes payé ?

— Oui, en effet. On va s'asseoir ? »

Ils s'installèrent à une table dans un coin discret et enfumé. Il y avait quelque chose de dur et de menaçant dans le regard de l'homme, qui dérangeait Thompson. Ce marché commençait déjà à perdre de son attrait.

« Seize, c'était le solde, fit-il d'une voix hésitante. Mais je ne suis pas sûr…

— C'est qui d'après vous, alors ?

— Pardon, mon brave ?

— Norton. Vous avez dit à Trenchard que vous connaissiez sa véritable identité. Voilà l'argent. »

Il posa trois billets de cinq livres sur la table qu'il lesta d'une pièce d'un souverain.

« Allez, qu'on en finisse. À votre avis, qui est-il ?

— Ne précipitons rien, mon brave.
— Pourquoi ça ? Qu'est-ce que vous attendez ?
— Rien. C'est juste que... »

Il considéra le visage d'une inflexibilité sinistre de l'inconnu, et n'apprécia pas ce qu'il y vit.

« Vous avez dit que vous vous appeliez comment, déjà ?
— Je ne l'ai pas dit. Ça change quelque chose ?
— J'imagine que non.
— Eh ben alors ? »

L'instinct de Thompson lui conseillait de refuser cet argent, mais ses créanciers se faisaient pressants. Il ne pouvait pas se permettre d'obéir à son instinct. Il tendit la main vers les billets.

« Vous pouvez rapporter à Trenchard mon intuition : Norton est bien le fils de Gerry Davenall, mais pas... »

Soudain, la main qu'il avait posée sur les billets fut broyée comme dans un étau. La pièce s'enfonçait douloureusement dans sa paume tandis que l'inconnu lui compressait férocement les doigts.

« Vendre une information est toujours une manœuvre risquée, Thompson. La vendre deux fois est une bêtise. Miss Whitaker vous avait bien payé pour tenir votre langue, non ?
— Oui, bon Dieu, mais...
— J'aimerais que vous m'accompagniez dehors, maintenant. Là, on pourra régler cette affaire une bonne fois pour toutes.
— J'aimerais mieux pas, mon brave.
— Vous allez faire ce que je vous dis. »

Mais Thompson n'y comptait pas. L'inconnu

relâcha son emprise juste assez pour lui laisser un avantage. Sans bras droit pour partager les corvées, son bras gauche était devenu, au fil des ans, anormalement puissant. Il se dégagea alors d'un violent mouvement de torsion et plaqua l'avant-bras de l'autre sur la table.

« Je suis connu, ici, mon brave. Vous non. Il suffit que je dise un mot, et vous partirez au bout d'une pique. Compris ? »

L'inconnu fit lentement glisser son bras sur la table, puis s'essuya la paume sur son manteau. Il dévisagea Thompson sans mot dire, reprit son argent, tourna les talons et sortit du pub.

Empochant la pièce qu'il tenait toujours entre ses doigts, Thompson s'empara de son verre et retourna en commander un autre au bar, où il ajusta sa moustache dans le miroir accroché derrière les bouteilles d'alcool.

« L'avait vraiment une sale tête », commenta Maisie.

Thompson sourit de toutes ses dents et réprima son exultation d'avoir eu le dessus sur son adversaire. Cette rencontre avait soulevé dans son esprit des complexités qui dépassaient sa compréhension. Voilà six mois ou plus que cette fille énigmatique l'avait approché. C'est vrai, il lui avait laissé croire qu'elle avait acheté son silence, mais il était déraisonnable de penser qu'il pouvait l'être définitivement, et singulièrement déplaisant de lui coller sur le dos un cogneur aux yeux de fouine. Et puis, comment diable avaient-ils eu vent de ses négociations avec Trenchard ? Ça n'avait aucun sens. Il avait espéré se faire de l'argent grâce à ce procès. Maintenant il se disait qu'il valait mieux abandonner l'idée. Peut-être que six livres, c'était suffisant. Ça tiendrait au moins en respect sa logeuse. Si toutefois elle en voyait jamais la couleur. Il alluma un cigare et sortit la pièce d'un souverain de sa poche, en essayant de déterminer le meilleur moyen de l'employer. Il croisa alors le regard de Maisie et lui commanda un autre verre. Quand elle lui rendit la monnaie, il sépara un florin des autres pièces, fit signe à la femme de se pencher et le glissa dans son généreux décolleté en partant d'un grand rire.

« Les Davenall peuvent aller se faire pendre, Maisie, voilà ce que j'en dis. Qu'est-ce que ça peut me fiche, hein ? Qu'est-ce que ça peut me fiche ? »

Mais ses mots restèrent lettre morte : comme Maisie poussa un cri jubilatoire en récupérant le florin, personne ne l'entendit.

*

J'étais encore à genoux au pied de la porte lorsque je me souvins de Thompson. Comment se départageaient rêve et réalité, je n'aurais su dire, mais la part que cet homme avait jouée ne pouvait être effacée. Cette femme m'avait ensorcelé par des moyens qui m'étaient inconnus, non seulement pour me déshonorer aux yeux de Constance, mais aussi pour quelque raison impliquant Thompson. Sa question répétée : « Où est-il ? » contenait une force et un objectif qui dépassaient les limites du piège qui m'avait été tendu. En me rappelant l'amère sensation déchirante de la trahison qu'avait provoquée en moi ma réponse, j'eus la certitude cuisante qu'il était en danger, en danger parce qu'il connaissait la vérité.

Je m'empêtrai dans mes vêtements avec l'énergie du

désespoir. Il n'y avait plus de temps à perdre. Je sortis ma montre : presque 23 heures. Combien de temps s'était-il écoulé depuis que je m'étais endormi sur la méridienne ? Combien de temps s'était-il écoulé depuis que j'avais glissé, malgré moi, dans le royaume déformé qu'elle m'avait façonné ? Deux heures ? Plus ? Comment savoir ? Je me dirigeai vers le bonheur-du-jour, ouvris le tiroir de droite et en contemplai le contenu : un pistolet à barillet simple et une boîte de munitions. Je gardais cette arme dans la maison sur l'insistance de mon père, afin de me protéger des cambrioleurs. À présent, en un sens, les cambrioleurs étaient arrivés. Je fourrai le pistolet dans l'une de mes poches, la boîte de cartouches dans une autre. Puis je me précipitai vers la porte et sortis sur le palier.

Tandis que je descendais discrètement l'escalier, j'entendais des voix dans le salon, les voix empressées et étouffées de Constance et de sa sœur. Je n'avais rien à gagner à leur annoncer mon départ. Elles s'en rendraient vite compte. Au vu des circonstances, des innommables, des hideuses circonstances, peut-être même s'y attendaient-elles. J'ouvris le placard de l'entrée, en sortis mon chapeau et mon pardessus, puis me glissai furtivement jusqu'à la porte.

Dehors, le brouillard s'était levé. Je restai sur le seuil, laissant le froid de la nuit ranimer mes cinq sens. Il était vital que je ne pense pas à ce qui venait de se passer, vital que je conserve un certain flegme pendant encore un petit moment. Attendez : qu'était-ce ? Des gouttes de pluie sur ma figure. Je tendis le bras et regardai, en guise de confirmation, les perles d'eau se rassembler dans ma paume gantée. Il pleuvait, comme il avait plu dans mon rêve, comme si…

Je me retournai pour fermer la porte et vis, au bout du couloir, celle du salon s'ouvrir et Constance passer la tête dans l'embrasure. Elle était, je crois, trop consternée par ce qu'elle voyait pour me laisser deviner ce qu'elle ressentait. Quant à moi, j'étais trop perturbé pour exprimer le moindre remords, qui pourtant me rongeait de l'intérieur. Je claquai la porte et courus tête baissée dans l'allée.

*

Emily regarda avec inquiétude Constance revenir dans la pièce, la bouche béante, les yeux rougis, le regard vide, sa gorge s'efforçant de ravaler ses mots inaudibles.

« Que se passe-t-il, ma chérie ?

— Il est parti. Il est… sorti comme ça. Sans même un… »

Alors les larmes qu'elle avait retenues jusque-là la submergèrent, toute force déserta ses membres, si bien qu'Emily dut l'aider à s'asseoir sur une chaise et lui pressa un mouchoir dans la main.

« Tu dois me raconter ce qui s'est passé, Constance. Cette femme, était-elle réellement… ?

— Une prostituée ? Je crois que oui. Je crois vraiment que oui. Elle avait des yeux tellement… tellement durs et amers. C'était presque comme si… comme si ça l'amusait de s'être fait surprendre.

— Je… je ne comprends pas.

— Moi non plus. Il n'y avait nul besoin de faire une chose pareille. Je lui ai demandé de m'expliquer, il m'a claqué la porte au nez.

— Mais… c'est lui qui t'a demandé de venir.
— Oui. Précisément. Il semblerait qu'il voulait que j'assiste à cette scène. Je pensais le connaître, Emily, avec ses vices et ses vertus. Mais ça! Jamais dans mon imagination la plus folle je n'aurais cru… Jamais.»

Elle secoua énergiquement la tête.

«Je suis désolée de t'avoir fait supporter ça.
— Non, je suis contente de pouvoir t'apporter un peu de réconfort.»

Constance embrassa sa sœur sur le front.

«Merci, Emily, merci. Une journée pareille – une soirée pareille –, je n'aurais jamais cru en vivre. Quand James est revenu, poursuivit-elle d'une voix nouée, j'ai cru agir pour le mieux. Était-ce si mal de ma part de quitter William? Est-ce moi qui l'ai poussé à cette extrémité?
— Non. Mille fois non.
— Alors quoi?
— Lui seul peut répondre à cette question.
— Mais il ne le fera pas. Il ne veut même pas me parler.»

La tête enfouie dans les mains, elle se mit à sangloter convulsivement. Emily lui passa un bras autour des épaules et la berça comme elle ne l'avait pas fait depuis que sa mère l'avait chargée, à douze ans, de faire son possible pour consoler sa sœur de sept, qui souffrait d'une poussée dentaire.

Elles restèrent ainsi cinq bonnes minutes, Constance ne pleurant plus mais toujours lovée dans les bras d'Emily, jusqu'à ce qu'on tapât à la porte et que Cook déboulât, chargée du café qu'on lui avait demandé de préparer.

« Contente de voir qu'on a envoyé promener cette coquine, commenta-t-elle en posant le plateau. M'est avis qu'elle valait pas mieux que…

— Merci, ce sera tout », la coupa Constance d'un ton péremptoire.

Avec pour toute réponse un grognement rancunier, Cook prit congé. Mais, constata Emily, le sang-froid de sa sœur n'avait pas été une posture adoptée pour faire bonne figure devant la domestique. Quand elles furent de nouveau seules, elle essuya ses dernières larmes et s'exprima d'un ton déterminé.

« Je ne peux plus rien faire pour William après ça. Son comportement nous met hors de portée l'un de l'autre.

— Que veux-tu dire ?

— Je veux dire, Emily, que mon mari m'a trahie et ne peut plus s'attendre à ce que je lui obéisse. Il a perdu mon allégeance et l'a cédée à un autre, à un homme qui en sera plus digne que lui ne le sera jamais.

— À James ?

— Oui. James est prêt à renoncer à ce qui lui revient de droit, à renoncer à sa propre identité, parce qu'il se sent incapable de s'interposer entre mon mari et moi. Mais cet obstacle cesse d'exister à compter de cette nuit. Dorénavant, je ferai tout ce qui est en mon pouvoir pour l'aider. »

Emily dévisagea Constance dans un silence admiratif. Les détails du péché de William ne lui avaient pas été communiqués, mais ils ne pouvaient pas avoir excédé ceux qu'elle s'était imaginés en voyant la femme en question. De fait, cet incident, ainsi que le comportement qu'avait eu William précédemment au tribunal relevaient d'un même esprit dans l'image qu'elle se faisait de lui : un homme faible et borné parfaitement indigne d'être le mari de sa sœur. Désormais, Constance aussi semblait le voir sous ce jour et avoir enfin déterminé où placer sa loyauté – et son amour. Naturellement, Emily était choquée par la tournure des événements ; naturellement, elle était consternée. Mais, tout aussi naturellement, elle songeait à James, James l'homme noble, séduisant, méjugé et maltraité, qui avait dû jusqu'alors affronter seul le reste du monde. Et quand elle songeait à cela, cette nouvelle conviction, cette force redécouverte dans les yeux de sa sœur lui donnaient matière à un espoir joyeux.

*

Le fiacre me déposa à Long Acre, et je suivis les indications du cocher pour rejoindre le Lamb and Flag. C'était le pire moment pour arriver : toutes les tavernes et les repaires de boisson de Covent Garden expulsaient leurs clients éméchés dans la rue. Sous les réverbères, des hommes poursuivaient bruyamment leurs disputes avinées en peinant à articuler. Dans les caniveaux, des ivrognes qui avaient trébuché sur le bord du trottoir s'efforçaient de se relever en maudissant l'humanité entière. Dans des ruelles sombres, des prostituées concluaient des marchés avec des clients à l'esprit embrumé.

À l'intérieur du Lamb and Flag, le propriétaire et deux assistants au nez cassé persuadaient les derniers buveurs qu'il était temps de partir. De Thompson, pas la moindre trace. Derrière le bar, une fille lavait à la chaîne des piles de chopes vides. À mon approche, elle lança sans lever la tête :

« *On est fermés.*

— Je devais retrouver quelqu'un ici un peu plus tôt. Vous le connaissez peut-être.

— M'étonnerait.

— Il s'appelle Thompson. Il a perdu un bras, alors... »

Un sourire éclaira soudain son visage.

« *Oh, le capitaine Arvey ! Sûr que je le connais. L'a du succès, ce soir.*

— Que voulez-vous dire ?

— Vous êtes le deuxième type à le chercher. Le premier, il l'a envoyé bouler.

— Thompson était donc là ?

— Vient juste de partir. Un peu plus et vous vous croisiez à l'entrée.

— Par où est-il parti ?

— Il habite du côté de Lambeth, autant que je sache. J'imagine qu'il va se diriger vers le pont de Waterloo. »

Je me précipitai dans la rue. Si la serveuse avait raison, je pourrais peut-être encore le rattraper. Mais à peine eus-je mis le pied dehors que je me rendis compte de la difficulté. Il y avait une dizaine de trajets possibles pour rejoindre le pont, il pouvait avoir choisi n'importe lequel. Au tout premier croisement, je m'arrêtai sans savoir où aller.

Puis, alors que je scrutais une rue étroite à ma gauche, je crus l'apercevoir. Un ivrogne et sa catin s'approchaient de moi, agrippés l'un à l'autre, ils chaloupaient sur le trottoir. Mais assurément... oui : derrière eux, un manchot filait sans bruit sous les réverbères. Je m'apprêtais à le héler quand, brusquement, il disparut à la faveur de l'obscurité entre deux lampadaires, et ne réapparut pas. Puis une autre silhouette, que j'avais déjà repérée, fit de même. Saisi de peur, je me rappelai que je n'étais peut-être pas le seul à chercher Thompson. Je courus en direction de l'endroit qui les avait dévorés, le bruit de mes pas se répercutant de part et d'autre sur les façades des bâtiments aux volets clos.

C'était l'entrée d'une ruelle minuscule. Tout au bout, je distinguais les toits de verre du marché de Covent Garden. Dans la ruelle, des cageots et des paniers vides s'empilaient en équilibre précaire. Et Thompson était là, se faufilant dans le passage étroit.

« Thompson ! »

Il s'arrêta, se retourna.

« Qui est là ? demanda-t-il.

— C'est moi : Trenchard. »

J'avançai vers lui.

Il leva son bras en signe de reconnaissance.

« J'ai cru que vous ne rappliqueriez jamais, mon brave. »

Je courais tête baissée à présent, cherchant désespérément à prouver que je n'avais pas prévu ce qui allait se passer. Il avait toujours la main levée, le visage plissé en une expression perplexe. Il venait à ma rencontre, il était passé devant une porte à sa gauche, à peine vingt mètres nous séparaient.

Tout se passa si vite que je ne pus même pas l'avertir d'un cri. Et pourtant cela sembla aussi se passer avec l'atroce lenteur d'un rêve. Un homme surgit de l'encoignure de la porte, guère plus qu'une ombre en relief dans l'obscurité. D'un geste leste, il plaqua son bras gauche contre la gorge de Thompson, et, de son bras *droit, lui assena un coup dans le dos. J'entendis un gargouillis, un cri étranglé. Thompson écarquilla les yeux, prenant soudain conscience de sa douleur. Il leva la main, trop tard et trop mollement, pour repousser son agresseur. Puis ses genoux cédèrent, et il s'écroula.*

Je m'étais arrêté net et je me tenais là, à dévisager l'assaillant de Thompson, accroupi, silhouette trapue et musclée dont le souffle se condensait dans l'air froid et humide, brandissant un couteau dont la lame luisait sous le faisceau d'un réverbère. J'avais déjà vu ce visage gris impitoyable, je le reconnus aussitôt sans le moindre doute possible, comme lui devait m'avoir reconnu.

Combien de temps restâmes-nous là à nous dévisager au-dessus du corps affaissé de Thompson, je ne saurais le dire. Pour moi, cet instant semblait aussi démesuré que le rêve qui s'était déroulé avant. Il ne prit fin que lorsque, après un regard circulaire, Quinn tourna les talons et se retrancha dans l'obscurité.

À cet instant, je me rappelai mon pistolet. Je plongeai la main dans mon manteau et empoignai la crosse. Puis je me rappelai aussi qu'il n'était pas chargé. Quinn était déjà arrivé au bout de la ruelle. Je le vis bifurquer sur la place, jeter un œil par-dessus son épaule, puis s'évaporer. Il était parti, et il m'était impossible de le poursuivre.

Thompson était allongé sur le ventre, une sombre tache de sang transperçait son manteau. Lorsque je le tournai sur le côté, il me regarda avec des yeux troubles et papillotants et cracha une giclée de gravillons pour parler.

« Pourquoi... pourquoi me l'avez-vous envoyé aux trousses... mon brave ? »

Je me penchai davantage, afin d'être sûr qu'il puisse m'entendre.

« Je n'ai envoyé personne, Thompson. Croyez-moi. »

Il me répondit d'une voix caverneuse et trébuchante, qu'un couteau dans la nuit avait vidée de sa vigueur bravache.

« Ça ne fait aucune différence... qui l'a envoyé... Il l'a fait pour moi... Marrant, non ? »

Il sourit, les dents serrées.

« Quoi donc ?

— Gerry... il m'a achevé... après tout... Lui... ou son satané secret. »

Je me penchai davantage, voulant qu'il vive encore le temps de me le révéler.

« Quel est son secret, Thompson ? Qu'est-ce que c'est ?

— Pas vrai... que vous voudriez savoir ? »

Il grimaça, les yeux convulsivement fermés pour écarter la douleur. Quand il les rouvrit, ils étaient encore plus vitreux, peinant à se concentrer sur moi et le monde qu'ils voyaient pour la dernière fois.

« Dites-le-moi. Bon Dieu, dites-le-moi.

— Pas d'inquiétude... mon brave. »

Je le perdais, je le regardais céder prise sur la vie, je l'entendais faire ses adieux en marmonnant des mots épars qui n'avaient aucun sens.

« C'était une blague, quoi ? Une sacrée mauvaise blague... Retire... Retire ça, Gerry... On fait tous... tous des erreurs...

— Thompson ?

— Vas-y... Je suis prêt... »

Je l'entendis expirer son dernier souffle et sentis son corps s'affaisser dans l'oubli. Je refermai alors ses yeux aveugles qui me fixaient et reposai délicatement sa tête au sol. Il était mort, et moi, je l'avais tué, ou c'était tout *comme. Son sang, qui colorait en noir les rigoles d'eau de pluie entre les pavés, plongeait ses doigts crochus dans la crasse et les fruits écrasés de la ruelle pour aller s'agripper au vortex de ma culpabilité.*

Je me levai. Ma main gauche, avec laquelle j'avais soutenu son cou, était maculée de sang. D'instinct je fermai les yeux pour m'épargner cette vision. Mais, ce faisant, une autre image jaillit de sa cachette, une autre accusation fit entendre sa voix.

« *Vous pouvez me punir maintenant que vous me l'avez dit.* »

Ses cheveux noirs, son teint pâle, son corps sous le mien sur le lit.

« *Vous pouvez faire ce que bon vous semble.* »

Je giflai le mur de brique dégoulinant de pluie.

« *Ce que bon vous semble.* »

Hélas, ce que je voulais, je ne pouvais l'avoir : le souvenir d'un rêve, l'abolition d'une trahison, la résistance à une tentation.

Harvey Thompson gisait mort à mes pieds, assassiné pour sceller à jamais son secret vieux de quarante ans. Je le regardai et fondis en larmes devant tout le mal que je n'avais pas voulu occasionner et qui n'avait peut-être pas dit son dernier mot. Même mort, je ne pouvais rien pour lui. La serveuse expliquerait que j'étais à sa recherche, la police me prendrait pour son assassin.

Je sortis de la toile à sac de l'un des paniers vides à proximité afin de l'en couvrir, non pour dissimuler son corps, mais pour lui procurer le seul type de réconfort dont j'étais capable. Puis je m'éloignai et le laissai là, où quelqu'un d'autre le trouverait.

Sur la place, les premières charrettes des marchands

arrivaient. D'ici quelques heures, le marché serait encombré de gens et de chevaux, des piles de produits s'entasseraient sur les étals. Tôt ou tard, quelqu'un s'aventurerait dans la ruelle et découvrirait ce qui se cachait sous la toile de sac. Je me dépêchai de traverser et me dirigeai vers le sud, vers le logis que Thompson n'avait jamais atteint, vers le fleuve où la conspiration de Norton avait trouvé son sombre commencement, vers n'importe quelle façon de nous venger, moi et un ancien soldat dont le sang me tachait les mains.

11

Richard Davenall était assis là où son devoir le lui imposait, au premier rang du tribunal, tandis que la deuxième journée de l'audience Norton contre Davenall s'ouvrait à Lincoln's Inn. Personne n'aurait pu dire en voyant sa posture voûtée et attentive qu'il envisageait sérieusement d'adopter une conduite susceptible de trancher l'affaire de manière plus décisive que n'importe quel argument légal présenté jusque-là.

Car Richard Davenall ployait sous un fardeau qu'aucun juriste ne pouvait supporter : le cas de conscience. Il était face à un choix difficile qui lui avait été imposé par tous les défauts et le manque de courage qui avaient constitué sa vie. Mais dans le tourment immobile de son visage ne se reflétait jusqu'à maintenant qu'une douloureuse indécision.

Il n'était donc guère étonnant que Richard ne pût se concentrer sur l'interrogatoire que menait maître Russell d'un témoin du plaignant, le Dr Duncan Fiveash. Il percevait les voix des deux hommes, celle de Fiveash bourrue et professionnelle, celle de Russell mélodieuse et interrogative, comme si elles venaient de très loin. Il avait beau connaître les subtilités tactiques qui sous-tendaient leurs échanges, le témoignage du docteur lui paraissait presque négligeable, un simple interlude entre la vitalité de ce qui avait eu lieu précédemment et le caractère décisif de ce qui allait suivre. Pendant près d'une heure, tandis que Fiveash discourait sur les caractéristiques de la syphilis et que Russell l'obligeait, à maintes reprises, à confirmer le récit de Norton, Richard assista en silence à cette comédie : dans tout ce qu'il disait, Fiveash ne laissa pas entendre une seule fois comment James Davenall aurait pu contracter cette maladie, pour la simple et bonne raison que Russell ne le lui demanda pas une seule fois. Cet avocat du barreau des plus éminents connaissait-il vraiment bien le dossier de son client ? s'interrogeait Richard. Peut-être était-il lui aussi, à l'instar du médecin, victime de dissimulations.

Enfin, Sir Hardinge Giffard entama son contre-interrogatoire, et la tonalité des échanges se modifia. Il y avait quelque chose de brutal et d'intransigeant dans ses questions. La dextérité de Russell, c'était bien beau, sous-entendaient-elles, mais il était temps d'en venir au cœur des choses.

« Combien de temps le défunt James Davenall a-t-il été votre patient, docteur ?

— Depuis sa naissance.

— Vous le connaissiez bien, alors ?

— Oui.

— Mieux que si vous entreteniez de simples relations sociales ?

— Évidemment. La relation entre un médecin et son patient est nécessairement intime.

— Vous vous attendriez à l'identifier sans difficulté ?

— Naturellement.

— Quand vous regardez le plaignant, l'identifiez-vous comme le défunt James Davenall ?

— Non.

— Quand il est venu dans votre cabinet le 26 septembre de cette année, avez-vous eu l'occasion de l'examiner ?

— Tout à fait.

— Cet examen vous a-t-il conduit à penser qu'il s'agissait du défunt James Davenall ?

— Non, pas du tout.

— En bref, donc, docteur, quelle est votre opinion professionnelle quant à la probabilité que le plaignant soit votre ancien patient de plus de vingt ans ?

— Mon opinion professionnelle, et ma croyance personnelle, est qu'il ne l'est pas.

— Merci, docteur. »

Richard grimaça devant l'efficacité clinique avec laquelle Giffard avait mené son affaire. Il avait infligé une autre blessure là où il n'y en avait que trop. Russell eut beau s'efforcer, par le biais de questions supplémentaires, d'insister sur le fait que seul James Davenall pouvait en savoir autant qu'en savait Norton, il resta impuissant à réparer les dégâts, et dans sa voix, une note étranglée paraissait confirmer qu'il en avait parfaitement conscience. Richard commençait à avoir de la peine pour lui et encore plus pour lui-même.

Non qu'il redoutât un manque d'endurance chez Russell : elle faisait rarement défaut aux meilleurs avocats du barreau. Et en effet, le témoin suivant fit ressortir le meilleur en lui. Miss Esme Pursglove, mêlant vigueur et fragilité dans son plus pur style de conversation autour d'un thé, suscita chez Russell une aisance bienveillante qui restaura progressivement sa confiance. Après tout, cette dame avait connu James Davenall aussi longtemps que le Dr Fiveash et, selon elle, beaucoup mieux que lui. Elle était prête à soutenir l'allégation de Norton de manière aussi dogmatique que Fiveash était prêt à la nier. Bref, elle ne nourrissait pas le moindre doute. Du moins avant que Sir Hardinge Giffard n'entamât son contre-interrogatoire.

« Quel âge avez-vous, Miss Pursglove ?

— Je vous demande pardon ? »

Elle ne l'avait pas entendu. C'était compréhensible, étant donné qu'il avait parlé tout bas, mais le stratagème était simple et efficace.

« Je suis désolé. Avez-vous des problèmes d'audition ? »

Cette fois-ci, Miss Pursglove entendit bien la question. Elle répondit, indignée :

« Certainement pas.

— Cela serait parfaitement naturel chez une dame de votre âge. Quel est-il, d'ailleurs ?

— Je fêterai bientôt mes quatre-vingt-un ans.

— Exactement. Permettez-moi de vous dire que vous ne faites pas votre âge. Bien sûr, la détérioration de certaines facultés est inévitable, n'êtes-vous pas d'accord avec ça ? »

À l'évidence, Miss Pursglove n'était pas d'accord.

« Je... je ne vois pas trop ce que vous voulez dire.

— Passons à autre chose, dans ce cas. Le plaignant est venu vous rendre visite l'après-midi du 26 septembre. Vous souvenez-vous de quel jour de la semaine il s'agissait, par hasard ? »

La réponse fusa, acerbe :

« Un mardi. »

Un point pour Miss Pursglove.

« Et vous l'avez identifié comme votre ancien pupille, le défunt James Davenall ?

— C'est mon Jamie, répondit-elle avec un petit mouvement de tête d'oiseau pour souligner son propos.

— Qu'est-ce qui vous a permis de l'identifier ? Le son de sa voix ? Ou vous êtes-vous davantage fiée à vos yeux qu'à vos oreilles ?

— Je connais mon Jamie. »

Elle ne se laissait pas démonter.

« Disons une combinaison des deux, alors.

— Hum. Ma foi… si vous le dites.

— Au fait, Miss Pursglove, quelle heure est-il ?

— Comment ?

— Quelle heure est-il ? Je vous saurais fort gré de me dire l'heure qu'indique l'horloge du tribunal. »

Miss Pursglove jetait des regards désespérés autour d'elle.

« Elle est sur le mur au-dessus de la porte par laquelle vous êtes entrée. »

Soudain, Russell était debout.

« Objection, monsieur le juge ! Quelle pertinence peut bien… ?

— Oui, aboya le juge Wimberley. Quelle est la pertinence de cette question, Sir Hardinge ?

— Sa pertinence, monsieur le juge, réside dans la faiblesse de la vue du témoin et le doute que cela jette sur ses capacités d'identification. »

Giffard se fendit d'un large sourire.

« Naturellement, je ne veux pas insister sur ce point. »

Et il n'en avait pas besoin. Il avait terminé en beauté, laissant Russell patauger dans son sillage. Lorsque Miss Pursglove finit par quitter la barre, Richard savait, contrairement à la plupart des gens dans la salle, qu'elle était le dernier témoin de Norton. Le regard chagrin qu'elle jeta à l'horloge constitua, pour lui, un symbole insoutenable. Le temps s'était écoulé pour le plaignant – et pour lui.

M. le juge Wimberley choisit ce moment pour suspendre la séance en vue de la pause méridienne. Dès qu'il eut quitté son banc, derrière Richard enfla le murmure d'un départ collectif avec force raclements de chaises et enfilages de manteaux. Richard, lui, ne bougeait pas. Giffard le poussa du coude et lui demanda s'il voulait l'accompagner ; il secoua la tête. Quelque part derrière lui, il entendait braire Hugo et un soulagement l'envahit lorsque sa voix s'atténua au loin. Les derniers clercs rassemblaient leurs documents, les portes battantes claquaient sur les ultimes retardataires. Richard posa les mains à plat sur la table et se leva d'une poussée. Sa décision ne pouvait plus attendre. Il se tourna pour partir.

Au milieu de l'allée, entre les rangées de sièges, une femme le dévisageait avec une intensité si blême et si pincée qu'on comprenait que c'était la nécessité, et non la curiosité, qui l'avait conduite à Lincoln's Inn. Et pourtant Richard ne la reconnaissait pas. Si elle avait un intérêt dans l'affaire, il était bien incapable de dire lequel.

« Puis-je vous aider, madame ? risqua-t-il.

— Vous êtes M. Richard Davenall ?
— Oui.
— Je suis Emily Sumner.
— Sumner ?
— Oui, la sœur de Constance.
— Oh, je vois. Ma foi, ravi de vous rencontrer, Miss Sumner. »

Ils se serrèrent gauchement la main.

« Qu'est-ce qui vous… ?
— Il va perdre, n'est-ce pas ?
— Je ne sais vraiment…
— Si personne d'autre ne témoigne en sa faveur, James va perdre ce procès. »

Sa solennité même interdisait tout faux-fuyant.

« Je crois que oui.
— Cela doit vous satisfaire.
— Non. En l'occurrence, cela ne me satisfait pas.
— Pourquoi donc ?
— Je ne suis pas sûr de pouvoir l'expliquer.
— C'est parce que vous savez qu'il s'agit de James, n'est-ce pas ? Constance s'est entièrement confiée à moi, monsieur Davenall. Je suis là pour représenter ses intérêts. Elle m'a expliqué que vous seul, parmi tous les membres de la famille de James, pourriez entendre raison. »

Sa franchise le choquait. Était-il si transparent ?

« Ma position… est délicate.
— Délicate au point de le laisser perdre ?
— Je suis le notaire de Sir Hugo Davenall, Miss Sumner. Vous comprendrez bien…
— Témoignerez-vous en sa faveur ? »

Sa véhémence lui faisait honte. Pourquoi n'arrivait-il

pas à prendre une décision ? Pourquoi ne partageait-il pas sa certitude ?

« Alors ? »

Il s'entendit soudain répondre :

« Oui. »

Elle lui pressa la main.

« Constance est là, monsieur Davenall. Elle a besoin de vos conseils, maintenant que nous sommes assurées que vous ne laisserez pas se produire une erreur judiciaire. Accepteriez-vous de lui parler ?

— Bien sûr.

— Alors, venez avec moi. »

Tandis que Miss Sumner s'empressait de sortir du tribunal, Richard parvint à esquisser son premier sourire de la journée. Que quelqu'un pût rechercher ses conseils, semblait, en cet instant, d'une absurdité la plus totale. Cependant, si personne d'autre ne soutenait son allégation, Norton perdrait : Richard en était persuadé. Sa conscience lui disait qu'il ne pouvait pas laisser cela se produire. Et pourtant, s'il voulait l'empêcher, il devait tourner le dos à son propre fils. Même pour quelqu'un d'aguerri aux compromis de la loi, le chemin pour sortir d'un tel maquis semblait indécelable. Mais il avait peut-être trouvé maintenant, dans la détermination dont avait fait preuve Constance Trenchard, et qu'à l'évidence sa sœur partageait, le guide dont il avait besoin.

*

Assis dans le bureau d'Hector Warburton à Staple Inn, maître Charles Russell, avocat de la couronne, loin de penser à déjeuner, cherchait parmi le large éventail de moyens à sa disposition comment briser le sinistre fatalisme tranquille qui semblait s'être emparé de son client.

Pour Russell, l'affaire Norton contre Davenall prenait rapidement un tour désastreux. Il l'avait acceptée parce que Warburton avait la réputation de soutenir les gagnants, parce que Norton lui-même possédait une force de conviction désarmante, et parce qu'un tel *coup de théâtre** était exactement ce qu'il lui fallait pour nourrir ses espoirs de carrière politique. S'il siégeait depuis deux ans et demi au Parlement, ce n'était pas par amour pour ses électeurs, non, c'était parce que cela le rendait éligible au poste de procureur général qu'il convoitait tant. Être débouté dès le stade de l'audience par un ancien conseiller juridique du parti opposé aurait pu être tolérable si seul son honneur avait été en jeu. Mais si, comme cela semblait probable, cela s'avérait fatal à ses ambitions, alors il ne l'accepterait pas.

« Je ne suis pas sûr, monsieur Norton, fit-il en s'efforçant de contenir sa colère, que vous vous rendiez compte de la précarité de notre situation.

— Bien au contraire, répliqua Norton. Je m'en rends très clairement compte.

— Si vous n'aviez pas insisté pour éradiquer toute référence à Sir Gervase…

— Auriez-vous souhaité que je traîne le nom de mon père dans la boue ?

— Pour épargner au vôtre le même destin, oui. »

Norton se renfonça dans son fauteuil et sortit une cigarette.

« Ma foi, je ne peux guère changer de chanson à ce stade, messieurs, si ?

— Non, concéda lamentablement Russell. Vous ne pouvez pas, en effet. »

Warburton, qui se tenait jusque-là à la fenêtre, avança lentement vers son bureau et, se penchant par-dessus, regarda Norton droit dans les yeux.

« Il n'est pas trop tard pour assigner Mme Trenchard à comparaître. Nous pourrions demander un renvoi à cette fin.

— J'ai promis de la laisser en dehors de ça.

— Si on l'obligeait à témoigner, vous identifierait-elle ?

— Je crois que oui.

— Dans ce cas, je vous suggère de rompre votre promesse. C'est votre seul espoir.

— Ce n'est certainement pas mon seul espoir, maître Russell ? »

Russell prit une grande inspiration avant de répondre.

« Votre refus de répondre à la question de Giffard est un handicap sévère. S'il y avait ne serait-ce qu'une seule autre personne en sus de Miss Pursglove pour témoigner en votre faveur, je caresserais l'espoir de surmonter ce handicap. Mais en l'état actuel des choses, nous allons devoir compter sur la casse d'un témoin de la défense. À mon avis, la possibilité est très faible.

— Pauvre Nanny, commenta Norton d'un ton rêveur. Elle était complètement bouleversée après, vous savez.

— À la place de Giffard, poursuivit Russell, je réserverais ma défense et mettrais le juge au défi de déterminer s'il y a lieu d'engager des poursuites judiciaires.

D'ici une heure, nous pourrions bien être déboutés. La défense ne peut pas perdre aujourd'hui, monsieur Norton. Elle peut seulement ne pas gagner. Pour nous, en revanche, il n'y a pas de seconde chance. »

Norton sourit.

« Pour moi, vous voulez dire. Vous peignez un triste tableau de mes perspectives, maître Russell.

— C'est parce que… »

On frappa sèchement à la porte. Warburton, qui avait donné l'ordre de ne pas être dérangé, lança un regard agacé au clerc qui entrait.

« Qu'y a-t-il ?

— Un gentleman dans le bureau voisin souhaiterait voir M. Norton de toute urgence, monsieur.

— Qui est-ce ?

— M. Richard Davenall, monsieur. »

Warburton en resta pantois. Pourquoi diable l'avocat de la défense voulait-il donc rendre visite au plaignant à un stade aussi crucial ? Il n'en avait pas la moindre idée. Cette démarche, à défaut d'être antidéontologique, était certainement anticonformiste, or Richard Davenall n'était ni l'un ni l'autre. Qu'avait-il donc dans le crâne ?

« Dites-lui…, commença-t-il.

— Dites-lui que j'arrive immédiatement, coupa Norton.

— Voilà qui serait imprudent. Qui sait…

— J'y vais. »

Warburton pinça les lèvres et adressa un brusque signe de tête au clerc.

« Installez-le dans le bureau de M. Thrower pour le moment.

— Très bien, monsieur. »

Dès que la porte se fut refermée derrière le clerc, Warburton laissa fuser une partie de son ressentiment envers ce client qui venait de rejeter ses conseils une fois de trop.

« Vous devez me laisser m'occuper de ça. Il serait tout à fait déplacé que vous vous entreteniez avec lui à ce stade. »

Norton se leva de son fauteuil et sourit mollement.

« Néanmoins, je vais aller lui parler. Et je lui parlerai *seul*.

— Ce serait pure folie. Vous n'avez pas idée des propositions qu'il pourrait vous adresser.

— Ma décision est prise. Ne vous inquiétez pas, monsieur Warburton. Je ne vous en voudrai pas si les choses tournent mal. Maintenant, messieurs, si vous voulez bien m'excuser. »

Sur ce, il sortit vivement de la pièce, laissant Warburton et Russell se dévisager, médusés.

*

Norton suivit les indications du clerc jusqu'au bout d'un couloir interminable et ouvrit la porte du bureau de M. Thrower. Il était plus encombré et moins professionnel que celui de Warburton, étroit à l'entrée, avec une marche qui descendait à l'endroit où le vaste bureau croulait sous des dossiers reliés par de la ficelle rose, et où une fenêtre en oriel donnait sur les sévères toits gris de Holborn.

C'étaient ces derniers que Richard Davenall contemplait quand, au bruit de Norton qui refermait la porte derrière lui, il fit volte-face, accueillit le visiteur d'un signe de tête méfiant et déclara :

« Vous êtes donc venu.

— Bien sûr. »

Norton traversa la pièce.

« Pensiez-vous le contraire ?

— Je pensais que Warburton vous déconseillerait de me voir à ce stade de l'audience.

— Il l'a fait. »

Norton s'arrêta en haut de la marche et considéra Richard d'un air interrogateur dépourvu du moindre soupçon d'artifice.

« Il vous a donné un bon conseil.

— Pourquoi cela ?

— Parce que je pourrais vouloir vous proposer un compromis de dernière minute, une formule pour sauver la face. Je pourrais être là pour conclure un marché.

— Je ne pense pas.

— Comment pouvez-vous en être sûr ?

— Pour deux raisons. D'abord, je n'ai aucun doute que Hugo soit persuadé qu'il peut me vaincre. Il ne veut rien d'autre qu'une victoire éclatante. Il n'a nul besoin de sauver la face. Deuxièmement, quand bien même, je ne pense pas que vous accepteriez de jouer les messagers. Pas maintenant. »

Richard se caressa la barbe.

« Vous avez raison. Sur les deux points.

— Dans ce cas, qu'est-ce qui vous amène ?

— J'ai quelque chose à vous dire. »

Richard contourna le bureau et se plaça devant Norton, qu'il dévisagea franchement. Il déglutit bruyamment, comme pour rassembler son courage, puis déclara :

« Je veux que vous sachiez que je vous crois, quand vous affirmez être James. »

Il eut un sourire hésitant.

« Vous allez dire que je le savais depuis le début et, en un sens, j'imagine que c'est vrai. Mais il vous faut prendre conscience de la grande difficulté que ça a été pour la famille d'arriver à accepter que vous soyez vivant. Dieu seul sait que, comme eux, j'ai essayé de me persuader que vous étiez un imposteur, mais ça n'a pas fonctionné. Je vous ai parlé, je vous ai écouté, je vous ai entendu témoigner au tribunal ; chaque jour ma certitude grandissait que vous étiez mon cousin. Et désormais je ne peux plus laisser les autres nier ce que je sais être vrai. »

Il tendit la main.

« Me pardonnerez-vous de ne pas vous avoir reconnu dès le début ?

— Vous pardonner ? Est-ce que *moi* je vous pardonnerai ? »

Norton descendit gauchement la marche et se dirigea d'un pas vacillant vers le bureau. Il se pencha au-dessus, les mains bien à plat sur la surface et, le souffle court, rejeta brusquement la tête sur le côté quand Richard lui toucha l'épaule.

« James ?

— Ce n'est rien. Donnez-moi juste un instant. »

Avec un tremblement, il recula, puis se redressa et expira longuement afin de recouvrer son sang-froid.

« Je suis désolé. Veuillez excuser ce spectacle. Pour

survivre, je me suis endurci contre le rejet. Aujourd'hui, seule l'acceptation me désarme. »

Il se retourna, se fendit d'un large sourire, et serra la main de Richard.

« Dieu vous bénisse, mon cousin, de m'accepter.

— Je ne pouvais laisser la justice vous dénoncer comme un imposteur quand je sais que vous ne l'êtes pas.

— La justice pourrait malgré tout maintenir que je le suis.

— Pas quand j'aurai témoigné en votre faveur cet après-midi. Ce que j'ai l'intention de déclarer vous garantira de ne pas perdre.

— Vous allez témoigner en ma faveur ?

— Quand nous nous sommes séparés hier soir, je me suis rendu compte que je n'avais aucune alternative honorable.

— Ma mère et mon frère ne vous le pardonneront jamais.

— Ils y arriveront, avec le temps.

— Je ne pense pas. Notre famille va être divisée de manière irrévocable.

— Je prie que non. Mais, si tel est le cas, qu'il en soit ainsi. Je m'en suis bien trop souvent tiré à bon compte, dans la vie. Un homme doit toujours finir par assumer les conséquences de ses actes. Pour moi, ce moment est arrivé.

— Je sais tout ce que cela implique pour vous, Richard. Vous avez mon admiration et ma gratitude.

— Il n'y a rien d'admirable dans ce que je fais, James. J'aurais dû le faire il y a déjà plusieurs semaines, quand j'ai su pour la première fois, intérieurement, que vous étiez bien celui que vous prétendiez être. Même aujourd'hui, je ne suis pas sûr que j'aurais eu le courage de m'exprimer ouvertement s'il n'y avait pas eu Constance. C'est à elle que devrait aller votre reconnaissance.

— Constance ?

— Je la quitte à l'instant. Venez voir. »

Richard le conduisit à la fenêtre. En regardant dehors, ils virent à leurs pieds dans le jardinet de Staple Inn deux femmes assises sur un banc à côté de la fontaine : Emily Sumner, qui jetait des regards nerveux de droite à gauche en tripotant son bonnet, et sa sœur Constance, svelte silhouette immobile dans un manteau de fourrure gris et une robe mauve, qui contemplait pensivement les jets d'eau de la fontaine tandis que de temps à autre une brise agitait les plumes de son chapeau.

Norton fronça les sourcils.

« J'ai dit clairement que je ne voulais pas l'impliquer. Pourquoi est-elle là ?

— Parce qu'elle vous aime.

— Moi aussi, je l'aime. C'est pourquoi je voulais lui épargner cette épreuve.

— Elle ne souhaite pas être épargnée. Ne comprenez-vous pas ? Elle veut prouver qu'elle vous aime.

— Je n'ai nul besoin de preuve. »

Il dévisagea attentivement Richard.

« Assurément, si vous témoignez en ma faveur, cela sera suffisant. Inutile que Constance le fasse aussi.

— Elle espère que ce double témoignage, le sien *et* le mien, aura pour effet de persuader Hugo de céder sans s'infliger la souffrance publique d'un procès entier. Elle espère que cela le convaincra qu'il ne peut gagner.

— Partagez-vous cet espoir ?

— Oui, je le partage.

— Vous pensez sérieusement qu'il va capituler ?

— Hugo n'a aucune envie de perdre une bataille. Si sa défaite ici est totale, je pense qu'il abandonnera. Cela vaudrait bien mieux que l'épreuve que représenterait un procès pour toutes les parties concernées. »

Norton se fit pensif. Il contempla de longues minutes la silhouette qui attendait patiemment dans le jardin. Puis il s'écarta de la fenêtre comme s'il avait pris une résolution.

« Je dois aller la voir.

— Il ne reste guère de temps.

— Suffisamment. Voulez-vous bien m'attendre ici ? »

Richard acquiesça. Alors que Norton s'empressait de sortir de la pièce, il se laissa doucement tomber dans le fauteuil derrière le bureau et attendit que la solitude lui rappelle l'énormité de ce qu'il venait d'accepter. Si seulement, pour lui, cela pouvait être aussi simple que l'amour que ces deux jeunes gens partageaient. Or ses motivations étaient obscures même à ses propres yeux, chacun de ses actes confondait intention et objectif. James avait-il fait appel à sa conscience, ou à l'instinct autodestructeur d'un homme consterné par sa propre hypocrisie ? Désirait-il la justice pour James, ou une fin rapide et symbolique à tous les faux-semblants qu'il avait vécus ?

Richard tendit le cou pour regarder de nouveau par la fenêtre. Constance était seule, à présent. Emily devait avoir vu approcher James, car elle s'éloignait vivement en direction de Chancery Lane. Et voilà qu'arrivait James, apparaissant sous le surplomb du bâtiment, il se dirigeait d'un pas leste vers le banc où était assise Constance.

*

« Puis-je me joindre à vous ?
— Bien sûr. »
Il s'assit à côté d'elle.
« Il fait froid, dehors. J'espère que vous n'attendez pas depuis trop longtemps.
— Pas trop, répondit-elle avant d'ajouter : Pas aussi longtemps que vous m'avez attendue.
— Vingt-cinq jours, depuis que nous nous sommes rencontrés sous la statue d'Achille. »
Il baissa les yeux.
« Chaque jour, j'ai pensé à vous en regrettant de ne pas être à vos côtés.
— C'était pareil pour moi.
— Je comprends pourquoi vous refusiez de me voir à Salisbury. Croyez-moi, je comprends.
— James… »
Un tonnerre de bruissement d'ailes retentit en provenance du banc d'à côté. Un homme qui avait jeté des croûtes de pain aux pigeons froissa le paquet vide, se leva et s'éloigna.
« Je crois qu'on lui a fait peur », commenta Constance dès qu'il fut hors de portée.
James eut un sourire amer.
« S'il donne régulièrement à manger aux pigeons, il devrait y être habitué. Dans les parcs de Londres, la moitié des bancs servent de rendez-vous secret aux amants maudits.

— Est-ce là ce que nous sommes ? »

Il lui communiqua sa réponse dans le désir désespéré de son regard.

« Le destin s'est cruellement joué de nous, Connie. Toutes les fibres de mon être voudraient que nous soyons mari et femme, comme nous étions jadis voués à l'être. »

Elle lui retourna son regard, chargé de la même intensité.

« Plus je passais de temps à essayer de vous oublier, plus je me rappelais cette destinée. »

Elle avait faufilé sa main dans la sienne. Il semblait s'apprêter à la porter à ses lèvres, lorsque quelque chose l'arrêta.

« Si seulement nous étions libres d'obéir à nos émotions. Mais nous ne le sommes pas. Rien qu'en bavardant ici, nous enfreignons des pactes de confiance. J'avais promis à votre père de ne pas vous impliquer. Et vous aviez promis à votre mari que vous ne me verriez pas.

— William a perdu le droit de me faire tenir cette promesse – ou n'importe quelle autre.

— Comment cela ? »

Elle détourna la tête.

« Avec le temps, j'arriverai à en parler. Pour l'instant, tout ce que je puis dire, c'est que je ne le considère plus comme mon époux.

— Vous rendez-vous compte de ce que vous dites ? »

Elle lui serra fort la main.

« Oui, James. Je m'en rends compte.

— Je n'ai jamais voulu m'interposer.

— Vous vous interposez par le simple fait d'être en

vie. Dès que j'ai su que vous étiez revenu, j'ai compris qu'il me faudrait finir par choisir.

— Entre le devoir… et le bonheur ? »

Elle baissa les yeux.

« Si tel avait été le choix, j'aurais pu me résoudre à sacrifier le bonheur. »

Lorsqu'elle releva les yeux, elle était au bord des larmes.

« Mais je refuse d'obéir à un mari qui m'insulte. Et je refuse de laisser votre famille vous déposséder de votre droit d'aînesse. »

C'est alors qu'enfin il lui baisa la main. Il la porta délicatement à ses lèvres et, quand celles-ci touchèrent les doigts gantés, il fronça les sourcils.

« Qu'est-ce que c'est ? demanda-t-il en passant le pouce sur une protubérance que formait une bague à son annulaire sous le cuir fin. Vous ne portiez que votre alliance la dernière fois que nous nous étions vus.

— Je ne la porte plus. »

Il retira le gant et resta interdit. Sur son annulaire étincelaient les beaux diamants enchâssés d'une bague de fiançailles.

« Vous ne la reconnaissez pas ? »

Il contempla un moment sa main dans un effort de concentration silencieuse, puis regarda Constance dans les yeux.

« Bien sûr que je la reconnais. C'est moi qui vous l'ai offerte le soir du bal de la chasse à Cleave Court, quand vous avez accepté de m'épouser.

— Je suis la même personne qui a fait cette promesse, James, et vous êtes la personne à laquelle je l'ai faite. Alors, au moment de votre épreuve la plus difficile, où se trouve ma place, à votre avis, si ce n'est à vos côtés, portant la bague que vous m'aviez offerte ? »

Il se pencha, et l'embrassa. Le contact de ses lèvres sur les siennes la transporta onze ans plus tôt, à une séparation estivale au-dessus d'un aqueduc dans le Somerset ; les yeux fermés, elle oubliait tout sauf le souvenir flou de la prairie d'un amour perdu, enfin retrouvé. Mais lui avait les yeux ouverts, et ce qu'ils voyaient, dans une irrésistible clarté, c'était un avenir qu'il n'avait jusqu'alors pas même osé espérer.

*

Cet après-midi-là, le nombre d'auditeurs présents dans le tribunal du vice-chancelier à Lincoln's Inn était décevant. Les débats avaient un peu perdu de leur piquant, le sentiment progressait qu'en définitive cette affaire manquait de corps pour donner matière à un long et amer affrontement. De fait, la rumeur courait que le plaignant n'avait plus de témoins en sa faveur, et qu'on ne pouvait plus maintenant s'attendre qu'à un défilé d'austères amis des Davenall, qui allaient miner ses prétentions impertinentes par l'usure ennuyeuse de leurs dénégations.

Cependant, dès que M. le juge Wimberley s'installa, l'humeur changea. Il se tramait manifestement quelque chose d'inhabituel, car maître Russell s'approcha de la cour afin d'échanger avec le juge des messes basses empressées. Pour finir, une large manche judiciaire fut agitée en direction de Sir Hardinge Giffard afin de l'inviter à se joindre au petit comité. Ayant accepté l'invitation, Sir Hardinge se mit à hausser les épaules et à gesticuler en signe de désaccord. Puis M. le juge Wimberley les congédia tous deux d'un geste et s'adressa au tribunal :

« Le plaignant m'a demandé s'il pouvait appeler deux témoins supplémentaires qui n'ont pas encore rédigé de déclaration sous serment. Au vu de l'importance que pourraient revêtir leurs témoignages, j'ai, à titre exceptionnel, accédé à cette requête. »

Cette annonce déclencha une éruption de murmures inquiets du côté de la défense. La voix de maître Russell vint trancher ce brouhaha.

« J'appelle Mme William Trenchard. »

Trenchard ? Ce nom n'évoquait rien à ceux qui jouissaient d'un luxe d'espace sans précédent dans la tribune du public. Ce mystère mobilisa leur attention, qu'ils rivèrent sur l'élégante dame filiforme de gris et de mauve vêtue, qui se dirigeait maintenant lentement vers la barre. Elle avait les cheveux châtains, le teint pâle ; voilà ce qu'on pouvait discerner sous le chapeau orné de plumes. Le reste, étant donné qu'elle gardait les yeux rivés droit devant elle, comme si elle n'avait pas conscience de l'assemblée qu'elle venait de quitter, n'était que le fruit de l'imagination.

« Vous êtes Constance Daphne Trenchard, habitant The Limes, Avenue Road, à St John's Wood ?

— Je le suis. »

La voix était basse mais ferme, prudente mais dénuée de tremblement.

« Depuis combien de temps êtes-vous mariée, madame Trenchard ?

— Sept ans. »

Elle s'était mise à masser ce qui ressemblait, sous son gant, à une bague sur l'annulaire de sa main gauche.

« Il y a onze ans, étiez-vous fiancée à James Davenall ?

— Je l'étais.

— Reconnaissez-vous le plaignant comme votre fiancé de cette époque ? »

Sans hésitation, mais bizarrement sans emphase non plus :

« Oui.

— Dont vous pensiez, jusqu'à récemment, qu'il s'était suicidé en juin 1871 ?

— Oui.

— Quand vous êtes-vous rendu compte qu'il était, en réalité, toujours vivant ?

— Quand il m'a rendu visite ce dimanche 1er octobre.

— Ce fut la première indication que vous avez eue de son retour ?

— Oui.

— L'avez-vous reconnu à cette occasion ? »

Cette fois-ci, il y eut un instant d'hésitation.

« Non.

— Pourquoi cela ?

— Parce que je n'étais pas préparée à un tel choc et parce que mon mari m'a persuadée que je pouvais me tromper.

— Votre mari avait-il jamais eu l'occasion de rencontrer James Davenall ?

— Non.

— Dans ce cas, comment pouvait-il savoir si vous vous trompiez ou non ?

— C'était ce qu'il souhaitait croire.

— Objection, monsieur le juge ! s'écria Giffard en bondissant de son siège. On demande au témoin de spéculer. »

Le juge Wimberley fronça les sourcils.

« Une épouse peut-elle légitimement spéculer sur les souhaits de son mari ? C'est discutable, Sir Hardinge. Madame Trenchard (il se tourna vers le témoin), votre époux est-il au courant de votre présence ici et vous a-t-il donné son consentement ?

— Ni l'un ni l'autre, monsieur le juge. »

Le juge haussa les sourcils.

« Ni l'un ni l'autre ? Mon Dieu. Si j'avais su… Enfin, continuez, maître Russell, mais abstenez-vous de poser d'autres questions au sujet de M. Trenchard.

— Comme vous voudrez, monsieur le juge. Bien, quand avez-vous ensuite revu le plaignant ?

— Dans le Somerset, six jours plus tard.

— L'avez-vous reconnu à cette occasion ?

— Non. Mais le peu de doutes qu'il me restait se sont finalement évaporés.

— Comment ça ?

— James – le plaignant – s'est montré capable de se rappeler des événements dont lui et moi étions seuls à avoir connaissance. Des secrets d'amants, pourrait-on dire. »

Cette phrase indiscrète déclencha des ricanements vers l'arrière du tribunal. Le juge Wimberley s'empourpra et lança un regard menaçant dans le fond, avant de faire signe à Russell de poursuivre.

« Votre rencontre suivante avec le plaignant ?

— À Hyde Park, six jours plus tard, comme nous en étions convenus.

— L'avez-vous reconnu, alors ?
— Oui.
— Hier, le plaignant a refusé de dire si vous l'aviez reconnu ou non. Affirmez-vous maintenant sans équivoque que vous l'avez reconnu ?
— Oui. Il est James Davenall.
— Madame Trenchard, intervint le juge, dois-je comprendre que vous avez acquis la certitude de l'identité du plaignant depuis – si je ne m'abuse – le 7 octobre ?
— Oui, monsieur le juge.
— Pourquoi ne pas vous être présentée avant ?
— Mon mari me l'avait interdit.
— Pourquoi lui avoir désobéi, dans ce cas ?
— Pour empêcher une erreur judiciaire.
— J'ai cru comprendre, d'après ce que m'a expliqué maître Russell, que vous n'aviez nullement été assignée à comparaître. Dois-je en conclure que vous êtes ici entièrement de votre plein gré ?
— Oui, monsieur le juge.
— Par souci de... justice ?
— Oui, monsieur le juge. »
Le juge semblait déboussolé.
« Avez-vous conscience, madame Trenchard, que lors du témoignage qu'il a donné hier à ce tribunal, le plaignant a ouvertement reconnu (il se racla la gorge) avoir fréquenté des prostituées avant et pendant vos fiançailles ? »
La réponse fusa sans un soupçon de gêne.
« Oui, monsieur le juge.
— Et que le plaignant a justifié sa disparition par la croyance apparemment bien fondée qu'il avait

contracté la syphilis conséquemment à cette fréquentation des prostituées ?

— J'ai conscience de tout ce qu'il a dit, monsieur le juge. Rien de tout cela ne me fait désirer lui tourner le dos. Bien au contraire. »

Devant la détermination, aux confins de la ferveur, qui résonna dans cette dernière phrase, M. le juge Wimberley retomba dans un silence confus. Il adressa un petit signe de tête à Russell.

« Je n'ai pas d'autres questions, monsieur le juge. »

Maître Russell s'assit et Sir Hardinge Giffard se leva de mauvaise grâce pour prendre sa place. Il sembla s'écouler une éternité avant qu'il ne prît la parole, mais durant ce silence, le sang-froid du témoin, la dignité stoïque avec laquelle elle avait affronté le juge ne faiblirent pas.

« Madame Trenchard (une émotion mal contenue semblait empeser sa voix), combien de fois avez-vous rencontré le plaignant ?

— Depuis son retour ?

— Depuis son retour *supposé*.

— À quatre reprises.

— Vous n'en avez décrit que trois. Quand était la quatrième ?

— Juste avant que je vienne au tribunal cet après-midi.

— Il cherchait à s'assurer que vous témoigneriez en sa faveur ?

— Non. En l'occurrence, il n'a rien cherché de tel. »

Giffard se fendit d'un rictus sardonique.

« Il vous a sans doute suppliée de ne *pas* témoigner.

— Non. Il a bien vu que j'étais déterminée à le faire. »

Sir Hardinge ricana, alla rôder vers la table du greffier, puis lança une attaque :

« Madame Trenchard, vivez-vous un mariage heureux ? »

Russell bondit, mais le juge Wimberley était déjà sur le pont.

« J'ai précisé, Sir Hardinge, que je ne voulais aucune allusion à M. Trenchard, gentleman qui ignore manifestement que son mariage est disséqué ici aujourd'hui.

— La question me semble pertinente, monsieur le juge. »

Pianotage de doigts juridiques, puis :

« Il faudra m'en convaincre rapidement.

— Merci, monsieur le juge. Madame Trenchard, vivez-vous un mariage heureux ? »

Pour la première fois, le témoin baissa les yeux.

« Mon mari et moi ne vivons pas une période heureuse.

— Depuis combien de temps n'est-elle pas heureuse ?

— Je ne sais pas trop…

— Depuis le retour magique d'entre les morts de votre ancien fiancé – ou depuis plus longtemps ? J'avance, madame Trenchard, que votre conversion soudaine à la cause du plaignant n'est pas née du souci de voir la justice rendue, mais plutôt du désir de blesser votre mari. »

Piquée par les propos de Giffard, le témoin releva brusquement la tête.

« C'est indigne et c'est faux.

— Néanmoins…

— Sir Hardinge ! s'écria le juge Wimberley, penché en avant. Je ne suis pas persuadé que *cela* soit pertinent. Redirigez vos questions. »

Giffard s'inclina devant l'irrévocable.

« Comme le voudra monsieur le juge. Madame Trenchard, nourrissez-vous des doutes quant à l'identité du plaignant ?

— Aucun.

— Pas le moindre ?

— Je suis convaincue que James Davenall est vivant et qu'il est assis à la place du plaignant dans ce tribunal. »

Sur ce, Giffard lâcha prise. Il se glissa sur sa chaise avec un soupir de résignation mal dissimulé. Et ne leva pas la tête lorsque Mme Trenchard passa à côté de lui pour regagner son siège, ni quand maître Russell aboya le nom du témoin suivant pour couvrir le tohu-bohu des murmures.

« J'appelle M. Richard Davenall. »

Les murmures cessèrent instantanément. Le sensationnel s'ajoutait au sensationnel. Jusqu'à maintenant, les Davenall avaient gardé le silence, bien rangés anonymement derrière un rejet massif de l'allégation de Norton. Désormais, l'un d'eux allait briser ce silence. Tous les regards étaient tournés vers lui.

« Vous êtes Richard Wolseley Davenall, résidant à Garth House, North Road, Highgate ?

— Je le suis. »

C'était un homme voûté, morne, aux vêtements sombres, aux cheveux et à la barbe gris, dont les yeux bleu aqueux cillaient avec une rapidité révélatrice, et qui peinait à tenir en place. Des chuchotements enflèrent dans la tribune du public : à n'en pas douter, il n'était autre que le notaire de Sir Hugo Davenall.

« Quel lien de parenté avez-vous avec James Davenall ?

— Il est mon cousin issu de germain.

— Reconnaissez-vous le plaignant comme votre cousin James Davenall ?

— Oui. »

Cela dit, le témoin se détendit visiblement. Il redressa les épaules et regarda droit devant lui.

« Sans aucun doute ?

— Sans aucun doute.

— Depuis combien de temps êtes-vous convaincu de son identité ?

— Ce n'est pas facile à déterminer. Cette conviction a grandi en moi progressivement depuis sa visite à mon bureau le matin du 29 septembre. Pendant les semaines qui ont suivi, j'ai réfléchi longuement et intensément à mes souvenirs de James, ainsi qu'à l'apparence, aux connaissances et au comportement du plaignant. J'en suis maintenant venu à la conclusion qu'il est bel et bien mon cousin James.

— Il lui ressemble ?

— Il a l'air plus vieux, naturellement. Il a l'air aussi... ma foi, changé par ses expériences. Au début, l'étendue de ces changements m'a fait douter de lui. Maintenant ils me semblent parfaitement naturels au vu de tout ce qu'il a vécu.

— Le passé de votre famille lui est complètement familier ?

— Oui.

— Il sait tout ce que vous vous attendriez à ce que connaisse votre cousin ?
— Oui.
— Il se comporte de la manière à laquelle vous vous attendez ?
— Oui.
— Bref, il est le cousin dont vous vous souvenez ?
— Oui, je le crois.
— Merci, monsieur Davenall. »

Lorsque Sir Hardinge Giffard se leva pour le contre-interrogatoire, il s'approcha du témoin et le foudroya du regard, comme s'il prenait ce témoignage comme un affront personnel.

« Monsieur Davenall, de toute ma carrière, je ne me rappelle pas avoir été appelé à interroger un témoin dans des circonstances aussi extraordinaires (il prononça chaque syllabe de ce mot avec une précision exagérée) et aussi *bizarres*.

— Ces circonstances ne sont pas de mon fait.
— Permettez-moi de m'inscrire en faux. Avez-vous été assigné à comparaître par le plaignant ?
— Non.
— Dans ce cas, peut-être auriez-vous l'amabilité de nous expliquer pourquoi vous, notaire de Sir Hugo Davenall, vous êtes porté volontaire pour témoigner de façon préjudiciable à sa défense et directement contraire à ses intérêts.
— Parce que défendre cette action en justice, c'est braver la raison. Je sers bel et bien les intérêts de Sir Hugo en m'évertuant à ce qu'il n'aille pas plus loin.
— Ho, ho. »

Giffard leva les yeux au ciel et, l'air mauvais, se

dirigea d'un pas nonchalant vers la table du greffier, puis se retourna pour regarder le témoin droit dans les yeux.

« Depuis quand exercez-vous le métier de notaire, monsieur Davenall ?

— Vingt et un ans.

— Vous est-il déjà arrivé de faire quelque chose comme ça ?

— Comme quoi ?

— Comme chercher à saboter l'affaire d'un client, comme pousser un client à croire que vous êtes son serviteur et ami et puis, sans le moindre début d'avertissement, le trahir ? Alors ? Combien de clients seraient-ils venus vous consulter, s'ils avaient su que c'était votre spécialité ? Combien viendront, maintenant qu'ils savent ?

— Objection, monsieur le juge ! s'écria Russell en se levant. Mon éminent confrère serait-il en train d'insinuer que le témoin ferait mieux de ne pas dire la vérité sous prétexte que cela pourrait nuire à son cabinet ?

— Sir Hardinge ? s'enquit le juge. Est-ce là ce que vous insinuez ?

— Non, monsieur le juge. J'insinue qu'un homme qui, ce matin seulement, se présentait au tribunal en tant que conseiller de la défense convaincu et digne de confiance ne peut guère maintenant dénigrer cette défense sans qu'à la fois sa personnalité et son témoignage soient considérés comme peu fiables par nature. »

Le témoin regarda le juge.

« Puis-je répondre à cette accusation, monsieur le juge ? »

Le juge Wimberley fit un instant la moue, puis répondit :

« Mais je vous en prie, monsieur Davenall. »

Il n'y avait plus rien de voûté et d'équivoque, désormais, chez le témoin. Lorsqu'il s'exprima, ce fut d'une voix plus ferme et plus claire qu'auparavant.

« Sir Hardinge sait que j'étais réticent depuis le début à défendre cette action en justice. D'ailleurs, il a lui-même fait un commentaire à ce sujet. Ma foi, je ne nie pas être compromis par mon indécision passée. J'aurais pu – dû, peut-être – décliner d'agir comme notaire de Sir Hugo lorsque je me suis rendu compte que je ne pouvais partager sa certitude quant à l'imposture du plaignant. Mais il me semblait préférable qu'il soit conseillé par un membre de sa propre famille, plutôt que par un inconnu. Après tout, il s'agit bel et bien d'une affaire familiale. J'ai eu l'honneur d'être engagé par le père de Sir Hugo comme notaire et, partant, comme protecteur des intérêts juridiques de *tous* ses enfants. À ce titre, je ne puis dire à quel point je suis peiné de voir l'un d'eux contraint de se battre contre l'autre au tribunal. Mais, si on m'oblige à choisir entre eux, comme je m'y sens obligé par ces débats, alors je ne peux, en tout honneur, employer qu'un seul critère : la vérité. »

La vérité. Ce seul mot, prononcé avec une douleur évidente par un membre de la famille Davenall, ébranla davantage la cour que n'importe quel argument ou accusation auquel aurait pu recourir Sir Hardinge Giffard. Et ce dernier semblait le savoir, à en croire le grognement de résignation amère avec lequel il se laissa retomber sur sa chaise et fit signe au témoin de quitter la barre.

« Voilà, me semble-t-il, commenta le juge Wimberley au bout d'un moment, qui conclut l'affaire pour le plaignant. Ai-je raison, maître Russell ?

— Tout à fait, monsieur le juge. »

Le juge Wimberley pinça les lèvres et se mit à feuilleter les documents devant lui. Maître Russell se pencha en arrière, tout sourire, afin d'échanger un mot avec son client. Sir Hardinge Giffard examina de mauvaise grâce quelques notes que lui faisait passer un subalterne. En attendant, la chaise voisine qu'occupait précédemment Richard Davenall resta vide. On l'avait vu se diriger vers le fond du tribunal, où il s'était installé à côté de Mme Trenchard, attendant avec inquiétude, à l'instar du public captivé, la suite des événements.

*

« La mission de cette cour, déclara le juge Wimberley, est de déterminer s'il y a lieu d'entreprendre une action en justice. Les questions d'identité étant connues pour être délicates à trancher, une allégation telle que celle du plaignant ne doit pas être admise à la légère. Pas plus, cependant, qu'elle ne doit être déboutée à la légère. Si elle est fausse, elle est méprisable. Si elle est authentique, elle mérite la plus grande compassion. Dans des affaires pareilles, il n'y a pas de demi-mesure. Néanmoins, cette cour n'a pas à décider au-delà d'un doute raisonnable si le plaignant est ou n'est pas James Davenall, mais doit décider s'il existe une possibilité suffisante qu'il puisse l'être pour lui accorder un procès complet. À ce titre, la question de l'identification devient vitale. Si le plaignant était incapable de convaincre une seule personne qui connaissait intimement James Davenall qu'il est bien James Davenall, alors sa connaissance de la vie et des faits et gestes de James Davenall, quand bien même approfondie, ne compterait pas pour grand-chose. C'est pourquoi je suis frappé que trois témoins sur les quatre appelés l'aient identifié sans équivoque. Ils connaissaient tous intimement James Davenall. Aucun d'eux n'a rien à gagner à identifier quelqu'un qu'ils savent être un imposteur. D'ailleurs, on pourrait même soutenir qu'ils ont au contraire beaucoup à perdre. Je suis donc d'avis d'en conclure qu'il y a bel et bien lieu d'entreprendre une action en justice. »

Il scruta Sir Hardinge Giffard.

« La défense souhaite-t-elle présenter des preuves à ce stade ? Si oui, nous devrons suspendre la séance. »

Giffard se leva à demi pour répliquer d'un ton lugubre :

« Non, monsieur le juge. Mon client réserve sa défense.

— Fort bien. »

Le juge Wimberley marqua une pause afin de souligner son propos.

« Je suis convaincu que le plaignant, James Norton, a effectué une demande recevable d'action en revendication contre l'accusé, Sir Hugo Davenall, dont l'affaire devra être jugée devant un juge et un jury du banc de la reine à une date fixée par le tribunal. »

*

Richard se leva lentement et attendit que le bourdonnement du départ massif s'atténue. Constance et Emily se tenaient à ses côtés, étrangement intimidées, comme lui, par ce qui venait de se passer. Ils avaient remporté la demi-victoire qu'exigeait la justice, mais l'avenir qu'elle leur présentait était redoutable d'incertitude.

Tandis que la foule commençait à se disperser et le brouhaha à s'estomper, ils prirent soudain conscience que James se tenait dans l'allée au bout de leur rangée de sièges. Il semblait parfaitement calme, contenu, même, dans ce moment de légitimation, et déclara simplement :

« C'est terminé, mes amis. Vous m'avez sauvé. »

Puis il ajouta :

« Du fond du cœur, je vous remercie. »

Au début, ils ne réagirent pas. De son côté, Richard avait pleinement conscience que Hugo échangeait des propos véhéments avec Giffard à l'avant du tribunal, tandis que Constance semblait presque paralysée par l'irrévocabilité de ce qu'elle venait de faire. Il incomba donc à Emily de rejoindre James dans l'allée, de lui saisir la main, de l'embrasser sur la joue, et d'annoncer avec une jubilation manifeste :

« Je suis très heureuse pour vous, James. Vraiment très heureuse. »

Puis Constance, à son tour, se dirigea vers lui, main tendue, souriante, mais sans mot dire, car il était inutile de parler. Voyant cela, Richard adressa un signe de tête à James et s'éclipsa par le côté du tribunal. Ils n'avaient pas besoin de sa compagnie. Son devoir l'appelait ailleurs.

Giffard, penché au-dessus de la table du greffier,

reliait des documents en ignorant ostensiblement Hugo, qui lui tirait sur la manche en protestant d'une voix haut perchée qu'il n'avait pas embauché l'avocat du barreau le plus cher des écoles de droit londoniennes pour se voir infliger une telle humiliation. Richard était sur le point d'intervenir – dans quel but, il ne savait trop – quand Catherine se mit en travers de son chemin et l'arrêta net d'un simple regard.

« Je vous avais demandé de laisser Hugo tranquille, fit-elle d'un ton comminatoire. Et vous avez refusé. Je crois que votre conduite ici cet après-midi me donne le droit d'*insister* pour que vous obtempériez.

— J'aurais aimé que vous m'écoutiez. Hugo doit arrêter cette procédure *maintenant* – pour son propre bien.

— Vous êtes un imbécile, Richard. Pire encore, vous êtes un imbécile crédule. J'aurais dû savoir que vous vous laisseriez berner par Norton.

— Catherine, vous parlez de votre propre fils.

— Peut-être que je me méprends sur votre compte. Peut-être faites-vous simplement semblant de le croire afin de blesser Hugo.

— C'est ridicule.

— Ah oui ? Je trouve encore plus ridicule que vous puissiez vraiment croire que cet homme est mon fils. »

Elle pointa un doigt en direction de la porte. Quand il se retourna, il vit que James était juste en train de quitter le tribunal, Constance à son bras.

« C'est un imposteur, soutenu par la crédulité d'imbéciles et la connivence de coquins. À quelle catégorie appartenez-vous, Richard ? Les imbéciles ou les coquins ?

— Catherine...

— Peu importe. À partir de maintenant, vous faites partie de la conspiration contre mon fils.

— Il n'y a pas de conspiration. C'est absurde.

— Vous céderez tous les papiers liés à notre famille à Baverstock. Vous lui confierez toutes les informations amassées au nom de Hugo. Vous vous dissocierez complètement de mon fils et de ses affaires. C'est clair ?

— Vous avez l'intention de poursuivre ce procès ?

— Cela ne vous regarde en rien. Mes prérogatives sont-elles claires ?

— Oui.

— Merci. Cette discussion – toutes nos discussions sont closes. »

L'irrévocabilité de ces paroles ne faisait aucun doute. Il avait anticipé cette brouille dès qu'il avait résolu de témoigner en faveur de James. À bien des égards, il avait même attendu avec impatience le soulagement qu'elle pourrait lui procurer. Et pourtant en faire réellement l'expérience était bien différent. Vivre ce rejet des plus amers, c'était comprendre que là où l'amour avait jadis fleuri, seule la haine pouvait désormais s'épanouir.

Il se détourna. Ce faisant, il vit les portes de la salle s'ouvrir violemment et Emily Sumner se précipiter dans l'entrée, blanche comme un linge, les yeux écarquillés. L'apercevant, elle s'écria :

« Monsieur Davenall ! Venez vite ! Il s'est passé une chose terrible ! »

*

J'avais erré dans les rues de Londres toute la nuit et toute la matinée jusqu'à ce que, éreinté de fatigue et de désespoir, je finisse par succomber à l'attrait d'une funeste destination.

La fin d'après-midi me trouva en train de marcher péniblement vers l'est dans la rue Strand à travers un monde gris sur lequel l'hiver semblait déjà avoir refermé son étau. Autour de moi bourdonnait l'agitation vaine et incessante de la plus vaste métropole du monde, mais pour moi cela ne signifiait rien. Car la réalité, faute d'autre compagne, avait déambulé à mes côtés tout au long de cette interminable journée maussade, et j'avais aperçu dans son visage une vérité que j'étais déterminé à partager : le récit de Norton n'était qu'une version consciente de tous les mensonges que nous vivions.

Dans Fleet Street, où l'infamie est imprimée quotidiennement et vendue aux masses à un penny le journal, j'achetai un Evening Standard *et trouvai, rapporté dans ses pages, un mensonge que j'avais moi-même contribué à écrire.*

MEURTRE DANS COVENT GARDEN

Un homme a été retrouvé mort, tôt ce matin, dissimulé sous une toile de sac dans une ruelle adjacente au marché de Covent Garden ; la police pense qu'il a été poignardé tard hier soir. Le défunt, qui n'a pas encore été identifié, a comme trait distinctif le bras droit amputé. On demande instamment à toute personne ayant des raisons de croire qu'elle pourrait le connaître de contacter le poste de police de Bow Street. Il s'agit d'un cas d'homicide.

Je jetai le journal dans une poubelle et me dirigeai vers Chancery Lane en pensant à Thompson, allongé sur une table d'autopsie dans quelque morgue glaciale et dégoulinante, à attendre d'être scruté par quiconque ayant des raisons de croire qu'il pourrait connaître un manchot disparu et assassiné. Puis je pensai à Quinn – et à Norton, sa créature – tandis que je traversais Carey Street et bifurquais dans Lincoln's Inn.

La place était vide à mon arrivée. Mais, comme je la longeais par l'est, je vis apparaître en provenance de la cour du vice-chancelier un groupe de gens qui discutaient avec animation. J'aperçus alors, suivant d'un pas nonchalant à l'arrière, l'ami de Sir Hugo Davenall, Freddy Cleveland. Je fonçai au milieu de la foule et lui empoignai le bras.

« Cleveland ! C'est moi : Trenchard.

— Trenchard ? Grand Dieu. J'ai failli ne pas vous reconnaître, mon vieux. Je suis surpris de vous voir là, après l'accrochage d'hier.

— Vous êtes allé au tribunal ?

— Oui. Mais si c'est la raison de votre présence ici, vous avez raté le train. Tout est terminé – pour le moment.

— Que voulez-vous dire ?

— Les gratte-papier vont avoir le procès dont ils rêvaient. L'affaire a été renvoyée en haut lieu, si je puis dire.

— Norton a gagné ? »

Cleveland sourit.

« On lui a laissé la chance de continuer le combat, en tout cas. Hugo en est malade. Je le comprends, en même temps. Cela dit, il ne restait aucune chance que le juge

le déboute à partir du moment où votre épouse lui a fait les yeux doux.

— Mon épouse ?

— Elle a témoigné en faveur de Norton. Elle l'a identifié comme Jimmy sans la moindre hésitation. Une performance sacrément impressionnante, je dois dire. Littéralement déchirant. Vous devriez lui serrer un peu plus la bride, mon vieux. Sinon... Enfin, assez parlé. Je dois filer. »

Il passa son chemin et me laissa contempler, médusé, les invisibles visages goguenards de mes ennemis : Melanie, qui m'avait dupé ; Quinn, qui m'avait vaincu ; et Norton, qui m'avait supplanté. Leurs yeux plongeaient dans les miens, leurs voix se réjouissaient de ma perte, leurs mains m'enserraient le cou. Les gens me pointaient du doigt au passage. Eux voyaient un type échevelé tétanisé sur les dalles de l'allée, pleurant les larmes folles d'un désespoir secret. Mais moi, ce que je vis quand je m'élançai à toutes jambes vers le tribunal, ce fut Norton et Constance, qui marchaient lentement vers moi, bras dessus bras dessous : mon épouse et mon pire ennemi unis au moment de ma destruction.

Ils s'arrêtèrent à dix mètres de moi. Constance blêmit, interloquée. Mais, sur le visage de Norton, je ne vis que le soupçon d'un rictus qu'il ne parvenait pas à contenir.

« Écartez-vous d'elle ! lançai-je.

— Trenchard, répliqua Norton, nous pouvons...

— Écartez-vous d'elle ! »

Je sortis le revolver de ma poche et le braquai sur lui. Cette fois-ci, il était chargé.

« Trenchard, pour l'amour de Dieu...

— Écartez-vous ! »

J'armai le pistolet.

Il dégagea son bras de celui de Constance, se dirigea jusqu'aux grilles qui délimitaient la pelouse au centre de la place, puis se tourna vers moi.

« C'est de la folie, dit-il calmement. Ne comprenez-vous pas ? Vous avez perdu. Laissez tomber, mon vieux. »

Il avait raison. J'avais perdu – tout. Je voyais l'arme trembler dans mes mains, j'entendais le sang battre à mes tempes. Tout le reste était figé dans le silence, intervalle immobile dans lequel il me défiait. Je vis alors fugacement sur son visage qu'il venait de prendre conscience que sa réussite était aussi son péril. Il l'avait dit et il avait raison. Il m'avait tout pris. Je n'avais plus rien à perdre. Nous avons dû nous comprendre exactement au même instant. Car, lorsqu'il avança vers moi, j'actionnai la détente.

Le récit des six semaines qui virent William Trenchard passer d'un mari comblé et d'un homme d'affaires respecté à un paria désespérément écarté de tout ce qu'il avait jadis possédé s'achève là-dessus. Nul doute qu'il pensait que ce qu'il avait écrit justifiait pleinement son agression meurtrière contre Norton. Que ce fût le cas ou non, en revanche, c'était aux autres d'en décider. Et c'était de leur décision que dépendait désormais son avenir.

12

Le rapprochement du crâne humain en plâtre posé sur l'étagère et de l'épaule droite de Richard Davenall créait un effet déconcertant. Richard lui avait lancé un coup d'œil furtif à plusieurs reprises, mais, jusqu'à cette pause dans les débats, ne l'avait pas étudié en détail. Maintenant qu'il s'adonnait à cet examen, il remarqua que le crâne était quadrillé de lignes gravées dans le plâtre, divisant la surface en une série de formes irrégulières, chacune portant un minuscule numéro inscrit sur une étiquette. Au-dessus, sur le mur, était suspendue dans un cadre la légende de cet atlas crânien, qui faisait correspondre chaque chiffre à une émotion ou un instinct particuliers. Il parcourut la liste des yeux – vénération, amour parental, courage, autodéfense – puis s'arrêta net. Le numéro cinq, un heptagone derrière l'oreille gauche, localisait le meurtre.

«Au vu des circonstances, je ne vois aucune objection *médicale*», déclara enfin Bucknill qui jusque-là avait ruminé dans une pose avachie.

Il se redressa et jeta un regard pensif à chacun de ses visiteurs.

« De fait, d'un point de vue strictement *médical*, c'est sans nul doute la voie la plus sage. »

Richard se demanda un instant si cela signifiait oui ou non. Ils s'étaient rendus chez Bucknill parce qu'il était, indubitablement, le plus éminent spécialiste dans le domaine il est vrai limité de la psychiatrie, auteur de l'ouvrage de référence *Déséquilibre mental et actes criminels*, fondateur de *Cerveau : journal de la neurologie*, et, jusqu'à son retrait en cabinet particulier, visiteur médical des aliénés pour le compte du grand chancelier d'Angleterre. Son opinion l'emporterait assurément sur toutes les autres. Mais quelle était-elle, cette opinion ?

Avec une délicatesse recherchée, Bucknill retira ses lunettes à monture d'acier et les déposa sur le sous-main. Sans elles, ses yeux devenaient tristes et chassieux, ce qui renforçait l'effet lugubre de sa grosse barbe grise et de sa tête en forme d'œuf.

« Je pourrais affirmer sans hésiter, poursuivit-il, que lorsque M. Trenchard a commis son crime, il était aux prises avec un puissant délire paranoïaque, délire qui n'a pas paru diminuer d'un iota jusqu'à aujourd'hui, comme le montre son rapport écrit. »

Il tourna son regard de limier sur Richard.

« Je crois que vous avez lu ce rapport, monsieur Davenall ?

— Oui, en effet.

— Dans ce cas, vous aurez remarqué la clarté remarquable avec laquelle il reflète la désintégration mentale de M. Trenchard. Ni sa mémoire ni ses facultés de raisonnement ne sont endommagées, seule l'est sa capacité à distinguer la réalité de ce qu'il imagine.

De ce fait, il décrit expériences authentiques et hallucinatoires avec la même précision, sans jamais douter de la justesse de ses souvenirs même lorsque ceux-ci sont manifestement fantasques. »

Les yeux de Bucknill avaient recouvré leur éclat, ses traits, une saine lumière : il se laissait emporter par son sujet.

« Prenez, par exemple, sa foi inébranlable dans les explications absurdes qu'il a avancées lorsqu'il a été pris en flagrant délit avec une prostituée. Il les a avancées, voyez-vous, parce qu'il était persuadé de leur véracité. Son subconscient emploie ces procédés pour protéger son esprit conscient de tout ce qu'il ne peut plus supporter. »

Mal à l'aise, Richard se trémoussa dans son fauteuil.

« Êtes-vous en train de dire, docteur, que ce qu'il a écrit relève de... l'imagination ?

— Non, monsieur Davenall. Je dis que son esprit bercé d'illusions déforme des expériences réelles afin de les adapter à sa conviction paranoïaque que le monde conspire contre lui.

— Dans ce cas il n'était pas responsable de ses actes quand il a tiré sur mon cousin ?

— Quand il a tiré, il tirait contre tous ceux qui, il en était intimement persuadé, complotaient contre lui. Son geste relevait donc de l'autodéfense. »

Ernest Trenchard, qui jusque-là était resté assis sans mot dire et sans bouger, se pencha soudain dans son fauteuil et demanda :

« Quelles sont les perspectives de guérison, docteur ? »

Bucknill prit une profonde inspiration.

«Pas bonnes, monsieur Trenchard. Pas bonnes du tout. La paranoïa de votre frère est complexe et profondément enracinée. Il semble fermé à toutes les suggestions selon lesquelles il pourrait être victime de ses propres délires.

— Donc, nous parlerions d'un enfermement de longue durée?

— Franchement, je n'ai guère d'espoir qu'il puisse être autre que permanent.»

Ernest se tourna vers Richard en levant un sourcil prudent.

«Cela satisferait-il Norton?» souffla-t-il.

Réprimant un frisson, Richard considéra Bucknill.

«Il vous faut savoir, docteur, que malgré la gravité de ses blessures, M. Norton a promis de ne pas engager de poursuites dans la mesure où l'on placerait M. Trenchard dans un endroit où il ne pourrait mettre en danger ni lui-même ni les autres. Mme Trenchard est aussi d'avis…

— J'ai sa lettre, intervint Bucknill en brandissant la missive. Elle plaide de tout cœur la cause de son mari. Elle cherche même à endosser une part de responsabilité de son état mental. Il est encourageant de voir que tant de gens lui veulent du bien.

— Dans ce cas, comment allons-nous procéder?» s'enquit Richard.

Bucknill sourit.

«Je vais m'occuper de la certification et en informerai les magistrats comme il se doit. Quand va-t-il être amené à comparaître, m'avez-vous dit?

— Mercredi 22.

— Ma foi, étant donné l'attitude conciliante de

M. Norton, je n'ai aucun doute que la cour acceptera de confier M. Trenchard à ma charge. Je peux vous recommander plusieurs excellentes institutions pour s'occuper de ses problèmes.

— Nous souhaitons le meilleur pour lui, intervint Ernest.

— Le *meilleur* du meilleur ?

— Oui.

— Alors j'ai ici quelques brochures qui vous intéresseront. Vous avez conscience, évidemment, que le meilleur du meilleur est… excessivement coûteux.

— L'argent n'est pas un obstacle.

— Si seulement j'avais plus de patients avec des familles aussi éclairées et d'un aussi grand soutien. »

Bucknill sourit de plus belle, de façon à dissimuler qu'il savait à quel point il était moins gênant pour les Trenchard d'avoir un parent aliéné qu'un parent criminel.

« Soyez assurés, messieurs, que M. William Trenchard jouira de tout le confort possible durant son confinement. Oui, de tout le confort possible. »

Quelques minutes seulement parurent s'être écoulées quand Richard Davenall et Ernest Trenchard se retrouvèrent devant le seuil au porche gothique du cabinet de Bucknill, à parcourir Wimpole Street des yeux dans le vain espoir qu'un fiacre se présentât pour les séparer.

« Ma foi, commenta Ernest, j'imagine que cet entretien s'est déroulé du mieux que l'on pouvait espérer.

— Oui, répondit Richard avec un singulier manque de conviction. J'imagine que oui.

— Pourquoi votre ami Norton…

— C'est mon cousin, en réalité. »

Ernest fit une moue sceptique.

« Si vous le dites. En tout cas, pourquoi se montre-t-il si extrêmement bienveillant dans cette affaire, je n'en sais fichtre rien.

— Parce qu'il l'*est*.

— Je ne me plains pas. Un procès aurait été mauvais pour les affaires. »

Oui, songea Richard, évidemment, voilà comment cet homme mesquin au teint cireux considère la générosité de James. Épargner à son frère la prison n'a guère d'importance pour lui comparé à la sauvegarde des profits de Trenchard & Leavis.

« Les frais pour l'endroit que recommandait Bucknill se monteront à près de cinq cents livres par an. »

Ernest secoua la tête à l'idée d'une dépense aussi excessive.

« Je suis sûr qu'un endroit moins cher ferait aussi bien l'affaire.

— Mon cousin souhaite s'assurer…

— Que William ne souffre pas. Oui, je sais. Malgré tout…

— Étant donné que vous ne verserez pas un centime, M. Trenchard, qu'est-ce que cela peut bien vous faire ? »

Ernest lança à Richard un regard acéré, sincèrement estomaqué que quiconque pût vouloir dépenser plus que nécessaire pour son frère indigne.

« L'asile du comté suffirait, persista-t-il d'un air fâché.

— Mon cousin ne sera pas d'accord.

— Hum. Ma foi, c'est son problème. Et ça lui

servira auprès de Constance, si je puis me permettre. C'est peut-être *là* tout l'intérêt, d'ailleurs. »

Puis il ajouta, avant que Richard pût protester :

« Bon, je n'ai plus le temps d'attendre un fiacre. Je dois retourner à Orchard Street. Il faut bien que quelqu'un fasse le travail que William a délaissé. Bien le bonjour, Davenall. »

Richard regarda Ernest descendre la rue d'un pas leste et se surprit à espérer qu'il n'aurait plus besoin de le revoir. Ce bonhomme considérait apparemment son frère comme un fardeau dont la famille était contente de se débarrasser. Quand on lui avait demandé s'il souhaitait lire la déposition de William, il avait refusé dans les termes les plus emphatiques. Il avait manifestement l'intention d'oublier son frère plutôt que d'essayer de le comprendre.

Si seulement Richard pouvait faire de même. Mais il se rendit compte, alors qu'il se dirigeait vers le nord en remontant son col pour se protéger du vent glacial, que c'était une chose qu'il ne pourrait jamais espérer. Il avait fait de son mieux pour Trenchard, évidemment, mais il lui devait bien ça. Après tout, c'était lui qui lui avait certifié, bien des semaines auparavant, qu'au bout de neuf jours on n'entendrait plus parler de Norton. Comme il s'était fourvoyé ! C'était inexcusable.

Depuis sa sortie de l'hôpital, James passait sa convalescence chez Richard, à Highgate, avec Constance aux petits soins. Observer ces deux êtres, jour après jour, tâtonner tendrement sur le chemin de l'amour retrouvé, avait fait taire en Richard les rares doutes qui lui restaient après son changement d'opinion, et l'avait imprégné d'un contentement qui, pour être bâti sur le bonheur des autres, n'en était pas moins profond.

Désormais tout cela avait changé. Après un interrogatoire patient, Bucknill avait obtenu de Trenchard une déposition qui semblait, à tous ses lecteurs, constituer une preuve explicite de sa démence. Pourtant, en scellant son propre destin, Trenchard avait réveillé chez Richard un soupçon en sommeil. Peut-être était-ce insignifiant, évidemment. En toute probabilité, ça l'était. Cependant ce soupçon s'entêtait, rongeant son bien-être. Il s'entêtait, sans jamais le laisser en paix.

*

Ce matin-là, Arthur Baverstock se rendait à Cleave Court dans un état d'esprit qui s'accordait parfaitement avec la grisaille maussade que la fin de l'automne avait apportée dans le parc. Les freux poussaient des croassements rancuniers parmi les tristes ormes dénudés. Des tas de feuilles qui se consumaient montaient des écheveaux de fumée qui hantaient les pelouses désertes. Et la demeure elle-même, comme Baverstock s'en approchait en remontant la longue allée, semblait enfoncée au cœur de la sinistrose familiale.

Lady Davenall l'attendait dans le petit salon. C'est ce qu'on lui annonça, mais il imaginait bien d'autres choses, alors qu'il parcourait les couloirs recouverts de tapis d'une maison dans laquelle il aurait préféré ne jamais être entré. Il apportait des nouvelles qui ne réjouiraient pas Lady Davenall, et elle, il en avait la certitude, lui donnerait des instructions qui le réjouiraient encore moins.

Elle n'était pas seule. Sir Hugo Davenall, debout à côté de la cheminée, fumait une cigarette en se rongeant les ongles. La déprime de Baverstock s'aggrava : il allait être surpassé en nombre et en rang.

« Monsieur Baverstock, lança Lady Davenall de son siège près de la fenêtre. Je vous en prie, asseyez-vous. »

Baverstock s'installa dans le fauteuil droit qui semblait avoir été préparé pour lui et échangea un signe de tête à peine perceptible avec Sir Hugo. Lorsqu'il jeta un œil à Lady Davenall, il eut le plus grand mal à déchiffrer son expression, tellement elle lui semblait distante dans cette pièce mal éclairée.

« Avez-vous des progrès à nous annoncer ? s'enquit-elle de sa voix la plus calme et la plus intimidante.

— Il y a, madame, des nouvelles sur deux terrains. D'abord, nous avons une date prévue pour le procès : le 3 avril.

— Devons-nous attendre aussi longtemps que ça ? »

Il y eut un silence, où Baverstock prit sur lui pour ne pas répondre.

« Ma foi, qu'en dit Sir Hardinge ?

— C'est... euh... le second point, pour ainsi dire.

— Comment ça ?

— Sir Hardinge a... hum, indiqué qu'il ne souhaitait pas s'occuper de l'affaire. »

Sir Hugo donna un violent coup de pied dans le garde-feu et semblait sur le point de proférer un juron lorsqu'il se rappela la présence de sa mère.

« Les rats quittent le navire, marmonna-t-il en écrasant une cigarette avant de tendre la main vers une autre.

— Quelle raison invoque-t-il ? demanda Lady Davenall d'une voix inchangée.

— Aucune..., madame. »

Hugo ricana.

« N'est-ce pas évident ? »

Il y eut un silence mesuré, puis Lady Davenall reprit :

« Vous allez trouver quelqu'un d'autre, monsieur Baverstock. Quelqu'un de mieux.

— Ça... ne sera pas chose facile.

— J'exige néanmoins que cela soit fait. Demandez conseil à qui vous voulez, mais trouvez-nous un avocat du barreau du plus grand calibre.

— J'avais pensé... chercher conseil auprès de Lewis & Lewis, les avocats de Londres qui se sont spécialisés dans les cas d'imposture.

— Excellent. Faites donc. Quel dommage, Hugo, que votre cousin n'ait pas fait appel à eux. Nous aurions pu étouffer cette affaire dans l'œuf.

— Lewis & Lewis, poursuivit Baverstock, vont certainement recommander que des enquêtes complètes soient menées aux États-Unis afin d'établir la véritable identité de M. Norton.

— Encore de l'argent, sans aucun doute, commenta Hugo.

— De l'argent bien dépensé, répliqua sa mère. Organisez un rendez-vous avec Lewis & Lewis, monsieur Baverstock. Cessons de tergiverser. »

Baverstock déglutit bruyamment.

« Très bien, madame.

— Maintenant, passons à autre chose. Il y a un bail auquel je souhaiterais que vous mettiez fin. Un problème mineur comparé à ce dont nous venons de parler, mais un problème que je veux voir vite réglé.

— Quel bail, madame ?

— Celui de Miss Pursglove. »

C'était donc ça. Il aurait dû s'en douter. D'ailleurs, maintenant qu'il se rappelait l'humeur cafardeuse qui l'avait accablé durant le trajet, il se disait qu'il le savait.

« Miss Pursglove ?

— Oui, monsieur Baverstock, je veux que Miss Pursglove soit expulsée de Weir Cottage.

— Mais... il avait été prévu qu'elle en bénéficierait gratuitement jusqu'à sa mort.

— J'ai parfaitement conscience de ce qui *avait* été prévu. Ce qui n'avait *pas* été prévu, c'était qu'elle se sente libre de me calomnier au tribunal sans en souffrir les conséquences. Puisqu'elle ne paie pas de loyer, elle n'a pas besoin d'un long préavis. Je veux qu'elle soit partie d'ici Noël.

— Mais...

— C'est clair ?

— Euh... oui. Oui, c'est clair. »

Sir Hugo sourit tout en jetant sa cigarette dans le feu.

« Vous l'ignoriez, Baverstock ? Ceux qui fâchent ma mère sont traités sans pitié. »

*

Quand Richard rentra chez lui, Braddock l'informa que James recevait sa visite médicale quotidienne, il ne fut donc pas surpris de trouver Constance dans le salon, occupée à lire une lettre près du feu. Comme elle levait les yeux, il remarqua l'expression inquiète de son visage et ne put s'empêcher de se demander si elle se souciait du bien-être de Trenchard, ou de savoir s'il n'interférerait plus jamais avec le sien.

« C'est décidé, annonça-t-il. Bucknill accepte volontiers de prendre William en charge. »

Était-ce du soulagement ou du plaisir qui papillonna dans son regard ? Il n'aurait su dire.

« J'en suis contente, déclara-t-elle. Pour le bien de William. »

Il s'assit à côté d'elle et lui pressa la main.

« Ma foi, c'est pour le mieux, là-dessus je n'ai aucun doute. Bucknill recommande l'asile de Ticehurst, dans le Sussex. Il jouit d'une excellente réputation.

— Il y sera bien traité ?

— Il ne manquera de rien. Je vous ai apporté une brochure. »

Constance se saisit du livret, qu'elle se mit à feuilleter.

« Il ne vous reste plus qu'à signer le formulaire de consentement obligatoire. »

Elle reposa brusquement la brochure et le dévisagea attentivement.

« De consentement ?

— Une simple formalité.

— Oui, bien sûr. »

Elle devint songeuse.

« Nous faisons ce qu'il faut pour William, n'est-ce pas, Richard ?

— Je crois que oui. Il n'était pas responsable de ses actes quand il a attaqué James. Il a besoin de l'aide et du traitement qu'un asile peut lui apporter.

— Quand vous dites ça, naturellement je suis d'accord. Je ne cesse de me répéter que c'est la seule solution. Et pourtant je ne peux m'empêcher d'avoir l'impression que, en un sens, je l'ai trahi.

— Constance, si vous étiez une épouse infidèle, ou si James était un homme vindicatif, William risquerait la peine de mort au tribunal. En l'état actuel des choses…

— Je sais.»

Non sans un effort manifeste, elle passa à d'autres sujets.

«Emily m'a écrit, expliqua-t-elle en brandissant la lettre. Elle viendra avec Patience et mon père la semaine prochaine. Vous êtes sûr que ça ne vous dérange pas qu'ils séjournent ici?

— Pas du tout. Je serai ravi de revoir Emily. Et de faire la connaissance de votre père.

— Mais nous vous avons déjà par trop envahi.

— Ce n'est pas une invasion, sourit-il. Cette maison est froide et solitaire pour un homme seul, Constance. Vous avoir ici, James et vous, est un plaisir. J'ignore ce que je ferai quand…

— Quand nous serons partis? Mais partis où, Richard? Cela aussi me tourmente. Je ne suis pas libre d'épouser l'homme que j'aime. Et cet homme n'est même pas libre d'utiliser son propre nom.

— Pas *encore*.»

Elle contempla la bague de fiançailles qu'elle portait symboliquement à la main gauche.

«Je me demande, songea-t-elle tout haut, si cette incertitude cessera jamais.»

Richard, même s'il le niait vigoureusement, ne pouvait s'empêcher de se poser la même question. Il ne parvint pas non plus à disperser la moindre part d'incertitude lorsque, ce soir-là après le dîner, il rendit sa visite habituelle à James dans sa chambre et le trouva, comme souvent, en train d'étudier d'un œil alerte son environnement : vif, mais oisif. Au début, Richard avait mis ces phases contemplatives sur le compte de la lassitude naturelle de la convalescence, et s'était donc attendu à un certain changement au fil du temps. Mais rien se s'était produit. Cet état, en avait-il conclu, n'était que l'une des altérations que onze années avaient portées à la personnalité de son cousin.

« Le docteur est très content de vous, risqua-t-il.

— Oui, répondit James. Il propose de réduire le rythme de ses visites à un jour sur deux et m'a dit que je pouvais passer quelques heures en bas chaque après-midi.

— Magnifique.

— Il attribue la vitesse de ma guérison à l'excellence de mon infirmière.

— Constance a été d'un soutien précieux.

— Je sais. »

Richard s'assit à côté du lit.

« Vous rappelez-vous ce que je vous avais dit ce fameux jour à Staple Inn, James ? Vous rappelez-vous ce que je vous avais dit au sujet de Constance ? »

James sourit.

« Vous m'aviez dit qu'elle voulait me prouver son amour. Je n'ai pas oublié, Richard.

— Depuis que vous êtes venus habiter ici, je me suis attaché à elle – je m'inquiète de son bonheur.

— Vous croyez que ça n'est pas mon cas ?

— Si, bien sûr que si, mais...

— Quelles sont mes intentions ? C'est ça ? »

Richard s'empourpra.

« Je suppose, oui. »

James lui tapota l'avant-bras.

« N'ayez crainte, Richard. Nous trouverons un moyen. Je viserai aussi haut que Constance me le permet. L'amitié, si c'est tout ce qu'elle m'accorde. Et le mariage, au bout du compte, si elle veut bien de moi. Dans un cas comme dans l'autre, je ne l'abandonnerai pas.

— Et son mari, alors ?

— J'ai pitié de Trenchard, vraiment, mais je ne pense pas que Constance doive être enchaînée à un mari dément. Avec le temps, j'espère qu'elle en viendra à la même conclusion.

— Le divorce, donc ?

— Un jour, oui, mais la décision appartient à Constance. Et c'est une décision que je ne puis lui demander de prendre tant que je n'ai pas gagné ce procès. Hugo n'a donné aucun signe de reculade, vous savez. »

Richard baissa la tête.

« J'aurais cru qu'il entendrait raison. Manifestement j'avais tort.

— C'est ma mère qui refuse d'entendre raison. Elle ne me pardonne pas d'être revenu – ni à vous, d'avoir pris mon parti.

— Un procès, dit Richard d'un air songeur, sera un chemin bien long et bien sombre pour nous tous.

— Cependant, tout au bout du tunnel, je prie pour que nous voyions la lumière. »

Plus tard, dans l'obscurité de sa chambre, Richard médita tout ce que James avait dit et insinué. Il avait eu beau se montrer nuancé et prudent, au fond, il était clairement déterminé à pousser son allégation jusqu'à son ultime conclusion : priver Hugo de sa dignité de baronnet, obliger Catherine à l'accepter comme son fils, gagner la main de Constance. Le fait d'avoir frôlé la mort par la main de Trenchard ne semblait qu'avoir renforcé sa résolution. Et pourquoi pas, après tout ? Puisque tout cela n'était autre que son dû. Pourtant cette idée empêchait Richard de dormir. Car au bout de ce long tunnel, il ne voyait pas la moindre lueur.

*

C'était une nuit claire et paisible, d'une douceur irréelle, que la pleine lune baignait d'un étrange jour incolore. Plon-Plon courait tête baissée dans le labyrinthe de Cleave Court, s'enfonçant dans ses méandres sous les rayons de lune, griffé par les branches des ifs et assailli par d'immenses toiles d'araignées invisibles. Il les avait entendus avant de les voir : leur respiration et la sienne semblaient ne faire qu'une. Comme il négociait le dernier virage, une chauve-souris l'avait aveuglé en lui voletant au visage. Il l'avait chassée d'un geste... et c'est alors qu'il avait vu. Au sommet de sa colonne, le sourire pétrifié de Sir Harley Davenall. En dessous, deux corps entrelacés sur l'herbe, deux corps en lutte, dont la peau nue était d'une blancheur éclatante au clair de lune. Lorsque Plon-Plon était sorti de l'ombre, Vivien Strang avait posé les yeux sur lui. Tournant la tête, elle avait ouvert la bouche, comme pour...

Plon-Plon s'assit tout droit dans son lit, haletant après l'épreuve de son cauchemar, certain d'avoir hurlé, même s'il ne s'était pas entendu. Reprenant ses esprits, il tendit l'oreille pour savoir si d'autres avaient été perturbés. Mais il n'y avait pas un bruit : un silence mutique régnait dans la maison.

Heureusement que Marie Clotilde passait l'hiver à Turin. Elle aurait pu interpréter ce désarroi comme le signe qu'il avait vu la lumière. Quant aux domestiques, s'ils l'avaient entendu, ils devaient simplement avoir espéré qu'il était mort dans son sommeil.

Il s'extirpa du lit et avança à tâtons jusqu'à la coiffeuse. Là, il se versa du cognac dans un verre, en avala trop d'un coup et fut secoué par une quinte de toux. Au moins, cela lui avait remis les idées en place. Il s'assit lourdement sur le rebord du lit pour siroter le reste, attendant que ses cinq sens retrouvent leurs capacités habituelles. Découvrir, si tard dans sa vie, qu'il possédait une conscience, c'était plus qu'il ne pouvait supporter.

Cela dit, sa conscience n'était pas réellement la cause de ce rêve récurrent. Trois fois depuis qu'il avait appris dans le journal la victoire de Norton à l'audience de Londres, cette vision de la trahison de Vivien Strang était venue perturber son sommeil. Pourquoi ? Pourquoi maintenant, quand il était bien trop tard ? Il avala encore une gorgée de cognac et sentit la chaleur d'un courage factice s'insinuer dans son âme. Cette nuit-là aussi, il avait bu du cognac : quand Gervase n'était pas revenu à l'heure convenue, il s'était enivré jusqu'à tomber dans un oubli rancunier, s'était paré d'un masque d'insensibilité plutôt que d'affronter la vérité. Mais la vérité, quelle qu'elle fût, ne pouvait plus être maintenue à distance. Vivien Strang, dont le cri rêvé avait le goût du sang qu'elle lui avait jeté au visage à Scutari, et James Norton, dont les prétentions comprenaient toutes les dettes dues à une femme trompée, ne lui laissaient aucun répit.

Plon-Plon leva de nouveau son verre – il était vide. Il le reposa bruyamment sur la table de chevet, puis s'allongea sur la pile d'oreillers chiffonnés. Elle l'avait prévenu, après tout. Elle l'avait prévenu, il ne pouvait pas prétendre le contraire. Tirer les rideaux et noyer un remords fébrile dans une mer de cognac ne suffisait pas. Elle l'avait prévenu, et il ne pouvait pas l'oublier.

Décembre 1846, une semaine avant Noël. Une belle nuit givrée à Londres, où le diamant des étoiles se lovait dans l'écrin de velours du ciel. Le jeune Plon-Plon était encore plus content de lui que d'habitude tandis qu'il marchait à grands pas dans King Street, en faisant tournoyer sa canne. Il avait dîné avec son cousin, Louis Napoléon, et pendant le repas avait eu le dessus sur un hôte américain aux idées bien arrêtées lors d'une discussion au sujet de l'esclavage. Louis Napoléon avait paru très choqué par ses remarques radicales. Et pour cause, avait songé Plon-Plon. Ce qui l'avait vraiment choqué, en réalité, c'était de voir comment se comportait un véritable Bonaparte.

Plon-Plon s'était arrêté au coin de la place St James pour allumer un cigare. Il n'y avait personne alentour quand il s'était incliné de façon à protéger la flamme d'une main, et avait inspiré les premières bouffées. Pourtant, lorsqu'il s'était retourné pour se débarrasser de son allumette, elle était là, à quelques mètres de lui.

Les épreuves lui avaient creusé les joues, ses

vêtements étaient élimés à trop avoir été portés. Seule la sévérité du regard perçant de Vivien Strang se trouvait inchangée. Il ne savait que faire : l'ignorer et passer son chemin ou admettre qu'il l'avait reconnue ? En définitive, elle avait choisi à sa place.

« Voilà trois jours que je vous suis, avait-elle expliqué. Depuis que je vous ai vu à la sortie du théâtre. »

Il ne lui avait pas demandé pourquoi, parce qu'il savait. Ils ne s'étaient pas revus depuis le soir du bal à Cleave Court. Gervase s'était vanté du prix qu'il avait remporté, le lendemain soir, dans le labyrinthe. Si personne d'autre ne savait pourquoi le colonel Webster avait congédié la gouvernante de sa fille, Gervase, lui, le savait, et Plon-Plon avait à tout le moins des soupçons.

« N'avez-vous rien à dire, prince ? Rien à dire à la femme que vous avez ruinée ? »

L'arrogance s'était exprimée là où l'honneur était mutique.

« *Je ne comprends pas, mademoiselle**.

— Parlez anglais, prince. Je sais que vous en êtes capable. Vous m'aviez écrit en anglais – dans ce fameux message.

— Je n'ai écrit aucun message...

— Je suis allée dans ce labyrinthe parce que j'ai cru que vous y seriez. Mais vous m'avez trompée. Vous étiez son complice. Et moi votre dupe.

— C'est faux. »

Elle s'était approchée.

« Que vous a-t-il raconté ? Que j'étais consentante, peut-être ? Si c'est cela, il a menti. Ce que j'aurais pu vous donner librement, il l'a pris par la force.

— Il vous a violée ?

— Il a fait pire que me violer : il m'a détruite. Quand les Webster m'ont mise à la porte, je pensais encore, Dieu me le pardonne, qu'il y avait eu une erreur, qu'il avait peut-être lui-même écrit ce message, que vous ignoriez ce qu'il avait fait en votre nom. Mais quand j'ai voulu vous demander de l'aide, vous aviez disparu, vous aviez filé de Bath parce que vous ne saviez que trop bien ce qu'il avait fait.

— Vous exagérez…

— Non ! Je n'exagère rien. La preuve, je la porte en moi. Je suis enceinte de votre ignoble ami, *mon prince charmant**. Je suis enceinte et déshonorée, rejetée par ma famille, repoussée par mes amis. Je suis indigente – à cause de vous. »

La vérité de ses mots luisait dans la véhémence de son regard. Mais Plon-Plon était encore assez jeune pour croire qu'il pouvait se soustraire à la honte qu'elle éveillait en lui. Il avait plongé la main dans sa poche et en avait sorti une liasse de billets.

« Pour vous, avait-il déclaré en en brandissant quelques-uns. Et pour le bébé. »

Comme elle tendait le bras pour se saisir de l'argent, Plon-Plon avait vu son expression changer : son fier instinct lui disait de refuser ce que l'expérience de sa chute l'obligeait à accepter. Pour ça – pour lui avoir fait une offre qu'elle ne pouvait refuser –, sa haine envers lui s'était encore accrue.

Il avait alors voulu passer son chemin, mais d'une main sur la manche, elle l'avait retenu. Elle s'était encore rapprochée, suffisamment pour qu'il n'eût aucun doute sur la sincérité de ses paroles.

« Un jour, prince, vous regretterez la façon dont votre ami et vous m'avez traitée.

— Jamais.

— Mais à ce moment-là, il sera trop tard.

— *Bonsoir, mademoiselle**. »

Il s'était dégagé d'une secousse et s'était éloigné sans oser se retourner. Il avait traversé la place en diagonale, chaque pas renforçant sa croyance naïve qu'il en avait fini avec elle, distançant à chaque mètre une haine qu'il pensait trop lente pour l'atteindre.

Lente, mais pas assez. Trente-six ans plus tard, dans un craquement, Plon-Plon leva sa grosse carcasse du lit et se traîna jusqu'à la fenêtre. Il écarta les rideaux et contempla les pavés déserts de l'avenue d'Antin. Il n'y avait personne, aucune silhouette dans la nuit ne lui faisait signe sous les traits d'un péché oublié. Et pourquoi y aurait-il dû en avoir ? Que représentait Norton pour lui ? Quelle importance si Vivien Strang avait positionné son fils pour réclamer un droit d'aînesse qui, dans un sens au moins, lui revenait réellement ? Il resterait à Paris, ou suivrait sa femme en Italie. Il se boucherait les oreilles et se cacherait les yeux face à cette conspiration. Cela ne le concernait pas. Il se le répéterait jusqu'à y croire. Norton n'avait aucune prise sur lui. Il s'accrocherait à cette idée jusqu'à ce que le danger fût passé.

Plon-Plon retourna à la coiffeuse et se resservit du cognac.

« Elle n'escroquera pas mon fils, avait déclaré Gervase.

— Escroquer Hugo ?

— Non. Pas Hugo. Mon fils.

— Je ne comprends pas.

— Personne ne comprend, Plon-Plon. Personne. »

Mais là-dessus, songea Plon-Plon comme il engloutissait son cognac, Gervase se trompait. Car quelqu'un comprenait. Quelqu'un dont il voyait la silhouette corpulente se refléter faiblement dans le miroir devant lui. Il ne comprenait que trop bien.

*

Les magistrats de Bow Street se montrèrent aussi accommodants que l'avait prédit Bucknill. Le mercredi 2 novembre, ils cessèrent toutes poursuites contre William Trenchard et le confièrent à l'asile de Ticehurst. Après sa brève apparition au tribunal, Trenchard fut emmené en cellule, où il attendit d'être transféré à Ticehurst. Et en cellule, pendant la soixantaine de minutes qu'il passa à attendre, il reçut un visiteur : Richard Davenall.

« Comment vous sentez-vous, Trenchard ?

— Fou. On ne vous l'a pas dit ?

— Vous devez comprendre qu'il en va de votre propre intérêt.

— Je comprends qu'il en va de l'intérêt de Norton.

— Vous verrez que Ticehurst jouit de tous les équipements nécessaires.

— Hormis la liberté.

— Bucknill est un homme très bon. Il pense pouvoir vous aider.

— Personne ne peut m'aider.

— Vous devez essayer de laisser cette histoire derrière vous.

— Pourquoi ? Quelle perspective me reste-t-il ?
— Écoutez-moi, Trenchard…
— Vous, écoutez-moi ! Vous avez lu ma déposition ?
— Oui.
— Alors vous savez que je dis vrai.
— À Ticehurst, vous finirez par voir ces délires pour ce qu'ils sont vraiment.
— À Ticehurst, je me rappellerai ce que d'autres souhaitent oublier. »

Richard se leva, exaspéré par son incapacité à réfuter les propos de Trenchard.

« Je vois qu'on ne peut pas vous raisonner.
— Dites-moi, où est Constance ? »

La voix de Trenchard s'était soudain faite douce et suppliante.

« Elle loge chez moi.
— Et Norton ?
— Au vu des circonstances, je ne puis vous le dire. Constance va bien. Votre fille aussi. Peut-être qu'avec le temps, elles pourront vous rendre visite… »

Il s'interrompit. Trenchard pleurait, tête baissée, honteux, ses épaules tremblaient à chaque sanglot étouffé.

« Je suis navré, dit Richard. Vraiment navré. »

Soudain, Trenchard se leva, les pieds de sa chaise raclèrent rageusement le sol en pierre de sa cellule. Les yeux rivés sur Richard, s'efforçant de garder son sang-froid, il avait le visage qui tremblait.

« Où est-elle ? murmura-t-il. Où est Melanie ?
— Peut-être… n'a-t-elle jamais existé.
— Si j'avais gardé ces photographies, j'aurais pu demander à Fiveash de l'identifier.

— Mais vous les avez détruites ?

— Oui. Je les ai jetées dans le fleuve et je les ai regardées s'éloigner dans le courant... j'ai regardé cette femme s'éloigner dans le courant. »

Il s'interrompit un instant avant de commenter :

« Bucknill m'a expliqué que le prénom Melanie venait du grec *melaina*.

— Et alors ?

— Ça signifie *noir*. Noir comme ses cheveux. Noir comme son cœur.

— Vous devez l'oublier. »

Trenchard écarquilla les yeux, les détourna de Richard pour les plonger dans le mystère qui avait englouti Melanie.

« Je ne pourrai pas l'oublier... tant que je ne l'aurai pas revue. »

Deux gardiens escortèrent Trenchard à la gare de Charing Cross dans un fourgon couvert, Bucknill et Richard Davenall suivant dans un fiacre. Durant le trajet, Richard essaya d'amener le docteur sur le sujet de l'obsession de Trenchard pour Melanie Rossiter.

« À mon avis, monsieur Davenall, le lien entre la secrétaire temporaire du Dr Fiveash, Miss Whitaker, et la prostituée prénommée Melanie n'existe que dans l'imagination de Trenchard. Je doute même que Melanie fût son véritable prénom.

— Trenchard a aussi imaginé ça ?

— Très probablement. À un niveau subconscient de connaissance, il pourrait avoir choisi ce nom pour qu'il corresponde à l'image de la femme qu'il prend pour sa persécutrice. Il n'aurait jamais pu trouver la

Miss Whitaker qu'il recherchait. Donc il l'a inventée. Elle est sortie du brouillard : le jour, une demoiselle en détresse, la nuit, un succube tentateur. Tant que nous n'aurons pas évacué ce brouillard de son esprit, il ne pourra pas s'en débarrasser.

— Et vous pouvez l'évacuer ?
— Ça, seul le temps nous le dira.
— Mais vous avez la certitude qu'il n'y avait pas de conspiration contre lui ?
— Évidemment. Ses délires sont aussi classiques que caractéristiques, monsieur Davenall. Croyez-moi, il ne s'agit que de ça : des délires. »

Mais Richard ne pouvait pas y croire. Le diagnostic de Bucknill l'aurait complètement convaincu – sans ce souvenir têtu. Certes, il ne pouvait pas interférer entre Trenchard et sa destinée, d'ailleurs, il ne put que regarder, impuissant, quand une demi-heure plus tard le train partit de Charing Cross pour l'emporter vers une sombre réclusion. Mais il pouvait mettre à l'épreuve de sa propre réalité les souvenirs que Bucknill avait qualifiés de délires. Il pouvait les mettre à l'épreuve – et attendre le résultat.

*

Bercé par la pâle lumière de décembre qui chauffait les vitres du jardin d'hiver, le chanoine Sumner s'était assoupi. Dans son fauteuil en osier, soutenu par des coussins et constellé de miettes de gâteau, il sommeillait doucement, tandis que, de l'autre côté de la table basse, James et Constance reposaient précautionneusement leur tasse de thé en échangeant un sourire qui en disait long sur le plaisir que leur procurait la bienveillance somnolente du vieil homme.

« Il a parfaitement accepté la situation, vous savez, murmura Constance.

— *Vous* pourriez lui faire accepter n'importe quoi. »

C'était vrai. À son arrivée à Highgate, le chanoine Sumner était déchiré entre son horreur devant la conduite de Trenchard et ses soupçons quant aux motivations de James, mais tous ses scrupules avaient fondu devant le bonheur manifeste de sa fille. Confronté à cette denrée irrésistible, il avait accordé à Constance sa vieille, faible et indulgente bénédiction.

« Ces derniers temps, poursuivit Constance, veiller à votre rétablissement entourée de ma famille m'a rendue plus heureuse que je n'osais l'admettre.

— Vous m'avez rendu heureux aussi, dit James en lui pressant la main.

— Je craignais que Patience ne vous aime pas, mais il semblerait qu'il n'y ait pas lieu de s'inquiéter. Vous l'avez conquise. »

Patience, qu'Emily avait emmenée se promener dans Highgate Village cet après-midi-là, était suffisamment jeune pour avoir accepté que son père fût tout simplement « parti » et pour avoir aussitôt sympathisé avec son « oncle » James.

« C'est parce qu'elle tient de vous.

— Peut-être. »

Constance baissa les yeux.

« Mais combien de temps cela peut-il durer, James : cet avant-goût de ce dont nous aurions pu jouir ensemble durant toutes ces années ?

— Cela doit-il finir ?

— Une fois que vous serez complètement rétabli, je n'aurai plus d'excuse pour rester ici.

— Moi non plus, mais Richard nous assure qu'il ne souhaite le départ d'aucun d'entre nous.

— Néanmoins…

— Pourquoi ne pas rester ? Cela ne durera que le temps que ce satané procès prenne fin.

— Mais combien de temps cela prendra-t-il ?

— Six mois, peut-être. Ce n'est pas très long, comparé à onze ans.

— Et ensuite ? Qu'adviendra-t-il quand le procès arrivera à son terme, James ? »

Leurs regards se croisèrent.

« Quand le procès sera terminé, répondit-il lentement, quand la justice reconnaîtra ma véritable identité, alors je me sentirai le droit de vous demander…

— Quoi ? Qu'avez-vous dit ? »

Le chanoine Sumner s'était réveillé : clignant des yeux, la voix râpeuse, il s'efforçait de se convaincre qu'il ne s'était jamais endormi.

« Rien, père, répondit Constance. Rien du tout.

— Je me disais, poursuivit le vieil homme en se redressant dans son fauteuil. Au sujet de cette pauvre âme expulsée par Lady Davenall.

— Nanny Pursglove ?

— Oui. Il me semble qu'il s'agit là d'une personne méritante. Après tout, c'est une habitante du diocèse.

— Qu'avez-vous en tête ?

— Il y a des places disponibles aux hospices de Wilton. C'est l'archidiacre qui me l'a dit. Miss Pursglove pourrait s'y installer. C'est très confortable, je crois. Voudriez-vous que j'en touche un mot ?

— Oh oui, s'il vous plaît, père, sourit Constance. Je trouve l'idée excellente. Qu'en pensez-vous, James ?

— Oui, excellente idée. »

Lui aussi souriait, tout en se disant que l'interruption du chanoine Sumner avait peut-être été une bénédiction déguisée. Au fond, il n'y avait nul besoin de se presser. De fait, s'il fallait convaincre Constance de voir l'avenir à sa façon, la prudence était de mise. Tout pourrait lui appartenir, il en était désormais certain, tant qu'il continuerait à marcher sur des œufs. Tout – y compris Constance – en son temps.

*

À voir la mine contrite de Roffey, Richard Davenall comprit qu'il n'avait aucune avancée à communiquer.

« Pas un rai de lumière nulle part, monsieur. Si cette femme existe, elle a bien brouillé les pistes.

— Rien du tout ?

— Passez-moi l'expression, mais chercher une prostituée à Londres, c'est chercher une aiguille dans une botte de foin. On m'a mis sur la trace de plusieurs filles prénommées Melanie, mais aucune ne correspond, de près ou de loin, à la description.

— Et la piste de Bristol ?

— J'ai parlé aux majordomes de tous les marchands de vin de la ville. Aucune famille ne se vante d'avoir eu un fils fiancé à une ancienne femme de chambre. Aucune n'a jamais employé Quinn comme valet de pied.

— Et à Bath ?

— Miss Whitaker logeait dans les Norfolk Buildings, ça, d'accord, et Quinn fréquentait bel et bien le mari de la logeuse, mais ça s'arrête là. Je ne suis pas arrivé à persuader le propriétaire du Red Lion de me répéter l'histoire qu'il aurait censément racontée à Trenchard : il a purement et simplement nié les avoir vus ensemble.

— Vous croyez qu'il dit la vérité ?

— Difficile à dire. Soit il est sincère, soit il a été menacé. Il était *particulièrement* taiseux.

— D'autres nouvelles de Quinn ?

— Aucune.

— Et Harvey Thompson ?

— La police pense qu'il a été assassiné par l'un de ses nombreux créanciers. Ils ont l'air de vouloir s'en tenir là. »

Un silence s'installa, durant lequel Richard se caressa la barbe tout en méditant sur la stérilité des recherches de Roffey. Puis il demanda :

« Pensez-vous par hasard que Miss Whitaker et Melanie Rossiter ne font qu'une ?

— Non, monsieur. Je ne pense pas, non. »

Richard se leva pour se poster à la fenêtre. Il tournait le dos à son interlocuteur lorsqu'il lança :

« Très bien, Roffey. Merci pour vos efforts. Je crois que nous ferions mieux de nous en tenir là.

— Comme il vous plaira, monsieur.

— Inutile de me rédiger un rapport écrit : je préférerais qu'il n'y ait pas trace de cette enquête. »

Roffey se racla la gorge.

« Et Quinn ?

— Vous feriez mieux de laisser tomber aussi. *Stricto sensu*, je n'ai plus de client au nom duquel vous engager. Voyez avec Benson pour vos gages. Les termes habituels.

— Très bien, monsieur. Dans ce cas, je vous souhaite le bonjour.

— Bonne journée à vous, Roffey. »

Dès que la porte se fut refermée sur son visiteur, Richard retourna à son bureau et se laissa tomber lourdement dans son fauteuil. Il avait été quasiment certain que Roffey ne trouverait rien, mais il avait quand même tenu à essayer. Désormais il avait fait tout ce qu'on pouvait raisonnablement attendre de lui. Désormais il avait établi, apparemment de façon indubitable, qu'il n'y avait pas eu de conspiration contre Trenchard. Si seulement il avait pu croire à sa propre conclusion, il aurait pu se tranquilliser l'esprit. Mais cela, c'était impossible. Car, contrairement à Roffey, Richard Davenall n'avait qu'à se fier à ses propres yeux pour savoir que les apparences pouvaient être trompeuses.

C'était l'après-midi qui avait suivi le coup de feu à Lincoln's Inn : le mercredi 8 novembre 1882. L'opération pour extraire la balle du côté droit de James avait été un succès, et toutes les craintes concernant l'état de son poumon, frôlé par le projectile, avaient été apaisées. C'est donc tout joyeux, comme cela ne lui était pas arrivé depuis un moment, que Richard avait gravi l'escalier de l'hôpital St Bartholomew : il avait hâte de féliciter son cousin de s'en être si bien tiré.

Non sans hésitation, il avait suivi le trajet que lui avait décrit Emily pour rejoindre le pavillon de James. Mais après plusieurs erreurs d'embranchement, il avait été contraint de demander sa route. Celle-ci finit par le conduire au bon étage, dans une antichambre spacieuse qui ouvrait sur la salle elle-même.

Tout au bout, une sœur infirmière discutait avec une femme. Comme Richard s'approchait d'elles, ses chaussures grinçant sur le sol ciré, la femme s'était retournée et était partie en lui jetant un regard. Elle portait des habits sombres, un pardessus gris et un turban noir, sous lequel ses cheveux foncés étaient remontés. Richard ne lui aurait guère prêté attention si elle ne lui avait pas lancé ce regard quand ils s'étaient croisés. Cela avait attiré le sien sur elle, et il avait eu fugitivement conscience d'une attitude dédaigneuse couplée à une beauté saisissante, qui contrastaient violemment avec cet environnement fonctionnel et aseptisé.

« Puis-je vous aider, monsieur ? avait demandé la sœur.

— Oh... oui. Je cherche M. James Norton. Je suis son cousin.

— Ma parole, il est très demandé cet après-midi.

— Vraiment ?

— Cette jeune femme prenait de ses nouvelles.

— M. Norton n'est-il donc pas en état de recevoir des visites ? Je croyais...

— Vous pouvez le voir si vous ne restez pas longtemps. Venez avec moi. »

La sœur s'était vite mise en route, Richard sur ses talons, toutes pensées concernant cette femme ténébreuse venue prendre des nouvelles sans rendre visite cédant place à son inquiétude pour la santé de son cousin. Il ne lui avait pas traversé l'esprit de demander à James qui elle pouvait bien être. D'ailleurs, elle lui était vite complètement sortie de la tête. Et puis, une semaine plus tard, il avait lu la déposition de

Trenchard. Et là l'attendait la description de Melanie Rossiter, qui correspondait à celle de la femme qu'il avait vue à l'hôpital. «Le port royal de sa mâchoire, pas plus que la sereine sévérité du regard brun avec lequel elle m'accueillit ne laissaient place au doute.» Et en effet. Richard avait alors compris que l'impitoyable séductrice de Trenchard et la jeune femme chic qui s'était enquise de James étaient tout ce que la logique décrétait impossible: une seule et même personne.

13

Richard Davenall était, de par son éducation et sa formation, un homme prudent. Il savait, mieux que la plupart des gens, qu'un soupçon ne vaut rien en l'absence de preuve. C'est pourquoi, malgré les doutes qu'il éprouvait à l'endroit de son cousin, il continuait à se comporter en tout point comme un hôte attentionné le devait. Il n'avait rien fait, au cours de l'hiver, qui aurait pu impliquer qu'il avait cessé d'être l'allié le plus sûr de James Norton, rien dit, au fil des mois, qui aurait pu suggérer qu'il avait cessé de lui faire confiance. Et pourtant peut-être que, au bout du compte, il n'y avait besoin ni de gestes ni de mots. Peut-être que, en définitive, son intuition avait suffi à James pour se rendre compte que quelque chose avait changé entre eux.

Ce ne fut pas immédiat, pas même constant. Il n'y avait rien de manifeste ni d'hostile, et malgré tout c'était palpable. Une certaine incertitude s'était insinuée dans leurs relations, un certain manque d'assurance qui s'était mué en la réserve prudente de deux hommes qui ne se font plus confiance mais qui ne sont pas prêts à l'admettre. Tant que Constance était avec eux, il n'y avait rien de pire qu'un malaise agaçant, car la foi qu'elle plaçait en l'avenir était plus que suffisante pour éclipser leur tacite défiance mutuelle. Mais quand, au milieu du mois de février, elle décréta que James était complètement rétabli et qu'elle était enfin libre d'aller rendre une visite trop longtemps repoussée à Salisbury, Richard pressentit que, sans elle, une forme de crise était inévitable. À bien des égards, cette idée le soulageait car, peu importait la manière, il en était venu à souhaiter ardemment que prît fin leur fausse camaraderie. Et peut-être James le souhaitait-il aussi.

Le quatrième matin de l'absence de Constance, les deux hommes prirent leur petit déjeuner ensemble, comme d'habitude. Alors qu'il observait James qui choisissait sa nourriture parmi les plats chauds disposés sur le buffet tout en faisant mine d'être absorbé par la lecture du *Times*, Richard se posa une fois de plus les questions qui l'avaient tenaillé durant les deux mois qui venaient de s'écouler : est-il vraiment James ? Sinon, me prend-il pour un imbécile ? Et cependant, s'il est vraiment mon cousin, ne me jugera-t-il pas bien pire qu'un imbécile à douter de lui maintenant ?

Ce matin-là, une lettre était arrivée pour James, elle était posée à sa place sur la table. Richard le regarda s'asseoir, l'ouvrir et sourire à son contenu, dont le peu qu'aperçut Richard lui rappela que c'était la Saint-Valentin, date où l'amour secret peut pointer le bout de son nez. L'espace d'un instant, il caressa l'idée que l'expéditrice pourrait être la femme qu'il avait vue à l'hôpital. Puis, comme s'il lisait dans ses pensées, James expliqua :

«C'est une lettre de la Saint-Valentin.» Il ajouta, après un silence significatif: «De la part de Constance.

— Évidemment, répliqua Richard en se raclant nerveusement la gorge.

— Pensiez-vous qu'elle venait de quelqu'un d'autre?

— Certainement pas.»

Richard essaya de sourire. Aucun doute, James le mettait au défi d'aller plus loin. Agacé par son propre trouble, il décida de se jeter à l'eau.

«Cela dit, j'imagine qu'il n'est pas impossible qu'une jeune femme vous ait ouvert son cœur quand vous habitiez à Philadelphie.

— Peut-être pas impossible, rétorqua James d'un ton égal. Mais, de fait, ce n'est pas le cas.

— Malgré tout, vous avez dû vous faire des amis, là-bas.

— Aucun à proprement parler.

— Non?»

Cette fois-ci James ne répondit pas. Il se contenta de sourire et changea vite de sujet.

«Je crois que le prince Napoléon est de retour en Angleterre.

— Oui. Il me semble que oui.

— Avez-vous suivi l'affaire dans les journaux?

— Difficile d'y échapper.»

En effet, les récentes manœuvres politiques maladroites du prince en France avaient donné lieu à une vaste couverture médiatique. Elles s'étaient terminées par son expulsion définitive du pays. Il s'était réfugié à Londres, où, d'après Richard, rien de moins qu'une nécessité absolue aurait pu le conduire.

«Le prince semble être aussi malchanceux que mal conseillé. Il a un vrai don pour les erreurs de jugement.

— Je le crains.»

Soudain, Richard vit une autre ouverture, une ouverture, qui, cette fois-ci, pourrait lui donner l'avantage.

«Vous, il vous a certainement mal jugé, n'est-ce pas ?

— Ah oui ?

— Vous l'avez décontenancé, je m'en souviens, avec votre référence à des événements qui s'étaient déroulés à Cleave Court en septembre 1846.

— Ah oui ?»

Richard s'efforça d'étouffer toute trace de trop grande impatience dans sa voix.

«Quels étaient-ils, d'ailleurs ? Vous ne l'avez jamais expliqué.»

James fronça les sourcils.

«Je ne suis pas sûr de comprendre.

— Je veux dire, quels étaient ces événements qui ont tant embarrassé le prince ?»

James ne répondit pas tout de suite. Il considéra calmement Richard, porta sa tasse de café à ses lèvres, en but une gorgée, puis déclara :

«Je ne sais pas. J'avais dû bluffer. La vie entière de Plon-Plon est un embarras. J'avais dû penser qu'il y avait de grandes chances que sa première visite à Cleave Court ne fasse pas exception.

— Pourtant, vous avez mentionné une date précise.

— Je ne me rappelle pas avoir été aussi spécifique.

— Vous l'étiez, croyez-moi.

— Dans ce cas, il devait s'agir de quelque chose dont papa m'avait parlé. J'ai bien peur de ne pas arriver à m'en souvenir présentement, dit-il en le défiant d'un sourire. Mais je ne manquerai pas de vous le faire savoir… si ça me revient. »

Richard ne répondit rien. Il ne pouvait croire un seul instant que James eût oublié l'information dont il s'était servi pour menacer le prince, mais sa réticence à l'expliciter ne prouvait rien de plus que ce que Richard avait déjà pressenti : leur méfiance était devenue mutuelle. Il regarda fixement son journal, maudissant en silence son franc-parler. Cet échange ne lui avait rien rapporté : rien du tout. La crise n'avait été ni affrontée ni évitée. Elle avait simplement été repoussée.

*

Plon-Plon s'était levé tard et longuement baigné. Ces dernières semaines avaient vu tellement de ses plans partir à vau-l'eau qu'il n'était pas pressé de mettre le cap sur l'étranger, au cas où d'autres mésaventures lui tomberaient encore sur le coin du nez. L'air sombre, enveloppé dans une gigantesque robe de chambre en velours, empourpré par la lumière envahissante du soleil, déconcerté par une destinée cruelle, il affrontait un simulacre anglais de *petit déjeuner**. Il finit par allumer un cigare et siroter un peu de café en se demandant quel rouage malveillant du destin avait bien pu le faire basculer de la quasi-prééminence à une suite mal aérée de l'hôtel Buckingham Palace.

Tout ça, c'était la faute de Gambetta. Si la force motrice du gouvernement républicain français n'avait pas trouvé le moyen de mourir si inopinément le dernier jour de l'année 1882, Plon-Plon n'aurait pas estimé que les premières semaines de 1883 constituaient une période aussi propice pour réaffirmer sa position de meneur du mouvement bonapartiste via un manifeste révolutionnaire publié dans les pages du *Figaro*. L'objectif de déborder son parvenu de fils et cette détestable meute de prétendants royalistes avait été atteint, mais au prix d'un mois d'emprisonnement suite à l'accusation ridicule de «mise en danger de l'État». Puis, trois jours après avoir été acquitté et libéré, il avait été banni de sa terre natale par décret du Sénat. Si bien qu'il se retrouvait désormais là où il avait le moins envie d'être: à Londres, non loin à pied du tribunal où se tiendrait sept semaines plus tard le procès Norton contre Davenall.

Soudain, il y eut du remue-ménage dans la pièce voisine. Plon-Plon leva le nez de son café anglais saumâtre et fronça les sourcils. Une femme de chambre qui faisait de l'excès de zèle, peut-être. Mais non: on entendait des voix masculines se quereller à grand bruit. L'une était celle de son secrétaire, l'autre… pas entièrement inconnue.

La porte s'ouvrit à la volée et Sir Hugo Davenall entra à grands pas, repoussant les tentatives de Brunet pour l'arrêter.

«Bonjour… comte!

— *Mon Dieu** ! Hugo, qu'entendez-vous par… ?

— Rappelez votre roquet!»

Plon-Plon se contint, de peur d'aggraver une migraine acariâtre.

«*Un de mes amis, Brunet. Je vais lui parler**.»

Le secrétaire reprit ses esprits et se retira.

« Hugo ? Que me vaut ce plaisir ? »

En vérité, il ne ressentait aucun plaisir, pas plus, manifestement, que son hôte. Hugo paraissait plus mince que lors de leur dernière rencontre, et ses yeux plus écarquillés. Mal rasé, il chancelait visiblement. Sans l'odeur du cigare, Plon-Plon soupçonnait qu'il aurait pu déceler l'alcool dans l'air de cette fin de matinée.

« Je ne voyage pas sous un faux nom, *mon ami**. Pourquoi m'avez-vous donné du "comte" ? »

Hugo retira son pardessus d'un coup d'épaules et le jeta sur un fauteuil avant de s'appuyer contre le dossier, vacillant légèrement, les muscles de sa mâchoire et de son front agités de tics.

« Un problème ?

— Je reviens à l'instant de notre nouveau cabinet juridique, Plon-Plon. La crème de la crème. Le plus cher.

— Ils ont un bar dans leurs bureaux ?

— D'accord. Je me suis arrêté en chemin. Dieu seul sait que j'en avais besoin.

— Votre cousin Richard n'est plus votre notaire ?

— Il nous a laissés tomber. Vous ne saviez pas ?

— Je l'ai peut-être lu quelque part. Triste affaire.

— Évidemment que vous l'avez lu quelque part ! cracha Hugo avec amertume. Vous avez passé ces quatre derniers mois planqué à Paris, à *lire* mes mésaventures. Je n'en ai pas cru mes yeux quand j'ai appris dans le journal ce matin que vous étiez de retour. Mais c'est uniquement parce que vous n'aviez pas le choix, n'est-ce pas ? C'est uniquement parce que vous n'aviez nulle part ailleurs où aller. »

Plon-Plon regimba. Pourquoi devait-il souffrir l'interrogatoire de ce jeune impétueux?

«Je ne me planquais pas, Hugo! Je ne me planque jamais!

— Appelez ça comme vous voulez, cela revient au même. Vous étiez là, à fomenter vos satanées manœuvres politiques, pendant qu'ici j'affrontais seul Norton.

— Allons, allons...

— Ne m'avez-vous jamais accordé une pensée? Ne vous êtes-vous jamais dit que vous devriez essayer de m'aider?

— *L'imposteur* Norton m'a fait passer trente minutes désagréables en octobre dernier. Pourquoi m'exposerais-je de nouveau à lui?

— Pour mon bien, évidemment.»

Plon-Plon soupira: cela devenait douloureux. Il se leva de table, se dirigea vers Hugo et lui assena une bourrade.

«Je suis désolé pour vous, *mon jeune ami**, mais je n'ai plus l'âge de faire des gestes sacrificiels. Vous devriez me connaître assez pour le savoir.»

D'aussi près, il vit l'air de reproche qu'arborait Hugo et en fut sincèrement désarçonné. Cela trahissait une naïveté qu'il ne lui avait jamais associée.

«Ma mère m'a dit la vérité. Inutile d'essayer de vous en tirer par un coup de bluff.

— Me tirer de quoi?

— J'ai eu du mal à le croire au début. Vous, le plus vieil ami de mon père...

— Qu'essayez-vous de me dire?»

Hugo resserra sa poigne sur le dossier du fauteuil, ses jointures blanchirent.

« Que je ne suis le fils de Gervase Davenall que légalement, bien sûr. Dieu sait que je m'en doutais depuis un moment, mais je n'aurais jamais pensé... jamais deviné...

— Quoi ? »

Hugo dévisagea Plon-Plon avec une franche hostilité.

« Diantre, vous avez le culot de me poser la question ? Je n'arrive pas à croire que vous ne le sachiez pas. Vous devez le savoir. Mon père était probablement encore en Crimée quand vous avez couché avec ma mère ; il se battait encore pour son pays... quand j'ai été conçu. »

Plon-Plon recula, abasourdi. Parmi ses nombreuses conquêtes, Catherine Davenall n'avait jamais figuré. D'ailleurs il ne l'avait jamais voulu. Cette accusation était absurde. Pourtant, tout ce qu'il trouva à répondre fut :

« Ce n'est pas vrai.

— Vous traitez ma mère de menteuse ?

— C'est elle qui vous a raconté ce conte de fées ?

— Elle a reconnu que vous étiez mon père naturel.

— *Incroyable**. Dans ce cas, oui, *mon ami**. Je traite votre mère de menteuse. Quand suis-je censé avoir cocufié votre père ?

— Vous le savez fort bien. L'été 1855.

— Impossible. L'empereur m'avait confié l'organisation de l'Exposition universelle cette année-là. J'ai été occupé à Paris tout l'été.

— Vous auriez pu trouver le temps de vous rendre à Cleave Court. Ou, d'ailleurs, ma mère aurait pu se rendre à Paris.

— Tout est possible, mais je crois pouvoir prouver n'avoir jamais vu votre mère en 1855. Autrement dit, je peux prouver que je ne l'ai pas séduite. Je peux prouver qu'elle ment.»

Hugo sembla se vider de sa force. Il recula le fauteuil, s'y affaissa et se plaqua une main sur le front.

«Bon sang, grommela-t-il. Bon sang de bois.

— Je suis désolé, mais elle vous a induit en erreur.

— Pour l'amour de Dieu, pourquoi aurait-elle fait ça?»

Plon-Plon haussa les épaules.

«Qui sait? Pour protéger le véritable coupable, peut-être. Les stratégies féminines pourraient échapper au plus grand des généraux.»

Brusquement, Hugo se leva, cramoisi, à la fois gêné d'en avoir révélé autant et outré d'avoir été si complètement berné.

«Par tous les diables, elles ne m'échapperont plus! Je lui arracherai la vérité, quitte à ce que ce soit ma dernière action.»

Il empoigna son manteau et fila vers la porte.

«Hugo...»

Trop tard. Il était parti, laissant Plon-Plon contempler une tasse de café anglais insipide en pensant à Catherine Davenall. C'était vrai: ils ne s'étaient pas vus en 1855, et ils n'en avaient pas eu le désir. Leur rencontre, qui avait eu lieu à Constantinople à la fin du mois de novembre 1854, leur avait inspiré un profond dégoût mutuel. En effet, cela avait été une rencontre que ni l'un ni l'autre n'étaient près d'oublier – ni de pardonner.

Cet après-midi-là, Plon-Plon était retourné à Constantinople d'une humeur massacrante. L'humiliation qu'il avait subie à Scutari continuait à lui nouer les tripes, et il était bien décidé à le faire payer à quelqu'un. Ç'aurait pu être n'importe qui – son aide de camp, un émissaire du sultan, un journaliste curieux –, mais non. Le destin avait décrété que ce serait plutôt Catherine Davenall qui viendrait le voir avant même qu'il eût le temps de se délester de son uniforme maculé de sang.

« Prince ! Mais que vous est-il donc arrivé ? »

Catherine était alors la jeune et charmante créature que Gervase Davenall avait épousée. Elle n'était pas encore devenue la femme inflexible qu'elle était aujourd'hui. Mais ni son charme ni sa vivacité n'avaient pu éteindre la colère aveugle de Plon-Plon.

« *Un accident, madame**. Que voulez-vous ? »

S'arrêtant net au milieu de la pièce à la vue de son expression rageuse, elle avait demandé :

« Pourquoi être aussi bourru ? J'espérais que vous auriez des nouvelles de Gervase. »

Le moment aurait été différent, Plon-Plon se serait rappelé la visite de Gervase après la bataille d'Inkerman, lors de laquelle il lui avait demandé, quand il avait appris que le prince s'apprêtait à quitter la Crimée, de trouver Catherine à Constantinople, où il l'avait envoyée quelques semaines plus tôt à cause des risques de choléra. Il se serait rappelé les confidences joviales de son ami au sujet des avantages de l'absence de sa femme et les aurait respectées, il aurait souri à Catherine et lui aurait assuré que son courageux et fidèle époux se portait comme un charme. Mais pas là.

Pas quand il était sous l'emprise de cette fureur noire bouillonnante.

« Je n'ai aucune nouvelle de Gervase, madame, qui puisse être entendue par son épouse.

— Que voulez-vous donc dire ?

— Je vous conseille de rentrer chez vous en Angleterre. Laissez votre mari à ses… consolations. »

Catherine avait froncé les sourcils.

« Vous sentez-vous bien, prince ? Vous n'avez pas l'air dans votre assiette. On m'a dit que vous aviez été malade, bien sûr, mais…

— Mais vous ne l'avez pas cru ! »

Plon-Plon s'était dirigé vers les portes-fenêtres qui donnaient sur le balcon et les avait ouvertes d'une poussée, laissant entrer l'air stagnant de la fin d'après-midi.

« Sentez ça, madame : le parfum de l'Orient. C'est la seule chose que vous devez croire à propos des Turcs : *l'ordure**.

— Je voulais seulement dire que j'avais cru comprendre que vous étiez guéri.

— Savez-vous où j'étais, aujourd'hui ? À Scutari. Je suis allé rendre visite à votre fameuse *mademoiselle** Nightingale. Mais ce n'est pas elle que j'ai vue. Non, à la place j'ai rencontré une amie à vous.

— À moi ? Qui était-ce ? »

Il avait fait volte-face, un sourire triomphant aux lèvres.

« Vivien Strang.

— Grand Dieu.

— Elle m'a insulté devant une foule de journalistes. Elle m'a jeté une bassine d'eau ensanglantée au visage. Elle m'a humilié – à cause de votre mari. »

Catherine s'était laissée tomber dans un fauteuil. Son visage avait perdu toute couleur, sa bouche toute fermeté.

« Je ne comprends pas. Que fait-elle là ? »

Catherine avait toujours été antipathique à Plon-Plon à cause de ses manières hautaines et moralisatrices. Désormais la haine s'ajoutait à cette antipathie, une haine de toutes ces dames anglaises de bonne famille à la désapprobation facile qui avaient croisé son chemin, une haine qui le convainquait que celle-ci devait faire l'expérience de la souffrance.

« Elle fait partie des rossignols[1], madame. Elle couve. Elle couve un grief, pourrait-on dire.

— Un grief contre Gervase ? Pourquoi ?

— C'est à cause de lui qu'elle a perdu sa place de gouvernante auprès de vous.

— Non. Cela n'avait rien à voir avec lui. Elle était sortie toute une nuit et avait refusé de dire où elle était passée. Naturellement, mon père...

— Elle était avec Gervase !

— Si c'est ce qu'elle raconte, elle ment. »

Catherine, en signe de déni farouche, avait serré ses deux minuscules poings gantés.

« Ce n'est pas *elle* qui le raconte, madame. C'est *moi*, parce que c'est un fait avéré. Cette nuit-là Gervase l'a attirée dans le labyrinthe de Cleave Court pour la violer.

— Non !

— Cela faisait des mois qu'il l'obsédait. Cette nuit-là, l'obsession a pris fin.

— Cela ne se peut.

---

1. En anglais, *nightingale* signifie « rossignol ». (*N.d.l.T.*)

— Il n'y a pas que ça. Elle a porté son enfant, madame. »

Catherine s'était levée.

« Je refuse d'écouter de pareilles inepties. Soit elle ment, soit c'est vous.

— Elle a refusé de vous raconter ce qui s'était passé parce qu'elle savait qu'on ne la croirait pas. Vous ne l'avez jamais aimée, me semble-t-il. Vous étiez contente de cette excuse pour la faire congédier.

— Rien de tout cela n'est vrai.

— Demandez à Gervase. Voyez s'il nie. Demandez à *mademoiselle** Strang. Elle est en ce moment à Scutari ; vous pourriez facilement la défier. Vous n'en ferez rien, je le sais. Vous n'en ferez rien, parce que vous savez que je dis la vérité. Vous devez vous être rendu compte du goût de votre époux pour... la variété. C'est pour cette raison qu'il vous a envoyée ici. De façon à être libre de... se faire plaisir. »

Catherine en avait entendu assez. Elle s'était précipitée vers la porte.

« Il y a donc bien des nouvelles de Gervase que vous pouvez emporter, madame : des nouvelles de la femme qu'il vous a préférée, des nouvelles du bâtard qu'elle lui a engendré ! »

La porte avait claqué. Il était seul. La rage commençait à se dissiper, cédant place à une vacuité lasse. Il était sorti sur le balcon et avait regardé l'équipage de Catherine s'éloigner. Le soleil commençait à se coucher, jetant sa lueur morbide sur les minarets et les dômes des mosquées de la ville. Au-dessus du toit derrière lui, le bruissement d'un vol de gravelots s'était fait entendre au moment où les muezzins entonnaient leur appel rituel. Sur la côte asiatique, au-delà du Bosphore, la gigantesque silhouette de l'hôpital Barrack se dessinait, étrangement apaisante dans la lumière rose déclinante. En dessous de Plon-Plon, dans une ruelle étroite, un Grec fouettait un baudet famélique surchargé. Soudain, la puanteur de l'amitié trahie lui avait empli les narines. Il s'était retranché dans sa chambre.

« Brunet ! héla Plon-Plon quand il eut fini de se vêtir. Nous allons quitter Londres.
— Quand, *mon grand seigneur** ?
— Sur-le-champ.
— Mais… pour aller où ? »
Plon-Plon fronça les sourcils. Où aller, en effet ? Il ne pouvait ni rester à Londres ni retourner à Paris. Turin abritait sa femme et, pire encore, sa famille. Aucune de ces alternatives ne le réjouissait, mais il lui faudrait bien en choisir une.
« N'importe où, Brunet, répondit-il avec un soupir. N'importe où. »

*

Une douceur transitoire s'était installée à Salisbury au fil de la journée, et à présent, comme Constance et Emily franchissaient la porte de Harnham Gate, elles étaient frappées par l'incroyable allure printanière que semblait revêtir l'enceinte, avec des pousses de jonquilles aux pétales hermétiquement fermés qui pointaient dans l'herbe, des colombes qui roucoulaient par-delà les murs du palais de l'évêque, et la pâle lumière du soleil à laquelle la pierre de la cathédrale conférait une teinte dorée.

«C'est comme ça depuis ton arrivée, commenta Emily tandis qu'elles cheminaient en savourant la douceur de la journée.

— Trop beau pour durer, à ton avis? demanda Constance. J'ai eu cette impression tout l'hiver, Emily: un avant-goût de plaisirs qui ne dureraient peut-être pas.

— Et pourquoi non?

— Parce que, pour le moment, ceux qui donnent le *la* au sein de la cathédrale me considèrent d'un œil charitable. Dussé-je suivre l'inclination de mon cœur, en revanche, ils ne se montreraient plus aussi compréhensifs.

— Dusses-tu épouser James, tu veux dire?

— Tu sais donc que ça me trotte dans la tête?

— Je sais qu'il ne peut en être autrement. Tout comme père. Comment le contraire serait-il possible?...»

Elle s'interrompit: l'un des bedeaux venait de quitter la cour des tailleurs de pierre et leur adressait un grand sourire. Des salutations cordiales furent échangées, l'approbation de la météo partagée, une plus longue conversation habilement évitée. Le bedeau continua son chemin, et Emily reprit:

«Miss Pursglove ne m'a pas dit autre chose quand je lui ai rendu visite.

— Comment s'adapte-t-elle?

— Admirablement, comme tu le verras demain. Mais n'essaie pas de changer de sujet, la tança-t-elle avec un sourire. Miss Pursglove m'a confié à quel point elle était navrée d'apprendre tes déconvenues mais, à son avis – incisif, comme tu le sais –, tu ne devrais pas les laisser se mettre en travers de ton chemin. James et toi êtes *faits* l'un pour l'autre. Ce sont ses mots, pas les miens.

— Très possiblement, mais c'est plus facile à dire qu'à faire. Je ne peux pas complètement oublier William, quand bien même j'ai souffert à cause de lui.

— Que disent les médecins ?

— Qu'il ne va pas mieux. Ils ne m'interdisent pas de lui rendre visite, mais ils ne m'encouragent pas non plus. Et je n'ai guère le cœur d'y aller. »

Elle porta son regard au loin.

« Que pourrions-nous nous dire après tout ce qui s'est passé ?

— As-tu cherché... des conseils juridiques ? »

Constance baissa les yeux au sol.

« Richard m'a expliqué que, au vu des circonstances, le divorce pour cause d'aliénation mentale pourrait être obtenu facilement. Si tant est que ce genre de choses s'obtiennent jamais facilement.

— Est-ce là ton intention ? »

Sa réponse fut à peine audible.

« Oui.

— Tu *dois* le faire. »

Emily pressa le coude de sa sœur.

« Ça te libérera – pour épouser James.

— Il ne m'a pas demandé ma main.

— Mais il le fera. Le contenu du courrier de ce matin n'a pas échappé à mon œil envieux. »

Constance s'empourpra et sourit.

« Oui. Il le fera. »

Soudain, une angoisse la traversa.

«Mais père et toi, alors ? Un divorce dans la famille scandaliserait l'enceinte.»

Emily jeta un regard circulaire à l'enfilade de maisons en briques rouges des chanoines et au doyenné en pierres de taille.

«Les gens s'en délecteront, naturellement, mais ils finiront par oublier. Ce n'est pas comme si tu vivais ici, après tout.

— Mais père et toi, si.

— Père est devenu trop dur d'oreille pour entendre les ragots. Ne t'inquiète pas pour nous.

— Mais si.

— Alors laisse-moi te tranquilliser. Nous voulions que tu épouses James il y a douze ans – et nous voulons que tu l'épouses aujourd'hui. Ça ne sera pas pareil, évidemment : ça ne pourra jamais l'être. Mais ce sera ce que vous méritez tous les deux : être ensemble.»

C'était l'ultime bénédiction que Constance avait envie et besoin d'entendre. Tandis que les deux sœurs se dirigeaient vers la maison de leur père, elles savaient qu'à Londres, le procès à venir ne pourrait engendrer, malgré ses efforts gargantuesques, aucune décision dont la portée serait comparable à celle que Constance venait de prendre.

*

La chambre était sombre, car le soleil avait déserté ce côté de Chester Square, et Hugo, lové tout habillé sous le couvre-lit, dormait profondément. Pour Catherine, c'était un soulagement et une satisfaction de voir son jeune visage sur l'oreiller, les yeux joyeusement clos. Elle aurait presque pu s'imaginer qu'il était redevenu un enfant qu'on avait puni dans sa chambre suite à l'une de ses nombreuses incartades, et qu'elle finissait par retrouver benoîtement assoupi quand elle passait la tête pour faire la paix avec lui. Elle referma délicatement la porte et s'éloigna sans bruit au bout du couloir.

Bladeney House ne renfermait pour Catherine aucun souvenir précieux. Elle jeta un œil aux portraits accrochés dans la descente d'escalier incurvée, maudissant en silence la succession de visages de ces Davenall depuis longtemps dans la tombe. Toutefois, elle trouvait du réconfort dans la manière dont elle les avait dupés, réconfort que seule une défaite de Hugo au procès à venir pourrait annihiler. Car Hugo, expliqua-t-elle sans mot dire aux ancêtres du garçon, n'avait rien d'un Davenall légitime. Il était sa victoire sur eux. Il était à elle seule.

Elle pénétra dans la salle de musique et se dirigea vers les portes-fenêtres, une main en visière pour contempler le jardin clos à l'arrière de la maison. Il y avait des signes de négligence : elle n'autorisait pas un tel relâchement à Cleave Court. Mais ici, cela n'avait aucune importance. C'était un royaume qu'elle était contente de déserter, c'était le domaine honni de son défunt mari dont elle refusait de s'occuper. Elle partirait dans la matinée. Elle partirait, et avec plaisir.

Si Catherine avait consenti à se rendre à Londres, c'était seulement pour entendre de la bouche de maître Lewis (de Lewis & Lewis) si son enquête aux États-Unis avait été couronnée de succès. Avec le procès qui approchait à toute allure, elle s'était tournée vers cet avocat en quête d'une preuve tardive de la véritable identité de James Norton. Mais elle avait été déçue. Ce matin-là, Hugo et elle s'étaient rendus dans les bureaux de maître Lewis à Ely Place. Ils avaient été reçus avec courtoisie, servis en vin de madère, et rassurés quant à l'aboutissement imminent de recherches assidues. Et pourtant, qu'est-ce que ces trois mois de fouilles acharnées dans le passé de Norton avaient rapporté ? Très peu, comme avait dû le reconnaître maître Lewis.

« Le problème dans cette affaire, madame, est subtil. Le récit qu'a fait M. Norton de sa vie et de son travail à Philadelphie est véridique : ça, au moins, nous l'avons établi. Mais cela ne nous mène qu'à l'été 1881, date à laquelle il a postulé avec succès à un poste au sein de l'agence publicitaire McKitrick. Il y a suffisamment de collègues et de connaissances pour nous dire tout ce que nous avons besoin de savoir au sujet de ses activités à partir de ce moment-là. Il s'est rendu à Paris l'an dernier au mois de janvier, décrivant son voyage comme des vacances. Il n'a confié à personne qu'il allait consulter un médecin là-bas, mais, vu les circonstances, ce n'est guère étonnant. Puis, à la fin du mois de juillet, il a démissionné et quitté la ville, arrivant dans notre pays au milieu du mois de septembre. À Philadelphie, personne n'était au courant de ses projets, mais, là encore, vu les circonstances, on ne pouvait guère s'attendre à autre chose.

« Là où nous avons rencontré de grandes difficultés, c'est pour retracer ses déplacements avant son arrivée à Philadelphie. Il a postulé à cette agence depuis une adresse à Baltimore, mais il s'avère qu'il ne s'agissait que d'un asile de nuit. D'après nos recherches, il n'a passé que quelques semaines dans cette ville. Où habitait-il avant cela, nous n'en savons strictement rien. Et M. Norton ne semble pas avoir envie qu'on le découvre. Toutes ses déclarations se distinguent par leur imprécision sur ce sujet.

« Si on commence par l'autre bout, ce n'est pas mieux. Il y avait bel et bien un navire marchand du nom de *Ptarmigan* qui a levé l'ancre du port de Londres le 18 juin 1871 pour se rendre en Nouvelle-Écosse. Il a accosté à Halifax le 21 juillet 1871. Il n'est mentionné nulle part qu'il transportait des passagers, mais cela, bien sûr, est cohérent avec l'affirmation de M. Norton qui dit avoir passé un arrangement privé avec le capitaine. Quant à ce capitaine, il a sombré avec son vaisseau au large du Brésil trois ans plus tard. M. Norton aurait pu trouver ces informations lui-même, évidemment. Il aurait pu fouiller les registres, comme nous l'avons fait, afin de dénicher un bateau et un capitaine adaptés à son objectif.

« Nous avons ici affaire à une machination des plus ingénieuses. M. Norton ne s'est pas contenté de formuler ses revendications avant de les présenter au grand jour. Il a d'abord cherché à détourner l'attention de la personne qu'il est vraiment en s'inventant une autre identité, qu'il a authentifiée en passant un an à Philadelphie, où il s'est forgé une réputation d'homme travailleur, sobre, respectable, solitaire et avant tout insignifiant : des caractéristiques idéales pour servir son objectif. Il s'est montré à la fois patient et rusé : suffisamment patient pour passer ces deux dernières années à se préparer en vue du procès, suffisamment rusé pour prévoir toutes les façons dont nous chercherions à le démasquer. Quelle que soit sa véritable identité, c'est un jeune homme tout à fait remarquable. »

Ce rapport avait valu à maître Lewis peu de remerciements de la part de Catherine, car il en méritait peu. Elle n'avait pas besoin de lui pour savoir à quel point Norton constituait un adversaire redoutable. Tout ce qu'il lui fallait, c'était un nom à mettre sur le visage de son ennemi, et ce nom, maître Lewis avait été incapable de le lui fournir.

La disette de preuves récoltées par cette onéreuse enquête en Amérique avait été un coup dur pour Hugo. Si Catherine avait su où il avait l'intention d'aller après leur séparation au coin d'Ely Square, elle aurait essayé de l'en empêcher. En un sens, elle s'en voulait de lui avoir laissé croire à sa propre idée absurde au sujet du prince Napoléon. Mais elle ignorait que ce misérable était de retour à Londres, et que Hugo serait assez bête pour faire appel à lui.

À son retour, Hugo, empourpré par l'alcool et une blessure d'orgueil, avait donc exigé qu'elle lui révèle la vérité. Il n'avait manqué pour constituer une réplique parfaite de ses nombreux caprices d'enfance que cette habitude de taper des pieds quand il était fâché. Mais Catherine n'était pas sa mère pour rien. La colère qu'elle avait déchaînée avait réussi à éclipser celle de Hugo. Elle avait écrasé ses requêtes sans pitié, comme il aurait dû s'y attendre. Elle ne lui avait pas révélé la vérité.

Pas plus, en tout cas, que ce qu'elle le jugeait capable de supporter. Comme d'habitude, son courroux s'était vite éteint. Après avoir dû menacer, Catherine avait dû apaiser. Car Hugo avait pleuré – des larmes d'un chagrin déchirant – devant la menace qui pesait sur sa vie d'enfant gâté. Il avait pleuré sur son sein, et elle l'avait serré fort dans ses bras, jusqu'à ce que les sanglots refluent et que son fils recouvre sa tranquillité d'esprit.

À présent il dormait, et Catherine réfléchissait à la manière de le protéger. Peut-être Norton ignorait-il à quel point son amour pour Hugo dépassait celui qu'elle aurait jamais pu accorder au Davenall aux yeux clairs que Gervase lui avait fait enfanter. Peut-être ne se rendait-il pas compte que, même si elle avait pensé qu'il s'agissait réellement de James, elle l'aurait combattu pour le bien de Hugo.

Catherine se dirigea vers le clavecin dans le coin de la pièce, souleva le couvercle et s'essaya à quelques notes expérimentales. Il avait besoin d'être accordé, elle aurait dû s'en douter. Toutefois, le son de l'instrument – ses antiques tonalités aiguës qui s'élevaient dans le silence pur de la pièce – lui rappela sa professeur de musique d'il y avait fort longtemps, une femme à laquelle elle avait souvent pensé récemment. Tant mieux que cet homme exécrable n'eût pas eu le courage de raconter à Hugo l'histoire de Vivien Strang.

Catherine s'assit et se mit à jouer, lentement, distraitement, mais néanmoins avec habileté, car Miss Strang avait été une bonne enseignante. Leurs leçons appartenaient à des souvenirs plus lointains que le temps seul n'aurait pu justifier. Elles appartenaient à la jeunesse abandonnée et oubliée de Catherine Webster. Elles ne comptaient pas. Et pourtant, pouvait-elle en être aussi sûre ? Plus elle s'efforçait vainement de trouver une autre explication, plus la main invisible de Vivien

Strang semblait détenir la réponse. Où était-elle, à présent ? Où était-elle allée, qu'avait-elle fait, depuis le jour de la vengeance mesquine de Catherine ?

« Ma propre fille vous a vue rentrer, bon sang ! s'était emporté le colonel Webster, la voix éraillée par des réprimandes inutiles.

— Je n'ai pas nié être sortie cette nuit, avait répliqué Miss Strang avec un parfait sang-froid. Je ne conteste pas ce que Catherine a vu de ses propres yeux.

— Et pourtant vous refusez de vous expliquer.

— J'ai dit tout ce que j'avais à dire. »

Webster s'était giflé la cuisse, désespéré et confus, puis s'était tourné vers Catherine.

« La décision te revient, ma fille », avait-il dit en levant les yeux au ciel.

C'était le moment qu'avait attendu Catherine, le moment où elle pourrait se laver de la jalousie qui brûlait en elle. Elle n'avait jamais aimé Miss Strang : selon elle, la gouvernante d'une jeune fille n'aurait pas dû être aussi élégante et cultivée. Et depuis qu'elle avait remarqué l'intérêt que Gervase portait à cette femme, elle en était venue à la détester. Elle osait à peine admettre, même en son for intérieur, l'endroit où elle redoutait que Miss Strang eût passé la nuit – et avec qui. Mais peu importait à présent, car elle tenait sa chance de s'assurer qu'elle n'aurait plus jamais besoin d'en vouloir à Miss Strang.

« Il est inconcevable que la vérité puisse être autre que profondément déshonorante, papa. Assurément, son silence le confirme. »

Webster avait soupiré.

«Je le crains, oui. Vous devez nous quitter, Miss Strang.

— J'espère seulement, avait poursuivi Catherine, que son influence malsaine sera épargnée à d'autres familles.

— Cela ne fait aucun doute, puisqu'elle partira d'ici sans aucune référence.

— Puis-je me retirer maintenant, papa?

— Hein? Hum, oui, ma fille. Bien sûr.»

Elle était passée devant Miss Strang en se dirigeant vers la porte.

«Au revoir, Catherine, avait murmuré la gouvernante. Je n'oublierai jamais votre conduite exemplaire d'aujourd'hui.»

Catherine n'avait pas répondu. Après lui avoir jeté un regard en coin des plus hautains, elle avait quitté la pièce. Une heure plus tard, d'une fenêtre à l'étage, elle avait regardé Miss Strang rejoindre l'équipage qui devait la conduire à la gare. Elle avait regardé – et célébré son triomphe secret. Enfin débarrassée de cette femme, elle était convaincue que désormais, rien ne pourrait distraire Gervase de ses charmes.

Catherine referma le clavecin et contempla le silence qui s'ensuivit. Elle s'était montrée sans cœur, il est vrai, et pourtant, quand le prince Napoléon avait fini par lui raconter ce que Gervase avait fait cette nuit-là, elle n'avait pas regretté son geste, car le regret n'était pas dans sa nature.

Elle fronça les sourcils, dédaignant la petite bouffée de panique que ses pensées lui avaient inspirée. Était-ce réellement possible? Manifestement, Norton était au courant du traitement injuste qu'avait subi sa gouvernante. Il savait ce que personne n'aurait pu lui dire – hormis Miss Strang elle-même. Et Catherine ne mettait pas en doute l'affirmation de Plon-Plon selon laquelle Miss Strang avait porté l'enfant de Gervase. Norton pouvait-il donc être cet enfant ? Le fait de revendiquer l'identité de James constituait-il la vengeance longuement méditée de la gouvernante trompée ? « Je n'oublierai jamais », avait-elle dit. Et Catherine ne pouvait pas davantage oublier – que Vivien Strang était une femme de parole.

*

C'était la fin d'après-midi, mais dans le bureau de Richard Davenall, à Holborn, le soir semblait déjà s'être refermé sur les bibliothèques saturées et les piles de papier jaunissant, messager gris et frisquet de l'obscurité, qui aggravait l'humeur d'indécision culpabilisante de son occupant. Trois mois auparavant, il avait compromis sa réputation professionnelle en reconnaissant James Norton comme son cousin. Désormais, il l'admettait intérieurement faute de l'admettre devant qui que ce soit d'autre, il regrettait sa décision. Non pas qu'il ne croyait plus à l'allégation de James : rien n'aurait pu le justifier. Simplement, pour une raison mystérieuse, toute certitude l'avait déserté. Il y avait tant de choses qu'il ne comprenait pas, tant de choses qui demeuraient cachées ou inexpliquées, tant de choses – aurait sans nul doute commenté son père – pour lesquelles il n'était pas à la hauteur.

En levant la tête vers la photographie vieillie de Wolseley Davenall accrochée au mur derrière le bureau – le visage maigre aux traits figés avait conservé son air vaguement désapprobateur –, Richard songea une fois de plus à la dispute qu'il avait surprise entre son père et Gervase à l'automne 1859. «Lennox aura son argent.» Mais pourquoi? Que lui avait valu d'être payé? D'ailleurs, qu'en aurait fait ce pauvre fou de Trenchard, s'il avait eu cette information?

Quand Richard quitta la photographie des yeux, il n'était plus seul. Tous les muscles de son corps se raidirent à la vue de James Norton qui se dressait devant lui. Il n'y avait eu aucun bruit, aucun avertissement de son arrivée. Et pourtant il était là. Et ce n'était pas un fantôme.

«Bonjour, Richard, lança James avec un sourire. Je suis désolé de vous avoir surpris.

— Non, non. Pas du tout.

— Benson m'a dit d'entrer directement.»

Benson n'aurait certainement jamais dit une chose pareille. Néanmoins, il aurait fort bien pu se laisser convaincre de le laisser entrer sans être annoncé. La question était de savoir pourquoi James avait voulu surprendre Richard. Pour le prendre en flagrant délit d'indécision? Pour entrapercevoir ce qu'il pensait vraiment? Avec un effort mal dissimulé, Richard se retrancha derrière une attitude professionnelle neutre.

«Qu'est-ce qui vous amène?

— J'ai voulu vous rendre visite en revenant de chez Warburton.

— Un entretien satisfaisant?

— Warburton reste confiant, certainement.

— Content de l'entendre.»

Nonchalamment, James avança de trois pas vers

une bibliothèque et s'y adossa, les coudes en appui sur une étagère.

« En réalité, reprit-il avec un sourire aimable, ma visite a bien un but précis.

— Ah oui ?

— Je me demandais si vous m'accorderiez la faveur de m'accompagner lors d'une balade cet après-midi. »

Il marqua une pause.

« Une balade, pourrait-on dire, dans le passé.

— Que voulez-vous dire au juste ? »

Richard avait beau s'astreindre à la prudence, il sentait déjà la curiosité s'éveiller en lui.

James s'écarta de la bibliothèque et se posta à la fenêtre.

« J'y pense depuis un bon moment, en fait. »

Il porta la main à sa bouche et se tapota nerveusement les lèvres, comme s'il avait envie d'une cigarette.

« Mais je n'ai guère envie de le faire tout seul. »

S'agissait-il d'un stratagème retors ou d'un cri du cœur ? Comme toujours, Richard ne savait trop.

« Si c'est tellement important, je vous accompagnerai volontiers. Mais quelle est notre destination ?

— Wapping, Richard. L'endroit où j'avais pensé mettre fin à mes jours il y a douze ans. Je sens que je dois y retourner – pour exorciser ce souvenir. »

C'était donc ça : un trop grand risque à courir, assurément, pour un imposteur. Envahi par le remords, Richard se demanda si c'était réellement un souvenir que James cherchait à exorciser – plutôt que la défiance qui avait grandi entre eux. Dans un cas comme dans l'autre, ce moment promettait d'être la crise qu'il avait cherchée ce matin même à déclencher.

«Fort bien, répondit-il. Nous irons.»
James le regarda.
«Je n'ai pas envie que cela vienne aux oreilles de Constance. Elle trouverait ça morbide. C'est pourquoi…
— Vous avez attendu son départ ?
— Oui.»
Cette excuse en valait une autre, songea Richard, si toutefois il y avait besoin d'une excuse. Mais prétexte et réalité avaient trop souvent fusionné dans son esprit pour être séparables à présent.
«Je ne dirai rien à Constance. Quand partons-nous ?
— Immédiatement, si vous voulez bien.»
James jeta un œil par la fenêtre.
«Il fera nuit dans une heure. Ne perdons pas de temps.»

Ils prirent un fiacre jusqu'à la Tour de Londres, puis traversèrent à pied Katharine Docks avant de se diriger vers Wapping en se faufilant dans la rue bondée où se succédaient pêle-mêle quais et entrepôts, peinant à se faire entendre au milieu des claquements de sabots et des grincements de roues.
«C'est gentil à vous de m'accompagner, Richard, commenta James. J'apprécie vraiment.
— C'est la moindre des choses.
— Je crains que vous ne vous sentiez exclu de la famille à cause de cette satanée histoire.
— J'ai peur que cela ne soit inévitable.
— Quand ce sera terminé, j'espère que vous accepterez de gérer toutes mes affaires.
— Si tel est votre souhait.

— Ça l'est, ça l'est. »

Ambiguïté et soupçon avaient infecté tous leurs échanges. Richard ne savait plus trop ce qu'il voulait dire lui-même, et encore moins ce que voulait dire James.

La lumière baissait et le quartier s'encanaillait à mesure qu'ils progressaient vers l'est. Les mendiants qui marchaient en traînant les pieds et les enfants qui allaient nu-pieds et bouche ouverte commençaient à être plus nombreux que les commerçants. Tout au bout des ruelles perpendiculaires où les balles de marchandises s'entassaient en équilibre instable, la Tamise leur adressait des clins d'œil et guidait leurs pas. Pour Richard, c'était là un univers à l'étrangeté déconcertante, où confiance et traîtrise menaçaient de devenir indiscernables, où il avait moins que jamais les moyens de savoir ce dont au juste se souvenait son compagnon – ou ce qu'il avait simplement imaginé.

« Il y aura tant de choses que je ne reconnaîtrai pas, reprit James, tant de choses qui auront changé en douze ans. J'ai l'intention d'être un propriétaire exemplaire, mais je vais avoir besoin de votre aide et de vos conseils.

— Alors vous les aurez. »

L'espace d'un instant, Richard savoura cette perspective. Cet homme serait un client tellement plus digne que Hugo, qui mériterait tellement plus ses conseils. Ils franchirent alors le pont tournant qui passait au-dessus du bassin de Wapping et entrèrent, ou réentrèrent, dans le monde miniature que James avait évoqué lors de l'audience : Wapping High Street, avec un cimetière délaissé d'un côté, et le pub Town of Ramsgate de l'autre.

« C'est ici, n'est-ce pas ?

— Oui, confirma James. C'est ici. »

Il remonta en tête la rue suivante sur la gauche, où des grilles grinçantes de rouille donnaient accès au cimetière. Il les ouvrit d'une poussée, Richard le suivit.

« C'est ici que vous avez attendu ? C'est ici que vous avez choisi la pierre pour vous lester ?

— Oui. »

Richard lança un regard circulaire à la poignée de pierres tombales de guingois et aux mausolées drapés de moisissure, sa respiration se condensait dans l'air glacial. C'était possible, oui, bien trop possible. Sur ce bout de terrain givré semé de funérailles, entre la morne et vaste étendue des bidonvilles surpeuplés et l'incessant commerce grinçant du fleuve, un homme aurait pu véritablement chercher à abréger son malheur. À cet instant, à cet instant seulement, Richard fut convaincu.

« Je suis content que le courage vous ait manqué, dit-il en lui posant une main sur l'épaule. Vous méritiez mieux que d'être poussé à cette extrémité.

— Vraiment ? »

James se tourna vers lui, son expression était indéchiffrable dans la pénombre qui s'épaississait. Puis, brusquement, il s'éloigna vers les grilles.

« Et si nous allions voir les marches que j'ai descendues pour aller au fleuve ?

— Mais certainement. »

Cependant, la précipitation avec laquelle James était parti déplaisait à Richard. C'était comme s'il avait eu un mouvement de recul devant sa compassion, comme s'il avait trouvé ce souvenir ou sa duperie trop douloureux à supporter. Tandis qu'ils retournaient dans Wapping High Street, Richard percevait l'extrême vulnérabilité de son compagnon à cet endroit et à cette heure-là. S'il devait jamais baisser la garde, ce serait le moment.

« Vous pensiez ce que vous disiez quand vous parliez d'être un propriétaire exemplaire ?

— Tout à fait.

— Vous aurez beaucoup de choses à considérer. La propriété irlandaise, par exemple. Depuis le décès de votre grand-mère, elle est entièrement aux mains de l'intendant. Vous y êtes allé une fois, je crois.

— À Carntrassna ? Oui, quand j'étais enfant.

— Avec votre père ?

— Oui.

— En quelle année ? Vous vous en souvenez ?

— 1859. Peu après le décès de grand-père. »

Et peu avant, calcula Richard, que Gervase verse dix mille livres à l'agent de Carntrassna sans raison apparente.

« Papa estimait que, en tant qu'héritier, je devais rencontrer sa mère.

— Aviez-vous apprécié ce séjour ?

— Guère. J'avais trouvé le comté de Mayo abrupt et inhospitalier.

— Et votre grand-mère ?

— Elle n'était pas du genre à souffrir les imbéciles – ni les enfants. Elle était plutôt… intimidante.

— Vous vous rappelez l'intendant ? Un homme du nom de Lennox ?

— Non. Je dois avouer que non. »

Ils empruntèrent jusqu'au fleuve la ruelle qui coupait entre le Town of Ramsgate et les murs de bâtisses voisines. La lumière battait en retraite, devant eux de la brume montait de la masse brune et turbide de la Tamise. Au bout de la ruelle, une volée de marches s'enfonçait dans l'eau. Ils s'arrêtèrent au sommet et contemplèrent les hauts visages de brique à la frange herbeuse que les entrepôts montraient au fleuve, les quais brouillés de limon, au loin, sur la rive du Surrey, l'infinité trouble clapotant à l'endroit où la Tamise s'embarquait pour la mer.

« Lugubre endroit, commenta Richard après un long silence.

— Lugubre endroit pour un geste lugubre. C'est étrange de revenir ici – après toutes ces années.

— Cela vous procure-t-il l'effet que vous escomptiez ?

— Je ne sais pas. Je suis content d'être venu, en tout cas – et je serai tout aussi content de repartir. »

Son ton, plus que ses mots, ébranla Richard. Un ton pareil ne pouvait avoir été feint. Il traduisait les souvenirs que cet endroit renfermait de façon plus poignante que n'importe quel témoignage éloquent à la barre. Il résonnait de l'écho singulier de la vérité.

« Pouvons-nous y aller, maintenant ? demanda James après un autre silence.

— Si vous en avez vu assez.

— Je crois que oui. »

Soudain un violent frisson le parcourut, plus violent que ce que pouvait expliquer la baisse progressive de la température.

« Bien assez. »

Richard hocha la tête puis commença à remonter la ruelle. Il n'avait pas fait dix mètres quand il se rendit compte que James ne le suivait pas. Perplexe, il s'arrêta, se retourna, et vit son compagnon toujours au sommet des marches – comme enraciné –, à contempler le fleuve. Richard le héla, mais James n'esquissa aucune réaction, ni bruit ni mouvement qui auraient indiqué qu'il avait entendu. Richard retourna vers lui et tendait le bras pour lui toucher l'épaule, quand soudain, à la vue de son expression, il arrêta son geste.

Auparavant, il avait fait trop sombre dans la ruelle pour distinguer ses traits, mais une lampe qui venait d'être allumée dans l'un des gigantesques entrepôts à leur gauche projetait maintenant un rectangle difforme de lumière cireuse sur les marches et une partie du fleuve. Bien que falote et intermittente, elle permit à Richard de voir que James était en proie à une terreur paralysante.

«Qu'y a-t-il?»

Toujours pas de réponse. Suivant la direction du regard de James, Richard observa le bas des marches, où le rectangle de lumière éclairait l'eau d'un gris opaque et une traîne de débris de bois flottants qui cognaient lascivement contre les degrés les plus bas.

«Pour l'amour de Dieu, mon ami, qu'y a-t-il?»

Enfin, James finit par parler, pastiche râpeux et chevrotant du ton confiant qu'il avait eu précédemment.

«Vous ne le voyez donc pas?
— Quoi donc?
— Dans l'eau.
— Je ne vois rien.
— Rien?»

James le dévisagea d'un air incrédule.

«Rien du tout.

— Alors... Alors, ce doit être... »

Il reporta les yeux en bas des marches, et sa voix s'éteignit.

« Ce doit être quoi ? »

Au début, James ne répondit pas. Il inspira plusieurs fois profondément et redressa les épaules comme pour se préparer à un effort surhumain. Puis il se tourna vers Richard, de nouveau serein et maître de lui.

« Rien, répliqua-t-il d'une voix qui avait recouvré sa fermeté. Vous avez raison, Richard. Ce n'est rien du tout. »

Sur ce, vite mais sans le moindre signe de précipitation, il s'éloigna dans la ruelle.

Il avait bifurqué dans Wapping High Street et disparu avant même que Richard, interdit par ce qui venait de se passer, commençât à le suivre ; si la crise qu'il attendait n'avait toujours pas eu lieu, une crise d'un autre genre venait peut-être néanmoins de se produire. De quel genre en revanche, Richard l'ignorait, car il n'avait rien vu, ni sur les marches ni sur le fleuve. Et ce que James avait cru voir était désormais invisible sous le brouillard qui montait de l'eau tel le dernier souffle d'innombrables noyés.

14

Durant le long intervalle entre l'audience et le procès, le monde extérieur avait réussi à complètement oublier l'affaire Norton contre Davenall. Cette trêve de cinq mois avait suffi à effacer toute notion de ses moindres aspects, même les plus sensationnels. Pour le public, on aurait dit qu'il ne s'était jamais rien passé.

La justice, en revanche, n'avait pas oublié. Elle avait simplement pris son mal en patience, attendant, impassible, sans hâte ni hésitation, que la date prévue approchât. La trêve toucherait bientôt à sa fin.

Le tout dernier après-midi avant son expiration, James Norton et Constance Trenchard parcouraient bras dessus bras dessous les pentes herbeuses de Parliament Hill en respirant l'air pur avec le plaisir désespéré de ceux qui savent qu'ils ne pourront bientôt plus jouir d'une telle oisive liberté.

« Russell estime que le procès devrait durer au minimum deux mois, expliqua James avec un profond soupir. J'aurais aimé que ce soit plus rapide. J'aurais aimé que ce soit fini en un claquement de doigts.

— Mais c'est impossible, répliqua Constance.

— Oui, confirma James en secouant la tête. Il faut

manifestement en passer par là – puisqu'on ne m'accepte pas pour qui je suis. C'est un bien lourd tribut à payer pour un si modeste privilège : porter mon véritable nom. Parfois je me demande pourquoi nous ne pourrions pas simplement nous enfuir tous les deux et oublier tout ça. Si Hugo tient tellement à sa dignité de baronnet, pourquoi ne pas la lui laisser ? Je m'en suis passé tellement longtemps qu'il m'importe peu, je crois, de l'avoir ou pas. »

Constance lui lança un regard incertain.

« Vous ne pensez pas vraiment ce que vous dites ?

— Une part de moi le pense, si. La part qui m'a fait rester loin d'ici toutes ces années.

— Et l'autre part ?

— Elle m'exhorte à ne pas fuir une seconde fois. Sans compter que...

— Oui ?

— Je n'ai pas le droit de vous demander une chose pareille. Pour votre bien, à tout le moins, je suis déterminé à aller jusqu'au bout. »

Elle se mit sur la pointe des pieds pour l'embrasser.

« Nous irons jusqu'au bout *ensemble*. »

Il sourit.

« Il n'est pas trop tard pour changer d'avis.

— Oh, mais si. Aujourd'hui même, Richard a lancé une procédure de divorce en mon nom. »

Elle recula.

« Vous semblez surpris.

— Je ne vous pensais pas capable d'envisager une telle mesure tant que le procès ne serait pas terminé.

— Le procès ne fait aucune différence, James. Voilà ce que je veux que vous compreniez. Peu me chaut l'opinion des gens sur votre identité. Moi, je la connais déjà. Vous êtes l'homme que j'épouserais volontiers demain si j'étais libre... Et si on me demandait ma main », ajouta-t-elle, le feu aux joues.

Soudain elle poussa un cri aigu, car il l'avait brusquement saisie par la taille pour la faire tournoyer.

« Dès que vous serez libre, s'écria-t-il, on vous la demandera. »

Il l'embrassa et, riant à perdre haleine, ils contemplèrent la ville fumante et grise à leurs pieds, en triomphant secrètement.

« James Davenall et Constance Sumner se marieront – après douze ans de fiançailles. Vous avez ma parole. »

Alors que Constance s'apprêtait à répliquer, il y eut un cri derrière eux.

« Davenall ! C'est toi, Davenall ? »

Ils se retournèrent : deux hommes élégamment vêtus d'à peu près le même âge que James se dirigeaient vers eux. L'un était maigre, affublé d'un teint cireux et d'une moustache lugubre, l'autre, corpulent et rougeaud, se fendait d'un large sourire : de toute évidence, c'était lui qui l'avait hélé. Une dizaine de mètres en retrait, un troisième homme les observait sans manifester un grand intérêt, bien que les deux autres vinssent manifestement juste de le quitter.

« C'est Jimmy Davenall, n'est-ce pas ? insista le rubicond.

— Oui, répondit James prudemment. Je ne crois pas...

— Tu ne te souviens pas de moi ? Mulholland. Reggie Mulholland. »

Il désigna son compagnon.

« Et lui, c'est Charlie Borthwick. »

James se caressa le menton et les dévisagea l'un après l'autre.

« Mulholland et Borthwick, répéta-t-il pensivement. Oui, bien sûr. Nous étions condisciples au collège de Christ Church.

— Tout juste, mon vieux. Tu nous as remis. J'ai un peu grossi entre-temps, il faut bien l'avouer, mais toi, je t'aurais reconnu n'importe où. Ça fait plaisir de te revoir, pas vrai, Charlie ?

— Mais certainement. Comment ça va, Davenall ?

— Très bien, merci. »

Il leur sourit à tour de rôle.

« Vous ne me présentez pas à vos amis, James ? intervint Constance.

— Si, bien sûr. Mais peut-être devrais-je d'abord vous expliquer quels farceurs notoires étaient ces deux-là à Oxford. Cela vous aidera à apprécier présentement leur petite plaisanterie.

— Plaisanterie ? s'étonna Mulholland avec un froncement de sourcils. Je ne comprends pas bien ce que tu veux dire, mon vieux.

— Voyez-vous, Constance, celui-ci est Reggie Mulholland (il désigna celui qui avait été présenté comme Borthwick), et celui-là est Charlie Borthwick. »

Il désigna l'autre.

« Et non l'inverse, comme ils voudraient vous le faire croire. »

Les deux hommes le regardaient fixement, abasourdis.

« Et le type qui rôde en bas de la descente derrière

eux est, je le soupçonne fortement, un clerc au service de Lewis & Lewis, venu assister à nos retrouvailles. N'est-il pas, Charlie, mon vieux ?

— C'est ridicule, bafouilla Borthwick. Je…

— Vous a-t-on payés pour jouer cette comédie ? Ou le faites-vous au nom du bon vieux temps ? »

Mulholland tira sur la manche de Borthwick.

« Mieux vaut laisser tomber, Charlie. Il a vu clair dans notre manège.

— Il ne fait que des suppositions, bon sang !

— Non. Reggie a tout à fait raison. J'ai vu clair dans votre manège. Vous êtes toujours aussi transparents.

— Filons, marmonna Mulholland. Le jeu n'en vaut pas la chandelle. »

Borthwick semblait sur le point de protester, quand il cessa soudain de fanfaronner. Bombant la poitrine, il fit volte-face et se retira, Mulholland sur les talons. Le troisième homme se plaça entre eux et ils descendirent la colline à grands pas avec force mouvements de tête et de bras, qui laissaient deviner un échange houleux.

« Je ne comprends pas, protesta Constance alors qu'ils disparaissaient de leur champ de vision. Qu'essayaient-ils de faire ?

— Ils essayaient de me piéger afin de recueillir des preuves dont ils pourraient se servir au tribunal. À l'évidence, leur témoignage à charge a été monnayé. Pensez aux dégâts considérables qu'il aurait occasionnés si je m'étais laissé duper par leur échange d'identité.

— Mais comment pouvaient-ils espérer vous duper ?

— Je ne les connaissais que très peu à Oxford. Et

puis il s'est écoulé treize ans depuis la dernière fois que j'ai vu l'un ou l'autre. Ils ont dû se dire qu'il y avait de grandes chances que ça fonctionne.

— Qui a bien pu les entraîner là-dedans ?

— À votre avis ? »

Constance fit la moue.

« Hugo, vous voulez dire ?

— Ou ma mère. Peu importe. C'est sans doute un de leurs avocats qui le leur a suggéré – mais évidemment ils ne s'y sont pas opposés.

— Mais… essayer de vous piéger ainsi : c'est honteux. »

James lui passa un bras autour des épaules et la serra contre lui.

« Ce n'est que le début, Connie, ce n'est que le premier tir de la bataille. Dorénavant, le conflit sera ouvert – et tous les coups seront permis. »

*

Le procès de l'affaire Norton contre Davenall débuta en première instance à la cour de justice royale le 3 avril 1883, avec à la présidence le président de la Haute Cour de justice, Lord Coleridge. Sous sa direction, une escouade d'avocats de la couronne et d'assistants prirent place, suivis par des avocats songeurs et des clercs anxieux, flanqués de greffiers zélés et d'huissiers obséquieux, eux-mêmes observés par douze jurés à l'air solennel, une meute de scribouillards et une foule hétérogène de spectateurs remuants.

Plus tard, les premiers concernés dans l'affaire furent surpris de ne se rappeler que très peu de choses des jours et des semaines qu'ils allaient être amenés à passer dans ce tribunal haut de plafond éclairé par un lustre ventilateur, au fil du va-et-vient des échanges. À l'époque, leur attention était pleine et entière, leur concentration acharnée; mais, avec le recul, les diverses phases de ce long drame alambiqué fusionnaient en une succession floue de questions et de réponses, d'accusations et de dénégations, de revendications et de contre-revendications.

Ce que l'on peut affirmer avec certitude, en revanche, c'est que c'est le dixième jour du procès que James Norton vint se placer à la barre. Si Russell, dans son long préambule, avait bien préparé le terrain, cet interrogatoire restait à l'évidence l'épreuve ultime. À l'audience, un jour avait suffi pour achever le témoignage de Norton, mais les points qui avaient alors été établis en l'espace de quelques minutes étaient désormais décortiqués plusieurs heures d'affilée. Il fallut une semaine pour en arriver aux événements du 17 juin 1871, et une deuxième pour amener le récit aux jours présents.

Puis vint le contre-interrogatoire de la défense. Le nouvel éminent avocat de Sir Hugo Davenall, maître Aubrey Gilchrist, se révéla un enquêteur tout juste moins perspicace que son prédécesseur, Sir Hardinge Giffard. Pendant plusieurs jours, Norton et lui alternèrent bottes et parades sur le même terrain. Parfois Gilchrist cédait la place à l'un de ses subalternes, mais seulement, semblait-il, dans l'espoir d'amener Norton à se laisser aller à un relâchement imprudent. Il n'y eut pas de quartier pour le plaignant, aucun répit accordé. La quête d'une ouverture était acharnée, les efforts de Norton pour tenir sa garde incessants.

Ce faisant, Gilchrist échoua autant à disqualifier la personnalité de Norton qu'à discréditer ses souvenirs d'événements passés. La couleur du papier peint de sa chambre d'enfant à Cleave Court, le nom du chien sur lequel l'un des gardes-chasses avait accidentellement tiré en 1857, son parcours universitaire et sportif à Eton et à Oxford, son amitié avec Roland Sumner, ses consultations au cabinet du Dr Fiveash, sa fuite du pays en 1871, puis ses divers déplacements et métiers dans une dizaine de villes du Canada et des États-Unis : tout cela et bien plus encore fut passé au crible, et pas une seule fois Norton ne chancela.

À la fin de la septième semaine du procès, son contre-interrogatoire prit fin. Il n'y eut ni triomphe en fanfare ni aveu de défaite, mais il n'en était pas moins clair que, jusque-là, il l'avait emporté.

*

Le *Times*, Londres, 21 mai 1883 :

> Le prince Napoléon se trouve en Angleterre depuis quelques jours pour affaires privées ; d'aucuns font l'hypothèse qu'il aimerait obtenir de l'impératrice Eugénie une reconnaissance de sa position de chef politique des bonapartistes plus explicite que ce qui lui a été accordé jusqu'alors.

Plon-Plon balança le journal, dégoûté, et se mit à arpenter d'un pas colérique le tapis chinois sous la fenêtre. Ç'avait été une erreur de venir à Farnborough Hill. Le quatrième anniversaire de la mort du prince impérial n'arriverait pas avant le 1er juin, et pourtant Eugénie était déjà entrée dans une transe préparatoire de neurasthénie en crêpe noir : toute discussion politique utile était hors de question.

Elle ne l'avait jamais aimé, songea-t-il en contemplant d'un air sombre par la fenêtre l'énorme verrue en construction. Un mausolée, supposait-il, afin de loger son mari, son fils, puis, en temps voulu, elle-même. Il était aussi prévu de bâtir à côté une abbaye, pour le confort et la commodité du troupeau de moines réfugiés dont la présence, semblable à celle de chauves-souris, menaçait de voiler le printemps dans ce coin du Hampshire. Voilà qui ne le surprenait pas de la part de cette nature obstinément pieuse qui avait rejeté ses avances sexuelles à Madrid en 1843, alors qu'elle avait dix-sept ans et qu'il était dans la fleur de l'âge. Quarante ans plus tard, il était douloureusement évident que ses goûts ne s'étaient pas améliorés.

On frappa à la porte, Brunet entra, mais les espoirs de Plon-Plon qu'Eugénie se sentît enfin en mesure de le recevoir furent vite anéantis.

« Une dame souhaite vous parler, *mon grand seigneur**.
— Qui est-ce ?
— Catherine Davenall.
— *Merde* !* »

Pour une mauvaise nouvelle, c'en était une. Si Eugénie venait à apprendre son implication dans l'affaire Davenall, il pouvait dire adieu au moindre espoir de passer un pacte avec elle.

«Où est-elle?
— Dans le salon rouge.
— J'y vais.»

Il se précipita vers la porte.

«Mais écoutez-moi bien, j'interdis formellement toute interruption, vous m'entendez?
— Oui, *mon grand seigneur**, absolument.»

Quand il entra, elle se tenait à l'autre bout de la pièce, contemplant un gigantesque tableau représentant Eugénie avec le prince impérial. Durant l'instant qu'il fallut à Catherine pour se retourner, il se demanda s'ils s'étaient jamais retrouvés seuls ensemble depuis sa visite dans son appartement de Constantinople près de trente ans plus tôt; tout bien réfléchi, il penchait plutôt pour le non.

Elle avait changé. Il le voyait à sa rigidité régalienne, à son pâle visage inébranlable. Là où il y avait eu jadis vanité, ignorance et une nature confiante, il y avait désormais une fermeté durement acquise. Elle avait laissé ses erreurs de jeunesse derrière elle et faisait preuve d'une résolution indéfectible, tandis que pour Plon-Plon, hélas, les failles du passé demeuraient les pièges du présent.

«*Madame**, annonça-t-il en refermant soigneusement la porte et en inclinant la tête en une révérence à peine perceptible. *À votre service**.»

Catherine n'esquissa pas un geste dans sa direction. Leurs regards se croisèrent au-dessus du gouffre du tapis, identifièrent leurs désaccords, puis se séparèrent.

«Je suis venue vous demander de l'aide», déclara-t-elle brusquement.

Plon-Plon fronça les sourcils. Qu'une femme qui ne lui avait longtemps montré que le mépris le plus glacial cherchât aujourd'hui son secours, sans la moindre excuse ni explication, était incompréhensible.

« *Mon aide, madame* ?*
— Je ne peux demander à personne d'autre. »

Son expression sous-entendait qu'il était, en réalité, la toute dernière personne vers qui elle aurait voulu se tourner.

« Avez-vous suivi le procès de Hugo ?
— *Avec l'imposteur* ?* Évidemment.
— *L'imposteur**, comme vous le qualifiez fort justement, a fait une excellente impression sur la cour.
— C'est ce que j'ai lu dans les journaux.
— D'après mes avocats, Norton va gagner.
— Ils vous l'ont dit ?
— Non. J'observe que c'est ce qu'ils pensent. Ce qu'ils me disent est bien différent.
— N'avez-vous aucun témoin à charge ?
— Si, tout un régiment. Mais ils ne l'emporteront pas.
— Vous êtes sûre ?
— Oui. Si je n'étais pas la mère de James, je me laisserais moi-même berner par cet homme. Le jury le croit, et le juge y incline. Il reste encore de nombreuses semaines de débats, mais l'issue est déjà certaine.
— Dans ce cas, vous avez toute ma sympathie.
— Votre sympathie, prince, ne m'est d'aucune utilité. Ce que je demande, c'est votre aide. »

Plon-Plon traversa lentement la pièce et ils se retrouvèrent de part et d'autre du tableau qu'elle avait examiné. Il y jeta un œil et fit la moue : Eugénie avait un air de matrone prématurément vieillie dans ses vêtements de deuil, quant au prince impérial, il semblait gauche et vaguement ridicule dans son uniforme d'élève officier à l'académie royale militaire de Woolwich.

« Cette maison, vous l'avez peut-être remarqué, commenta-t-il, est remplie de monuments commémoratifs en l'honneur du défunt fils de l'impératrice. C'est un mausolée d'antichambre, si l'on peut dire, en attendant que la chose authentique soit achevée.

— J'avais noté.

— Eugénie traîne son deuil avec elle comme une charge sur son dos, comme un boulet à son pied. »

Il regarda Catherine droit dans les yeux et poursuivit :

« Mais vous, *madame**, vous ne mentionnez jamais votre défunt fils pour le distinguer de son usurpateur. Comment cela se fait-il ?

— James est mort. Il appartient au passé. Moi non. »

Plon-Plon secoua la tête, perplexe.

« Si franche, si résolue, si… détachée. Vous n'avez pas toujours été ainsi.

— Si je puis me permettre, prince, aucun de nous deux ne souhaite qu'on lui rappelle ce qu'il a *été*.

— *Touché, madame. C'est vrai**. »

Un soupçon d'impatience traversa le visage de Catherine, comme si elle désirait écourter l'inconfort de leur rencontre.

« Je suis venue vous parler de Vivien Strang », expliqua-t-elle tout à trac.

Plon-Plon recula, abasourdi.

« Vivien Strang ?

— Vous étiez fort aise de me parler d'elle à Constantinople, n'est-ce pas ?

— C'était il y a longtemps, *madame**. »

Il s'efforçait péniblement de regagner sa dignité.

« Vous avez dit vous-même que de tels rappels n'étaient pas les bienvenus.

— Je souhaite simplement savoir où elle se trouve.

— Et vous pensez que *moi* je suis en mesure de vous le dire ?

— Vous en savez plus que moi sur sa vie depuis son départ de la maison de mon père en 1846. Vous saviez qu'elle était enceinte – et qui était le père. Vous saviez qu'elle était infirmière en Crimée. C'est pourquoi j'espérais que vous pourriez encore avoir des nouvelles d'elle.

— *Non, madame**. Je ne sais rien sur elle.

— Et pourtant vous avez deviné, comme moi, qu'elle est derrière cette conspiration fomentée contre ma famille. »

Bon. Il n'était donc pas le seul à nourrir ces soupçons.

« Je l'ai... deviné. Oui.

— Mais vous n'avez rien fait pour autant.

— Qu'aurais-je dû faire ? Il n'y a rien de concret. Ce n'est pas une preuve. Et quand bien même l'aurais-je pu, pourquoi aurais-je dû faire quoi que ce soit ? Puisque nous faisons preuve d'une belle franchise, *madame**, expliquez-moi, je vous prie, ce que je pourrais bien gagner à m'impliquer dans cette... *cause célèbre**. »

Elle secoua la tête.

« Rien, prince. Rien du tout. »

Elle se détourna et se dirigea lentement vers la fenêtre, où elle observa le paysage pendant ce qui parut une éternité avant de se retourner vers Plon-Plon.

« Gervase l'a violée, je l'ai ruinée – et vous, vous l'avez dupée. Ce que nous lui avons infligé est impardonnable.

— Vous reconnaissez ces faits ?

— Je les reconnais devant vous parce que nous sommes les seuls à connaître la vérité. Si elle s'ébruitait, ce serait tout juste moins atroce que si Norton remportait son procès. Je n'ai confié à personne que je le soupçonne d'être le fils de mon mari enfanté par mon ancienne gouvernante, que sa ressemblance avec James est celle d'un demi-frère, que son mobile est le désir de vengeance de sa mère. Je ne l'ai confié à personne – parce que personne ne doit savoir. Mais vous et moi partageons déjà ce secret, non ? Je n'ai donc rien à perdre à vous en parler.

— Mais qu'attendez-vous de moi ?

— Puisque vous avez su la duper, j'ai pensé que vous pourriez maintenant être capable de la dissuader.

— *Moi* ?*

— J'imagine que ce qui l'a attirée dans le labyrinthe cette nuit-là était la perspective de vous y rejoindre. Donc, peut-être serait-elle prête à vous revoir – et à rappeler son fils.

— *C'est absurde**. Même en supposant que j'arrive à la retrouver, elle ne fera rien pour moi.

— Ce qu'elle n'accepterait jamais de ma part, elle pourrait l'accepter de la vôtre. Un compromis. Un arrangement hors les murs du tribunal.

— Cela ne fonctionnerait pas, *madame**. Si vous

avez raison – si *nous* avons raison… elle a comploté sa vengeance depuis trop longtemps pour se laisser fléchir maintenant. »

Mais Catherine restait impassible. Sa certitude était inébranlable, le sous-entendu était clair que, en lui rendant ce seul service, Plon-Plon pourrait regagner son respect.

« Si nous mettons en commun nos connaissances, prince, je crois que nous pourrons la retrouver. La question est donc simple. Acceptez-vous de m'aider ? »

Une heure s'était écoulée depuis le départ de Catherine. Plon-Plon examina une fois de plus le domaine par la fenêtre et grimaça à la vue de la coquille du mausolée entourée d'échafaudages. Ce monument crénelé coiffé d'un dôme bâti en hommage à une dynastie désavouée était-il tellement plus digne de l'œuvre d'une vie que ses propres coups d'éclat aléatoires ? Il pensait que non. Mais en cela il était, comme toujours, minoritaire.

Quarante ans plus tôt, à Madrid, Eugénie avait flirté avec les toréros et chevauché à cru à travers les rues de la ville ; vêtue comme une Gitane, elle lui avait fumé ses cigares. Désormais elle portait des robes semblables à des linceuls et étudiait dans des pièces sombres les plans du mausolée avec l'architecte. Si Plon-Plon parvenait à la gagner à sa cause, sa seule récompense serait la proposition d'une étagère pour son propre cercueil.

Alors pourquoi pas ? Pourquoi ne pas quitter Farnborough afin de s'embarquer dans la plus grande folie de sa vie ? Non parce que la veuve fière et sans pitié de son défunt ami s'était abaissée à lui demander son secours. Non plus parce qu'il jalousait l'impudence de la revendication frauduleuse de Norton. Pas même parce qu'il souhaitait regarder une fois de plus le visage de Vivien Strang et lui arracher une forme d'absolution. Non. Il ne partirait à sa recherche pour aucune de ces raisons. Il partirait à sa recherche parce qu'il en avait envie. Il la retrouverait afin de prouver qu'il en était capable.

*

Le témoignage de Nanny Pursglove fut plus efficace qu'il ne l'avait été lors de l'audience de novembre. De toute évidence, l'hypothèse alors émise selon laquelle sa mémoire et sa vue auraient été douteuses lui restait en travers de la gorge. De ce fait, deux jours durant, elle s'attacha à démontrer qu'il n'en était rien par une manifestation de vigueur infatigable à la barre. Gilchrist fut incapable de la battre en brèche, et l'expulsion de la vieille dame de Weir Cottage, habilement introduite dans son témoignage par Russell, lui assura aussitôt la compassion du jury.

Quant au Dr Fiveash, si équivoque fût-il, il ne put guère dire quoi que ce fût qui ne renforçât le dossier du plaignant. Il semblait parfois en prise avec plusieurs dilemmes, sans trop savoir l'étendue de ce qu'il pouvait révéler ou cacher. De fait, à un moment donné, il parut enclin à affirmer que ses archives avaient été fouillées, mais Russell était parvenu à étouffer cette idée dans l'œuf.

« À votre avis, qui aurait pu faire une chose pareille, docteur ?

— Une secrétaire remplaçante que j'ai employée en janvier de l'année dernière.

— Intéressant. Pourquoi l'aviez-vous embauchée ?

— Ma secrétaire habituelle avait été blessée dans un accident de bicyclette.

— Comment cette *espionne* aurait-elle pu savoir qu'une telle place se libérerait ?

— Ma seule hypothèse est que l'accident avait été... arrangé. La bicyclette aurait pu être... trafiquée.

— Aviez-vous des raisons de soupçonner une chose pareille à l'époque ?

— Euh... non.

— Et pourquoi une telle... *espionne*... aurait-elle supposé qu'il y avait quelque chose à trouver dans vos archives, étant donné que, d'après votre précédent témoignage, personne ne savait que James Davenall vous avait consulté ?

— Je... ne saurais répondre à cette question.

— Je vois. Eh bien, merci, docteur, d'avoir soulevé cette possibilité intéressante quoique tirée par les cheveux. Je suis persuadé que le jury saura comment la prendre. »

Le Dr Fabius, sommité bien plus importante que Fiveash et affichant une attitude à tous égards plus confiante, paracheva la démonstration médicale d'une façon qui, du point de vue du plaignant, n'aurait guère pu mieux se dérouler. Fiveash avait affirmé que les symptômes de la syphilis étaient caractéristiques et qu'une guérison spontanée était impossible, mais Fabius réfuta ces deux assertions.

« Même en tant que spécialiste, je ne pourrais affirmer diagnostiquer chaque fois avec certitude la syphilis. Elle se manifeste souvent déguisée. De même, il lui arrive de disparaître complètement sans raison apparente. C'est *le feu follet** des maladies. Elle est trompeuse, délusoire, imprévisible. Rien chez elle n'est certain.

— Vous ne pouvez donc déterminer, docteur, si mon client a guéri de la syphilis ou s'il n'en a jamais souffert ?

— Je ne le puis. Tout ce que je peux dire, c'est qu'il n'en souffre pas aujourd'hui.

— Comment a-t-il réagi quand vous le lui avez annoncé ?

— Comme un homme à qui on accorde une commutation de peine. Comme un homme à qui on annonce qu'il peut revivre.

— Pas comme un homme qui savait déjà ce que vous diriez ?

— Je ne pense vraiment pas. »

Alors que la huitième semaine du procès s'achevait, la défense n'avait toujours fait aucune impression. Norton l'emportait haut la main.

*

Les lattes de l'extrémité du banc où était assis Plon-Plon réagirent avec un sursaut inconfortable à l'arrivée d'un deuxième passager en attente. Lui aussi était d'apparence massive et lugubre et, à l'instar de Plon-Plon, impatient de se mettre en chemin.

« Il est en retard », s'agaça-t-il.

Plon-Plon ne répondit pas. Son compagnon avait déjà éveillé ses soupçons par la coupe onéreuse mais sans goût de son pardessus. Et cette fanfaronnade grossière avait achevé de le convaincre qu'il était en présence de l'un des spécimens qu'il abhorrait le plus : le *nouveau riche**.

«Qu'est-ce qui vous a donc amené à Dumfries?»

Quand bien même Plon-Plon aurait-il voulu se fendre d'une réponse, elle n'aurait pas été facile à formuler. Les seules certitudes qu'avait Catherine Davenall au sujet des origines de Vivien Strang étaient qu'elle était née à Dumfries, d'un marchand de nouveautés. À présent qu'il contemplait par-delà la voie de chemin de fer les toits gris de cette bourgade revêche, Plon-Plon méditait avec amertume sur la tentative d'exploration de ces origines qu'il avait entreprise ce jour-là.

Broom Bank, la maison qui avait vu naître Vivien Strang, était haute, anguleuse, en pierre brute et austère, perchée inconfortablement dans des jardins broussailleux bien au-dessus de la rivière Nith. Sous le porche sans soleil, Plon-Plon avait dû attendre longtemps qu'on réponde à la sonnerie de la cloche.

«Moncalieri, avait-il annoncé en soulevant son chapeau à l'adresse de la domestique au visage lunaire. Jérôme Moncalieri.

— Mon Dieu!»

Contrit, il avait médité un instant sur ce mystère : pourquoi seule la plus humble des femmes semblait impressionnée par ce nom? Puis il avait expliqué :

«J'aimerais beaucoup parler à votre maîtresse.

— Laquelle?» lui avait-on demandé, la bouche béante.

Plon-Plon n'avait su que répondre. Heureusement, la domestique avait poursuivi :

«Il n'y a que Miss Effie – enfin, maîtresse Euphemia – à la maison.

— Alors va pour maîtresse Euphemia.

— Ma foi… je ne sais pas… il va falloir que je demande… que… quel motif dois-je annoncer ?

— Personnel – et urgent. Je viens de loin.»

Cela, avait-il songé durant le lent écoulement des minutes où il avait été laissé sous le porche, n'avait rien d'un mensonge. De loin dans l'espace et dans le temps… et peut-être n'aurait-il pas dû venir du tout.

La domestique était revenue, un peu moins troublée qu'auparavant, et l'avait fait entrer. Bientôt il s'était de nouveau retrouvé seul, dans un salon haut de plafond à l'arrière de la maison, meublé dans le style de la brocante encombrée devant laquelle il était passé en venant de la gare, et où régnait une odeur de camphre, de prie-Dieu et de pain frais.

La porte s'était ouverte sur une minuscule créature frêle et essoufflée, tout de rose froufroutant vêtue.

«Je suis Euphemia Strang, s'était-elle présentée, minaudière. Je crois que vous vouliez me voir.»

Elle l'avait considéré avec de gigantesques yeux de loir et avait tendu une menue main tremblante.

«*Signor* Moncalieri ?»

D'après Catherine, Vivien Strang avait deux sœurs : celle-ci, avait-il conclu, devait être l'une d'elles. Il s'était incliné, avait baisé ses jointures fripées et avait constaté en levant les yeux que ses joues prenaient une teinte encore plus rose que sa robe.

«Enchanté, *mademoiselle**, de faire votre connaissance.

— Vous n'êtes pas… italien ?»

Il avait souri.

« Français.

— Oh. »

Elle avait écarquillé les yeux.

« Eh bien… voulez-vous… une tasse de thé ?

— Avec grand plaisir. »

Le thé avait été dûment servi, tandis que Plon-Plon engageait la conversation avec son hôtesse. Ce n'était pas difficile car, à tout ce qu'il disait, Miss Strang se contentait de lever la tête et de le dévisager, absolument captivée, sans jamais le prier d'expliquer sa visite, de peur, manifestement, d'y couper court. À la moitié de sa deuxième tasse de thé et de sa troisième tranche de cake, il avait décidé qu'il ne pouvait repousser davantage l'échéance.

« Je crains qu'il ne me faille en venir, *mademoiselle**, à la raison de ma visite.

— Oh… oui ?

— Cela concerne votre sœur.

— Lydia ?

— Votre *autre* sœur. »

Les yeux d'Euphemia Strang avaient encore davantage agrandi leur extraordinaire circonférence.

« Vivien.

— Vous connaissez… Vivien ?

— Je l'ai connue il y a bien des années. Hélas, nous nous sommes depuis perdus de vue. J'espérais que vous seriez en mesure de me mettre en contact avec elle.

— Combien… d'années, *monsieur** ?

— Plus de trente ans.

— 1846, peut-être ?

— En l'occurrence…

— Euphemia ! » avait-on coupé d'un ton péremptoire.

Une grande femme en gris au dos droit et au visage maigre était entrée dans la pièce sans qu'ils s'en rendissent compte et les foudroyait du regard depuis le seuil.

« Qu'est-ce que cela signifie ? »

Plon-Plon s'était levé et avait tenté un sourire charmeur.

« *Mademoiselle** Lydia, je présume ?

— Exact. Qui êtes-vous, monsieur ?

— Moncalieri. Jérôme Moncalieri. Votre sœur m'a…

— Laisse-nous, Euphemia ! Je parlerai seule à ce gentleman. »

Son ton, qui ne souffrait aucune protestation, avait réduit Euphemia à un état de muette et tremblotante obéissance. Elle avait déguerpi sans même que Plon-Plon s'en aperçût.

« Veuillez exposer ce qui vous amène, monsieur. »

Il avait tout de suite sauté aux yeux de Plon-Plon que Lydia Strang, contrairement à sa sœur, était complètement insensible au charme.

« Je suis venu en quête d'informations sur votre sœur Vivien.

— Je n'ai qu'une sœur. Elle vient de quitter cette pièce.

— Allons, allons. Vivien Strang…

— Je ne connais personne de ce nom.

— Vous avez grandi avec elle. Il est absurde de le nier. »

La bouche étroite de Lydia Strang s'était crispée.

« Je dois vous demander de quitter cette maison, monsieur. Sur-le-champ.

— Tout ce que je veux savoir, c'est où elle se trouve.
— Je vous l'ai dit. Elle n'existe pas.
— Elle a enfanté hors des liens du mariage. Est-ce la raison pour laquelle vous la reniez ? »

Le regard hostile de Lydia s'était fait intensément scrutateur.

« C'est Euphemia qui vous a raconté ça ?
— Non. Je le savais déjà. »

À ces mots, la résolution de Lydia avait flanché, bien qu'imperceptiblement et très brièvement.

« Veuillez avoir l'amabilité de vous expliquer, monsieur.
— Je souhaiterais vivement localiser votre sœur Vivien. Les vieux scandales ne m'intéressent pas. Je ne veux vous causer aucun embarras. Je souhaite simplement savoir où habite actuellement Vivien. »

Lydia avait pincé ses fines lèvres, signe possible de satisfaction.

« Peu importe. Nous ignorons où elle se trouve. Nous ignorons si elle est vivante ou morte. Cela nous est égal. Notre père, Dieu ait son âme, l'a expulsée de cette maison et de cette famille il y a trente-sept ans. Il l'a envoyée, cette catin, chercher ailleurs sa Babylone. Depuis ce jour, elle a cessé d'être notre sœur.
— Sa grossesse a été découverte et elle a été mise à la porte. Est-ce ainsi que cela s'est passé ?
— Vous pouvez le formuler comme ça si ça vous chante. Maintenant, s'il vous plaît, partez.
— Très bien, *madame**. Je vais partir. Mais vous feriez bien de vous rappeler ceci : toutes les catins ont été vierges un jour. »

« Alors, vous étiez là pour affaires – ou pour le plaisir ? »

Sur le banc de la gare, le compagnon de Plon-Plon ne se laissait pas décourager.

« Le plaisir, ça m'étonnerait. Pas dans cette ville. Les affaires, donc. Elles ont été bonnes ?

— Non, rétorqua Plon-Plon, fléchissant enfin. Pas bonnes.

— Un voyage pour rien, alors ?

— Oui. Un voyage pour rien. »

*

La dignité avec laquelle Constance Trenchard témoigna inspira un respect unanime. Elle endura le contre-interrogatoire sarcastique et souvent offensif de Gilchrist avec noblesse et retenue. Et c'est peut-être pourquoi la tentative de l'avocat de porter atteinte à son honneur s'avéra sa plus grande erreur.

« J'avance, madame Trenchard, que vous avez identifié le plaignant comme James Davenall parce que vous y avez vu un moyen de vous arracher à un mariage peu agréable.

— Je l'ai identifié parce que ne pas le faire eût été faux, fourbe... et mal.

— Mais n'est-il pas vrai que vous avez récemment lancé une procédure de divorce ?

— Si, ça l'est.

— Et n'est-il pas également vrai que, cette procédure dût-elle aboutir, vous épouserez le plaignant ?

— Je ne puis le dire.

— Mais il y a un accord entre vous dans ce sens ?

— Objection, monsieur le juge ! Mon éminent confrère encourage le témoin à s'incriminer dans un acte qui n'a aucun rapport avec ce qui nous occupe.

— Objection retenue.

— Comme il plaira à monsieur le juge. Madame Trenchard, votre mari *actuel* est-il un homme riche ?

— Nous avons une situation confortable.

— Mais vous auriez une situation encore plus confortable si vous épousiez *Sir* James Davenall ?

— Comment le savoir ?

— Cela a dû vous traverser l'esprit.

— Pas du tout. L'argent n'a rien à voir là-dedans. Autrement, j'aurais attendu l'issue de ce procès avant de lancer cette procédure de divorce, ne pensez-vous pas ? »

Gilchrist ignora la question mais, ce faisant, la rendit d'autant plus percutante. Les jurés anglais n'apprécient pas de voir de jeunes femmes de bonne famille se faire importuner par de vénaux avocats du barreau. Leur mécontentement suffirait à éclipser n'importe quel préjugé sur la question du divorce. Il vaudrait leur compassion à Mme Trenchard – et partant, à Norton.

*

Cette matinée faisait pleinement honneur au printemps, chose rare dans l'expérience qu'avait Plon-Plon de Londres, pourtant sa perfection ne parvenait pas à lui mettre du baume au cœur. En traversant Hyde Park, il avait retiré un plaisir passager de la profusion des chants d'oiseaux et des bourgeons, mais après avoir traversé Park Lane pour emprunter South Street, il s'était rappelé sa destination, et toute sa bonne humeur factice s'était évanouie.

Il n'avait pas voulu rencontrer Florence Nightingale en 1854 et il n'avait pas envie de la rencontrer maintenant non plus, mais Vivien Strang ayant été l'une de ses infirmières il y avait fort longtemps, les deux femmes étaient possiblement restées en contact. Ainsi donc, quoiqu'une jeune héroïne altruiste devenue une vieille célibataire idolâtrée fût bien la dernière personne avec qui il souhaitait lier connaissance, il se retrouvait à gravir les marches du perron de la célèbre Miss Nightingale et à frapper à sa porte.

Elle fut ouverte par un portier, un vieil homme de haute stature aux joues creuses et à l'expression bizarrement chiffonnée, qui aurait pu être bienveillante tout autant qu'inhospitalière.

« Miss Nightingale est-elle chez elle ? s'enquit Plon-Plon.

— De la part de qui ? rétorqua le portier d'une voix de baryton.

— Le prince Napoléon Bonaparte.

— Vous avez rendez-vous ?

— Non, mais...

— Dans ce cas, Miss Nightingale n'est *pas* chez elle. »

Plon-Plon foudroya le bonhomme de son regard le plus intimidant.

« C'est une affaire de grande importance, mon bon monsieur.

— Pas pour Miss Nightingale. »

Plon-Plon inspira profondément.

« Voudriez-vous au moins lui demander si elle accepterait de me recevoir ?

— Cela ne servirait à rien. La semaine dernière, M. Gladstone est venu sans rendez-vous. Elle a refusé de le voir.

— Néanmoins…

— Si vous insistez, je *demanderai*.

— J'insiste.

— Elle voudra connaître le motif de votre visite.

— Dites-lui que cela concerne une infirmière qui a travaillé à son service durant la guerre de Crimée. Miss Vivien Strang. »

Le portier se retira avec un grognement, laissant Plon-Plon danser d'un pied sur l'autre, mal à l'aise. Il regarda de l'autre côté de la rue, où il croisa le regard d'une femme qui promenait son chien, puis se retourna vers la porte. Enfin, le portier réapparut.

« Miss Nightingale est prête à vous recevoir », annonça le bonhomme sans le moindre changement d'expression.

Plon-Plon s'apprêtait à entrer quand l'homme ajouta :

« Mardi en huit. Quinze heures.

— Quoi ?

— Si vous voulez un conseil, ne soyez pas en retard. Elle n'aime pas qu'on la fasse attendre. »

*

Pour deux hommes qui vivaient sous le même toit, Richard Davenall et James Norton s'étaient étonnamment peu vus durant les mois qui venaient de s'écouler.

Que ce fût par hasard ou à dessein, ils n'avaient eu la moindre conversation qu'en présence de tiers. Depuis leur excursion à Wapping le 14 février (occasion qu'aucun d'eux à présent ne mentionnait jamais), ils s'étaient inexorablement éloignés : tout en maintenant une courtoisie de façade, ils attendaient secrètement le moment de mettre un terme à leur comédie de la camaraderie.

Ce moment, comme ils le savaient tous les deux, viendrait quand l'interminable action en justice dans laquelle ils partageaient une cause s'achèverait avec succès. En attendant, aucun ne pouvait risquer les conséquences d'un désaccord ouvert. Qu'importe ce qu'il pensait vraiment, Richard devait témoigner en faveur de James, et ce sans livrer en pâture à la défense le moindre soupçon de doute. Après tout, il était le seul membre de la famille Davenall à avoir reconnu le plaignant. Le rôle qu'il avait à jouer était crucial.

C'est pourquoi, fatalement, le week-end précédant le début du témoignage de Richard mit à rude épreuve le sang-froid des deux hommes. Le dimanche soir venu, ils semblaient impatients de briser le silence qui avait si longtemps régné entre eux. Quand Constance monta dans sa chambre, contrairement à leur habitude, ils ne se retranchèrent pas chacun dans une pièce. Non, assis au coin du feu, avec cognac et cigare, ils discutaient calmement de l'évolution du procès comme si leur objectif commun n'avait jamais été remis en question. D'ailleurs, juridiquement parlant, il ne l'était pas. Les doutes de Richard portaient moins sur la revendication de James que sur ses méthodes pour la faire progresser, et celles-ci ne furent pas mentionnées, pas même indirectement, jusqu'à ce que, vers minuit, Richard, de manière significative, changeât brusquement de sujet.

« Il y a de fortes chances que la demande de divorce de Constance soit étudiée durant la deuxième semaine du mois de juin.

— Elle sera contente de voir cette question réglée, commenta James.

— Et vous aussi ?

— Je serai content pour elle.

— Vous en a-t-elle parlé ?

— J'imagine qu'il ne devrait pas y avoir de difficultés. Elle ne tarit pas d'éloges sur la manière dont vous traitez cette affaire. »

Richard eut un sourire sans joie : à l'évidence, il ne retirait aucun plaisir de ce compliment.

« Cela a été remarquablement simple. Évidemment, Trenchard n'est pas en mesure de s'opposer à cette action en justice. D'ailleurs, Bucknill expliquera volontiers au tribunal à quel point il estime qu'une rupture claire sera bénéfique à l'état de son patient. Par conséquent, la procédure devrait se faire sans discussion. »

James ne dit rien. Ils se dévisageaient dans la lumière fluctuante du feu, écoutaient le clapotis de la pluie à l'arrière de la cheminée, et tiraient sur leur cigare avec le sang-froid maîtrisé qui était devenu la mesure de leur défiance.

« Quant à l'état de Trenchard, voulez-vous savoir ce que Bucknill m'en a dit ?

— Y a-t-il *quelque chose* à savoir ?

— Il n'y a eu aucun changement, certes. On dit Trenchard soumis et renfermé, toujours en proie aux délires que Bucknill avait identifiés au début.

— Il fallait s'y attendre, sans doute.
— Sans doute. »
Nouveau silence furtif et inquisiteur.
« Il a le droit de recevoir des visites, vous savez.
— Vraiment ?
— Mais je crois qu'il n'en a eu aucune.
— Cela non plus ne me surprend guère.
— Ah non ?
— Nous avons tous les deux rencontré son frère. Un vrai caillou. Il y a peu de sentiment de ce côté-là, ce me semble. Quant à Constance, je sais qu'elle est d'avis qu'il leur sera plus facile de se voir *après* le règlement de cette affaire.
— Et vous ? »
James se renfrogna.
« Cet individu a essayé de me tuer, Richard. Si j'ai bien conscience qu'il n'était pas responsable de ses actes à ce moment-là, vous ne pouvez tout de même pas vous attendre à ce que je fasse comme si de rien n'était.
— Et pourtant vous payez les frais de son asile. Vous payez pour vous assurer qu'il reçoive le meilleur traitement possible. »
De renfrogné, James devint irritable.
« Quand nous nous sommes mis d'accord là-dessus, j'avais demandé que cela reste strictement confidentiel. J'avais demandé, si je me rappelle bien, que cela ne soit jamais évoqué. »
Richard s'excusa d'un mouvement de tête.
« En effet. Je suis désolé. Simplement je n'ai jamais bien compris vos motifs.
— Je ne voulais pas que Constance ait la moindre

cause de se reprocher d'avoir accepté son confinement. Mais je ne voulais pas non plus qu'elle se sente redevable. D'où Ticehurst. D'où le secret.

— Ah oui, répliqua lentement Richard en se penchant pour le regarder de plus près. Bien sûr. »

James finit son verre.

« Quelle autre raison aurait-il bien pu y avoir ? »

Richard retarda suffisamment longtemps sa réponse pour ne laisser aucun doute sur son hypocrisie.

« Aucune, évidemment. »

Ils se défièrent un moment du regard, puis il ajouta :

« C'est vraiment très généreux de votre part. Oui, très généreux. »

Mais la générosité n'était pas la motivation qu'il imputait à James. Plus clairement que n'auraient pu l'expliquer n'importe quels mots, il lui signifiait que, d'après lui, ce n'était pas la conscience de Constance que James essayait de protéger en pourvoyant aux besoins de Trenchard. C'était la sienne.

*

Plon-Plon s'était attendu à ce que Florence Nightingale présentât la mince et sainte silhouette du mythe de Crimée. Il ne s'était pas attendu à une vieille dame grassouillette et rougeaude à la santé provocatrice, avec des prétentions absurdes à l'invalidité. Pourtant telle était la femme qui le reçut dans son salon de South Street à 15 heures pile le jour fixé. Vêtue d'une robe noire tout à fait informe, drapée de châles et d'écharpes pour se protéger de courants d'air imaginaires, allongée sur un divan avec des réserves de sels volatils à portée de main, elle lui rappelait irrésistiblement le loup déguisé en Petit Chaperon rouge.

« Voilà bien des années, annonça-t-elle d'un ton qui laissait penser qu'elle commençait beaucoup de phrases par ces mots, que je ne suis plus en capacité de recevoir mes visiteurs debout – ni même assise.

— Aucune importance, *madame**, déclara Plon-Plon. L'honneur de vous rencontrer éclipse toutes les mondanités.

— Voilà aussi bien des années que je n'ai plus le temps pour les vaines flatteries. »

Manifestement, rien n'avait entamé son sens des priorités.

« J'ai accepté de vous recevoir parce que vous avez évoqué l'infirmière Strang. Uniquement pour ça.

— Ainsi vous vous souvenez d'elle ?

— Évidemment. Je m'étonne, cependant, que vous puissiez souhaiter me – ou vous – rappeler son existence.

— Pourquoi ?

— Parce qu'elle vous a offensé lors de votre visite à Scutari en novembre 1854. Et partant, elle m'a mise dans l'embarras.

— Ah. Notre contretemps à cette occasion ne vous a pas échappé ? Ma foi, c'était il y a fort longtemps. Il n'y a nul besoin de s'exc…

— Je n'allais pas le faire, le coupa Miss Nightingale. Visiteur inopiné d'un hôpital surchargé, vous ne pouviez vous en prendre qu'à vous-même. »

Plon-Plon prit une grande inspiration.

« J'ai dû mal vous comprendre, *madame**. Vous avez bel et bien parlé de votre *embarras*.

— Je faisais référence à la profonde désapprobation que, en tant que directrice de l'hôpital militaire de Scutari, je me devais d'exprimer lorsque l'une de mes infirmières rabaissait inutilement sa vocation.

— Ah. Je vois.

— De quoi voulez-vous donc discuter au sujet de l'infirmière Strang ?

— J'essaie de la retrouver. J'espérais que vous seriez en mesure de m'aider. »

Miss Nightingale détacha son regard de la fenêtre où il était fixé jusqu'alors et le porta sur Plon-Plon.

« Et pourquoi souhaiteriez-vous la trouver ? »

Il eut un sourire amer.

« Je ne voudrais pas empiéter sur votre temps précieux par des explications à rallonge.

— Fort bien. De toute façon, je crains de ne pas pouvoir vous aider. J'ignore où vit l'infirmière Strang. À la suite de son altercation avec vous, je l'ai renvoyée en Angleterre.

— Vous l'avez renvoyée ?

— Certainement. Je ne pouvais pas la laisser s'en tirer impunément après une conduite pareille. *Pour décourager les autres**, comprenez-vous.

— N'avez-vous aucune idée d'où elle est allée ?

— Comme je l'ai dit, elle est rentrée en Angleterre, par le premier bateau, troisième classe, au pain sec et à l'eau. »

Plon-Plon grimaça.

« Ce qu'elle a fait après son retour chez elle, je ne saurais vraiment le dire. Elle a peut-être continué son métier d'infirmière, ou peut-être pas. Depuis, je ne l'ai jamais revue, ni n'ai jamais entendu parler d'elle.

— Je me disais que vous pourriez avoir… une adresse.

— En octobre 1854, elle a été recrutée dans l'un des hôpitaux de Londres pour rallier l'équipe d'infirmières que j'ai emmenée à Constantinople. Elle était l'un des membres les plus fiables, si je me souviens bien. Jusqu'à, bien sûr, l'écart qui a conduit à son renvoi. C'est tout ce que je peux vous dire. »

Elle jeta un œil acéré sur la mine dépitée de Plon-Plon.

« Si vous n'avez pas d'autres questions, j'aimerais retourner à mon rapport sur le système sanitaire en Inde. Le vice-roi a urgemment besoin de mes conclusions.

— Bien sûr, bien sûr. »

Puisse-t-il s'essuyer avec, songea Plon-Plon en se levant. Soudain, alors que Miss Nightingale tendait la main vers la sonnette pour appeler le portier, il ajouta :

« *Pardon, madame**. En fait, j'ai une dernière question.

— Oui ? s'impatienta la vieille dame.

— Savez-vous quelles dispositions Miss Strang avait prises pour son enfant durant son absence du pays ?

— Son enfant ?

— Ignoriez-vous qu'elle en avait un ? »

Le visage rougeaud encapuchonné s'assombrit, indigné.

« L'infirmière Strang était célibataire. Un *enfant* (l'accent qu'elle mit sur le mot faisait penser qu'il s'agissait d'une maladie dégénérative) l'aurait fait radier de n'importe quel hôpital sous ma responsabilité.

— Vous l'ignoriez, donc ?

— Très certainement. »

Elle actionna la sonnette et frémit à la suggestion qu'il venait de faire.

« Au revoir, prince. »

*

Le 1er juin et quarante-quatrième jour du procès, Russell informa Lord Coleridge que la partie du plaignant était terminée. Au ton de sa voix, il était évident que d'après lui elle était non seulement terminée, mais encore inattaquable. Richard Davenall avait été le dernier témoin appelé et à maints égards le plus efficace : en plus d'être un membre de la famille Davenall fermement convaincu de l'identité de Norton, c'était aussi un juriste, dont le témoignage prudent, méticuleux et pragmatique avait l'étoffe pour impressionner un juge aussi bien qu'un jury. Tout le comportement de Russell trahissait qu'il ne s'imaginait pas la défense capable de remédier aux dégâts qu'un tel témoignage avait occasionnés. Serait-il resté aussi confiant s'il avait surpris les messes basses échangées entre son client et son avocat quand le tribunal se vidait cet après-midi-là, c'était, bien sûr, impossible à déterminer.

« Lechlade a achevé son enquête sur cette autre question, annonçait Warburton à Norton alors qu'ils intégraient la file pour sortir.

— Ah oui ?

— Concernant Trenchard.

— C'est ce que je supputais ?

— Oui. Cinq visites depuis la mi-février. Toutes de la même personne.

— Et cette personne est ?
— Richard Davenall. »
Norton hocha la tête.
« Vous ne semblez pas surpris.
— C'est que je ne le suis pas, monsieur Warburton. »

15

Quand Gilchrist fit l'ouverture pour la défense, il énuméra les preuves contre le plaignant avec une efficacité redoutable : une mère qui affirmait ne pas le connaître, des divergences dans l'écriture et des différences dans l'apparence qu'il était peu probable qu'une absence de douze ans pût à elle seule expliquer, sa mystérieuse guérison de la syphilis, un groupe hétérogène d'amis et de connaissances qui restaient dubitatifs quant à son identité, le flou qui régnait ici ou là dans le récit de sa vie en exil. Mais l'efficacité, c'était clair désormais, ne suffirait pas. Gilchrist devrait faire appel au cœur du jury autant qu'à sa tête.

Pour ce faire, s'accordait-on à dire, il devrait recourir à davantage qu'une argumentation pondérée et une batterie de témoignages d'experts. La véritable source de la force de la défense, c'était la famille Davenall. Richard, il est vrai, était passé dans le camp adverse, mais ni Sir Hugo ni Lady Davenall n'avaient parlé durant l'audience, bien que, à en croire le plaignant, ils fussent ses parents les plus proches. Aussi était-ce dans leurs propos que résidait la meilleure chance de Gilchrist et le plus grand danger pour Norton.

Dans le cas de Sir Hugo, le danger fut de courte durée. Même soumis à l'interrogatoire bienveillant de Gilchrist, il se débrouilla pour donner une image d'égocentrique cupide. On lui ouvrit un boulevard pour qu'il s'offusque du tort que l'allégation de Norton faisait à la mémoire de son défunt frère, mais il parut incapable d'alimenter ce sujet. À chaque étape, chaque réponse bougonne, il révélait l'état de ses sentiments : sa richesse et son statut étaient menacés, or il ne les céderait à aucun homme, pas même, sous-entendu, au frère auquel ils appartenaient de droit.

Ce fut cette humeur boudeuse qui causa la perte de Sir Hugo durant son contre-interrogatoire. Russell parvint, sans en avoir l'air, à présenter au jury composé de solides travailleurs de la classe moyenne le portrait d'un jeune panier percé incapable et dissolu, habitué à mener grand train et à dépenser sans compter, dont la réaction à l'arrivée de Norton sur la scène était celle d'un enfant gâté quand il prend conscience qu'il ne peut plus faire ce qu'il veut.

« N'est-il pas vrai, pointa Russell à un moment donné, que votre père avait refusé de déclarer officiellement la mort de James ?

— Qui vous a raconté ça ? bougonna Sir Hugo, comme à son habitude.

— N'est-il pas vrai que c'est *vous* qui aviez initié la procédure de mort présumée – une fois que votre père ne pouvait plus l'empêcher suite à son attaque ? »

Sir Hugo semblait avoir aperçu une issue.

« On m'avait expliqué que mon père n'en avait plus pour longtemps. La question de sa succession *devait* être réglée.

— Mais pourquoi votre père n'avait-il pas pris les mesures nécessaires dès l'échéance des sept ans légaux de la disparition de James – en juin 1878 ? Il n'est tombé malade qu'en novembre 1879.

— Je... je ne sais pas. Cela faisait plusieurs années qu'il n'était plus lui-même.

— Sauriez-vous expliquer son inaction autrement que par sa certitude que James n'était pas mort ? »

Sir Hugo réfléchit un moment.

« Nous ne nous entendions pas, répondit-il en rejetant la tête en arrière. Ce devait être de la pure malveillance de la part du vieux. »

Si on l'y obligeait, Sir Hugo n'hésitait pas à décrire son père comme un homme mesquin et revanchard, alors que Norton n'avait jamais parlé de lui – ni, d'ailleurs, d'aucun membre de sa famille – autrement qu'en des termes respectueux. Russell veilla à ce que ce contraste n'échappe pas au jury.

Plus tard, un autre élément apparut dans la détermination de Sir Hugo à s'opposer à la revendication du plaignant. Russell lui avait demandé quand il avait acquis la certitude que Norton était un imposteur, et sa réponse montra clairement qu'il n'avait jamais envisagé aucune autre possibilité.

« Ma mère m'avait prévenu.

— Elle vous a dit qu'un homme prétendant être James lui avait rendu visite ?

— Oui, et...

— Et vous avez tout de suite accepté son affirmation qu'il n'était *pas* James ?

— Évidemment.

— Le plaignant s'est rendu chez vous à Londres le

30 septembre dernier. Cela vous a-t-il donné l'opportunité de vérifier la conclusion de votre mère ?

— Ma foi... oui. Oui, en effet.

— Mais, Sir Hugo, réfutez-vous le récit qu'a fait le plaignant de cette visite ? Il a certifié avoir été évacué des lieux par vos domestiques avant même de pouvoir vous adresser la parole.

— Je l'ai *vu*.

— Quelques instants seulement – avant qu'on lui claque la porte au nez.

— J'en ai vu assez.

— Lui avez-vous parlé depuis ?

— Évidemment. Il y a eu une réunion – chez son avocat.

— Ah oui. L'examen du 11 octobre. Et depuis ?

— On m'a forcé à m'asseoir dans le même tribunal que lui pendant dix satanées semaines. Ça ne suffit pas ?

— Pas en ce qui me concerne, non, Sir Hugo. L'avez-vous vu autrement que contraint par la loi depuis que l'accès de votre maison lui a été refusé le 30 septembre ?

— Non. Bien sûr que non.

— Dans ce cas, quand avez-vous eu l'opportunité de vous assurer qu'il ne pouvait pas être votre frère ? »

Les lèvres de Sir Hugo tremblèrent, il s'empourpra. Sa réponse retomba dans le travers des dénis têtus qui l'avaient déjà trahi.

« Cet homme est un imposteur. Ce n'est *pas* mon frère. »

Puis ses yeux se portèrent sur le plaignant et, sans doute pour la première fois durant les longues semaines qu'ils avaient passées ensemble au tribunal, ils se regardèrent. À cet instant de confrontation, beaucoup lurent dans l'expression de Sir Hugo ce qu'il redoutait vraiment : non que son adversaire remportât le procès, mais qu'il le méritât ; non que Norton allât le vaincre, mais qu'il fût son frère.

*

Plon-Plon, trop habillé au vu de la chaleur de la journée avec son haut-de-forme et sa redingote, en était réduit à se servir d'un gant comme d'un éventail. Il eût été difficile d'imaginer personnage moins susceptible de se prélasser dans une chaise longue de Green Park par une matinée de juin irrespirable, mais l'étrangeté de ce phénomène devait trouver rapidement une explication : il n'était pas là pour le bien de sa santé.

Une dame en gris s'avançait en provenance de Constitution Hill. Elle se déplaçait lentement mais avec une parfaite élégance et, à mesure qu'elle approchait, les fines rayures roses de sa robe et le blanc arachnéen du foulard autour de son chapeau trahissaient une insensibilité à la chaleur qui contrastait violemment avec l'inconfort de Plon-Plon. Elle n'était pas jeune, assurément, mais il y avait dans son maintien cette rare facilité à combiner dignité et insouciance qui rend l'âge insignifiant.

Plon-Plon ne se leva pas pour accueillir Catherine Davenall : il était trop déprimé pour fournir cet effort. De fait, ils n'échangèrent pas un mot, pas un sourire. Catherine se contenta de s'asseoir dans la chaise longue voisine, attendit le départ du préposé venu récupérer son dû, puis attendit encore un moment dans un silence tranquille avant de demander :

« Vous ne l'avez pas trouvée, c'est cela ?

— Non, *madame**, répliqua Plon-Plon.

— Je dois témoigner la semaine prochaine. Hugo l'a déjà fait. Le temps file à toute vitesse.

— Je crains qu'aucun délai supplémentaire ne fasse de différence.

— N'avez-vous rien appris ?

— J'ai appris beaucoup, *madame**. Peut-être trop.

— Qu'entendez-vous par là ?

— Vous aviez raison. Elle est retournée à Dumfries après avoir été congédiée par votre père. Mais, dès que son propre père a découvert qu'elle était enceinte, il l'a mise dehors. Sa famille l'a reniée. Elle s'est rendue à Londres en portant l'enfant de Gervase. À un moment donné, elle est devenue infirmière. Elle faisait partie de l'équipe que Florence Nightingale avait amenée à Constantinople en 1854. Suite à notre altercation à Scutari, elle a été renvoyée pour indiscipline et réexpédiée à Londres. Ensuite – *rien**.

— Rien ?

— J'ai envoyé Brunet faire le tour de tous les hôpitaux, maisons de santé et agences de gouvernantes de Londres. Aucune trace d'elle nulle part.

— Elle n'est peut-être plus infirmière – ni gouvernante.

— Tout à fait. Mais comment la trouver ? Autant chercher une aiguille dans une botte de foin. C'est impossible. »

Catherine le foudroya du regard.

« Vous voulez dire que *vous* trouvez ça impossible.

— Pensez ce que vous voulez, *madame**. J'ai fait mon possible. Je ne peux en faire plus.

— Vous abandonnez les recherches ?

— Je n'ai pas le choix.

— Je suis venue vous demander de l'aide, prince. Comme toujours, vous me décevez. »

Plon-Plon inclina la tête.

« C'était couru d'avance. *Quelque part, nulle part**. Elle est introuvable, ou elle ne veut pas qu'on la trouve ; en définitive, cela revient au même. Je ne peux pas vous aider, *madame**. Si Vivien Strang est votre ennemie, elle n'a pas l'intention que vous le sachiez. »

Catherine contempla encore un moment les brumes de chaleur vibrer dans le lointain. Puis, l'air résolu, elle se leva.

« Vous étiez mon dernier espoir », déclara-t-elle avec une pointe d'ironie.

Il la regarda.

« Je suis désolé. Vraiment désolé. »

Dans le regard froid avec lequel Catherine répondit, il n'y avait pas de gratitude pour le regret qu'il avait exprimé ni pour les efforts qu'il avait fournis, simplement le constat dédaigneux d'un échec programmé. Sans un mot de plus, elle fit volte-face et s'éloigna dans le parc.

*

Sir Hugo Davenall avait été son pire ennemi : sa crainte de Norton avait révélé à la cour une avarice irraisonnée qui teintait le moindre de ses propos. Catherine, Lady Davenall, était en revanche clairement quelqu'un qui ne connaissait pas la peur. Il n'y avait donc aucune probabilité qu'elle se trahît.

Et en effet. Sans avoir besoin d'être mise sur la voie par Gilchrist, elle exposa à la cour une conviction d'une simplicité inflexible : le plaignant n'était pas son fils. Porter un enfant, le nourrir, le soigner, le vêtir, le choyer et le protéger pendant toute son enfance, c'était mieux le connaître, le connaître avec davantage de certitude, que personne d'autre au monde. Elle défiait le jury de mettre en doute la parole d'une mère. Elle leur opposait les forces de la nature et de la tradition. Elle ne suppliait ni ne cajolait. Elle se contentait d'assener que, peu importe ce qui avait été dit, peu importe ce qui se dirait, elle rejetait en bloc l'allégation de Norton.

À l'évidence, le contre-interrogatoire de Lady Davenall mené par Russell serait le passage le plus délicat du procès. S'il essayait de l'intimider, il risquait de commettre la même erreur que Gilchrist quand il avait questionné Mme Trenchard. Toutefois, une attitude trop douce aurait des relents de capitulation. Il n'était donc guère étonnant qu'il abordât sa tâche avec prudence. Une journée entière s'écoula sans qu'il demandât beaucoup plus que de répéter et de confirmer certains faits. Puis, le deuxième jour, il dévoila sa main.

« Lady Davenall, y a-t-il dans ce que le plaignant a raconté à la cour au sujet de son enfance un élément avec lequel vous n'êtes pas d'accord ?

— Je ne suis pas d'accord quand il prétend être mon fils.

— Bien sûr. Mais contestez-vous sa version des événements ? Contestez-vous même l'existence de l'un des événements qu'il a racontés ?

— Non.
— Dans ce cas, seriez-vous d'accord pour dire que les connaissances du plaignant sont très proches de celles que vous attendriez de la part de votre fils James ?
— Il a été très bien formé, sans nul doute.
— *Formé*, Lady Davenall ? Insinuez-vous que ces informations ont été portées à la connaissance du plaignant par une tierce personne ?
— Parfaitement.
— Et par qui, je vous prie ?
— Je l'ignore. Quelqu'un qui nous en veut. Un ancien domestique, peut-être.
— Pensez-vous à quelqu'un en particulier ?
— Il y avait... Quinn. »

Russell se tourna vers le juge.

« Il a été mentionné un peu plus tôt, monsieur le juge. Le valet de James Davenall. Des efforts ont été faits pour le retrouver, sans succès. »

Il se retourna vers le témoin.

« Existe-t-il une raison pour laquelle cet homme devrait vous en vouloir, Lady Davenall ?
— Il a été renvoyé... pour vol.
— Je vois. Combien de temps est-il resté à votre service ?
— Vingt-trois ans.
— Effectivement, il doit en savoir beaucoup sur votre famille. Suffisamment, à votre avis, pour former le plaignant ?
— Oui.
— Mais qu'en est-il des événements qui se sont déroulés avant qu'il entre à votre service ? Qu'en est-il de la scolarité de James, de ses études à l'université ?

Qu'est-ce qu'un homme tel que lui pourrait savoir de tout ça ?

— James aurait pu lui en parler.

— Et Quinn s'en serait souvenu ? Pourquoi y aurait-il accordé une si grande attention, à moins que vous suggériez qu'il avait prédit la disparition de son maître ?

— Je ne suggère rien de tel.

— Avez-vous une preuve, d'ailleurs, que le plaignant ait été récemment en contact avec Quinn ?

— Non.

— Ou ne serait-ce que Quinn soit au courant des procédures en cours ?

— Non.

— Donc le rôle de Quinn dans cette histoire n'est que pure chimère. »

Russell sourit.

« Tournons-nous à présent vers d'autres chimères, Lady Davenall. Je veux parler de la réticence de votre défunt marin à faire reconnaître légalement la mort de James. Sir Hugo a attribué cela à de la malveillance. Partagez-vous cet avis ?

— Mon mari était certainement un homme malveillant, mais je pense qu'avec le temps il aurait fini par accepter de prendre les mesures nécessaires. C'était aussi un homme vaniteux. Il voulait que Hugo le supplie. Or mon fils ne supplie personne. »

Elle en avait trop dit. Son assertion très digne sur les droits d'une mère se voyait entachée par la révélation d'un mariage sans amour. Russell attaqua.

« Ainsi votre mari était vaniteux et malveillant. Ne diriez-vous pas la même chose de vous-même ?

— Non. Pas du tout. »

Il n'y avait aucun moyen de savoir au ton de sa voix si elle avait conscience de l'erreur qu'elle avait commise, ou du danger auquel elle s'exposait.

« Dans ce cas, comment qualifieriez-*vous* votre décision d'expulser Miss Pursglove de Weir Cottage ?

— Je ne vous comprends pas.

— Miss Pursglove a travaillé au service de la famille Davenall pendant plus de soixante ans. J'imagine que vous avez été offusquée qu'elle identifie le plaignant comme votre fils. N'êtes-vous pas d'accord pour dire que l'expulser de chez elle en guise de représailles était exactement ça : vaniteux et malveillant ?

— Objection, monsieur le juge, s'interposa Gilchrist. Les circonstances de l'expulsion de Miss Pursglove de Weir Cottage n'ont rien à voir avec cette affaire.

— Objection retenue. »

Russell céda de bonne grâce, et pour cause : ce qu'il avait réussi à démontrer valait bien n'importe quelles remontrances de la part de la cour.

« Combien de discussions avez-vous eues avec le plaignant depuis sa visite à Cleave Court le 26 septembre dernier, Lady Davenall ?

— Aucune.

— Une seule vous a suffi à vous forger une opinion ?

— Une seule était plus que suffisante. Je l'ai regardé. Je l'ai écouté. Mais l'entendre n'a fait que confirmer ma première impression. Son apparence et sa voix présentaient assez de points communs avec celles de James pour abuser certains, mais pas moi. Je reconnaîtrais mon fils au premier coup d'œil. Je n'ai pas reconnu le plaignant.

— Rien ne vous a jamais poussée à remettre en cause votre conclusion ?

— Jamais. »

Russell avait été récompensé. La force de caractère de Lady Davenall – son calme qui confinait à l'arrogance, sa conviction qui frisait l'intransigeance – l'avait desservie. Si la certitude d'une mère était une chose, la dureté d'une matriarche était bien différente. Son rejet de Norton allait peser dans la balance, mais la cruauté dont elle s'était montrée capable constituait un contrepoids révélateur. Cela laissait la possibilité au jury de penser qu'elle serait susceptible, éventuellement, de renier son propre fils en le regardant droit dans les yeux.

*

Après avoir fait un saut nécessaire mais loin d'être rassurant chez son agent de change dans Lombard Street, Plon-Plon était reparti en fiacre vers le côté ouest tranquille de la ville, où il s'était alors rendu compte que la fin de la journée de travail ainsi qu'un bref mais violent orage s'étaient donné le mot pour encombrer au maximum les rues. Morose, une main en visière pour se protéger des reflets éblouissants du soleil, il observait cette humanité se mouvoir lentement vers son foyer par paquets ou en file indienne, tout en ruminant ses innombrables revers de fortune.

Alors que le fiacre pénétrait dans le cimetière de St Paul et commençait à fendre la mêlée en direction de Ludgate Hill, l'attention fluctuante de Plon-Plon fut soudain attirée par deux personnes qui se tenaient près de l'entrée sud de la cathédrale. L'une était James Norton : l'humiliation que lui avait infligée cet individu huit mois auparavant demeurait gravée dans sa mémoire, il n'eut donc aucun mal à le reconnaître. L'autre était une dame, saisissante malgré sa sobre tenue noire. Sa robe épousait une silhouette séduisante ; Plon-Plon en suivit un instant les courbes avec délectation. Elle avait un visage d'une beauté sarcastique qui aurait pu hanter ses rêves, et que la colère ou l'angoisse (il n'aurait su dire) avait rendu écarlate. Norton lui parlait, de profil par rapport à la rue, un peu penché, comme s'il tenait à ce que personne n'entende leur conversation. La dame, le souffle court, regardait droit devant elle en vrillant dans ses mains gantées un journal plié.

Le fiacre s'engouffra avec une secousse dans une brèche de la circulation ; cette vision disparut. Plon-Plon s'adossa un moment en s'interrogeant sur cette scène. Catherine avait relié Norton à la femme de Trenchard, mais la dame qu'il venait de voir était trop jeune pour être celle-ci, sans compter qu'elle était d'une magnificence trop exotique pour épouser un nullard comme Trenchard. Et pourtant, si ce n'était pas elle, alors qui ? Soudain, il fut pris d'une impulsion. Peut-être était-il encore temps de rendre à Norton la monnaie de sa pièce et de prouver à Catherine qu'il avait eu raison. Il se pencha par la fenêtre pour demander au cocher de s'arrêter.

Dès qu'il fut descendu et eut payé sa course, il vérifia de l'autre côté de l'avenue bondée que les deux comparses étaient toujours au même endroit. Oui. Soudain, alors qu'il s'efforçait de traverser en toute sécurité, ils se séparèrent : Norton s'éloignait à grands pas vers l'ouest, tandis que la dame partait lentement dans la direction opposée.

Le temps que Plon-Plon atteignît l'entrée sud de la cathédrale, Norton avait disparu et la dame se trouvait à une trentaine de mètres. Il se mit à la suivre. Elle jeta son journal dans une poubelle et accéléra le pas, si bien que Plon-Plon peinait à garder le rythme. Puis, parvenue au coin de la rue, elle monta dans un fiacre qui devait l'attendre. La circulation étant plus fluide ici que de l'autre côté de St Paul, le fiacre fila vers le nord en un clin d'œil. Plon-Plon s'arrêta et jura dans sa barbe.

Il remarqua alors le journal qui dépassait de la poubelle devant lui. Il s'en saisit et parcourut la page à laquelle il avait été ouvert, trouvant là le lot banal d'accidents, d'enquêtes et de cambriolages. C'était une édition du soir vieille de plusieurs jours. Il s'apprêtait à s'en débarrasser quand il repéra le titre d'un article.

LE DIVORCE DES TRENCHARD

M. William Trenchard, dont le père, Lionel, dirige l'entreprise de détaillants Trenchard & Leavis, a été divorcé. Sa femme Constance, résidant à The Limes, Avenue Road, dans le quartier de St John's Wood, s'est vu accorder aujourd'hui un jugement provisoire par la division des affaires matrimoniales de la Haute Cour de justice en raison de la démence de son mari ; on lui a aussi accordé la garde de leur fille de cinq ans.

À titre de rappel, le 7 novembre dernier, M. Trenchard

> s'était rendu coupable d'une agression à visée meurtrière sur la personne de M. James Norton, alias le requérant Davenall. Les charges contre M. Trenchard ont ensuite été abandonnées en faveur de mesures de confinement dans un asile d'aliénés. Le Dr John Bucknill, l'éminent psychiatre, a déclaré à l'audience de ce matin que son patient...

« Bonjour, prince. »

Plon-Plon fit volte-face : Norton, à moins d'un mètre de lui, un sourire amical aux lèvres, tirait sur une cigarette. Son sourire tenait moins du salut que de l'amusement face à une plaisanterie complice.

« Alors, on fait les poubelles ? Voilà qui n'est pas très impérial, si je puis me permettre. »

Plon-Plon, agacé, s'empourpra.

« Qui est-elle ? aboya-t-il.

— Je ne sais pas de qui vous voulez parler.

— *La belle jeune fille**. Vous discutiez avec elle il y a quelques minutes près de l'entrée de la cathédrale.

— Pas moi.

— Je vous ai vus.

— Vous vous êtes mépris.

— Qui est-elle pour vous ? Vous parliez du divorce de Trenchard, n'est-ce pas ? »

Il brandit le journal.

« Pourquoi ? »

Norton s'approcha encore, ses yeux étaient deux fentes.

« Je croyais que nous étions tombés d'accord lors de notre dernière entrevue, prince, sur le fait qu'il serait préférable que vous restiez en dehors de mes affaires. »

Plon-Plon rejeta la tête en arrière et redressa les épaules.

« Vous essayez de m'effrayer avec un vieux scandale ? Ça ne marchera pas une seconde fois, *monsieur**.

— C'est un conte bien sordide. Vous n'en sortez pas grandi.

— Votre honneur, *monsieur**, court un danger plus grand. Vous êtes le fils de Vivien Strang, n'est-ce pas ? »

Norton sembla momentanément stupéfait.

« Vous croyez ça ? »

Puis il recouvra son sang-froid et, dans le même temps, son sourire moqueur.

« Vous pouvez nourrir un bataillon entier de soupçons si ça vous chante, prince. Mais que pouvez-vous prouver ? Rien.

— Vous n'êtes *pas* James Davenall.

— Comment va Cora en ce moment ? Vous l'avez vue récemment ? J'imagine qu'elle n'est pas venue partager avec vous ce dernier de vos nombreux exils. Vous vous rappelez quand vous avez séjourné tous deux à Bladeney House en novembre 1870 ? Moi oui. Je me le rappelle très bien. Un soir, quand papa vous avait emmené au club, Cora avait proposé… Ma foi, mieux vaut peut-être que vous ne le sachiez pas.

— Vous vous croyez très intelligent, *monsieur**. Vous croyez pouvoir abuser votre monde. Vous avez peut-être raison. Mais méfiez-vous : personne n'est infaillible. Tôt ou tard, vous commettrez une erreur. Une seule suffira. Et alors, les gens découvriront qui vous êtes réellement. »

Sur ce, Plon-Plon fourra le journal dans la poubelle

et s'éloigna rapidement, en recollant les fragments de sa dignité. Norton *le menteur**, Norton *l'imposteur** : qu'est-ce que ça pouvait lui faire ? Oublie cet homme, songea-t-il, oublie les Davenall et tout ce que tu sais sur eux. Ça ne devrait pas être difficile : une croisière en Méditerranée pourrait faire l'affaire. Il pressa le pas, chaque foulée augmentait sa détermination à quitter l'Angleterre et, cette fois-ci, à ne jamais y retourner.

Norton termina sa cigarette en observant la silhouette massive de Plon-Plon disparaître dans la foule derrière St Paul. Il était seul à présent, sans personne pour le voir sortir le journal de la poubelle, jeter un œil à l'article intitulé « LE DIVORCE DES TRENCHARD », puis le rejeter au milieu des déchets. Il n'y avait personne non plus pour entendre ce qu'il murmura dans sa barbe en écrasant sa cigarette sous son talon.

« Une seule erreur, hein, prince ? Une seule. Vous avez peut-être raison. »

Il recracha le reste de sa fumée.

« Peut-être l'ai-je déjà commise. »

*

Les derniers témoins de la défense furent une vraie douche froide. Fiveash fut rappelé afin de souligner qu'il ne reconnaissait pas Norton comme son ancien patient. Cependant, une fois de plus, la veine équivoque qui traversait l'ensemble de ses propos le desservit. Emery, son confrère de Harley Street, paracheva ce témoignage médical. Sous le feu du contre-interrogatoire, il fut contraint d'admettre que Fabius avait dit vrai : personne ne pouvait affirmer avec certitude si le plaignant avait souffert ou non de la syphilis.

L'intention de Freddy Cleveland était-elle d'introduire une note comique dans les débats, rien n'était moins sûr, mais, en semblant changer d'avis de minute en minute quant à savoir si Norton était James Davenall ou un imposteur, il affaiblit encore davantage le camp de la défense. Borthwick et Mulholland lui emboîtèrent le pas : tous deux martelèrent que le plaignant ne pouvait pas être James Davenall, tous deux nièrent avoir essayé de le piéger quand ils s'étaient rencontrés sur Parliament Hill.

Une pléthore d'artistes, de photographes et de physionomistes exprimèrent l'opinion éclairée que le plaignant n'était pas le James Davenall qui avait posé devant l'objectif dans les équipes de cricket de Christ Church ou en robe de cérémonie lors des remises de diplômes, mais Russell les obligea tous à concéder qu'ils pouvaient tout aussi bien se tromper. Un graphologue argua que l'écriture du plaignant, bien que similaire aux échantillons de celle de James Davenall qu'il avait étudiés, n'était pas identique. Russell lui arracha l'aveu que l'écriture pouvait fort bien s'altérer au fil du temps et des changements de situation.

Après les scientifiques vinrent les artisans : chapeliers, chemisiers, tailleurs, gantiers, bottiers. Rares étaient ceux à avoir conservé des traces écrites. Aussi leurs souvenirs faillibles des tailles de col et des mesures de jambe, si tant est qu'ils divergeassent par rapport aux mensurations du plaignant, ne constituaient-ils guère une remise en cause percutante.

Enfin, à la quatorzième semaine de procès, la défense conclut son intervention. Il s'ensuivit le discours de clôture de Russell, un plaidoyer d'une efficacité brillante à l'adresse des jurés pour qu'ils ne tiennent pas compte des détails pointés en défaveur de son client et qu'ils se concentrent sur une question et une seule : pensaient-ils ou non que le plaignant était James Davenall ?

*

Un dimanche soir dans Chester Square, les doux rayons du soleil couchant contribuaient, en miroitant à travers les fenêtres du salon de Bladeney House, à amplifier la transe mélancolique de Catherine Davenall. Elle habitait avec Hugo depuis Pâques, renonçant à tous les plaisirs du printemps et de l'été à Cleave Court de façon qu'il puisse se reposer sur elle chaque fois que le courage lui manquait. Elle s'était rendue au tribunal tous les jours, sans presque manquer une seule heure des débats : assise passivement à quelques mètres à peine du persécuteur de son fils, elle rongeait son frein. À présent que le moment de la décision était enfin proche, elle se sentait lasse de tous ces palabres, exténuée par les efforts auxquels la contraignait sa détermination. Le lendemain, le juge entamerait son résumé. Le lendemain, ou le surlendemain, il enverrait le jury délibérer pour déterminer si James Norton pouvait dorénavant se dire son fils, la chasser de chez elle, s'emparer de son domaine, s'approprier toute la richesse et le statut dont Hugo et elle avaient joui jusque-là. C'était trop – une trop grande décision pour un jury, trop à affronter pour une mère.

On frappa discrètement à la porte, Greenwood entra. D'ordinaire le plus calme et le plus effacé des hommes, le voilà qui avait maintenant les joues rouges et semblait agité.

« Un gentleman, madame… désire vous voir.

— Qui est-ce ? »

Greenwood parut avoir des difficultés à répondre.

« M. … Norton, madame. »

Pendant un instant, Catherine ne dit rien. La visite de Norton à Cleave Court remontait à près de dix mois. Que pouvait-il bien vouloir maintenant ? Hugo était à son club, se remontant le moral avec la compagnie imbécile de Freddy Cleveland. Norton savait-il qu'elle était seule en ce dernier soir avant d'apprendre quelle fin le sort leur réservait ? Était-ce la raison de sa venue ? Elle regarda Greenwood en veillant à ce qu'il ne détecte aucun signe de son trouble intérieur.

« Faites-le entrer. »

Dès que la porte se referma, elle alla se poster à la fenêtre. Elle devait paraître parfaitement calme, d'une gravité qui confinait à la sévérité. Ainsi debout, dos à la lumière, armée d'un sang-froid souverain, voilà comment elle le recevrait. Elle s'efforça d'arrêter d'entortiller la chaînette du médaillon autour de son cou, inspira profondément, et s'imposa cette autorité devant laquelle ses émotions avaient toujours capitulé.

Greenwood réapparut, annonça Norton, et repartit aussitôt, les laissant se faire face dans un silence absolu. Il ne pouvait pas discerner son expression, se rappela Catherine, et pourtant on aurait facilement pu croire, à la vue de son regard clair et confiant, qu'il lisait en elle comme dans un livre ouvert. Elle brisa le silence.

« Pourquoi êtes-vous venu ici ? »

Il eut un petit sourire.

« Vous n'avez pas de mots plus tendres, mère, pour votre fils si longtemps disparu ? »

Elle déploya une main sur l'appuie-tête d'un fauteuil et s'efforça avant de répondre d'étouffer la colère que ces mots lui avaient inspirée.

« Nous sommes parfaitement seuls, monsieur Norton. Il n'y a ni témoins, ni espions, ni oreilles indiscrètes. Inutile de continuer à jouer la comédie pour moi.

— Alors pourquoi continuer à la jouer de votre côté ? Vous savez qui je suis. Vous l'avez su dès le moment où vous avez posé les yeux sur moi.

— Vous n'êtes *pas* James.

— Le tribunal en décidera autrement.

— Cela reste à voir. »

Il avança de quelques pas dans la pièce en jetant un œil aux tableaux et aux meubles.

« Il y a eu moins de changements ici que vous n'en avez fait à Cleave Court, commenta-t-il, songeur. Je m'en souviens comme si c'était hier.

— Épargnez-moi votre performance d'acteur, monsieur Norton. Pourquoi êtes-vous venu ? »

Il s'arrêta et la regarda droit dans les yeux.

« Parce qu'il n'est pas trop tard, mère, pour…

— Ne m'appelez pas comme ça. »

Il baissa la tête en signe d'obéissance.

« Fort bien, même si la société vous appellera bientôt ainsi en mon nom. Je suis venu ici ce soir pour vous lancer un appel. Pourquoi ne pas abandonner ? Pourquoi ne pas me concéder ce que je revendique avant que le tribunal vous y contraigne ? Il est encore temps. Demain, sur un mot de vous, nos avocats pourraient se rencontrer afin de se mettre d'accord sur les termes.

— Les termes ? »

Elle le dévisagea d'un air incrédule. Quels termes pourrait-il bien y avoir ? À part une capitulation abjecte de l'un ou l'autre camp ?

« Il pourrait y avoir... un arrangement. J'exige mes droits, naturellement, mais je n'ai aucune envie d'être vindicatif. Je ne veux pas mettre Hugo à l'hospice des pauvres ni vous expulser de Cleave Court. Après ce qui s'est passé, il est difficile d'imaginer que nous pourrions vivre ensemble comme une famille heureuse et unie, mais il y a moyen de faire autrement...

— Ce sont donc là les termes dont vous parlez ?

— Oui. Vous pourriez trouver les alternatives... moins agréables.

— Quelles alternatives ?

— Vous aurez l'argent que papa vous a légué, bien sûr, mais ça ne vous permettra pas, à Hugo et à vous, de mener le train de vie auquel vous êtes habitués. Je parle de Hugo parce qu'il dépend entièrement de vous. Tout ce qu'il possède me reviendra avant la fin de la semaine. Tout ce qui me revient et qu'il a déjà dépensé, il lui sera demandé de le rembourser. Il ne lui restera rien. Or mon frère ne me semble pas du genre à subvenir seul à ses besoins. Si ?

— Ce n'est pas tout cela que vous souhaitez éviter, monsieur Norton. Vous voulez simplement être libéré de toute attache. Quand ce procès s'achèvera sur votre défaite, vous devrez affronter une accusation de parjure. Tout ce que vous aurez gagné, avant la fin de la semaine, c'est une cellule dans la prison de Newgate. »

Il sourit.

« Je pense plutôt que je serais mis en liberté sous caution. » Puis il recouvra son sérieux.

« Comme vous dites, les enjeux sont de taille pour toutes les personnes impliquées. Je le savais, évidemment, quand j'ai décidé de ne pas salir le nom de papa au tribunal. Croyez-le ou non, je l'ai fait pour le bien de la famille. C'est animé de ce même esprit que je vous supplie de ne pas lutter jusqu'à une fin qui ne pourra être qu'amère.

— Alors vous suppliez en vain, monsieur Norton. Il n'y aura pas de capitulation, aucun compromis d'aucune sorte. Même si le tribunal a la folie de confirmer vos droits, je trouverai toujours le moyen de vous vaincre.

— Ce moyen n'existe pas, mère. »

Il prit une grande inspiration.

« Je suis désolé de vous avoir offensée en employant de nouveau ce terme, mais le fait est là : dans quelques jours, vous allez devoir m'accepter comme votre fils, *Sir* James Davenall.

— Jamais.

— C'est votre dernier mot ?

— Non. Mon dernier mot est pour votre mère, monsieur Norton. Enfin, votre vraie mère : Vivien Strang. »

Norton fronça les sourcils.

« Je ne vois pas ce que vous voulez dire.

— Dites-lui ceci : je reconnais lui avoir causé du

tort. Mais elle va se rendre compte que la vengeance n'apporte qu'une pauvre récompense. Le prix à payer pour vous imposer à moi comme mon fils est qu'elle ne pourra plus jamais vous revendiquer comme le sien. Elle devra rester cachée pour toujours, pour toujours recluse. Dût-elle essayer une fois de vous voir, soyez assuré que je le saurai. Et alors je la trouverai. Et je me montrerai sans pitié.

— Vous parlez par énigmes, mère. Vivien Strang n'est rien pour moi, rien qu'un personnage lointain appartenant à un passé déshonorant. Elle n'a aucune influence sur le présent. Elle n'a aucun rôle dans ce que vous m'avez contraint à faire.

— Vous avez votre réponse, monsieur Norton. Était-ce la seule raison de votre venue ?

— Si vous changez d'avis…

— Je n'en changerai pas. »

Il inclina la tête en signe d'acceptation courtoise de cette décision.

« Fort bien. Je vous souhaite le bonsoir. Nous nous reverrons bientôt – selon mes propres termes. »

Elle le regarda quitter la pièce et écouta la porte d'entrée se refermer derrière lui. Il était donc parti, pas avec ce qu'il était venu chercher, mais avec plus que ce qu'elle aurait dû le laisser avoir. Elle en avait trop dit, révélé une trop grande haine. Et pourquoi pas après tout ? Quelle différence cela pouvait-il bien faire à présent ? Norton avait raison à tout le moins sur un point. Avant la fin de la semaine, la lutte serait terminée et dans la foulée, possiblement, la vie qu'elle avait menée jusqu'alors. On ne pouvait pas changer le cours des choses. On ne pouvait pas l'empêcher. La lutte devait être menée à son terme et elle serait prête, elle attendrait la fin avec dignité. Norton remporterait peut-être ce procès, mais jamais elle ne reconnaîtrait sa défaite. Les gens l'appelleraient peut-être son fils, mais elle, jamais.

*

Avant d'être nommé juge, Lord Coleridge avait œuvré au barreau avec une grande distinction. L'un de ses nombreux triomphes était d'avoir été l'avocat de la défense dans un procès célèbre relativement similaire à celui qu'il présidait actuellement : celui de l'usurpateur Tichborne. Conscient, peut-être, que ce procès lui avait valu la réputation de révélateur d'imposture, il se donna beaucoup de mal pour que son résumé fût un modèle d'impartialité. Si Lord Coleridge s'était décidé pour ou contre le plaignant, personne n'aurait pu le déduire de la journée et demie qu'il passa à analyser et à condenser les preuves dans l'intérêt du jury. Enfin, quand il l'envoya délibérer, jamais, de mémoire des familiers de sa carrière, il n'avait donné aussi peu de directions précises.

Tard cet après-midi-là, la cour fut rappelée, mais seulement pour entendre que le jury souhaitait poursuivre ses délibérations jusqu'au lendemain. Les jurés furent envoyés à l'hôtel, tandis qu'on laissa ceux qui attendaient fiévreusement leur verdict passer la nuit dans un état d'impatience plus ou moins avancé.

*

Cette nuit-là fut d'une moiteur oppressante, comme seul peut l'être un milieu d'été anglais. Dans le jardin de la maison de Richard Davenall à Highgate, il n'y avait pas un souffle d'air, pas un rayon de lumière pour briser ce sortilège sombre et humide. Ni, à minuit passé, le moindre bruit pour distraire de ses pensées relatives au lendemain James Norton qui, assis sous la tonnelle drapée de rose, fumait cigarette sur cigarette tandis que les longues heures de sa veille s'écoulaient lentement. Aucun bruit, du moins, jusqu'à ce qu'un pas sur le gravier l'alertât de la présence d'un autre membre du foyer pour qui le sommeil s'était révélé insaisissable.

« Bonsoir, Richard, murmura James lorsqu'il aperçut la silhouette familière de son hôte dans la pénombre. Ou devrais-je dire bonjour ?

— Je n'arrivais pas à me reposer. La chaleur, voyez-vous.

— Cigarette ?

— Ce n'est pas de refus. Merci. »

En général, Richard ne fumait rien hormis un cigare digestif le soir. Après être resté de longues minutes près de la tonnelle, à fumer en silence, il remarqua :

« Nous avons fait beaucoup de chemin, n'est-ce pas, James, depuis que vous vous êtes présenté à mes bureaux à Noël dernier ?

— Je n'aurais pas pu aller aussi loin sans votre aide. »

Dans la pénombre de la tonnelle, il était impossible de savoir quelle expression accompagnait les mots de James.

« Mais malgré tout, il se révèle que vous aviez raison et moi tort.

— Dans quel sens ?
— Je pensais que Hugo entendrait raison, mais non.
— Ah, je vois. Dans ce sens-là.
— Demain, je pense qu'il y sera obligé. »

James tira sur sa cigarette, l'extrémité rougeoyant dans l'obscurité, puis ajouta :

« Il faut que je vous dise que, dimanche, je suis allé voir mère pour la supplier d'interrompre le procès. »

Il se tut, comme s'il attendait une réaction de la part de Richard. Puis, comme elle ne venait pas, il poursuivit :

« Je ne m'attendais pas à ce qu'elle tombe d'accord avec moi sur-le-champ, mais j'avais l'impression de devoir fournir cet effort. En l'occurrence, je ne sais pas trop si je n'ai pas causé plus de mal que de bien.
— Elle a refusé tout net ?
— Oui.
— Hugo était-il là ?
— Non. Je suis passé à une heure où je me doutais qu'il serait au club. J'avais l'impression que s'il me restait une opportunité, je ne pourrais la saisir qu'en voyant mère seule.
— A-t-elle parlé de Hugo ?
— Non.
— Je demande parce que la semaine dernière je suis tombé sur Freddy Cleveland à Piccadilly. Lui, il m'en a parlé, de Hugo. Et j'ai trouvé ce qu'il m'en a dit on ne peut plus inquiétant.
— Dans quel sens ?
— Cleveland n'est pas du genre à prendre les choses trop au sérieux, comme vous le savez. Mais il semblait sincèrement préoccupé par la santé mentale

de Hugo, inquiet de l'effet que le procès avait sur lui. Il m'a décrit à quel point Hugo était déprimé depuis son témoignage à la barre.

— Il n'y a là rien de bien étonnant, Richard. Ce procès a occasionné beaucoup de tension chez nous tous.

— Mais vous êtes fort et endurant. Pas Hugo. Vous connaissez sa faiblesse. À votre avis, comment va-t-il réagir s'il perd le procès ? Tout – argent, titre, propriétés – va s'envoler. Comment va-t-il s'en sortir ? »

James ne dit rien. Il y avait en effet toutes les raisons de douter de la capacité de Hugo à supporter la perte qu'il s'apprêtait possiblement à endurer, et Richard, plus que n'importe qui, devait nécessairement s'inquiéter des conséquences ; mais les deux hommes savaient pertinemment que la seule façon dont James pourrait épargner Hugo était de se sacrifier. Et c'était hors de question.

« Ce que je cherche à vous dire, c'est que j'aimerais croire que vous ne vous montrerez pas dur envers lui à cause de son attitude idiote à votre égard. Il est en votre pouvoir de le détruire. Ce que j'aimerais croire, c'est que vous serez généreux dans la victoire.

— Vous avez ma parole. Quels que soient ses défauts, Hugo reste mon frère. Si je gagne, je veillerai à ses besoins.

— Je suis content de vous l'entendre dire.

— Mais vous supposez que le jury se prononcera en ma faveur. Et s'il se prononçait pour Hugo ? Serait-il… généreux dans la victoire ? »

Il y eut un long silence, pendant lequel les deux hommes méditèrent cette question dans l'abysse de la nuit. Puis, quand la nécessité de donner une réponse était presque passée, Richard répliqua d'un ton solennel :

« Non. Il ne le serait pas. »

*

Cour royale de justice : mercredi 18 juillet 1883. Soixante-dix-septième et dernier jour du procès Norton contre Davenall. Rien dans la salle ni chez ses occupants ne trahissait que cette journée était différente de toutes les autres à travers les circonvolutions desquelles le procès avait tissé son chemin. Rien chez les praticiens de la justice emperruqués et l'épaule tombante ni dans le public nombreux, cou tendu, ne dénotait que c'était la fin. Et pourtant. Norton contre Davenall avait fait son temps.

Les jurés entrèrent et prirent place. Au-delà des trémoussements habituels, eux et tous leurs observateurs détectèrent dans le déroulé des opérations une part de stupéfaction et de vague impréparation. La question avait beau avoir été débattue avec soin pendant plus de trois mois, on eût dit que son énormité ne leur apparaissait que maintenant. Un homme, le plaignant, passerait, en l'espace de quelques minutes, du personnage calme et poli qu'on voyait chuchoter à l'oreille de son avocat à l'une de ces deux choses : un riche aristocrate vengé, ou un vil imposteur méprisable. Dans le même temps, un autre homme, l'accusé, qui filait à l'instant réintégrer son siège avec l'apparence échevelée de l'attente nerveuse, serait rendu à une paisible vie aisée, ou perdrait jusqu'à son nom.

Les jurés cessèrent de s'agiter. Aucun n'avait l'air d'un farouche romantique ni d'un anarchiste endiablé. Bien au contraire, tous étaient d'une étoffe morne et impassible. Et pourtant ce qu'ils s'apprêtaient à faire était d'une gravité inéluctable. Le président, un individu rondelet à lunettes et costume de tweed, ajusta ses montures et consulta quelques notes qu'il devait déjà bien connaître.

Lord Coleridge entra. La cour se leva, puis se rassit, à l'unisson du juge. Celui-ci, à tout le moins, ne semblait pas troublé. De la tête, il fit signe au clerc de lancer les opérations. Comme actionné par des ficelles, le président du jury bondit de son siège.

« Messieurs les jurés, vous êtes-vous mis d'accord sur le verdict ?

— Oui.

— S'agit-il d'un verdict unanime ?

— Oui.

— Quel est-il, dans ce cas ? Vous prononcez-vous en faveur du plaignant ou de l'accusé ?

— Nous nous prononçons en faveur du plaignant. »

16

Peu avant 11 heures le mercredi matin 18 juillet 1883, James Norton cessa d'exister, et James Davenall reprit une vie en suspens. Les cris qui s'élevèrent dans le tribunal quand le jury se prononça en sa faveur relevaient presque autant de la stupéfaction que de l'acclamation. Nombreux avaient été ceux à prédire sa victoire mais, maintenant qu'elle avait été proclamée, le sens de ce que cet homme venait d'accomplir jaillit dans leur tête avec la puissance d'une révélation. Le prétendu requérant Davenall était devenu Sir James Davenall aux yeux de la société et de la justice. Contre toute attente, malgré les doutes, bravant l'opposition, il avait gagné. Tout ce qu'il avait misé, il l'avait remporté. Tout ce qu'il avait revendiqué lui avait été accordé.

À peine le juge eut-il confirmé le verdict du jury et clôturé le procès par quelques mots officiels que le barreau explosa en un grouillement brouillon. En un éclair, le plaignant fut entouré par une foule de partisans plus nombreux qu'il n'aurait jamais imaginé. Des inconnus lui assenaient des claques dans le dos et lui serraient la main, des journalistes lui hurlaient des questions à l'oreille. Sir James lui-même, cependant, comme dépassé par le sens de ce qui venait de se produire, ne répondait rien à ce flot de félicitations. Perplexe, mal préparé, il semblait ne pas trop savoir comment réagir.

Soudain, à la vue de Constance Trenchard qui se faufilait pour le rejoindre, son expression changea. Alors qu'il tendait le bras pour lui saisir la main, le sourire qui lui monta aux lèvres ne laissa aucune place au doute : c'était avec elle qu'il souhaitait partager son triomphe. Glissant son bras sous le sien, il la guida calmement vers la sortie, sans un regard ni à droite ni à gauche. Voilà, clamait son attitude, le plus précieux des prix qu'il avait remportés ce jour-là; voilà ce qui justifiait toute cette peine.

Plus tard, durant la brève intimité d'un trajet en fiacre entre le tribunal et Staple Inn, où Warburton devait organiser une fête pour ceux qui avaient contribué à la victoire, Sir James demanda à Constance Trenchard de l'épouser dès qu'elle serait libre de le faire. Elle accepta sans hésiter, et lui, de son côté, promit de ne plus jamais la délaisser. Dans l'enchantement d'un amour retrouvé, ils ne parlaient que de leur avenir commun. Le passé – peuplé de gens qui auraient encore pu les rappeler à l'ordre –, ils étaient heureux de l'oublier. Car ce passé, ils étaient sûrs d'y avoir échappé pour toujours.

Le tourbillon médiatique qui couvrit la conclusion sensationnelle du procès Norton contre Davenall se dissipa à une vitesse étonnante. Les journaux se lassèrent du nouveau baronnet dès qu'il eut clairement stipulé qu'il n'accorderait aucune interview ni ne signerait aucun article claironnant sa victoire pour le bon plaisir des lecteurs. En l'espace de quelques semaines, les gens en étaient presque arrivés à ce que James semblait attendre d'eux : l'oublier.

Ce désir d'intimité était fort compréhensible. Du jour au lendemain, il était devenu le propriétaire d'une magnifique résidence à Londres, d'une vaste maison de campagne, d'une part lucrative du gisement de houille du Somerset, et d'un domaine conséquent dans l'ouest de l'Irlande. Il avait été accueilli officiellement dans les rangs des baronnets et le banquier de la famille Davenall lui avait ouvert sa porte. Il était devenu un homme riche. Tous ses problèmes étaient derrière lui. De publicité il n'avait nul besoin.

Cela explique peut-être aussi pourquoi Sir James se montra un vainqueur aussi magnanime. Il n'adressa aucune requête précipitée ni déraisonnable aux membres de sa famille qui s'étaient opposés à lui. Il s'abstint de toute action qui aurait pu avoir des relents de vengeance. En effet, il attendit début août pour demander à son cousin Richard de convenir d'un rendez-vous avec Warburton, Baverstock et Lewis afin de parvenir à un règlement définitif du conflit. Et même alors, les termes qu'il proposa furent plus généreux que nécessaire. Quand il alla voir Richard à son bureau de Holborn pour connaître la conclusion des débats, il aurait pu raisonnablement s'attendre à ce que son offre eût été acceptée avec gratitude.

« Concernant le procès proprement dit, annonça Richard, c'est assurément terminé. Le juge a stipulé, vous vous en souvenez peut-être, qu'on ne pouvait envisager un appel qu'en présence de nouvelles preuves. Lewis a reconnu ouvertement n'en avoir aucune.

— Bien. Et le reste ? »

C'est là que commencèrent les surprises.

« Votre mère rejette l'idée de rester à Cleave Court, tout comme elle refuse la pension que vous lui proposez. Elle ne veut vous être redevable en rien. Elle entend déménager sur-le-champ.

— Pour aller où ?

— D'après Baverstock, elle a l'intention de louer une propriété plus modeste quelque part. N'importe où, je crois, tant que ce n'est pas sur une terre qui vous appartient. »

Que Lady Davenall refusât le moindre compromis, même dans la défaite, était, à sa façon, admirable. La manière dont le procès avait été mené avait à l'évidence interdit toute possibilité de réconciliation entre eux.

« Donc on en est là, commenta James, l'air plus déçu que surpris.

— Je le crains.

— Et Hugo ? »

La réaction de son frère à sa générosité était moins prévisible. Sa cupidité et sa faiblesse l'avaient peut-être poussé à accepter ce que la jalousie et la désapprobation maternelle auraient dû lui interdire d'envisager.

« Il aura quitté Bladeney House d'ici la fin du mois.

— Mais la pension ?

— Je ne sais pas. Baverstock s'est dérobé. En tout cas, les premiers versements ont été effectués. Soit Hugo n'a rien remarqué – soit il accepte à contrecœur. Une chose est sûre en revanche. La brouille est irrémédiable. Ni Catherine ni Hugo ne souhaitent voir aucun de nous, quelles que soient les circonstances.

— Je suis désolé pour vous, Richard. Je sais que vous espériez que la fin du procès soit aussi la fin de la querelle, mais il n'y a jamais vraiment eu aucune chance qu'il en soit ainsi. Mère est allée trop loin dans son reniement pour revenir en arrière maintenant. Et Hugo a suivi le même chemin.»

Richard soupira.

«Il semblerait que oui.»

Puis il soupira de nouveau, sur un mode différent: celui d'un homme résigné à prendre le bon là où il était.

«Cette réunion a permis de débloquer une chose. Il n'y a plus aucun obstacle ni aucune objection à ce que vous contrôliez les biens et les investissements que Gervase vous avait légués. À partir d'aujourd'hui, ils sont à votre entière disposition.»

Ce dernier octroi, ce dernier mot de ratification, manquait singulièrement d'entrain. Moins d'un an auparavant, James Norton avait débarqué d'un paquebot en provenance d'Amérique comme un inconnu sans le sou. Désormais Sir James Davenall, il comptait parmi les plus haut placés des bien nés argentés du pays.

«Je vous suis toujours plus reconnaissant que je ne puis l'exprimer, Richard, pour vos efforts à mon égard. J'espère pouvoir continuer à compter sur vous.»

Richard sourit.

«Je n'ai rien fait de plus que ce à quoi mon devoir m'obligeait. Je sais que vous aviez évoqué de me confier la gestion de vos affaires financières, mais...

— C'est ce que je souhaite ardemment.

— Dans ce cas, j'en serai honoré. Il y a beaucoup de travail.

— Pour le moment, je vous laisse vous occuper de tout.

— Vous n'avez pas l'intention de jouer un rôle actif ? se désola Richard.

— J'y viendrai, si. Mais le procès, comme vous l'aviez prédit, a été une expérience éreintante. Je ressens le besoin d'un long repos. Constance a accepté de m'accompagner dans un tour du continent : c'est un changement de cadre dont nous avons tous deux besoin. Nous emmènerons Emily (il sourit) en guise de chaperon.

— Combien de temps serez-vous partis ?

— Environ trois mois. À notre retour, nous n'aurons plus qu'une petite période à attendre avant de pouvoir nous marier. Dès lors, avec mon épouse Constance à mes côtés, je me sentirai capable d'exercer mes responsabilités comme je le souhaite. »

Après tout ce qui s'était passé, le besoin de répit qu'avait exprimé Sir James était compréhensible, et Richard constituait le choix évident pour superviser ses affaires en son absence. Mais étrangement, lorsqu'ils en vinrent à discuter les détails de ce que cette tâche impliquerait, le sous-entendu plana que l'intendance était loin d'être le seul enjeu. Rien de précis ne fut stipulé d'un côté ni de l'autre, mais, quelque part, c'était inutile. Leur compréhension mutuelle suffisait à ce que l'implicite fût clair et la déduction évidente. Dès l'instant où Richard acceptait d'endosser la responsabilité des intérêts de Sir

James, les doutes qu'il nourrissait encore à son égard devraient être écartés définitivement, ou enfin exprimés ouvertement. Or il avait accepté. Le défi tacite était relevé.

*

Non loin de Leicester Square, dans l'un des box dînatoires d'un casino doublé d'un restaurant au décor criard, Hugo Davenall cherchait, par un excès de nourriture, de boisson et de compagnie tapageuse, à cautériser la plaie récemment infligée à sa fierté.

Hourras, sifflets et battements de pieds accueillirent la toute nouvelle arrivée sur la petite scène au centre de la mêlée : une chanteuse chichement vêtue constituait le numéro le plus osé d'un programme toujours plus épicé. Derrière et au-dessus d'elle, une multitude de breloques en cristal réfractaient la danse des becs de gaz éjaculant et des flammes des bougies fichées dans des bouteilles, tandis que des spirales de fumée tournoyaient dans les gueules caverneuses de miroirs au cadre doré.

Hugo jeta un œil méprisant à la masse ronflante de Toby Leighton écroulé à côté de lui, puis regarda Freddy Cleveland de l'autre côté de la table : celui-ci éclusa un énième verre, emboucha son cigare et lui adressa un sourire en coin.

« Tu as l'air horriblement sobre, Hugo.
— J'ai bu la même chose que toi, à la bouteille près.
— On ne dirait pas. Tu penses toujours au procès ?
— Comment l'oublier ? Je ne pourrai pas rentrer chez moi ce soir sans me rappeler que c'est à *lui*

qu'appartient le lit dans lequel je dors. Je ne peux pas signer un chèque sans me rappeler que c'est dans *son* argent que je puise. Bon sang, Freddy... »

Il reposa violemment son verre sur la table.

« Ce bâtard m'a tout pris ! Tu penses que je vais oublier ça ?

— Il va bien falloir, mon vieux. As-tu seulement le choix ? »

Hugo plongea les yeux dans l'obscurité derrière leur table.

« Ce Trenchard avait eu la bonne idée. Dommage qu'il n'ait pas terminé le boulot.

— Peut-être, mais regarde où ça l'a mené : chez les fous.

— À l'époque de mon père, j'aurais pu provoquer Norton en duel. Ça lui aurait coupé la chique.

— Ou la tienne, mon vieux. Vu ton adresse au tir, tu raterais une vache dans un couloir. »

Mais Hugo était aussi imperméable à l'humour qu'à la raison. Il étrécit les yeux et envisagea, un bref instant, la possibilité d'une revanche.

« Si j'avais Norton dans le viseur, je tirerais en plein dans le mille, crois-moi.

— C'est l'alcool qui parle.

— Alors qu'est-ce que tu me conseilles ?

— Fais la paix avec lui. Les gens l'appellent ton frère : imite-les. Sinon...

— Il me laissera tomber sans un sou, compléta Hugo avec un hochement de tête morose.

— Je crois bien, mon vieux. Je crois que c'est exactement ce qu'il fera. »

Hugo grinça des dents.

« Maudit soit-il, Freddy, marmonna-t-il. Maudite soit cette enflure. »

À ces mots, Cleveland ôta le cigare de sa bouche et s'efforça de prendre un air grave.

« Suis mon conseil : ravale ta fierté et rabiboche-toi avec lui. Tu sais ce que m'a dit Bullington la semaine dernière ? »

Bullington était généralement considéré comme la tête pensante de la direction du comité de leur club. Hugo dévisagea son ami, la curiosité en éveil.

« Non, quoi ?

— Que le comité envisage d'inviter James à reprendre son adhésion. Après tout, il ne l'a jamais officiellement résiliée.

— Ils ne me feraient pas ça !

— Ils le feraient. Et ils le *feront*. Continuer à t'opposer à lui, c'est comme pisser dans un violon. Si tu persistes, tu ne seras clairement plus dans leurs petits papiers. Voire plus dans le club tout court. »

La bouche de Hugo s'ouvrit en grand, mais pas un son ne sortit. Il contempla son reflet vert difforme dans la bouteille de champagne. Derrière lui, entre les bourrasques de musique et de rires, s'élevait un gémissement aigu que lui seul pouvait entendre, le bourdonnement du ridicule qui menaçait d'enfler en grondement assourdissant, le grondement de sa destruction.

*

Richard Davenall, Canon Sumner et la petite Patience avec sa nourrice avaient accompagné James,

Constance et Emily à la gare de Victoria pour leur dire au revoir au départ du train assurant la liaison avec le ferry. À peine trois semaines s'étaient écoulées depuis la fin du procès, mais, malgré de nombreuses paniques de dernière minute, tous les préparatifs nécessaires avaient été parachevés, en grande partie grâce à Emily, qui avait organisé sa toute première aventure à l'étranger avec la précision d'un voyageur aguerri.

Canon Sumner n'avait pas compris la nécessité d'un départ aussi précipité, mais personne n'avait cru bon de l'éclairer. Patience, bien sûr, trop jeune pour appréhender la durée de l'absence de sa mère, était également dans l'ignorance. Quant à Emily, elle était tellement flattée qu'on lui propose le voyage et excitée de partir qu'elle n'avait pas chipoté sur l'emploi du temps.

Comme des claquements de portes et des nuages de fumée signalaient l'imminence du départ, Richard recula pour laisser Canon Sumner donner à James ses dernières recommandations concernant le bien-être de sa fille, tandis que Constance et Emily entraînaient Patience dans un manège d'adieux.

En vérité, Richard était content de rester un peu à l'écart de ces effusions, soulagé de ne pas avoir à souhaiter à James un banal *bon voyage**. Il laissa son regard errer sur le quai, où plus d'un tendre adieu était échangé. Il vit le contrôleur à l'arrière du train se ficher un sifflet entre les dents et lever le drapeau vert. Soudain, alors qu'il s'apprêtait à reporter son attention sur ses compagnons, il remarqua un porteur s'empresser de faire passer une retardataire sous le regard désapprobateur du contrôleur : une femme mince, élégante et de noir vêtue, manifestement sans bagages. Elle monta à bord, et la porte se referma derrière elle. Richard entraperçut alors son visage, tourné momentanément vers lui. Il la connaissait. Tandis que le contrôleur déployait son drapeau et sifflait, Richard se rappela qui elle était : la femme qui à l'hôpital avait demandé des nouvelles de James, la femme dont l'apparence était si étrangement proche de la description qu'avait faite Trenchard de Melanie Rossiter.

L'espace d'une seconde, la stupéfaction l'empêcha d'agir. Puis ce fut trop tard. Le train s'ébranlait. La nourrice brandissait Patience à bout de bras pour qu'elle fasse au revoir de la main à travers la vapeur du piston. Constance et Emily faisaient aussi de grands signes. James, debout derrière elles, avait levé la main à l'adresse de Canon Sumner. Le train accélérait lentement. Les compagnons de Richard le suivaient sur le quai afin de retarder le dernier échange de baisers soufflés. Mais Richard, figé, regardait défiler devant lui la rangée de fenêtres baissées et de passagers souriants.

Une fenêtre était vide. Le compartiment dans lequel il l'avait vue pénétrer fila trop vite pour qu'il puisse vérifier si elle y était assise, mais quand bien même elle ne s'y serait pas trouvée, il n'aurait pu douter de ce qu'avaient vu ses propres yeux. Une fois, ça aurait pu être une coïncidence, une méprise fondée sur une ressemblance fortuite. Mais à présent il n'y avait plus d'erreur possible. Elle existait. Elle était réelle. Et elle suivait James Davenall.

*

Catherine Davenall avait quitté le spacieux domaine de Cleave Court pour emménager dans une maison en location dans Brock Street, à Bath. Malgré la perte de la plupart de ses domestiques et de tous ses jardins adorés, sa détermination restait vive. Sans se laisser décourager par l'ostracisme de ceux qui jugeaient sa conduite déshonorante, ni par les restrictions que lui imposait la diminution de ses moyens, elle restait aussi fière et maîtresse d'elle-même que jamais.

Elle n'avait pas non plus, malgré les rumeurs contraires qu'avait pu entendre Richard Davenall, abandonné sa lutte contre l'homme qu'on appelait désormais son fils. Quand Arthur Baverstock vint la voir par un après-midi de la fin du mois d'août, c'était loin d'être une simple visite de courtoisie : il était venu rendre compte de l'avancée des enquêtes en cours sur le passé mystérieux de James Norton.

Hélas pour lui, son compte rendu fut fort succinct.

« Maître Lewis estime que nous ne ferons aucun progrès tant qu'on continuera à faire appel à des intermédiaires. Il pense que nous devrions envoyer un membre de son équipe aux États-Unis afin de mener des recherches poussées.

— Donnez-lui mon accord, monsieur Baverstock. Je ne veux pas de demi-mesures. »

Il avait redouté cette réponse, qui le contraignait à exprimer ses propres réserves peu flatteuses.

« Une telle entreprise vous obligerait à des dépenses substantielles, madame.

— Aucune importance. »

Baverstock se tortilla.

« Mais, comme le souligne maître Lewis, vos

ressources ne sont plus aussi considérables qu'avant. Il craint…

— Laissez-moi être seule juge de ce que me permettent ou non mes ressources. »

La foudre de son regard n'avait rien perdu de son pouvoir d'intimidation.

« Je veux que l'on retourne toutes les pierres sans exception et je suis prête à en payer le prix, quel qu'il soit. Dites à maître Lewis qu'il pourra toucher son argent en avance s'il le souhaite.

— Je suis sûr que cela ne sera pas nécessaire.

— Espérons-le. Si j'endure ce modeste niveau de logement, monsieur Baverstock, c'est pour m'assurer que la quête de la vérité sur cet homme puisse être menée à bien. »

Baverstock, qui pensait secrètement que la vérité, on la connaissait déjà, hocha la tête.

« Bien sûr, bien sûr.

— Il croit m'avoir vaincue. Cela va le rendre complaisant. Complaisance est mère de négligence. Plus la situation se prolongera, plus grandes seront les chances qu'il commette une erreur fatale. C'est tout ce que je lui demande.

— Oui, madame.

— Je sais que maître Lewis et vous pensez que je poursuis une vengeance stérile. Ne vous donnez pas la peine de le nier. Mais ses résultats vous surprendront – croyez-moi. Des mesures sont prises pour surveiller ses déplacements sur le continent, je crois ?

— Tout à fait. Maître Lewis a employé l'un de ses meilleurs éléments à cette mission.

— Parfait. Son impatience à quitter le pays m'intéresse. Il pourrait s'agir d'une méthode sibylline pour contacter ses complices. S'il y a la moindre évolution, si futile soit-elle, je souhaite en être informée sur-le-champ.

— Vous le serez, madame.

— Veillez-y. Il pense être en sécurité, maintenant, monsieur Baverstock, bien en sécurité. Mais il n'en est rien. En réalité, il court un danger encore plus grand qu'avant. Tant qu'un souffle animera mon corps, il n'aura pas besoin d'ennemi. »

De cela Baverstock ne doutait pas. L'objectif de Lady Davenall était clair. Ce n'était qu'à la possibilité de son accomplissement qu'il n'accordait aucune foi.

*

C'était le dernier jour du mois d'août, gris et d'une chaleur écrasante. Assis dans son bureau, Richard contemplait l'agitation lasse de Holborn, essayant sans y parvenir de se concentrer sur son travail.

La météo, ou quelque chose de plus insidieux, avait épuisé toute son énergie. Pourquoi continuait-il à nourrir des doutes que son esprit rationnel aurait dû écarter ? Quelques jours auparavant seulement, il avait reçu une lettre de Constance en provenance de Salzbourg lui assurant que tout se passait pour le mieux. Pas le moindre indice dans ce qu'elle avait écrit n'alimentait sa conviction que Melanie Rossiter les suivait. Peut-être ne l'avait-il pas vue, après tout. Peut-être avait-il imaginé cette vision. Peut-être perdait-il tout simplement les pédales.

Quand Benson passa la tête dans l'embrasure de la

porte, Richard supposa que ce n'était pour signaler rien de plus spectaculaire que l'arrivée du courrier de l'après-midi. Or :

« Un homme souhaiterait vous voir, monsieur, annonça-t-il. Sans rendez-vous.

— Qui est-ce ?

— Il dit être Alfred Quinn. »

Brusquement, après tous les efforts qu'avait fournis Roffey pour le retrouver, brusquement, quand cela n'avait plus d'importance, Quinn était venu.

Les années ne l'avaient guère changé. Silhouette trapue vêtue de tweed, chapeau melon à la main. Ses cheveux coupés court avaient grisonné et sa pilosité s'étendait maintenant à une barbe, mais autrement il restait quasiment le même. Dos droit, épaules carrées, port pugnace, yeux d'acier impénétrables : cette attitude intransigeante dénotait des traits de caractère que sa prudence lui interdisait de révéler.

Richard se leva et contourna la table, main tendue, souriant, dissimulant son choc et sa curiosité derrière l'hypocrisie de son accueil.

« Mais oui, mais c'est bien Quinn.

— Oui, monsieur. »

Sa poignée de main était musclée, son sourire sinistre.

« J'ai ouï dire que vous me cherchiez ?

— Nous vous *cherchions*, en effet. N'étiez-vous pas au courant du procès ?

— Pas pendant son déroulement. J'ai passé ces deux dernières années en Nouvelle-Zélande. Je suis rentré la semaine dernière seulement. C'est là que j'ai entendu que James – *Sir* James, devrais-je dire – avait réapparu.

— Vous étiez en Nouvelle-Zélande ?

— C'est ça. Mon oncle a émigré là-bas dans les années 1840 et s'est lancé dans l'élevage de moutons. Il y a vingt ans, on a trouvé de l'or sur ses terres. Il est devenu riche. La première fois que j'en ai entendu parler, c'est quand j'ai appris sa mort – et qu'il me léguait tout. J'étais apparemment son seul parent vivant. Alors je me suis rendu sur place pour régler la succession, pourrait-on dire.

— Pourquoi êtes-vous revenu ?

— Je préfère finir mes jours en Angleterre qu'en Otago, monsieur. J'ai tout vendu – à un bon prix. Je suis rentré chez moi profiter de la retraite. Quand j'ai appris pour Sir James... sacrée réapparition, ma foi. Je me suis dit que j'allais venir le saluer.

— Il est en ce moment à l'étranger, en vacances.

— Je suis désolé de l'avoir raté. Peut-être qu'une occasion se présentera à son retour.

— Je suis sûr qu'il sera content d'apprendre votre heureux destin.

— J'en suis sûr aussi, monsieur. »

Le flux des pensées intérieures de Richard avait vidé ses remarques d'originalité. Pouvait-ce être vrai ? Roffey s'était-il fourvoyé depuis le début ? Un héritage inopiné en Nouvelle-Zélande expliquait l'absence de Quinn et son évidente prospérité aussi bien qu'une vie de criminel à Londres. Si on se fiait à ses dires, Trenchard n'aurait jamais pu le croiser. Et, si Trenchard avait imaginé ça, peut-être avait-il aussi imaginé Melanie Rossiter.

« Quels sont vos projets, alors ? s'enquit-il mollement.

— J'ai bien envie de m'essayer aux courses de chevaux, monsieur. Je suis en train de négocier l'achat d'écuries non loin de Newmarket. Le travail avec les chevaux était ce qui me plaisait le plus dans l'armée. J'aurais plaisir à retrouver leur contact.

— C'est une activité coûteuse, ce me semble. »

Quinn hocha la tête.

« En effet, monsieur. Mais maintenant que j'ai l'argent, rien ne m'interdit de me faire plaisir.

— J'imagine que non. »

Ainsi donc, Quinn aussi était retombé sur ses pieds. Les caprices du destin étaient pour le moins étranges. Le domestique congédié quatre ans plus tôt avait débarqué d'un paquebot en provenance de Nouvelle-Zélande avec plus d'argent sur son compte que son ancienne employeuse. Il pouvait choisir des écuries à Newmarket, tandis qu'elle louait une maison mitoyenne à Bath.

« Veillez à me laisser votre adresse, Quinn, de façon que James puisse aller vous rendre visite.

— Je n'y manquerai pas, monsieur. Emménagera-t-il à Bladeney House à son retour ?

— J'imagine que oui. Pourquoi ?

— C'est juste que je me suis d'abord rendu là-bas, en pensant qu'il serait peut-être chez lui. Mais Sir Hugo – enfin, *monsieur* Hugo – y réside toujours.

— Ah oui, en effet. Lui avez-vous parlé ?

— Oui, monsieur. Si je puis me permettre, il vit mal la situation. Très mal, même.

— Qu'est-ce qui vous fait dire ça ? demanda Richard, pourtant loin d'être sûr de vouloir connaître l'opinion de Quinn sur la santé mentale de son ancien maître.

— Je connais M. Hugo depuis longtemps, répliqua Quinn d'un ton incisif qui trahissait qu'il avait lu dans les pensées de Richard. Il a toujours eu des hauts et des bas. Mais quand il était en colère, on le savait ; il n'a jamais été cafardeux.

— Vous l'avez trouvé cafardeux ?

— Oui, monsieur, je dois le dire. Toute énergie semble l'avoir quitté. Ça m'a bien attristé.

— Cette période a été difficile pour la famille, expliqua Richard en affectant un air détaché. Je suis sûr que Hugo va s'en remettre. »

La vérité, évidemment, était tout autre. Après le départ de Quinn, Richard se sentit encore plus accablé que jamais par le flot d'amertume et d'animosité qu'avait déclenché le retour de James. Qui, parmi tous les gens touchés par l'événement, n'aurait pas préféré, au fond, remonter le temps et rétablir les présupposés et les conventions qui avaient régi leurs vies jusqu'au jour où James était venu les chambouler ? Ce n'était pas la faute de James. Ce n'était la faute de personne. Et pourtant nombreux devaient être ceux qui auraient préféré qu'il restât à l'étranger, ou qu'il se noyât pour de bon à Wapping douze ans plus tôt.

Richard se leva pour se poster à la fenêtre, qui donnait sur la rue. Il vit alors Quinn sortir sur le trottoir et s'éloigner d'un pas vif, simple citoyen obscur disparaissant progressivement dans la foule londonienne. Il n'y avait aucune raison de ne pas croire ce qu'il avait dit. C'était parfaitement censé. Cela prouvait ce que Richard aurait dû accepter depuis le début : Quinn n'était ni un criminel aguerri ni un redoutable conspirateur, juste un ancien soldat dont la chance avait tourné.

*

Constance ouvrit les portes-fenêtres et sortit sur le balcon de sa chambre d'hôtel. À cette hauteur soufflait une brise rafraîchissante, mais déjà le jour contenait les prémices de la canicule. En contemplant les clochers et les stricts toits de tuiles alentour, elle était contente de prendre aujourd'hui la direction du sud, en Italie, car l'atmosphère zélée et disciplinée de Zurich l'avait déçue après la gaieté de Salzbourg.

Elle plongea les yeux dans le minuscule square à ses pieds : de son aire perchée au quatrième étage, on aurait dit un simple mouchoir de poche composé de gravier ratissé autour d'une fontaine. Le petit café en face de l'hôtel affichait peu de clients à cette heure-là : une simple poignée de Zurichois moroses, le nez dans le journal. Il y avait aussi, remarqua-t-elle, une femme seule parmi eux, installée à l'une des tables les plus à l'écart, face à l'hôtel. Une créature mince vêtue d'une robe crème, avec de longs cheveux noirs sous un chapeau de paille : voilà tout ce que Constance parvenait à distinguer.

Soudain, elle entendit qu'on frappait à la porte de sa chambre.

« Entrez », lança-t-elle, et elle fut ravie de voir James, déjà en tenue de voyage.

Il traversa la pièce, tout sourire, et la rejoignit sur le balcon.

« Parée pour le départ ? demanda-t-il.
— Je crois qu'Emily s'occupe de tout.
— Comme toujours. »

Ils échangèrent un baiser.

« J'ai des nouvelles d'Angleterre. Une lettre de Richard. »

Il tapota la poche de sa veste.

« Il va bien ?

— Oh, oui. Mais il s'est passé quelque chose d'intéressant. Il semblerait que Quinn ait fini par réapparaître.

— Quinn ?

— Mon ancien valet. Son témoignage m'aurait été bénéfique au procès, mais on n'avait pas réussi à mettre la main sur lui à l'époque. Apparemment, il vient juste de revenir de Nouvelle-Zélande, sans avoir conscience de tous les efforts qui ont été fournis pour le localiser.

— Comme c'est étrange.

— N'est-ce pas ? D'après Richard, il a touché le gros lot, mais je doute que ça l'ait changé. »

Il avança au bord du balcon et se pencha sur la balustrade pour humer l'air.

« Encore une journée caniculaire, on dirait.

— Je le crains.

— Dans ce cas, plus tôt nous partirons, mieux ce sera. Un long voyage nous... »

Il s'interrompit au beau milieu de sa phrase. Constance le dévisagea : il était devenu blanc comme un linge. Il regardait fixement le square, cette scène paisible avec la fontaine et les tables qui avait paru à Constance de si peu d'intérêt. Pourtant, cette vue semblait avoir inspiré chez James une terreur aussi soudaine qu'irrationnelle. Inquiète, elle avança vers lui, mais ce mouvement sembla briser la transe qui l'avait brièvement saisi. Il s'écarta de la balustrade et lui sourit, ses joues reprenant vite des couleurs.

« Tout va bien. Inutile de s'inquiéter. »

Elle lui prit la main et fut rassurée par la fermeté de sa poigne.

« Pendant un instant, vous avez eu l'air horriblement mal.

— Un petit accès de vertige, je crois. Rien de plus.

— Ça ne vous ressemble tellement pas.

— Oui. Je suis désolé. Mais, franchement, me voilà complètement rétabli.

— Et si nous rentrions ?

— Oui, allons-y. Un petit déjeuner achèvera peut-être de me requinquer. »

Alors qu'ils s'apprêtaient à rentrer, Constance jeta un coup d'œil dans le square en se demandant toujours ce qui avait bien pu troubler James : elle ne l'avait jamais vu souffrir de vertige auparavant. Cependant, il n'y avait rien qui aurait pu lui inspirer une telle réaction. Tout était calme et ordonné dans le square. Rien n'avait changé durant les quelques minutes qui s'étaient écoulées, hormis que la femme solitaire installée au café avait quitté sa table et s'éloignait dans la rue.

*

Richard passa devant Bladeney House plusieurs fois avant d'arriver à rassembler le courage de sonner. C'était absurde, songea-t-il en attendant qu'on ouvrît la porte, que son cœur s'emballât ainsi et que sa main tremblât à la simple perspective de voir Hugo pour la première fois depuis la fin du procès. Après tout, Hugo ignorait quel était leur véritable lien de parenté. Il ne devait jamais le savoir.

« Bonjour, monsieur », salua Greenwood.

Aucune inflexion dans sa voix ni aucun frémissement de sourcils n'indiqua de surprise à voir revenir Richard après une si longue absence.

«Hugo est là?

— Oui, monsieur. Vous le trouverez dans l'une des chambres du dernier étage, je crois.»

L'appréhension de Richard augmentait à mesure qu'il gravissait les marches. À l'époque de Gervase, le dernier étage était réservé aux domestiques. Mais suite à la diminution du personnel de maison, il servait maintenant surtout d'espace de stockage. Richard n'arrivait pas à imaginer ce qui avait bien pu attirer Hugo là-haut.

Le silence régnait à l'étage supérieur. Richard s'arrêta et jeta un œil à la ronde. Puis un bruit lui parvint de l'extrémité du couloir, vers l'arrière de la maison, comme si on déplaçait par à-coups un objet lourd. Il se précipita.

Une porte ouverte le conduisit dans un petit débarras, qui avait sûrement été jadis une chambre de bonne, et où s'empilaient désormais des boîtes de rangement et des caisses à thé. Hugo était courbé dans un coin, occupé à détacher les lanières en cuir d'une malle métallique éraflée et cabossée. Il leva les yeux en sursaut quand Richard l'appela, le visage rougi par l'effort, ou peut-être, avait pensé Richard après coup, par la culpabilité.

«Qu'est-ce qui t'amène ici, cousin?»

Hugo se redressa en s'époussetant les mains. L'hostilité qui perçait dans son regard était palpable.

Richard entra dans la pièce, baissant la tête à l'endroit où le plafond s'inclinait sous l'avant-toit.

«Comment vas-tu, Hugo ? demanda-t-il, ignorant la question qui lui avait été posée.

— À merveille. Je ne me suis jamais senti aussi bien. À quoi t'attendais-tu ?

— La fin du procès remonte à près de deux mois. J'espérais te trouver peut-être… en paix avec le verdict.

— Je le suis. Comme tu vois. Gai comme un pinson. Je ne comprends pas pourquoi je n'ai pas renoncé plus tôt à mon titre et donné toute ma fortune. Ça m'a forgé le caractère.

— Hugo…

— Tais-toi, Richard ! »

Le voile sarcastique était brusquement tombé.

« Tu crois que deux mois peuvent effacer ce que tu m'as infligé ? Rien ne le peut. Rien ne le pourra jamais.

— James s'est montré aussi généreux que…

— Il m'a fait ramper, tu veux dire. Chez son banquier pour que j'obtienne de quoi subsister. Chez son notaire pour quémander un toit sur ma tête. Il m'a retiré le pain de la bouche, et tu l'y as aidé. Bon Dieu, qu'est-ce qui a bien pu te faire croire que je pourrais *être en paix* avec le vol de tout ce que je possédais ? »

Richard déglutit bruyamment afin de dissimuler son angoisse : il devait se montrer calme et tolérant – et par-dessus tout fidèle, au moins, à ses propres actes.

« J'ai aidé James à revendiquer ses droits naturels et légaux : c'est tout. Je t'avais déconseillé de contester son allégation, mais tu n'as pas voulu m'écouter. Je ne peux qu'espérer que tu m'écouteras maintenant. Reconnais que tu avais tort, Hugo. Accepte James comme ton frère, le détenteur légitime de la dignité de baronnet et le détenteur légitime de cette maison. »

À peine eut-il fini de parler que l'ironie de ses mots le submergea. Si seulement il pouvait être sûr de ce qu'il venait d'avancer. Si seulement il pouvait croire que ç'avait été Hugo, pas lui, le dindon de la farce.

« Cette maison ! C'est pour ça que tu es là ? Pour être sûr que je balaie le plancher avant qu'il ait fini de crapahuter à travers l'Europe avec la femme d'un autre ? Mon Dieu, c'est le seul homme que je connaisse qui préfère partir en lune de miel avant le mariage !

— Inutile de...

— Oh, ne t'inquiète pas ! J'aurai vite fait de déguerpir. Freddy m'a recommandé quelques chambres dans Duke Street que je devrais pouvoir me payer grâce à la prétendue allocation de mon soi-disant frère.

— Tu n'es pas obligé d'accepter son argent. »

Hugo abattit sa main sur le couvercle de la malle. Le bruit de l'impact se répercuta dans la soupente.

« Bon Dieu, que puis-je faire d'autre ? »

Avec un soupir désespéré, il se laissa choir sur une cagette d'oranges retournée, et considéra Richard avec des yeux injectés de sang et de reproches.

« Je prendrais une volée de bois vert si mère venait à découvrir que j'accepte son argent. Mais je n'ai pas le choix.

— On a toujours le choix. »

Pourtant, c'était avec ces mêmes excuses que Richard avait justifié l'abandon de Catherine toutes ces années auparavant. Il savait comme il était futile de prétendre à l'existence d'un choix pour un fils aussi faible que son père.

« Facile à dire pour toi. C'est facile d'être là à me conseiller sur ce que je devrais faire ou non.

— Crois-moi, j'essaie simplement de t'aider.»

Dans l'expression de Hugo, qui fusillait Richard du regard, la fierté blessée avait pris le pas sur le dégoût de soi.

«Je n'ai pas besoin de ton aide – ni de tes conseils. Qu'est-ce que ça peut bien te faire, bon sang, que je choisisse ou non de prendre son argent?»

Voilà une question à laquelle Richard n'osait répondre. Il était trop tard, bien trop tard, pour expliquer pourquoi il se sentait si honteux et diminué par l'humiliation de Hugo. Il ne put que lui adresser un regard vide.

«Va-t'en, Richard. Va-t'en et laisse-moi mener à ma guise la vie à laquelle Norton et toi m'avez forcé.

— Je vais bientôt partir pour affaires. Je me disais...

— Je pense avoir quitté les lieux avant ton retour. Je ne vais pas t'encombrer avec ma nouvelle adresse, je ne m'attends pas à ce que tu me rendes visite.

— Si tu ne souhaites pas que je...

— Je ne le souhaite pas, non.»

La mine déprimée de Hugo confirmait qu'il n'y avait rien à ajouter. Esquissant un signe de tête en guise d'adieu, Richard tourna les talons et quitta la pièce.

«Pour affaires, dis-tu? lança Hugo. Les affaires de *Sir* James, j'imagine. Grand bien te fasse de t'occuper de ses commissions.»

Richard s'éloigna lentement dans le couloir. Il était étrange que Hugo lui jetât cette dernière insulte, car il ne partait pas à la demande de James. En un sens, il partait pour Hugo. Il partait chercher la vérité pour le compte de son fils.

Hugo attendit que le bruit des pas de Richard s'estompe dans l'escalier. Il était de nouveau seul, débarrassé de la pieuse sollicitude de son cousin, de la vision écœurante de ses yeux de fouine. Il se tourna vers la malle, rejeta les lanières et souleva le couvercle.

À l'intérieur se trouvaient toutes les reliques de la carrière militaire de Sir Gervase Davenall : son sabre dans son fourreau, des éléments d'uniforme soigneusement pliés, des jumelles, des cartes roulées dans des tubes en carton, plusieurs harnais et sacoches de selle, un jeu d'échecs miniature, une petite table pliante ainsi que les pieds, les traverses et les roulettes d'un vieux lit de camp démonté.

Prudemment, presque avec révérence, Hugo plongea au milieu des piles de pelisses, de tuniques, de ceintures et de pantalons caractéristiques des hussards. Il trouva ce qu'il cherchait, dissimulé tout au fond de la malle : une boîte en bois rectangulaire peu profonde, mesurant environ quatre-vingts centimètres sur quarante. Non sans difficulté, car elle était lourde malgré les apparences, il la souleva et la posa par terre, puis tira de sa poche un trousseau de clés, où il se mit à chercher celle qui correspondait à la minuscule serrure qui scellait la boîte. Il ne se pressait pas, car il savait ce que renfermait cet étui et en reconnaîtrait la clé dès qu'il la verrait. Il le savait, parce qu'il l'avait déjà vu ouvert.

Quand Hugo était rentré à Bladeney House ce soir de septembre 1876, Quinn l'avait informé que son père l'attendait dans son bureau. Il était plus de minuit, mais aucune excuse ne serait tolérée. Sa présence était requise.

Il avait été aussitôt manifeste que Sir Gervase était vaguement ivre et très en colère.

« As-tu quelque chose à dire pour ta défense ? avait-il tonné dès l'entrée de Hugo dans la pièce.

— Je ne comprends pas, monsieur.

— Pas de faux-fuyants avec moi. Wigram m'a parlé au club, ce soir.

— Parlé de quoi ?

— De ta querelle avec son fils.

— Ah, ça. »

Le jeune Wigram avait accusé Hugo de tricher durant une partie tardive de pharaon. Et de fait, Hugo avait triché, même s'il avait nié énergiquement ; les deux jeunes gens s'étaient quittés dans les pires termes.

« Oui, *ça*, comme tu dis. As-tu la moindre idée de l'embarras que tu m'as causé ? Apprendre que mon propre fils triche aux cartes – au sein même du club. Par tous les diables, Hugo, n'as-tu rien à me dire ?

— Je n'ai pas triché, monsieur. Harry Wigram s'est trompé.

— Son père m'a dit que tu avais nié – avant de tourner les talons.

— Que pouvais-je faire d'autre ?

— Quoi d'autre ? »

Sir Gervase considéra son fils d'un air interloqué.

« Grand Dieu, tu es sérieux ? Ton comportement était presque un aveu de culpabilité.

— Je n'allais pas rester là à me faire insulter.

— Dans ce cas tu aurais dû le provoquer en duel. »

Hugo avait froncé les sourcils. Désormais c'était lui qui remettait en question le sérieux de son père. Il n'était tout de même pas sans savoir que le duel, s'il était à une époque le réflexe *sine qua non* d'un gentleman, était désormais considéré comme le refuge des romantiques et le luxe des idiots.

«Ma foi, monsieur, nous faisons les choses assez différemment de nos...»

Sir Gervase avait tapé du poing sur la table et jaugé Hugo avec dégoût.

«Tu veux dire que tu n'as pas le cran de le faire, oui. Bon sang, mon garçon, tu me répugnes. Je t'ai offert la meilleure éducation qu'on puisse payer, mais tu ne comprends aucune valeur, pas même la réputation de cette famille.

— Je n'aurais quand même pas pu...

— L'an dernier tu t'étais endetté auprès de ce juif. Maintenant ça. Jusqu'où ira-t-on ? Quand cesserai-je de regretter que ce soit James, plutôt que toi, qui ait eu la satanée décence de se noyer ?»

Jamais. Hugo ne le savait que trop bien. Jamais le moment ne viendrait où son père cesserait de lui rappeler tout ce en quoi il était l'inférieur de son défunt frère.

«James aurait fait la même chose que moi, avait marmonné Hugo avec rancœur.

— Il n'aurait jamais triché aux cartes, tu veux dire. Mais si quelqu'un l'avait accusé d'une bêtise aussi méprisable, il aurait su comment réagir.»

Se penchant au-dessus de son bureau, Sir Gervase avait ouvert un des tiroirs inférieurs, d'où il avait tiré une grande boîte en bois plate. Il l'avait posée sur le bureau avant de foudroyer Hugo d'un regard ouvertement méprisant.

«Il aurait demandé réparation. Comme je l'aurais fait, moi. Comme je l'ai fait, d'ailleurs, par le passé.»

Il avait sorti une petite clé de la poche de son gilet, puis, penché en avant, avait ouvert la boîte. Il avait ensuite soulevé le couvercle avant de reporter son regard sur Hugo.

« James m'aurait demandé de le laisser se servir de ça. Et j'aurais été fier d'accepter. Fier de lui – comme je ne pourrai jamais être fier de toi. »

Sur ce, il avait tourné la boîte vers son fils.

Hugo ouvrit la boîte et contempla une paire de pistolets de duel Purdey à percussion. Les barillets octogonaux étaient ornés d'un motif délicat, les percuteurs et les montures élégamment gravés, les crosses en forme de poignée de scie artistement sculptées. Plus de quarante ans après leur dernière sortie fatidique, il planait toujours sur les lignes lisses de ces deux armes, lovées face à face dans leur compartiment en feutrine verte, une étrange aura tentatrice, celle d'un amour contre nature pour les moyens et les méthodes de la mort vengeresse.

Hugo souleva l'un des pistolets et le soupesa, sentant son équilibre étudié, percevant la perfection traîtresse de sa fonction. Puis il le brandit à bout de bras, repoussa le chien avec le pouce, s'imagina James Norton devant lui, pressa la détente, entendit le bruit du percuteur, et atteignit sa cible.

*

Épuisée, Emily Sumner venait d'achever une visite époustouflante de la cathédrale Santa Maria del Fiore à Florence avec un grand besoin de lumière et d'air frais. En sortant par la porte sud de la cathédrale sur la gigantesque place éblouissante de la Piazza del Duomo, elle marqua un temps d'arrêt pour laisser ses yeux s'habituer à cette brusque luminosité. C'est alors qu'elle vit avec surprise, non loin de là, la silhouette évanescente de James Davenall, qu'elle avait cru en train de profiter d'un petit déjeuner tardif avec Constance à leur hôtel, tous deux ayant depuis longtemps avoué leur incapacité à maintenir le rythme éprouvant du programme touristique d'Emily.

James atteignit la porte au pied du campanile, près de l'extrémité ouest de la cathédrale, avant qu'elle pût le héler. À son entrée, il jeta une pièce au préposé, puis disparut dans la montée d'escalier. Emily comptait monter à la tour plus tard dans la journée, mais, voyant son ami, elle changea d'avis et décida de le suivre.

L'escalier était raide et mal éclairé, les marches fines et usées par endroits. De ce fait, Emily avançait lentement. À chaque tournant, elle levait la tête en quête de James, mais sans succès. Enfin, à la troisième volée, elle vit qu'il y avait un peu de repos en perspective : l'escalier conduisait à ce qui se révéla être un étage ouvert à un quart du chemin pour accéder au sommet de la tour. Elle pressa le pas.

Presque arrivée sur le seuil, elle entendit la voix de James : il parlait fort et d'un ton dépourvu de sa douceur habituelle.

« J'ai l'intention de l'épouser. C'est assez clair ? »

Emily s'arrêta net. Que cela voulait-il dire ? James était entré seul dans le campanile, et pourtant le voilà qui parlait à quelqu'un, manifestement de Constance. De la marche où elle s'était figée, elle voyait le sol dallé, d'une clarté éblouissante dans la lumière du jour qui inondait la pièce à travers de hautes fenêtres encastrées entre les piliers et les contreforts de la tour. Elle ne voyait personne, mais James ne devait pas être loin, à en croire la netteté avec laquelle sa voix lui était parvenue. Emily était sur le point de s'aventurer plus avant quand elle entendit de nouveau James.

« Tu as le droit de me faire des reproches. Évidemment. Mais j'en suis venu à l'aimer et elle m'aime aussi. Je ne peux pas la trahir. »

Emily appuya vite ses mains sur le mur de pierre de part et d'autre des marches pour se stabiliser. Si elle avait le souffle court, ce n'était plus seulement à cause de la montée ; elle tendit le cou et écouta.

« Je le reconnais. Mais je dois mettre en balance ses besoins et les tiens. »

Se rendant compte qu'elle ne pouvait entendre que les propos de James dans la conversation, Emily se rapprocha et, cette fois-ci, perçut les mots de l'autre.

« As-tu oublié tout ce que j'ai fait pour toi ? »

C'était la voix d'une femme, jeune, certainement anglaise.

« Je n'ai rien oublié. Mais, parfois, mes souvenirs semblent appartenir à une autre vie, pas à la mienne.

— Tu m'avais promis une part de tout ce que tu gagnerais.

— Tu peux l'avoir. Autant que tu veux. Par la méthode habituelle, via la banque à Zurich.

— Ce n'est pas l'argent qui m'intéresse. Je veux être ce que tu m'avais garanti : l'épouse de Sir James Davenall. »

Emily se plaqua une main sur la bouche pour

s'empêcher de crier. Qu'était cela ? Elle en était venue à se fier, voire à aimer James autant que Constance. À qui parlait-il ? Quel lien avait-il avec cette femme ?

« Je n'y peux rien, répliqua James. Tu survivras sans moi. Constance, non.

— As-tu seulement idée de ce que j'ai fait pour t'aider ?

— Je t'en suis reconnaissant, crois-moi, mais...

— Je ne te laisserai pas l'épouser ! » s'entêta-t-elle d'une voix cassante.

Un bref silence s'ensuivit, où Emily n'entendait que la chamade de son propre cœur, puis James répondit.

« Tu ne peux pas m'en empêcher. Plus maintenant. Suis-moi aussi longtemps que tu veux. Attache-toi au moindre de mes pas. Cela ne fera aucune différence. Je suis désolé. Vraiment, vraiment désolé. Notre amour est mort, et rien de ce que tu pourras dire ou faire ne le ranimera.

— Je ne te laisserai pas l'épouser.

— Pour l'amour de Dieu, sois raisonnable.

— Pourquoi le serais-je ? Pour que tu puisses avoir tout ton dû et même plus ? Méfie-toi : j'en sais plus sur toi que toi-même. Si tu vas jusqu'au bout, si tu épouses cette femme...

— Je le ferai, crois-moi.

— Très bien. Vas-y. Mais, quand tu le feras, n'oublie pas que c'est toi qui en payeras les conséquences.

— Qu'est-ce que tu entends par là ? Quelles conséquences ?

— Tu le découvriras. J'y veillerai personnellement.

— C'est absurde. Nous...

— Je ne te suivrai plus. Mais je t'attendrai. Pas

longtemps, mais suffisamment, au cas où tu entendrais raison. Sinon… »

Le silence s'imposa de nouveau. Emily se sentait piégée, aussi bien physiquement que mentalement, entre la fuite et la confrontation, entre la complicité et l'accusation. Elle ne pouvait pas s'enfuir, pas plus qu'elle ne pouvait avancer. Il lui était impossible de deviner quels regards ou sous-entendus s'échangeaient entre James et son interlocutrice maintenant qu'ils ne parlaient plus, impossible aussi de trouver un sens à tout ce qu'elle avait entendu.

« Je t'aime, déclara abruptement la femme.

— J'en aime une autre, rétorqua James.

— Alors, au revoir. Que Dieu te vienne en aide. »

Soudain, dans un tourbillon de jupons et un nuage de poussière crayeuse, une silhouette se précipita dans l'escalier, éclipsant la lumière, et descendit les marches quatre à quatre. La femme parut à peine remarquer Emily quand elle la frôla dans l'obscurité avant de filer vers le tournant et la volée de marches suivante.

James ne suivit pas. Quand Emily leva les yeux vers le seuil, il n'y avait aucun signe de lui. Peut-être était-il monté au sommet de la tour. Peut-être était-il resté où il était. Incapable de supporter plus longtemps cette incertitude, Emily inspira profondément à plusieurs reprises, se ressaisit du mieux qu'elle put, et rejoignit la lumière du jour.

À l'autre bout de la tour, appuyé contre le parapet, James fumait une cigarette en contemplant la ville. Avec son panama et son costume en lin crème, c'était l'image même de la sérénité. On avait peine à croire qu'il venait d'être mêlé ne serait-ce qu'à une bisbille.

Quelque chose attira son attention à l'approche d'Emily. Il fit volte-face – et afficha un large sourire.

«Emily! Quelle surprise!»

Elle ne perçut ni tension ni malaise dans sa voix quand il ajouta:

«Depuis combien de temps êtes-vous là?»

C'était le moment ou jamais. C'était sa chance, la seule qu'elle aurait jamais, de le défier au nom de sa sœur, de lui demander des comptes sur ce qu'il pouvait bien leur avoir caché. Pourtant, alors même qu'elle s'apprêtait à articuler ces mots, elle commença à en percevoir et à en redouter les conséquences. Constance était tellement heureuse, enfin, si parfaitement satisfaite, et James n'avait rien dit de déloyal envers elle: si ce à quoi elle avait assisté était bien ce que cela paraissait – une rupture secrète avec une femme de son passé –, pourquoi ne pas en rester là? Qu'y aurait-il à gagner à le révéler au grand jour?

«Il y a un problème?

— Non, s'empressa de répondre Emily. Quelqu'un qui descendait quand j'étais en train de monter a manqué me renverser, c'est tout. Et je ne m'attendais pas à vous trouver là.»

James eut un sourire penaud.

«J'avais besoin de marcher avant le petit déjeuner. Voudriez-vous m'accompagner au sommet?

— Oui. Avec grand plaisir.»

Ainsi donc ils poursuivirent l'ascension, sans donner ni l'un ni l'autre le moindre signe de malaise. Du sommet de la tour, ils admirèrent le dôme de la cathédrale, identifièrent les grands monuments florentins, et contemplèrent les contours flous des collines environnantes. James se montrait, comme toujours, charmant et plein de sollicitude, le guide idéal, le compagnon parfait, l'ami bienveillant. Quand Emily l'observait à la dérobée, elle voyait toujours l'homme qu'elle considérait comme le mari légitime de sa sœur, mais elle entendait aussi, derrière ses banales remarques cordiales, la voix avec laquelle il avait exprimé son désamour à une autre. Elle se rendit alors compte, avec le choc d'une illusion qui vole en éclats, qu'en réalité elle ne le connaissait pas du tout. Il était devenu ce qu'elle avait refusé de croire qu'il était : un inconnu.

*

Davenall & Partners,
4 Bellows Court,
High Holborn,
Londres CO

24 septembre 1883

Cher James,
J'ai reçu aujourd'hui votre télégramme de Rome m'indiquant votre retour au pays au milieu du mois prochain. J'espère que votre décision de revenir plus tôt que prévu ne cache pas un problème. J'ai pensé qu'il valait mieux vous écrire cette lettre maintenant afin que vous puissiez la lire à votre arrivée, étant donné qu'il y a de grandes chances que je ne sois pas dans les parages pour vous accueillir en personne. J'ai prévu de me rendre à Carntrassna au début du mois prochain afin de m'assurer

que Kennedy serve au mieux vos intérêts dans la gestion du domaine. Je n'ai, bien sûr, aucun moyen de savoir combien de temps il me faudra passer là-bas, ni, de fait, ce que je pourrai apprendre de cette visite.
Au plaisir de vous revoir,
Bien à vous,

                                                           Richard

17

Le bateau à vapeur dans lequel Constance avait voyagé avec James et Emily au départ de Naples accosta à Londres par une matinée d'octobre de grisaille. Constance avait anticipé qu'après la chaleur et les couleurs italiennes elle risquait de trouver son premier coup d'œil à l'éternelle morosité londonienne assez déprimant, sans même encore y ajouter la tristesse de savoir que cela signifiait que James et elle seraient bientôt séparés. Il n'était donc guère étonnant que son cœur flanchât à l'approche du quai.

Curieusement, elle avait l'impression persistante que ses deux compagnons étaient soulagés d'être rentrés. La proximité qu'imposait la vie à bord avait renforcé un soupçon qu'elle avait commencé à nourrir à Florence : James et Emily étaient, bizarrement, brouillés. Ils avaient fait de leur mieux pour qu'elle ne se rendît compte de rien, mais malgré tout elle l'avait deviné. Cela expliquait pourquoi ils avaient choisi de couper court à leurs vacances, qu'elle aurait espéré poursuivre en Grèce, et pourquoi, à présent, ils ne semblaient pas partager son chagrin de voir leur périple prendre fin.

Constance ne s'était pas attendue à ce que son père

amène Patience de Salisbury pour les accueillir. De fait, au vu de son humeur, elle préférait que ces retrouvailles fussent repoussées. En revanche elle avait supposé que Richard Davenall serait là à leur arrivée. Mais quand ils descendirent de l'embarcation, Benson, le clerc de Richard, constituait le seul comité d'accueil. Il avait une lettre de Richard à remettre à James, que lut ce dernier durant le trajet en fiacre au départ des docks. Apparemment, Richard s'était rendu en Irlande pour affaires, nouvelle que James sembla mal prendre.

Telle fut du moins l'impression fugace de Constance, même si dans son état lunaire elle n'y prêta guère attention. Ses pensées se concentraient maintenant sur la meilleure façon de supporter la brève séparation que James et elle seraient contraints d'endurer avant de pouvoir se marier. Comparé à cette perspective, même le froid qu'elle avait détecté entre James et Emily devenait insignifiant. Quant à ce que pouvait bien fabriquer Richard en Irlande, c'était le cadet de ses soucis. En ce qui la concernait, cela n'affectait en rien son avenir, absolument rien.

*

Il avait plu abondamment pendant la nuit. Richard avait été réveillé plusieurs fois par des rafales qui secouaient les fenêtres de sa chambre. Mais maintenant qu'il écartait les rideaux pour regarder les pelouses négligées de Carntrassna House, il était difficile de croire à cette tempête, tellement le ciel était bleu et placide, tellement au loin les eaux du lac Lough Mask étaient calmes. Il remonta laborieusement le châssis à guillotine et respira le doux air sucré, en se demandant combien de temps durerait cette sérénité avant qu'un orage gargantuesque déferlât des montagnes derrière la maison. Assurément, ça ne serait pas long. S'il avait appris quelque chose pendant ces trois jours à Carntrassna, c'était qu'ici, on ne pouvait se fier à rien.

Il se dirigea vers la table de toilette, versa de l'eau dans la cuvette et y plongea le visage pour aiguillonner son cerveau au ralenti. Il devenait trop vieux pour d'aussi grands voyages, trop dépendant des mœurs organisées et prévisibles de Londres. Carntrassna, avec ses sombres paysages tourbeux et ses montagnes boudeuses, son climat vif et toujours changeant et ses nuits d'un noir d'encre impénétrable, l'avait perturbé.

Alors qu'il se tamponnait le visage avec une serviette, il avait l'impression que son arrivée à la gare de Westport, puis le trajet jusqu'à la maison dans la charrette anglaise de Kennedy remontaient à une éternité. Depuis, il avait pris la pleine mesure de cet homme, et savait désormais qu'il avait tenu à l'impressionner à la fois par sa diligence et ses difficultés.

« C'est là qu'on a retrouvé les intendants de Lord Ardilaun l'année dernière, avait expliqué Kennedy en désignant le lac qu'ils avaient vu pointer au bout des cahots du chemin boueux. Ligotés dans des sacs et noyés comme les avortons d'une portée.

— J'ai peine à croire que des actes aussi violents puissent être commis au milieu de toute cette beauté naturelle, avait platement répliqué Richard.

— Ne vous laissez pas abuser par le paysage, monsieur. C'est un endroit traître, en particulier pour ceux d'entre nous qui accomplissons leur devoir. On ne sait jamais quand Captain Moonlight le forçat viendra frapper. »

C'était certes vrai, Richard n'en doutait pas. Pourtant, si tel était le cas, pourquoi Kennedy, et l'agent de police de la région se montraient-ils si sûrs que le meurtre de Mary Davenall n'avait pas eu de motivation politique? Le trajet pour se rendre à Carntrassna longeait la chapelle délaissée de l'Église d'Irlande, où des générations de Fitzwarren, et Mary parmi eux, avaient été enterrées. En s'arrêtant pour se recueillir sur sa tombe, Richard avait interrogé Kennedy à ce sujet.

« Vous êtes sûr que les fenians n'avaient rien à voir là-dedans?

— On ne peut plus sûr, monsieur. Lady Davenall était appréciée et respectée. Nombre des anciens métayers évoquent encore avec reconnaissance sa gentillesse envers eux pendant les années de famine.

— Malgré tout...

— Et puis les fenians n'iraient pas voler des bijoux. Non, monsieur, je suis d'avis que la vieille dame a dérangé un cambrioleur. »

Richard avait pris le temps d'examiner l'inscription sur la pierre : « MARY ROSALIE FITZWARREN, 1798-1882 ». Elle lui avait alors paru aussi ostensiblement austère qu'elle lui semblait désormais paradoxalement inexacte.

« Pourquoi n'y a-t-il que son nom de jeune fille? avait-il demandé.

— C'était son souhait, monsieur. Elle avait beaucoup insisté sur ce point. J'imagine...

— Oui ?

— J'imagine qu'elle se considérait davantage comme une Fitzwarren que comme une Davenall. Je ne vois pas d'autre explication. »

De toute évidence, c'était le cas. Richard n'avait jamais rencontré la vieille dame, mais sa détermination à s'exiler se reflétait dans le cadre envahi par l'herbe qu'elle s'était choisi comme ultime lieu de repos. Au final, elle avait rejeté jusqu'à leur nom.

Richard retourna à la fenêtre et observa l'allée à ses pieds. Kennedy était là, dans sa charrette anglaise : il partait tôt pour un rendez-vous à Castlebar. Cet homme aurait été tout à fait appréciable, s'il ne se montrait pas si empressé. En l'occurrence, ce serait la première journée où Richard ne se verrait pas contraint de l'accompagner dans sa tournée interminable du domaine, et où il serait libre d'entamer la tâche qu'il était venu accomplir à Carntrassna.

Là non plus, ce ne fut pas à Kennedy qu'il fut redevable : ce fut sa femme qui lui fournit l'indice dont il avait besoin. Elle avait parlé plus volontiers que son mari de leurs prédécesseurs, les Lennox, quand Richard lui avait demandé quels souvenirs elle avait d'eux.

« Absolument aucun, monsieur. Quand nous sommes arrivés dans la région, ils étaient déjà partis.

— Lady Davenall disait-elle du bien d'eux ?

— Elle les a à peine mentionnés, monsieur.

— Savez-vous pourquoi ils sont partis ?

— Pour émigrer, nous a-t-on dit.

— Ce n'est pas un projet que vous avez envisagé ?

— Non, monsieur. Bien sûr, nous n'avons pas d'enfant à charge. Ici, les perspectives pour...

— Les Lennox avaient un enfant?
— Un fils, monsieur, oui. Un garçon intelligent, apparemment. C'est en pensant à son avenir qu'ils ont dû décider d'aller tenter leur chance au Canada.»

Le Canada. Un fils. Plus de vingt ans en arrière. À deux pas de la chambre de Richard, sur le palier, se trouvait un portrait à l'huile de Mary Davenall accroché haut sur un mur mal éclairé. Il l'avait étudié plusieurs fois depuis son arrivée et à présent il recommençait, s'interrogeant sur la personnalité secrète, recluse et cachée de son sujet. Une belle femme, assurément, qui à en juger par son apparence et le style de sa robe devait avoir une quarantaine d'années à l'époque où le tableau avait été peint: avec ses cheveux roux, son œil fougueux et son air confiant et dominateur, elle ne semblait vraiment pas du genre à vivre en ermite. Pourquoi avait-elle agi ainsi? Pourquoi avait-elle été assassinée?

«Comment savez-vous que les Lennox avaient un fils? avait demandé Richard à Mme Kennedy. Lady Davenall en avait-elle parlé?

— Non, monsieur. Pas que je me souvienne. Mais, peu après notre emménagement à Murrismoyle, un gentleman de Galway est venu chez nous, croyant que les Lennox habitaient toujours là. Apparemment, il était le précepteur de leur fils. Il avait paru estomaqué qu'ils ne lui aient pas parlé de leur projet.

— Un gentleman, dites-vous?

— Un gentleman très cultivé, monsieur. Ça, je le sais, parce qu'il écrit toujours dans le *Connaught Tribune*, de temps en temps. M. Kennedy me lit souvent ses articles. Ils sont très édifiants.»

Plus Richard en apprenait, moins il comprenait. En tant qu'intendant du domaine, Lennox ne devait avoir été guère plus qu'un vulgaire domestique. Qu'avait-il à engager un précepteur pour son fils ? Qu'avait-il à recevoir dix mille livres de la part de Sir Gervase Davenall ? Peut-être que le seul homme encore trouvable à avoir connu les Lennox pourrait lui fournir la réponse.

« L'un des serviteurs pourrait-il me conduire à Claremorris, madame Kennedy ? J'aimerais prendre le train pour aller à Galway.

— À Galway, monsieur ?

— Oui. Je passerai peut-être la nuit là-bas avant de revenir. »

En attendant sur les marches du perron que le cabriolet soit attelé et ramené des écuries, Richard frissonnait malgré la douceur de la matinée. Carntrassna, avec son stuc qui partait en lambeaux, ses tentacules de lierre, ses jardins mangés par les mauvaises herbes et son austère isolement claquemuré, avait entamé ses réserves d'autodiscipline. Mais ce n'était pas tout. Il y avait autre chose qui rongeait sa détermination, quelque chose d'une puissance sans commune mesure avec l'atmosphère de délaissement amer que Mary Davenall avait conférée à sa demeure familiale.

« Je n'ai jamais compris ma femme et je ne la comprendrai jamais, avait un jour asséné Sir Lemuel. J'ai servi avec son frère dans la guerre d'indépendance espagnole : un homme bien. Tué durant la bataille de Vittoria. Je le connaissais mieux que Mary, bien que nous ayons vécu ensemble pendant plus de vingt ans.

— Puis-je vous demander, monsieur, avait dit Richard, ce qui l'a poussée à retourner en Irlande ?

— Dieu seul le sait, mon garçon. Elle est partie sans prévenir et sans raison. Je n'ai pas eu envie de quémander d'explication. Elle a fait ses bagages et elle est partie, un jour d'été en 1838, alors que j'étais à Londres. Depuis, elle ne s'est même pas donné la peine ne serait-ce que de m'écrire une lettre. »

Le cabriolet s'ébranla dans l'allée bordée de pelouses humides mal entretenues et de haies de fuchsias souffreteuses. Malgré le soleil qui lui chauffait maintenant le dos, Richard avait froid, froid jusqu'aux os en prenant soudain conscience que la vérité était à portée de main.

*

Si Freddy Cleveland reconnut jamais avoir ressenti les tiraillements d'une véritable émotion, ce ne fut que dans l'intimité de ses pensées. D'après lui, un gentleman ne devait afficher que l'indifférence la plus étudiée face aux drames de la vie. C'est pourquoi il aurait eu les plus grandes difficultés à expliquer pourquoi, en se rendant au nouveau logis de Hugo Davenall dans Duke Street pour apprendre au final que son ami passait l'après-midi au gymnase de Lazenby à Hammersmith, il ne s'était pas contenté de se rendre tranquillement à Pall Mall afin de passer quelques heures paisibles à la table de billard.

En lieu et place, il se retrouva à gravir un escalier branlant à côté de l'une des tavernes les plus malfamées de Hammersmith afin de s'enquérir auprès d'un chauve courtaud au nez cassé, installé dans un bureau minuscule placardé de réclames pour de récents combats de boxe, s'il pouvait véritablement trouver son ami dans un environnement aussi improbable.

« Vous voulez dire *Sir* Hugo Davenall ? »

Tiens. Hugo s'arrogeait toujours le titre qu'il avait perdu ; c'était inquiétant.

« Oui. C'est cela.

— Y a un stand de tir dans l'fond du gymnase. Y a des chances que vous l'trouviez là. »

Freddy emprunta un couloir étroit séparé du gymnase par un mur, de sorte qu'il entendait sans les voir les efforts de différents haltérophiles. Ce couloir le mena dans un champ de tir haut de plafond aux murs de brique, où les détonations saccadées de tirs d'armes à feu lui tambourinèrent aux oreilles. Il trouva Hugo dans l'un des box et parvint, après moult cris, à attirer son attention.

« Qu'est-ce que tu fabriques ici, Hugo ?

— À ton avis ?

— Du tir, bien sûr, mais…

— Je ne suis pas un tireur d'élite. N'est-ce pas ce que tu m'avais dit ? Regarde un peu. »

Hugo leva le pistolet démodé qu'il tenait à la main et le pointa sur la cible éloignée d'une dizaine de mètres à l'autre bout du stand. Lorsqu'il l'arma et visa, Freddy jeta un œil à la cible : il s'agissait d'une silhouette en bois en deux dimensions, gravée comme si l'homme se tenait de profil. Des cercles rouges étaient tracés sur la tête et la poitrine, des cercles au sein desquels de petits trous irréguliers avaient déjà percé le bois. Hugo tira.

Quand la détonation se fut atténuée et que Freddy eut rouvert les yeux, il vit qu'un autre trou était venu s'ajouter au cercle le plus haut. Hugo avait atteint sa cible du premier coup.

« Pas mal, hein ? fit-il avec un sourire.

— Tu t'es entraîné ?

— Bien sûr. C'est en forgeant qu'on devient forgeron, après tout.

— Mais... pourquoi ?

— À ton avis ? »

Freddy avait peine à croire à la conclusion qu'il était obligé de tirer : Hugo caressait toujours l'idée saugrenue de provoquer Sir James Davenall en duel.

« On pourrait aller discuter quelque part, mon vieux ? Je n'arrive pas bien à réfléchir sous le feu. »

Ils passèrent dans la taverne au rez-de-chaussée, où ils persuadèrent le propriétaire de leur ouvrir la petite arrière-salle. De toute l'année, Hugo n'avait jamais eu meilleure mine : il était plus en forme, plus endurci, anormalement confiant.

« Je ne t'ai pas vu au club, ces derniers temps, remarqua Freddy en sirotant son whisky-soda.

— Bullington ne t'a rien dit ? J'ai résilié mon adhésion.

— Résilié ? Pourquoi ?

— Parce qu'ils ont bel et bien invité Norton. Et qu'il a accepté. C'est Bullington qui me l'a appris.

— Grand Dieu, mon vieux, ce n'était pas la peine de...

— Mais tout cela n'a aucun rapport. Il ne jouira pas longtemps de son adhésion.

— Qu'entends-tu par là ?

— J'ai l'intention de le provoquer en duel dès qu'il posera le pied à Londres. »

N'importe où ailleurs, à n'importe quel autre moment, Freddy lui aurait ri au nez. Le duel était depuis longtemps considéré par leur génération comme le plus absurde des anachronismes. Mais l'intensité de l'expression de son ami lui interdisait une telle réaction. Il préféra donc répliquer d'un ton sobre et responsable qu'il reconnut à peine lui-même :

«Ça n'a pas lieu d'être, Hugo. Il te faut oublier cette idée.

— Ne t'inquiète pas, rétorqua allègrement Hugo, je comptais bien te mettre dans le coup, Freddy. D'ailleurs, je suis content que tu sois là. Cela me donne l'opportunité de te demander si tu me feras l'honneur d'être mon témoin.

— Tu plaisantes, j'espère?»

Mais Freddy perdait son temps. À l'évidence, Hugo n'avait jamais été aussi sérieux.

«Alors, tu veux bien? Le combat singulier, mon vieux. À l'époque de nos pères, c'était une façon assez courante de régler les litiges.

— Nous ne sommes plus à l'époque de nos pères. Tu vas te ridiculiser.

— Je ne pense pas. Si Norton accepte le duel, je serai prêt à l'affronter. S'il refuse, j'aurai démontré sa lâcheté.

— Il n'acceptera jamais. Bon sang, pourquoi le ferait-il?

— Parce que, s'il était vraiment James, il ferait ce que lui dicte son honneur. Non?

— Je ne sais pas. Il y a douze ans, un type pouvait encore filer en France et tirer à l'aveuglette sur son rival sans se faire traiter de cornichon par la terre entière. À l'époque, Jimmy aurait peut-être accepté, oui. Plus maintenant. »

Hugo éclusa son verre et regarda posément Freddy.
« Seras-tu mon témoin, Freddy ?
— C'est absurde, Hugo. Tu dois…
— Oui ou non ? »

Il était étrange, songea Freddy, de découvrir si tard dans son inepte existence qu'il y avait au fond de lui une véritable loyauté à laquelle ses amis pouvaient faire appel en cas d'extrême urgence. Le code amoral qui lui servait prétendument de ligne de conduite aurait dû le pousser à laisser tomber Hugo au plus vite. Or cela – il en prenait désormais conscience – lui était tout bonnement impossible.

« Oui. Je serai ton témoin, grinça-t-il avant de vider à son tour son verre. Sacredieu. »

*

Denzil O'Shaughnessy, porte-parole autoproclamé des classes pensantes de Connaught, sauta au bas de la plateforme du tram de Salthill au moment où il tournait dans Eyre Square, à Galway, tira une liasse de papiers de la poche intérieure de son manteau, et se dirigea d'un pas délibéré vers les bureaux de l'entreprise d'impression et d'édition du *Connaught Tribune*.

À elle seule, sa traversée de la place en imposait. Grand, la barbe fournie, les épaules carrées, vêtu d'un haut-de-forme qui avait fière allure malgré quelques bosses et d'un pardessus aux pans qui flottaient au vent à la manière d'une houppelande, il brandissait ses papiers comme une badine, jetait des coups d'œil à droite et à gauche la tête rejetée en arrière d'un air hautain et lançait, tel du grain aux oiseaux, des pièces aux mendiants recroquevillés contre le socle de la statue de Dunkellin.

Si, au vu de cette démonstration, un observateur avait classé O'Shaughnessy dans la catégorie du magnat local arrogant qui s'adonne à une dépense grandiloquente du plus mauvais goût, il se serait grandement fourvoyé. De fait, l'homme ne pouvait guère se permettre de donner ne serait-ce que ses menues pièces de monnaie. Ses habits, quoique chics et de bonne facture, étaient élimés, et ses solides bottines affichaient une semelle douloureusement fine. Pour un homme cultivé qui approchait la soixantaine, il était scandaleusement mal préparé aux privations du grand âge, et l'air de contentement tranquille qu'il arborait ne devait rien au logement exigu qu'il avait quitté à peine trente minutes plus tôt.

Les finances de Denzil O'Shaughnessy étaient, en vérité, victimes de son intégrité. Ses incursions dans le journalisme avaient si souvent trahi un mépris pour l'aristocratie terrienne protestante d'Irlande que son occupation la plus lucrative – donner des leçons particulières aux enfants de cette même aristocratie – s'était dernièrement réduite comme peau de chagrin. Mais cela ne l'empêchait nullement de continuer à fulminer en caractères d'imprimerie contre le raz-de-marée de violence qui balayait son pays natal ni contre ce qui l'avait provoqué, car c'était un homme qui agissait toujours selon ce que lui dictait sa conscience – phénomène rarissime.

Entrant d'un air dégagé dans les bureaux du

Tribune, le visage illuminé du sourire le plus radieux, O'Shaughnessy élaborait déjà une repartie pleine de verve à opposer aux inquiétudes de son rédacteur en chef, lorsqu'il remarqua un homme élégant à la barbe grise appuyé au bureau d'accueil, à qui le clerc, le jeune Curran, annonça à son entrée :

« Vous avez de la chance, monsieur. Voilà M. O'Shaughnessy en chair et en os. »

L'inconnu se tourna vers lui. La cinquantaine, l'air épuisé. Probablement anglais. L'œil trop humide pour exercer un commerce quelconque, trop affligé pour faire du tourisme. Pas un homme heureux, en tout cas.

« Ce gentleman se renseignait sur l'endroit où il pourrait vous trouver, Denzil, expliqua Curran. Je m'apprêtais à lui donner des indications.

— Je m'appelle Richard Davenall, se présenta l'inconnu en tendant la main. Ce nom vous dit peut-être quelque chose. »

En effet.

« Votre famille possède le domaine de Carntrassna, dit-il en lui serrant la main.

— Oui. Sir James Davenall est mon cousin. Je représente ses intérêts.

— Ravi de vous rencontrer, monsieur Davenall. Que puis-je faire pour vous ?

— Pourrions-nous converser en privé quelque part ?

— J'avais dans l'idée de faire un saut au Great Southern pour boire un verre et manger un morceau. »

Il croisa le regard de Curran : à l'évidence, le garçon savait pertinemment que cette idée n'avait germé qu'à la vue de cet homme susceptible de payer volontiers des prix d'hôtel-restaurant. Dans sa générosité, voyez-vous, O'Shaughnessy ne s'oubliait jamais.

« Si vous voulez vous joindre à moi, vous êtes le bienvenu.

— Avec plaisir. »

O'Shaughnessy adressa un sourire triomphant à Curran et claqua son article sur le bureau.

« Veillez à transmettre ceci à M. McNamara avec mes compliments, Liam. C'est pour le numéro de vendredi. Expliquez-lui que je ne pouvais pas m'attarder. »

Sur ce, il se tourna vers son visiteur anglais et l'escorta vers la sortie.

« Vous ne m'avez toujours pas expliqué pourquoi vous me cherchiez, monsieur Davenall, remarqua O'Shaughnessy trente minutes plus tard en se détendant avec volupté après un repas que son compagnon avait déjà payé. Ça ne peut pas être lié à mes griffonnages dans le *Tribune*. Ils ne froissent personne à Dublin, alors à Londres n'en parlons pas.

— Mme Kennedy m'a dit le plus grand bien de votre travail.

— Vous m'étonnez. Jamais je n'aurais pensé que les Kennedy partageaient mes opinions.

— Vous les connaissez donc ?

— Vaguement.

— Kennedy est persuadé que le meurtre de ma tante qui a été perpétré l'an dernier n'avait rien de politique. Vous êtes d'accord ?

— Il se trouve que oui.

— Puis-je vous demander pourquoi ?

— Parce qu'elle était la dernière des Fitzwarren, une

famille appréciée. Et puis, même par procuration, les Davenall n'ont pas été de mauvais propriétaires. Sans compter qu'il n'y aurait aucun sens à ce que les fenians commettent un meurtre sans le revendiquer ensuite. Il y a eu assez d'assassinats politiques à Connaught ces dernières années – plus qu'assez – pour que leur patte soit clairement identifiable. Dans le cas de votre tante, il n'y avait absolument aucun marqueur. Mais je suis sûr que la police vous a déjà expliqué tout ça.

— Oui. En effet.

— Dans ce cas, à quel autre égard les intérêts de Sir James Davenall me concernent-ils ?

— Avez-vous suivi le procès ?

— Naturellement. Qui pourrait résister à un conte aussi romantique ? Même ici, au milieu de toutes ces querelles vengeresses, ça a semé la zizanie.

— Avez-vous déjà rencontré Sir James, monsieur ?

— Non.

— Ou Sir Gervase avant lui ?

— Non plus. Voilà plus de trente ans que je ne suis pas allé à Carntrassna.

— Qu'est-ce qui vous a amené là-bas, alors, si je puis me permettre ?

— Mon travail.

— De journaliste ?

— Non. De professeur.

— Mme Kennedy m'a expliqué que vous aviez été un temps le précepteur du fils de leurs prédécesseurs : les Lennox.

— Tout à fait. Les Lennox faisaient l'éducation de leur fils Stephen à la maison. Ils m'avaient engagé comme précepteur.

— Un garçon intelligent ?

— Stephen Lennox était mon élève le plus brillant, monsieur Davenall. On peut dire qu'il avait un don pour les études. Je regrette de n'avoir pu contribuer davantage à sa culture. Le fin fond du comté de Mayo n'était pas un endroit pour lui, c'est certain. Je voulais qu'il postule à Trinity College, à Dublin. Ça aurait été un jeu d'enfant, pour lui. Mais sa famille a préféré émigrer.

— Cela vous a-t-il surpris ?

— Personne ne m'avait prévenu, si c'est ce que vous voulez dire. J'ai vu ce garçon jusqu'à la Noël 1859. Ensuite, sans un mot, ils sont partis. »

C'était étrange comme le souvenir de sa déception de se voir arracher Stephen Lennox au bout de presque huit ans de cours particuliers était encore vif. Il avait nourri une véritable tendresse pour ce garçon et la ressentait encore, malgré les nombreuses années qui s'étaient écoulées depuis.

« Cette nouvelle m'a fait l'effet d'une bombe.

— Quel âge avait Stephen Lennox à l'époque, monsieur O'Shaughnessy ?

— Oh, seize ans.

— Ce qui donne comme année de naissance ?

— 1843.

— Et il aurait, quoi, quarante ans, aujourd'hui ?

— Oui. J'imagine que oui. Toujours au Canada, probablement.

— Où se déroulaient vos leçons avec lui ? »

O'Shaughnessy fronça les sourcils. Où diable cet homme voulait-il en venir ?

« Chez les Lennox, à Murrismoyle, bien sûr.

— Pas à Carntrassna ?

— Non.

— Et pourtant vous aviez dit que c'était votre travail qui vous avait conduit là-bas.

— Oui, une fois, lors de mon premier rendez-vous. Ça devait être en 1851. Lady Davenall m'avait fait passer un entretien pour le poste.

— Cela ne vous a-t-il pas paru étrange ? Après tout, *stricto sensu*, c'étaient les Lennox vos employeurs, pas ma tante. D'ailleurs, cela ne vous a-t-il pas paru étrange qu'ils aient les moyens de payer un précepteur à leur fils ?

— À cheval donné on ne regarde point les dents, monsieur Davenall. Andrew Lennox n'était pas franchement homme à beaucoup se préoccuper d'éducation, c'est vrai, mais il avait dû faire une exception pour son fils. J'étais bien et régulièrement payé. J'aimerais pouvoir trouver de pareils clients aujourd'hui – et de pareils élèves.

— Le garçon vous a manqué après son départ ?

— Oui, je l'avoue, encore plus que mes appointements. Il devenait un jeune homme très bien.

— De quoi vous souvenez-vous à son sujet ?

— C'était un élève modèle, monsieur Davenall. Vif, perspicace, studieux, plein d'esprit. Un lecteur insatiable. Une intelligence considérable en construction. Et courtois, pour ne rien gâter. C'était un plaisir d'être son professeur. Un vrai plaisir. »

Il sourit et se plongea dans le souvenir des heures qu'il avait passées à Murrismoyle avec le jeune Stephen dans le grenier doublé d'une salle de classe. Ses connaissances les plus pointues, il les avait presque toutes déversées là, dans le cerveau éponge insatiable de ce garçon. Quel dommage que Stephen ne l'eût pas suivi à Trinity College, où l'élève aurait dépassé le maître. Il se rappelait leur exploration des classiques, leurs joutes littéraires, leurs débats historiques, leurs randonnées dans la nature sur les rives du Lough Mask.

« Seriez-vous encore capable de le reconnaître ?

— J'espère bien. »

Richard Davenall plongea la main dans sa poche de veste, d'où il sortit une photo froissée qu'il posa sur la table entre eux. C'était le portrait en buste d'un jeune homme soigné, vaguement souriant, vêtu d'une robe de cérémonie de remise de diplôme ourlée d'hermine.

« Cela aurait-il pu être Stephen Lennox à vingt et un ans ? »

O'Shaughnessy examina la photo, stupéfait.

« C'est tout à fait possible. Il aurait beaucoup changé par rapport au garçon de seize ans que je connaissais, mais ça lui ressemble. De fait, je pourrais presque jurer que c'est lui. Où avez-vous… ?

— C'est une photo de mon cousin, James Davenall.

— Par tous les diables !

— Vous semblez surpris.

— Je le suis. C'est presque comme si…

— Comme s'il y avait un air de famille ?

— Oui. Mais… c'est impossible. Non ? »

*

Depuis son retour en Angleterre et son emménagement à Bladeney House, Sir James Davenall avait adopté un mode de vie solitaire. Il avait été convenu que Constance resterait à Salisbury jusqu'à l'officialisation de son divorce. En attendant, James ne semblait aspirer à aucune compagnie. Les invitations à des bals ou à des soirées furent déclinées. Les gens qui venaient lui rendre visite, congédiés. L'homme qu'il avait engagé pour succéder à Greenwood (lequel avait tenu à suivre Hugo dans Duke Street) devint un spécialiste du refus poli.

Renouveler son adhésion au Corinthian Club fut sa seule exception à cette fuite de la société. Là, deux ou trois fois par semaine, il passait plusieurs heures au bar, dans l'entourage affable à défaut d'être familier de divers oisifs, paresseux et mondains qui s'étaient montrés, à n'en pas douter, aussi sympathiques envers Hugo dans le passé qu'ils l'étaient envers lui aujourd'hui.

Il est possible que James eût choisi ce club comme refuge parce que c'était le seul endroit où il pouvait être sûr de ne pas croiser Hugo, son frère ayant par dépit résilié sa propre adhésion. Dans ce cas, il aurait fort bien pu être mal préparé à la rencontre qui l'y attendait un soir de milieu de semaine à la fin du mois d'octobre. Visiblement, Hugo ne pouvait pas être évité éternellement.

Il était compréhensible que James, debout au bar, occupé à échanger des solutions improbables au problème soudanais avec une poignée d'autres membres, ne remarquât pas Freddy Cleveland, qui passa furtivement la tête dans l'embrasure de la porte. Et quand Freddy revint peu après se glisser dans un coin avec une discrétion contraire à son caractère sociable, James n'eut pas davantage lieu de s'en formaliser. Après tout, si Freddy préférait l'éviter, c'était tant pis pour lui.

Cependant, cela ne s'arrêta pas là. Au bout de quelques minutes, il se produisit un événement fort surprenant. Hugo entra dans la pièce. Sans la moindre attention pour Freddy ni personne, les yeux rivés sur James, il fendit la presse pour le rejoindre, heurtant des coudes au passage et renversant des verres. Le temps d'arriver au groupe dans lequel se trouvait James, il avait causé une belle pagaille. Plusieurs personnes, l'ayant reconnu, l'avaient hélé, d'autres avaient protesté contre sa progression maladroite. Mais Hugo les ignorait. Il affichait des traits particulièrement tirés, un regard fixe, une concentration absolue.

«Un inconnu dans le camp, commenta quelqu'un.

— Oui, fit James, sans rien laisser paraître. Content de te voir, Hugo, même si c'est quelque peu inattendu.»

Tout le monde s'était tu. Les hommes observaient Hugo, lequel dévisageait James sans ciller et répondit posément :

«Norton, sale bâtard. Tu es un menteur et un manipulateur.»

Il y eut des exclamations étouffées, des échanges de regards inquiets, des murmures désapprobateurs. Les gens qui se trouvaient entre James et Hugo devaient tous avoir reculé car, soudain, les deux hommes se faisaient face, se disputant des yeux l'espace étroit qui les séparait.

«Il me semble, répliqua calmement James, que tu te montres injuste, mon frère.

— Ton seul frère est le diable, rétorqua sèchement Hugo. Reste là à sourire autant que tu veux. Trompe mes amis autant que tu veux. Dis ce que bon te semble.

Tu es un vil imposteur et je suis venu ici ce soir pour le prouver.

— Tu devrais rentrer dormir chez toi, Hugo, vraiment. La nuit porte conseil.

— Acceptes-tu de retirer ton allégation ? Acceptes-tu de me rendre tout ce que tu m'as volé ?

— Ne sois pas ridicule. Messieurs… »

James lança un sourire à la ronde.

« Je vous présente mes excuses au nom de mon frère. Il est de toute évidence à bout.

— J'en déduis que tu refuses. »

Hugo ne semblait pas avoir conscience qu'on lui touchait l'épaule, qu'on lui indiquait la porte.

« Dans ce cas, il me faut te demander réparation.

— Quoi ?

— Tu m'as bien entendu. Je te provoque en duel, à l'heure et à l'endroit de ton choix, afin que nous puissions régler nos différends une bonne fois pour toutes.

— C'est complètement ridicule.

— Je l'exige – comme un droit. »

Un silence s'ensuivit. Un instant, tous restèrent effarés devant le recours à ce code désuet. Puis ils prirent conscience de l'absurdité d'une telle provocation, qui appartenait à une époque et à des valeurs révolues. Quelqu'un éclata de rire : un braiment sarcastique qui exprimait aussi bien le mépris d'une génération vis-à-vis des normes de la précédente, qu'il ridiculisait Hugo, mais il lui fut fatal. Tout autour de lui, mus par une violente hilarité, ses amis insipides et narcissiques poussèrent en chœur des gloussements qui tinrent lieu de verdict.

Des tics commencèrent à agiter le visage de Hugo,

sa lèvre inférieure se mit à trembler. Voilà bien le seul résultat qu'il n'avait pas prévu. Pour lui, soit James accéderait à sa demande, soit sa lâcheté serait révélée au grand jour. Mais non. Cela n'avait jamais été l'alternative. La société était devenue trop faussement sage pour permettre de telles complaisances.

« Rentre chez toi, Hugo, reprit James avec douceur. Oublions cette folie.

— Jamais.

— Il le faut. »

Pettigrew, l'homme chargé de la sécurité, apparu d'on ne sait où, prenait à présent Hugo par le bras.

« Excusez-moi, monsieur Davenall. Je crois que vous n'êtes plus membre de ce club. Puis-je vous demander de partir ?

— Allez au diable !

— Soyez raisonnable, monsieur Davenall. Je vais devoir insister pour que vous m'accompagniez. »

« Soyez raisonnable. » Tels furent peut-être les mots qui eurent raison de lui. Les rires, les sarcasmes, les gestes moqueurs – et par-dessus tout, le regard impitoyable de James – anéantirent sa confiance fragile. Poussant un juron inaudible, l'air déconfit, les épaules basses, il tourna les talons et laissa Pettigrew l'évacuer lestement de la salle.

*

Parmi les visites qu'il aurait pu s'attendre à recevoir un vendredi après-midi tranquille dans ses bureaux de Cheap Street, à Bath, Arthur Baverstock n'aurait jamais compté celle de Richard Davenall. Les dossiers qu'ils avaient dû gérer suite au procès étaient bouclés depuis longtemps et cela avait signé, avait-il cru, la fin salutaire de leur coopération.

« Qu'est-ce qui vous amène, Davenall ? s'enquit-il prudemment. Vous semblez plutôt fatigué. »

Il n'avait rien exagéré. Richard Davenall se laissa choir dans un fauteuil avec un soupir las. Ses vêtements accusaient plus de taches qu'un trajet depuis Londres ne pouvait en justifier, ses traits plus de rides et d'anxiété que la nécessité professionnelle ne pouvait l'expliquer.

« Je suis désolé de me présenter à l'improviste, Baverstock. La question est quelque peu urgente.

— Vous auriez pu téléphoner », remarqua l'autre, qui, en vérité, l'aurait largement préféré.

Davenall secoua la tête.

« Non, non. Je suis là de passage, voyez-vous. Je suis arrivé ce matin à Holyhead par ferry en provenance de Dublin et j'ai décidé de faire un détour par ici en retournant à Londres.

— C'est donc bel et bien urgent.

— Oui. Ça l'est.

— Qu'est-ce qui vous a conduit en Irlande ? Le domaine de Carntrassna ?

— En quelque sorte. »

Davenall sembla se perdre un moment dans ses pensées, puis il se passa une main sur le visage, se redressa vivement dans son fauteuil et demanda :

« Puis-je avoir la confirmation que Catherine – Lady Davenall – continue à effectuer des recherches sur le passé américain de Sir James ? »

Baverstock était sidéré. On avait donné des garanties

que de telles recherches avaient cessé. Ces garanties étaient fausses, certes, mais cela ne justifiait guère la suggestion scandaleuse de Davenall.

« Vous ne pouvez avoir aucune confirmation de la sorte, non. Dois-je vous rappeler… ?

— Elle continue, n'est-ce pas ? »

L'insistance à la fois lasse et obstinée de cet homme avait un pouvoir étrange.

« Je la connais suffisamment bien pour savoir que jamais elle n'abandonnerait la lutte, qu'importe ce que vous vous sentez obligé de me raconter en son nom.

— Ma foi, je…

— Laissez-moi vous rassurer. Je ne suis pas là sur les ordres de Sir James. Je ne suis pas là pour vous causer le moindre problème.

— Alors… pourquoi ? »

Davenall se pencha en avant dans son fauteuil.

« Pour vous indiquer la bonne direction.

— Qu'entendez-vous par là ?

— Vous employez toujours Lewis & Lewis ?

— Je ne puis certainement… »

Mais l'expression de Davenall balaya ses réserves.

« Oui.

— Alors dites-leur ceci. Un ancien intendant du domaine de Carntrassna, Andrew Lennox, a émigré au Canada à l'hiver ou au printemps 1859-1860. Sir Gervase a versé dix mille livres à Lennox peu avant leur départ. J'imagine que l'enquêteur de maître Lewis recherche le véritable James Norton. Suggérez-lui plutôt de rechercher les Lennox. En particulier leur fils Stephen. Né en 1843, à peu près à l'époque où Sir Gervase a passé *grosso modo* un an à Carntrassna.

Capable et très instruit. Affichant une ressemblance frappante avec mon cousin James.»

Baverstock ne savait comment réagir. Que Davenall pût tenir de tels propos était encore plus remarquable que ces propos eux-mêmes.

«Je n'ai pas réussi à établir précisément la date de leur départ ni le lieu de leur arrivée. Le Québec, probablement. J'ignore complètement s'ils sont restés au Canada ou s'ils sont allés aux États-Unis. En tout cas, Lennox avait plus qu'assez d'argent pour s'établir confortablement et envoyer son fils dans une bonne école afin qu'il achève ses études. Peut-être dans une université. Il devrait être possible de retrouver leur trace.»

Baverstock ne disait toujours rien. Il transmettrait certainement l'information à Lewis, même s'il n'en comprenait pas toutes les implications, mais pourquoi Richard Davenall choisissait-il de contribuer à des recherches qu'il avait précédemment résolument dénoncées ? Il n'eut pas le temps de lui poser la question, Davenall se levait de son fauteuil.

«Restons-en là. Je vous souhaite le bonjour, Baverstock.

— Un instant...

— Oui ?

— Êtes-vous en train de suggérer que ce garçon, Stephen Lennox, pourrait être James Norton ?

— Je n'en sais rien.»

Davenall détourna la tête.

«C'est une possibilité. Une simple possibilité.

— S'il en ressort quelque chose, voulez-vous que Lady Davenall soit mise au courant de votre contribution ?»

Davenall eut un sourire amer.

« Non, répondit-il en secouant la tête. Dites-lui ce que vous voulez. Mais ne parlez pas de moi. »

*

Le lac de Genève affichait sa placidité la plus courtoise, se déployant devant le bateau en direction des montagnes savoyardes. Si tard dans la saison, avec la démarcation neigeuse qui descendait toujours plus loin des sommets, cette heure de perfection du début d'après-midi pouvait s'avérer trompeuse, mais de toute façon, Plon-Plon, silhouette morose et emmitouflée à la poupe du navire, était insensible à ses charmes. Il regarda derrière lui le suaire ennuyeux du drapeau national suisse se gonfler et se dégonfler dans la petite brise capricieuse, jeta un œil par-dessus son épaule à Nyon et aux mansardes de sa maison, puis lança son mégot de cigare dans l'écume du sillage et se tourna vers les côtes françaises.

D'ici quelques minutes, le bateau s'arrêterait à Yvoire pour faire monter et descendre des passagers, puis ferait demi-tour et retraverserait le lac en direction de la Suisse. Tous les gens qui effectuaient des allers-retours le faisaient avec une parfaite liberté; tous sauf Plon-Plon: mettre pied à terre à Yvoire, c'était provoquer un incident diplomatique. Depuis qu'il avait quitté l'Angleterre au mois de juin, il s'était confiné dans un confort grognon à Prangins, la villa suisse qu'il s'était achetée plus de vingt ans auparavant en guise de refuge pour les temps difficiles. Ces derniers mois, il en avait arpenté bien trop souvent les pelouses en jetant un œil à la proximité tentatrice de la France. Mais sa longue patience semblait maintenant sur le point de porter ses fruits. Il avait toutes les raisons d'espérer qu'il serait bientôt autorisé à mettre fin à son exil.

En apprenant que Cora Pearl, sa maîtresse délaissée mais néanmoins persistante, souhaitait le voir, il avait choisi de dissimuler cet espoir; mais qu'à cela ne tienne, elle avait annoncé sa détermination à lui rendre visite dans sa retraite. «La *madame**, comme elle l'avait exprimé avec fort mauvais goût, doit venir à la montagne.» La recevoir à Prangins était impensable, sa dernière consolation de la chair, la marquise de Canisy, y étant hélas en résidence débraillée. C'est pourquoi, sous le feu des reproches, il avait concédé ce rendez-vous lacustre. En vérité, il n'y aurait même pas consenti si Cora n'avait pas employé dans ses lettres un ton vaguement menaçant: il était curieux de savoir ce que cela pouvait présager.

Le bateau s'amarra sur la jetée d'Yvoire, et Plon-Plon tendit le cou pour observer les passagers qui montaient à bord. Il repéra aussitôt Cora. De fait, il eut la nette impression qu'elle aurait sauté aux yeux de n'importe qui: vêtue d'une robe à rayures framboise et d'un chapeau extravagant, elle gravissait la passerelle en balançant les hanches à la manière qu'elle croyait manifestement être celle de la reine Élisabeth montant à bord d'une péniche royale sur la Tamise. Seule l'exhibition gratuite d'un mollet tendu de résille au profit du marin exorbité qui l'aida à embarquer gâta l'effet majestueux.

«Je vois que tu vas bien, remarqua Plon-Plon tandis que Cora s'installait à ses côtés dans un froufroutement de jupons.

— Pas du tout, rétorqua-t-elle en lançant un sourire étincelant à l'adresse d'un commissaire du bord. Je ne fais que sauver les apparences. Peut-être devrais-tu consacrer toi-même davantage d'efforts à cette tâche.

— Les apparences ne comptent guère en politique.

— Vraiment ? Ce n'était pas mon impression. Mais un homme qui peut se glorifier d'autant de succès en la matière est certainement mieux renseigné que moi. »

Plon-Plon inspira profondément, en se faisant la réflexion que l'un des rares avantages du grand âge était qu'on supportait mieux le sarcasme.

« M'excuserais-tu, Cora, si je te pressais de m'expliquer le motif de notre rendez-vous ?

— Possiblement. Ce que je n'excuserai pas en revanche, c'est ton manque de cœur à mon égard. Il s'est écoulé plus d'un an depuis la dernière fois que nous nous sommes... connus, pourrait-on dire ? »

Plon-Plon trouvait ce badinage d'oreiller étrangement désagréable dans l'air opalescent du lac de Genève. Il se tourna vers elle avec un sourire falot.

« Comment peut-on manquer de cœur avec quelqu'un qui n'en a pas ? Viens-en au fait, Cora, je te prie. »

Avec une moue, elle tira vivement sur sa robe.

« Quel dommage, Plon-Plon. Il fut un temps où tu appréciais autant les préliminaires que l'orgasme.

— Cora...

— Je n'ai plus d'argent. »

Elle haussa ses sourcils épilés et le dévisagea.

« Sous les volants et les poudres, je vieillis. Pas pour un homme politique, peut-être, mais pour quelqu'un de mon métier. J'ai besoin de capital afin de soutenir mes... »

Elle baissa les yeux, le rose aux joues.

« Mes années déclinantes. »

La première impulsion de Plon-Plon fut d'être flatté qu'elle eût effectué un si long voyage pour venir quémander : elle aurait tout aussi bien pu l'importuner par lettre. Dans tous les cas, il n'allait certainement pas lui refuser une modeste contribution. Puis un soupçon entacha sa générosité. Pourquoi, de fait, avait-elle effectué un si long voyage ?

« Je compatis à tes déboires, Cora. D'ailleurs, je les partage. »

Elle lui adressa un regard acéré.

« Tu penses vraiment que je vais croire ça ?

— Hélas, c'est la vérité.

— Le séjour de Mme de Canisy auprès de toi est un pur acte de charité, j'imagine. »

Plon-Plon sentait la colère monter : ils étaient tous les deux trop vieux pour s'adonner à la jalousie.

« Ne nous disputons pas, Cora. Tu sais que je ne suis pas avare. Je vais voir si je ne peux pas te donner un petit quelque chose. »

Elle leva le menton d'un air boudeur.

« Il fut un temps où tu me versais douze mille francs par mois.

— Et il fut un temps où l'État me versait un million de francs par an. Mais ces temps-là sont révolus.

— Tu pourrais les ressusciter pour moi. »

Il fronça les sourcils. Qu'est-ce qui avait bien pu l'amener à croire qu'il pourrait ou voudrait faire une chose pareille ?

« Qu'attends-tu de moi, Cora ? s'impatienta-t-il brusquement.

— J'attends, répondit-elle d'un ton mesuré, cinquante mille francs.

— Ha ! »

Il se gifla la cuisse et la dévisagea, médusé.

« Ton intelligence doit décliner au même rythme que tes attraits. Je n'ai ni le désir ni la possibilité de te verser une somme pareille.

— Ce ne serait pas un cadeau. Ce serait le paiement d'un service.

— Quel service ?

— L'omission dans mes futurs mémoires de tout ce que je sais sur ton compte.

— Des mémoires ? Toi ?

— *Monsieur** Lévy m'a commandé…

— Lévy, l'éditeur ? *Ce crapaud juif**. Jamais il n'oserait.

— Il oserait et il osera. »

C'était intolérable. Elle était venue ici pour le faire chanter. Il se leva et lui jeta un regard indigné.

« Je ne te verserai pas un centime. C'est clair ?

— Sois raisonnable, Plon-Plon. »

Elle le dévisagea avec force battements de cils.

« Tu vas le regretter si tu refuses ma proposition.

— Ta proposition, je m'assois dessus.

— J'ai jeté sur le papier divers souvenirs de ce que nous avons fait ensemble au fil des années. Les lecteurs trouveront tout ça très divertissant, j'en suis sûre.

— Un Bonaparte ne peut être menacé ainsi.

— Sauf par ses propres actes. Ce qu'il a fait la nuit de la naissance de sa fille, par exemple. Comment il a porté un bâillon en forniquant afin de ne pas déranger sa femme dans la pièce d'à côté. Ou encore l'usage qu'il faisait de la cravache les après-midi trop humides pour monter à cheval. Oh, je me souviens de tout – dans le moindre détail.

— Tu vas trop loin !

— Nous sommes tous les deux allés trop loin, Plon-Plon, comme l'apprendront mes lecteurs. J'ai peur qu'il leur faille aussi apprendre tes autres badinages. Rachel, par exemple. L'empereur m'a tout raconté sur ce qu'elle et toi avez fait dans ce train quand vous le croyiez endormi.

— Mon œil !

— Ton aventure avec l'impératrice. Tu t'en es vanté assez souvent.

— *Mon Dieu*...*

— Et puis n'oublions pas Vivien Strang.

— Vivien Strang ? »

Il la saisit brusquement par le menton, afin de mieux voir ce que son expression pourrait révéler de son intention.

« Qui t'a raconté, *ma perle émoussée**, pour Vivien Strang ?

— Elle-même.

— Quoi ?

— Nous nous sommes rencontrées, Plon-Plon. Nous avons découvert que nous avions beaucoup en commun. Un mauvais traitement de ta part, pour commencer. Tu pensais qu'elle était ton petit secret ? J'ai bien peur que non. Je sais tout sur elle. Au point d'avoir envisagé de lui demander d'écrire un chapitre de mon livre. »

Il la relâcha. Sa main descendit lentement vers sa montre à gousset et il se mit à entortiller les maillons entre ses doigts. Lentement, il se leva et contempla le lac. Il avait plissé les yeux, pincé les lèvres, dans un brusque moment de concentration extrême, hors de l'instant présent. Dire qu'il avait perdu tout ce temps et gaspillé tous ces efforts dans la vaine recherche de Vivien Strang. C'était absurde, c'était risible. Cora la connaissait depuis le début. Cora, qui était venue le faire chanter, pourrait le conduire à sa proie.

*

L'étape de Richard Davenall à Salisbury sur son trajet entre l'Irlande et Londres fut aussi surprenante que bienvenue pour Canon Sumner et ses filles. On le pressa de rester le week-end, il céda, mais le plaisir que prenaient Constance et Emily à sa compagnie ne semblait bizarrement pas réciproque. Les efforts qu'il fournissait pour exprimer de l'intérêt vis-à-vis de leur récit de voyage en Europe n'étaient guère convaincants, et c'était sans conviction qu'il s'enquérait de la santé de James. La cause de son humeur distraite et de son abattement ne se révéla clairement à Constance que lorsqu'elle se retrouva seule avec lui dans le salon le samedi après-midi.

« Tout était en ordre à Carntrassna ? demanda-t-elle sur le ton de la conversation. Je sais que James souhaitera s'investir activement dans son domaine irlandais.

— Vous croyez ? fit Richard d'un air inexplicablement dubitatif.

— Bien sûr, répliqua Constance, agacée malgré elle par le ton de son interlocuteur. Et moi aussi.

— A-t-il parlé de vous emmener là-bas ?

— Pas explicitement, mais j'imagine…

— À votre place, je n'imaginerais rien. Je doute fort que James se rende un jour à Carntrassna. »

Brusquement, comme s'il regrettait la rugosité de ses mots, Richard quitta le canapé et se dirigea vers la fenêtre, d'où il observa l'enceinte.

Constance était perplexe et fort contrariée. Pourquoi Richard, l'allié le plus fidèle de James pendant toute l'année difficile qui venait de s'écouler, s'exprimait-il en des termes aussi hostiles ? Dans un effort précipité de conciliation, elle commenta avec un sourire :

« Ma foi, ça n'a pas grande importance, après tout. »

Mais Richard ne répondit pas. Seule la pression qu'il exerçait avec sa main sur son front trahissait qu'il savait la peine qu'il lui causait.

« Y a-t-il un problème ? » s'enquit-elle, de plus en plus inquiète.

La réponse fut à peine audible.

« Non. Aucun. »

Soudain, elle crut comprendre de quoi il retournait.

« Y a-t-il un souci avec le divorce ? »

Richard fit volte-face.

« Le divorce ? »

Sur son visage se confondaient le doute et la pitié.

« Non. Aucun souci. Tout se déroulera sans difficulté – si tel est votre souhait.

— Bien sûr que c'est mon souhait. James et moi espérons nous marier d'ici Noël. »

Richard sembla s'apprêter à rétorquer, puis se ravisa. Sa mâchoire se crispa en une ligne déterminée.

« Quelque chose pourrait-il nous en empêcher ?

— Non.

— Dans ce cas, avons-nous votre bénédiction ? »

Il baissa les yeux sur le tapis. Ses lèvres formèrent des mots éprouvants. Mais il ne parla pas.

« Richard ?

— Avez-vous… envisagé de repousser le mariage… jusqu'au nouvel an ?

— Non. Pour quoi faire ? »

Une fois encore, il parut incapable de répondre. Il y eut un silence tendu, puis il déclara :

« Veuillez m'excuser, Constance. »

Il se dirigea à la hâte vers la porte.

« Richard ! »

Il aurait été plus facile de le laisser partir, mais, avec sa force de caractère, Constance ne pouvait suivre une telle voie. Il se figea, se retourna.

« Avons-nous votre bénédiction ? »

L'émoi et le regard fuyant de Richard lui donnèrent sa réponse. Qui était l'exact opposé de ce qu'il répliqua, de la voix rauque de celui qui a honte de ses propres mots :

« Oui. Bien sûr que oui. »

*

À Prangins, installé à son bureau, Plon-Plon leva les yeux sur le buste en plâtre de son oncle célèbre. Qu'aurait fait à sa place le premier et le plus grand Napoléon ? À peu près la même chose, supposait-il. Après tout, la bienséance en matière de sexualité n'avait jamais été son fort non plus.

« Versez à Miss Cora Pearl la somme de vingt mille francs. »

C'était plus qu'il aurait voulu payer et moins qu'elle aurait espéré recevoir. Toutefois, le compromis était l'essence de la diplomatie. Il leva son stylo à plume pour signer, tout en hochant la tête en une approbation silencieuse. Finalement, il trouvait le prix raisonnable si cela permettait de supprimer certaines réminiscences les plus crues de Cora, et parmi elles la seule histoire qu'il n'avait jamais entendue auparavant.

La défaite de la France face à la Prusse dans la guerre de 1870, et la désintégration du Second Empire qui s'en était suivie avaient forcé Plon-Plon et Cora à décamper en Angleterre. Après leur expulsion humiliante du Grosvenor Hotel à Londres, quand le directeur avait découvert la véritable identité de la «comtesse de Moncalieri», ils s'étaient embarqués dans un tour du sud-ouest de l'Angleterre en faisant passer Cora pour Marie Clotilde – avec un tel brio, d'ailleurs, que partout, ils étaient généreusement accueillis.

Le début du mois d'octobre les avait trouvés installés à l'Imperial Hotel de Torquay, nouvelle qui avait vite été claironnée dans les pages du journal local du soir. Trois jours après leur arrivée, Plon-Plon avait accepté l'invitation du président du yacht-club de Torquay à se joindre à lui pour effectuer une croisière le long de la côte du Devon, laissant Cora s'amuser à l'hôtel.

Cette journée s'était révélée plus divertissante que Cora ne l'avait prévu. Alors qu'elle prenait son petit déjeuner sur son balcon au premier étage, elle avait eu la nette impression d'être observée par une femme qui se trouvait dans le jardin de l'hôtel. Plus tard, comme elle prenait le thé sur la véranda qui dominait la baie de Torbay, elle avait eu la certitude que l'occupante d'une table d'angle à l'ombre d'un palmier était cette même femme qui, cette fois, avait eu l'effronterie de venir la rejoindre, sans y être invitée et sans se démonter.

« Je ne crois pas vous connaître, madame, avait dit Cora en se rappelant de justesse que, en tant que Marie Clotilde, elle ne pouvait guère se permettre de la congédier avec les termes grossiers qui lui brûlaient les lèvres.

— Mais moi, si », répliqua la femme.

Grande, d'une quarantaine d'années, elle avait le teint pâle et ses cheveux tiraient sur le gris, pourtant elle possédait une beauté austère que certains hommes auraient pu trouver séduisante. Il y avait, dans sa voix, une pointe d'accent écossais.

« J'ai appris votre arrivée dans le journal.

— Vraiment ?

— L'article disait que le prince Napoléon avait emmené sa jeune et jolie épouse, la princesse Clotilde de Savoie, profiter de la Riviera anglaise.

— Comme vous le voyez…

— Mais vous n'êtes pas la princesse Clotilde.

— Je vous demande pardon ?

— Vous êtes Cora Pearl, la plus célèbre de toutes les catins de Paris.

— C'est scandaleux !

— Scandaleux, mais vrai. Le niez-vous ?

— Certainement.

— Dans ce cas, allez-y, employez l'italien natif de la princesse pour me donner une preuve. »

Cora avait fait la moue. Elle voulait à tout prix éviter

une répétition du fiasco du Grosvenor Hotel, chose que cette femme désagréablement bien renseignée semblait très capable d'orchestrer. Elle s'était penchée au-dessus de la table et avait murmuré :

« Qui êtes-vous et que voulez-vous ?

— Je m'appelle Vivien Ratcliffe. Et je veux que vous et votre soi-disant mari quittiez Torquay. »

Le plus étrange dans cette histoire, c'était qu'elles avaient énormément en commun. En passant dans la suite de Plon-Plon afin de poursuivre leur discussion, elles avaient découvert, à leur mutuelle stupéfaction, que de fait, elles s'appréciaient beaucoup. Ni l'une ni l'autre n'avaient quoi que ce fût à cacher, hormis aux autres. Vivien n'avait certainement aucun désir de s'acharner sur Cora, car elle aussi avait été une prostituée jadis. Ce qu'elle ne pouvait risquer, en revanche, c'était que son nanti et amoureux transi de mari ne découvre de la bouche de Plon-Plon la vérité sur la Miss Strang qu'il avait épousée, or les deux hommes se croiseraient inévitablement au bal que Sir Lawrence Palk prévoyait d'organiser en l'honneur de Plon-Plon. Trois ans plus tôt, pendant sa lune de miel à Paris, on lui avait pointé du doigt Cora dans un balcon du *théâtre des Bouffes-Parisiens**. C'est ainsi qu'elle avait pu confirmer ce qu'elle soupçonnait : sa femme était bien la dernière personne que Plon-Plon était susceptible d'amener à Torquay. Et c'est ainsi qu'elle avait trouvé le moyen d'éviter une rencontre catastrophique.

Contente d'en savoir plus au sujet de Plon-Plon qu'il ne le soupçonnait, et trouvant Torquay ennuyeux à mourir, Cora avait coopéré de bon cœur. Le soir même, elle avait fait une scène telle que Plon-Plon avait docilement consenti à leur départ immédiat ; le banquet avait été annulé. Et le service de Cora n'avait pas été oublié. Quand en mai 1877 elle avait été réduite à mettre aux enchères le contenu de sa maison rue de Chaillot, elle avait eu la surprise de recevoir un don de la part de « Mme Ratcliffe, de Torquay, désormais riche veuve ». La compassion de Vivien Strang à l'égard d'une autre victime de la déloyauté de Plon-Plon était plus grande que ce que Cora avait jamais mérité.

Un tintement familier et persistant parvint aux oreilles de Plon-Plon par la fenêtre de son bureau. Il soupira. Ce devait être la marquise, de retour de son expédition en tricycle. Vraiment, cette femme abusait de sa tolérance. Si cette situation perdurait, elle devrait partir.

Il scella la lettre à Cora et la laissa tomber dans la sacoche destinée au facteur, ricanant à l'idée de ce que dirait la marquise si elle apprenait qu'il payait infiniment plus une ancienne maîtresse qu'il n'avait jamais payé sa maîtresse actuelle. Cela dit, Cora lui avait rendu un service plus précieux que n'importe quelle faveur d'oreiller. Elle lui avait donné les moyens de trouver Vivien Strang. Elle lui avait fourni l'opportunité de s'exonérer.

*

Quand Constance se plaignit auprès de sa sœur de l'attitude hostile de Richard vis-à-vis de son futur remariage, Emily exprima plus de compassion et d'étonnement qu'elle n'en ressentait vraiment. Elle avait beau aimer profondément sa sœur, elle s'était mise, de façon tout à fait irrationnelle, à s'agacer de sa tranquillité d'esprit. En ne lui révélant rien de la scène à laquelle elle avait assisté à Florence, bien sûr, Emily ne faisait qu'entretenir cet agacement, mais que pouvait-elle faire d'autre, se demandait-elle souvent, sur la base de ces soupçons solitaires acquis de façon indue ? La nouvelle de l'emportement de Richard lui soufflait une réponse : peut-être pourrait-elle partager le fardeau du doute qu'elle avait si longtemps porté seule.

La première opportunité se présenta tôt le dimanche matin, quand Emily prétexta une migraine pour ne pas se joindre à Constance et à son père partis assister aux matines célébrées à la cathédrale. En lieu et place, elle chercha Richard, qu'elle trouva en train de faire ses bagages dans sa chambre.

« Nous quittez-vous bientôt ? s'inquiéta-t-elle, car elle avait espéré, à l'idée qu'il pût être son allié, qu'il pourrait prolonger son séjour.

— Je crains de devoir repartir à Londres sur-le-champ », répondit-il.

Son manque de conviction n'échappa pas à Emily : tous deux savaient qu'il ne pouvait guère avoir d'affaire urgente à Londres le dimanche matin.

En un sens, ce besoin de se hâter était pour elle un soulagement.

« Partez-vous à cause des propos que vous avez tenus à Constance hier ? demanda-t-elle, contente, maintenant qu'elle en était venue au fait, d'avoir lancé cette question sans détour.

— Elle vous en a parlé ? »

Richard semblait surpris par cette preuve de leur complicité.

« Oui. C'est pour cela que je voulais m'entretenir avec vous ce matin – seule.

— Je ne suis pas sûr de comprendre.

— Pourquoi l'avez-vous pressée de repousser le mariage ? »

Son expression trahissait qu'il craignait des réprimandes.

« Je ne sais pas, répondit-il prudemment. Je n'aurais pas dû. C'était stupide de ma part.

— Ah oui ? Cela vous surprendrait-il d'apprendre que j'ai moi-même envie de le faire depuis plusieurs semaines ? »

Il la dévisagea, abasourdi.

« Vous ? Mais pourquoi ? »

Elle lui raconta alors, dans un précipité de révélations, tout ce qu'elle avait vu et entendu au campanile à Florence, et tout ce qu'elle avait craint que cela ne présageât. Elle avait espéré que Richard serait en mesure de lui assurer que tout allait bien, mais à l'évidence ce n'était pas le cas. Il pensait avoir vu la même femme qu'Emily : à l'hôpital St Bartholomew un an auparavant, et à la gare Victoria en août. Manifestement, elle les avait suivis à Florence. Quant à ses raisons, cependant, Richard nourrissait un doute plus atroce que tout ce qu'Emily aurait pu imaginer.

« Je l'ai vue dans de meilleures conditions que vous, dit-il. Elle m'a rappelé quelqu'un qui m'avait déjà été décrit avec des détails inoubliables.

— Qui ça ?

— Melanie Rossiter. Je sais que cela doit paraître

incroyable, mais la ressemblance était indubitable. À ces deux occasions, j'ai eu la certitude étrange que la femme que j'avais vue était celle par laquelle Trenchard affirmait avoir été trompé.

— Mais c'est impossible. C'était une...

— Une catin? C'est ce que les médecins de Trenchard m'avaient assuré. D'après eux, Melanie Rossiter n'existait que dans son imagination.»

Les mots manquèrent à Emily. La banale prostituée qu'elle avait vue quitter The Limes en cette horrible nuit de novembre 1882 pouvait-elle être la jeune femme à l'élocution soignée avec laquelle elle avait entendu James Davenall se quereller à Florence onze mois plus tard? Richard en était manifestement persuadé. Mais comment cela se pouvait-il? Car si elle l'était...

«Je suis allé lui rendre visite régulièrement depuis le printemps, Emily. En définitive, les médecins parviendront peut-être à le persuader qu'il était la victime de ses propres délires, mais moi, ils ne me persuaderont pas. J'ai écouté son récit trop souvent maintenant pour douter qu'il contienne plus de vérité qu'on ne l'avait cru possible.»

Emily observa l'enceinte par la fenêtre. La cathédrale présentait ses atours dominicaux de pieuse effervescence : entre ses murs, Constance était peut-être à l'instant même en train de prier pour obtenir confirmation qu'elle avait raison de mettre un terme à une union afin d'en entamer une autre. Elle ne pouvait avoir aucune idée de l'appréhension galopante avec laquelle d'autres envisageaient désormais son avenir.

«Que dois-je faire? demanda Emily en se retournant face à Richard.

— Pour le moment, rien.
— Mais ils doivent se marier dans un mois !
— J'ai ouvert des recherches qui, je l'espère, porteront leurs fruits avant ce terme.
— Et si ce n'est pas le cas ?
— Je ne suis pas très sûr. Je ne suis sûr de rien, en fait, à part de ceci : je ne laisserai pas James épouser Constance tant que cette affaire ne sera pas réglée – d'une manière ou d'une autre, pour le meilleur ou pour le pire. »

18

Le *Times*, mardi 18 décembre 1883 :

> Il a été annoncé hier, cinq mois après la conclusion victorieuse de sa célèbre action en justice, que Sir James Davenall allait épouser l'ex-Mme Constance Trenchard lors d'une cérémonie civile célébrée à la mairie de Kensington le 24 de ce mois. La semaine dernière, Mme Trenchard s'est vu accorder un jugement définitif par la division des affaires matrimoniales de la Haute Cour de justice, parachevant ainsi sa procédure de divorce avec M. William Trenchard, confiné depuis un an dans un asile d'aliénés.

*

« Franchement, déclara maître George Lewis, de Lewis & Lewis, en jaugeant son visiteur d'un regard tout sauf franc, j'étais interloqué d'apprendre votre contribution à cette affaire.

— J'imagine, oui, répliqua Richard Davenall d'un ton parfaitement neutre.

— Je ne peux que supposer, poursuivit maître Lewis,

que l'annonce parue ce matin dans le *Times* (il fit un signe de la main en direction du numéro ouvert sur son bureau) explique votre désir d'une conclusion rapide.

— En effet. J'ai bien conscience que cela n'importe guère à votre cliente, mais je souhaite, dans la mesure du possible, découvrir la vérité *avant* que Mme Trenchard épouse Sir James.

— Tout à fait.

— Donc, pouvez-vous me dire quoi que ce soit ? »

Maître Lewis soupira.

« Je doute d'être libre de vous révéler les résultats de nos recherches. Après tout, elles ont été entreprises au nom de Lady Davenall, non au vôtre.

— Mais à mon instigation.

— Concernant cet aspect, oui. Nous vous sommes reconnaissants de votre concours. Néanmoins…

— Avez-vous la preuve qu'il s'agit de Stephen Lennox ? C'est tout ce que je veux savoir. »

Lewis réfléchit à la question en silence. Puis il répondit.

« Non. Nous ne l'avons pas.

— Alors, qu'avez-vous trouvé ?

— Après tout, il n'y a peut-être aucun mal à ce que vous sachiez. »

Il ouvrit un tiroir et en sortit une liasse de documents qu'il se mit à feuilleter en parlant.

« Apparemment, les Lennox sont partis assez vite du Canada pour s'installer aux États-Unis. Andrew Lennox a acheté une propriété conséquente sur l'île de Long Island en juillet 1860. Stephen Lennox a fréquenté la faculté de droit de Yale en 1860 et 1861, avant d'abandonner ses études pour s'enrôler dans l'armée de l'Union lors du déclenchement de la guerre de Sécession. Il s'est élevé au rang de capitaine dans la cavalerie. À la fin de la guerre, cependant, on ne trouve aucun signe de son retour à ses études de droit, ni auprès de ses parents. Nous ignorons tout bonnement ce qu'il a bien pu faire. Ce que nous savons, en revanche, c'est qu'à ce moment-là les finances d'Andrew Lennox laissaient à désirer, suite à une succession d'investissements peu judicieux. En 1866, la famille a déménagé dans une maison de location à Boston. Il s'en est suivi un déclin régulier de leur fortune. Andrew Lennox est mort – principalement à cause de la boisson, semble-t-il – en 1869. Sa veuve a vécu dans l'ombre et dans une misère dorée, à Worcester, dans le Massachusetts, jusqu'à son décès en 1880.

— Et son fils ?

— Nous ne savons pas. Les voisins de Mme Lennox avaient ouï dire d'un fils qui vivait en Californie et lui envoyait de l'argent sans jamais lui rendre visite. C'est tout.

— C'est tout ? Il doit bien y avoir des conscrits de Yale ou de l'armée qui seraient capables de l'identifier ?

— C'est notre espoir. Mais retrouver leur trace vingt ans plus tard n'est pas chose facile. Quand nous y parviendrons, il nous faudra les amener ici pour une confrontation avec Sir James. Hélas, nous sommes bien loin d'être en position de le faire.

— Je vois.

— Vous aviez espéré davantage ?

— J'avais espéré, je crois, que cette tâche détestable puisse être accomplie sans que ma contribution soit révélée. Je comprends à présent que cela ne se peut.

— Qu'allez-vous faire ?

— Je vais prendre les mesures nécessaires, monsieur Lewis. Mesures que j'ai essayé – jusqu'à aujourd'hui – d'éviter. Mesures qui mettront un terme à cette affaire, une bonne fois pour toutes. »

*

C'était le début de soirée, Sir James Davenall était sur le point de quitter Bladeney House pour passer quelques heures à son club, quand son cousin Richard fut introduit. Il apparut aussitôt qu'il ne s'agissait pas là d'une visite de courtoisie. Refusant sèchement d'accompagner James au club, Richard déclara de but en blanc :

« Je dois vous parler immédiatement – en privé. »

De prime abord, James ne parut pas perturbé par une telle brusquerie.

« Il est devenu inhabituel, commenta-t-il quand ils furent seuls, que vous me parliez tout court, Richard. On pourrait me pardonner de penser que vous essayiez de m'éviter.

— C'était peut-être le cas. »

Richard n'avait fait aucun effort pour contacter Sir James depuis son retour d'Irlande plusieurs semaines auparavant. Il s'était même montré délibérément fuyant. Mais il était clair à présent qu'il avait changé de tactique. Les doutes qu'il nourrissait depuis longtemps à l'égard de Sir James étaient sur le point d'être révélés au grand jour.

« Pourquoi, si je puis me permettre ?

— Parce que je ne crois plus que vous soyez mon cousin James. »

Ils se faisaient face de part et d'autre du foyer, réduits au silence par la prise de conscience que leur trêve délicate venait de prendre fin. Dans une démonstration ostentatoire de sang-froid, James alluma une cigarette, puis répliqua :

« Vous plaisantez, j'espère.

— Pas le moins du monde. »

L'austérité de son regard confirmait ses propos. Il n'avait nul besoin qu'on lui rappelle tous les mensonges auxquels il savait désormais avoir pris part.

« Dans ce cas, il me faut vous dire que vous commettez une très grave erreur.

— Mon erreur a été de me laisser berner par vous. »

James se tut, comme s'il était encore disposé à laisser une chance à Richard de revoir sa position.

« Je n'ai plus besoin de prouver qui je suis, rétorqua-t-il lentement. La société me reconnaît comme Sir James Davenall.

— La société se trompe. »

Il y eut alors un silence, pas plus d'une seconde, où les deux hommes se tinrent au bord du gouffre de l'accusation de Richard, chacun sachant et acceptant que celle-ci pourrait les faire basculer irrémédiablement.

« Vous êtes Stephen Lennox, né à Murrismoyle, dans le comté de Mayo. Votre mère était la femme de l'intendant de Carntrassna, Andrew Lennox. Votre père était Sir Gervase Davenall.

— Voilà une hypothèse absurde.

— J'ai dans l'idée que Sir Gervase n'a appris que vous étiez son fils que lors de son séjour à Carntrassna à l'automne 1859. Pris de culpabilité, ou d'angoisse en constatant votre ressemblance avec son fils légitime

James, il a payé les Lennox pour qu'ils émigrent au Canada et vous emmènent avec eux. Bien plus tard, vous avez rencontré Quinn et conspiré avec lui pour dérober à Hugo son titre et ses biens en vous appuyant sur votre similarité physique avec James et la connaissance qu'a Quinn des affaires familiales. La récompense de Quinn est de s'être installé comme gentilhomme campagnard, la vôtre, de mener la vie de celui qui jouit d'un faux titre et d'une richesse volée.

— Extraordinaire.

— Vous le niez ? »

James s'écarta et s'assit lentement dans un fauteuil. Sa voix demeurait calme, son sang-froid imperturbable.

« Je dois vous presser, Richard, de ne raconter à personne d'autre ce que vous venez de me confier car, si vous le faites, on vous prendra pour un fou. Vous avez déjà changé une fois d'avis à mon égard. Si vous recommencez, vous serez complètement discrédité. »

Mais Richard ne montrait aucun signe de faiblesse.

« Je ne puis laisser Constance vous épouser dans l'illusion que vous êtes James.

— Vous ne pouvez pas l'empêcher de m'épouser. Elle n'adhérera pas une seconde à vos théories absurdes.

— J'ai des preuves. »

James sourit.

« J'en doute fort.

— Votre ancien précepteur, Denzil O'Shaughnessy, est prêt à venir à Londres pour vous identifier.

— O'Shaughnessy ? répéta James, songeur. J'ai bien peur de ne pas connaître ce nom-là.

— Il vous a instruit durant huit années, c'est suffisamment long pour qu'il soit sûr, en vous voyant, que vous êtes Stephen Lennox.

— Nous devons nous voir?

— Il sera à Londres d'ici la fin de la semaine. J'insiste pour que vous le rencontriez, devant témoins et en présence de Constance, avant la tenue du mariage.

— Et si je refuse?

— J'intenterai un procès. Vous pouvez choisir de le voir en privé ou devant le tribunal, à votre guise, mais dans tous les cas il vous faudra le voir.

— Tels sont vos termes?

— Parfaitement.»

James se leva du fauteuil pour faire face à Richard, manifestement toujours de marbre même après ce qui venait d'être dit.

«Dans ce cas, faisons-le en privé. Je n'ai aucune envie de vous ridiculiser au tribunal. M'informerez-vous de la date et du lieu?

— Je le ferai.

— Dans ce cas, mieux vaut peut-être ne rien ajouter avant cela. Sauf que...

— Oui?»

James sourit dans une tentative d'apaisement.

«Si vos théories s'arrêtaient là, Richard, nous pourrions les balayer comme de simples aberrations. D'ailleurs, nous pourrions nous accorder à les oublier complètement. En revanche, si vous persistez, c'est moi et Constance que vous vous aliénerez. Étant donné que vous vous êtes déjà aliéné Hugo et ma mère, ne craignez-vous pas de vous sentir un peu seul?»

Momentanément, Richard sembla vaciller.

« Il est trop tard pour revenir en arrière, désormais.

— Certainement pas. Vous n'avez jamais vraiment été du genre à brûler le navire.

— Qu'entendez-vous par là ?

— J'entends : pourquoi provoquer une crise ? L'affaire a été jugée. Pourquoi remuer le couteau dans la plaie quand vous êtes celui qui a le plus à perdre dans l'histoire ?

— C'est vous qui avez provoqué une crise, pas moi, rétorqua Richard avec une conviction renouvelée. Vous avez été le complice de bien pire que la fraude et l'imposture. Vous avez laissé Quinn organiser, ou perpétrer, le meurtre de ma tante, parce qu'elle seule dans la famille pouvait vous identifier. Vous avez missionné votre maîtresse – car je présume que c'est ce qu'elle est – pour fouiller dans les archives du Dr Fiveash et pour pousser Trenchard à un simulacre de comportement si honteux que Constance en soit conduite à le délaisser. Parce que vous aviez besoin qu'elle témoigne en votre faveur à l'audience, il fallait que Trenchard soit déshonoré de la plus vile manière. En essayant de vous tuer, il n'a fait que vous faciliter la tâche dans la conquête de l'affection de Constance. C'est la raison pour laquelle, j'imagine, vous vous êtes proposé de payer les frais de son asile : afin de vous assurer qu'il était si bien traité que Constance n'aurait rien à se reprocher. Seulement, il y a une chose qui m'échappe.

— Vous allez sans nul doute me dire laquelle ? »

Il y avait désormais la trace de quelque chose qui confinait à l'horreur dans la voix de Richard.

« Pourquoi tenez-vous à l'épouser ? Votre supercherie à son égard a porté ses fruits. Et votre maîtresse attend en coulisse, j'imagine. Alors pourquoi prolonger cette comédie ?

— Parce que ce n'est pas une comédie, Richard. Je suis votre cousin James. J'aime Constance comme je l'ai toujours aimée. Il n'y a eu ni fraude, ni imposture, ni intrigue meurtrière, ni conspiration. Je suis qui je suis – et vous vous trompez. »

Richard parti, James demeura aussi calme qu'à l'ordinaire, son sang-froid était inébranlable, ses mouvements détendus. Il termina sa cigarette et se servit un grand verre de whisky. Puis il emporta son verre dans le couloir et monta lentement l'escalier jusqu'à l'endroit où un portrait à l'huile de Sir Gervase Davenall était accroché fièrement au milieu de ses ancêtres. Là, tout en sirotant son whisky et en examinant le beau portrait de son père – du moins de ce qu'il avait été avant que sa maladie ne vînt déformer ses traits arrogants –, James réfléchissait à ce qui venait de se produire. Que les allégations de Richard l'eussent agacé ou effrayé, qu'il se proposât d'affronter O'Shaughnessy ou de fuir, qu'il eût été poussé au chagrin ou au mépris, son expression prudemment ironique ne permettait nullement de le savoir. Même dans la solitude, semblait-il, il n'était pas près de se trahir.

*

À travers la jungle de brocs de crème et de saupoudreuses de sucre, Plon-Plon scrutait la marquise de Canisy, occupée à verser de la mélasse dans un bol de morceaux de pamplemousse. Elle était devenue encore plus dégoûtante à la table du petit déjeuner que dans la chambre. Au point d'avoir presque réussi l'impossible : lui faire penser avec nostalgie à sa femme. D'ailleurs, il n'arrivait pas à comprendre pourquoi il la laissait demeurer à Prangins.

C'est alors que l'approche feutrée d'un domestique, suivie par le dépôt discret d'un numéro fraîchement imprimé du *Times* de Londres de la veille à côté de son coude, lui en rappela la raison : il avait tout simplement des préoccupations plus importantes.

«*Merci, Théodule**», dit-il en calant un monocle sur son œil droit et en s'emparant du journal.

Il se rendit directement à la page société, notant avec soulagement qu'aucun membre de la famille royale britannique ne s'était récemment rendu à Farnborough Hill. Soudain, il frémit en entendant un bruit écœurant à l'autre bout de la table : quelque chose à mi-chemin entre la succion et la déglutition. Il ouvrit plus grand le journal.

Là, dans les colonnes imprimées, le dévisageait un nom familier. «Il a été annoncé hier… que Sir James Davenall allait épouser… le 24 de ce mois.» Il referma vivement le journal avec force froissements.

Un mois de recherches coûteuses et chronophages menées par des détectives privés n'avait fait que confirmer ce que Cora avait dit à Plon-Plon : Vivien Strang, riche veuve, vivait désormais à Torquay sous le nom de Ratcliffe. Du moindre lien avec Sir James Davenall – d'ailleurs, de l'existence d'un fils tout court –, il n'y avait nulle trace. Plon-Plon s'était longuement interrogé sur les mesures à prendre, mais il n'était parvenu à aucune conclusion. Si ne rien faire semblait lâche, son enthousiasme à l'idée d'une confrontation avec Vivien Strang avait cependant décru depuis ses humiliations printanières. Mais cette nouvelle du mariage imminent de Sir James Davenall l'avait soudain ravivé. Il allait montrer à ces détectives comment faire leur travail. Il allait prouver à Catherine qu'il avait plus de ressources qu'elle ne le supposait. Il allait faire payer à Norton de l'avoir ridiculisé. Il allait arracher la vérité à Vivien Strang.

Sans compter qu'il y avait un autre point à prendre en considération. En France, ces cornichons de bonapartistes envisageaient de plus en plus sérieusement que ce fût Victor, son ingrat de fils, qui prît la tête du mouvement. Afin de réaffirmer sa suprématie, Plon-Plon allait devoir retourner à Paris, unifier le parti, et remporter haut la main les élections prévues en 1885. Cela, cependant, était plus facile à dire qu'à faire. Comme le montrait le fiasco de son manifeste du mois de janvier précédent, il lui fallait des journaux à sa botte et des candidats dociles pour lui servir de porte-parole. Pardessus tout, il avait besoin d'argent: denrée qu'il avait au départ espéré engranger en s'impliquant dans l'affaire Davenall. Sur ce point, Hugo lui avait vilainement fait faux bond. Mais, s'il parvenait à récupérer sa dignité de baronnet grâce à l'intervention de Plon-Plon, sa générosité ne connaîtrait peut-être pas de limites.

« Plon-Plon, lâcha la marquise en engloutissant bruyamment son dernier morceau de pamplemousse, *où est-ce que nous allons pour Noël* ?*

— *Noël, madame* ?*

— *Oui. Nous partons* ?*

— *Je pars, oui. En Angleterre*.*

— *En Angleterre ? Merveilleux*!*
— *Mais non*...* »

Trop tard. Déjà, pareille à un galion pirate manœuvré avec panache, la marquise, vent en poupe, s'était levée de son siège et avait contourné la table pour venir claquer un baiser sur son front réticent.

« *J'aimerai l'Angleterre**, déclara-t-elle avec un sourire sirupeux.

— *Vous comprenez mal, madame**, rétorqua-t-il sèchement. *J'irai en Angleterre seul*.* »

*

Ce ne fut qu'au deuxième jour de sa nouvelle mission pour surveiller les déplacements de Sir James Davenall que Roffey eut quelque déplacement à surveiller. Le mercredi 19 décembre, il n'y avait eu à Bladeney House aucune allée et venue hormis la ronde normale d'activités à l'entrée de service : Sir James n'avait pas bougé un orteil. Ni, de ce fait, Roffey, lequel, tapant des pieds et frissonnant derrière un arbre à un angle de Chester Square, ne pouvait que penser avec envie aux flambées devant lesquelles les arpions de sa proie devaient se prélasser.

Enfin, peu avant 10 heures le jeudi 20 décembre, sa patience fut récompensée. Sir James apparut, chaudement vêtu d'un pardessus et d'un haut-de-forme, faisant tournoyer sa canne au pommeau d'argent et tirant sur sa cigarette d'une manière que Roffey n'aurait pas reniée. Après avoir marqué une pause pour humer l'air glacial matinal, il s'était mis en marche d'un pas vif vers Grosvenor Place.

Roffey suivit à bonne distance. Sir James, constatat-il avec soulagement, ne portait pas de sac et ne daigna héler aucun fiacre. Un déménagement à la cloche de bois semblait donc exclu : voilà qui ressemblait davantage à la promenade d'un gentilhomme. Roffey n'était d'ailleurs pas surpris. Malgré toute la nervosité de M. Davenall, il ne pensait pas Sir James du genre à mettre les bouts. De fait, il en était venu à respecter le style et la subtilité de cet homme, raison pour laquelle il n'aurait jamais confié à un subordonné la tâche exigeante de le suivre.

À Hyde Park Corner, Sir James bifurqua dans Piccadilly. Roffey se mit à essayer de deviner sa destination. Le club ? Un peu tôt, peut-être. Son tailleur ? Toujours une possibilité. Mais non. Arrivé à Piccadilly Circus, il emprunta les ruelles de Soho. Roffey lorgnait avec répugnance les restaurants louches et l'arrière de théâtres miteux qui jalonnaient leur route. Manifestement, l'acquisition d'une dignité de baronnet n'avait pas entamé d'un iota l'enthousiasme de James Norton pour de tels quartiers : Roffey se rappelait bien y avoir perdu sa trace au tout début de leur relation étrangement intime.

Mais ce matin-là, la silhouette droite à la démarche élancée de Sir James resta dans son champ de vision tout du long. Ils finirent par déboucher dans St Giles Circus et se dirigèrent vers l'est. Holborn n'était plus très loin, maintenant. Peut-être allait-il rendre visite à M. Davenall : ça aurait été une belle surprise. Alors même que cette idée germait dans la tête de Roffey, cependant, Sir James la contredit en bifurquant vers Bloomsbury.

Le British Museum : telle était leur destination. Comme il franchissait l'entrée, Roffey sourit en son for intérieur. Voilà qui sentait le rendez-vous galant. Les parcs l'été, les musées l'hiver : ses innombrables affaires de divorce collaient toujours à cette formule. Sir James se rendit à l'étage par l'escalier, Roffey sur les talons, à petits pas désormais, de façon à ne pas trop se rapprocher maintenant que la fin était en vue.

Sir James traversa lestement plusieurs salles, ignorant et les expositions et leurs admirateurs. Puis il ralentit, comme si le lieu de rendez-vous convenu approchait. Et, justement, d'un banc situé au milieu de l'une des galeries égyptiennes, se leva la femme que M. Davenall avait décrite : Melanie Rossiter. Roffey retint son souffle, dévia de sa trajectoire et effectua un lent parcours sinueux entre les sarcophages, la tête penchée vers les contenus momifiés tandis que ses yeux agiles et entraînés demeuraient fixés sur leur cible.

Sir James avait rejoint Miss Rossiter sur le banc, et ils s'étaient aussitôt mis à échanger des messes basses empressées. À l'autre bout de la salle, un professeur qui braillait devant un groupe d'écoliers au sujet des techniques d'embaumement anéantit les espoirs de Roffey d'entendre ce qu'ils se disaient. Il allait devoir avancer périlleusement près.

Elle était de toute beauté : c'était indéniable. Le col en fourrure de son manteau caressait un menton délectable. Ses yeux noirs de biche scrutaient le visage de Sir James. Quant à ses lèvres, qui formaient les mots de quelque supplication passionnée, elles auraient pu faire oublier son devoir, quel qu'il fût, à n'importe quel homme.

Roffey se tenait désormais devant un cercueil mangé de moisissures qui renfermait hélas possiblement un crocodile momifié. Mais peu importait, l'essentiel était son emplacement. Il lui suffirait de reculer d'un pas, l'air captivé et studieux, pour intercepter quelques mots. Et, en effet :

« Je croyais que tu avais accepté de me rencontrer parce que tu avais changé d'avis, disait Miss Rossiter.

— Je suis venu t'alerter, rétorqua James. C'est tout.

— Tu exagères sûrement la menace que représente cet homme, non ?

— Non. Si O'Shaughnessy m'identifie, comment pourrai-je prouver qu'il a tort ?

— Et tu crois… »

Roffey pesta en silence. Il s'était approché d'un poil trop près, ou attardé un instant de trop. Quoi qu'il en soit, il avait éveillé leurs soupçons. Gardant les yeux rivés sur le cercueil devant lui de façon à ne pas aggraver son erreur, il les entendit se lever et s'éloigner dans la galerie. Quand il osa se retourner, ce ne fut que pour les apercevoir passer furtivement dans la salle suivante. Bien sûr, il allait les suivre, mais il ne pouvait plus se permettre d'attirer la moindre attention sur lui sans risquer une confrontation désastreuse.

Il n'aurait pas dû s'inquiéter. Quand il les retrouva, ils étaient sur le point de se séparer. De la vaste entrée d'une galerie, il les vit échanger un mot d'adieu sur le haut palier rempli d'échos au sommet de l'escalier. Il n'y eut pas de baiser, pas de pression de la main, pas même, d'après ce que pouvait voir Roffey, un échange de regards éloquent. Sous les yeux de Miss Rossiter, Sir James descendit les marches sans se retourner. Puis la femme contourna la cage d'escalier et s'éloigna lentement vers une nouvelle série de galeries.

Sir James allait maintenant retourner à Bladeney House, Roffey en était certain. Pourtant, il allait devoir le suivre pour s'en assurer. Et donc ignorer son instinct, qui le pressait de filer Miss Rossiter. On savait tellement peu de choses sur elle qu'il aurait aimé en apprendre davantage. Mais ses instructions étaient claires, et Roffey n'était pas homme à désobéir à ses employeurs. Lançant un œil plein de regret à la silhouette évanescente de Miss Rossiter, il entama la descente des marches.

*

Maison du chanoine Sumner,
Cathedral Close,
Salisbury,
Wiltshire

20 décembre 1883

Mon cher Richard,
Je vous écris ces quelques lignes à la hâte et la conscience tourmentée. Constance continue à anticiper son mariage avec impatience, dans l'ignorance miséricordieuse de ce qui, nous le savons, pourrait fort bien empêcher sa tenue. Le fait que je sois sûre que nous avons raison d'agir ainsi ne me rend pas plus supportable l'idée de l'angoisse que nous allons lui causer.
Concernant l'aspect pratique de votre proposition, n'ayez crainte. Nous prendrons le premier train samedi matin et serons donc à Highgate pour 11 heures. Père ne souhaite

pas venir avant lundi matin, et Patience restera là avec sa nourrice. Savoir qu'ils n'assisteront pas à ce qui va se passer me console quelque peu. Nous n'avons reçu aucune nouvelle de James quelle qu'elle soit. Ainsi donc vos soupçons qu'il puisse essayer d'avertir Constance paraissent infondés. Elle ne pense qu'à ses projets de passer Noël à Cleave Court en tant que Lady Davenall, projets qui la rendent plus heureuse que je croie l'avoir jamais vue. Je vous laisse imaginer quelle souffrance j'endure de faire mine de partager sa joie, tout en sachant intérieurement le chagrin qui l'attend. Soyez toutefois assuré que je ne faillirai pas. J'ai prié suffisamment fort et longtemps pour être certaine que notre démarche est juste, car ce qui est juste est rarement facile.
Que Dieu vous accompagne.
Affectueusement,

Emily

*

Le vendredi 21 décembre, Sir James Davenall partit tôt le matin de chez lui, prit un fiacre pour la gare de Liverpool Street et monta à bord d'un train à destination de Newmarket. D'après Roffey, qui avait suivi le fiacre dans un équipage de location, attendu à quelques places derrière lui dans la file pour les billets et s'était assis à plusieurs compartiments de distance dans le train, Sir James ne semblait pas avoir conscience d'être suivi, et se ficher de cette possibilité. Néanmoins le détective restait sur ses gardes, car il avait appris de son expérience passée que c'était quand il semblait le plus transparent que cet homme était le plus insaisissable.

Ils arrivèrent à Newmarket en milieu de matinée, par un froid mordant. Roffey descendit du train sans se presser et s'attarda dans la salle de vente des billets en attendant que Sir James négociât la location d'un cabriolet et partît avec. Il n'y avait, à ce stade, plus aucun doute sur sa destination. À Newmarket, il n'y avait qu'un seul homme à qui il pouvait rendre visite : le tout nouveau propriétaire de Maxton Grange, Alfred Quinn.

M. Davenall lui ayant appris la réapparition de Quinn à la fin du mois d'août, Roffey avait conduit quelques vagues recherches grâce à l'offre d'une récompense en lien avec une avalanche de cambriolages soi-disant organisés par un certain Flynn. S'il n'avait rien trouvé pour démentir le récit biographique de Quinn, il avait cependant bien trop de bouteille pour croire qu'un héritage tombé du ciel en lointaine Nouvelle-Zélande était autre chose qu'un prétexte commode.

Au bout d'un long moment, Roffey acheta une carte de la région, loua une bicyclette et se mit en route. Maxton Grange se trouvait quelque part au sud de la ville, à l'écart d'une route droite, entre des paddocks bordés d'une haie de sapins. Un vent cinglant balayait la monotonie du paysage plat ; dans les prés, on avait mis des couvertures aux chevaux afin de les protéger du froid. Le portail d'entrée du domaine, grandiose, en brique, voûté, se voyait de très loin, mais de la maison, sise d'après la carte au milieu des arbres en retrait de la route, il n'y avait aucun signe. Une chaîne était tendue à l'entrée de l'allée et une pancarte fraîchement peinte proclamait : « PROPRIÉTÉ PRIVÉE – DÉFENSE D'ENTRER ». Roffey passa à côté sans même ralentir.

Environ quatre cents mètres plus loin, il s'arrêta, appuya sa bicyclette contre la clôture et grimpa par-dessus un échalier à proximité. Un chemin étroit filait tout droit entre de hautes haies clairsemées. Il s'agissait d'après la carte d'un sentier public qui menait au village de Cheveley, et qui intéressait Roffey parce qu'il passait plus près de Maxton Grange que n'importe quelle route. Il commença à marcher, en jetant régulièrement des coups d'œil à gauche pour voir s'il apercevait la maison.

Cette vaste campagne chauve décapée par le vent rendait Roffey nerveux. Il aurait préféré les quartiers les plus malfamés de Londres à un terrain aussi exposé. Il lui vint alors à l'esprit que c'était peut-être précisément la raison pour laquelle Quinn avait choisi cet endroit : de façon que les visiteurs indésirables fussent repérés longtemps avant d'arriver.

Brusquement, la grange apparut au milieu de son linceul d'arbres. Elle était vraiment bien camouflée. Si les arbres avaient été en feuilles, ils l'auraient complètement dissimulée. Des épaules, Roffey se fraya un passage à travers une portion de haie peu touffue pour mieux voir. La bâtisse se trouvait trois champs plus loin : de construction récente, présumait-il, elle avait des proportions élégantes et était bien pensée avec ses baies vitrées, ses ailes et ses pignons, mais sa silhouette bizarrement brute ne semblait pas encore enracinée au milieu des pelouses et des paddocks. Quoi qu'il en soit, Quinn s'en était bien tiré. Très bien, même.

Roffey sortit une paire de jumelles de sous son manteau et les pointa sur la maison. De la fumée s'élevait des cheminées. Un domestique ratissait un sentier de gravier. Tout le reste paraissait tranquille. Puis, lorsqu'il se tourna pour se focaliser sur la ligne basse de ce qu'il pensait être des écuries un peu plus loin sur la droite, il les vit : Quinn et Sir James, qui sortaient lentement de la cour pour se diriger vers les paddocks.

Même à cette distance, Quinn ne donnait pas le change. Il avait beau porter un épais costume de tweed, des bottes de cheval, une cravache qui tressautait en rythme dans sa main droite, une montre à gousset en or qui scintillait à son veston, rien n'atténuait l'impression qu'avait Roffey d'un homme dur, de basse naissance, sans pitié, tour à tour rusé et violent. C'était principalement Sir James qui s'exprimait, rien dans le visage gris et ridé de Quinn ne trahissait la moindre réaction.

Parvenus à une double rangée de clôtures, ils s'arrêtèrent. Puis Quinn se mit à parler sans presque remuer les lèvres, les yeux rivés sur son interlocuteur. Il lança vivement le bras dans un geste circulaire, comme pour souligner l'étendue de son domaine. Mais à part ça, lugubre, il s'en tenait au strict minimum.

De quoi parlaient-ils ? Sir James était-il venu ici pour prévenir un complice qu'ils avaient été démasqués ? Ou pour féliciter un ancien domestique de sa bonne fortune ? Le peu qu'il voyait ne permettait pas à Roffey de le savoir.

Soudain, la conversation s'anima. Quinn abattit tellement fort sa main sur la barrière de la clôture qu'elle en trembla. Puis il brandit sa cravache et en menaça Sir James. Il y avait de l'agressivité dans ses gestes, et le rictus qui déformait la ligne dure de sa bouche trahissait autant de mépris que de colère. Cependant, si le but de cette démonstration était d'intimider ou de provoquer, ce fut vain. Sir James ne cilla pas.

Lorsque Quinn eut terminé et s'en retourna avec raideur vers la maison, Sir James n'esquissa pas un geste pour le suivre. Il se contenta d'allumer une cigarette, qu'il fuma lentement jusqu'au bout, appuyé sur la clôture, le regard perdu au loin. Un cheval vint à sa rencontre depuis le milieu du pré et lui poussa le bras avec le bout de son nez, mais il sembla à peine le remarquer. La part secrète et lointaine du passé ou du futur vers laquelle son esprit s'était envolé le retenait dans un endroit où on ne pouvait pas le suivre.

Une heure plus tard, Sir James et Roffey étaient à bord du train pour Londres.

*

La maison de Richard Davenall à Highgate était l'endroit où Constance avait veillé au rétablissement de son bien-aimé James à l'automne 1882. Elle contenait pour elle les souvenirs heureux de leur seconde et lente cour. Par conséquent, elle n'aurait pu imaginer lieu plus adapté ni plus agréable où passer les deux jours qui précéderaient leur mariage. Le matin du samedi 22 décembre, elle arriva sur place avec sa sœur Emily dans la meilleure des dispositions, de cette humeur solaire que seule peut conférer l'imminence de la réalisation d'un vœu longtemps refusé.

Voilà qui expliquait peut-être, songea-t-elle plus tard, comment avait pu lui échapper toute cette accumulation de présages : l'humeur songeuse et rétive d'Emily durant le trajet depuis Salisbury, sa consultation de l'horloge à chaque arrêt, son état de plus en plus agité lors de leur traversée de Londres ; la politesse guindée de Braddock à leur arrivée à Garth House, son invitation à se rendre dans le bureau de Richard plutôt que dans leurs chambres habituelles.

Tous ces signes auraient dû l'avertir, mais, en l'occurrence, ce n'est que lorsqu'elles pénétrèrent dans le bureau où elles trouvèrent Richard, la mine sombre près du feu, flanqué d'un homme barbu et corpulent que Constance ne connaissait pas, qu'elle se rendit compte qu'il y avait un problème. Elle traversa la pièce, embrassa Richard sur la joue et comprit aussitôt, à sa façon de se raidir et de détourner le regard, que les réserves qu'il avait émises un mois auparavant – ses allusions à sa déloyauté envers James – étaient sur le point de porter leurs fruits amers.

« Je vous présente M. O'Shaughnessy, dit-il rapidement en se tournant vers l'autre homme. De Galway.

— Pour vous servir, madame. »

O'Shaughnessy se pencha pour baiser sa main gantée.

« Enchantée, monsieur O'Shaughnessy. Qu'est-ce qui vous amène à Londres ?

— Le devoir, madame. »

Constance se tourna pour présenter sa sœur. Ce faisant, elle surprit dans l'expression d'Emily l'éclat de quelque chose qui ressemblait à de la culpabilité : si elle ne connaissait pas cet homme, elle savait pourquoi il était là.

« Voulez-vous prendre la peine de vous asseoir ? » demanda Richard.

Constance ne voulait pas prendre cette peine, pas

quand ses compagnons se balançaient, mal à l'aise, d'un pied sur l'autre, en échangeant des regards complices. Mais elle ne voyait pas non plus pourquoi elle devrait supplier pour obtenir des explications. Elle regarda Richard droit dans les yeux, le mettant au défi de détourner la tête une seconde fois.

«Je suis sûr qu'il serait plus confortable pour nous tous…

— Dites-lui! le coupa Emily d'une voix désespérée. Dites-lui, qu'on en finisse.»

Ils étaient tous de mèche. Richard, l'Irlandais, sa propre sœur: elle le comprenait à présent. Ils avaient uni leurs forces dans l'accomplissement d'un but mystérieux.

«Me dire quoi?» demanda-t-elle enfin en s'efforçant de garder son sang-froid.

Richard fit la moue et jeta un œil à l'horloge sur le manteau de la cheminée: il était midi moins dix.

«Il serait peut-être mieux… que nous attendions.

— Que nous attendions quoi?

— Dites-le-lui maintenant, supplia Emily.

— Fort bien.»

Richard se plaça face à Constance, sans ciller cette fois.

«Aucun de nous n'en retire le moindre plaisir, ma chère, mais cela doit être fait.»

Il soupira.

«Il nous faut, je le crains, vous ouvrir les yeux. Vous les ouvrir à la vérité, j'entends. Si vous aviez accepté de repousser le mariage… Mais passons. Je suis désolé. Sincèrement désolé. Mais je ne peux pas vous laisser épouser James… sans que vous connaissiez sa véritable identité.»

Elle les regarda tous les trois tour à tour. Richard peiné. O'Shaughnessy gêné. Emily déchirée entre la fidélité à sa sœur et quelque vérité supérieure qu'elle croyait servir.

« Que voulez-vous dire par "sa véritable identité" ?

— Il n'est pas qui vous, qui *nous* pensions, qu'il était. Il n'est pas James. »

Ils étaient fous. C'était impossible autrement. Comment Richard ou Emily pouvaient-ils croire à une idée pareille ? Après tout ce qu'ils avaient souffert pour faire reconnaître James, comment pouvaient-ils douter de lui à présent ? Cela n'avait aucun sens. Et pourtant, quand elle regarda sa sœur dans les yeux, elle vit que c'était bel et bien le cas. Ils avaient abandonné James. Et elle aussi, ils l'avaient abandonnée.

« Son véritable nom est Stephen Lennox, c'est un demi-frère de James. Il y a une ressemblance stupéfiante, comme nous le savons, mais ce n'est pas James.

— Vous pensez que James est un imposteur ?

— Oui.

— Vous avez changé d'avis sur lui ?

— Oui.

— Et toi aussi, Emily ? »

Les larmes ruisselaient sur les joues de sa sœur. Mais ce n'étaient pas des larmes d'incertitude.

« Il n'est pas ce qu'il paraît, Constance. Il n'est pas sincère avec toi.

— Et vous, monsieur O'Shaughnessy ? Quel est votre rôle dans cette affaire ? »

O'Shaughnessy se racla la gorge comme pour répondre, mais Richard le devança.

« M. O'Shaughnessy a été le précepteur de Stephen

Lennox pendant huit ans. Il sera capable de l'identifier.

— De l'identifier ? Je ne puis croire que vous pensez ce que vous dites, Richard.

— Je crains que si, ma chère. »

On frappa discrètement à la porte, et Braddock passa la tête dans l'embrasure.

« Sir James est arrivé, monsieur.

— Faites-le entrer, répondit Richard. Et demandez à Benson de se joindre à nous. Puis venez à votre tour.

— Très bien, monsieur.

— Autant que nous ayons le plus de témoins possible, expliqua Richard quand Braddock fut parti. Nous ne devons laisser aucune place au doute. »

Constance n'arrivait plus à parler. Sa foi en James était intacte, mais autour d'elle gisaient les ruines de sa foi en Richard et en Emily. Elle ne pouvait que reculer, dégoûtée, devant l'horreur de leurs accusations. Quand James entra dans la pièce, elle se précipita à ses côtés et trouva, dans la force de sa poigne et la confiance de son regard, le réconfort dont elle avait besoin.

« Il n'y a rien à craindre, Connie, la rassura-t-il en la serrant contre lui et en dévisageant les trois autres occupants de la pièce. Je suis là, maintenant.

— Savez-vous ce qu'ils disaient ?

— Oh, oui. Je le sais. Surpris de me voir, Richard ? Peut-être pensez-vous que je ne me montrerais pas. »

Avec une douceur extrême, il se dégagea de Constance.

« Ce gentleman, je suppose, est le fameux M. O'Shaughnessy.

— Vous savez qui il est, aboya Richard.

— Ah oui? Peut-être devrions-nous laisser M. O'Shaughnessy en être le seul juge.»

La porte se referma avec un cliquetis derrière eux. Il se retourna: Braddock et Benson se tenaient là, côte à côte, solennels.

«Il semblerait que nous soyons au complet. Ma foi, messieurs (il sourit tour à tour à Richard et à O'Shaughnessy), pouvons-nous commencer?»

*

Après toutes les difficultés qu'il avait rencontrées un peu plus tôt dans l'année, Plon-Plon était perplexe face à l'absurde facilité avec laquelle il venait d'accomplir sa tâche. Il était là, debout à la fenêtre du vaste salon confortablement meublé de Vivien Ratcliffe, regardant les bourrasques hivernales secouer le carreau et ébouriffer les rhododendrons dans le jardin pentu tout en longueur. Et elle était là, femme élancée aux cheveux gris, plus flétrie que ce à quoi il s'attendait, mais aussi d'un port plus gracieux: la seule sœur Strang à s'être émancipée, ou à avoir été rejetée, de la maison paternelle.

Derrière elle, le feu grondait en crépitant dans l'âtre, le vent gémissait dans la cheminée. Elle ne parlait pas, mais ses yeux – les seuls à n'avoir pas vieilli – fouillaient son visage avec toute leur fière intensité. Il se demandait ce que Gervase aurait dit s'il avait pu la voir aujourd'hui, frêle et âgée, mais avec un air de défi plus hautain que jamais. Aurait-il continué à penser que le jeu en valait la chandelle?

«Vous ne semblez pas surprise de me voir, *madame**,

commenta Plon-Plon, déterminé à briser le silence. J'en viens presque à croire que vous vous attendiez à ma visite.

— Après tout ce temps, prince ? Je ne pense pas, non. D'ailleurs, je ne vois pas la moindre bonne raison qui vous pousserait à me rechercher. Mais cela dit, vos raisons étaient rarement bonnes. »

Plon-Plon s'autorisa le plus subtil des sourires avant de rétorquer :

« Je crois que vous connaissez fort bien la raison de ma présence.

— Je vous le répète. Je n'en ai pas la moindre idée.

— Vous avez habilement couvert vos traces, je dois dire. Même vos sœurs ne savent rien de vous.

— Vous les avez vues, *elles* ? s'exclama-t-elle, brisant sa réserve.

— Il n'y avait pas d'autre piste à suivre, *madame**.

— Comment saviez-vous où les trouver ?

— Catherine – enfin, Lady Davenall…

— *Elle !* »

Les yeux de Vivien se réduisirent à deux fentes.

« Alors voilà. Vous êtes là à *son* instigation, n'est-ce pas ? »

Mais pour Plon-Plon, il était hors de question d'être pris pour le garçon de courses d'une femme.

« Largement, *madame**, de mon propre chef. »

Il fut alors frappé de voir à quel point Catherine et Vivien étaient devenues similaires : d'une élégance aigre, d'une froideur intouchable. Tout comme Catherine refusait de pleurer un fils mort, Vivien ne montrait aucune curiosité vis-à-vis des sœurs qui l'avaient reniée.

«Vous n'allez tout de même pas prétendre ignorer les événements récents qui ont affecté la famille Davenall?

— Bien sûr que non.»

Ses lèvres frôlèrent le sourire, puis le congédièrent promptement.

«Cela m'a procuré une satisfaction considérable.

— Vous le reconnaissez?

— Pourquoi non? Vous plus que n'importe qui, prince, devriez savoir combien j'ai souffert à cause d'eux.

— Justement, *madame**. Justement.»

Elle le dévisagea plusieurs minutes avant de demander:

«Que sous-entendez-vous?

— Comme je le disais, je crois que vous connaissez la raison de ma présence.

— Non. Je l'ignore.»

Et pourtant elle s'était bel et bien attendue à sa visite; il en était certain. La facilité avec laquelle il avait été reçu, la gravité avec laquelle il avait été accueilli, le calme de son attitude: tout cela sentait la défense préparée.

«Où se trouve votre fils, *madame**?

— Mon fils?

— Ne tergiversons pas plus longtemps. L'homme qui se fait appeler Sir James Davenall est un imposteur. Vous le savez. Je pense qu'il s'agit du fils de Sir Gervase Davenall que vous avez porté. Je pense qu'il constitue votre revanche pour tous les torts que vous ont infligés Sir Gervase et sa femme.»

Elle riait. C'était la première fois qu'il l'entendait

rire, et ce rire avait des échos moqueurs. Pourtant il ne recelait aucune joie. Quand son visage se détendit pour retrouver ses lignes austères, nul plaisir ne se lisait dans ses yeux, il n'en restait aucune trace dans son regard.

« Est-ce aussi ce que Catherine croit ? demanda-t-elle dans un brusque élan venimeux.

— Oui. »

Elle le scruta de plus belle.

« Vraiment ?

— Quelle autre raison aurais-je d'être là, selon vous ?

— Me présenter votre tardive repentance, prince. Je pensais que la vieillesse vous aurait peut-être élevé l'âme. Je vois que je me trompais. Enfin, peu importe. Je n'ai nul besoin de revanche, mais, si j'en avais eu, votre délire l'aurait fort bien comblé.

— Cela s'apparente-t-il à un déni, *madame**?

— Vos allégations, prince, sont trop absurdes pour mériter d'être reniées.

— Dans ce cas, dites-moi : où se trouve votre fils ? Où est le fils que vous a fait Gervase ? À moins que vous ne cherchiez à nier avoir porté son enfant ? »

Vivien se dirigea lentement vers la fenêtre où se tenait Plon-Plon et le dévisagea avec une franche hostilité.

« Je vous ai jadis jeté du sang au visage pour avoir osé me le rappeler. J'ai été jadis si éblouie par vous que j'ai bravé les interdits pour aller vous retrouver en pleine nuit. Quelle a été ma récompense, prince ? Dites-le-moi donc. Était-ce juste ? Était-ce fondé ? Était-ce mérité ?

— Non, *madame**. Ce n'était rien de tout ça. Pour

les folies de ma jeunesse, je ne puis offrir aucune réparation, ni à vous ni à moi-même. Votre récompense pour avoir été la victime de Gervase a été d'être rejetée par Catherine, rejetée par votre famille...

— Et oubliée par vous ? »

Heureusement, songea-t-il avec une partie distinctement objective de son cerveau, qu'il avait attendu aussi longtemps, attendu d'être suffisamment vieux pour supporter la honte de ce qu'il s'apprêtait à reconnaître.

« Oui, oubliée. Jusqu'à ce qu'on m'oblige à me souvenir.

— Qui vous a obligé ?

— Votre fils, *madame**. Quand *monsieur** Norton, comme il se faisait alors appeler, a révélé qu'il savait ce qui s'était passé à Cleave Court, quel crime avait été commis dans le labyrinthe cette nuit-là, trente-sept ans plus tôt, j'ai compris de qui il devait s'agir, malgré mes efforts pour ignorer cette possibilité. Car comment aurait-il pu savoir ce qui s'était passé, à moins de l'avoir entendu de la bouche de sa mère ? »

Vivien détourna les yeux et regarda par la fenêtre, dans le jardin et au-delà, où la houle déferlante venait se briser sur les rochers de Torbay. Plon-Plon crut voir dans cette mélancolie le premier signe de la faiblesse qu'il avait espéré exploiter.

« Il n'aurait pas dû me provoquer avec ce souvenir, même si à l'époque cela servait son objectif. Au bout du compte, cela s'est révélé une erreur fatale.

— Fatale ? répéta-t-elle à mi-voix, les yeux toujours fixés au loin sur la mer écumante.

— À votre cause, *madame**. À votre conspiration.

— Il n'y a pas de conspiration.

— Pourquoi le nier ? En un sens, vous n'avez fait que

lui donner ce qui lui revient : son droit d'aînesse. Ne croyez pas que je vous le reproche. Je perçois la justice de la chose. Vraiment. Mais je ne puis permettre que cela continue. »

Alors, enfin, elle le regarda.

« *Vous* ne pouvez le permettre ?

— Pour notre bien à tous, *madame**, cette comédie doit prendre fin.

— Fort bien. »

Elle hocha gravement la tête.

« Je vais devoir vous demander d'attendre ici quelques minutes, prince, le temps d'aller chercher quelque chose. Quelque chose qui, de fait, mettra fin à cette comédie. »

Et elle quitta lentement la pièce.

*

Un silence absolu régnait. Denzil O'Shaughnessy avança d'un pas assuré jusqu'à se retrouver à une trentaine de centimètres de Sir James. Ils faisaient à peu près la même taille et leurs regards, en se croisant naturellement, s'attachèrent l'un à l'autre et se scrutèrent intensément, comme hors du temps. Ce ne fut que lorsque O'Shaughnessy se décala d'un pas comme pour examiner Sir James de profil que leurs yeux se séparèrent, et encore, un instant seulement, car O'Shaughnessy se replaça vite devant Sir James et, aussitôt, leurs regards se ressoudèrent.

« Alors ? » s'impatienta Richard.

Mais aucun des deux hommes ne sembla lui accorder d'attention. Ils étaient à cent lieues de leurs observateurs, seuls dans un royaume où ne comptait que leur confrontation, où ne résonnaient que leurs échanges muets.

O'Shaughnessy se racla la gorge, puis tendit le bras pour saisir la main droite de Sir James. Les deux hommes restèrent impassibles tandis que O'Shaughnessy plaçait la main de Sir James à plat, l'examinait, puis la relâchait. Après avoir pris une profonde inspiration, il se tourna vers Richard et déclara :

« Je suis convaincu.

— Vous reconnaissez qu'il s'agit de Stephen Lennox ? »

O'Shaughnessy secoua la tête.

« Non.

— Quoi ?

— Je suis convaincu que cet homme n'est *pas* Stephen Lennox. L'absence de cicatrice sur sa main droite le confirme. Ce n'est pas mon ancien élève. »

Richard répliqua d'une voix teintée de désespoir :

« Mais il l'est forcément. Pour l'amour de Dieu, mon brave, réfléchissez bien.

— Quand il est entré dans la pièce, j'ai cru qu'il pouvait s'agir de Stephen, mais je vois maintenant que ce n'est pas le cas. Jamais je n'ai eu pareille certitude.

— Mais, s'il n'est pas Lennox, alors qui... ? »

La voix de Richard s'éteignit tandis que son regard passait de la mine entêtée de O'Shaughnessy au sourire qui fleurissait lentement sur le visage de Sir James Davenall.

*

Plon-Plon était seul depuis à peine plus de quelques minutes quand Vivien revint. Si elle était allée chercher quelque chose, c'était suffisamment petit pour être glissé dans une poche, car elle avait les mains vides.

« Je m'attendais à votre visite, prince, c'est vrai, fit-elle en le rejoignant à la fenêtre. Mais pas pour la raison que vous soupçonnez.

— Alors pourquoi ?

— Parce que Cora m'avait prévenue.

— *La traîtresse* !*

— Ne soyez pas trop dur avec elle. Cela ne fait aucune différence. Rien ne le pourrait.

— Que voulez-vous dire, *madame** ?

— Lisez ceci. »

Elle sortit une feuille d'une poche de sa robe et la lui tendit. Plon-Plon la brandit à la lumière et se cala son monocle sur l'œil. Une poignée de secondes lui suffirent à comprendre de quel document il s'agissait et à en parcourir le contenu.

« Il est vrai que j'ai porté le fils de Sir Gervase Davenall, commenta Vivien. Ceci est son certificat de décès. »

La certitude de Plon-Plon n'avait d'égale que sa méprise. Là, devant lui, en pattes de mouche cléricales vieilles de trente ans, se trouvait la preuve de son erreur.

« Oliver Strang, décédé le 2 août 1854, à l'âge de sept ans. Cause du décès : choléra.

— Vous n'avez pas idée de la pauvreté et de la déchéance que j'ai endurées pour Oliver. Tout ça pour rien. Même après sa mort, j'ai continué à croire qu'il n'était pas seulement juste, mais possible, de mener une vie noble. Ce n'est que lorsque la sainte Miss Nightingale, à Scutari, m'a renvoyée chez moi le rouge au front, et que tous les hôpitaux du pays m'ont fermé leurs portes, que j'ai fini par comprendre l'ampleur de ma folie. Dès lors, je me suis évertuée à obtenir la richesse et les privilèges qui avaient été refusés à mon fils. Comme vous le voyez, j'ai réussi. Je ne suis plus une femme bonne, mais je suis une femme heureuse. Et cela, prince, est le seul genre de revanche auquel j'aspire. »

Plon-Plon la dévisagea, abasourdi.

« Mais, s'il n'est pas votre fils, *madame**, alors qui... ? »

Ses mots s'éteignirent. Il connaissait la réponse à sa question inachevée. Mais il n'osait lui prêter voix.

*

Sir James Davenall et Constance Sumner furent mariés l'après-midi même. Après ce qui s'était passé, ni l'un ni l'autre n'avaient envie d'attendre encore deux jours : au vu des circonstances, Constance ne pouvait guère rester chez Richard, et James, maintenant qu'il avait été vengé, souhaitait ardemment qu'ils entament leur vie commune.

Richard n'assista pas au mariage, le choc de sa propre méprise le poussant à croire toute réconciliation impossible. Emily, toutefois, au milieu d'un torrent de larmes, fut pardonnée par sa sœur et son nouveau beau-frère, mais pas, manifestement, par elle-même. Ce fut elle qui après la cérémonie les accompagna à la gare de Paddington, départ de leur trajet pour Cleave

Court, où ils allaient inaugurer une nouvelle vie, enfin libre d'entraves, comme Sir James et Lady Davenall. Malgré toutes les angoisses que cette journée avait suscitées, elle avait au moins eu le mérite de sceller leur futur bonheur d'époux. Eux qui s'étaient cru perdus l'un pour l'autre étaient désormais unis pour toujours.

19

Constance se réveilla lentement, la satisfaction du sommeil laissant progressivement place au plaisir de la conscience. La sensation des draps amidonnés contre son menton, la vue de la corniche du plafond au-dessus de sa tête, la danse du feu dans un coin, la morne lumière grise d'une aube hivernale qui s'insinuait entre les rideaux à demi tirés : telles furent ses premières perceptions ensommeillées et rassurantes du 26 décembre 1883, quatrième matin de son mariage avec Sir James Davenall et de leur vie commune à Cleave Court, maison qu'elle commençait à aimer presque autant qu'elle aimait son mari.

Se tournant sur le côté, elle tendit instinctivement le bras pour toucher la main de James, et découvrit alors que sa moitié du lit était inoccupée. En appui sur un coude, elle jeta un œil circulaire à la chambre. Il n'était pas là. Mais la vue du feu la rassura aussitôt. Il devait l'avoir alimenté avant d'aller dans la salle de bains afin de s'assurer qu'elle ne se réveillerait pas dans une chambre glacée. Il était cependant étrange qu'aucun bruit d'écoulement d'eau ni sifflement de tuyaux ne lui parvînt. Peut-être était-il descendu demander le petit déjeuner. Elle reposa sa tête sur l'oreiller, en se demandant s'il lui préparait quelque surprise, puis, décidant qu'elle ne pouvait plus attendre, se leva, enfila le *peignoir** de soie qui avait fait partie de son trousseau de mariage et se dirigea vers la fenêtre. Elle écarta les rideaux, sourit devant la joliesse du givre sur la pelouse, puis se retira à sa coiffeuse pour se peigner.

Une photo dans un cadre doré posé à côté du miroir attira son attention. C'était son portrait préféré de Patience, pris lors de son quatrième anniversaire dix-huit mois auparavant. L'espace d'un instant, les gigantesques bouleversements qui s'étaient produits depuis affluèrent à son esprit, mais cédèrent presque aussitôt place à la joie que le passé récent lui avait procurée. Emily et son père devaient arriver avec Patience un peu plus tard dans la journée. Non seulement il serait formidable de les revoir et de retrouver sa fille, mais leur venue serait aussi la confirmation ultime que sa famille approuvait sa décision, et qu'Emily avait oublié les doutes que Richard Davenall lui avait plantés dans l'esprit.

Soudain, on frappa discrètement à la porte. Constance sursauta : elle avait été tellement absorbée dans ses pensées qu'elle n'avait pas entendu qu'on approchait. Avant qu'elle pût dire quoi que ce fût, la porte s'ouvrit et Dorothy, la femme de chambre, entra, un plateau de petit déjeuner entre les mains et un sourire nerveux aux lèvres.

« Bonjour, madame. »

Constance fronça les sourcils.

« Bonjour, Dorothy. Je pensais que nous prendrions le petit déjeuner en bas. Sir James ne vous a-t-il pas donné d'instructions ? »

Dorothy parut déconcertée.
« Non, madame, vu qu'il... Enfin... »
Elle observa la pièce d'un air perplexe.
« Je pensions pas qu'il était déjà debout.
— Peu importe. Il profite peut-être de l'air matinal. Posez le plateau ici. »

Après le départ de Dorothy, Constance alla voir le dressing de son mari. Et, en effet, son étui à cigarettes n'était plus à sa place habituelle et son paletot manquait au crochet à l'arrière de la porte. Ce devait être ce qu'elle avait suggéré : il était parti faire une promenade matinale, croyant probablement qu'il serait de retour avant son réveil ; il avait enfilé bottes et pardessus en bas afin d'effectuer un rapide tour du domaine ; il serait de retour d'un moment à l'autre.

Constance retourna à la fenêtre de sa chambre, d'où elle jouissait d'une vue dégagée de l'allée et du parc à daims. Il reviendrait certainement par là et, si oui, elle serait là pour lui faire signe. Elle n'entamerait pas tout de suite le petit déjeuner. Il la rejoindrait sans doute sous peu ; mieux valait manger ensemble que seule. Elle était légèrement déçue qu'il ne fût pas déjà en vue, mais elle se consola à l'idée que, par là, elle était certaine de le voir avant qu'il la vît. Bientôt, elle n'en doutait pas, il déboucherait du sentier dans les bois à côté de la maison ou apparaîtrait au bout de l'allée. Très bientôt, son mari réintégrerait sa place à ses côtés.

Une heure plus tard, le café avait refroidi dans son pot et la graisse du bacon, figé sur l'assiette. Constance était toujours assise à la fenêtre, les yeux rivés sur le parc ; son agréable anticipation s'était muée en une veille angoissante. Sir James Davenall n'était pas revenu.

*

D'ordinaire, les fêtes religieuses plongeaient Plon-Plon dans des accès d'athéisme grincheux. C'était peut-être donc une bénédiction pour tous ses proches qu'il fût contraint de passer ce Noël 1883 dans une solitude ténébreuse à l'Imperial Hotel de Torquay, où il aboyait sur les serveurs, reluquait les femmes de chambre et observait de sa fenêtre d'un air renfrogné la course des nuages et la pluie battante de la côte du Devon en hiver.

Mais Noël n'était pas seul responsable de son humeur massacrante. Il était également abattu par le souvenir de l'humiliation que lui avait fait subir Vivien Ratcliffe et la perspective de l'humiliation encore plus grande que lui ferait subir Catherine Davenall. Le fier et absurde sens du devoir qui l'avait conduit dans cette ville fouettée par des hallebardes allait aussi l'obliger à se rendre à Bath afin de faire part de l'échec de ses recherches à leur instigatrice sans pitié. Cette simple idée le réduisait à un désespoir tremblotant.

Le lendemain de Noël, cependant, il finit par décider qu'il devait épargner à sa fierté de plus amples souffrances. Se disant que la misogynie était mère de sûreté, il rédigea un message des plus succincts à Catherine et le posta à la gare avant de monter à bord du train de 9 heures pour Londres, se proposant de passer la journée à caresser l'idée d'expulser de Prangins la marquise de Canisy d'ici le nouvel an.

Trois heures plus tard, quand le train s'arrêta en gare de Westbury et qu'il restait encore trois arrêts avant d'arriver à Londres, Plon-Plon était parvenu à faire de son rôle lamentable dans *l'affaire Davenall** un acte des plus courageux, si ce n'est des plus suffisants. Sa missive superficielle à Catherine avait acquis, dans sa propre estime, le statut d'une allocution d'adieu. Il s'était lavé les mains de toute cette affaire désagréable. S'il avait dû quoi que ce fût à l'aune de ses erreurs de jeunesse, sa dette avait été effacée. En regardant par la vitre de son compartiment les passagers tristement vêtus sur le quai, il se sentit revigoré par la conscience de sa propre supériorité. C'était bon d'être en vie et c'était magnifique d'être lui-même.

Soudain, au milieu de cette euphorie qui devait beaucoup au contenu en baisse de sa flasque de poche, une femme attira son regard parmi la foule qui s'avançait pour monter à bord. Au début, il ne put en croire ses yeux, mais un vif ajustement de son monocle lui confirma qu'il ne se trompait pas.

C'était la femme qu'il avait vue à St Paul six mois auparavant, en pleine conversation avec James Norton – Sir James Davenall, comme il était désormais contraint de l'appeler. Elle portait un long manteau gris pourvu d'une cape, sous lequel on apercevait l'ourlet et le col fraise d'une robe noire ; ses gants et son chapeau à voilette étaient noirs également. En temps normal, une tenue aussi ordinaire et aussi modeste n'aurait pas attiré son attention, mais ce visage, comme précédemment, captait son regard tel un aimant. Parmi sa vaste expérience chamarrée de la gent féminine, il ne se rappelait pas beauté plus envoûtante, plus cruellement tentatrice. Ce qu'elle représentait, ou avait représenté, pour Sir James, Plon-Plon l'ignorait et s'en fichait complètement. Il lui semblait que, à l'occasion de cette deuxième rencontre, il s'agissait là d'une femme qu'il aurait volontiers, s'il avait accusé quelques années de moins, suivie jusqu'à l'autre bout de la terre.

Un instant plus tard, elle avait disparu, montant à plusieurs voitures d'écart de la sienne. Un instant encore, et le train s'ébranlait. Plon-Plon appuya sa tête contre le dossier et mâchouilla pensivement le cordon de son monocle. Qui était-elle ? Où allait-elle ? S'il n'essayait pas de le découvrir avant leur arrivée à Londres, il n'aurait plus jamais cette opportunité. Et pourtant, s'il la saisissait, il pourrait le regretter amèrement.

Cédant à son impulsion, il tira un souverain de la poche de son veston, jeta la pièce en l'air, la rattrapa dans sa chute et la plaqua sur le dos de sa main. « Tout est affaire de chance », marmonna-t-il en découvrant la pièce. Il poussa alors un soupir déçu, car le profil sévère de la reine Victoria était là pour lui dicter ce qu'il devait faire. À savoir, comme il aurait pu s'en douter venant d'une source aussi convenable et collet monté : rien du tout.

Plon-Plon grimaça. Soit. Après tout, peut-être était-ce pour le mieux. Il glissa la pièce dans la poche de son veston et tendit la main vers sa flasque.

*

Une deuxième aube se leva sur l'absence prolongée du propriétaire de Cleave Court, personne ne savait où il était. Emily Sumner, qui avait à peine fermé l'œil de la nuit, assise à la fenêtre de sa chambre d'invitée, surveillait Dieu seul sait quoi, mais surveillait quand même, à l'affût de quelque signe indiquant que cet atroce suspense de l'attente allait bientôt prendre fin.

Tandis qu'elle contemplait le parc emmitouflé de brume, Emily songeait que toutes les craintes qu'elle avait eues en quittant Salisbury la veille, et qui lui avaient alors paru de la première importance, avaient été complètement balayées par le tour des événements. Sa sœur lui renouvellerait-elle sa confiance après l'épisode avec O'Shaughnessy ? James pourrait-il passer outre les doutes qu'elle avait éprouvés à son égard ? Devait-elle confesser ses erreurs et demander pardon, ou faire mine, pour leur bien à tous, que de telles erreurs n'avaient jamais été commises ? Ces inquiétudes semblaient bien futiles et complaisantes à présent, comparées avec la question vitale de savoir ce qu'était devenu Sir James Davenall.

Emily était arrivée à Cleave Court l'après-midi précédent avec Canon Sumner, Patience et sa nourrice, pour trouver Constance éperdue et la domesticité sens dessus dessous. Le domaine avait été fouillé, les voisins interrogés, les villageois alertés – en vain. Sir James Davenall avait disparu. Il avait quitté la maison à l'aube, avant qu'aucun serviteur ne fût levé, vêtu (*a priori*) d'un macfarlane et équipé d'un bâton de marche. Il n'avait laissé aucun mot ni message d'aucune sorte. Constance avait supposé qu'il serait de retour dans l'heure. Depuis lors, elle n'avait cessé d'attendre chaque minute. Mais il n'était pas revenu.

Le policier du village s'était montré compatissant

mais guère utile. Il avait suggéré d'attendre le lendemain matin avant de donner l'alerte. Maintenant, comme le constatait Emily à sa lente avancée grise sur le parc pétrifié, le matin était bel et bien arrivé, mais avec lui, aucun signe de James.

Elle se réconfortait à l'idée que Constance, au moins, aurait passé une nuit reposante. La veille au soir, on avait fait mander le Dr Fiveash de Bath afin de lui administrer un soporifique. Le médecin n'était pas parti sans insinuer auprès d'Emily que la disparition de Sir James confirmait quelque part son avis que cet homme était un imposteur. Emily avait rejeté cette insinuation, qu'elle jugeait à la fois infondée et indigne, mais plus tard, dans les profondeurs solitaires de la nuit, elle s'était mise à se demander quelle autre raison pouvait bien expliquer sa conduite. S'il lui était arrivé quelque accident, ils auraient certainement été au courant. Sinon, où était-il – et avec qui ?

Soudain, elle entendit un bruit : celui de sabots au galop dans l'allée. Elle se leva et tendit le cou à la fenêtre, mais ne vit rien. Puis elle aperçut une voiture fermée, tirée par deux chevaux, qui filait entre les ormes. Les bêtes n'étaient pas ménagées ; vu leur vitesse et l'heure matinale, il ne pouvait s'agir que d'une mission urgente. Elle pensa aussitôt à James.

Sous ses yeux, la voiture quitta l'allée et s'arrêta brutalement devant la maison. La portière gauche s'ouvrit à la volée et un homme élancé, manteau au vent, écharpe dénouée et chapeau enfoncé, descendit. Il se dirigea droit vers les marches du perron. De l'autre côté de la voiture, un policier charpenté apparut, s'empressant de rattraper son compagnon. Cet uniforme la conforta dans l'idée qu'ils avaient des nouvelles de James. Elle se précipita hors de sa chambre.

Le temps qu'elle atteignît l'escalier, on s'était mis à tambouriner à la porte, et Escott, le majordome, arrivé au bout du couloir, avait commencé à retirer les verrous. À peine eut-il ouvert que l'homme élancé pénétra sur le seuil, brandit une espèce de pièce d'identité et déclara :

« Je suis l'inspecteur Gow, et voici le brigadier Harris. Nous souhaitons voir Sir James Davenall sur-le-champ.

— Il n'est pas chez lui, monsieur, répondit Escott.

— Dans ce cas, où est-il ? »

À ce moment-là, Gow remarqua Emily qui descendait les marches.

« Lady Davenall ? s'enquit-il en lui jetant un regard aiguisé.

— Non, inspecteur. Je suis la sœur de Lady Davenall. Vous avez des nouvelles de Sir James ?

— Loin de là, madame. Ce sont des nouvelles de lui que je cherche.

— Mais… n'avez-vous pas parlé au gendarme de Freshford ?

— Nous n'en avons pas eu le temps, madame.

— Il vous aurait appris que Sir James a disparu depuis tôt hier matin. Quand je vous ai vus arriver, j'ai pensé…

— Tôt hier matin, dites-vous ?

— Oui. Nous n'avons aucune idée de l'endroit où il peut être.

— Vraiment ? »

Il haussa un sourcil et jeta un regard entendu au brigadier.

« Puis-je vous demander ce que vous lui voulez ? »

Gow se retourna vers elle.

« Je souhaite m'entretenir avec Sir James dans le cadre d'une affaire extrêmement urgente, madame : le meurtre, perpétré hier soir, de M. Alfred Quinn, résidant à Maxton Grange, Newmarket. »

*

Huit heures s'étaient désormais écoulées, et à présent, avec des mots identiques, l'austère inspecteur Gow de la gendarmerie de Suffolk exposait son affaire à Richard Davenall dans son bureau de Holborn, tandis que l'avancée du crépuscule derrière les fenêtres annonçait la clôture du deuxième jour de la disparition de Sir James Davenall.

« Je souhaite m'entretenir avec Sir James dans le cadre d'une affaire extrêmement urgente, monsieur : le meurtre, perpétré hier soir, de M. Alfred Quinn, résidant à Maxton Grange, Newmarket.

— Quinn, assassiné ? s'exclama Richard, estomaqué. Comment ?

— Chaque chose en son temps, monsieur. Tout d'abord, savez-vous où se trouve Sir James ? Il me semble que vous êtes son notaire ?

— Je le suis, en effet, mais... enfin, j'imagine que vous le trouverez à Cleave Court, sa résidence de campagne dans le Somerset. »

Gow eut un sourire amer.

« Non, monsieur. J'y étais tantôt. Sir James a disparu depuis hier matin à l'aube.

— Disparu ?

— Apparemment. Personne n'a la moindre idée d'où il se trouve.

— Vous avez parlé à son épouse ?

— Brièvement. Lady Davenall est dans tous ses états, comme vous pouvez l'imaginer. Je crois savoir que Sir James et elle n'étaient mariés que depuis cinq jours.

— Tout à fait, mais…

— Où pourrait-il être, d'après vous, monsieur ?

— Je… »

Richard songea un moment à l'ironie du fait que, une semaine seulement auparavant, Roffey avait surveillé les déplacements de James, qui n'avaient guère donné matière à alimenter les soupçons de Richard. Et maintenant que Roffey avait été rappelé, James avait disparu et Quinn était mort.

« Je n'en sais fichtre rien, inspecteur. Je n'ai vu Sir James ni eu de ses nouvelles depuis son départ de Londres samedi dernier. »

La bouche de Gow esquissa un rictus impénétrable sous sa moustache à la gauloise.

« Reconnaissez-vous ceci, monsieur ? »

Il sortit un étui à cigarettes de sa poche et le posa sur le bureau entre eux. Il était en argent, gravé des initiales « J. D. ». Richard le reconnut immédiatement.

« Il appartient à Sir James.

— C'est ce que nous a dit sa femme.

— Comment l'avez-vous trouvé ? »

Gow accompagna sa réponse d'un regard froid.

« Serré dans la main d'Alfred Quinn, monsieur, quand on a trouvé son corps. Ça n'a pas été une mince affaire de le déloger. »

Richard inspira profondément.

« Comment Quinn a-t-il trouvé la mort, inspecteur ?

— Il semblerait qu'il était dans ses habitudes de faire le tour de son domaine chaque soir avant de se retirer chez lui, pour prendre l'air ou pour une question de sécurité, je ne sais trop. En tout cas il a été assailli dans la cour de l'écurie et mis à mort d'une façon particulièrement atroce. On lui a maintenu la tête sous l'eau dans un abreuvoir jusqu'à ce qu'il se noie – ou qu'il étouffe, tout dépend comment on voit les choses. Il s'est défendu comme un beau diable, vous pouvez l'imaginer, mais, le temps que les domestiques soient alertés par l'agitation et viennent voir de quoi il retournait, Quinn était mort, avec l'étui à cigarettes de Sir James serré dans la main. J'imagine que l'assassin n'a pas eu le temps de le récupérer avant de battre en retraite. L'alarme a été donnée, évidemment, mais il a dû lui être relativement facile de s'échapper à travers champs. »

Richard ne dit rien, son cerveau cherchant à analyser au fur et à mesure les conséquences de ce que Gow venait de lui révéler. Roffey avait suivi James à Newmarket le vendredi précédent et l'avait vu se disputer avec Quinn. Mais un meurtre ? Cela ne concordait avec aucune des explications possibles de leurs relations. Quant à James, c'était, à tout le moins, un homme prudent et intelligent. Il n'aurait certainement pas laissé une preuve aussi criante sur les lieux d'un crime, quelle que fût la hâte dans laquelle il se trouvait. Cependant, s'il n'avait pas quitté Cleave Court pour se rendre à Newmarket, où était-il passé et qu'avait-il fait ?

« Je crois savoir que Sir James s'était rendu à Maxton Grange le 21 de ce mois, poursuivit Gow, et que Quinn et lui s'étaient querellés. On ignore à quel sujet. Et vous ?

— Moi aussi », répondit Richard avec emphase.

Il lui avait soudain traversé l'esprit que Gow risquait de vite tirer tout un tas de conclusions saugrenues s'il savait que Richard avait employé Roffey pour suivre James.

« N'allez-vous pas courir à la défense de votre cousin, monsieur ? demanda Gow avec ce qui s'apparentait à un large sourire. N'allez-vous pas me dire qu'il est inconcevable qu'il ait pu assassiner son ancien valet ?

— C'est bel et bien inconcevable, inspecteur. Mais inutile que je vous dise que cet étui à cigarettes ne prouve rien.

— Là-dessus, monsieur, détrompez-vous. Nous savons que Quinn connaissait son assaillant. On a retrouvé de la cendre de son cigare à côté de l'abreuvoir, ce qui laisse à penser qu'il est resté à fumer là un certain temps. Il y avait également deux mégots de cigarettes de la même marque que celles dans l'étui : parmi les plus chères, Sullivan – les préférées de Sir James, de l'aveu même de sa femme. Ainsi donc nous savons que Quinn et son agresseur ont dû discuter avant que leur différend ne prenne un tour violent. Nous savons également que Quinn n'avait pas dû anticiper les événements. Il avait un couteau dans sa poche, mais il n'a jamais pu s'en servir. Moi, j'appelle ça de solides arguments contre Sir James. Pas vous ?

— Je... je ne sais pas trop. »

Je ne suis sûr de rien, aurait-il même pu préciser à juste titre. Le fait que O'Shaughnessy n'était pas parvenu à identifier James avait fortement ébranlé

Richard. Déprimé, il avait passé un Noël solitaire à compter ce qu'allait probablement lui coûter sa grotesque méprise. À présent il sentait, avec l'arrivée de ces toutes dernières nouvelles, que sa légitimation était à portée de main. Mais une légitimation qui prenait une forme inconnue et qui venait à un prix qu'il n'était pas prêt à payer.

« Dites-moi, monsieur, reprit Gow en se penchant par-dessus le bureau, comment Quinn s'est-il procuré l'argent pour s'établir comme gentilhomme campagnard ?

— Un héritage, je crois. Un oncle en Nouvelle-Zélande lui a légué un gisement d'or. »

Gow hocha la tête.

« On me l'a déjà servie, celle-là. Je suis en train de vérifier. Franchement, je ne m'attends pas à trouver une once de vérité là-dedans.

— Dans ce cas, que suggérez-vous ?

— J'ai parlé à la mère de Sir James un peu plus tôt, monsieur. Elle m'a expliqué que Quinn avait été renvoyé de la maison pour vol. Et il semblerait également que mes collègues de la police de Londres le tenaient à l'œil à la suite d'une série de cambriolages. Étiez-vous au courant ?

— Non. »

En prononçant ces mots, Richard savait qu'il prenait un risque. Il était possible, même si la possibilité était infime, que l'indicateur de Roffey à Scotland Yard ait parlé à Gow de son intérêt pour Quinn.

« Sir James a-t-il jamais exprimé une hostilité envers Quinn ?

— Pas que je me souvienne.

— A-t-il ne serait-ce que mentionné cet homme ces derniers mois ?

— Pas devant moi. »

Gow se leva brusquement.

« Ma foi, nous allons en rester là pour le moment, monsieur. »

Il sourit.

« À moins que vous n'ayez une hypothèse sur ce qui aurait pu pousser Sir James à tuer Quinn ?

— Je ne pense pas qu'il soit coupable, inspecteur.

— Non. Naturellement. Vous veillerez à nous informer si Sir James vous contacte, n'est-ce pas ?

— Évidemment.

— Parfait. »

Il se dirigea vers la porte, et s'arrêta à mi-chemin comme s'il venait de se rappeler quelque chose.

« Au fait, monsieur, quelle est *votre* position concernant l'identité de Sir James ?

— Je vous demande pardon ?

— J'ai suivi le procès comme tout le monde. Ce matin, il était clair pour moi que la douairière Lady Davenall considère Sir James comme un imposteur, malgré le verdict de la cour. Vous avez témoigné en faveur de Sir James, n'est-ce pas ?

— Oui.

— Donc, puis-je en déduire que vous n'avez aucun doute sur la justesse de la décision du tribunal ?

— Absolument aucun, inspecteur. »

Où cet homme voulait-il en venir ? se demanda Richard pendant le silence qui s'ensuivit. Quelle théorie tordue et absconse échafaudait-il pour expliquer l'inexplicable ?

« Merci, monsieur, répondit Gow au bout d'un moment. Je reviendrai vers vous. »

Sur ce, il laissa Richard en compagnie de ses propres pensées stériles.

*

Ce soir-là, à Cleave Court, Constance se retira tôt pour aller se coucher, soi-disant tellement exténuée par l'angoisse qu'elle se proposait de prendre une nouvelle dose du soporifique du Dr Fiveash dans l'espoir de passer une nuit reposante. La vérité, cependant, comme cela devint évident dès qu'elle eut verrouillé la porte de sa chambre derrière elle, était tout autre.

La nouvelle de l'assassinat de Quinn l'avait, curieusement, soulagée. Elle avait craint jusqu'alors que James n'eût rencontré un accident fatal. Désormais, dans les soupçons de l'inspecteur Gow, une autre possibilité avait pris forme, une possibilité qui impliquait que James était parfaitement en vie et en bonne santé. Si tel était le cas, il compterait sur elle pour lui rester fidèle en son absence, et elle était déterminée à ne pas l'abandonner. Sachant que Gow désirait revenir le lendemain et qu'il pourrait fort bien souhaiter fouiller les possessions de son mari, elle avait décidé que, s'il le faisait, il ne trouverait rien qui renforcerait sa théorie.

Le jour de Noël, en fin d'après-midi, Escott avait apporté une lettre pour James pendant que lui et Constance prenaient le thé. James avait ouvert la missive, l'avait lue, puis l'avait glissée dans sa poche. Il n'avait prononcé aucun commentaire, pas plus qu'il n'avait expliqué à Constance de qui elle provenait.

Quant à elle, elle n'avait exprimé aucun intérêt à ce sujet. Un message insignifiant de l'intendant, avait-elle supposé, si toutefois elle avait fait une quelconque hypothèse. Toutefois, à présent, cet incident avait revêtu un aspect sinistre.

Pénétrant dans le dressing de James, Constance ouvrit la penderie et passa en revue la rangée de manteaux et de blazers. Elle était là : la veste d'intérieur bordeaux qu'il avait portée ce Noël après-midi. Elle plongea la main dans la première poche venue – et sentit la lettre, pliée au fond.

L'enveloppe ne portait que le nom de James, sans adresse ni timbre postal. Elle s'y attendait, car il n'y avait pas eu de livraison de courrier le jour de Noël. La lettre avait dû être déposée en main propre.

James avait ouvert l'enveloppe à l'aide du pouce : le rabat était déchiré de manière irrégulière. À l'intérieur se trouvait une seule feuille de papier, pliée en deux. Constance remarqua à quel point sa main tremblait quand, la lettre devant les yeux, elle se mit à lire.

> Retrouve-moi à l'aqueduc de Dundas à 8 h 30 demain matin. Ne me fais pas faux bond cette dernière fois.
>
> M.

Il ne pouvait y avoir aucun doute. C'était pour honorer ce rendez-vous que James avait quitté la maison si tôt le lendemain de Noël. L'écriture laissait deviner ce que Constance souhaitait le moins croire : que « M. » était une femme. Et pourtant, s'il s'agissait là d'un rendez-vous secret, pourquoi laisser cette preuve à sa portée ? Et pourquoi cela devait-il être la *dernière* fois ?

En retournant dans sa chambre, pliant et repliant la lettre dans ses mains, Constance énumérait intérieurement les possibilités. Peut-être James avait-il connu « M. » pendant les années qu'il avait passées en Amérique : il s'était toujours montré peu disert quant aux amis qu'il s'était faits là-bas. Peut-être avait-il rompu avec elle, ou elle avec lui. Peut-être, en entendant parler de sa nouvelle fortune et de son nouveau statut, s'était-elle rendue en Angleterre pour exploiter leur ancienne intimité. Tout cela, bien qu'atroce, était infiniment préférable à n'importe quelle autre explication qui lui passait par la tête. James avait dû rencontrer « M. » en secret plutôt que de risquer qu'elle le réprimande en public. Il avait dû agir ainsi afin d'épargner Constance, et non de la vexer. Le choix d'un lieu de rendez-vous qui représentait tant pour tous les deux ne devait être qu'une coïncidence malheureuse.

Et pourtant, si cela était vrai, pourquoi James n'était-il pas revenu ? « M. » possédait-elle quelque moyen de le forcer à l'accompagner ? Certainement pas, car « M. » elle-même avait qualifié ce rendez-vous de « dernière fois ». Cela fleurait davantage l'adieu que la confrontation.

Constance inspira profondément. Elle devait être courageuse, elle devait être déterminée : elle devait soutenir James jusqu'à ce qu'il pût se tenir devant elle en personne pour s'expliquer. N'importe qui d'autre aurait élaboré les pires hypothèses sur la base d'un message pareil. Raison pour laquelle personne ne devait jamais le voir. Déchirant en quatre l'enveloppe et son contenu, Constance jeta les morceaux au feu et acheva à l'aide du tisonnier le travail que les flammes avaient entamé.

*

Alors que Richard Davenall descendait l'escalier de Garth House, à Highgate, le vendredi 28 décembre au matin, il se demandait avec un sinistre pressentiment ce que les journaux auraient à dire au sujet du meurtre d'Alfred Quinn et de la disparition de Sir James Davenall. Lui-même ne doutait plus de ce que ces deux événements devaient quelque part signifier – James n'était pas celui qu'il prétendait être –, mais, à tout le moins pour le bien de Constance, il espérait que le monde extérieur n'en était pas encore venu à cette même conclusion.

Richard, à l'instar de bien des célibataires vieillissants, était une créature d'habitudes. Aussi contint-il sa curiosité à l'égard des journaux suffisamment longtemps pour consulter le baromètre, qui lui apprit que la vague de froid allait se poursuivre, et passer en revue le courrier du matin, laissé par Braddock sur le guéridon de l'entrée. Grand bien lui en prit, car autrement il n'aurait pas vu aussi vite la troisième lettre de la pile. Le souffle coupé, il demeura un moment complètement abasourdi, car elle lui était adressée dans une écriture qu'il reconnut aussitôt comme celle de James.

Sa prudence développée à l'extrême lui permit de surmonter son désir d'ouvrir cette lettre sur-le-champ. Ce ne fut que quelques minutes plus tard, dans l'intimité de son bureau, qu'il osa lire ce que James avait écrit.

Mon cher Richard,

Quand vous recevrez cette lettre, j'aurai quitté le pays. Il est fort possible, étant donné le but de mon voyage, que je ne rentre pas vivant. Comme je ne souhaite pas mourir avec un mensonge sur la conscience, je vous propose de vous exposer certains faits au su desquels, je sais pouvoir vous faire confiance, vous pourrez agir quand le moment viendra, s'il vient.

Compte tenu des doutes que vous avez récemment nourris à l'endroit de mon identité, il vous intéressera peut-être de savoir que, en revendiquant ma dignité de baronnet, je n'ai fait que revendiquer ce qui m'appartenait de droit. En revanche, en cherchant à aliéner Constance de son mari, j'ai revendiqué ce qui appartenait de droit à un autre. Au début, je le reconnais volontiers, j'ai agi ainsi afin de gagner le soutien public de Constance à ma cause. Il ne semblait y avoir personne d'autre vers qui me tourner puisque ma famille refusait de me reconnaître. Plus tard, toutefois, j'en suis venu à l'aimer et à croire que je pouvais la conquérir et l'épouser.

Je savais que Constance soutiendrait son mari, quels que fussent ses sentiments envers moi, à moins qu'il ne fît preuve d'un comportement indigne au point qu'elle se sente obligée de le délaisser. Pourtant Trenchard était, à sa mesure, un homme honnête et fidèle. Pour l'amener à s'autodétruire, il me fallait lui faire croire que j'étais un imposteur, dont lui seul pouvait démêler la conspiration complexe.

Donc, Richard, je vous révèle ce que je vous soupçonne d'avoir déjà conclu suite à toutes ces visites que vous avez rendues à Trenchard, à mon insu croyiez-vous : il est aussi sain d'esprit que vous et moi. Il a suivi la piste que je lui avais préparée. Il s'est comporté comme je l'espérais. Il a bel et bien été victime de délires, mais de délires que j'avais élaborés pour lui.

De mes complices et de leurs méthodes je ne révélerai rien. Ils répondront eux-mêmes de leurs actes. Mais je ne voudrais pas que Trenchard se morfonde à jamais dans un asile parce que je suis mort sans confesser mon rôle dans sa chute. Je fais appel à vous en tant que cousin et ami, en tant qu'homme de loi et d'honneur, pour porter ces faits à l'attention des autorités. William Trenchard n'est pas fou. Et il n'a fait, en essayant de me tuer, rien de plus que ce que je peux aisément excuser. Sa liberté doit lui être rendue. Avoir dupé Trenchard est mon seul regret dans cette affaire. Pour le reste, je ne présente aucune excuse. Il s'est passé ce qui devait se passer. Et cela se terminera de la même façon.

Bien à vous,

James

Il est fort possible que je ne rentre pas vivant. Qu'allait-il faire ? *Pour le reste, je ne présente aucune excuse.* D'ailleurs, qu'avait-il déjà fait ? Il n'y avait ni adresse ni date sur le papier à lettres sans en-tête, aucun indice dans ces phrases de l'endroit ni du jour où la lettre avait été écrite.

Richard se saisit de l'enveloppe et examina le cachet de la poste. Tonbridge, Kent, 20 heures, 27 décembre. Il ne pouvait donc avoir quitté le pays que la veille au soir. Mais pourquoi Tonbridge ? Qu'est-ce qui avait bien pu le conduire là-bas ?

Richard se dirigea d'un pas chancelant vers la

bibliothèque, d'où il tira une brochure des horaires de la compagnie ferroviaire du Sud-Est et de Chatham. Au dos se trouvait une carte, et ce qu'elle lui enseigna ajouta une autre contradiction à la lettre de James. S'il avait voulu se rendre à Douvres en train, afin de quitter le pays par le trajet le plus rapide, il pouvait fort bien avoir traversé Tonbridge, mais il aurait difficilement pu s'y arrêter suffisamment longtemps pour poster une lettre.

C'est alors qu'il comprit. Cinq arrêts après Tonbridge sur la ligne de Hastings se trouvait Ticehurst Road. Voilà ce qui avait conduit James là-bas. Il était allé voir Trenchard. Il était allé à Ticehurst, puis était retourné jusqu'à Tonbridge, et de là avait pris un train pour Douvres et un bateau de nuit pour le continent. Et, au tout dernier moment, il avait confié à Richard les moyens de remédier à une injustice de longue date.

*

Quand Escott lui apprit que Miss Pursglove était passée voir Constance, Emily ressentit plus d'agacement qu'elle savait pertinemment devoir en ressentir. Après tout, Sir James avait rétabli cette bonne âme à Weir Cottage, il était donc compréhensible qu'elle désirât exprimer son inquiétude au sujet de sa disparition. Toutefois, Emily craignant qu'au vu des circonstances les gazouillis pleins de sollicitude de la vieille dame ne fissent qu'affliger sa sœur, elle s'en fut lui parler avec la ferme intention de lui faire évacuer, en finesse et en vitesse, les lieux.

«Constance se repose, on ne doit pas la déranger,

Nanny, commença-t-elle en énonçant la simple vérité. Je suis sûre que vous comprenez.

— Il ne s'agit pas d'une visite de courtoisie, rétorqua Miss Pursglove d'un ton insistant qui semblait confirmer ses propos. Cela concerne Sir James. »

Emily lui adressa un sourire indulgent.

« Je suis sûre que vous êtes aussi inquiète que…

— Je l'ai vu, Miss Sumner ! Je l'ai vu *après* son départ de Cleave Court le 26 au matin. »

En un clin d'œil, la présence de Miss Pursglove était passée de l'inconséquence à l'importance capitale. Emily s'empressa de la caler dans un fauteuil et l'implora de s'expliquer.

« Le gendarme Binns ne m'a appris la nouvelle qu'hier, ma chère. Jusque-là, j'aurais cru… enfin, comme vous allez l'entendre, j'aurais cru que Sir James était ici avec son épouse, comme l'avait voulu la Providence. Cela ne fait que montrer…

— Quand l'avez-vous vu, Nanny ?

— Le 26 au matin, ma chère, je vous le répète. Il devait être entre 8 heures et 8 h 30, parce qu'il faisait à peine jour. J'étais à mon portail, en train d'appeler Lupin, quand Sir James est arrivé à pied sur la route en provenance du pont de chemin de fer. Il m'a lancé un bonjour guilleret avant de m'expliquer qu'il avait l'intention d'aller se promener sur le chemin de halage jusqu'à l'aqueduc. Il avait l'air de fort bonne humeur. Je l'ai invité à venir boire une tasse de thé et grignoter une tartine, à quoi il m'a répondu que ce serait avec plaisir mais après sa promenade. Il a ajouté qu'il en avait pour une trentaine de minutes. Puis il a poursuivi sa route en direction du canal. J'étais sûre qu'il reviendrait comme il l'avait promis, mais il n'est pas revenu. Au bout d'une heure environ, j'ai supposé qu'il m'avait complètement oubliée et était rentré directement chez lui. Ma foi, voilà qui aurait été tout à fait compréhensible. Ce n'est qu'hier que j'ai appris que ça ne s'était pas passé comme ça du tout. Où est-il allé, Miss Sumner? Voilà ce que je voudrais savoir. Qu'a-t-il bien pu devenir?

— Je ne sais pas, Nanny, répondit Emily, incapable de s'expliquer à elle-même, et encore moins à Miss Pursglove, pourquoi James Davenall avait bien pu disparaître pour la deuxième fois de sa vie. Personne ne le sait.»

*

«Ainsi donc votre cousin a une conscience, finalement, commenta Trenchard en rendant la lettre à Richard. J'imagine que je devrais lui en être reconnaissant.»

Richard ne s'était pas attendu à cette réaction. Il avait passé suffisamment de temps avec Trenchard, confortablement confiné dans sa suite privée de l'asile de Ticehurst, pour savoir que la soif inassouvie de justice et de châtiment qui le consumait n'avait montré, en plus d'un an, aucun signe de fléchissement. Alors pourquoi, quand on lui fournissait les moyens de se réhabiliter, réagissait-il de manière aussi pondérée? Pourquoi, d'ailleurs, avait-il parlé de James comme du cousin de Richard, chose qu'en temps normal il se serait refusé à faire?

«Il semblerait, poursuivit Trenchard, que je me sois

trompé, mais pas de la manière que tout le monde pensait. Ma foi, je suis content que la vérité se sache enfin.

— Vous prenez la chose très calmement, je dois dire.

— J'ai appris ici la patience, à défaut d'autre chose. En perdant la tête maintenant, je ne ferais que ruiner mes chances de libération.

— Saviez-vous qu'il comptait écrire cette lettre ? »

Cela aurait expliqué son sang-froid : James lui avait rendu visite afin de le prévenir.

« Non. Je n'en avais aucune idée.

— Ne vous en a-t-il pas parlé hier ?

— Hier ?

— Quand il vous a rendu visite. »

Trenchard fronça les sourcils.

« Il n'est pas venu ici, Richard. Je n'ai pas posé les yeux sur lui depuis ce fameux jour l'an dernier à Lincoln's Inn. »

Pouvait-ce être vrai ? Richard avait été si sûr, si catégorique, que James s'était rendu à Ticehurst. S'emparant de nouveau de l'enveloppe, il la brandit sous les yeux de Trenchard.

« Elle a été postée de Tonbridge hier soir, à moins de vingt-cinq kilomètres d'ici. J'ai supposé…

— J'ignore ce qu'il faisait à Tonbridge, mais il n'était pas en route pour venir ici. »

Soudain, Richard se sentit mal à l'aise. Si pour Trenchard la lettre de James avait jailli comme un diable hors de sa boîte, son calme était inexplicable. Durant les dix mois qui venaient de s'écouler, Richard lui avait rendu visite chaque mois dans cette resserre luxueuse de renom pour aliénés pécunieux et, dans sa chambre, l'avait écouté déblatérer contre son sort. Malgré toutes les paroles mielleuses et les incitations bienveillantes de ses infirmiers, Trenchard avait gardé présent à l'esprit chacun de ses griefs contre ceux qui le croyaient fou. Il avait refusé d'oublier, refusé de pardonner. Or voilà qu'à présent, sans prévenir, sans raison, il avait manifestement fait les deux.

« Vous allez suivre ses recommandations, n'est-ce pas, Richard ? Vous allez porter cette information à l'attention des autorités ?

— Évidemment. Mais qu'en est-il de James ? J'avais espéré que vous pourriez savoir où il était allé.

— À l'étranger, comme il l'avoue lui-même. Histoire d'éviter d'avoir à affronter Constance, j'imagine, après s'être démené pour me l'arracher.

— Ce n'est pas ce qu'il dit.

— Non, mais pour quelle autre raison partirait-il ? Pour quelle autre raison fuir quand il n'avait rien à perdre en restant ? »

Richard avait l'impression de ne plus connaître Trenchard. Furieux, dérouté, stupide : il avait été tout ça. Mais jamais prudent, sage, ni subtil : jamais comme il l'était à présent. Treize mois d'enfermement dans un asile d'aliénés ne l'avaient jamais rendu tel. Il s'agissait là d'une transformation très récente. C'était la transformation de quelqu'un qui savait ce qui allait se produire.

*

« Je crains d'avoir quelques questions supplémentaires à vous poser, madame, annonça l'inspecteur

Gow d'une voix qui trahissait qu'il exprimait davantage de regrets qu'il n'en ressentait réellement.

— Bien sûr, inspecteur, répondit Constance. Je comprends parfaitement. Allez-y, je vous en prie.

— Votre sœur vous a-t-elle parlé de la déclaration de Miss Pursglove ?

— Tout à fait.

— Grâce à elle, nous savons que ce matin-là Sir James se dirigeait vers le nord en longeant le canal. Où allait-il, à votre avis ?

— Jusqu'à l'aqueduc, probablement. »

Gow soupira.

« Cela, madame, est ce qu'il a raconté à Miss Pursglove. Nous savons qu'il n'en est rien. Selon moi, un homme qui souhaite prendre le premier train pour Londres en partant d'ici à pied pourrait fort bien trouver plus rapide, et certainement beaucoup plus discret, de remonter le canal jusqu'à Bathampton, plutôt que d'aller à Bath de l'autre côté de la colline. De Bathampton, il pouvait prendre un train qui s'arrête à Chippenham, et de là changer pour monter à bord de l'express à destination de Londres.

— Je ne saurais trop vous dire, inspecteur, je le crains.

— Croyez-moi sur parole, madame, c'est ainsi. Il aurait pu être en chemin pour Newmarket avant même que vous soyez réveillée.

— Ou en chemin pour à peu près n'importe où ailleurs.

— Tout à fait. Mais nous détenons la preuve de liens plus intimes entre Quinn et votre mari que vous n'auriez pu le soupçonner.

— Par exemple ?

— Quinn avait en sa possession des documents concernant un compte en banque à Zurich : un compte ouvert au nom de trois personnes, parmi lesquelles Quinn et votre mari. Connaissiez-vous l'existence d'un tel compte ?

— Non, je l'ignorais.

— Le solde en est fort confortable, à en croire les relevés que nous avons trouvés dans le coffre-fort de Quinn : des dizaines de milliers de livres, en fait, sans compter les versements réguliers. Auriez-vous une idée de la provenance de cet argent ?

— Non.

— Ce n'est pas, je vous le garantis, une mine d'or en Nouvelle-Zélande. À mon avis la source est plus proche de la maison, non ?

— Je n'en ai vraiment aucune idée.

— Pourtant votre mari était l'un des déposants, madame.

— Mon mari ne me parle pas de ses histoires financières, inspecteur.

— Sans doute, mais la date de l'ouverture du compte est intéressante : le 5 septembre de cette année. J'ai appris par votre sœur que Sir James était à Zurich à cette période. Pouvez-vous le confirmer ?

— Nous y étions tous trois à cette période, oui.

— Donc votre mari aurait eu l'opportunité d'ouvrir un tel compte en personne ?

— Vraiment, je…

— Mais il ne vous parle jamais de ses histoires financières, sourit Gow. Je suis désolé. Cela m'avait échappé. Bien sûr qu'il ne vous en parle pas. Et de ses autres histoires ?

— Je vous demande pardon?

— Le troisième nom auquel est ouvert le compte à Zurich est celui d'une femme, madame: Miss M. Devereux. Connaissez-vous cette dame?

— Non.

— Ce nom ne vous dit rien?»

Constance prit un air déterminé.

«Rien du tout, inspecteur.»

Mais la couleur qui lui était montée aux joues laissait entendre une réponse différente.

*

La première neige de l'hiver avait recouvert le domaine de l'asile de Ticehurst, lové au cœur du Sussex Weald. Nul oiseau ne chantait dans les troènes saupoudrés, nulle brise n'agitait les sapins enguirlandés. Même la façade de l'asile recouverte de lierre portait une barbe blanche pour parachever cette scène d'étrangeté pétrifiée.

Sur un long chemin droit qui partait du bâtiment pour aller vers le toit lointain d'une pagode ornementale, deux hommes marchaient d'un pas sombre, le chapeau enfoncé sur les oreilles, le col du pardessus remonté de part et d'autre du menton, la neige crissant sous leurs pieds au rythme de leur foulée. L'un d'eux était William Trenchard, un interné de l'asile. L'autre était Abel Kitson, son infirmier. Pour un œil mal exercé, cependant, ils auraient pu donner l'impression de deux amis issus du même milieu et partageant les mêmes goûts, occupés à discuter des affaires du monde au cours d'une promenade postméridienne.

Lui eût-on posé la question, Kitson lui-même aurait volontiers reconnu que Trenchard n'était ni d'assez bonne famille ni assez incohérent pour vraiment s'intégrer à la société étrange mais ordonnée de Ticehurst.

Il n'aurait pas non plus eu besoin de chercher bien loin pour trouver des exemples du genre d'internés que Trenchard n'était clairement pas. Derrière la haie de rhododendrons qui bordait le chemin, le révérend Sturgess Phelps et Lord Tristram Benbow étaient en pleine bataille de boules de neige, le révérend Phelps ayant momentanément oublié sa conviction maintes fois exprimée qu'il avait été défroqué conséquemment à une conspiration anglo-catholique (qui contaminait les plus hautes sphères de l'Église et de l'État) afin de complaire à Lord Tristram, âgé de quarante-huit ans, qui croyait dur comme fer être resté un garçon de douze ans.

« Dois-je comprendre, monsieur T., demanda Kitson en souriant à la vue d'une boule de neige égarée qui croisait leur chemin, que vous allez bientôt nous quitter ?

— Qu'est-ce qui vous fait croire ça, Abel ?

— Ma foi, cet après-midi, vous avez contemplé le domaine avec ce que je ne peux décrire que comme une anticipation de nostalgie.

— Ha ! »

Trenchard assena une tape sur l'épaule de Kitson.

« Pourquoi diable Newington emploie-t-il des médecins dans ce lieu quand vous pourriez lui fournir toute la clairvoyance psychologique dont il a besoin ?

— Parce que, monsieur T., je suis trop occupé à jouer de la contrebasse à ses thés musicaux pour jouer aussi au docteur.

— Vos talents sont gâchés, Abel, croyez-moi.

— Vous reconnaissez donc l'exactitude de mon diagnostic ?

— Peut-être. J'ai des espoirs, comme vous le savez.

— Plus que des espoirs, je dirais.

— Je vous assure…

— Deux visites en deux jours, dont l'une d'un notaire ? Les signes sont clairs, monsieur T., clairs comme de l'eau de roche.

— Richard Davenall vient chaque mois. Quant à mon frère…

— Frère ? »

À présent, c'était au tour de Kitson de s'esclaffer.

« Cet homme n'était pas votre frère.

— Comment le sauriez-vous ?

— Appelez ça de la clairvoyance psychologique. »

Soudain, dans une pluie de neige et un nuage de condensation, jaillit à travers les rhododendrons la silhouette noire recroquevillée du révérend Sturgess Phelps.

« Hé, vous ! hurla-t-il en les voyant. De quel côté est-il parti ?

— Si vous voulez parler de Lord Tristram…, commença Kitson.

— Pas Lord Tristram, espèce de nigaud, se récria Phelps. L'inconnu !

— J'ai bien peur que nous n'ayons…

— C'est un espion puseyiste, aucun doute ! Mais n'ayez crainte : il ne m'échappera pas ! »

Sur ce, Phelps s'éloigna dans une embardée entre les buissons.

Kitson surveilla le prêtre agité qui traversait en zigzags résolus les pelouses enneigées, avant de décider, après réflexion, qu'il ne pouvait rien lui arriver. Quand il reporta son attention sur le chemin, il vit que Trenchard avait continué à marcher et qu'il se trouvait désormais sur la véranda en bois de la pagode, regardant vers le sud le paysage campagnard voilé de blanc.

« Vous cherchez quelque chose, monsieur T. ? demanda Kitson en le rejoignant.

— J'attends plus que je ne cherche, Abel. Nous serons le 29, demain, c'est bien ça ?

— Je crois que oui.

— À votre avis, à quelle heure fera-t-il jour ?

— Entre 8 heures et 8 h 30, je dirais. »

Trenchard hocha pensivement la tête.

« Un peu plus de seize heures, donc.

— Qui était-ce, monsieur T., votre mystérieux visiteur ? Pas votre frère : vous me l'avez déjà décrit, or l'homme qui est venu hier n'avait rien à voir. Alors qui était-ce ? Il a passé presque toute la journée avec vous. Vous deviez avoir beaucoup de choses à vous dire.

— En effet, Abel. En effet.

— Mais vous n'allez pas me révéler quoi, n'est-ce pas ? »

Trenchard eut un sourire contrit.

« Non, en effet. »

Kitson fit claquer sa langue dans une parodie de déception.

« Après tout ce que vous m'avez confié.

— Ne le prenez pas pour vous, Abel. Ce qu'il m'a dit, je ne puis le répéter à âme qui vive. »

Trenchard n'exagérait pas. Il était tenu au silence par la plus solennelle des promesses. Deux jours auparavant, il aurait écarté, la jugeant absurde, l'idée de garder un secret pour Sir James Davenall, et pourtant c'était précisément ce qu'il venait d'accepter. Car désormais il connaissait la vérité – et il savait aussi qu'elle ne pourrait jamais être révélée.

« Que voulez-vous de moi ? » se rappelait-il avoir demandé quand il avait vu qui l'attendait dans la salle des visites déserte : non son frère, comme on l'en avait informé, mais la silhouette élancée, d'une élégance agaçante, d'un calme infernal, de Sir James Davenall.

« Alors, vous êtes venu jubiler ?

— Loin de là.

— Pourquoi, alors ?

— Parce que je veux vous révéler librement ce que je m'étais efforcé jusqu'à aujourd'hui de vous empêcher de découvrir : la vérité. Je veux me confesser, pour ainsi dire. »

C'était un piège, Trenchard en était certain, quelque vile manigance perverse pour augmenter sa détresse mentale.

« Confesser que vous n'êtes pas James Davenall, vous voulez dire ?

— Exactement. »

Là encore, Trenchard avait cru que Norton se moquait de lui.

« Vous voulez me pousser à lancer des accusations qui seront interprétées comme une preuve supplémentaire de mon aliénation. C'est cela, n'est-ce pas ?

— Non. Pas du tout.

— Si, forcément. Constance vous a épousé, n'est-ce pas ?

— Oui. Il y a cinq jours.

— En vous prenant pour James ?

— Oui.

— Dans ce cas, que cherchez-vous en venant maintenant ici admettre que vous ne l'êtes pas ? Est-ce parce que nous sommes seuls, sans témoins, parce que je suis un aliéné déclaré dont les mots comptent pour moins que rien ? Est-ce la raison pour laquelle vous vous sentez libre de me tourmenter ? Allez au diable, Norton, vous m'avez pris ma femme et ma liberté – n'est-ce pas suffisant ?

— Si. C'est suffisant. Suffisant pour faire de vous le seul homme à avoir le droit d'entendre la vérité de ma propre bouche. Vous n'êtes pas fou. Nous le savons tous les deux. Et à présent je suis prêt à le révéler au monde. Afin de mettre un terme à votre confinement ici. À une condition. »

Trenchard n'avait pas osé croire une libération possible. Et pourtant il n'aurait pu nier que, si un homme pouvait la lui apporter, c'était bien Norton.

« Laquelle ?

— Écoutez-moi. C'est tout ce que je demande. Écoutez ce que j'ai à dire. Quant aux témoins, quand j'aurai terminé, je crois que vous serez content qu'il n'y en ait aucun. »

Et en effet. À présent, tandis qu'il se repassait intérieurement la longue histoire racontée calmement par Norton, l'histoire qu'il avait écoutée en silence alors qu'ils étaient assis ensemble dans cette pièce lugubre, il avait la certitude absolue que Norton avait raison : elle devait rester secrète pour toujours.

« Mon vrai nom est Stephen Alexander Lennox. Je suis né à Murrismoyle, dans le comté de Mayo, le 28 juillet 1843. Mon père, Andrew Lennox, était l'intendant du domaine de Carntrassna, propriété de Sir Lemuel Davenall, dont l'épouse exilée, Mary, habitait en Irlande tandis que lui restait en Angleterre. Mes parents étaient tous deux d'origine écossaise. Ils s'étaient mariés et avaient tenu une ferme en Écosse avant de déménager en Irlande en 1840.

« Bien que mes tout premiers souvenirs du Mayo remontent aux années de famine, quand les paysans mouraient par milliers et que la plupart des survivants s'enfuyaient de l'autre côté de l'Atlantique, je ne me rappelle qu'une enfance insouciante, pour ne pas dire choyée, protégé dans ma chambre d'enfant à Murrismoyle de la tragédie qui sévissait autour de moi. Ce n'est que lorsque Denzil O'Shaughnessy est devenu mon précepteur et a partagé avec moi sa connaissance du monde et de ses rouages que j'ai commencé à comprendre à quel point je bénéficiais d'une éducation privilégiée.

« Privilégiée, certes, mais pas chaleureuse. Mon père était pour moi un personnage froid et distant, quant à ma mère, bien que parfois affectueuse, elle sombrait tout aussi souvent dans une réserve craintive et mutique. Je ne manquais d'aucun confort ni avantage, et pourtant ils ne semblaient prendre aucun plaisir à me les procurer. Il m'était d'ailleurs étrange de voir les métayers du domaine élever des progénitures enjouées et nombreuses dans une misère noire, entre quatre murs en pisé, tandis que je grandissais dorloté dans une solitude sans joie.

« Ce n'est qu'à l'âge adulte que les contradictions du début de ma vie me sont apparues. À l'époque, je ne me demandais pas pourquoi je devais être éduqué à la maison plutôt que d'être expédié dans une lointaine école. Il ne m'avait jamais non plus traversé l'esprit que mon père se comportait davantage envers moi comme un tuteur consciencieux que comme un parent aimant.

« J'ai appris la décision d'émigrer de mon père, à l'instar de toutes ses autres décisions, sans préavis. À l'époque, j'avais seize ans, et j'espérais obtenir une place à Trinity College, à Dublin. Notre brusque déménagement, au Canada d'abord, puis aux États-Unis, a été une surprise totale loin d'être bienvenue. Il ne m'a été donné aucune explication de ce départ. Il n'y avait pas eu de désaccord avec Lady Davenall – à ma connaissance. Simplement, mon père s'était débrouillé pour acquérir suffisamment d'argent pour nous garantir une nouvelle vie indépendante ailleurs.

« Et pour une nouvelle vie, c'en était une. Nous avons emménagé à New York, où mon père s'est acheté un vignoble sur la côte nord de Long Island, et une élégante maison près de Port Jefferson. Comment avait-il financé ou conçu sa transition dans le commerce du vin, je ne le comprenais pas, mais, au début, il prospéra et fut en mesure de m'envoyer à Yale parachever mes études. Une année là-bas me convertit en un jeune homme à l'éducation arrogante, content d'oublier ses obscures origines irlandaises.

« Je crois que j'aurais obtenu mon diplôme de procureur et exercé ma profession juridique avec succès si la guerre de Sécession n'avait pas éclaté en 1861 et que l'armée de l'Union ne m'avait pas réquisitionné. J'en suis sorti quatre ans après, changé à jamais par cette expérience, comme le furent un très grand nombre de mes camarades recrues : endurci par certains côtés, plus vulnérable par d'autres, je me croyais plus sage, mais j'étais en réalité plus faillible, comme je le découvris par la suite.

« Mon père me pressait de collaborer à son affaire, où il avait grandement besoin d'aide, la guerre ayant entraîné la ruine du commerce du vin. Mais je ne voulais pas en entendre parler. Un ami de l'armée, Casey Garnham, était retourné dans l'Oregon pour diriger le journal de son père, le *Packet* de Portland, et m'avait invité à le rejoindre comme associé. Pensant que mon père exagérait l'état critique de sa situation, je me suis empressé d'accepter la proposition de Casey.

« Il m'est désormais difficile de me rappeler la stimulation et l'excitation qui régirent les années qui suivirent. Ni Casey ni moi n'avions conscience que nous allions présider au déclin et à la fin définitive du *Packet*. Nous croyions sincèrement à sa survie et à sa prospérité. Le temps d'être détrompés, il était trop tard pour me tourner vers mon père et lui apporter de l'aide. Il avait fait faillite en 1866 et était mort trois ans après, laissant ma mère vivre seule dans une maison en location à Worcester, dans le Massachusetts. Je ne pouvais pas grand-chose pour la soulager, mes insuffisances commerciales étant dorénavant aussi manifestes que celles de mon père.

« Après l'effondrement définitif du *Packet* en 1872, je suis resté dans le journalisme, car c'était le seul métier que je connaissais, mais l'époque de mes prétentions éditoriales était révolue. J'ai été reporter dans une demi-douzaine de journaux depuis Portland jusqu'à San Francisco, et chaque fois je devais réapprendre le métier. C'était une vie difficile qui poussait à l'humilité, mais qui n'avait rien d'indigne. D'ailleurs c'est une vie que j'aurais, je crois, continué à mener jusqu'à aujourd'hui si je n'avais pas eu l'infortune de rencontrer Miss Madeleine Devereux et d'en tomber amoureux.

« Vous la connaissez, évidemment, sous d'autres noms. Marion Whitaker. Melanie Rossiter. Vous la connaissez à travers toutes les visions tentatrices rêvées ou à demi formées qu'elle s'est attachée à planter dans votre esprit réceptif. Et c'est aussi mon cas, d'ailleurs. Elle était belle, oui. Elle était jeune et désirable, certainement. Son esprit vif et subtil savait manier tous les arts de la fascination, c'est vrai. Et pourtant on aurait beau empiler toutes ces qualités sur un plateau de la balance que cela ne fournirait toujours pas un contrepoids suffisant au contenu du second : le mystérieux voile noir de ce qui, chez elle, l'emportait sur la raison.

« Je l'ai rencontrée à San Francisco en 1878. Âgée d'à peine vingt et un ans, elle était déjà la maîtresse d'un homme politique en devenir. Il s'agissait de Howard Ingleby, candidat aux fonctions de gouverneur d'État. Je travaillais alors pour le *Star* de Sacramento, dont le rédacteur en chef, qui menait une campagne énergique contre Ingleby, m'avait confié la tâche de dégoter tout ce qui pourrait discréditer cet homme. Quand j'ai appris qu'il passait moins de temps avec sa femme et sa famille à Sacramento qu'avec son onéreuse maîtresse à San Francisco, j'ai eu la certitude que cette histoire causerait sa perte et ma consécration.

« Environ une semaine avant les élections, je suis allé

défier Madeleine dans son appartement avec vue sur la baie de San Francisco. J'avais appris que c'était une actrice jolie et intelligente, que l'on aurait qualifiée de prostituée sans l'éminence et la respectabilité de ses clients. Je m'étais imaginé la persuader ou la payer pour qu'elle se confesse au profit des lecteurs du *Star*, et détruise ainsi les perspectives d'Ingleby.

« Mais être avec elle, comme vous le savez désormais, c'est oublier toute résolution, si ferme soit-elle. Être avec elle, c'est commencer un rêve qu'elle seule peut achever. C'est pourquoi aucune révélation sur sa vie avec Howard Ingleby ne fut jamais écrite, et quant à lui, ce ne fut pas à moi qu'il dut sa défaite aux élections. Madeleine a gagné mon silence grâce à la même méthode qu'elle a toujours employée pour arriver à ses fins : un avant-goût de ses plaisirs et une vague promesse d'en offrir davantage.

« Durant les trois années qui suivirent, Madeleine Devereux m'obséda. Elle m'avait bercé de l'illusion qu'elle serait un jour à moi, mais seule la puissance de mon amour obsessionnel pour elle nourrissait un tel espoir. Dans mes moments de lucidité, il m'apparaissait avec la cruauté de l'évidence que, sans argent ni statut, je ne pourrais pas davantage la posséder que les étoiles dans le ciel.

« J'ai dit être amoureux de Madeleine, et je croyais l'être, mais à présent je comprends que l'amour était étrangement absent des nombreux moyens qu'elle avait employés pour m'attirer à elle. Sa sensualité impitoyable inspirait non de l'adoration mais une forme de culte, où jalousie et mésestime de soi prenaient souvent le pas sur le simple désir. Ce qui l'avait ainsi façonnée, je ne l'ai jamais découvert, car elle était aussi muette sur son passé que volubile sur son avenir. Je la soupçonne d'en être venue à me considérer comme quelqu'un avec qui elle pouvait se détendre parce qu'elle ne me devait rien : une compagnie amusante pour heure oisive.

« Au printemps 1881, j'étais venu vivre et travailler à San Francisco, le *Star* de Sacramento et moi nous étant depuis longtemps séparés. Madeleine s'était débarrassée d'Ingleby environ un an auparavant, et partageait désormais ses faveurs entre un hôtelier riche et un magnat de la navigation. Les rares fois où elle consentait à me voir, elle me tourmentait. Quand elle refusait de me voir, c'était pire encore. Je savais que la poursuivre de mes assiduités était vain et absurde. Néanmoins, je m'acharnais. À vous, au moins, je n'ai pas besoin d'expliquer pourquoi.

« Un jour, alors que je quittais les bureaux du journal, je fus abordé par un inconnu qui se présenta comme Alfred Quinn et me demanda de lui accorder quelques minutes. Supposant qu'il avait une histoire à vendre, je me rendis avec lui dans un bar à proximité et écoutai ce qu'il avait à dire.

« Je n'avais pas reconnu Quinn, mais lui m'avait reconnu. Il avait été au service de la famille Davenall pendant plus de vingt ans et avait accompagné Sir Gervase à Carntrassna en 1859 ; il se souvenait de moi lors de cette visite. Il avait consacré beaucoup de temps et d'efforts pour me retrouver, car ma mère était morte l'année précédente, sans compter qu'elle n'avait maintenu, à ma connaissance, aucun lien avec Carntrassna. Quinn refusa de m'expliquer comment il m'avait pisté, et je ne voyais absolument aucune raison à cet acharnement, du moins jusqu'à ce qu'il esquisse le projet qu'il avait échafaudé.

« Vous savez quel était le projet de Quinn. Dès le départ vous aviez soupçonné quelque chose de cet ordre-là. Il m'a montré des photos de James Davenall, héritier disparu d'une dignité de baronnet, et j'ai été stupéfié par la ressemblance : ces photos auraient pu être de moi. Quinn m'expliqua que cela n'était pas si surprenant, dans la mesure où j'étais le demi-frère de James Davenall. Ma mère avait succombé aux charmes de Sir Gervase durant une visite à Carntrassna en 1842, et j'étais le résultat de leur brève liaison. Lady Davenall, qui avait compris la situation depuis le début, avait persuadé mon père de m'élever comme son fils. C'était elle qui avait insisté pour que je reçoive une bonne éducation et c'était elle qui l'avait financée. Sir Gervase n'avait appris mon existence que lors de sa visite suivante à Carntrassna, en 1859. Horrifié par ma ressemblance avec son fils légitime et craignant que notre lien de parenté ne fût révélé au grand jour, il avait versé à mon père une grosse somme d'argent pour qu'il émigre en m'emmenant avec lui.

« Ainsi donc, enfin, de nombreuses choses s'éclairaient pour moi : l'absence de sentiment paternel de mon père ; les soins qu'il m'avait néanmoins prodigués avec largesse ; la source de l'argent avec lequel il s'était installé en Amérique ; les silences nerveux et chargés de culpabilité de ma mère. Mais tout ça n'avait plus guère d'importance. Les personnes impliquées étaient toutes mortes, leurs secrets et leurs péchés depuis longtemps oubliés. Alors pourquoi Quinn avait-il fait la moitié du tour de la terre pour me retrouver ? Régler les comptes pour son maître décédé, certainement pas. En réalité, sa raison était bien ancrée dans le présent et devait nous profiter mutuellement.

« Le James Davenall auquel je ressemblais tant avait disparu, présumé mort, depuis 1871. S'il devait réapparaître, il pourrait revendiquer la fortune, les biens et le titre dont avait récemment hérité son jeune frère. La proposition de Quinn était que, armé de ses connaissances considérables sur la famille, je me fasse passer pour James Davenall, et que je fasse ainsi de nous deux des hommes riches. Sir Gervase et mes parents étaient morts. Tout comme, m'apprit Quinn, la vieille Lady Davenall. Personne à part lui et moi ne connaissait le fond de l'histoire. La fortune était à portée de main. D'après lui, l'échec était presque impossible.

« Mon premier réflexe fut de rejeter cette idée comme une vraie folie. Il y avait une ressemblance physique frappante, certes, mais même Quinn ne pouvait pas connaître tous les détails indispensables pour que je puisse donner le change. De plus, l'homme qui prétendait être Tichborne ne se trouvait-il pas, en ce moment même, en train de moisir dans une geôle anglaise pour avoir tenté une fraude semblable ? Quinn concéda que oui, mais affirmait que nous pourrions apprendre de ses erreurs. Je passerais une année à me bâtir une nouvelle vie loin de San Francisco, sous un nom d'emprunt. Quinn, de son côté, allait chercher la raison qui aurait pu pousser James Davenall au suicide. Nous parerions à la moindre éventualité, nous nous prémunirions contre le moindre défi, fouillerions le moindre aspect de la vie du défunt. Ce n'est qu'une fois le terrain parfaitement préparé que nous passerions à l'action. Et là, nous serions sûrs de gagner.

« C'est quand je lui ai demandé du temps pour réfléchir que Quinn dut sentir qu'il m'avait ferré. De fait, je le soupçonne fortement d'avoir su depuis le début la raison impérieuse qui pourrait me pousser à accepter. Certes je n'avais pas grand-chose à perdre et beaucoup à gagner. Mais surtout je tenais enfin un argument attractif pour éloigner Madeleine de ses hommes politiques dociles et de ses hommes d'affaires serviles. C'était un prix qui éclipserait tout ce qu'elle pourrait jamais espérer obtenir en Californie. Je pouvais lui offrir le statut d'épouse d'un baronnet anglais.

« Plus je repoussais ma réponse définitive à Quinn, plus la probabilité augmentait qu'il obtiendrait celle qu'il souhaitait. Qu'importe la cause – mon enfance de disette émotionnelle, les effets perturbants de la guerre, l'influence morbide de Madeleine –, toujours est-il que je me dirigeais vers une quarantaine solitaire et indigente. Le projet de Quinn, quoique dangereux, m'offrait la seule occasion que j'aurais certainement jamais de m'assurer une nouvelle et meilleure vie.

« Malgré tout, j'hésitais. Non que ma conscience me dissuadât de m'impliquer dans une conspiration criminelle. Après tout, j'étais bel et bien le fils aîné de Sir Gervase Davenall. En ce sens, je ne ferais que revendiquer ce qui m'appartenait de droit. Ce qui me retenait, c'était la peur de l'échec, la crainte non pas tant de l'arrestation et de l'emprisonnement que de découvrir que je n'étais ni assez courageux ni assez intelligent pour jouer la comédie jusqu'au bout.

« Par conséquent, j'ai laissé Madeleine décider pour

moi. Avant de revoir Quinn, je suis allé tout lui raconter. Je l'ai invitée à se joindre à la conspiration. Je lui ai demandé si elle accepterait de devenir ma femme dans le cas où je parviendrais à obtenir la dignité de baronnet et la richesse qui allait avec.

« Si Madeleine avait refusé, j'aurais rejeté la proposition de Quinn. Et alors rien de ce qui s'en est suivi ne serait jamais arrivé. Je regrette aujourd'hui, de tout mon cœur, qu'elle ne l'ait pas fait. Mais elle a accepté. Elle a balayé le moindre de mes scrupules, la moindre de mes réserves. Elle m'a accordé ce que je pensais désirer plus que tout au monde : la promesse qu'elle deviendrait ma femme si j'arrivais à devenir Sir James Davenall. C'est à ce moment-là que j'ai pris conscience pour la première fois que j'allais me lancer. C'est à ce moment-là que la conspiration est véritablement née.

« À ma grande surprise, Quinn ne souleva aucune objection à l'implication de Madeleine. Je m'étais attendu à ce qu'il se montre réticent à mettre une tierce personne dans la confidence, d'autant que cette personne était une femme, mais il y eut au contraire une affinité immédiate entre eux, ce qui me désarçonna complètement. Dernièrement, j'ai fini par me rendre compte qu'ils se reconnaissaient la même veine de fourberie impitoyable et dévorante qui les démarquait du reste de l'humanité, plus velléitaire. Mais à l'époque, j'avais simplement été contrarié par la facilité avec laquelle Quinn avait convaincu Madeleine qu'il pourrait nous fournir toutes les informations dont nous aurions besoin.

« Cependant je ne doutais absolument pas de sa minutie. Il avait apporté des dizaines de photos de

James Davenall, d'innombrables échantillons de son écriture sur des lettres, des chèques et des factures, des épingles à cravate et des boutons de manchettes qui lui avaient appartenu, et même un étui à cigarettes en argent gravé de ses initiales. Il y avait également des photographies de chaque membre vivant de la famille Davenall. Et plusieurs portraits de Constance, ainsi que de son frère, de sa sœur et de ses parents. Il y avait des notes concernant les mensurations de James, la taille qu'il prenait pour ses chapeaux, ses chemises, ses pantalons et ses chaussures, les dates clés de sa vie, son dossier scolaire et sportif de l'école à l'université, des photos de classe, d'équipes, de clubs et de sociétés auxquels il avait appartenu, ainsi que les noms de ses camarades. Il y avait même une copie de la lettre de suicide qu'il avait écrite le 17 juin 1871. Rien n'était laissé au hasard.

« Quinn se refusait à expliquer comment il avait amassé une telle montagne d'informations détaillées. Il était toutefois évident qu'il devait les avoir rassemblées avant d'être congédié par Lady Davenall, ce ne pouvait donc pas être le dépit devant la façon dont elle l'avait traité qui l'avait poussé à m'approcher.

« Quoi qu'il en soit, sur le moment, j'avais d'autres préoccupations que les véritables motivations de Quinn. Il me fallait m'exercer à l'écriture et à la signature de James Davenall pendant des heures et des heures. Suivre l'enseignement de Quinn sur la manière dont son ancien maître marchait et parlait, sur ses expressions préférées, ses tics les plus communs. Il me fallut convaincre un dentiste de m'arracher la dent saine correspondant à celle que James avait perdue.

Il me fallut me laisser pousser la barbe et me mettre à fumer. Toutes ces caractéristiques, ajoutées à ma ressemblance innée avec James en poids, taille et apparence, créaient une adéquation proche de la perfection.

« J'eus largement le temps de m'habituer à ma nouvelle identité durant l'année que je passai à travailler pour une agence publicitaire à Philadelphie. Cela visait à faire de nécessité vertu, étant donné qu'il était essentiel d'établir un passé plausible auquel rattacher ma réapparition en tant que James Davenall, alias Norton. J'ai très peu vu Quinn et Madeleine pendant cette période. Pour des raisons de sécurité, nous communiquions principalement par courrier. Ils passèrent six mois en Angleterre, à rassembler des documents, notamment concernant la santé de James Davenall, laquelle, Quinn en avait la certitude, renfermait l'indice du mobile de son suicide. En se débrouillant pour que Madeleine entre au service du Dr Fiveash, ils furent en mesure de découvrir la vérité de l'affaire. C'est à ce moment-là qu'une guérison spontanée de la syphilis nous est apparue comme une explication satisfaisante à ma réapparition. On m'envoya donc à Paris me procurer un bulletin de santé vierge de toute maladie.

« Arrivé l'été 1882, Quinn décréta que nous étions prêts à passer à l'action. Lorsque je reçus son message m'annonçant que mon année passée à faire profil bas était terminée, je ressentis moins d'angoisse que de soulagement à la perspective de tenter enfin ce que j'avais planifié depuis si longtemps. Jamais pendant ces douze mois je n'avais eu envie de retourner à la vie que j'avais menée à San Francisco. De fait, j'avais répété le rôle de James Davenall de façon si exhaustive qu'il ne m'apparaissait plus du tout comme un rôle. Pendant les mois de sa vie prudente et méticuleuse à Philadelphie, sous l'apparence de James Norton, mon défunt demi-frère que je n'avais jamais rencontré et moi-même en étions venus à former une étrange et puissante unité. D'abord de manière fugitive, puis plus tard durant plusieurs heures d'affilée, j'arrivais à effacer de mon esprit toute conscience de mon véritable passé et de ma véritable identité. J'arrivais à devenir l'homme dont, bientôt, je revendiquerais l'identité.

« Je réservai ma traversée au départ de New York au nom de James Norton, résidant à Philadelphie, et arrivai à Liverpool le 16 septembre 1882, me sentant aussi prêt que possible à affronter le défi qui m'attendait. À partir de ce jour-là, chaque pas devait être effectué avec précaution. Madeleine me retrouva à Birkenhead et nous nous rendîmes ensuite à Chester, où nous restâmes trois jours dans un hôtel sous le nom de M. et Mme Brown, reprenant nos accents américains afin de tromper le personnel, tout en répétant en privé les détails de ma revendication.

« Je n'avais pas vu Madeleine depuis plusieurs mois, et ces quelques jours passés à Chester constituèrent, de fait, la période la plus longue que j'avais jamais passée avec elle. J'avais attendu avec impatience nos retrouvailles, tel un affamé la fin d'un jeûne, mais, étrangement, le moment venu, je me rendis compte que notre séparation forcée avait quelque part brisé mon ensorcellement. Madeleine restait toujours aussi belle et enchanteresse, mais son corps et son esprit n'avaient plus assez de secrets pour conserver l'emprise qu'ils avaient jadis sur moi. Madeleine ressentait-elle la même chose, je ne saurais dire car, si c'était le cas, elle avait pris grand soin de veiller à ne pas le révéler, mais j'avais la certitude que quelque chose avait changé – ou avait été changé – entre nous.

« Après Chester, nous partîmes chacun de son côté. Je me rendis à Londres et pris une chambre au Great Western Hotel, ressentant à mon arrivée à peu près la même chose que ce que, selon moi, James Davenall aurait ressenti s'il était véritablement revenu. Je n'essayai nullement de contacter Quinn, même si Madeleine m'avait expliqué comment procéder, car nous avions décidé qu'à partir de maintenant je devrais aller aussi loin que possible seul. L'argent qu'elle m'avait confié de sa part suffisait largement à mes besoins immédiats et continua à suffire, plus tard, même face aux énormes dépenses judiciaires. Évidemment, Quinn savait qu'il gagnerait plusieurs fois cette somme si nous réussissions, mais comment avait-il amassé le capital nécessaire au financement de ma requête, cela ne fut jamais expliqué.

« Il avait été convenu que j'abattrais ma première carte en me rendant à Cleave Court le 26 septembre, dix jours après mon arrivée en Angleterre. Cela me permit de passer une semaine de solitude à Londres, où je restai principalement dans ma chambre d'hôtel, à m'imprégner de la personnalité que je m'apprêtais à adopter jusqu'au tréfonds de mon âme. Je passais des heures devant la glace à articuler et à répéter ce que je dirais et comment je le dirais. Installé au bureau, je remplissais page après page de mon écriture altérée, répétais à l'infini la signature de James Davenall. Je me rendis à Wapping afin d'élaborer à ma convenance une version détaillée de ce qui avait eu lieu là-bas lors de la dernière nuit de la vie de l'homme que je m'apprêtais à devenir. Sous le couvert de l'obscurité, j'allai jusqu'à Chester Square pour observer Bladeney House, faisant correspondre les fenêtres avec la disposition des pièces que m'avait décrite Quinn, et énumérant intérieurement les portraits qui avaient été accrochés dans la montée d'escalier, où ils se trouvaient toujours, dans l'ordre dont James Davenall se rappellerait.

« Puis, le 25 septembre, juste avant minuit, je brûlai toutes mes notes, mes listes et mes dossiers : bref, tout ce qu'on s'attendrait à trouver chez un imposteur. Le lendemain matin, je quittai l'hôtel, pris un train pour Bath et recommençai la vie d'un homme décédé. Le 26 septembre 1882, James Davenall renaissait de ses cendres.

« Au début, tous mes préparatifs minutieux semblaient avoir été vains. La famille Davenall s'opposait à moi et j'avais toujours su que, sans l'identification d'au moins une personne qui avait été proche de James Davenall, ma ressemblance physique avec lui et ma connaissance de ses affaires n'auraient, en définitive, aucun poids. Il ne semblait alors me rester d'autre option que de tenter ma chance auprès de Constance. Si ne serait-ce qu'un seul Davenall m'avait accepté, j'aime à croire que j'aurais laissé Constance tranquille. Mais cela ne s'est pas passé ainsi.

« Quinn avait conjecturé depuis le début que Constance serait susceptible de me reconnaître, et le cours des choses lui donna raison. Il m'avait raconté le rendez-vous secret de Constance avec James à l'aqueduc, information dont je me suis servi pour lui faire tout de suite de l'effet. Savoir pourquoi James ne pouvait expliquer ses raisons me donnait un avantage crucial mais, dès l'instant où je posai les yeux sur elle, je compris qu'il se jouait autre chose. Elle voulait croire que j'étais James suffisamment fort pour surmonter la moindre réserve. Pourquoi ? Parce qu'elle avait passé sept ans d'une vie conjugale paisible et peu mouvementée à se demander quelle aurait été son existence si seulement James n'avait pas mis fin à ses jours. Le désir, voyez-vous, est la racine de toute conviction. Les Davenall voulaient que James soit mort. Constance voulait qu'il soit vivant.

« Je dois vous dire que dès le début, il y avait aussi quelque chose de mystérieux dans la confiance qu'elle plaçait en moi, quelque chose qui venait aussi bien d'elle que de moi. Ma compassion pour l'épreuve subie par James quand il avait dû abandonner pour son bien la femme qu'il aimait prit une autre épaisseur quand je constatai à quel point Constance trouvait encore poignants les souvenirs de cette époque. Au début, je me suis efforcé de borner fermement cette émotion, sachant que ressentir de l'affection pour elle ne ferait qu'entraver mes efforts pour la duper. Cependant, les présages d'un lien plus puissant persistaient. Comment ai-je deviné les moyens grâce auxquels elle avait cherché à persuader James de ne pas s'enfuir ? La seule réponse plausible se trouve dans l'étrange confiance latente que je ressentais chaque fois que j'avais affaire à elle, autrement dit dans l'intuition qui accompagne souvent l'amour.

« Cela étant, il était certain que Constance ne

témoignerait pas en ma faveur au tribunal si vous le lui interdisiez, or, sans son témoignage, mes perspectives étaient bien sombres. Sa retraite à Salisbury me procura un peu d'espoir, espoir qui se révéla infondé. La seule voie qui me restait semblait l'assignation à comparaître, mais agir ainsi aurait conduit à rompre une promesse et avec elle autre chose, d'une valeur encore plus grande. Il devait exister un autre moyen, et j'étais déterminé à le trouver.

« Quelques jours avant l'audience, je rejoignis Quinn dans sa cachette à Deptford pour lui soumettre mon plan : si nous parvenions à vous discréditer aux yeux de Constance, elle pourrait se laisser persuader de témoigner en ma faveur. Je m'étais attendu à ce que Quinn privilégiât la solution de l'assignation, mais il se révéla que vos tentatives pour le retrouver l'inquiétaient et qu'il était donc favorable à prendre des mesures contre vous. Ce fut votre détermination à prouver l'existence d'un lien entre lui et Marion Whitaker qui le poussa à suggérer que Madeleine serait la personne idéale pour tendre le piège.

« Je m'abstins de poser des questions sur les méthodes choisies par Madeleine mais, quand je lus votre récit sur la manière dont Melanie Rossiter vous avait berné, l'efficacité de ces méthodes devint extrêmement claire.

« Quinn avait su bien avant la famille que c'était la syphilis qui consumait Sir Gervase à petit feu. Il l'avait appris, comme beaucoup de ce qui lui avait servi plus tard, de la bouche même de son maître. Afin de soulager ses symptômes, Sir Gervase était devenu un consommateur régulier de laudanum. Plus tard, quand le dosage était devenu aussi lourd que régulier et son usage, une addiction qui n'était plus strictement liée à ses maux, Quinn était devenu son complice, achetant et administrant fréquemment la drogue. Il avait donc développé une bonne connaissance de ses effets non seulement sur les sens mais aussi sur l'imagination. Et Madeleine devint son élève appliquée.

« C'est l'opium, et non la folie, qui vous a trompé cette nuit-là, Trenchard. Madeleine en avait glissé soit dans votre nourriture, soit dans votre whisky. Elle est venue à vos côtés quand vous étiez en proie au sommeil et à l'influence de la drogue. Elle vous a planté des idées dans la tête, idées qui, dans l'état réceptif de votre imagination, ont germé en visions qui plus tard semblèrent confirmer votre aliénation. Elle vous a attiré dans son lit de sorte que, quand Constance arriverait en réponse à votre télégramme, elle vous y trouverait.

« J'aimerais pouvoir vous laisser vous en tirer à si bon compte, malgré votre tentative de meurtre sur ma personne, mais je crains que vous ne puissiez vous débarrasser de cette expérience aussi facilement. L'opium ne crée pas les désirs, il ne peut que les développer. Autrement dit, ce que vous croyiez faire sous l'influence de la drogue était ce que vous désiriez faire en secret. Melanie est restée dans votre esprit, n'est-ce pas ? Elle est restée dans une sorte de monde de souhaits que vous ne pouvez ni confesser ni accomplir, et ce de manière encore plus prégnante que ce fameux soir.

« À l'époque, bien sûr, tout ce qui m'intéressait était de savoir si le plan avait fonctionné. Horrifiée par votre apparente trahison, Constance est venue me proposer de témoigner en ma faveur. Le risque avait payé. Ce n'est que lorsque je vous ai vu braquer sur moi ce revolver à l'heure de mon triomphe que j'ai compris qu'il avait trop bien payé.

« Mais j'ai survécu. Appelez ça de la chance si vous voulez, mais la chance peut se révéler un allié extrêmement capricieux, songez-y. Elle m'a épargné ce jour-là, c'est vrai, mais uniquement pour faire de moi son jouet perpétuel. Et vous, Trenchard ? Me pensiez-vous votre ennemi ? Je ne l'ai jamais été. Je ne vous tiens pas rigueur de votre geste. J'aurais agi de même. D'ailleurs, je m'apprête peut-être à vous imiter. Ce n'était pas seulement pour ménager Constance que je vous ai fait envoyer ici plutôt qu'en prison ou dans quelque institution sordide réservée aux criminels aliénés. C'était aussi pour me ménager, moi.

« Alors que je guérissais lentement grâce aux soins dévoués de Constance, j'en suis venu à saisir la contradiction ultime dans la méthode que j'avais choisie pour la gagner à ma cause. Je vous avais tellement supplanté dans son affection qu'elle souhaitait désormais ce que je lui avais implicitement promis sans réserve : un avenir où elle serait l'épouse de James Davenall, son premier et seul véritable amour. Pour ajouter une complication à la contradiction, je me rendis compte qu'elle aussi en avait supplanté une autre. L'emprise de Madeleine sur moi s'était relâchée face aux sentiments que j'en étais venu à nourrir pour Constance. Car elle m'avait donné quelque chose que Madeleine ne pourrait jamais m'apporter : le bonheur.

« Pour ne rien arranger, j'avais tout le loisir de me complaire dans ce nouvel état qui était le mien. Madeleine s'attendait à ce que j'entretienne l'illusion maritale de Constance jusqu'à ce que le verdict soit enfin confirmé. Seulement alors exigerait-elle que j'abandonne Constance et que je l'épouse, elle, à la place. Cela, je le savais, serait une condition inaltérable. Peut-être serait-elle piquée par mon désamour, mais sans plus. Ce qu'elle n'accepterait pas, en revanche, c'était mon refus de lui apporter le statut social dont elle rêvait. Là serait le point de friction. Je pouvais encore repousser mon choix de plusieurs mois, mais, tôt ou tard, il me faudrait trancher.

« Oh, il n'y avait jamais eu aucun doute véritable quant à la teneur de mon choix. Car même si je n'étais pas tombé amoureux de Constance, j'aurais malgré tout été incapable de l'abandonner. Inspirer l'amour chez autrui, c'est le faire germer en soi ; le trahir devient impensable. C'est pourquoi les serments prêtés à Constance ont toujours été voués à prévaloir sur les promesses faites à Madeleine.

« Aussi vite après le procès que cela pouvait décemment être organisé, j'ai emmené Constance et Emily faire un tour de l'Europe. J'imagine que Richard vous en a parlé. Pour Constance, cela paraissait une façon agréable de passer les mois qui nous séparaient de notre mariage. Pour moi, c'était une façon de repousser encore un peu plus la confrontation avec Madeleine. Ce fut un échec, d'ailleurs, car elle nous a suivis partout où nous allions, sans jamais se montrer ouvertement mais en s'assurant que je la savais à proximité, attendant avec impatience que j'honore notre marché. Enfin, à Florence, nous nous sommes rencontrés et c'est là que je lui ai annoncé que je ne pourrais pas l'épouser.

«Je savais qu'elle serait furieuse. Je ne pouvais guère lui en vouloir, après tout, quand moi qui avais obtenu ma dignité de baronnet lui en refusais la part qui lui avait été promise. Elle essaya tous les arguments qu'elle savait susceptibles de m'ébranler. Elle me proposa même l'affection dont je la savais incapable. Mais c'était moi, croyais-je, qui détenais la carte maîtresse. Maintenant que la société me reconnaissait comme Sir James Davenall, j'étais hors de sa portée. Je n'avais plus besoin de son aide. Maintenant que j'étais un homme fortuné, elle pouvait avoir autant d'argent qu'elle le souhaitait, mais ses réclamations s'arrêtaient là.

«C'est du moins ce que je croyais. Quand Madeleine me menaça sans les nommer de conséquences redoutables si j'épousais Constance, je pensais qu'elle bluffait. J'étais véritablement persuadé qu'elle ne pouvait plus m'atteindre. Je me trompais. Les menaces de Madeleine Devereux ne sont jamais creuses. Les conséquences dont elle parlait étaient bel et bien réelles et plus effroyables que ce que j'aurais jamais imaginé.

«Toutefois, en attendant, le danger venait d'ailleurs. Les démarches que nous avions entreprises pour couvrir ma piste aux États-Unis assuraient que personne ne pouvait relier James Norton, habitant à Philadelphie, avec Stephen Lennox, habitant à San Francisco, à moins de laisser échapper que je connaissais l'existence de Lennox. Pour m'en prémunir, je tournai à mon avantage la décision de Hugo d'impliquer le prince Napoléon, en lui rappelant un épisode scandaleux de son passé. Dans un moment de franchise opiacée, Quinn avait appris de Sir Gervase qu'il avait fait un enfant à la gouvernante de sa femme. Quelle meilleure fausse piste pouvais-je donc faire germer dans l'esprit de mes adversaires qu'une information susceptible de laisser imaginer que j'étais cet enfant ? Seul Richard sembla voir clair dans mon jeu. Qu'est-ce qui avait bien pu déclencher ses soupçons d'avoir commis une erreur en changeant d'avis sur mon compte, je n'en sais rien, en tout cas il est certain qu'arrivé le mois de février de cette année, il s'était mis à nourrir de sérieux doutes quant à mon identité, et à les relier aux événements de Carntrassna. Il revenait sans cesse sur ce sujet, comme un chien sur son os, et manifestement avec encore plus d'énergie après le procès qu'avant.

« C'est Richard qui sans le vouloir me dévoila une vérité dérangeante : Quinn avait menti. Au printemps 1881, il m'avait dit que Mary Davenall était déjà morte, or d'après Richard elle n'était morte en réalité qu'en février 1882, quand j'étais à Philadelphie, et encore, pas même de causes naturelles. À la conclusion évidente – Quinn l'avait assassinée –, je ne daignais pas accorder trop d'attention. Comme Quinn devait l'avoir compris, jamais je ne me serais lancé dans cette conspiration si j'avais su qu'elle était toujours en vie, mais il était désormais trop tard pour faire machine arrière. Ce qui me frappait le plus, c'était que cet assassinat constituait le seul défaut d'un plan que j'avais jusque-là cru réellement sans faille. C'est cet homicide qui finit par persuader Richard que c'était en Irlande qu'il fallait chercher la vérité. Si Mary Davenall était morte dans son sommeil à l'âge de quatre-vingts ans, il n'aurait jamais insisté pour se rendre à Carntrassna. Et, s'il n'y était pas allé, il n'aurait jamais déniché Denzil O'Shaughnessy.

« N'ayant aucun moyen d'intervenir dans les recherches de Richard, je ne pouvais qu'espérer qu'il reviendrait les mains vides. En lieu et place, mes pires craintes se matérialisèrent. À son retour, il m'annonça qu'il ne me laisserait pas épouser Constance tant que je n'aurais pas été confronté à O'Shaughnessy.

« Il ne me restait plus qu'à essayer de fanfaronner. Je n'avais aucune raison de penser que O'Shaughnessy ne me reconnaîtrait pas, mais je savais que refuser cette confrontation conduirait à ma ruine certaine. Je ne pouvais pas non plus fuir sans reconnaître ma culpabilité. C'est pourquoi, espérant en dépit de tout parvenir d'une manière ou d'une autre à conserver l'amour de Constance, je campai sur ma position.

« Avant la tenue de la réunion, j'informai mes complices que la partie était presque certainement perdue. Quinn ne reconnut ni ne nia qu'il avait tué Mary Davenall, mais il m'expliqua clairement qu'il pensait pouvoir fort bien survivre à ma chute. Il avait tiré suffisamment profit du domaine des Davenall depuis que j'en avais acquis le contrôle pour s'assurer un avenir confortable, et il était certain que notre lien ne pourrait jamais être prouvé. Dorénavant, ma dénonciation était une perte qu'il pouvait se permettre de supporter.

« C'est donc seul et, comme je le croyais, abandonné que je fis face samedi dernier à O'Shaughnessy dans le bureau de Richard et que je m'armai de courage pour affronter l'inévitable. Toutefois, inexplicablement, O'Shaughnessy m'épargna. Il était clair depuis le départ qu'il m'avait reconnu, et pourtant il mentit au sujet d'une cicatrice que je n'avais jamais eue afin de prouver à la satisfaction de tous que je n'étais pas Stephen Lennox.

«Pourquoi eut-il pitié de moi, je n'aurais su dire, et, dans les circonstances, je ne pouvais guère lui poser la question. La conséquence de son geste, cependant, fut indubitable. Cela coupa l'herbe sous le pied de mes accusateurs. Ce qui pour eux aurait dû prouver que je n'étais pas Sir James Davenall prouva tout le contraire au-delà du moindre doute. Non seulement ma nouvelle identité était intacte, quand j'avais craint qu'elle ne s'éboule à mes pieds, mais encore elle était devenue imprenable.»

«Un ami à vous, c'est cela?» s'enquit Abel, après qu'ils étaient restés un moment en silence sous les avant-toits de la pagode.

Trenchard le dévisagea comme s'il n'avait pas entendu la question, comme si ses pensées avaient été si fermement ancrées ailleurs qu'elles peinaient à s'ajuster au présent.

«Votre visiteur. Celui dont vous ne pouvez rien me dire. J'aurais pensé que vous pourriez au moins m'indiquer s'il s'agissait ou non d'un ami.

— Je ne pensais pas qu'il l'était. Maintenant je n'en suis plus si sûr.

— Pourquoi? Qu'est-ce qui a changé?

— Rien. Rien du tout.»

Trenchard porta son regard au loin.

«Mais ça changera bientôt. Demain, pour être exact. Demain, tout va changer.»

*

C'était la fin d'après-midi quand Richard rentra à Londres, mais il était tellement fatigué qu'il aurait pu être minuit. Chaque tournant dans sa poursuite de James, depuis qu'il l'avait entamée plus d'un an auparavant, l'avait conduit sur une route tortueuse qui ne menait nulle part. Tout le monde lui mentait-il ? Ou les gens étaient-ils tous aussi impuissants que lui ?

N'étant plus sûr de rien, hormis que, comme toujours, James avait plusieurs longueurs d'avance sur lui, Richard se dirigeait vers Highgate. Déjà la nuit menaçait, la troisième nuit de la disparition de Sir James Davenall, et Richard se sentait las jusqu'au tréfonds de son être. Dans la solitude de son foyer, il pouvait au moins espérer trouver un peu de repos.

Mais il n'en fut rien. Braddock l'accueillit avec une nouvelle surprenante.

« Lady Davenall vous attend au salon, monsieur.

— Constance est là ?

— Non, monsieur. La douairière. »

Catherine était venue le voir. Elle qui était connue pour son inflexibilité avait brisé son propre embargo. Peut-être James lui avait-il écrit à elle aussi, songea Richard, tandis qu'il parcourait le couloir à la hâte.

« Où est mon fils, Richard ? »

Rien n'avait changé. Il le voyait à son expression. Elle était venue parce qu'elle voulait des informations, rien d'autre. Le segment du passé qu'ils avaient partagé resterait aussi lointain que jamais.

« L'inspecteur Gow vous a certainement dit que James...

— Mon vrai fils, Richard, pas l'homme que certains

ont la stupidité de prendre pour mon fils. Je me contrefiche de savoir où est passé *celui-là*. C'est pour Hugo que je m'inquiète.

— Hugo ?

— Il est parti à l'étranger. Savez-vous où – ou pour combien de temps ?

— Je n'en ai aucune idée. Je ne savais même pas qu'il partait. »

En vérité, il avait largement oublié les faits et gestes de Hugo depuis son séjour à Carntrassna. Il avait tristement supposé que ce jeune écervelé devait noyer ses journées dans l'alcool à Duke Street.

« Quand l'avez-vous vu pour la dernière fois ?

— Cela doit remonter à plusieurs mois. »

Catherine se rapprocha et dans son regard se révéla un peu de sa haine envers lui.

« Je vois que vous vous inquiétez beaucoup pour lui. Au plus fort de sa détresse, vous lui avez tourné le dos.

— C'est faux.

— Saviez-vous qu'il avait quitté son club parce que ce Norton y avait été admis ?

— Non.

— Lui avez-vous rendu visite depuis son départ de Bladeney House ?

— Non.

— Alors comment pouvez-vous le nier ? Vous l'avez abandonné – comme tous les autres. »

Avec cette pique, Catherine réussit ce qui tenait de l'exploit : elle mit en colère Richard, qui, trop épuisé par tout ce qu'il avait enduré pour s'accrocher à l'apaisement, contre-attaqua.

« Vous m'aviez dit de le laisser tranquille. Alors oui, si je *l'ai* abandonné, c'est sur votre insistance. »

À cela Catherine n'avait rien à répondre. Dans ce qui s'apparentait le plus chez elle à un aveu de culpabilité, elle recula et détourna le regard.

« Pourquoi pensiez-vous que je saurais où il est passé ? »

Il y avait désormais dans la voix de Catherine l'écho d'une faiblesse.

« Je l'espérais, c'est tout. Je m'inquiète pour lui, Richard. Je m'inquiète de ses intentions.

— À votre avis, quelles sont-elles ?

— Je ne sais pas. Je suis venue à Londres pour lui parler de la disparition de Norton et de ce qu'elle pourrait signifier, et là j'ai découvert que lui aussi avait disparu. Greenwood m'a dit qu'il était parti tôt ce matin, avec Freddy Cleveland, à destination de l'Europe continentale.

— Un week-end prolongé à Paris : voilà probablement ce qu'ils ont en tête.

— Non. Greenwood m'a expliqué que Norton était venu voir Hugo tard le mercredi soir.

— Il est venu voir Hugo ? Mercredi ?

— Exactement. Après sa disparition de Cleave Court. Greenwood n'est pas très sûr de l'heure, parce qu'il dormait dans son lit, mais d'après lui ce devait être en plein cœur de la nuit : à 2 ou 3 heures hier matin. Il a été réveillé par Hugo qui raccompagnait un visiteur à la porte. Quand il a regardé par la fenêtre, il a vu ce visiteur s'éloigner dans la rue : il est sûr qu'il s'agissait de Norton. Hugo n'était pas encore rentré quand Greenwood est allé se coucher, il ne sait donc pas s'ils étaient arrivés ensemble ou non. En tout cas, le matin venu, Hugo lui a intimé de lui préparer un bagage : juste de quoi partir quelques jours. Il est resté toute la journée d'hier dehors, puis Freddy Cleveland est passé le prendre chez lui ce matin et ils sont partis. »

Richard lui posa une main sur le bras ; aucun d'eux ne remarqua ni ne regretta ce geste de consolation.

« Avec Freddy, ce ne peut être que des vacances.

— Non. La coïncidence est trop frappante. Ils sont allés retrouver Norton, je le sais. Greenwood m'a confié autre chose. Hugo s'est exercé au tir à la cible ces trois derniers mois.

— Quoi ?

— Avec les vieux pistolets de duel de Gervase. Il les a fait remettre en état, Richard. Et quand Greenwood a voulu me montrer où il les rangeait... ils n'étaient plus là. Vous comprenez, maintenant ? »

*

Toby Leighton était rarement au mieux de sa forme avant 8 heures du soir, surtout quand il était réveillé brusquement d'un somme préprandial pour s'entendre dire qu'un proche de Hugo Davenall aux manières peu délicates insistait pour le voir.

« Cela n'aurait-il pas pu attendre ? s'enquit-il plaintivement en trouvant Richard Davenall qui arpentait le tapis dans le salon de son père.

— Non, ça n'aurait pas pu. Où est Freddy Cleveland ?

— Freddy ? Il est parti à l'étranger, je...

— On m'a dit au club que vous sauriez peut-être où il était allé.

— Ah, oui. »

Toby se gratta la tête.

« Il m'en a touché un mot quand je suis tombé sur lui hier soir.

— Et alors ?

— Ostende, je crois. À moins que ce fût l'Autriche ? Non. Ostende, j'en suis sûr.

— A-t-il précisé quand il reviendrait ?

— Demain soir, autant que je m'en souvienne. Du coup, ça prouve que ça ne pouvait pas être l'Aut...

— A-t-il expliqué pourquoi il partait ? »

Toby fronça les sourcils ; l'effort de mémoire était douloureux.

« Non. Mais cela étant, il...

— Ou avec qui ?

— Non. D'ailleurs, tout ce qu'il a dit, c'est qu'il était obligé de partir. L'appel du devoir. Une idiotie de ce genre. Je n'y ai guère prêté attention. Mais ça ne le réjouissait pas, ça, je m'en souviens. Fichtre, c'était la première fois que je le voyais comme ça : on aurait dit qu'il avait avalé un cintre. »

Richard Davenall se dirigeait déjà vers la porte, sans même un remerciement.

« Pourquoi tant d'empressement ? lança Toby. On croirait que c'est une question de vie ou de mort. »

20

Le 29 décembre 1883, l'aube se leva tard sur la côte belge, et encore plus tard là où la brume marine était la plus épaisse, sur le long rivage plat bordé de dunes qui se déployait du nord-est d'Ostende jusqu'à la frontière hollandaise.

Sur la petite route côtière à mi-chemin entre Ostende et Blankenberge, un seul véhicule était visible à cette heure matinale : un cabriolet, occupé par un cocher et deux passagers, filant dans un bruit d'enfer à une telle allure qu'on pouvait penser qu'ils étaient déjà en retard à un rendez-vous. Ces passagers étaient Hugo Davenall et Freddy Cleveland, qui avaient pour seul bagage une boîte mince mais pesante présentement dissimulée sous le manteau de Freddy.

Alors que le cabriolet parvenait au sommet d'un petit promontoire entre les dunes, Hugo tira une montre de la poche de son gilet et consulta le cadran. Puis, avec un regard de reproche à Freddy, il déclara :

« Nous allons être en retard.

— On n'y peut rien, mon vieux, rétorqua Freddy. Cet homme va déjà à bride abattue. En plus, je croyais que tu m'avais dit que Norton attendrait notre arrivée.

— Oh, çà, il attendra, répondit Hugo en plissant les yeux. Simplement, je ne veux pas qu'il pense que je me suis dégonflé. »

Le plus étonnant, selon Freddy, c'était justement que Hugo ne se soit pas dégonflé. Il s'était écoulé plus de vingt-quatre heures depuis l'acceptation inattendue du duel par Norton, mais la détermination de Hugo d'aller jusqu'au bout de ce que Freddy considérait comme un coup de folie n'avait montré aucun signe de fléchissement. Freddy avait espéré que Hugo prît peur à défaut d'entendre raison, mais non. La veille, tout au long de la journée, il était resté étrangement calme, eu égard à ce qu'il se proposait d'entreprendre. Une traversée en ferry depuis Douvres et une nuit dans un hôtel d'Ostende n'avaient pas non plus entamé sa résolution. Il allait affronter Norton, point final.

Par conséquent, ce trajet matinal le long d'une côte drapée de brume sinistrement déserte voyait Freddy comme le plus nerveux des deux. Il n'aurait jamais dû accepter de jouer le rôle du témoin, et encore moins d'accompagner Hugo en Belgique. Il aurait dû aller demander à un membre de la famille Davenall d'intervenir. À défaut, il aurait dû aller voir la police. Mais, à chaque étape, il s'était dit que rien de vraiment terrible ne pouvait découler d'un duel. Hugo annulerait. Ou Norton. Au pire des cas, ils se contenteraient d'échanger un tir à bonne distance sans que personne fût blessé et s'en tiendraient là. Leur honneur, quel qu'il fût, serait sauf et l'esprit de Freddy soulagé.

Mais maintenant qu'il contemplait la plage de sable gris sans un souffle d'air derrière les dunes, léchée au rythme lent et silencieux de la marée, Freddy ne ressentait qu'une angoisse croissante à l'idée de la rencontre qui allait bientôt se dérouler. Quand il reporta son attention sur Hugo, il reconnut à peine son ami. Son expression lui rappelait les mots qui l'avaient hanté pendant sa nuit d'insomnie à Ostende, un extrait du poème «*Idylls of the King*» d'Alfred Tennyson, oublié depuis ses études à Oxford, mais qui lui revenait désormais irrésistiblement:

… là, en ce jour où la grandiose lumière du ciel
Brûlait au plus bas dans le roulis de l'année,
Sur cette étendue de sable au bord de cette étendue de mer ils s'arrêtèrent.

«Qu'est-ce que tu dis?» aboya Hugo.

Freddy sursauta sur la banquette. Il devait avoir prononcé ces derniers mots tout haut.

«Rien, répondit-il. Rien du tout, mon vieux.»

Soudain, Hugo fut distrait par une borne kilométrique sur le bas-côté. Quand ils passèrent devant à toute vitesse, il se pencha par la portière pour lire l'inscription. Puis il se retourna vers Freddy, tout sourire.

«Sept kilomètres avant Blankenberge, annonça-t-il. Donc plus que cinq avant notre lieu de rendez-vous.»

Freddy frissonna. Sur le visage crispé de son ami, rouge d'impatience, il reconnut enfin ce qu'il redoutait réellement. La veille, à Londres, cela lui avait fugitivement paru le plus absurde des soupçons. Mais à présent que leur fiacre cahotait vers sa destination à travers la danse salée du brouillard, c'était devenu une certitude irrésistible. Il n'y aurait aucun compromis, aucune annulation du duel, aucun rabibochage, aucun tir en l'air symbolique. Hugo veillerait à ce que ce duel fût mené à son terme.

*

Un fiacre solitaire longeait à vive allure les maisons aux volets clos qui bordaient Kapellestraat à Ostende, où le martèlement des sabots du cheval et le cliquetis des roues sur les pavés étaient amplifiés dans le crépuscule gris par le silence résiduel de la nuit.

À l'intérieur du fiacre, ballottés, cahotés, se trouvaient Richard et Catherine Davenall, dont le teint pâle et les traits tirés révélaient les heures d'angoisse qu'ils avaient traversées depuis leur découverte de la voie dangereuse sur laquelle s'était aventuré leur fils. Moins d'une heure auparavant, le ferry qui les avait transportés depuis Douvres avait accosté le quai. Ils s'étaient aussitôt empressés de faire le tour des hôtels d'Ostende, en quête de celui où Hugo et Freddy étaient descendus. Leur troisième tentative avait été la bonne, mais le portier de nuit aux yeux chassieux leur avait annoncé qu'ils arrivaient trop tard: les deux jeunes gens étaient partis depuis une heure à bord d'un cabriolet de location à destination de Blankenberge.

«Le portier a dit que Freddy transportait une mallette, murmura Catherine, qui ouvrait la bouche pour la première fois depuis qu'ils avaient quitté l'hôtel.

— Je sais, répondit Richard, et Blankenberge est un endroit tranquille au milieu des dunes. Mais en cabriolet, il leur faudra une bonne heure pour y arriver. Nous pourrons y être en moitié moins de temps.»

Il avait calculé que, s'ils arrivaient à prendre le

train qui partirait pour Bruges d'ici cinq minutes, et de là à changer pour un autre train à destination de Blankenberge, il serait peut-être encore temps de prévenir la folie que Hugo envisageait. Il lui était inutile d'ajouter qu'ils n'avaient aucun moyen de connaître la destination précise de Hugo, ni que l'aube, l'heure des duels par excellence, les avait déjà rattrapés. Catherine et lui savaient pertinemment à quel point il était en réalité peu probable qu'ils arrivassent à temps.

«Pauvre Hugo, murmura Catherine, autant, semblait-il, pour elle qu'à l'adresse de Richard. Je n'avais aucune idée qu'il en serait réduit à une telle extrémité.

— Moi non plus, se lamenta Richard. D'après ce qu'on m'a dit au club, il a lancé ce duel il y a plus d'un mois.

— Pourquoi Norton a-t-il accepté? Qu'a-t-il à gagner là-dedans? Il ne veut tout de même pas tuer Hugo.

— Il le voit peut-être comme une façon de prouver enfin qu'il *est* James.

— Rien ne peut le prouver.

— Pas même risquer sa vie pour obtenir la reconnaissance de son frère?»

Une expression flotta alors sur le visage de Catherine, trahissant que, pour la toute première fois, sa certitude que Sir James Davenall n'était pas son fils avait cessé d'être absolue. Mais cette expression disparut à peine formée.

«Non, rétorqua-t-elle, opiniâtre. Pas même ça.

— Dans ce cas, espérons et prions qu'il ne leur arrive aucun mal.

— Je ne m'inquiète que pour Hugo.

— Vous ne devriez pas. Pensez à ce qui se passerait... si l'un ou l'autre... »

La voix de Richard se brisa dans le silence, comme s'il n'osait pas tenter la Providence en exprimant ce qui lui trottait dans la tête. Depuis leur départ de Londres, il n'avait cessé d'être préoccupé par ce que diraient les gens si du sang était versé lors d'un duel fratricide. Et il avait pris conscience de ce qui n'avait manifestement pas effleuré Catherine. Se livrer à un duel, c'était s'exposer au mépris. Le remporter, c'était courir droit à sa perte.

*

Assis au sommet hirsute de la dernière dune avant qu'une vaste plage belge ne s'étire vers la mer du Nord, Sir James Davenall fumait une cigarette, le regard perdu dans l'horizon brumeux. À l'exception d'un mouvement occasionnel du bras quand il portait sa cigarette à ses lèvres, il était parfaitement immobile, manifestement insensible au froid mordant, content d'attendre calmement que l'aube lui apportât ce qu'il savait qu'elle lui apporterait.

Un deuxième homme faisait des va-et-vient sur le sable au pied de la dune : grand, vêtu d'une cape noire et d'un haut-de-forme, il rejetait compulsivement la tête en arrière et reniflait bruyamment en jetant des regards impatients autour de lui. Son bouc noir et son nez aquilin prononcé auraient suffi à évoquer une nature aristocratique brutale, même sans la longue cicatrice qui barrait le côté droit de son visage en lui maintenant l'œil dans une position à demi fermée, et qui apparaissait maintenant, dans l'air glacial, d'un rouge écarlate sur sa joue blanche décharnée.

Levant la tête vers Sir James, l'homme tira d'une poche intérieure le goulot d'une flasque et haussa son sourcil gauche indemne. Plusieurs secondes s'écoulèrent, puis Sir James secoua la tête. L'homme haussa les épaules et laissa retomber la flasque dans sa poche. Puis il rejeta la tête en arrière, renifla et déclara, avec un fort accent germanique :

« L'alcool pourrait empêcher votre main de trembler, Sir James. »

En guise de réponse, ce dernier tendit le bras droit. La cigarette était tenue fermement entre ses doigts, une longueur de cendre restait figée à l'extrémité, la fine volute de fumée montait à la verticale dans l'air immobile.

« La marée monte, poursuivit l'autre. Votre frère va être très en retard, à votre avis ? »

La note d'angoisse qui perçait dans sa voix n'échappa pas à Sir James, qui sourit faiblement, comme pour signaler qu'il savait ce qui l'avait déclenchée.

« Peut-être… », commença l'autre.

Le regard de James, qui s'était brusquement porté vers le haut, le réduisit au silence. Il se retourna : à une cinquantaine de mètres débouchaient d'un sentier grossièrement tracé entre les dunes pour descendre sur la plage deux hommes, dont l'un portait quelque chose sous le bras : un mince coffret en bois.

« Ah, fit l'homme avec un soulagement indubitable. Alors il est venu, finalement.

— Oui, répondit Sir James après un long silence. Il est venu. Rappelez-vous je vous prie ce dont nous sommes convenus, *Herr Major*. Je ne veux pas d'erreur.

— Il n'y en aura pas, Sir James, croyez-moi. Tout se passera comme prévu. ».

Sur ce, il sourit, mais Sir James ne le vit pas, et peut-être cela valait-il mieux pour sa tranquillité d'esprit, car sur pareil visage, un sourire est bien pire qu'une grimace.

*

Comme l'horloge de son salon dans l'asile de Ticehurst sonnait la demi-heure, Trenchard se leva du fauteuil où il avait passé une nuit d'insomnie et se dirigea vers la fenêtre. C'était la même morne note métallique qui avait marqué tous les innombrables intervalles de son confinement, mais cette fois-ci sa précision ne fut pas vaine. Cette fois-ci, elle ne lui rappela pas le peu de changements qui avaient eu lieu, mais le grand nombre de ceux qui allaient survenir.

Il ouvrit les rideaux d'un coup sec et observa le lent éveil du monde. Nul oiseau ne fendait le ciel menaçant, nulle silhouette ne se mouvait sur le gravier clair de l'allée. Tout était silencieux et immobile, prisonnier des tensions de la nuit, captif de sa connaissance anticipée de la journée.

Il jeta de nouveau un œil à l'horloge. Une autre minute venait de s'écouler, un autre fragment du samedi 29 décembre 1883 venait de s'effacer. C'était en train de se passer, il le savait, alors même qu'il se tenait là, témoin reculé et consentant. Sur une plage, de l'autre côté de la Manche... Il le savait, parce que Norton le lui avait dit.

« Je ne m'attendais pas à ce que Madeleine me recontacte. J'avais supposé que mon mariage avec Constance mettrait un terme à ses poursuites, qu'elle comprendrait la futilité de son harcèlement, qu'elle prendrait ce qu'elle estimait être son dû sur le compte en banque que j'avais ouvert à Zurich et disparaîtrait de ma vie.

« Et pourtant, le jour de Noël, trois jours après que Constance et moi étions arrivés à Cleave Court en tant que Sir James et Lady Davenall, une lettre fut déposée de manière anonyme à la maison et me fut apportée pendant le thé. Je reconnus aussitôt l'écriture de Madeleine sur l'enveloppe, mais je l'ouvris d'un geste négligé pour ne pas alerter Constance.

« *Retrouve-moi à l'aqueduc de Dundas*, était-il écrit, *à 8 h 30 demain matin. Ne me fais pas faux bond cette dernière fois. M.*

« Qu'est-ce qui l'avait poussée à me demander une chose pareille, je n'en avais aucune idée. Ma première impulsion fut de ne pas y aller, ne serait-ce que parce que son choix de lieu de rendez-vous semblait inutilement lourd de sous-entendus. Puis je songeai que, si je ne la retrouvais pas comme elle me le demandait, elle risquait de venir à la maison. Même si je ne croyais pas trop qu'elle s'exposerait au danger induit par une telle visite, je ne pouvais pas me permettre de courir ce risque. Sans compter qu'elle parlait d'un *dernier* rendez-vous, et je ne pouvais pas m'empêcher de me dire que je lui devais bien ça, étant donné mon refus de faire d'elle Lady Davenall.

« Ainsi donc, le lendemain, avant l'aube, je me levai et m'éclipsai de la maison sans réveiller Constance. J'avais l'intention de lui expliquer plus tard que j'étais allé me promener, ce qui aurait paru tout à fait innocent. Je n'avais absolument aucun doute, alors que je descendais rapidement l'allée, que je serais vite revenu pour apaiser les craintes qui seraient peut-être nées durant mon absence. Je me suis même arrêté afin d'échanger deux mots avec Nanny Pursglove en lui disant que je ferais un saut chez elle à mon retour. Je n'en avais, lui assurai-je, que pour une trentaine de minutes.

« Soudain, alors que je m'engageais d'un pas leste sur le chemin de halage en direction du nord, impatient d'arriver à l'aqueduc et d'en finir avec cette rencontre, je le vis. C'était un matin brumeux et glacial sans un souffle d'air: aucun bruit, aucun mouvement sur le canal ne brisait l'emprise inerte de l'hiver. L'eau lisse était d'un gris implacable, les roseaux sur la berge voûtés, désolés, les arbres le long du chemin d'une nudité austère. Aucun poisson ne bondissait, aucune poule d'eau ne venait titiller mon champ de vision. Quand je le vis, même du coin de l'œil, il n'y avait pas d'erreur possible. Il était là.

« Je l'avais vu deux fois auparavant. Dans la cathédrale de Salisbury, quand le chanoine Sumner avait proposé de prier pour moi, il était apparu dans les stalles du chœur. Et à Wapping Old Stairs, quand j'avais trop bien retracé ses derniers pas dans ce monde, son corps, noyé, m'était apparu à la surface de l'eau. Et voilà qu'il revenait. Silhouette entraperçue sur la berge opposée du canal, marchant à la même vitesse que moi tandis que je m'évertuais à continuer ma route, elle semblait ne pas se presser et pourtant ne se laissait jamais distancer même quand j'accélérais.

« Quand je m'arrêtais, il s'arrêtait. Quand je repartais, il repartait. Je rassemblai alors le courage de me tourner pour le regarder en face, et mon espoir forcené qu'il n'était pas celui que je croyais vola en éclats. De l'autre côté, la berge était déserte. Et pourtant, quand je détournai la tête, il réapparut. S'il refusait de me laisser, il refusait aussi de me défier.

« Non, Trenchard, je ne suis pas fou. Que savons-nous de lui, vous et moi ? Que nous importe cet homme dont nous avons tous deux essayé, à notre manière, de prendre la place dans ce monde ? Était-il l'homme dont j'avais dressé le portrait à un jury crédule ? Ou quelqu'un d'autre, quelqu'un à la personnalité plus noble et plus raffinée que ce à quoi je pouvais prétendre ?

« Quand j'ai appris ce qui l'avait poussé au suicide, savez-vous ce que j'ai ressenti ? Je ne l'ai encore jamais confié à personne. On aurait jugé cela absurde. Je me suis senti fier de lui. C'est peut-être bien absurde, d'ailleurs, mais je me sentais fier de mon frère James. Évidemment, c'étaient l'envie et l'ambition qui m'aiguillonnaient, mais quelque part, au tréfonds de mon être, je souhaitais conférer une sorte de sens solennel à sa vie – et à sa mort.

« Je ne m'attends pas à ce que vous compreniez. Mais je crois que lui comprend. Au début, je craignais ses visites. À présent, je vois la vérité. Elles constituaient son geste fraternel à lui. Il ne venait pas me menacer. Il venait m'alerter.

« C'est pour cela qu'il disparut lorsque je franchis le virage du canal et vis Madeleine m'attendre sur l'aqueduc. Car il comprit alors qu'il m'alertait en vain. J'allais entendre ce qu'elle avait à dire. »

*

Freddy Cleveland observa tour à tour les Davenall. Hugo, telle une gravure, regardait droit devant lui, seul le bruit de ses inspirations saccadées trahissait son agitation. En face, le regard de James, par contraste, était presque trop désinvolte pour mériter d'être décrit, le seul mouvement de son visage était un tic occasionnel qui tirait sur le coin de sa bouche et aurait pu dénoter un sourire qu'il refusait de laisser apparaître.

Quant au témoin de James, qu'il avait présenté comme le major Reinhardt Bauer de l'armée impériale autrichienne, Freddy avait rarement posé les yeux sur quelqu'un qui lui inspirait instinctivement autant de méfiance. Scarifié, le rictus mauvais, pareil à quelque oiseau de proie croassant, pourquoi était-il là ? L'amusement ? l'argent ? ou la satisfaction d'un goût pervers pour les bains de sang ?

Quelle que fût la raison, Freddy savait qu'il ne pouvait ni la partager ni la respecter. S'échinant à ramener ses pensées à ce qui semblait devenir chaque instant un peu plus inévitable, il s'efforça de se rappeler comment en temps normal il aurait ri tout haut de voir quatre hommes, costume austère et mine sombre, se tenir sur une plage déserte et isolée avec la ferme intention d'observer un code de l'honneur désuet. Seul quelque chose dans le moment et le lieu – cette heure que cédait à contrecœur un matin gris et froid d'hiver, ce rivage interminable de sable léché par la mer où l'infini semblait presque tangible – pouvait expliquer pourquoi il acceptait de jouer docilement son rôle. Quand il parla, ce ne fut pas pour exiger de ses compagnons qu'ils se ressaisissent, mais pour prononcer le seul appel à la raison autorisé par les canons du duel.

«Major Bauer, Sir James se sent-il en mesure de dire quoi que ce soit qui pourrait apaiser mon ami? Il n'est pas trop tard pour se réconcilier, vous en conviendrez certainement.»

Mais ses mots étaient nourris par le plus déraisonnable des espoirs. Le compromis était un tambour au rythme duquel le major Bauer n'avait jamais défilé.

«Sir James n'a rien à dire, *Herr* Cleveland. Naturellement, si *Herr* Davenall prononçait des excuses inconditionnelles et retirait sa calomnie contre Sir James, nous pourrions…

— Jamais! aboya Hugo. Je ne retirerai rien, que diable!»

Puis il ajouta en regardant James droit dans les yeux:
«Cet homme est un imposteur. C'est clair?
— Assez clair, répondit Bauer, pour rendre tout prolongement de cette discussion inutile, n'est-il pas, *Herr* Cleveland?»

Puis, prenant le silence de Freddy pour une réponse positive, il poursuivit.

«Dans ce cas, peut-être auriez-vous la bonté d'ouvrir ce coffret et de laisser Sir James choisir son arme?»

*

« Appuyée contre le parapet, Madeleine contemplait les méandres de la rivière à travers les champs zébrés de brume. Elle savait que j'avais retrouvé Constance ici quinze mois auparavant. Elle le savait parce que nous avions planifié cette rencontre ensemble. Ce que nous n'avions pas planifié, c'était à quel point cette occasion allait compter pour moi. C'est pourquoi, j'imagine, elle avait de nouveau choisi cet endroit, quand l'hiver avait étranglé toute couleur, toute chaleur, afin de me rappeler la manière dont je l'avais trahie.

« Je m'appuyai à mon tour contre le parapet et essayai de la regarder dans les yeux, mais elle garda les siens fixés sur la rivière et les prairies givrées à ses pieds. Il s'écoula ce qui me parut une éternité, mais qui n'avait duré sûrement qu'une minute, puis elle murmura :

"Ainsi, tu es venu.

— Je suis venu parce que tu as écrit *cette dernière fois*.

— Oh, ça le sera, tu peux en être sûr.

— Si ce sont des excuses que tu veux…

— Des excuses ?"

« Soudain elle se retourna et me regarda droit dans les yeux.

"Tu penses que tu peux t'excuser d'avoir épousé cette femme en secret, quand tu avais promis de m'épouser, moi ?

— Voilà des mois que tu connaissais mon intention d'épouser Constance. Ce n'est pas pour te duper que le mariage a été avancé.

— Tu penses que je vais avaler ça ?

— Il se trouve que c'est la vérité.

— Je t'avais donné jusqu'à dimanche pour te débarrasser d'elle. Et voilà qu'en me rendant à Bladeney House, je m'entends dire par un *domestique* que tu l'as épousée l'après-midi précédent."

« La rage qui bouillonnait dans son expression commençait à me troubler. Je m'étais attendu à du mépris, pas à de la colère ; à des menaces, pas à des récriminations.

"Je t'ai expliqué de mon mieux que j'aimais Constance et que je ne pourrais jamais t'aimer. Qu'est-ce qui a bien pu te faire croire que je voulais me débarrasser d'elle ?

— L'honneur. L'honneur des voleurs qui ne se mangent pas entre eux, si tu veux.

— De quoi parles-tu ?

— Je parle de ce que tu me devais – de ce que tu me dois toujours – pour t'avoir sauvé de O'Shaughnessy.

— Sauvé ? Que veux-tu dire ?

— Pourquoi t'a-t-il épargné, à ton avis ? Pourquoi t'a-t-il laissé t'en tirer ?"

« Parmi toutes les explications plausibles à la conduite de O'Shaughnessy qui m'avaient traversé l'esprit, l'intervention de Madeleine n'avait jamais figuré – jusqu'à maintenant. Soudain, je compris ce que j'aurais déjà dû comprendre : que si quelqu'un avait pu déclencher ce qui avait paru tellement improbable, c'était bien elle.

"Es-tu en train de dire que tu es la raison pour laquelle il ne m'a pas identifié ?

— Oui. Quand nous nous sommes retrouvés au British Museum, tu semblais convaincu qu'on ne pouvait rien faire. Eh bien, tu te trompais.

— Comment ? Comment t'y es-tu prise ?

— Je suis allée à Holyhead attendre qu'il arrive d'Irlande. Avec la description que tu m'avais donnée, il n'a pas été difficile de le repérer au milieu de la foule. Vendredi dernier, j'ai pris le même train que lui à destination de Londres. Pendant le trajet, j'ai fait sa connaissance. Il a été surpris quand je lui ai révélé que je savais ce qui l'amenait à Londres. Et encore plus surpris quand je lui ai expliqué la raison impérieuse pour laquelle il devait décréter que tu n'étais *pas* Stephen Lennox."

« Je ne comprenais pas. Sous ses airs bohèmes et épicuriens, O'Shaughnessy était un homme d'honneur et de principes, pour qui la vérité était la plus noble des vocations. Pas même les redoutables finauderies de Madeleine n'auraient pu le pousser à s'en écarter.

"Je croyais que tu comprendrais que c'était moi qu'il fallait remercier pour ce qu'il avait fait. Je croyais que ça te ramènerait à la raison et te pousserait à tenir ta promesse envers moi.

— Comment t'y es-tu prise ?"

« Je l'empoignai par le bras et la tirai vers moi.

"Comment l'as-tu persuadé de mentir ?"

« Elle baissa les yeux sur ma main qui lui serrait le bras, puis les reporta sur mon visage, afin de s'assurer que sa détermination ne m'échapperait pas.

"Lâche-moi", murmura-t-elle calmement.

« À San Francisco, cette toute première fois où elle s'était donnée à moi dans un but qui avait semblé on ne peut plus transparent, elle avait employé ces mêmes mots, associés au même regard, afin de me prévenir de ce qui chez elle était le moins transparent de tout :

son étrange capacité, non à intimer l'obéissance, mais à la river chez ses courtisans, de façon que, pour eux, obéir ne parût pas un acte volontaire, mais une réaction instinctive.

« Je lui lâchai le bras. Plusieurs secondes s'écoulèrent dans le silence, puis elle reprit :

"Tu avais raison au sujet de O'Shaughnessy. C'est un homme d'une rare fidélité à la vérité. Si tu m'avais finalement proposé de t'épouser, je t'aurais expliqué qu'il avait succombé à mes charmes habituels, mais je vois maintenant que tu ne l'aurais jamais cru.

— Dans ce cas, à quoi a-t-il succombé ?
— À la seule arme qu'il me restait : la vérité.
— Que veux-tu dire ?
— Je lui ai dit la vérité sur toi, Stephen. Toute la vérité – celle que tu n'as jamais sue. Quand il l'a apprise, il a accepté de te laisser vivre en paix sous l'identité de Sir James Davenall. Comme tu l'aurais fait, si tu m'avais épousée. Mais non, tu as préféré me défier. Ma foi, tu ne t'attends tout de même pas à ce que je partage l'esprit de commisération de O'Shaughnessy, n'est-ce pas ? D'autant que ça ne m'a pas apporté ce que j'avais espéré. Par conséquent, je ne vois aucune raison de te laisser dans l'ignorance heureuse de ta véritable identité." »

*

Freddy avait assisté dans une transe frappée d'horreur à la sélection et au chargement des pistolets. Il ne comprenait pas pourquoi James et Hugo étaient si flegmatiques dans leur manipulation des armes, pourquoi chacun de leurs gestes était si pondéré. L'éventualité en laquelle il avait jusqu'ici refusé de croire s'apprêtait désormais, sans doute aucun, à avoir lieu. James et Hugo devaient le savoir aussi bien que lui. Pourquoi alors leurs préparatifs étaient-ils si calmes, si fluides, si foutrement posés, quand lui ne ressentait qu'une angoisse effroyable et une paralysie totale du courage ? On aurait presque dit qu'ils jouaient une pièce qu'ils avaient répétée ensemble, mettant en scène pour leur public une comédie dont ils connaissaient déjà la fin.

« *Herr* Cleveland, aboya le major Bauer, *Herr* Davenall est-il prêt ?

— Quoi ? »

Freddy jeta un œil à Hugo, qui lui adressa un bref hochement de tête.

« Ma foi, oui. Enfin…

— Parfait. Sir James m'a expliqué qu'il avait accepté la provocation en duel de *Herr* Davenall pour un duel *au signal**. Vous confirmez que cela sera la méthode adoptée ?

— *Au**… Quoi ?

— En tant que témoin de *Herr* Davenall, j'imagine que vous connaissez la procédure ?

— Non, bon sang, je ne la connais pas. »

Le major Bauer rejeta la tête en arrière, renifla et fusilla Freddy du regard.

« Afin d'éviter tout malentendu, *Herr* Cleveland, je vais vous expliquer les règles. Les duellistes se placent à douze pas d'écart et arment leur pistolet, qu'ils tiennent pointé vers le sol. Au premier signal, ils commencent à marcher l'un vers l'autre. Au deuxième, ils lèvent leur arme et visent. Au troisième, ils tirent. Le rythme des signaux est, bien sûr, laissé à la discrétion du directeur de combat. »

Freddy dévisagea Bauer, médusé. Jusqu'ici, il s'était accroché à l'idée que deux tireurs inexpérimentés séparés par l'équivalent d'un terrain de cricket ne risquaient pas de se faire grand mal. Désormais, même cette consolation venait de lui être arrachée. Le rictus sauvage de Bauer ne laissait pas place au doute : il allait y avoir du sang.

Au désespoir, Freddy se tourna vers Hugo.

« Il doit y avoir erreur, mon vieux. Tu ne peux pas…

— Le major Bauer a parfaitement raison, le coupa Hugo. C'est ainsi que je souhaite combattre en duel.

— Et moi aussi, ajouta James.

— N'étiez-vous pas prévenu, *Herr* Cleveland ? s'enquit Bauer, sarcastique.

— Non, répliqua Freddy, guettant sur le visage de Hugo un soupçon d'explication, mais n'y trouvant qu'une neutralité impénétrable. Je n'étais pas prévenu, bon Dieu, non. »

*

« Tout en parlant, Madeleine ne me quitta jamais des yeux.

"Tu as toujours été plus crédule que moi, Stephen, dit-elle. C'est pour cela que tu as pris l'histoire de Quinn pour argent comptant. Et c'est pour cela que moi je n'y ai pas cru – pas une seule seconde. Je n'aurais jamais pu gober, vois-tu, que Sir Gervase aurait payé Andrew Lennox pour t'emmener en Amérique juste parce que tu ressemblais à James. Après tout, qu'est-ce que cela aurait bien pu lui faire si votre lien de parenté avait bel et bien été découvert – par sa femme, disons ? Tu n'avais aucune prise sur lui. Et, d'après ce qu'on sait, il se fichait pas mal de l'opinion de sa femme. Il n'a rien tenté pour acheter le silence de Vivien Strang. Alors pourquoi se donner tout ce mal pour acheter celui de Lennox ?

"Parmi les archives du Dr Fiveash, j'ai trouvé un article de journal au sujet du duel qui avait conduit au bannissement de Sir Gervase à Carntrassna en 1841. C'est pendant son séjour là-bas, le temps de faire oublier son déshonneur, qu'il t'a enfanté. Mais pourquoi ce duel ? L'article ne l'expliquait pas. Il me vint à l'idée que son motif expliquait peut-être les actions que Gervase avait entreprises par la suite. J'ai donc pisté l'homme que Gervase avait blessé au cours de cet affrontement : Harvey Thompson. Au début, il n'a pas voulu parler, mais il a fini par céder à mes charmes. Alors tout s'est éclairci, et j'ai compris pourquoi Gervase avait voulu que tu quittes le pays – à n'importe quel prix. Parce que tu lui rappelais quelque chose de bien pire que d'avoir simplement séduit la femme d'un autre. Tu lui rappelais qu'il avait séduit sa propre mère.

"Thompson les avait surpris au lit ensemble après un bal du couronnement en 1838. Il n'avait jamais eu l'intention de révéler à Gervase qu'il les avait vus, mais cela lui a échappé trois ans plus tard, dans l'échauffement d'une dispute. C'est pour ça que Gervase l'a provoqué en duel et s'est efforcé de le tuer : parce que Thompson lui avait mis sous les yeux la preuve de ce dont il voulait nier l'existence.

"Je suis allée voir Quinn pour exiger qu'il me dise

la vérité. Voyant que j'en avais trop appris pour être menée en bateau, il a obtempéré.

"Une belle jeune femme dont le mari est trop vieux pour la satisfaire en vient souvent à prendre un amant, bien sûr, mais Mary Davenall fut attirée par un jeune homme séduisant et culotté qui se trouvait être son propre fils. Gervase passa avec elle un week-end dans une maison de campagne à Norfolk en juin 1838, alors qu'il avait vingt et un ans et elle pas tout à fait quarante. Il était jaloux de ses soupirants qui en voulaient à sa fortune, elle, de ses jeunes admiratrices sans cervelle. Une pareille opportunité, en des circonstances aussi enivrantes, ne s'était jamais produite auparavant. Ils avaient succombé à la tentation.

"Horrifiée par ce qui s'était passé, Mary Davenall avait fui en Irlande, espérant par cet exil s'assurer que l'incident ne se répéterait pas. Nul doute que Gervase espérait la même chose. Il arriva ensuite ce duel stupide avec Thompson et la décision de son père – ironie suprême – de l'envoyer vivre avec sa mère jusqu'à ce que l'agitation soit retombée.

"Est-il difficile de se représenter ce qui s'en est inévitablement suivi ? Jetés dans les bras l'un de l'autre dans un trou perdu d'Irlande avec pour seule distraction, ou presque, leur compagnie mutuelle, comment pouvaient-ils ignorer ce qu'ils avaient jadis été l'un pour l'autre ? Comment pouvaient-ils ne pas réitérer leur crime ?

"Quand il quitta l'Irlande pour retourner en Angleterre à l'automne 1842, Gervase dut croire qu'il s'agissait d'une rupture définitive. Sa mère resterait à Carntrassna, en se mortifiant de ce qu'elle l'avait laissé faire. Lui rejoindrait son régiment, trouverait quelque gentille héritière à épouser et coucherait avec suffisamment de catins et de servantes pour purger sa mémoire de tout souvenir d'inceste. Le seul détail qu'il avait négligé, c'était que sa mère n'avait pas encore passé l'âge d'enfanter. Il l'avait laissée enceinte, et c'était toi, Stephen, l'enfant qu'elle portait." »

*

Freddy dévisageait toujours Hugo, espérant vainement avoir mal compris les intentions de son ami, et tout à fait inconscient de ce que le major Bauer était en train de dire, quand Sir James se plaça entre eux, leva la main droite de Freddy, et y glissa une pièce.

« Faites ce que demande le major, Freddy, soyez gentil.
— Quoi ?
— Il faut tirer à pile ou face pour savoir qui sera le directeur de combat. »

James lui adressa un sourire rassurant, comme si, précisément, c'était Freddy, pas lui, qui s'apprêtait à risquer sa vie.

« Oui, *Herr* Cleveland, intervint Bauer. Qu'est-ce que vous attendez ? »

L'expression bizarrement pleine de sollicitude de James continuait à retenir l'attention de Freddy tandis qu'il considérait la pièce dans la paume de sa main. Enfin, avec un soupir résigné, il la coinça entre le pouce et l'index, la fit tournoyer et la regarda s'élever au-dessus de sa tête puis retomber. Une seconde avant qu'elle touchât le sable, Bauer annonça :

« Face ! »

Freddy s'avança. Jusqu'à maintenant, il n'avait pas remarqué que la pièce était un schilling d'or autrichien. Mais à présent ce détail ne pouvait guère lui échapper. Car c'était la tête de l'empereur autrichien qui lui adressait un clin d'œil scintillant.

« Et c'est face, commenta Bauer tout près derrière lui. J'ai gagné. »

*

« Pire encore que ce que j'aurais jamais cru possible, plus effroyable que n'importe quelle vérité révélée jusque-là, ce châtiment, seul entre tous, n'était sûrement pas mérité. Oui, j'étais le fils aîné de Sir Gervase Davenall. Et pourtant j'étais aussi son frère, son enfant et le compagnon du seul péché que sa conscience ne lui laisserait jamais oublier. C'était la révélation de trop. Depuis que je l'ai apprise, le simple fait d'y penser me donne la nausée, cette découverte me souille au-delà de toute purification possible, la personne que je suis me révolte.

« Chaque fois que je m'aperçois dans un miroir, ou que j'entends ma propre voix, ou que je vois ma main se tendre devant moi, je frémis et me recroqueville. Avez-vous idée de ce que c'est d'être dégoûté par ce que signifie votre propre existence ? Une abomination. Un péché innommable. Une horreur aux yeux de Dieu comme à ceux de l'homme. C'est tout ça et pire encore. Et puis autre chose aussi. C'est ce qu'a dû ressentir James quand il a mis fin à ses jours. C'est, ironie suprême, exactement ce qu'il a souffert, lui aussi.

Aucun de nous ne méritait ce que notre père nous a légué en souvenir. Et pourtant nous devons ou l'endurer, ou y mettre fin, comme James a choisi de le faire.

« Je ne sais même plus comment, ni avec quels mots, j'ai quitté Madeleine à l'aqueduc. Je me rappelle avoir couru, comme James avait dû courir ce jour d'été 1871, vers le nord, sur le chemin de halage désert. Il n'y avait qu'un seul visage que je désirais voir à présent, une seule confession que j'avais besoin d'entendre. Si la Némésis m'avait véritablement trouvé, alors j'étais déterminé à guider son bras vers Alfred Quinn. Car il avait fait de moi le complice du meurtre de ma propre mère.

« Ma mère. Elle qui était aussi ma grand-mère, la maîtresse sévère et distante de Carntrassna House, à laquelle j'avais dû adresser la parole une dizaine de fois dans toute ma vie. Maintenant je comprenais pourquoi elle avait veillé à ce que j'aie une bonne éducation, pourquoi elle accédait volontiers à toutes les demandes d'Andrew Lennox en échange de son engagement à m'élever comme son fils. Nul doute qu'elle nourrissait envers moi quelque tendresse maternelle que même sa honte ne pouvait effacer. Quant à mon véritable père, il avait dû être tout bonnement horrifié d'apprendre ma naissance. Par le simple fait d'exister, je lui rappelais ce qu'il abhorrait le plus chez lui. Guère étonnant, dans ces circonstances, qu'il fût prêt à verser dix mille livres à Andrew Lennox pour me soustraire à sa vue et à sa connaissance. Ça n'a pas marché, évidemment. La moindre trace, le moindre souvenir de ce qu'ils se sont échinés à détruire leur a à tous survécu – et survit en moi.

« La preuve en est que, sans moi, Harvey Thompson serait encore en vie aujourd'hui. Madeleine l'avait payé grassement pour qu'il ne raconte à personne d'autre pourquoi Gervase et lui s'étaient battus en duel. Mais quand l'audience a fait fleurir mon nom dans les journaux, il a deviné ce que Madeleine avait déjà deviné et essayé de capitaliser dessus. Ce pauvre type n'avait pas idée d'où il mettait les pieds. Quand vous avez annoncé à Madeleine que vous aviez rendez-vous avec lui, et pourquoi, son sort était scellé. Elle a prévenu Quinn pendant votre sommeil, de façon qu'il puisse aller au rendez-vous à votre place – et tuer Thompson avant qu'il puisse révéler à qui que ce soit ce qu'il savait.

« J'ai mal agi, c'est indéniable, mais c'est sous l'impulsion de Quinn que ma tentative d'usurpation a pris une tournure aussi nauséabonde. Votre incarcération était déjà un poids bien suffisant à supporter pour ma conscience, mais Quinn y a ajouté deux meurtres, plus une foultitude de mensonges qui réclamaient justice à hauts cris. Cependant, j'étais impuissant à rétablir les torts que j'avais causés. Dans le mépris de Madeleine résonnait ma seule excuse. Crédule ? Oui, je l'avais été. Cupide ? stupide ? narcissique ? Tout cela aussi. Mais je n'avais ni souhaité, ni programmé, ni prévu la plus petite fraction de ce dont Quinn m'avait rendu coupable malgré moi.

« Toute envie de continuer la comédie s'était volatilisée dans le sillage de ce que j'avais appris, tout espoir de retourner auprès de Constance s'était brisé. Il ne me restait plus qu'un seul objectif, une seule intention pour m'aider à traverser l'hideuse éternité que Madeleine avait faite de chacune de mes heures.

J'allais arracher la vérité à Alfred Quinn. Et ensuite, je la lui ferais payer. »

*

Le major Bauer avait sorti un sifflet en fer-blanc de sa poche et, en guise de démonstration, soufflé dedans suffisamment fort pour tirer Freddy de sa rêverie et l'obliger à l'écouter attentivement.

« Ceci, messieurs, sera le signal. Laissez-moi vous rappeler qu'il y en aura trois. Au premier, vous commencerez à marcher l'un vers l'autre, le pistolet armé mais pointé vers le sol. Au deuxième, vous lèverez votre arme et viserez. Au troisième, vous tirerez. Si l'un d'entre vous devançait l'un des signaux, il lui faudrait alors se figer tandis que l'autre aurait le droit de tirer. C'est bien clair ? »

James et Hugo opinèrent de la tête.

« Fort bien. Veuillez vous mettre dos à dos et faire douze pas chacun avant de vous retourner. *Herr* Cleveland et moi-même nous retirerons ensuite au sommet des dunes, d'où je signalerai que le duel peut commencer. »

*

« Il faisait sombre quand j'arrivai à Newmarket, mais j'attendis encore plusieurs heures avant de me diriger vers Maxton Grange. Quinn m'avait expliqué à quelle heure il entamait sa patrouille nocturne habituelle, laquelle constituerait ma meilleure opportunité de lui parler seul.

« J'atteignis la cour des écuries peu avant 22 heures. Quelques minutes plus tard, Quinn apparut. Il ne semblait pas surpris de me voir. D'ailleurs, pour une fois, il en semblait presque content. Depuis son installation à Newmarket, il s'était arrogé un air de propriétaire et une assurance de coq de basse-cour qui conféraient à son attitude une jovialité superficielle. Mais cette transformation était survenue trop tard pour me berner.

"Sir James, s'exclama-t-il, tout sourire, en tirant sur un cigare. Quel soulagement de savoir que vous êtes encore un homme libre.

— Pas grâce à vous, répliquai-je froidement.

— Comment vous en êtes-vous tiré ?

— O'Shaughnessy a décidé qu'il ne me reconnaissait pas, finalement.

— Quelle aubaine. Quelle sacrée aubaine."

« Ce n'est que lorsque je m'approchai de lui et pénétrai dans le cercle de lumière projeté par la lampe au-dessus de l'horloge de l'écurie qu'il vit pour la première fois l'expression de mon visage. Alors son ton changea.

"Qu'est-ce qui vous amène, Sir James ?

— La vérité, Quinn. J'aimerais la connaître maintenant, si vous le voulez bien.

— La vérité ? Qu'entendez-vous par là ?"

« Je lui racontai alors ce que Madeleine m'avait appris. Il avait beau continuer à fumer son cigare assez calmement en m'écoutant, appuyé contre la clôture du paddock comme si mes mots ne signifiaient rien pour lui, je remarquai que ses yeux se rétrécissaient dans un effort d'intense concentration. Le temps que j'en termine, il avait dû prendre conscience qu'on ne pouvait plus me duper.

"Rien n'est plus à craindre qu'une femme blessée, n'est-ce pas? fit-il. Je vois que vous avez fini par le comprendre. Vous n'auriez jamais dû la contrarier, vous savez.

— Oubliez Madeleine. Dites-moi simplement si ce qu'elle m'a raconté est vrai.

— Jusque-là, oui.

— Comment ça, *jusque-là*?

— Elle ne sait pas tout. Mais elle pense que si.

— Vous avez bien assassiné Thompson?

— Je l'ai tué, oui. Afin de protéger nos intérêts.

— Et ma mère?

— C'est comme ça que vous l'appelleriez? Votre *mère*?

— Et vous, comment l'appelleriez-vous?

— Je l'appellerais un obstacle… que j'ai balayé.

— Quand vous êtes venu me trouver à San Francisco, vous m'aviez dit qu'elle était déjà morte.

— J'ai menti. Je vous pensais du genre petite nature et je crois que je ne m'étais pas trompé. Quelle différence cela peut-il bien faire qu'elle soit morte avec ou sans coup de pouce?

— La différence, c'est qu'elle était ma mère.

— Cela compte peut-être pour vous, Sir James, mais pas pour moi."

«Contenant un flot de colère, je continuai à parler le plus posément possible.

"Cela faisait des années que vous planifiez ce complot quand vous m'avez approché, n'est-ce pas?

— Oui.

— Comment pouviez-vous être aussi sûr que j'accepterais ?

— L'offre était trop alléchante pour être refusée. N'essayez pas de me faire porter le chapeau de votre propre cupidité.

— J'aurais pu moi-même être riche. J'aurais pu être heureux et brillant. Auquel cas je n'aurais pas voulu en entendre parler.

— Mais vous n'étiez rien de tout ça, n'est-ce pas ?

— Comment le saviez-vous ?"

« Il gloussa.

"Parce que la veuve d'Andrew Lennox avait écrit à Sir Gervase depuis l'Amérique deux ans avant sa mort, en espérant qu'il accepterait de vous aider. Elle lui racontait tout sur la vie que vous meniez, le genre d'homme que vous étiez devenu. Elle avait même envoyé une photographie récente de vous. Le cliché prouvait que votre ressemblance avec James ne s'était pas atténuée au fil des ans. Évidemment, ce qu'elle ignorait, c'est que James ne faisait plus partie du paysage.

— Et c'est ça qui a fait germer cette idée dans votre esprit ?

— Pas exactement. C'est Gervase qui l'a fait germer. C'était son idée. Sa dernière et folle machination syphilitique. Il avait détesté sa femme d'avoir porté le fils de son cousin. Et ce qu'il détestait plus encore, c'était l'idée que ce fils lui succède à la dignité de baronnet."

« Trompé à mon tour par toutes mes fausses conclusions, je découvrais mon père pour la première fois. Il était enfin à ma portée, son épaule fuyante à la portée de ma main hésitante, et je ne doutais plus de ce que je verrais quand il se retournerait pour m'accueillir. Son visage, pourri jusqu'à l'os, rongé par la mort qu'il avait attirée sur lui et sur son fils, soutenu par le seul sourire moqueur que Quinn lui avait préservé : la vie qu'il m'avait façonnée était le mensonge qu'il avait emporté en riant dans la tombe.

"À votre avis, comment ai-je obtenu toutes ces informations, Sir James ? Les dates, les heures, les lieux, les gens. Les photos, les lettres, les preuves, les moyens. Qui aurait pu me donner une copie de la lettre de suicide de James Davenall sinon l'homme à qui elle était destinée ? Qui aurait pu m'équiper pour faire de vous une réplique de James Davenall sinon son propre père ?"

« Un jour, Richard m'avait raconté un dîner qu'il avait passé à Bladeney House l'été 1878, quand il avait vainement essayé de persuader Gervase de déclarer officiellement la mort de James. La justification ultime de Gervase avait paru incompréhensible à Richard : "Mon fils est en vie, avait-il dit. Et je ne le laisserai pas tomber." À présent je comprenais quel avait été le sens de ces mots.

"Sir Gervase savait qu'il ne lui restait que quelques années à vivre. Il m'a fait promettre que je vous pisterais après sa mort pour vous entraîner à jouer le rôle de James. Puis il m'a confié toutes les preuves sur lesquelles il arrivait à mettre la main et m'a raconté tout ce dont il se souvenait sur son fils. Au début, je jouais le jeu uniquement pour le ménager. Et après son attaque, j'ai écarté cette idée de mon esprit. Je suis même allé jusqu'à vendre quelques objets qu'il m'avait donnés. Ça a été le prétexte dont sa chienne d'épouse s'est servie pour me renvoyer. Et c'est là que je me suis mis à réfléchir. Pourquoi ne pas le faire, après tout ? Pourquoi ne pas voir si la machination du vieux ne pouvait pas vraiment fonctionner ?"

« Et ça avait fonctionné. Encore mieux, Dieu seul le sait, que ce qu'il aurait pu imaginer. J'avais supplanté Hugo. J'avais pris ce qui aurait dû appartenir à James. J'avais dépossédé l'épouse abhorrée de Gervase. Mais j'avais payé un lourd tribut à la victoire. J'avais du sang sur les mains et un meurtre sur la conscience.

"Pour rendre justice au vieux, je dois vous avouer qu'il ne s'attendait pas à ce que j'agisse tant que lui ou sa mère étaient encore en vie. Je voulais bien attendre le peu qu'il lui restait à vivre, mais elle, c'était une autre histoire. Lors de la dernière visite que je lui avais rendue dans sa maison de santé, je lui avais raconté qu'elle était morte et que plus rien ne pouvait se mettre en travers de notre chemin. Il a dû mourir heureux, en pensant aux ravages que vous alliez causer dans la famille grâce à moi.

— Vous ne regrettez absolument rien, n'est-ce pas ? finis-je par commenter.

— Pourquoi le devrais-je ? Cela a fait de moi un homme riche. La machination de Sir Gervase m'a donné ce dont sa femme a essayé de me priver : une retraite confortable.

— Et moi alors, Quinn ? Qu'est-ce que ça m'a donné ?"

« Il tendit le bras et fit courir l'index et le pouce le long de l'ourlet de ma cape d'épaule.

"Ça vous a mis un manteau élégant sur le dos, Sir James, répondit-il avant de m'assener une gifle sur le torse. Ça vous a garni le portefeuille.

— Et pour ça vous vous attendez à ce que j'oublie deux meurtres ?

— Je me moque de la façon dont vous vous arrangez avec votre conscience, Sir James. C'est votre problème, pas le mien. C'est vous qui avez tenu à connaître la vérité, pas moi à vous la révéler. Je ne comprends pas vraiment de quoi vous vous plaignez. De la mort d'une vieille femme sénile et d'un ancien soldat décrépit ? Ce n'est pas cher payé, selon moi, pour avoir titre, richesse, biens – et la femme d'un autre."

« Il avait raison, évidemment. J'avais bénéficié autant que lui, si ce n'était plus, de la mort de Mary Davenall, et, même si je n'avais jamais approuvé son meurtre, j'avais été prêt à l'ignorer. Mais maintenant c'était différent. Maintenant il s'agissait de ma mère, qui avait fait son possible pour que je ne souffre pas de la perversion de ma naissance. Il s'agissait de ma mère, dont la seule récompense pour avoir essayé de me protéger de la vérité avait été de se faire assassiner en mon nom afin que puisse fleurir un mensonge.

"Vous devriez m'être reconnaissant, Sir James. Après tout, où seriez-vous sans moi ?"

« Où, en effet ? Quinn, nul doute, avait appris très tôt – sans jamais l'oublier – que moins on s'apitoie, plus on survit longtemps. Or c'était là son erreur. Car j'avais beau partager son crime, je ne partageais pas sa nature impitoyable.

"Que diriez-vous, Quinn, demandai-je, si je vous annonçais que j'arrêtais là les frais ?"

« En entendant ces mots, il ôta sèchement son cigare de la bouche et me dévisagea avec attention.

"Qu'entendez-vous par *arrêter les frais* ?

— J'entends que je jette l'éponge. J'avoue mon imposture. Je décharge ma conscience de toute cette satanée affaire.

— Vous plaisantez, j'espère.

— Moins que jamais.

— Vous êtes fou, s'esclaffa-t-il.

— Oui. Peut-être bien. Mais je le ferai."

«Sur ce, je m'apprêtais à partir quand il m'empoigna par l'épaule avec suffisamment de force pour m'arrêter net. Je le regardai, la lumière de la lampe faisait danser des ombres sur son visage, je ne distinguais pas bien ses yeux et n'arrivais pas à déterminer par la forme de sa bouche s'il souriait ou s'il était sérieux, toujours est-il que je devinai, avant qu'il prononce un mot, la teneur de son adieu sarcastique.

"Si vous vous confessez maintenant, Sir James, vous avez plus de chances de finir dans un asile d'aliénés, comme Trenchard, que dans une cellule de prison ; mais dans tous les cas je n'y croupirai pas avec vous. Les preuves qui nous relient peuvent être détruites. Quant aux preuves que j'ai assassiné Thompson et la vieille dame, elles n'existent tout bonnement pas. Alors ridiculisez-vous ou non, à votre guise. Mais ne croyez pas que vous pouvez m'entraîner avec vous."

«Tout ce qu'il avait dit était vrai, et cette dernière tirade encore plus que le reste. En me confessant, je risquais de me détruire et d'autres avec, y compris la femme dont j'étais tombé amoureux, mais Quinn, lui, ferait ce qu'il avait toujours fait : survivre. Ce qui me provoqua, ce fut la certitude absolue qu'il échapperait au destin que je m'imposerais, ce fut la pression de sa main sur mon épaule, ce fut ma prise de conscience soudaine que c'était avec cette même main qu'il avait mis fin à la vie de ma mère. De ma profonde aversion pour le mensonge qu'il m'avait forcé à vivre jaillit un violent accès de colère, d'une puissance telle que ce qui se passa ensuite n'est toujours qu'un vague souvenir : un aperçu, pourrait-on dire, des actes d'un autre homme. Peut-être étaient-ils ceux d'un autre, d'ailleurs. Peut-être fut-ce la force de James Davenall, ajoutée à la mienne, qui me permit de dominer Quinn. Peut-être étais-je sa vengeance pour la révélation de son secret.

« Tout ce que je peux dire avec certitude, c'est ce que j'ai ressenti à cet instant. Je voulais débarrasser mes yeux du visage de Quinn, mes oreilles de ses mots, mon esprit de l'idée qu'il me survivrait. Je voulais qu'il meure. Et j'ai eu ce que je voulais. Le spasme de violence, la lutte convulsive quand je lui maintenais la tête sous l'eau, les crachotements et la suffocation, l'agitation forcenée des mains qui cherchaient à m'empoigner : tout cela ne forme aujourd'hui qu'un tableau confus dans ma mémoire. Mais les secondes de silence qui s'ensuivirent – le corps qui s'affaissait dans l'abreuvoir, les flaques d'eau à mes pieds, le battement au ralenti des gouttes qui tombaient du rebord, le motif jaune et noir que créait la lumière de la lampe sur la scène – me paraissent plus réelles que l'instant présent. Elles m'assaillent chaque fois que ma détermination à leur résister fléchit. Il suffit que je ferme les yeux une seconde pour qu'elles se peignent sur les murs de l'obscurité. »

*

Freddy Cleveland, affaissé au sommet des dunes, dévisageait, incrédule, les deux silhouettes qui après avoir compté leurs pas s'étaient retournées pour se faire face, séparées par une étendue de sable. Seules les formalités pointilleuses qui avaient été observées impassiblement et avaient conduit à ce moment culminant pouvaient expliquer l'immobilité paralysante avec laquelle il attendit et laissa se produire l'acte final. Il savait qu'il aurait dû essayer de l'empêcher, ou au moins leur refuser l'approbation de sa présence. Et pourtant il restait là à regarder, conscient que le major Bauer, debout à côté de lui, s'apprêtait à porter le sifflet à ses lèvres.

Ces deux minces silhouettes dressées, implacables, dont les manteaux gisaient à côté d'elles sur le sable, étaient-elles vraiment Sir James et Hugo Davenall ? À cette distance, dans cette étrange et mystérieuse zone frontalière austère entre la mer, la terre et le ciel, il aurait pu s'agir de deux inconnus, deux personnages posés sur une toile inachevée, dont une main invisible s'apprêtait à peindre l'avenir sur la brume qui les encadrait de son tourbillon.

«Garde-à-vous !» rugit le major Bauer.

À ces mots, les deux silhouettes armèrent leur pistolet puis le pointèrent vers le sol.

Dans la main droite de Freddy, quelque chose lui faisait mal, quelque chose qu'il avait serré trop longtemps avec une poigne dont la férocité lui avait jusque-là échappé. Ouvrant la main, il jeta un œil à sa paume et vit que l'objet en question était la pièce avec laquelle il avait tiré à pile ou face avec Bauer. Il y avait la tête de l'empereur autrichien pour le prouver. Comme il relâchait les doigts, la pièce roula au bas de son pouce et vint se poser de l'autre côté dans sa paume. La tête de l'empereur autrichien était toujours là.

C'était James qui la lui avait donnée. Et c'était Bauer qui avait choisi pile ou face. Or elle avait deux faces. Et c'était Bauer qui devait rythmer les signaux. Le sens de cette découverte commençait à marteler aux portes de son cerveau. Et soudain il comprit. Mais au même moment, un sifflement strident retentit. Et les deux silhouettes commencèrent à marcher.

*

« Quinn était mort. Il n'y avait rien à regretter à cela. Mais sa mort était aussi irrévocable pour moi que pour lui. Elle signait la fin de ma vie usurpée sous l'identité de James Davenall. Comme pour en faire la déclaration, je sortis de ma poche l'étui à cigarettes que Quinn m'avait donné – l'étui en argent gravé des initiales "J. D." ayant appartenu au véritable James Davenall – et le pressai dans sa main inerte avant de m'enfuir à travers champs.

« J'atteignis la gare de Newmarket à temps pour monter dans le dernier train à destination de Londres. Pendant le trajet, je mesurai les conséquences de la mort de Quinn pour ceux que j'aimais et ceux à qui j'avais causé du tort. Ce n'était pas l'inculpation pour meurtre que je redoutais, mais ce à quoi elle conduirait. Les entrailles tortueuses de toute notre conspiration allaient être traînées en plein jour. Constance, que j'aimais et que j'avais fait le serment de protéger, qui m'avait fait confiance quand d'autres me traitaient de menteur, qui m'avait aimé quand elle n'en avait pas besoin, allait souffrir davantage que moi, et continuerait à souffrir, longtemps après le prononcé de la sentence. Une chose était sûre, la justice, où qu'elle fût, ne se trouvait pas au bout de ce chemin.

« C'est alors que l'idée me vint. Je ne pouvais pas davantage poursuivre la comédie que l'interrompre. Je ne pouvais plus continuer à être James Davenall, mais on pourrait se souvenir de moi en tant que tel, car un homme mort ne peut ni mentir ni dire la vérité. C'était la seule façon dont la justice à laquelle j'aspirais pourrait être rendue, car c'était la seule façon dont la confiance que Constance avait placée en moi pourrait être épargnée. »

*

« Donnez-moi ce sifflet ! hurla Freddy en s'évertuant à se relever. Bon sang, Bauer, vous nous avez entourloupés ! »

Le sifflet pourtant bien serré entre les dents, Bauer parvint à lui adresser un affreux rictus avant de refermer les lèvres sur l'embouchure et de donner le deuxième signal. Freddy se jeta sur lui, Bauer esquiva, puis balança son pied droit entre les deux jambes ensablées de Freddy et lui assena un grand coup des deux bras sur l'épaule. Freddy valsa et glissa, impuissant, au bas de la pente douce et molle de la dune, rejetant la tête en arrière dans sa chute afin d'apercevoir l'image inversée de deux silhouettes vêtues de noir qui se rapprochaient sur l'étendue blanche de la plage.

Il ne devait pas rester plus de deux ou trois mètres

entre eux, et pourtant le troisième signal n'avait toujours pas retenti. Ils avançaient l'un vers l'autre dans la convergence en miroir, tête en bas, double face, d'une trahison qu'il ne comprenait pas. À cette distance, nul homme ne pouvait en rater un autre. Nul homme ne pouvait manquer de tuer.

Au pied de la dune, Freddy roula sur lui-même et se mit à quatre pattes. Les deux silhouettes avaient cessé de marcher. Il n'y avait aucun espace entre eux, aucun écart, aucune marge d'erreur. Il s'emplit les poumons pour hurler un avertissement ou une protestation quelconques, mais il était trop tard. Le troisième signal retentit – aussitôt englouti par le rugissement d'un seul coup de feu.

*

« Hugo accepta volontiers de jouer le rôle que je lui avais préparé. Lui aussi connaît la vérité à présent, mais il ne pourra jamais la révéler, car le faire équivaudrait à confesser un meurtre. Il fallait que je le lui dise, sinon jamais il ne m'aurait fait confiance jusqu'au bout. Mais n'ayez crainte. Avec lui, le secret est bien gardé.

« Cela peut paraître étrange, mais je suis reconnaissant à Hugo. S'il ne m'avait pas provoqué en duel, jamais je ne me serais rendu compte à quel point cette fin servait mes intérêts. Ma foi, pour sa peine, il aura sa récompense. Il récupérera tout ce que je lui ai pris : l'argent, le titre, les biens, le nom. Il se verra restituer son héritage. Grand bien lui fasse.

« Il a l'intention de prendre Freddy comme témoin. Pauvre Freddy. Il sera le seul d'entre nous à ignorer le véritable objectif de notre rencontre. À ses yeux, et aux yeux du monde entier quand la nouvelle se répandra, la querelle des Davenall aura simplement rappelé sa dernière victime. Et en un sens, ce sera vrai. Nous ne pouvons pas savoir duquel de ces deux pistolets Gervase s'est servi il y a plus de quarante ans lors de cet autre duel pour sceller ce secret, mais j'espère, advienne que pourra, que ce sera celui que je brandirai. Cette fois-ci, voyez-vous, seule une arme tirera. Et ce ne sera pas la mienne. »

*

Freddy courait sur la plage. Il était trop tard, bien trop tard, mais il courait quand même, unique silhouette en mouvement sur l'étendue pétrifiée de sable grignoté par la marée.

Hugo avait laissé tomber le pistolet. Il reposait à ses pieds, le canon enseveli par la force de sa chute. Le souffle court, articulant des mots qu'il ne pouvait pas prononcer tout haut, il regardait fixement le corps sans vie de Sir James Davenall, dont le bras droit, tendu au moment de la mort, avait jeté son arme là où, en silence, l'ourlet de la mer avait encore gagné un mètre sur le sable.

Freddy s'arrêta net. Il n'osait guère approcher davantage. Il aurait dû savoir que la balle d'un pistolet de duel tirée à bout portant transformerait le visage d'un homme en une loque sanguinolente. Mais la réalité était pire, bien pire que ce que son esprit en ébullition avait pu imaginer quand il était parti en courant du pied de la dune. Et ce n'est même pas la vue de la chair déchiquetée et des os broyés qui fut la pire de ses prises de conscience. Pour cela, il lui fallait regarder non pas le visage du mort, mais celui du vivant.

Hugo ne disait rien. C'était inutile. Les soubresauts furtifs de ses lèvres, ses mains qu'il essuyait compulsivement, la fuite coupable de son regard : tout cela l'exprimait haut et fort. Freddy n'avait pas assisté à un duel. Il avait été témoin d'un meurtre.

*

« Je ne doute pas d'arriver à trouver quelqu'un de suffisamment désespéré pour me seconder – moyennant finance. Et j'ai la certitude que nous pouvons nous fier à Hugo. Ainsi, la seule question qui reste est de savoir si vous aussi accepterez de me soutenir, Trenchard.

« Vous avez lu la lettre que j'ai l'intention d'envoyer à Richard. Elle suffira, je pense, à vous octroyer votre liberté. Et qu'importent ses soupçons, ni lui ni personne ne sera capable de contester les dernières paroles d'un homme sur le point de mourir. Même si d'aucuns continueront peut-être à douter de mon identité, ils ne pourront pas empêcher qu'on m'enterre comme Sir James Davenall. Constance ne comprendra jamais pourquoi j'ai accepté le défi de Hugo, mais au moins n'aura-t-elle jamais de raisons de douter qu'elle est la veuve de Sir James Davenall.

« C'est pour elle que je suis venu vous voir. Au début, son chagrin sera peut-être trop grand pour vous affronter mais, au fil du temps, elle aura besoin de votre soutien. À qui d'autre puis-je demander de l'aider sinon au père de son enfant, à l'homme qui fut jadis son époux – et pourrait le redevenir ?

« Il ne s'agit là ni de courage ni de folie. Si je reste, je suis un homme mort et Constance, une femme ruinée. Si je fuis, je ne m'épargne qu'en la faisant souffrir davantage. Alors ai-je vraiment le choix ? De cette façon, Hugo obtient ce qu'il souhaite et moi aussi. De cette façon, personne ne pourra jamais prouver que je n'étais pas James Davenall. Étrange idée, non ? L'usurpation d'identité sera totale : dans la vie comme dans la mort. »

Alors que le neuvième coup de l'heure s'évanouissait, et avec lui sa remémoration de tout ce que Norton lui avait raconté, Trenchard recula de la fenêtre. Il inspira profondément et se passa une main sur le visage. Ce devait être terminé à présent, cela ne faisait aucun doute. Pour Norton, la duplicité devait enfin avoir touché à son terme. Pour Trenchard, en revanche, elle était sur le point de commencer.

*

La marée montante étira un long bras sur le sable et, au contact du cadavre, répandit en un éclair la tache sombre du sang dans toutes les flaques bouillonnantes et les ruisseaux du rivage.

Avec un grognement horrifié, Freddy évita d'un bond la glissade rouge de l'eau, mais Hugo ne sembla pas remarquer la langue accusatrice de la mer sur ses pieds. Le major Bauer s'avança alors entre eux, insensible au spectacle. Pareil à quelque urubu descendu de sa branche pour dépecer une charogne, il se pencha au-dessus du corps, glissa la main dans l'une des poches du gilet, en tira une liasse de billets soigneusement pliés, puis se retourna vers Freddy, le sourire amer.

« Mais que…? bredouilla Freddy. Que diable… fabriquez-vous? »

Bauer fourra la liasse dans son manteau.

« Mes honoraires, *Herr* Cleveland, pour services rendus.

— Vos… honoraires?

— J'ai fait tout ce qu'il m'avait demandé. Nous avions décidé du prix en avance.

— Doux Jésus.

— Je vous présente mes excuses pour le schilling à double face. L'usage en est normalement limité au casino. Gardez-le en souvenir. »

Sur ce, il rejeta la tête en arrière, renifla, et jeta un regard noir en direction des dunes.

« Veuillez m'excuser, messieurs. Je vois que nous avons de la compagnie, compagnie que je ne risque guère de goûter. Vous me pardonnerez de vous laisser le soin d'expliquer ce qui s'est passé. »

Sur ce, Bauer s'éloigna à grands pas sur la plage. Freddy l'observa quelques secondes à peine avant de regarder dans la direction opposée. Deux personnes, un homme et une femme, accouraient par le sentier entre les dunes. Freddy les reconnut aussitôt, même en ce lieu où il ne se serait guère attendu à les croiser : Richard et Catherine Davenall.

« Tu sais ce qu'il a fait, Freddy? lança soudain Hugo. Tu sais ce qu'il a fait, une seconde avant que j'appuie sur la détente ? Il a souri. Que Dieu le maudisse, il a souri. »

Freddy contempla le cadavre sur le sable. L'eau ensanglantée montait autour de ses membres rigides. Bientôt il flotterait. Si son sourire avait existé ailleurs que dans l'imagination de Hugo, il n'était plus visible. Mais sa raison l'était, elle : Freddy la voyait clairement. La balle avait fait davantage que tuer Sir James Davenall. Elle avait altéré ses traits au point de le rendre méconnaissable. Personne ne pouvait désormais affirmer avec certitude qui il était vraiment.

Épilogue

Voilà sept ans, presque jour pour jour, que William Trenchard, en levant les yeux depuis le banc du terrain de croquet dans son jardin de St John's Wood, avait aperçu pour la première fois l'homme que les gens se rappelaient désormais sous le nom de Sir James Davenall ; et près de six ans qu'un duel sur la côte belge avait achevé, mais aussi préservé, l'imposture la plus osée à être parvenue à duper un tribunal anglais. Ce que la postérité racontait de Sir James Davenall restait, malgré tout le temps qui s'était écoulé, une fiction. Mais cela, comme bien d'autres choses, la postérité l'ignorait.

Voilà cinq ans que William Trenchard, après avoir réintégré l'entreprise familiale après sa libération de l'asile de Ticehurst, avait un matin, à l'étage tressautant d'un omnibus, ouvert un journal où il avait appris avec consternation qu'une collision dans une rue londonienne étouffée par le brouillard avait ôté la vie à Sir Hugo Davenall et éteint pour de bon un titre amèrement disputé. L'enquête qui s'en était suivie avait conclu à une mort accidentelle, mais eût-il été au courant de l'anathème et de l'ostracisme qui avaient été la récompense de Hugo pour avoir tué son frère en duel, le jury aurait-il opté pour le suicide ? Il est impossible de le dire. Car cela, comme bien d'autres choses, le jury l'ignorait.

Voilà trois ans que la mort de son père avait à son tour fait de William Trenchard un homme riche, en mesure de laisser Trenchard & Leavis aux mains de son frère afin d'honorer une vieille promesse en allant voir la veuve de Sir James Davenall dans sa villa en Provence, où elle s'était retirée pour vivre son deuil. Ernest Trenchard, pour sa part, avait estimé que la détermination de William à rendre visite à son ex-femme était pure folie. Mais la véritable motivation de William, comme bien d'autres choses, Ernest l'ignorait.

Voilà à peine plus d'un an qu'Emily Sumner avait eu la stupéfaction d'apprendre que sa sœur avait accepté d'épouser en troisièmes noces son ancien mari et de redevenir Mme William Trenchard. L'explication de Constance – elle ne voulait pas que Patience grandisse comme la fille de parents divorcés – n'avait guère paru appropriée, de l'avis d'Emily, au vu de l'infidélité avérée de William. Mais la véritable nature de l'infidélité de William, comme bien d'autres choses, Emily l'ignorait.

Voilà six mois que William et Constance Trenchard avaient été réunis par les liens du mariage, devant une poignée d'invités, au cours d'une cérémonie civile à Aix-en-Provence. Richard Davenall avait été le témoin de William, choix qui aurait pu sembler étrange au vu de leurs différends précédents. Mais la cicatrisation de ces différends, comme de bien d'autres choses, tous sauf eux l'ignoraient.

Voilà quinze jours que William et Constance Trenchard, après avoir installé Patience dans son nouvel internat non loin de Lucerne, avaient entamé un tour de Suisse touristique, qui faisait office de seconde lune de miel. Quelle meilleure façon, avaient-ils songé, d'apaiser la tristesse de sept années ? Oui, quelle meilleure façon ? On ne pouvait guère leur reprocher cette erreur. Car le risque auquel ce voyage les exposait, à tout le moins, ils l'ignoraient.

Voilà à peine une heure que William Trenchard avait laissé Constance se reposer dans leur chambre d'hôtel à Lugano pour se balader au bord du lac et rejoindre le centre-ville. Là, il s'était payé un verre dans un café au bord du lac, avait allumé sa pipe et admiré la vue de l'eau et des montagnes derrière, baignées de la douce lumière de fin d'après-midi. C'était le dernier jour de septembre 1889, mais il ne semblait y avoir aucune autre fin à détecter dans la douceur curative de l'air suisse. Et William Trenchard n'avait aucune raison d'en soupçonner une. L'étrange minutage du destin, lui comme tout le monde l'ignorait. Il ne savait pas, et pour cause, qu'une fourberie pouvait mettre sept ans à se parachever. Il ne le savait pas, mais, moins d'une heure plus tard, ce serait chose faite.

*

Non loin de moi, devant un kiosque à confiseries, une haute silhouette massive me tournait le dos. Quelque chose dans son allure, un geste dédaigneux de la tête quand il se détourna avec son achat, me frappa par sa familiarité et me poussa à l'observer tandis qu'il se dirigeait nonchalamment vers un banc au bord du lac, où il se laissa choir avant de déballer son chocolat.

Ce fut plusieurs années après, dans des circonstances qu'il aurait dû prévoir, que William Trenchard rédigea un compte rendu des événements auxquels ce dimanche après-midi à Lugano à première vue insignifiant apporta le coup de grâce. Sa raison d'écrire un tel rapport était aussi compréhensible que son effet opportun, car cela lui permettait de s'assurer que c'était à lui que reviendrait ce qui semblait jadis lui avoir été refusé de manière si définitive : le dernier mot.

Je continuai à l'observer pendant plusieurs minutes, attendant d'être certain qu'il était bien celui que je pensais. De sept ans plus âgé, certes, mais d'apparence guère changé : une silhouette massive bien en chair vêtue de lin crème, qui cassait des carrés de chocolat avant de les engloutir goulûment en observant le lac, les yeux plissés sous les bords d'un chapeau de paille. La lumière du soleil m'adressa un clin d'œil en se reflétant sur la chevalière de sa main gauche, et étincela sur sa montre à gousset qu'il sortit pour regarder l'heure. À la vue du cadran, il avança sa lèvre inférieure en une moue significative, et j'en eus alors la certitude. C'était bien le prince Napoléon Bonaparte.

Je doute qu'il m'aurait reconnu sans y avoir été encouragé, et je regrette à présent de m'être laissé aller à lui rafraîchir la mémoire. Mais il ne semblait y avoir aucune raison de laisser passer cette chance. Les circonstances de notre dernière rencontre n'avaient été profitables ni à l'un ni à l'autre : un brin de commisération me paraissait tout à coup être de mise. Je terminai mon verre, me levai de table et me dirigeai vers lui.

« *Bonjour, prince. Vous souvenez-vous de moi ?* »

Il leva la tête, l'air agacé. Ses yeux se plissèrent. Puis il esquissa un sourire, mais était-ce pour me saluer ou pour saluer une ironie plaisante, je n'aurais su dire.

« *William Trenchard.* Quelle coïncidence*.

— *Puis-je vous tenir compagnie ?*

— *Mais je vous en prie.* »

Je m'assis à côté de lui.

« *Cela fait longtemps. Nous ne nous sommes pas revus depuis…*

— *Épargnez-nous à tous deux ce souvenir,* mon ami*. *Quel vent vous amène à Lugano ?*

— *Le simple plaisir. Et vous ?*

— *La même chose… pour ainsi dire.*

— *Vous logez ici ?*

— *J'ai un ami qui possède une villa de l'autre côté du lac. Son bateau de plaisance devrait passer me chercher…* »

Il scruta l'horizon.

« *… sous peu.*

— *C'est un endroit magnifique.*

— *Vous trouvez ?* »

Il me dévisagea un instant avec un regard perçant.

« *Quand on habite dans ce pays parce que le nôtre ne veut plus de nous,* mon ami*, *son charme se fane rapidement.*

— *Quand bien même…*

— *Quand bien même, il y a des compensations ? fit-il avec un hochement de tête. Oui, c'est vrai. Il y en a.* »

Une fois de plus, il scruta le lac. Cette fois-ci, ses yeux semblèrent trouver ce qu'ils cherchaient : le sillage d'un petit bateau de plaisance à vapeur, qui approchait en diagonale depuis la rive opposée du lac. À sa vue, la bouche du prince dessina une expression bizarroïde, entre la moue et le sourire, comme s'il ne savait trop s'il devait se réjouir ou être déçu.

« *Votre ami ?* m'enquis-je en désignant d'un haussement de sourcils le petit bateau au loin.

— *Oui.* »

Brusquement, il se leva du banc, prit une grande inspiration puis m'adressa un sourire.

« *Voulez-vous m'accompagner jusqu'au débarcadère, Trenchard ? Ce n'est pas loin.* »

J'acceptai et nous nous dirigeâmes vers le sud en empruntant la longue avenue bordée de tilleuls qui longeait la rive du lac. Le prince ne cessait de jeter des regards vers la gauche, vérifiant, supposais-je, la progression du bateau de plaisance, dont j'entendais enfler progressivement le bruit du moteur.

« *Dites-moi,* fit-il quand nous eûmes parcouru plusieurs mètres en silence, *avez-vous parfois des nouvelles de Catherine Davenall ?*

— *Jamais. Autant que je sache, elle habite encore à Cleave Court, mais toujours de façon aussi confinée.*

— *Elle a certainement très mal vécu la mort de Hugo.*

— *Certainement.*

— *Les journaux laissaient entendre qu'il s'agissait d'un suicide.*

— *Ah oui ? J'avais compris, à la lecture des rapports*

d'enquête, que c'était à cause d'un brouillard épais qu'il s'était retrouvé dans la trajectoire de ce fiacre.

— *Vous y croyez ?*

— *Je n'ai pas d'avis tranché sur la question.*

— *Vraiment* ? Allons, allons,* mon ami*. *L'ironie de la situation n'a pas pu vous échapper. Tout ce que vous, moi et d'autres avons souffert à cause de la dignité de baronnet des Davenall a été vain. »*

Il claqua des doigts.

« Le titre est éteint. Et ses prétendants sont morts. De la même manière, je présume. »

Soudain, je me sentis mal à l'aise, non à cause de ce qu'il insinuait, mais de ce qu'il devait savoir pour l'insinuer.

« Qu'entendez-vous par là, prince ?

— *De leur propre gré, Trenchard, n'est-ce pas ainsi que cela s'est passé ? Sir James, dans un supposé duel. Sir Hugo, dans un soi-disant accident.*

— *Il n'y a pas de preuve...*

— *Je n'ai pas besoin de preuve ! »*

Il s'arrêta net. Le temps que je l'imite et que je me retourne, je découvris qu'il me dévisageait avec une expression qui semblait véritablement compatissante.

« J'ai appris dans le journal que vous aviez réépousé votre femme, dit-il avec un lent sourire.

— *Oui. En effet. »*

Pourtant notre mariage n'avait fait l'objet de presque aucune publicité. Comment avait-il pu l'apprendre dans le journal ?

« Elle est ici avec vous ?

— *Oui.*

— *Dans ce cas, suivez mon conseil. »*

Il me toucha l'épaule.

« Quittez Lugano.

— Pourquoi ?

— Parce que, Trenchard, si vous et moi avons quelque chose en commun, c'est bien l'irrésolution. C'est pourquoi, pour votre propre bien, et celui de votre épouse, vous devriez quitter cet endroit.

— Je ne comprends pas. Qu'essayez-vous de me dire ? »

Son sourire s'affaissa, son regard perdit de son intensité.

« Peu importe », répondit-il au bout d'un moment.

Puis, jetant un œil par-dessus son épaule :

« Je dois y aller. Mon ami m'attend. »

C'était vrai, je ne l'avais pas remarqué. L'interruption dans l'enfilade d'arbres qui bordaient l'avenue donnait accès à un débarcadère, au pied duquel était amarré le bateau de plaisance que nous avions vu plus tôt, sa passerelle dépliée pour recevoir son hôte.

« Adieu, Trenchard, lança le prince. Et bonne chance.

— Vous pensez que je vais en avoir besoin ?

— Comme nous tous, mon ami**. Tout est affaire de chance. »*

À ces mots, il tourna les talons et descendit à grandes enjambées la pente douce du débarcadère pour rejoindre le bateau. Un membre d'équipage l'aida à monter à bord, puis s'affaira à l'appareillage. Je regardai le prince se poster à la poupe tandis que le navire s'éloignait souplement de la jetée ; il échangea un mot avec quelqu'un qui m'était caché par la timonerie, puis descendit dans l'entrepont.

Comme le bateau manœuvrait pour repartir vers le centre du lac, il se retrouva parallèle au rivage, et c'est ainsi, me tenant au bout de l'avenue de limes à méditer les propos du prince, que je vis la personne à qui il avait parlé : une femme, vêtue de noir, sa longue chevelure sombre voltigeant sur ses épaules dans la brise de plus en plus forte. Je compris aussitôt qu'elle était son ami de l'autre côté du lac, parce qu'elle était aussi la femme que j'avais rêvé de voir une centaine de fois, sans que cela se produise jamais, depuis cette seule et unique nuit à St John's Wood sept ans plus tôt. C'était Madeleine Devereux.

Le bateau de plaisance prenait de la vitesse, l'écume bouillonnait dans son sillage. Seuls quelques mètres nous séparaient, mais bientôt il y en aurait davantage. Bientôt, elle disparaîtrait. L'espace d'une seconde, pas plus, elle me regarderait, je la regarderais. Ensuite, elle s'envolerait.

Elle n'avait pas changé : le visage pâle à la beauté envoûtante, les yeux sombres scrutateurs, l'inclinaison impérieuse du menton, la ligne dure mais parfaite de la bouche. Elle me reconnut, sans que son expression trahisse ni méchanceté ni pitié. Nous savions tous les deux ce qu'elle avait infligé – à moi et à un autre, mort depuis six ans –, mais le savoir ne nous inspirait ni pardon ni provocation. Ce qui nous avait réunis, maintenant et à jamais, nous séparerait.

Et pourtant je continuais à la regarder. Jusqu'à ce que son visage ne fût plus qu'une tache pâle sur la silhouette noire du bateau qui allait s'amenuisant, je regardais, dans l'espoir de trouver ce que je savais pertinemment impossible : une indication qu'elle regrettait le rôle qu'elle avait joué dans le passé. Mais il n'y en eut aucune. Alors, et toujours, aucune.

REMERCIEMENTS

Je souhaite remercier la direction de l'hôpital Ticehurst House, dans l'East Sussex, de m'avoir permis d'accéder aux archives et de visiter l'institution ; ainsi que mon bon ami Jeffrey Davis pour les informations concernant l'histoire de la psychiatrie que j'ai tirées de sa thèse de doctorat inachevée sur ce sujet.

DU MÊME AUTEUR
CHEZ SONATINE ÉDITIONS :

Par un matin d'automne, traduit de l'anglais par Marie-Jo Demoulin-Astre, 2010.

Heather Mallender a disparu, traduit de l'anglais par Catherine Orsot Cochard, 2012.

Le Secret d'Edwin Strafford, traduit de l'anglais par Catherine Orsot Cochard, 2013.

Le Retour, traduit de l'anglais par Élodie Leplat, 2014.

Sans même un adieu, traduit de l'anglais par Claude et Jean Demanuelli, 2016.

Les Mystères d'Avebury, traduit de l'anglais par Maxime Berrée, 2017.

La Croisière Charnwood, traduit de l'anglais par Marc Barbé, 2018.

Le Monde des Abberley, traduit de l'anglais par Claude et Jean Demanuelli, 2020.

Le Livre de Poche s'engage pour l'environnement en réduisant l'empreinte carbone de ses livres. Celle de cet exemplaire est de : **550 g éq. CO_2**
Rendez-vous sur www.livredepoche-durable.fr

PAPIER À BASE DE FIBRES CERTIFIÉES

Composition réalisée par Soft Office

Achevé d'imprimer en juin 2021 en Italie par
Grafica Veneta
Dépôt légal 1re publication : novembre 2020
Edition 05 - juin 2021
LIBRAIRIE GÉNÉRALE FRANÇAISE
21, rue du Montparnasse – 75298 Paris Cedex 06

22/9829/4